Knaur.

Im Knaur Taschenbuch Verlag sind bereits folgende Bücher des Autors erschienen:
Jenseits von Mombasa
Der Ruf der Löwen

Über den Autor:
Frank Coates wurde in Melbourne geboren und arbeitete lange Jahre im Bereich Telekommunikation in Australien und anderen Ländern. 1989 wurde er von den Vereinten Nationen nach Nairobi berufen. Vier Jahre lang reiste er durch Afrika und lernte dabei in Tansania eine Frau vom Nyamwezi-Stamm kennen, die er heiratete.

Frank Coates

Der letzte Massai

Roman

Aus dem australischen Englisch von
Angelika Naujokat

Knaur Taschenbuch Verlag

Die australische Originalausgabe erschien 2008 unter dem Titel
»The Last Maasai Warrior«
bei HarperCollins Publishers Pty Limited, Sydney, Australia.

Besuchen Sie uns im Internet:
www.knaur.de

FSC
www.fsc.org
MIX
Papier aus verantwortungsvollen Quellen
FSC® C083411

Deutsche Erstausgabe November 2012
Knaur Taschenbuch

Redaktion: Ilse Wagner
Umschlaggestaltung: ZERO Werbeagentur, München
Umschlagabbildung: © Fritz Polking / Frank Lane Picture Agency / Corbis
Landkarten: Map Illustrations, Australia
Satz: Adobe InDesign im Verlag
Druck und Bindung: CPI – Clausen & Bosse, Leck
Printed in Germany
ISBN 978-3-426-50682-0

2 4 5 3

Für Demitri, Maddison, Eleni, Ashleigh und Jack.
Cousinen und Cousins.

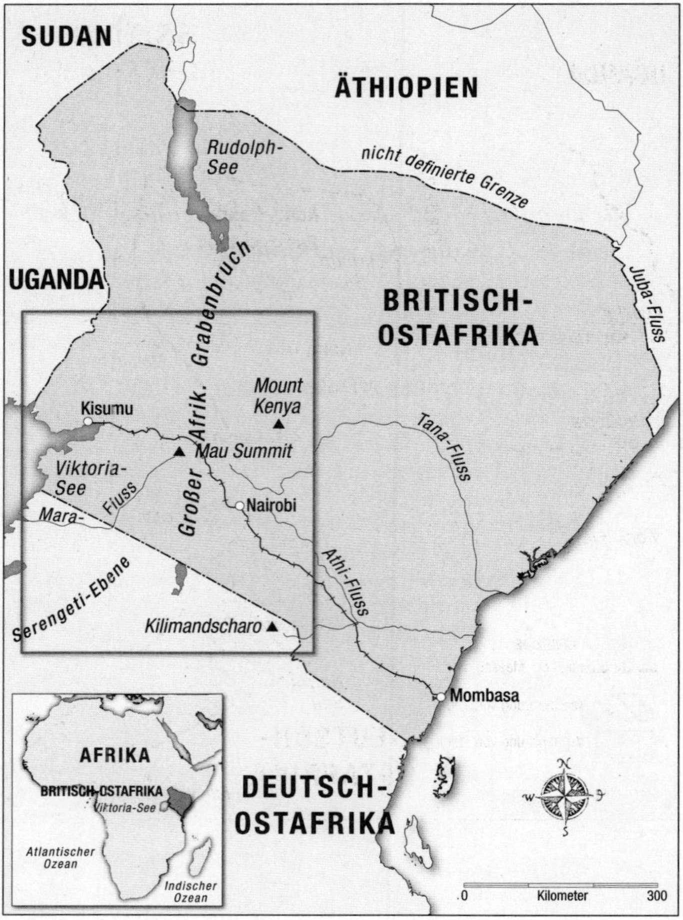

SUDAN
ÄTHIOPIEN
Rudolph-See
nicht definierte Grenze
UGANDA
Großer Afrik. Grabenbruch
BRITISCH-OSTAFRIKA
Juba-Fluss
Mount Kenya
Kisumu
Mau Summit
Tana-Fluss
Viktoria-See
Mara-Fluss
Nairobi
Athi-Fluss
Serengeti-Ebene
Kilimandscharo
Mombasa
AFRIKA
BRITISCH-OSTAFRIKA
Viktoria-See
Atlantischer Ozean
Indischer Ozean
DEUTSCH-OSTAFRIKA
N
W
S
0
Kilometer
300

UGANDA
BRITISCH-
OSTAFRIKA
Afrik. Grabenbruch
Großer
Nördl. Massai-
Reservat 1904
Nördl. Uaso-Nyiro-Fluss
Baringo-
See
Äquator
Kisumu
Nakuru
Mount Kenya
Mau Summit
Viktoria-
See
Südl. Uaso-Nyiro-Fluss
Naivasha
Tana-Fluss
Nairobi
Massai-
Reservat
1911
Ngong
Athi-Fluss
Mara-Fluss
Südl. Massai-
Reservat 1904
LEGENDE
tradition. Massai-Land
Vereinbarung von 1904
Vereinbarung von 1911
Natron-
See
DEUTSCH-
OSTAFRIKA
Kilimandscharo
0
Kilometer
150

Prolog

1875

Sianoi zog an dem Strick, der um den Hals der Laikipiak-Frau lag. Die Frau kam wegen ihres geschwollenen Leibes nur langsam voran, doch das Kind, das sie trug, war der Grund, warum er sie für sich beansprucht hatte. Nun, da die Purko die Laikipiak vernichtet hatten, konnte er einen kleinen Jungen gut gebrauchen, der seinen bei dem Überfall erbeuteten Anteil am Vieh der Besiegten hütete.

Er blickte lächelnd nach Norden, wo eine große Staubwolke das Vorankommen der erbeuteten Herde erkennen ließ. Wenn er sich das Vieh mit seinen Purko-Brüdern geteilt hatte, würden sie es zum Weiden auf das saftige Gras des Laikipia-Plateaus zurückbringen, das nun ihnen gehörte.

Die vernichtende Niederlage war die Rache für die verächtliche Arroganz, mit denen die Laikipiak die Purko in den letzten Jahren behandelt hatten. Sianoi hatte in dieser Zeit an mehreren kleineren Überfällen teilgenommen, die allesamt von einer unbefriedigenden Entschlusslosigkeit geprägt gewesen waren, aber nun bestand kein Zweifel mehr daran, dass die Purko der herrschende Stamm der Massai waren.

Wären die Laikipiak geflohen, hätten womöglich genügend überlebt, um den Kampf an einem anderen Tag weiterzuführen. Die unbändige Stärke der Purko war wohlbekannt, und jeder, der so dumm war, sich ihnen in einem offenen Kampf entgegenzustellen, wurde vernichtend geschlagen. Allerdings waren die Laikipiak Massai-Brüder und eigensinnige Kämpfer, denen es widerstrebte, sich aus einem einmal begonnenen Kampf zurückzuziehen. Aber das war ein Fehler. Nun war die gesamte Laikipiak-Gruppe entweder tot oder in die Wälder geflohen, wo sie ein erbärmliches Dasein fristen und gezwungen sein würde, das unreine Fleisch wilder Tiere zu essen und wie Paviane nach Leckerbissen zu suchen. In den kommenden Jahren würde es keine Laikipiak geben. Ihre Frauen waren der Klinge zum Opfer gefallen oder in den Besitz eines würdigeren Purko-*Morani* gelangt.

Der Strick ruckte. Sianoi drehte sich um und sah, dass sich die Frau krümmte und mit schmerzverzerrtem Gesicht den Leib hielt. Er war versucht, seine *Orinka* auf ihren nutzlosen Kopf herabsausen zu lassen, denn diese Unterbrechungen geschahen immer häufiger, doch eine solche Züchtigung hätte zur Folge, dass es noch schwieriger werden würde, sie zu seinem Lager zu schaffen. Er wartete einen Moment, ehe er mit einem brutalen Ruck an dem Strick zog und die Frau zwang, nach vorn zu stolpern, aber sie verlor das Gleichgewicht und fiel der Länge nach zu Boden. Sie wimmerte vor Schmerz, und Wasser ergoss sich zwischen ihren Beinen und verdunkelte die staubige, rote Erde.

Er war entsetzt. Nahm diese Schmach denn kein Ende?

Der Uaso-Nyiro-Fluss war nicht weit entfernt. Dort konnte sie sich säubern oder was auch immer sie tun musste. Er zog an dem Strick und musste seine *Orinka* drohend schwingen, um sie dazu zu bewegen, weiterzugehen. Sobald sie das steinige Flussufer erreicht hatten, gestattete er ihr, sich in das seichte Wasser sinken zu lassen.

Die Frau versuchte ihre gequälten Schreie zu unterdrücken, wand sich in dem plätschernden Wasser und umklammerte ihren geschwollenen Leib.

Es war schlimm genug, dass er Zeuge eines solch beschämenden Unvermögens wurde, Schmerzen zu ertragen. Die Frauen der Purko benahmen sich bei der Geburt gewiss mit mehr Würde als diese Laikipiak-Hure. Jedenfalls sollte ein *Morani* ein solch würdeloses Benehmen nicht mit ansehen müssen. Sianoi kehrte ihr den Rücken zu.

Die Schreie verstummten, und er vernahm ein Kreischen und einen erstickten Ruf. Er drehte sich um und sah, wie die Frau zwischen ihre Beine griff und den Säugling aus dem blutigen Fluss zog.

Sianoi taumelte vor Entsetzen zurück. Er stürzte zu Boden, und sein Schild und sein Speer fielen auf die Felsen.

Aus einer Vielzahl von Kindheitserinnerungen entsann er sich mit einem Mal an eine Geschichte über ein Kind, das mit einem Stein in seiner Handfläche zur Welt gekommen war. In seinem Kopf drehte sich alles, als er versuchte, sich an die unheilverkündenden Warnungen des Gleichnisses zu erinnern, denn vor ihm am Flussufer lag ein Neugeborenes, das nicht nur in einer seiner winzigen Fäuste einen Stein hielt, sondern in beiden.

Teil 1
Massai-Land

Kapitel 1

1885

»Laikipiak!«

Der Schrei hing wie ein schwebender Kampfadler in der stillen Luft der Steppe. Der Massai-Junge erstarrte. Über ihm waren fünf Gestalten in den Himmel geätzt, und eine jede hielt einen Hirtenstock in der Hand.

»Laikipiak! Laikipiak!«

Der Schrei sprang von einem Purko-Jungen zum nächsten, lief wie ein Grasfeuer über den Abhang, bis alle fünf aufgeregt schrien.

Die Angst bohrte sich einer kalten Klinge gleich in Parsaloi Ole Saderas Herz. Er flitzte wie eine aufgeschreckte Gazelle auf den Fluss zu. Seine Peiniger sprangen jauchzend die Anhöhe hinunter und folgten ihm dicht auf den Fersen.

Parsaloi rannte durch das dürftige Gestrüpp der Savanne in den dichteren Bewuchs des Flussufers. Dornbusch peitschte gegen seine Beine, und Kletterpflanzen griffen nach seinen Waden. Er stürzte und fiel kopfüber in einen Teppich aus schleimigen Pflanzen, die die jüngste Überflutung zugrunde gerichtet hatte. Er war sofort wieder auf den Beinen und rannte weiter, aber der schnellste seiner Verfolger hatte aufgeholt.

Die Jungen rannten schweigend, um ihre Positionen nicht preiszugeben, aber Parsaloi konnte ihr Keuchen und das Stampfen ihrer Füße hören. Sie brachten das Blattwerk hinter ihm zum Pfeifen und Knacken. Er wusste, dass ihm nur

wenige Augenblicke blieben, um ein Versteck zu finden, sonst würden sie wie ein Rudel Wildhunde über ihn herfallen.
Die jüngsten Flutwasser der Regenzeit hatten Löcher in das steile Flussufer gespült, und seine einzige Chance bestand darin, rasch eins zu finden, um sich darin zu verstecken. Er konnte nur hoffen, dass er bei seiner Suche nicht über eines der riesigen Flusskrokodile stolperte.
In seiner Verzweiflung ließ er sich in die erste Vertiefung fallen, die er fand, und kauerte sich zusammen, als auch schon der Schnellste seiner Verfolger über ihn hinwegrannte. Er wartete ab, bis alle Läufer die Stelle passiert hatten, und startete dann rasch einen Rückzug entlang des Flusses, um einen Unterschlupf zu finden, der mehr Sicherheit bot.
Die einzige Vertiefung, die er entdeckte, war zu nahe am Wasser. Krokodile beäugten ihn vom entfernten Ufer. Doch dann hörte er, wie die Jungen zurückkehrten, und er kroch in die Höhle, die in Wahrheit viel kleiner war, als es den Anschein gehabt hatte. Er presste sein Gesäß fest gegen die hintere Wand, trotzdem war seine Nase nur eine Armlänge weit von der Öffnung entfernt, die sich wiederum nur wenige Schritte vom Wasser entfernt befand. Während er darauf lauschte, wie die Jungen das Ufer nach ihm absuchten, glitten zwei der großen Reptilien in das trübe Wasser und verschwanden außer Sichtweite.
Die Purko-Jungen verließen langsam die Umgebung seines Verstecks, und die Krokodile wurden frecher, hoben nicht weit von ihm entfernt ihre Köpfe aus dem flachen Wasser und starrten ihn mit ihren kalten Topasaugen an.
Parsaloi wusste, dass die Jungen nicht mehr lange ihre Pflichten vernachlässigen durften und sich schon bald wieder dem Hüten des Viehs widmen würden. Dann wäre der Moment für seine Flucht gekommen. Aber wenn er sich zu früh hin-

auswagte, würde man ihn fassen, würde er zu lange warten, drohten die Krokodile ihm den Weg abzuschneiden.
Seine Beinmuskeln begannen, sich zu verkrampfen, aber endlich hörte er, wie die Jungen laute Drohungen ausstießen, die für seine Ohren bestimmt waren und die die Strafen auflisteten, die er erleiden würde, sollten sie das Laikipiak-Schwein noch einmal dabei erwischen, wie es ihr Weideland beschmutzte.
Er wartete noch ein bisschen länger, um sicherzugehen, dass sie verschwunden waren, überprüfte das Wasser auf irgendwelche Zeichen von Krokodilen und kroch dann mit steifen, schmerzenden Gliedern aus dem Loch.
Aus dem Augenwinkel sah er, wie die Flussoberfläche in Bewegung geriet und eine riesige Gestalt in einer schlammigen Welle auf ihn zuglitt. Das Krokodil schwang seinen mächtigen Kopf in Parsalois Richtung, und ein lautes, dumpfes Geräusch ertönte, als sein Maul nicht weit von seinen Beinen entfernt zuklappte. Er fiel nach hinten, rutschte auf seinem Hinterteil weg. Seine Füße schlitterten über das Flussufer, das durch den überraschenden Angriff des Krokodils mit Wasser überschwemmt war. Das Maul öffnete sich wieder, entblößte für einen kurzen Augenblick vorzügliche Zähne und die Zunge, ehe es sich mit einem weiteren dumpfen Schlag wieder schloss.
Das steile Ufer verhinderte, dass Parsaloi weiter rückwärtsrutschen konnte, um sich in Sicherheit zu bringen. Es blieb ihm nichts anderes übrig, als dem Krokodil den Rücken zuzukehren und das Ufer hochzuklettern, aber er hatte Angst, seine Augen von der Kreatur zu lösen. Doch als er sah, wie sich der Schwanz des Reptils erneut hob und erkennen ließ, dass ein weiterer Angriff bevorstand, wirbelte Parsaloi herum und griff hinauf zur Uferkante. Er bekam ein Grasbüschel zu

fassen und zog sich unter Aufbringung all der Kräfte seines schmächtigen Körpers daran hoch, die steile Böschung hinauf, ehe das Krokodil einen letzten Versuch unternahm, sich seine magere Beute doch noch zu schnappen.
Parsaloi hatte gerade seine Beine über die Kante in Sicherheit gebracht und schaute zurück, als der Kopf des Krokodils wieder im Wasser verschwand. Lediglich ein wilder Strudel zeugte von seinem wütenden Rückzug.
Der Junge rollte sich auf den Rücken, atmete tief durch und blickte zum Himmel hinauf, dessen Blau ihm strahlender vorkam als jemals zuvor. Und so blieb er dort liegen, bis sich sein heftig pochendes Herz beruhigt hatte.

Parsaloi verweilte länger als beabsichtigt am Flussufer. Erst als die höchsten Äste der Eukalyptusbäume lange Schatten über den Fluss warfen, erkannte er, dass er sich auf den Heimweg machen musste. Es würde in einer Stunde dunkel werden, aber er hatte es nicht eilig, in Sianois Hütte zurückzukehren. Die Prügel, vor denen er geflohen war, weil er irgendeine unbedeutende Aufgabe nicht zu Sianois Zufriedenheit erledigt hatte, warteten immer noch auf ihn. Er lächelte angesichts der Ironie. Es war ihm gelungen, zwei Züchtigungen an einem Tag zu entgehen, aber er wusste, dass es nichts weiter als Augenblickserfolge waren.
In den letzten Monaten war der Kummer sein ständiger Begleiter gewesen. Es hatte damit begonnen, dass seine Mutter, von all der Arbeit und ihrer schlechten Gesundheit erschöpft, gestorben war und ihn als einzigen Laikipiak und als eine ständige Erinnerung – zumindest für die älteren Purko-Jungen – an die Bruderkriege, die viele Jahre zwischen ihren Gruppen getobt hatten, in seinem Dorf zurückgelassen hatte. Seine Mutter hatte sich durch ihre harte Arbeit die Bewunde-

rung des Dorfes verdient, wenn auch nicht die ihres Ehemannes, der sie immer nur als sein Eigentum betrachtet hatte. Doch nach ihrem Tod waren all die Feindseligkeiten gegenüber den Laikipiak wieder erwacht, und nun rasteten die Nachteulen des Hasses auf Parsalois kleinem Kopf.
Der Mann, den er nicht Vater nennen wollte, hatte niemals Mitgefühl für ihn gezeigt. Aber ohne den beruhigenden Einfluss seiner Mutter waren der Lederriemen, die Faust, die offene Hand eine ständige Erinnerung daran, dass Sianois Sympathien von ihrem Tod unberührt blieben.
Parsaloi stapfte am Ufer entlang, versunken in seinen Schmerz. Doch plötzlich richteten sich seine Nackenhaare auf, seine Arme begannen zu kribbeln, und das Herz schlug ihm bis zum Hals. Er blickte sich suchend um, glaubte schon, die Purko-Jungen seien zurückgekehrt, aber er konnte nichts Auffälliges entdecken. Sein Instinkt sagte ihm, dass es ein Geräusch gewesen war, das ihn auf eine Gefahr aufmerksam gemacht hatte, und nicht etwa irgendetwas, das seine Augen wahrgenommen hatten. Dann erklang es erneut – ganz kurz nur und schwach, aber klar genug, um ihn erkennen zu lassen, worum es sich handelte. Es war das Geräusch, das jeder Massai-Junge beinahe ebenso früh zu erkennen lernte wie die Stimme seiner Mutter: Irgendwo aus dem hohen Gras ertönte das leise, tiefe Knurren eines beunruhigten Löwen.
Im ersten Moment wollte Parsaloi fliehen, doch angesichts der Graswand vor ihm und des krokodilverseuchten Flusses in seinem Rücken war ihm klar, dass jede Bewegung, die er machte, ohne zuvor herausgefunden zu haben, woher das Geräusch kam, seinen Tod bedeuten konnte. Er hielt den Atem an, bis ihm die Ohren schmerzten, und kurz bevor er einen schnellen, flachen Atemzug tat, hörte er es wieder.
Es war ganz in der Nähe, irgendwo links vor ihm. Wie durch

ein Wunder schien ihn der Löwe noch nicht bemerkt zu haben. Doch als Parsaloi mit geschmeidigen, leisen Bewegungen auf den nächsten Baum kletterte, entdeckte er den wahren Grund. Die Aufmerksamkeit des Löwen war auf einen anderen Baum gerichtet, eine kleine Akazie, um die er sich wiederholt im Kreis bewegte und gelegentlich versuchte, in ihre unteren Zweige zu springen. Ein Junge, der ein wenig älter war als Parsaloi, klammerte sich verzweifelt an den schmalen Stamm.
Anfangs dachte Parsaloi, es handele sich um einen der Hirtenjungen, die ihn gejagt hatten, und er verspürte eine gewisse Euphorie angesichts dieser ausgleichenden Gerechtigkeit. Es würde ihm nicht schwerfallen, zu entkommen und es dem Jungen in dem Baum zu überlassen, den Löwen abzulenken. Aber als er genauer hinsah, wurde ihm klar, dass der Junge ein Fremder war.
Ihre Blicke begegneten sich, doch anstatt erfreut dreinzuschauen, weil jemand Hilfe holen konnte, machte der ältere Junge ein langes Gesicht. Parsaloi vermutete, dass die Jungen im Dorf nichts von seiner Blamage erfahren sollten. Da er nur zu gut wusste, wie es sich anfühlte, von Gleichaltrigen verhöhnt zu werden, entschied er sich, alles in seiner Macht Stehende zu tun, um dem Jungen zu helfen.
Er kletterte vorsichtig von seinem Baum herunter und suchte sich drei glatte Steine am Ufer, die schwer genug waren, dem Löwen Schmerzen zuzufügen, aber leicht genug, um sie präzise über eine weitere Entfernung werfen zu können. Dann suchte er sich einen toten Ast, zog seine Kleidung aus und band sie daran fest, so dass sie wie zwei flatternde rote Fahnen aussah.
Der Junge schien Parsalois Absicht zu begreifen, denn er vollführte eine Geste, die erkennen ließ, dass er es für ein großes

Risiko hielt. Dieser Gedanke war Parsaloi auch schon gekommen, aber er hatte sich nun einmal der Herausforderung stellen wollen und konnte es sich jetzt nicht leisten, Feigheit zu zeigen.

Er griff nach dem besten Stein, wog ihn versuchsweise in der Hand, ehe er ihn mit ganzer Kraft nach dem Löwen warf. Er erwischte ihn hinter dem Ohr, brachte ihn dazu, herumzuwirbeln und ein erstauntes Knurren auszustoßen. Der Löwe hob aggressiv den Schwanz und schüttelte seine prächtige Mähne, um seine Überlegenheit zur Schau zu stellen. Parsaloi warf den zweiten Stein, der mit einem dumpfen Aufschlag über der rechten Augenbraue des Tieres auftraf und eine blutige Wunde hinterließ. Im selben Moment hob er seine behelfsmäßige Fahnenstange, schwenkte sie über seinem Kopf und stieß aus voller Lunge einen wilden, kreischenden Schrei aus. Der Junge im Baum stimmte mit ein, und nach einem Moment schmachvoller Verwirrung senkte der Löwe seinen Schwanz und trottete mit einem verachtungsvollen Fauchen davon.

Parsaloi warf sich stolz in die Brust. Es gab so wenige Gelegenheiten, bei denen er seine Widersacher übertrumpfte, dass in solchen Augenblicken Bescheidenheit fehl am Platze war. Er schlenderte zu dem Baum hinüber und blickte zu dem älteren Jungen hinauf.

»Ich habe gesehen, wie dich die Hirtenjungen verfolgt haben«, sagte der Junge. »Was hast du angestellt?«

»Nichts«, erwiderte Parsaloi.

»Warum bist du dann weggelaufen?«

»Weil sie mich verfolgt haben.«

Es herrschte einen Moment Schweigen.

»Wo hast du gelernt, so gut zu werfen?«

»Ich bleibe meist für mich. Da habe ich Zeit, zu üben.«

»Du wirfst sehr gut für dein Alter«, sagte der Junge und nickte anerkennend. »Aber es sieht ganz schön albern aus, wenn du nackt gegen einen Löwen kämpfst.«

Parsaloi starrte zu ihm hinauf. »Für jemanden, der in einem Baum sitzt, nimmst du den Mund ganz schön voll.«

Der Junge machte ein finsteres Gesicht, brach dann aber in schallendes Lachen aus.

Als sie zusammen zum *Enkang* gingen, erzählte er ihm, dass sein Name Nkapilil Ole Mantira war und er Parsalois Dorf mit seiner Familie besuchte, um an der Hochzeit seiner Schwester teilzunehmen. Er würde einige Zeit bei seiner Schwester und ihrem Ehemann bleiben, um ihnen mit dem Vieh zu helfen.

Parsaloi hatte die Ankunft der Gruppe beobachtet, aber Abstand gehalten. Er hatte schon genug Schwierigkeiten mit den Kindern in seinem *Enkang* und wollte das Schicksal nicht noch weiter herausfordern und sich mit einem neuen Jungen bekannt machen. Auch wenn man den Altersunterschied von ein paar Jahren in Betracht zog, war der Junge ziemlich groß und breitschultrig. Im Vergleich zu ihm kam sich Parsaloi mit seiner zarten Gestalt und den knochigen Armen und Beinen wie ein Kind vor.

Als sie am Dornbuschtor des Dorfes ankamen, war die Sonne verschwunden.

»Ich habe mich noch nicht bei dir bedankt, dass du den Löwen vertrieben hast«, sagte Nkapilil.

»Das musst du auch nicht. Ein Massai-Bruder sollte dem anderen helfen.«

»Jemand sollte deine Altersgenossen einmal daran erinnern.«

Parsaloi lächelte grimmig. »Die sehen mich nicht als Bruder.«

»Warum nicht?«

»Weil ich … anders bin.«

»Inwiefern?«

Parsaloi zögerte, war sich nicht sicher, ob er dem Neuankömmling seine Herkunft verraten sollte. Sie hatten gemeinsam ein Abenteuer erlebt und gelacht. Dies waren die wesentlichen Bestandteile einer Freundschaft. Vielleicht würde ihm dieser neue Junge in den Tagen, die er in ihrem Dorf verbrachte, ein Gefährte sein, wenn nicht sogar ein Freund. Jemand, dem Parsaloi seine Gedanken anvertrauen konnte. Der ihn auf die Jagd begleiten würde. Aber er zögerte, die schreckliche Wahrheit preiszugeben, aus Angst, damit alles zu gefährden.

»Wieso sagst du, dass du anders bist?«, hakte Nkapilil nach. »Ich weiß, dass du die dünnsten Beine hast, die ich jemals gesehen habe, und einen entsprechenden Pimmel, aber was gibt es denn da sonst noch zu wissen?«

»Ich bin ein Laikipiak«, erwiderte Parsaloi und reckte kämpferisch das Kinn vor.

»Hmm«, entgegnete Nkapilil. »Ist das alles?«

Parsaloi, der mit der üblichen, kaum verhohlenen Verachtung und dem unausweichlichen Kampf gerechnet hatte, ließ die gestrafften Schultern sinken und murmelte: »Ja, das ist alles.«

»Nun, das wusste ich bereits. Aber das ist unwichtig, viel wichtiger ist dies.« Er zog Parsaloi näher zu sich heran und sagte in verschwörerischem Ton: »Möchtest du wissen, wie du den Respekt der anderen Jungen gewinnen kannst?«

Für einen flüchtigen Moment war Parsaloi versucht, trotzig zu erwidern, dass er sich nicht darum scherte, was die anderen dachten. Und im nächsten Augenblick hätte er beinahe über Nkapilils Zuversicht gelacht. Hatte er denn nicht den Hass in den Augen der Jungen gesehen? Doch der Neuankömmling hatte etwas an sich, das ihn von den anderen unterschied. Parsaloi entschied sich, ihm zu vertrauen, und nickte zustimmend.

»Dann sieht der Plan folgendermaßen aus: Du musst niemandem erzählen, dass ich von einem Löwen auf einem Baum festgehalten wurde.«

Nkapilil wartete auf Parsalois Einverständnis. Parsaloi hatte nicht die Absicht, seinen Peinigern irgendetwas zu erzählen, daher nickte er.

»Gut. Du musst Folgendes tun: Zunächst einmal wirst du nicht mehr weglaufen, wenn dich die Jungen verfolgen.«

»Nicht weglaufen? Ich bin doch nicht verrückt. Sie werden mich verprügeln.«

»Möglicherweise. Aber das ist wie bei Schakalen und Dachsen. Wenn der Dachs aufhört davonzulaufen und Kampfbereitschaft zeigt, dann hat der Schakal plötzlich bessere Dinge zu tun.«

Parsaloi dachte über die Weisheit dieser Worte nach und nickte wieder, wenn auch zögernd.

»Und wenn sie gegen dich kämpfen wollen, dann setze so ein Gesicht auf wie eben, als du mir gesagt hast, dass du anders bist. Dann wirkst du gleich doppelt so groß.«

Parsaloi versuchte erst gar nicht, seine Skepsis zu verbergen.

»Und wenn das versagt und sie dich dennoch verprügeln wollen«, endete Nkapilil, »dann müssen sie von jetzt an gegen uns beide kämpfen.«

Kapitel 2

Mbatiani Ole Supeet wusste, dass er im Sterben lag. Er hatte in seinen achtzig Jahren als *Laibon,* wie die Massai ihre Heiler nannten, viele sterben sehen. Diese Erkenntnis erschütterte ihn nicht. Er wusste, dass seine Zeit gekommen war.

Er lag in seiner Hütte. Das Kochfeuer war die einzige Lichtquelle in dem abgedunkelten Raum. Seine erste Frau, die alt und langsam war, kümmerte sich um ihn. Sie war die Einzige, die er ertrug. Seine jüngeren Frauen waren zu eifrig darauf bedacht, ihm zu helfen, und vermochten nicht den Schmerz nachzuempfinden, den ein alter Körper schon dann empfand, wenn er nur auf seiner Lagerstatt ruhte.

Mbatiani wusste, dass es seiner alten Frau schwerfiel, ihre Knie zu beugen, und sie benutzte ihren Stock, um sich wieder aufzurappeln, wenn sie ihm sein Gebräu aus warmem Blut und Milch gefüttert hatte. Er hätte sie nun, da die Tage und Nächte vorüberflogen und er sich fürchtete, gern gebeten, sich neben ihn zu legen, damit er ihr noch einmal von früheren Zeiten erzählen konnte, als er einer der ruhmreichen *Moran* gewesen war, dieser tapferen, stattlichen, starken und furchterregenden Krieger. Vielleicht würde er ihr noch einmal seine Gunst schenken, denn war er nicht immer noch ein Mann?

Doch als sie im Eingang stand, ihre welke Hand auf der Abdeckung aus Kalbfell, sagte er lediglich: »Wohin gehst du, alte Mutter?«

Sein Atem kam in kleinen Stößen wie bei einer Gazelle, die

sich bei ihrer hastigen Flucht vor einer Gefahr verausgabt hat. Das verlieh seiner Stimme einen harten Klang, doch der Gebrauch ihres Kosenamens bedeutete ihr, dass es nicht so beabsichtigt war.

»Ist dein Bauch noch nicht gesättigt, mein Ehemann?«, erkundigte sich die alte Frau seufzend, ein Spiel mit Worten, denn auch sie erinnerte sich an ihre gemeinsamen Nächte.

Das Licht des Feuers funkelte in seinen Augen. »Für den Moment schon. Doch du würdest mir einen Segen erweisen, wenn du die Ältesten zusammenriefest. Bring sie zu mir.«

Einen Moment lang herrschte Stille. Seine Frau schlurfte wieder auf ihn zu. Seine Worte hatten sie mit Furcht erfüllt, denn die Ältesten zusammenzurufen, das bedeutete, dass er das Bevorstehende akzeptiert hatte und sie es ihm nun gleichtun musste.

Er veranlasste sie mit barschen Worten, die seiner eigenen Angst entsprungen waren, zu verharren. »Ja, glaubst du denn, ich könnte einfach hier herumliegen, obwohl es wichtige Angelegenheiten gibt, um die ich mich kümmern muss? Bin ich denn so alt und nutzlos, dass ich nicht mehr meine Pflicht erfüllen kann?« Dann setzte er mit flüsternder Stimme besänftigend hinzu: »Geh nur.«

Er konnte sie nicht sehen, aber sie stand regungslos im trüben Licht der Hütte.

»Ich werde sie zu dir bringen«, sagte sie schließlich. Und dann war sie am Eingang, schlug die Tierhaut zur Seite, und für einen kurzen Augenblick strömte Tageslicht in die Hütte und fiel auf seine milchig grauen Augen.

Neun angesehene Älteste, die schlaksigen Arme herabbaumelnd wie Lederriemen, betraten schweigend Mbatianis Hütte und kauerten sich auf den Boden.

Mbatiani saß abgestützt auf seinem Lager. Jemand hatte die kleine Dachklappe geöffnet, und ein heller Lichtstrahl durchbohrte das diesige Innere.
Mbatiani tat einen tiefen, keuchenden Atemzug. »Ich werde bald sterben«, sagte er. »Und ihr müsst ohne mich weiterleben. Hört meine letzten Worte. Hört genau zu. Denn ich sehe Unheil kommen. Ich sage euch, ihr dürft euer Land nicht verlassen.«
Der Ratschlag überraschte die Ältesten. Ein Massai würde niemals aus freien Stücken sein Land verlassen. Wie sollte er leben ohne Vieh und das Land, das es nährte? Sie tauschten Blicke und fragten sich, ob der *Große Laibon* bereits seinen Verstand verloren hatte.
Doch Mbatiani sah dies nicht. Er fuhr fort. »Ich sehe Männer mit rosafarbener Haut. Sie reiten ein schwarzes Nashorn. Es kommt aus dem Osten wie eine lange, schwarze Schlange. Sein Kopf ist westlich der Nandi-Berge und sein Schwanz hinter den Wäldern von Kinangop.« Er hielt inne und neigte den Kopf, als versuche er, mit seinen trüben Augen etwas in der Dunkelheit zu erkennen. »Ich sehe Tod und Unheil. Ihr dürft auf keinen Fall euer Land verlassen, denn wenn ihr es tut, wird euer Vieh verenden, eure Kinder werden an einer schrecklichen Krankheit sterben, und ihr werdet einem mächtigen Feind gegenüberstehen.« Er verstummte wieder. »Und ihr werdet besiegt werden.«
Eine nervöse Unruhe machte sich unter den Ältesten breit. Ihr *Laibon* war bekannt für seine Prophezeiungen und hoch angesehen, aber die Schrecken, die er ihnen da ausmalte, waren zu fürchterlich, kaum vorstellbar. War es möglich, dass er seine Kräfte verloren hatte? Vielleicht war dies lediglich das Geschwätz eines Mannes, der sich weigerte, dem Tod gegenüberzutreten.

Einer von ihnen fand den Mut, die Stimme zu erheben. »Das sind sehr schlimme Worte, die du da zu uns sprichst, Mbatiani.«

Der *Laibon* neigte den Kopf zur Seite. »Nehmt sie ernst.« Er rang nach Atem, als wäre nicht genug Luft für ihn in der Hütte.

»Wer wird dir als *Laibon* folgen, wenn du fort bist?«, erkundigte sich ein anderer, vielleicht mit dem Hintergedanken, dass ein neuer *Laibon* eine annehmbarere Zukunft für sie finden würde.

»Ich werde die Insignien meines Amtes an den Sohn weitergeben, der mein Nachfolger wird.«

»Aber welcher Sohn wird das sein?«

»Ihr werdet ihn an dem heiligen eisernen Stab erkennen, den er von mir erhält.«

Sie nickten, und als Mbatianis Kopf vor Erschöpfung auf seine Brust sank, entfernten sie sich.

Es war eine warme Nacht. Eine leichte Brise wehte von der Massai-Steppe, einer Dornbusch- und Grassavanne, herüber. Ein Dreiviertelmond warf auf seiner Reise bleiche Schatten durch die dunstigen Wolken am tintenblauen Himmel. Eigentlich war es zu hell, um zu den Lagerfeuern der Ältesten zu kriechen und im Schutz der Dunkelheit dazuliegen und ihre Unterhaltungen zu belauschen. Aber Parsaloi hatte seinen neuen Freund Nkapilil überredet, sich ihm spaßeshalber anzuschließen.

Die Stimmen der alten Männer wurden zu der Stelle hinübergetragen, wo sie durch das Gras spähten. Sogar die Nachtinsekten schienen atemlos und eigenartig still. Die alten Männer saßen da und starrten ins Feuer.

Für gewöhnlich debattierten sie höflich, plauderten oder er-

zählten einander bis tief in die Nacht Geschichten. Doch heute Nacht stimmte etwas nicht, denn die alten Männer plapperten auf eine höchst ungebärdige Weise durcheinander.
»Schweigt!«, rief der, den sie Lekuta nannten. »Wollt ihr euch herumzanken und aufführen wie die Frauen auf dem Markt? Lasst den sprechen, der den Olivenstab hält!«
Alle Augen richteten sich auf einen der Ältesten, der erstaunt schien, plötzlich im Mittelpunkt der Aufmerksamkeit zu stehen, bis er bemerkte, dass er den Olivenstab in der Hand hielt.
»Ich habe gehört, dass der *Laibon* dem Tode nahe ist«, sagte er. »Und dass seine beiden Söhne sich auf den Kampf vorbereiten, um über die Nachfolge zu entscheiden.«
Mehrere Hände streckten sich dem Feuer entgegen. Der Olivenstab wurde an den am nächsten Sitzenden weitergereicht.
»Mbatiani ist dem Tode nah, das ist wahr. Aber mir ist zu Ohren gekommen, dass er Sendeyu herbeirufen ließ, den ältesten Sohn seiner ersten Frau, in der Absicht, ihm den heiligen eisernen Stab zu übergeben. Doch Lenana hat seinen Halbbruder von seinen treu ergebenen *Moran* in seiner Hütte einsperren lassen und seinen Vater getäuscht, damit er ihn bei der Nachfolge berücksichtigt.«
Der Olivenstab wurde weitergereicht.
»Was höre ich da für einen Unsinn? Glaubt ihr wirklich, dass der *Große Laibon* solch einen törichten Fehler begehen würde? Ist Mbatiani nicht der mächtigste *Laibon,* der jemals gelebt hat? Hat er uns nicht die Medizin gegen die Fallsucht gegeben? Hat er nicht die schreckliche Dürre und auch ihr Ende vorhergesagt? Es ist respektlos zu behaupten, er habe sich geirrt. Die Wahrheit ist, dass er Lenana gewählt hat, der zwar nicht der Sohn seiner ersten Frau ist, dafür der älteste Sohn seiner Lieblingsfrau.«
Ein einvernehmliches Nicken folgte seinen Worten.

Der Stab wurde weitergereicht.

»Der *Große Laibon* war in der Tat bei vielen Gelegenheiten unser Retter. Nicht nur wegen seiner Dienste in Zeiten des Hungers und der Krankheit, sondern auch wegen seines weisen Rats in Zeiten der Unruhen unter unserem Volk. Wie viele Male war er die Stimme der Vernunft, wenn die Hitzköpfe unter den *Moran* das große Tal am liebsten in die Flammen des Krieges gestürzt hätten?«

Ein anderer ergriff den Olivenstab. Er hatte noch nicht allzu lange den Rang eines Ältesten inne, war aber davor ein sehr angesehener *Morani* gewesen.

»Ja, es mag schwer zu glauben sein, dass Mbatiani in solch einer wichtigen Angelegenheit wie seiner Nachfolge einen Fehler begehen könnte, aber wie viele von euch haben ihn in jüngster Zeit gesehen?« Es herrschte Schweigen um das Feuer. »Nun, ich habe meine Schwester besucht, deren Mann derselben Gruppe entstammt wie Mbatiani, und während ich dort war, habe ich dem *Großen Laibon* einen Besuch abgestattet, daher kann ich euch sagen, dass er sehr alt und schwach ist.« Seine dunklen Augen blickten von einem zum anderen. »Sehr alt und schwach. Das habe ich mit meinen eigenen Augen gesehen. Und lasst euch noch eines gesagt sein. Ich habe von meinem Schwager gehört, dass der alte *Laibon* tatsächlich einen Fehler begangen hat.«

Er verstummte, bis sich der lautstarke Protest gelegt hatte.

»Lenana hat zufällig mit angehört, wie Mbatiani Sendeyu aufgefordert hat, am nächsten Morgen bei Tagesanbruch in seine Hütte zu kommen. Lenana kroch vor Sonnenaufgang aus der Dunkelheit hervor, wohl wissend, dass der *Große Laibon* kaum noch sehen konnte, und machte ihn glauben, dass der Tag schon angebrochen war und er Sendeyu vor sich hatte. Und durch diesen Betrug gelangte der eiserne Stab in

Lenanas Hände, und daher wurde ein großer Fehler begangen.«

Ein lebhafter Wortwechsel entbrannte, und es dauerte eine Weile, bis die Ordnung wiederhergestellt war und der nachrangige Älteste fortfahren konnte.

»Mbatiani war tatsächlich ein großer *Laibon.* Er hat in der Vergangenheit Wunder für unser Volk bewirkt. Aber nun versagen seine Kräfte, und er hat einen schweren Fehler begangen. Es wird Krieg geben.«

Parsaloi war schon seit vier Tagen zu Fuß unterwegs. Vier Tage, in denen er eigentlich Sianois Ziegen hätte hüten sollen, was ihm zweifellos eine Strafe einbringen würde. Vier Tage, in denen er von Hyänen bedroht, beinahe von einer zornigen Nashornmutter angegriffen worden wäre, die ihr Junges verteidigte, und oft Wasser bitter nötig gehabt hatte. Parsaloi war seit vier Tagen unterwegs, weil er sich zu dem Dorf aufgemacht hatte, in dem der *Große Laibon* im Sterben lag.

Als er Mbatianis Dorf fand, musste er feststellen, dass er nicht der Einzige war, der den *Großen Laibon* sehen wollte, bevor es zu spät war. Es gab viele Besucher in Mbatianis *Enkang,* die es wie Parsaloi dorthin gezogen hatte, aber dies waren angesehene Leute – Älteste und Anführer der verschiedenen Kriegergruppen der Massai. Und auch Vertreter anderer Stämme, die gekommen waren, um ihm Respekt zu zollen.

Niemand schenkte ihm große Beachtung, als er sich in der Nähe der Hütte des *Großen Laibon* herumtrieb und auf eine Gelegenheit wartete, hineinzuschlüpfen, oder als er sich an den Kochfeuern herumdrückte und sich mit Essensabfällen zufriedengab, die man ihm anbot.

Hätte ihn jemand gefragt, warum er dort war oder warum er den *Großen Laibon* sehen wollte, hätte er darauf keine Antwort gewusst. Ein starker Drang hatte ihn dazu getrieben, sein Leben bei der Durchquerung des großen Tals zu riskieren, aber es war eine Entscheidung des Herzens gewesen, nicht des Verstands. Doch als er im Dorf eingetroffen war, musste er feststellen, dass es nicht so leicht war, sich Zutritt zur Hütte des großen Mannes zu verschaffen. Die Ältesten bewachten den Eingang und musterten jeden eingehend, der um Einlass bat.

Am sechsten Tag versammelten sich alle Massai außerhalb der *Boma,* wo sie sich zu einem langsamen, rhyhthmischen Lied zu wiegen begannen, angestimmt von den Frauen und begleitet von den tieferen Männerstimmen. Das war Parsalois erste echte Gelegenheit, um Mbatianis Hütte zu betreten, doch er zögerte vor dem Kalbfell, das den Eingang bedeckte. Er fragte sich, ob er irgendein strenges Tabu brechen würde, wenn er uneingeladen in die Hütte des *Großen Laibon* trat. Nach einem letzten verstohlenen Blick nach allen Seiten, um sicherzustellen, dass ihn niemand sah, hob er das Fell an und schlüpfte in die Hütte.

Als die Abdeckung hinter ihm herabfiel, war er in Dunkelheit gehüllt. Er atmete die vertraute, dumpfe, rauchige Luft ein und spürte einen Druck auf seiner nackten Haut, ganz so, als wäre er in ein Spinnennetz gelaufen. Er strich sich mit der Hand über den Arm, doch da war nichts.

Seine Augen gewöhnten sich langsam an die Finsternis, und er konnte die Überreste eines Kochfeuers erkennen. Das Tageslicht fand Wege durch die winzigen Risse der Kuhdungwände und fiel in schmalen, silbrigen Streifen auf den festgestampften Erdboden.

Er blickte sich suchend im Raum um, und plötzlich legte sich eine kalte Hand um sein Herz, als er den Augen des alten Mannes begegnete. Der *Große Laibon* starrte ihn von seiner

Lagerstatt aus an. Aus den Geschichten der Älteren hatte Parsaloi geschlossen, dass Mbatiani beinahe blind war, aber diese Augen leuchteten im schummrigen Schein des Feuers und schienen ihn zu durchdringen.

»Du bist also gekommen«, sagte der *Große Laibon* mit gepresster Stimme, die von weit her zu kommen schien.

Parsaloi trat einen Schritt auf ihn zu. »Ja, mein … es tut mir leid, ich weiß nicht, wie ich dich anreden soll.«

»Wie du willst, mein Junge. Es ist nicht von Bedeutung.« Der *Große Laibon* wehrte seine Frage mit einer überraschend ausdrucksvollen Geste ab. Seine Hand flatterte im Feuerschein wie ein Schmetterling. »Du bist gekommen, aber weißt du auch, warum du gekommen bist?«

»Ich … ich bin mir nicht sicher, mein Vater.«

Vielleicht hatte er ein wenig an dem gewaltigen Wissen des *Großen Laibon* teilhaben wollen, bevor dieser es mit in sein Grab nehmen würde. Aber da er Angst hatte, dass die Ältesten solche Gedanken als albern abtun würden, behielt er sie für sich.

»Dann werde ich es dir sagen«, fuhr Mbatiani fort. »Du bist gekommen, weil du Angst hast. Nein, schäme dich nicht. Nur ein Dummkopf ist ohne Furcht. Er hat nicht den nötigen Verstand, um zu erkennen, was ihn bedroht. Und du hast recht, wenn du dich fürchtest. Ein Krieg wird kommen. Ein Krieg zwischen Brüdern. Ebenso wie ein früherer Krieg deinen Stamm, die Laikipiak, vernichtet hat, wird ein anderer viele weitere Opfer fordern.

Die Massai haben alles erobert, aber wir könnten alles verlieren, wenn wir uns nicht wieder vereinen. Dazu benötigen wir Anführer. Starke Anführer, die die Massai zusammenführen. Eines Tages wirst du ein bedeutender Anführer sein, mein Sohn. Du wirst der *Olaiguenani* des Altersranges sein, den man die Il Tuati nennen wird. Auch wenn es nicht leicht sein wird, so musst du doch weiterhin deine Tapferkeit zeigen und das tun, was für dein Volk getan werden muss. Nicht nur für deinen Altersrang, nicht nur für die Laikipiak oder die Purko, sondern für *alle* Massai. Verstehst du das, mein Sohn?«

Parsaloi nickte stumm, denn er traute seiner Stimme nicht.

Mbatiani stimmte einen Sprechgesang an, eine Litanei seiner Vorfahren, einem Gebet gleich, das Parsaloi in seiner Erinnerung behalten sollte.

»Ich bin der Sohn des *Laibon* namens Supeet, der der Sohn des *Laibon* namens Kipete war, der der Sohn des *Laibon* namens Parinyombi …«

Die bebende Stimme erfüllte Parsalois Kopf und fuhr fort, bis sie ihn zu Maasinta zurückgeführt hatte, den ersten Massai-Mann, von Enkai gesegnet und mit den Rindern der ganzen Welt betraut.

Der monotone Gesang ließ Parsalois Lider schwer werden, aber mit einem Mal erwachte er wie aus einem langen Schlaf. Es war jetzt ganz still in der Hütte, und der leichte Druck, den er zuvor auf seiner Haut verspürt hatte, war verschwunden. Er blickte zu der Lagerstätte hinüber. Der *Große Laibon* lag ganz still da. Seine Augen waren trüb und ausdruckslos. Die Hand, die wie ein Schmetterling im Dunkeln geflattert hatte, schien bleiern. Parsaloi griff nach ihr, zögerte einen Moment, ehe er sie berührte. Sie war kalt. So kalt, als gehörte sie einem Mann, der schon seit vielen Stunden tot war. Möglicherweise seit dem frühen Morgen. Dieses Herz hatte bereits aufgehört zu schlagen, bevor das ganze *Enkang* durch das *Boma*-Tor geschritten war, um sein Klagelied anzustimmen.

Kapitel 3

1890

Sieh mal einer an«, sagte Mantira kopfschüttelnd mit einem Grinsen, das so breit war wie der Fluss, der an ihrem Lager vorüberfloss. »Ich weiß noch, wie du kaum mehr ein kleiner Tropfen Eselspisse warst. Und jetzt – ei, ei! Du hast es weit gebracht, seitdem du mit Steinen nach Löwen geworfen hast.«

Ole Sadera schmierte sich zur Vorbereitung auf die viertägigen Tänze, die schon bald beginnen würden, roten Ocker auf die Beine. Alle jungen Männer seiner Altersgruppe waren im Begriff, den ersten Teil der Prozedur zu beginnen, die sie letztlich zu Kriegern machen würde. Er richtete sich auf und erwiderte das Grinsen.

»Und es ist gut zu wissen, dass du gelernt hast, dich mit deinem Hintern nicht mehr auf dornige Bäume zu hocken.«

Sie lachten beide. Keiner von ihnen hatte jemals wieder den Tag erwähnt, als Ole Sadera zum letzten Mal vor den Hirtenjungen davongelaufen war und ein Löwe Mantira auf einen Baum getrieben hatte. Ole Sadera freute sich, dass es sein Freund war, der die Angelegenheit in Erinnerung brachte, und das ausgerechnet an diesem besonderen Tag – dem Tag, an dem Ole Sadera die größte Ehrung erhalten würde. Das besiegelte ihr ohnehin schon starkes Band der Freundschaft – eine Freundschaft, die fünf schwierige Jahre überstanden hatte.

Als Ole Sadera vor Jahren von Mbatianis Beerdigung zurückgekehrt war, hatte ihn sein Weg durch eine Landschaft geführt, die die Spuren der ersten Welle eines vernichtenden Krieges trug. Dörfer lagen in Schutt und Asche, und Täler und Berghänge waren mit den Überresten der Toten übersät. Der Wind trug den Gestank des Todes mit sich, und der Himmel war mit kreisenden Aasgeiern bedeckt.

Sendeyus treue Krieger aus dem Süden hatten in einem Präventivschlag mit dem Morden begonnen, um Lenana und seine Anhänger zu zwingen, den eisernen Stab des *Laibon* seinem rechtmäßigen Besitzer zurückzugeben. Ole Sadera wusste, dass die Massai aus dem Norden angesichts solcher Grausamkeit nicht untätig herumsitzen würden. Es war Krieg, genau so, wie es die Ältesten in jener Nacht vorausgesagt hatten, als Mantira und er sie am Lagerfeuer belauscht hatten.

Als Ole Sadera sein eigenes *Enkang* erreichte, hatte dort ein ebensolches Gemetzel stattgefunden wie in den Dörfern, an denen er unterwegs vorbeigekommen war. Leichen lagen über eine große Fläche verstreut und boten ein Festmahl für Hyänen, Schakale und Geier. Er vertrieb sie mit Stöcken und Steinen, bevor er sich auf seine grausige Suche machte. Als er die Leiche gefunden hatte, nach der er Ausschau hielt, hatten die Aasfresser bereits die Genitalien gefressen und begonnen, sich über die Eingeweide herzumachen. Ole Saderas Magen rebellierte, aber er zwang sich, die Züge seines Stiefvaters mit einem objektiven Blick zu betrachten, ohne die Angst, die ihn in seiner Gegenwart immer beherrscht hatte.

Er verspürte keine Reue angesichts seines Gefühls der Genugtuung darüber, dass der Mann, der dafür verantwortlich war, dass sich seine Mutter zu Tode geschuftet hatte, und der ihn erbarmungslos verprügelte, keinen leichten Tod gestorben war. Offenbar waren die Aasfresser schon vor seinem Tod über ihn hergefallen.

Ole Sadera hatte Mantira mit seiner Mutter und einigen wenigen Dorfbewohnern im Wald gefunden. Sein Vater war bei der Verteidigung des *Enkang* gestorben. Mantira kochte vor Wut und Frustration. Er war alt und stark genug, um mit Speer und *Simi,* dem kurzen Massai-Schwert, umzugehen, aber da er noch nicht den Initiationsritus durchlaufen hatte, der ihn zum Krieger machte, konnte er nichts tun. Es war die schlimmstmögliche Lage, in die man geraten konnte: gefangen zwischen den Altersrängen, noch kein Mann, aber auch kein Junge mehr, nicht imstande, Rache an denen zu üben, die sein Leben zerstört hatten.
Dies hatte eine unauslöschliche Erinnerung bei Mantira hinterlassen. Als er zum Krieger wurde, war der Krieg bereits gewonnen, die verschiedenen Sektionen unter Lenana wieder vereinigt und der Frieden wiederhergestellt. Mantira hatte sich vom Schicksal betrogen gefühlt.
Für Ole Sadera war der Überfall dagegen eine Befreiung gewesen. Seine neue Stellung als Waise hatte einiges Ungemach nach sich gezogen, ihm aber die Freiheit gegeben, das zu sein, was er sein wollte. Er entschied sich, zwischen den zahlreichen Purko-Gemeinschaften hin und her zu reisen und dort seine Dienste als Hirtenjunge anzubieten, wo man willens war, ihm Essen und Unterschlupf zu gewähren. Wenn es ihm nach einem dauerhafteren Heim verlangte, kehrte er in die Gemeinschaft der Überlebenden seines *Enkang* zurück, insbesondere zu Mantira und seiner Familie. Dort wurde er wie ein verlorener Bruder und Sohn behandelt. Selbst nachdem Mantira zu einem *Morani* geworden war – eine Zeit, in der die neu aufgerückten Krieger ihren jüngeren, noch nicht aufgenommenen Brüdern das Leben zur Hölle machten –, blieben er und Ole Sadera Freunde.
Nun war Ole Saderas Zeit gekommen, in die Gemeinschaft

der Krieger eingeführt zu werden, aber dem gingen zunächst noch eine Reihe von Zeremonien voraus. Als Erstes die *Emorata,* die Beschneidungszeremonie. Dies war ein Ereignis von großer Wichtigkeit für die Familien der Neulinge, die den jungen Männern dabei halfen, sich auf das Ereignis vorzubereiten. Mantira kam Ole Sadera einem Familienmitglied am nächsten, und dies war nicht das erste Mal, dass er Ole Sadera Beistand geleistet hatte. Ohne ihn wäre er vielleicht gar nicht für die Beschneidung in Frage gekommen, was ihn daran erinnerte, dass er den Beitrag seines Freundes zu diesem Tag zu würdigen hatte.

Er wischte sich den Ocker an einem Stück Kalbsleder von den Händen und legte eine Hand auf Mantiras Schulter. »Ich habe mich noch nicht bei dir bedankt, mein Bruder«, sagte er.

»Wofür denn?«

»Dass du mir dabei geholfen hast, heute hier zu sein.«

»Das stimmt allerdings. Wenn ich dich nicht hierherbugsiert hätte wie ein Hirtenjunge, der ein dummes Schaf zur Herde zurücktreibt, dann hättest du den Weg nie gefunden.«

»Nein, Nkapilil. Du weißt, was ich meine. Ohne dich hätte ich die Prüfung niemals geschafft.«

Ob ein Junge alt genug war, um beschnitten zu werden, wurde davon abhängig gemacht, ob er imstande war, ein neugeborenes Kalb auf seinen Schultern nach Hause zu tragen. Mantira wusste, dass Ole Sadera, der schmächtiger war als die meisten Jungen seines Alters, große Schwierigkeiten mit dieser Prüfung haben würde, daher hatte er die kleinste Färse in der ganzen Gegend ausfindig gemacht und heimlich dafür gesorgt, dass sie in die Nähe des *Enkang* gebracht wurde, bevor sie kalbte. Selbst dann noch war es einzig Ole Saderas Entschlossenheit zu verdanken, die ihn und das Kalb bis zur Einfriedung des *Enkang* brachte. In jener Nacht hatten der Junge, der ein Krieger sein würde, und der Krieger, der dies möglich gemacht hatte, zusammen bis zum Morgengrauen Honigbier getrunken.

Als Mantira sah, dass Ole Sadera nicht zulassen wollte, dass die Angelegenheit mit einem Lachen abgetan wurde, unterließ er weitere Versuche. »Wenn mir jemand Dank schuldet, dann sind es deine Altersgenossen, denn sie werden in dir einen würdigen *Olaiguenani* haben.«

Ole Sadera hatte erst an jenem Morgen erfahren, dass er zum Anführer seines Altersranges gemacht werden sollte, dem *Olaiguenani*, was bedeutete, dass er bei wichtigen Stammestreffen für seine gesamten Altersgenossen sprechen und sie sogar, falls nötig, in den Krieg führen würde. Dies war eine große Ehre für einen frisch Initiierten, der jünger und kleiner war als die anderen.

»Ich werde dir keine Schande machen«, sagte er.

»Es war nicht meine Entscheidung, dich dafür auszuwählen, das haben weisere Köpfe entschieden.«

»Aber da du selbst ein *Olaiguenani* bist, hat dein Wort viel Gewicht gehabt. Ohne dich wäre ich nicht hier. Es würde noch viele Jahre bis zu meiner Beschneidung dauern, und ich würde gewiss kein *Olaiguenani* sein.«

Mantira griff nach dem Kalbsleder, wischte seine Hände ebenfalls daran ab und warf es zur Seite. »Sieh mich an, Parsaloi«, sagte er und starrte ihn wütend an. »Das ist das letzte Mal, dass ich von dir hören möchte, wie du schlecht von dir redest. Das ist kindisch. Deiner Stellung unwürdig. Es ist kein Platz für falsche Bescheidenheit in einem Anführer. Als *Olaiguenani* musst du führen. Du musst das tun, was für deine *Moran*-Brüder das Richtige ist. Und ich hatte, ehrlich gesagt, nichts mit deiner Wahl zu tun. Du magst jünger und nicht so kräftig sein wie die meisten, aber du besitzt Fähigkeiten, die viele bewundern, eine Stärke und Entschlossenheit, um die dich andere nur beneiden können. Du allein hast dich zu dem gemacht, der du bist. Du hast Respekt verdient. Das ist etwas, das Größe allein nicht für sich zu beanspruchen vermag.«

»Ich ... ich danke dir für deinen Rat, mein Freund. Er ist, wie immer, sehr willkommen.«

»Gut! Denn nun wirst du den Mund halten und dich ausruhen. Es liegen zwei Tage der weißen Tänze und zwei der roten vor dir. Du wirst alle Kraft in deinen Beinen für den Tanz benötigen und, wenn du Glück hast, auch alle Kraft in deinem schon bald beschnittenen Viehtreiberstab für das, was folgen könnte.«

Lenana stand unter dem heiligen Feigenbaum und sah zu, wie Ole Sadera den Hang heraufkam. Er bewegte sich wie eine Katze, setzte seine Füße zwischen die Grasbüschel des gewundenen Weges den Berg hinauf – ein Weg, den nur das Auge eines Hirten zu erkennen vermochte. Man sah das Spiel seiner langen Muskeln unter der schweißbedeckten, glänzenden Haut seines straffen, gedrungenen Körpers, als er den Griff seines Speeres beim Klettern zu Hilfe nahm. Er schlängelte sich zwischen dem verkrüppelten Dornbusch und den rundlichen grauen Felsbrocken hindurch, die den knorrigen Feigenbaum fetten Wächtern gleich zu bewachen schienen.

Schon vor seiner Aufnahme in die Gruppe der Krieger hatte Ole Sadera Lenanas Aufmerksamkeit erregt. Er war zum *Olaiguenani* der zukünftigen Il-Tuati-Altersgruppe ernannt worden. Die jüngere der beiden Altersgruppen, aus denen die Kriegsränge bestanden, war immer die mühseligste, und es lag in der Verantwortung des *Olaiguenani,* dass ihr Überschwang in sinnvolle Beschäftigungen floss. Lenana hatte anfangs nur schwer verstehen können, warum der junge

Ole Sadera von seinesgleichen benannt worden war. Er war schmächtig und nicht so groß wie andere Gleichaltrige, und dennoch musste Lenana feststellen, dass er all die wichtigen Kriterien erfüllte, die an einen *Olaiguenani* gestellt wurden, und konnte nicht widersprechen.

Ole Sadera kannte sich gut aus in den Traditionen und der Geschichte der Massai. Es war fast so, als habe er die ganze Zeit zu Füßen der Ältesten gesessen und deren endlose Erzählungen aus der Vergangenheit aufgesogen. Außerdem war er ein guter Redner.

Lenana hatte gehört, dass er in der Zeit nach dem Krieg lange von einer Purko-Gruppe zur anderen gezogen war und deren Vieh gehütet hatte, um sich sein Essen zu verdienen. Ganz offenbar hatte ihn das die Fertigkeit gelehrt, Menschen mit Worten freundlich zu stimmen.

Er besaß zweifellos einen starken Charakter, der wohl in seiner schweren Kindheit geformt worden war, denn es hieß, dass ihn sein Stiefvater aus Furcht oft geschlagen hatte, um ihn seinem Willen zu unterwerfen. Viele der älteren Purko wussten von Ole Saderas Geburt im Wasser des Uaso Nyiro zu berichten und wie er, als ihn seine Mutter aus dem Fluss zog, einen Stein in jeder Hand gehalten hatte. Lenana betrachtete dies mit Skepsis. Es war die Art von Geschichte, die eine Laikipiak-Mutter unter der Verwandtschaft ihres neuen Ehemannes verbreitete, damit ihr Sohn, den sie in eine feindliche Welt geboren hatte, überlebte. In den Lehren der Ältesten war die Rede davon, dass ein Kind, das mit einem Stein in der Hand geboren wurde, gewisse unbestimmte Kräfte erbte. Es konnte sich dabei um die Fähigkeit handeln, in die Zukunft zu sehen oder einem entfernten Feind Schmerz zuzufügen. Oder die Kräfte verliehen diesem Kind die Einsicht eines weisen Mannes oder die Fertigkeiten eines großen Liebhabers.

Welche Kräfte ein Stein auch immer zu verleihen vermochte, zwei Steine waren unvorstellbar. Lenana hielt es schlicht für unmöglich. Doch wenn er an seine erste Begegnung mit dem Jungen zurückdachte, musste er zugeben, dass es ihm vorgekommen war, als ob er irgendeine fürchterliche Macht besäße.

Der Junge war trotz seiner schmalen Gestalt – oder gerade deswegen – stark, dies allerdings weniger im körperlichen als im geistigen Sinne. Er besaß genug Widerstandskraft, um die vielen Schwierigkeiten zu überwinden, die ihm das Leben in den Weg gelegt hatte. Es war diese Disziplin und Charakterstärke, die die Mitglieder seiner Il-Tuati-Altersgruppe in ihm erkannt hatten und weshalb Lenana nach anfänglichem Zögern ihrem Vorschlag gefolgt war und ihn zu ihrem *Olaiguenani* ernannt hatte.

Und in dieser Funktion als Sprecher seines Altersranges stieg er nun den Berg hinauf, um mit seinem *Laibon* unter dem heiligen Feigenbaum zu sitzen und von dem Krieg zu berichten, den er und seine *Moran* führen sollten.

»*Sopa*«, sagte Lenana zu Begrüßung.

»*Hepa*«, erwiderte Ole Sadera. »Ich will hoffen, dass es deinen Rindern gutgeht.«

»Ja, so ist es. Und den deinen?«

»Vielen Dank, sie erfreuen sich guter Gesundheit.«

Lenana nahm auf einem flachen Felsen Platz und ließ erkennen, dass es nun angemessen war, den eigentlichen Grund für Ole Saderas Besuch zu erörtern. Er bedeutete dem jüngeren Mann, sich zu setzen, und wartete, bis Ole Sadera einen geeigneten Stein für sich gefunden hatte.

»Ich habe von der Ankunft der Swahili-Karawane gehört«, sagte Lenana.

»Es ist ein Frevel.«

»Also ist es an der Zeit«, sagte der *Laibon* nach einem kurzen Moment des Schweigens.
»Ja.«
»Sind die *Moran* bereit für diesen Angriff?«
»Das sind sie.«
»Und was sagt Mantira dazu?«, erkundigte sich Lenana.
Mantira war der *Olaiguenani* der älteren Krieger – der Gruppe von Männern, die seit beinahe dreizehn Jahren Krieger waren.
Ole Sadera hörte aus freien Stücken und der Tradition gehorchend auf seinen älteren Freund, wenn es um wichtige Angelegenheiten wie den Krieg ging.
»Wir stimmen darin überein, dass es für die Il Tuati an der Zeit ist, unsere Speere blutig zu machen.«
»Und was hält er von deiner Entscheidung, die Karawane anzugreifen?«
»Auch wenn er glaubt, dass die Zeit gekommen ist, vertritt er die Ansicht, diese Karawane nicht anzugreifen, da sie zu stark sei, die Waffen zu zahlreich.«
»Ein vernünftiger Rat.«
»Aber meine *Moran* sind bereit. Ihre Ungeduld wächst mit meinem Zögern.«
»Die Jugend giert danach, sich zu beweisen. Ich war auch einmal jung.« Das ledrige Gesicht des älteren Mannes legte sich in Falten, als ein kleines Lächeln seine Lippen umspielte, das aber rasch wieder erstarb. »Warum also zauderst du? Plagen dich Zweifel?«
»Nein. Wir müssen ganz eindeutig handeln, den Swahili und Wakikuyu eine Lehre erteilen.« Ole Sadera verstummte und starrte auf seine Hände hinab, die er ineinandergelegt hatte und zusammenpresste.
»Was ist dann der Grund?«

»Unsere Krieger vermögen die Swahili wie Fliegen auf einem Kuhhintern wegzufegen, aber mir geht die Prophezeiung deines Vaters nicht aus dem Sinn.«

»Du meinst die rosafarbenen Männer auf einem schwarzen Nashorn, nicht wahr? Das beunruhigt mich ebenso.«

»Und all das Unglück, das er vorausgesagt hat. Unsere Kundschafter berichten, dass sich die Weißen in Lagern am Rande des Massai-Landes sammeln. Werden sie es dabei belassen und sich damit zufriedengeben, auf ihrer verfluchten Schlange hindurchzureisen? Werden sie die Massai und ihr Vieh in Frieden lassen?«

»Die Wakamba sagen, dass es viele seien und ihre Waffen stark.«

»Ein Grund mehr, warum wir die Stämme in Vorbereitung auf den Krieg gegen die Weißen vereinigen sollten, anstatt einander zu töten, wie wir es all die vielen vergangenen Zeiten getan haben.«

»So hat es sich nun einmal zugetragen. Wir können die Vergangenheit nicht ungeschehen machen.«

»Das ist wahr.«

»Und was sein muss, das lässt sich nicht verhindern.«

»Sprichst du von den Weißen oder von der Karawane?«

Lenana ließ einen Augenblick verstreichen, ehe er »von beidem« antwortete.

Danach saßen sie schweigend da, und jeder hing seinen Gedanken nach.

Schließlich erhob sich Ole Sadera. »Ich werde die *Moran* zusammenrufen und die Vorbereitungen für den Überfall treffen.«

»Dann solltest du rasch handeln. Wenn du angreifen willst, musst du die Karawane erreichen, bevor sie am Wald anlangt.« Lenana stand ebenfalls auf. »Aber lass mich dir erst

meinen Segen geben, dann werde ich dir hinunterfolgen, um die *Moran* zu segnen, bevor ihr loszieht.«
Er hielt seinen heiligen eisernen Stab über Ole Saderas Kopf, umkreiste den *Morani* und bespuckte ihn auf die althergebrachte Weise der Massai.

Am östlichen Steilhang, zweitausend Fuß über dem Great Rift Valley, dem Großen Afrikanischen Grabenbruch, fiel das Land in kleineren und größeren Stufen zu der flachen, gelben Tiefebene ab, wo sich der Kedong – aus dieser Höhe kaum mehr als ein grünliches Band – am Fuße der Hänge entlangschlängelte.
Ole Sadera trat an die Kante des Steilhangs, steckte seinen Speer in den Boden und betrachtete ein anderes Band dort unten im Tal. Eine bunte Mischung aus Farben und Formen bewegte sich einer Schlange gleich vorwärts: zur einen Seite, um einem Haufen Felsbrocken auszuweichen, zur anderen Seite, um eine Stelle mit Dornenbüschen zu umgehen. In ihrem Windschatten reiste eine dunstige Staubwolke, die in der Luft über dem Massai-Land hing. Es handelte sich um eine Handelskarawane der Swahili, vierzehnhundert Mann stark. Darunter befanden sich die Männer, die sich vor einigen Tagen erst zwei Massai-Frauen geholt und sie geschändet hatten.
Vierhundert Il Tuati mit den kurzgeschorenen Köpfen derer, die erst kürzlich die Kriegerwürde erworben hatten, standen mit schweißglänzenden Körpern an der Kante des Steilhangs. Die Sonne fing sich in den zahlreichen Farben ihrer Schilde und brachte die Ränder der langen Eisenspeere zum Funkeln. Ole Saderas Herz pochte gegen seine Rippen. Das lag zum einen an seiner gespannten Erwartung und zum anderen an den vor ihnen liegenden zehn Meilen, die sie laufen mussten,

um die Karawane zu erreichen. Er blickte an den Reihen der Krieger zu seiner Rechten und zu seiner Linken entlang und spürte die Anspannung, die in der Luft lag.

In ihrer *Manyatta* hatte ihnen der *Laibon* die Zeichen gedeutet. Es gab günstige Omen für eine rasche und tödliche Vergeltung. Die Krieger hatten ihre Körper mit weißem und rotem Ocker angemalt und sich in ihren kurzen, roten *Shukas* zu einem Festtanz versammelt. Sie stießen laute Schreie aus und sangen, während einer nach dem anderen in den Kreis sprang und Richtung Himmel hüpfte, um seine Kraft und seine Bereitschaft für den Kampf zu demonstrieren. Als ihr *Olaiguenani* hatte Ole Sadera bis zuletzt gewartet und mit dem Adrenalin, das durch seinen Körper schoss, bislang nie erreichte Höhen erzielt. Die Il Tuati hatten dies mit noch lauterem Freudengeschrei belohnt.

Die Frauen des *Enkang* säumten schreiend und Ruhmeslieder singend ihren Pfad, als die jüngeren Krieger losliefen.

Und nun, als sie sich plappernd an den Felsenrand drängten und auf ihre Beute hinabblickten, konnten sie es kaum erwarten anzugreifen. Ein Sprechgesang erklang, der, zunächst verhalten, an Lautstärke und Intensität gewann, als seine Kraft in jeden der Körper strömte. *Hhuunh-huh! Hhuunh-huh! Hhuunh-huh!*

Als Ole Sadera auf einen Fels kletterte, um sich an seine vierhundert Krieger zu wenden, verstummten diese sogleich und rückten zu einer dichten Formation zusammen. Nicht ein einziges Murmeln erklang, als ihr Anführer seine Befehle erteilte, die *Moran* in Flankenangreifer, Vortrupp und Nachhut aufteilte. Als das getan war, hob Ole Sadera seinen Schild, und die Krieger stießen einen gemeinschaftlichen Seufzer aus. Sie waren zum Kampf bereit.

Die vierhundert jungen Männer strömten geschmolzener

Lava gleich eine Falte des Steilhangs hinunter, sprangen wie Gazellen über Felsbrocken und ließen kleine Steine unter ihren Füßen aufspritzen. Die natürliche Form des Hangs verbarg sie beim Abstieg vor dem Feind. Ole Sadera führte stolz seine Il Tuati an. Heute war ihr Tag, der Tag, an dem sie ihre Speere blutig machten.

Auf dem flachen Erdboden am Fuß des Steilhangs sammelten sie sich zu einer Kampfformation und begaben sich rasch an die Stelle, wo sie die Eindringlinge angreifen wollten. Sie nahmen ihre Positionen hinter einer kleinen Erhebung des Talbodens ein, wo keine Dornbüsche oder Bäume wuchsen und ihre geschlossenen Reihen genügend Raum hatten.

Ole Sadera wusste, dass die Frauen und die Ältesten in den kommenden Jahren diesen Tag besingen würden. Den Tag ihrer ruhmreichen Vergeltung.

Kapitel 4

Andrew Dick legte das schmutzige Blatt Papier hin, auf dem die Vorratsliste geschrieben stand, zog ein Taschentuch aus seiner Tasche und wischte sich damit über Hals und Nacken. Am Morgen würde er seine Karawane von Fort Smith bis zum Rudolphsee führen. Heute tätigte er seinen wichtigsten Einkauf: Munition für seine Männer. Er hatte nicht vor, mitten im Turkana-Land mit zwanzig leeren Snider-Gewehren dazustehen.

Ein Ruf erklang von den Wachen, die die Tore des Forts für ein Dutzend böse zugerichteter Swahili öffneten. Der den Oberbefehl führende Offizier, Commander Gilkisson, schickte einige Offiziersburschen los, um Wasser zu holen, und brachte die Verletzten zur Veranda seines Dienstzimmers. Dick schloss sich der Menge an, die sich rasch versammelte, um ihre Geschichte zu hören.

In einer Mischung aus Swahili und gebrochenem Englisch schilderten die Träger einen verwirrenden, schrecklichen und blutigen Angriff von über tausend Massai-Kriegern auf ihre friedliche Karawane. Hunderte waren von Speeren durchbohrt oder in Stücke gehackt worden. Die wenigen Überlebenden waren in alle Richtungen geflohen, um ihren Mördern zu entkommen. Es war ein vollkommen grundloser Angriff gewesen.

Gilkisson ließ sie ausreden und rief dann nach Freiwilligen für eine Rettungsmission der Verwundeten, die ins Fort gebracht werden sollten. Er wandte sich Andrew Dick zu.

»Würden Sie, solange ich weg bin, hier Wache halten? Ich

könnte ihre zusätzlichen Gewehre gebrauchen, falls sich diese blutdürstigen Schurken entschließen sollten, das Fort anzugreifen.«
»Ich werde auf gar keinen Fall hier herumsitzen und Kindermädchen spielen, während diese schwarzen Mistkerle einfach so davonkommen«, erwiderte Dick. »Ich sage, lasst uns die Verfolgung aufnehmen, ehe sie ihre feigen Ärsche wieder dorthin verfrachten, wo sie hingehören. Was sagt ihr, Männer? Wer schließt sich mir an?«
Er konnte die Hunderte von Massai-Rindern dort im Tal vor sich sehen, die nur darauf warteten, dass jemand sie für sich beanspruchte. Er war nicht umsonst als Trader Dick bekannt und wegen seines Geschäftssinns berüchtigt.
»Kommen Sie mir nicht mit solchem Unsinn, Mr. Dick«, sagte Gilkisson. »Vergeltungsangriffe von Zivilisten sind streng verboten – das sollten Sie als Händler eigentlich wissen.«
»Das tue ich, in der Tat, Commander, aber ich weiß auch, dass ich in den mehr als acht Jahren, die ich jetzt schon hier bin, das eine oder andere über diese schwarzen Lumpenhunde gelernt habe.« Er reckte kämpferisch sein Kinn mit dem schwarzen Vollbart. »Unternehmen Sie nur Ihre Rettungsmission, Commander. Ich sage, wir versetzen ihnen einen Schlag, den sie nicht so schnell vergessen werden. Sonst wird diese verdammte Albernheit mit den Karawanen nie ein Ende nehmen.« Er wandte sich den Männern zu. »Ich frage noch einmal, wer schließt sich mir an?«
Die Ansammlung begann sich aufzulösen, und Dick sah seine Chancen, sich ein paar Massai-Rinder anzueignen – die besten aller Handelsgüter im Turkana-Land –, mit ihnen entschwinden.
»He, ihr! Franzmänner!«, rief er den drei Franzosen zu, mit denen er sich am Vorabend unterhalten hatte. Sie hatten eine

Reihe von bewaffneten Männern in ihrer Gruppe. »Ihr schimpft euch doch Jäger, oder etwa nicht? Was nützt schon ein scharfes Auge und eine sichere Hand ohne ein würdiges Ziel? Schließt euch mir an, und ihr werdet ein Vergnügen erleben, wie ihr es nicht an den Hängen des Kilimandscharo findet. Ich sage euch, kommt mit mir.«

Die Franzosen tauschten Blicke.

»Wollt ihr etwa zulassen, dass ein einziger Engländer den Platz von euch dreien einnimmt?«

Sie wechselten kurz ein paar aufgeregte Worte, ehe sie hinüberspazierten, um sich zu ihm zu gesellen.

»So ist's recht!«, frohlockte Dick. »Und was ist mit unserem irischen Freund dort drüben? Hast du nicht Lust auf einen kleinen Spaß?«

Sehr zu Gilkissons Missfallen hatte Trader Dick schon bald eine kleine Privatarmee um sich versammelt.

Staub stieg träge hinter der Herde in die Höhe, fing die langen Strahlen der Sonne ein und verwandelte sie von Gold in Rot.

Andrew Dick, der hinter den Rindern herritt, erlaubte sich ein kleines, zufriedenes Lächeln. Das war ein leichtes Tageswerk gewesen. Seine zwanzig *Askaris* und ein Dutzend mehr oder weniger schwer bewaffnete Freiwillige hatten zunächst erfolglos die Gegend am Fuß des Steilhangs abgesucht. Aber als sie sich nach Westen gewandt hatten, waren sie, wie Dick gehofft hatte, auf die Massai-Herde gestoßen.

Ein paar alte Männer und Jungen bewachten das Vieh. Dicks kleine Schar hatte sie in kürzester Zeit getötet. Dann warteten sie auf den Angriff der Krieger, der aber nicht erfolgte.

Dick hatte argumentiert, dass sich die *Moran* nach ihrem Angriff auf die Swahili-Karawane aus Furcht vor Vergeltungs-

maßnahmen auf die andere Seite des Steilhangs geflüchtet hatten und deshalb kein Grund zur Eile bestand.
Auf dem Ritt versuchte er, den Gewinn seiner kleinen Investition abzuschätzen. Selbst wenn er in Betracht zog, dass er seinen weißen Mitstreitern noch ihren Anteil am Vieh geben musste, war es ein sehr profitabler Ausflug für ihn. Die meisten von den Männern waren Jäger und würden nur zu gern eine Schachtel Munition oder auch nur eine Handvoll Rupien im Austausch gegen Vieh annehmen. Er würde natürlich viel Wirbel um den Preis machen, das Vieh aber trotzdem behalten. Die Turkana liebten Rinder beinahe ebenso sehr wie die Massai und wären bereit, einen hohen Preis für die Herde in guten Somali-Ponys zu bezahlen. Pferde waren unter den neuen Siedlern, die allmählich eintrafen, begehrt. Es gab kaum einen zugerittenen Gaul in Nairobi.
Ja, die Investition von einigen Kugeln würde ihm einen anständigen Gewinn einbringen, dachte er zufrieden.

Ole Sadera und seine Krieger lagen in ihrem Hinterhalt in der Schlucht. Die Rinder näherten sich, und sobald sie den Einschnitt im Talboden erreicht hatten, würde er mit seinen Männern aus dem Versteck springen und das nördliche Ende versperren, so dass den diebischen Hirten nichts anderes übrigblieb, als nach Süden zu fliehen, wo sie die Speere seiner Il Tuati erwarten würden.
Es hätte nicht dazu kommen müssen. Ole Sadera verstand das Bedürfnis der Weißen, Vergeltung zu üben. Ein Krieger durfte nach ehrenvoller Rache trachten. Und wenn die weißen Männer ihn in einen Kampf verwickelt hätten, dann hätte er sich mit seinen Il Tuati zurückgezogen – nicht, weil er Angst gehabt oder sich im Unrecht gefühlt hätte, sondern wegen des Ratschlags älterer und weiserer Männer, die ihn davor ge-

warnt hatten, weiter Krieg mit den Weißen zu führen, weil ihnen sonst andere Weiße folgen und die *Enkangs* der Massai zerstören würden. Doch ein friedlicher Rückzug war unmöglich geworden, als die Weißen ihre Rinder stahlen.

Selbst dann noch hatte sich Ole Sadera mit seiner Entscheidung gequält. Er ignorierte den Rat der Ältesten nicht gern, denn es war ihm bewusst, dass die Stärke der Massai in den vergangenen Jahren geschwunden war. Der Krieg zwischen den verschiedenen Stämmen, die gefürchteten Pocken, der schreckliche Tribut, den die Rinderpest bei ihrem Vieh gefordert hatte, und die daraus resultierende Hungersnot – all dies hatte ihren Kämpfern zugesetzt, so dass sie inzwischen nur noch ein Schatten ihrer selbst waren. Aber wie viel konnte ein Mann ertragen, bevor er gezwungen war, sich zu wehren? Wenn die *Moran* nicht ihre Entschlossenheit demonstrierten, ihre eigenen Leute, ihr Land und ihr Vieh zu schützen, was würde dann aus ihnen werden?

Die Herde begann an der Stelle vorüberzuziehen, wo er mit der Hälfte seiner Il Tuati in zwei Erdfalten versteckt lag. Auf einigen Rindern konnte er sein eigenes Brandzeichen erkennen. Sie bewegten sich vorwärts, wenn auch unter protestierendem Muhen.

Nun kamen die Diebe – die Weißen und die Swahili-*Askaris* – in Sicht. Ole Sadera ließ sie vorüberziehen und hob seinen Schild. Als er ihn wieder senkte, sprangen seine Krieger aus ihrem Versteck und griffen die Reiter mit einem wilden Geschrei an. Ole Sadera sah ungefähr zehn Weiße bei ihrer ersten Speerflut fallen, aber die restlichen Weißen begannen sich sofort zu verteidigen, und Feuer sprang aus den Rohren ihrer Waffen.

Als *Olaiguenani* war Ole Sadera der kommandierende General. Einer eisernen Tradition folgend, war er verpflichtet,

Distanz zu halten, durfte sich nicht am Kampf beteiligen. Er musste das Manöver aus sicherer Entfernung leiten. Seine vier Leibwächter hielten sich in ähnlicher Weise von dem Gefecht fern und standen in der Nähe ihres Anführers.

Die am Frontalangriff beteiligten Männer ließen sich zurückfallen, und der Feind folgte ihnen, wie sie es beabsichtigt hatten. Zwischen den Reitern und dem Vieh bildete sich eine Lücke, in die Ole Saderas Flügelkämpfer mit ihren *Simis* stießen. Die Luft war erfüllt von Staub und dem stechenden Geruch von Schießpulver. Pferde bäumten sich auf, und Männer stürzten, aufgespießt von den schweren Klingen der Massai-Speere, zu Boden.

Aber auch die Massai erlitten schwere Verluste. Ole Sadera musste mit ansehen, wie seine Männer in immer größerer Zahl fielen. Doch er vermochte den Verlauf des Kampfes nicht aufzuhalten oder zu ändern, und so blieb ihm nur, die Fäuste zu ballen und unter Qualen zuzusehen, ohne direkt eingreifen zu können. Die Weißen und ihre *Askaris* waren in der Unterzahl, aber ihre Feuerkraft war groß.

Der Kampf war trotz seiner Heftigkeit mit einem Mal beendet. Die Rinder waren in Panik weggelaufen – um von den überlebenden *Moran* zurückgetrieben zu werden –, und die überlebenden Viehdiebe hatten Reißaus genommen.

Nur einer der Weißen war zurückgeblieben. Er war ein großer Mann mit einem dicken schwarzen Bart. Er hatte sein Pferd verloren oder war heruntergefallen und schoss auf jeden *Morani,* der sich ihm näherte, während er sich entlang des Berghangs zurückzog. Jedes Mal, wenn die *Moran* einen Angriff starteten, mussten sie sich wieder zurückfallen lassen, sobald sich der Bärtige umdrehte und mit seiner Waffe fuchtelte. Auf diese Weise war er gut vorangekommen, und es schien, als würde er in Kürze in den Busch entwischen.

Obwohl Ole Sadera nicht vertraut war mit den Waffen des weißen Mannes, bemerkte er etwas, das den *Moran* offenbar entgangen war: Der weiße Mann hatte lange keinen Schuss mehr abgegeben. Irgendwie hatte die Waffe ihre Macht verloren.

Ole Sadera griff nach seinem Speer und stürmte zum Entsetzen seiner Leibwächter den Hang hinauf, um dem weißen Anführer den Weg abzuschneiden.

Der Mann richtete seine Waffe drohend auf Ole Sadera, als der mit erhobenem Speer auf ihn zueilte, doch sie blieb stumm.

In dem Moment, bevor er seinen Speer durch den Körper seines Feindes stieß, stellte Ole Sadera befriedigt fest, dass sich die Augen des Mannes vor Entsetzen weiteten.

Aus dem Kreis der Frauen erklangen die Loblieder auf die *Moran* – die Söhne, Brüder, Liebhaber –, die vom Schlachtfeld zurückgekehrt waren. Es war ein glorreicher Sieg über den weißen Mann.

Die süßen Worte schwebten wie Nachtvögel durch die Luft zu der Stelle, wo sich die *Moran* versammelt hatten, um zu feiern und zu tanzen. Dutzende von Kriegern waren in vollem Staat erschienen, mit Perlenschmuck und ockerroten Körpern. Viele trugen den Löwenmähnen-Kopfschmuck, während andere den *Olewaru* aus schwarzen Straußenfedern gewählt hatten. In jedem Fall wirkten die ohnehin schon großgewachsenen Krieger noch eindrucksvoller.

Immer wieder sprangen einzelne junge Männer nacheinander in die Mitte des Kreises und hüpften in den Nachthimmel – hoch und gerade wie ein glänzender schwarzer Pfeil. Jeder Sprung wurde mit anfeuerndem Geschrei belohnt, bis der Tänzer schließlich in einen tranceähnlichen Zustand ge-

riet und schweißüberstömt und dem Zusammenbruch nahe von einem anderen Tänzer abgelöst wurde.
Schließlich zogen sich die Krieger zum Trinken und Essen zurück. Große Stücke halbgaren Fleisches wurden aus dem Ochsenrumpf geschnitten und unter den *Moran* verteilt. Es wurde gelacht und gescherzt, sie beglückwünschten einander, sammelten Erinnerungen an Heldentaten während des Kampfes und überschütteten die herausragendsten Tänzer des Abends mit Lob.
Bald schon ließen der Lärm und das Geplapper um die Lagerfeuer der *Moran* nach, und die Stimmen der Frauen, die von weit her aus dem Dorf herübergetragen wurden, waren wieder zu vernehmen.
Ein Klagelied, offenbar gesungen von der Mutter eines toten Kriegers, ließ die *Moran* verstummen.
Ole Sadera starrte ins Feuer.
Die Gesichter der Toten tanzten in den Flammen; Brüder, die zu sehen er sich bislang nicht gestattet hatte. Wieder einmal dachte er über die Fragen nach, die jedem Kampf folgten. Hätte er den Angriff besser durchführen können? Hätte es dann weniger Tote gegeben? Niemand wusste die Antworten darauf, aber das hielt ihn nicht davon ab, sich mit diesen Fragen zu quälen.
Als das Lied geendet hatte, begann kurz darauf ein weiteres, wurde lauter und machtvoller, da immer mehr Frauen einstimmten. Es hellte die ernste Stimmung auf, und die Gedanken an den Tod wichen den Verheißungen von Ruhm und Ehre. Bald schon hatte die Stimmung in der *Manyatta* ihre vorherige Vergnügtheit wiedererlangt, und ein oder zwei Lieder später sandten die jungen Frauen – die *Entito* – ein Liebeslied in die Nacht, versprachen ungenannten Geliebten unbeschreibliche Freuden und baten um die Erlaubnis, das Lager

der *Moran* betreten zu dürfen, denn es war den Frauen verboten, den Kriegern beim Fleischessen zuzusehen.
Während die Frauen Liebesworte sangen, wandten sich die Gedanken der *Moran* von der Feier des Kampfes dem Versprechen einer Nacht voller Leidenschaft zu.
Obwohl Ole Sadera eine wichtige Stellung in seiner Altersgruppe einnahm, hatte ihm sein Rang als *Olaiguenani* zu seiner Enttäuschung bislang nur wenige Freundinnen eingebracht.
Von den drei offiziellen Freunden, die ein Massai-Mädchen haben durfte, war er niemals zum *Asanja* – dem Liebling, der ersten Wahl eines Mädchens unter ihren Sexualpartnern – gewählt worden. Falls ihr Liebster nicht verfügbar war, konnte sich ein Mädchen einen zweiten Freund aussuchen, den *Oljipet.* Ole Sadera war auch noch niemals zum *Oljipet* irgendeines Mädchens gewählt worden.
Falls weder der erste noch der zweite Freund verfügbar waren, wählte die *Entito* ihren *Olkeloki* – was »der herüberkommt« bedeutete. Ein Mädchen benannte einen Jungen meist aus sentimentalen Gründen als ihren *Olkeloki* oder weil ihr der Junge eine Freundlichkeit erwiesen hatte.
Ole Sadera war von zwei Mädchen zum *Olkeloki* gewählt worden, was in Anbetracht der Tatsache, dass eine *Entito* bei der Wahl eines offiziellen Freundes meist die älteren *Moran* bevorzugte, keine Schande war. Aber bislang hatte ihn noch keines der Mädchen gebeten, zu ihm herüberzukommen.
Ole Sadera und seine Il-Tuati-Brüder waren früher am Tag im Triumph durch die Reihen der Frauen gezogen, die da bereits Loblieder auf sie gesungen hatten. Die *Moran* waren voller Zurückhaltung und mit distanzierten Mienen an ihnen vorübergegangen, denn es geziemte sich für einen Krieger nicht, Interesse an Mädchen zu zeigen. Es war den Mädchen

überlassen, den ersten Schritt zu unternehmen und ihre Absichten kundzutun. Dennoch hatte er es nicht zu verhindern vermocht, dass sein Blick mehr als ein Mal zu einem ganz bestimmten Mädchen hinüberwanderte. Nashilo war ihr Name. Er versuchte, in ihrem Gesicht das gleiche Interesse zu lesen, das er für sie verspürte, aber nachdem er ihr bereits mehr verstohlene Blicke zugeworfen hatte, als es angemessen war, war er sich immer noch nicht sicher. Die Erfahrung sagte ihm, dass es unwahrscheinlich war, dass die Wahl auf ihn fallen würde, wenn der Moment gekommen war. Er war nicht so ansehnlich wie viele seiner *Moran*-Brüder.

Mädchenhaftes Kichern ertönte aus der Dunkelheit jenseits des Lichtscheins der Lagerfeuer. Schon bald war das Aufblitzen weißer Zähne und vielfarbiger Perlenarbeiten zu sehen. Ole Sadera suchte unter den sich nähernden jungen Frauen nach dem hübschen Gesicht Nashilos. Sein Herz klopfte heftiger, als er sie entdeckte. Ihre kleinen, spitzen Brüste schauten zwischen den zahlreichen Perlensträngen ihrer Halskette hervor. Ihre Ohrringe waren baumelnde weiße Kreise. Auf ihrer Stirn trug sie ein Perlenband, von dem winzige silberfarbene Scheibchen an einer roten Perlenschnur herabhingen. Eine Feder flatterte beim Gehen vorn an ihrem kurz geschnittenen Haar. Ihr kurzer roter Rock ließ wohlgeformte Beine und metallene Fußspangen erkennen.

Er hatte sich geschworen, dass er nicht gaffen würde wie ein pubertierender Hirtenjunge, aber als sie näher kam, da erregte ihn ihr bloßer Anblick so sehr, dass er Schwierigkeiten hatte, mit seinen gekreuzten Beinen bequem zu sitzen, denn seine anschwellende Männlichkeit drohte ihn zu blamieren.

Plötzlich stand sie vor ihm, und er wusste nicht, was er sagen sollte. Er saß sprachlos da und wartete darauf, dass sie ihn anredete. Vielleicht wollte sie ihn ja lediglich nach dem Ver-

bleib von Keriko oder Moirori oder einem anderen der begehrten jungen Krieger fragen, an denen sie interessiert sein könnte. Und von denen ein jeder die Situation geschickter gehandhabt hätte als er, dachte er finster. Doch sie stand einfach mit einem schüchternen Lächeln vor ihm.
Er saß wie ein Dummkopf abwartend da, die Beine bleiern, ein verblüffter Ausdruck auf dem Gesicht. Dann mit einem Male dämmerte es ihm, und er sprang auf, woraufhin die sanftmütige Nashilo vor Überraschung einen Schritt zurückwich.
Er versuchte sich an einem Lächeln und berührte zögernd ihren Arm, um sie zu beruhigen.
Ihr Lächeln kehrte zurück, und sie legte eine Hand auf die seine.
Ole Sadera führte sie mit heftig klopfendem Herzen in seine Hütte.

Kapitel 5

Der Kundschafter kam, die untergehende Sonne im Rücken, ins Lager zurückgelaufen und schritt sogleich zu der Stelle hinüber, wo sich Ole Sadera mit einigen seiner *Moran* beratschlagte.

»Gibt es Neuigkeiten aus dem großen Tal?«, fragte der *Olaiguenani.*

Der Kundschafter wischte sich den Schweiß von der Stirn. »Reiter durchqueren das Tal in unsere Richtung.«

»Wie viele?«

»Sechs in scharlachroten Tarbuschen und khakifarbenen Tuniken. Zwei in dunklen Jacken – einer von ihnen hat etwas auf dem Auge, das funkelt, wenn die Sonne darauf scheint.«

»Wo sind sie jetzt?«

»Sie haben ihr Lager im großen Tal aufgeschlagen. Sie werden bis zum Mittag hier sein.«

Ole Sadera wusste, dass es sich nicht um den erwarteten Vergeltungsangriff handeln konnte. Nicht einmal die Weißen mit ihren respekteinflößenden Waffen wären so töricht, mit so wenigen Männern der versammelten Armee der Massai gegenüberzutreten. Zudem war es eigenartig, dass sie aus dem Westen kamen, wohingegen sich die meisten Soldaten in Lagern im Osten befanden.

»Was haltet ihr davon?«, fragte er seine Männer.

»Ich haben vor ein paar Tagen den mit dem funkelnden Gesicht gesehen«, erwiderte ein *Morani.* »Er bewegte sich von Fort Smith nach Westen. Vielleicht besucht er Soldaten in der Nähe.«

Ein anderer erklärte, dass sich innerhalb einer Entfernung, die ein *Morani* in anderthalb Tagen zu laufen vermochte, keine Soldaten befanden.
Seit die Weißen zum ersten Mal aus dem Osten gekommen waren, hatten sich die Massai eifrig für ihre Bräuche und insbesondere für ihre Wehrkraft interessiert. Das Wissen darum wurde offen von einer Gruppe zur nächsten weitergegeben, bis eine ganze Menge über die Weißen und ihre Gebräuche bekannt war. Kurz nachdem der *Große Laibon* gestorben und die Savanne mit dem Blut der Massai getränkt worden war, hatten die Weißen kundgetan, dass sie solche Konflikte nicht dulden würden. Sie hatten eine eindringliche Demonstration ihrer Stärke mit Sprengkörpern gegeben, die die Erde zum Beben brachten, und mit eisernen Waffen, die eine Gazelle aus großer Entfernung niederzustrecken vermochten.
»Vielleicht kehren sie nach Fort Smith zurück«, sagte einer der Krieger.
»Aber warum?«, fragte ein anderer.
Ole Sadera hegte nicht den geringsten Zweifel, dass man im Fort über den Überfall der Massai auf die Karawane und den nachfolgenden Kampf mit dem Händler und seiner kleinen Truppe von Jägern reden würde. Was er seinen Männern gegenüber allerdings nicht eingestand, war die Tatsache, dass er keine Vorstellung davon hatte, was die Weißen deswegen zu unternehmen gedachten.

Mantira und Ole Sadera saßen unter einem Leleshwa-Busch am Rande des Weges, den die Weißen freigemacht hatten, damit ihre Fuhrwerke das große Tal durchqueren konnten. Sie warteten auf die kleine Gruppe von Weißen, die auf dem Weg zum Fort hier vorüberkommen würden.
»Was immer aus dieser Angelegenheit mit der Karawane

werden wird«, sagte Mantira, »du solltest niemals bereuen, dass du die Ehre deines Volkes verteidigt hast.«
»Ich danke dir, Mantira. Und ich danke dir auch, dass du hier mit mir sitzt. Ich bereue es nicht, Schandtaten gerächt zu haben, aber ich mache mir Gedanken über die Folgen. Habe ich den Purko großen Ärger bereitet?«
»Du hast getan, was getan werden musste. Wenn der weiße Soldat mit dem Sonnenlicht im Auge hier vorüberkommt, werden wir ihm die Wahrheit sagen: dass es eine Frage der Ehre gewesen ist.«
»Aber ich fürchte, dass unsere Worte nicht helfen werden«, sagte Ole Sadera. »Ich fürchte, sie werden uns nicht glauben. Wenn diese weißen Männer so zahlreich und mächtig sind, wie uns berichtet wurde, warum sollten sie sich dann um die Wahrheit scheren? Sie könnten uns vernichten, egal, wie ehrlich wir waren oder wie tapfer wir gekämpft haben.«
»Das weiß ich, Parsaloi. Wir können nur das tun, was wir tun müssen. Wenn sie uns zur Strafe viele Rinder wegnehmen wollen, dann müssen wir sie ihnen geben. Wenn sie uns von unserem Land vertreiben, müssen wir gehen. Und wenn sie gegen uns kämpfen … vielleicht müssen wir dann sterben.«
»Sie werden uns doch bestimmt nicht zwingen, das große Tal zu verlassen, oder?«
»Nein, das glaube ich nicht. Aber kennen wir diese Menschen? Wir können lediglich zuhören und versuchen, sie zu verstehen.«
Ole Sadera saß stumm da. Da war wieder dieser Gedanke, der ihm schon seit geraumer Zeit im Kopf herumging.
Er entschied sich, ihn seinem Freund gegenüber auszusprechen.
»Mantira, ich habe über diese Weißen nachgedacht und darüber, wie schwierig es sein würde, sie im Kampf zu besiegen.«

Mantira lächelte. »Da bist du nicht der Einzige, mein Freund. Ganz Massai-Land denkt darüber nach.«
»Aber ich habe mir überlegt, wie wir sie besiegen können.«
»Oho! Jetzt klingst du wie ein Hirtenjunge, der es nicht erwarten kann, in seine erste Schlacht zu ziehen!«
»Hältst du sie für unschlagbar?«
»Ich kenne genau wie du nur Mbatianis Worte. Er hat vorhergesagt, dass das schwarze Nashorn mit rosafarbenen Männern auf dem Rücken kommen würde und dass die, die sich gegen die rosafarbenen Männer zur Wehr setzen, ausgelöscht werden.«
»Es gibt neben den Waffen noch andere Möglichkeiten, um zu gewinnen. Warum verbünden wir uns nicht mit diesen Briten? Warum teilen wir nicht das *En-kiyieu* mit ihnen?«
»Das Bruststück eines Rinds?«, fragte Mantira und zog dabei überrascht die Augenbrauen hoch. »Mit einem weißen Mann? Wir haben noch niemals …«
»Auch wenn wir so etwas vorher noch nie getan haben, wäre doch nun der beste Zeitpunkt, um Blutsbrüderschaft zu schließen.«
»Aber *En-kiyieu* bedeutet eine große Verpflichtung. Ich frage mich, ob die Briten das verstehen würden. Sie sind ja in solchen Dingen nicht bewandert, und nach allem, was ich gehört habe, würden sie es nicht tun. Ich fürchte, sie sind zu begriffsstutzig.«
»Zweifellos, aber wir könnten ihnen erklären, dass es die größte Verpflichtung ist, die wir kennen, und dafür sorgen, dass sie es begreifen. Wenn wir das Bruststück mit ihnen teilen, können wir uns sicher sein, dass unser aller Land anerkannt und unser Vieh geschützt wird.«
»Ich weiß nicht so recht«, erwiderte Mantira und kratzte sich am Kopf. »Es mag ein gutes Vorhaben sein, aber es beunru-

higt mich. Es ist eine Angelegenheit für den *Laibon.* Lenana wird wissen, was das Richtige ist.«

»Ich glaube nicht, dass Lenana wie sein Vater, Mbatiani, ist. Der *Große Laibon* vermochte die Zukunft zu sehen. Er wusste, was für alle Massai das Beste ist. Ich bin mir nicht sicher, ob Lenana dies auch vermag. Viele behaupten, er habe dem rechtmäßigen Nachfolger, seinem älteren Bruder, dieses Amt gestohlen. Falls dies der Wahrheit entspricht, hängt doch gewiss eine dunkle Wolke über seiner Ernennung. Dies muss seine Entscheidungen beeinflussen.«

»Im Massai-Land gibt es mehr Gerüchte als Rinder. Keiner weiß, ob die Geschichte wahr ist. Dürfen wir also zulassen, dass sie den Respekt zerstört, den wir für ihn empfinden?«

»Warst du nicht derjenige, der mir gesagt hat, dass sich ein Mann seinen Respekt erst verdienen muss und ihn nicht aufgrund seiner Stellung erwarten darf?«

»Da sind sie«, sagte Mantira, als eine Gruppe von weißen Männern in Sicht kam.

Die beiden *Moran* erhoben sich und zogen ihre *Shukas* zurecht, damit sie sich vor den weißen Männern sehen lassen konnten.

»Was glaubst du, wer von denen ihr *Olaiguenani* ist?«, fragte Mantira.

»Ich kann sie noch nicht deutlich genug erkennen«, erwiderte Ole Sadera, der angestrengt durch den Hitzeschleier blickte. »Vielleicht ist es derjenige mit dem funkelnden Licht in seinem Auge.«

Er bückte sich, um eine Handvoll Gras aufzuklauben – ein Friedenszeichen, von dessen Allgemeingültigkeit er überzeugt war. Mantira folgte seinem Beispiel. Sie traten vor und stellten sich den näher kommenden Reitern in den Weg.

Ole Sadera wusste, dass er mit seiner Vermutung den Anführer betreffend richtiglag, sobald die weißen Männer deutlich zu erkennen waren. Er trug ein kreisrundes Glas in einem Goldring, das genau in seine Augenhöhle passte. Eine Kette verband das Glas mit einem silbernen Knopf an seiner Jacke. Er ritt auf mühelose Weise, hielt seinen Kopf aufrecht und blickte Ole Sadera mit seinen eigenartig blassen Augen offen an. Er hatte einen großen, herabhängenden Schnurrbart, der seinen Mund bedeckte, und als er seinen Hut abnahm, um sich mit dem Ärmel über die Stirn zu wischen, gab er den Blick frei auf dünnes, strähniges Haar, das auf einer Seite mit einem strengen Scheitel versehen war.

Ungeachtet seiner schmächtigen Gestalt und seiner zarten, hellen Haut, wusste Ole Sadera irgendwie, dass er schon viel von dem Land gesehen hatte, durch das er ritt. Er würde verstehen, wie wichtig die Rinder und das Land waren. Er würde Verständnis dafür haben, dass ein Mann für das kämpfen musste, was rechtmäßig ihm gehörte, und dass er seine Frauen beschützen musste. Aber Ole Sadera fragte sich, wie er den Mann wissen lassen sollte, was wirklich geschehen war, damit er zu urteilen vermochte.

»Guten Tag«, sagte der Mann mit dem funkelnden Glas in seinem Auge. »Mein Name ist Fred Jackson.«

Die Messe in Fort Smith war errichtet worden, um auch als Verteidigungs-Befehlsstand zu dienen, sollte das Fort jemals einem anhaltenden Angriff widerstehen müssen. Es war ein schmales, rechteckiges Gebäude, aus Zedernstämmen gebaut und auf den Innenwänden mit gekalktem Lehmflechtwerk versehen. Die Decke war beinahe so hoch wie der Raum breit, und zusammen mit den hohen, schmalen Fensteröffnungen entstand der Eindruck einer englischen Landkirche. Commander Gilkisson hatte für die Dauer der Gerichtsverhandlung ein Porträt von Königin Victoria in den Raum gehängt. Sie starrte wütend über mehrere Offiziere in der ersten Reihe hinweg zu Ole Sadera und Mantira hinüber, die nebeneinander auf einer Bank an der gegenüberliegenden Wand saßen. Hinter den Offizieren befand sich eine zusammengewürfelte Sammlung von Stühlen und Bänken, die von den Zeugen und Zuschauern besetzt waren. Vorn im Raum, an einem großen Tisch, saß Mr. Frederick Jackson. An der Wand hinter ihm hatte man die britische Flagge befestigt.

Weder Ole Sadera noch Mantira verstanden, was während der morgendlichen Sitzung geschah, aber in der Mittagspause – in der sie Trockenfleisch und eine Flasche Wasser erhielten – erklärte ihnen der Gerichtsdolmetscher, ein Keekonyokie-Massai aus Magadi, die Vorgänge. Jackson hatte von den Zeugen gehört, dass die Massai vierhundertsechsundachtzig Männer der Swahili-Karawane getötet hatten und dass Trader Dick eine Strafmission gegen die Massai geführt hatte, aber dabei zusammen mit den meisten seiner Truppe umgebracht worden war.

»Hat er gefragt, warum die Massai das getan haben? Weiß er, dass es aus Rache für zwei unserer Frauen geschehen ist?«, fragte Ole Sadera.

»Nein. Die Briten sind sehr langsam darin, Entscheidungen zu treffen. Sie schleichen vor sich hin, reden viel und sagen doch nichts. Nicht einmal ich vermag sie zu verstehen, und ich bin bei vielen dieser Verhandlungen Dolmetscher gewesen.«

»Was wird geschehen, wenn sie zu dem Schluss kommen, dass wir Unrecht getan haben, als wir diese Menschen töteten?«, erkundigte sich Mantira.

»Oh, in dem Fall sind die Briten sehr flink. Dann werdet ihr morgen erschossen.«

»Fragen Sie Mr. Ole Sadera, warum er seine Krieger am sechsundzwanzigsten November in das Kedong-Tal geführt hat«, sagte Jackson in der Nachmittagssitzung zu dem Keekonyokie-Dolmetscher. »Erklären Sie ihm, dass wir von den zwei Massai-Frauen gehört haben, die offenbar gegen ihren Willen mitgenommen und festgehalten wurden. Ich möchte nun von ihm wissen, warum er es für nötig befand, Hunderte von Männern der Karawane abzuschlachten, um die Situation zu retten.«

Als der Dolmetscher mit seiner Frage geendet hatte, blickte Ole Sadera Jackson für eine Weile schweigend an und versuchte, dessen Gedanken zu lesen. In der Stille des Gerichtssaals hatte Jackson keine der Qualitäten verloren, die bei ihrer Begegnung am Rande des Great Rift Valley so offenkundig gewesen waren. In seinem Gesichtsausdruck entdeckte Ole Sadera zudem ein echtes Interesse, seine Sichtweise zu erfahren und zu verstehen.

Schließlich gab er seine Antwort, die von dem Dolmetscher übersetzt wurde.

»Ole Sadera sagt, dass man ihre Frauen nicht wie Vieh behandeln kann. Männer dürfen sie nicht aus ihrem Dorf wegholen und sich ihrer bedienen, nur weil sie glauben, aufgrund ihrer Überzahl ein Recht darauf zu haben. Die Dorfältesten haben dies den Männern der Karawane mitgeteilt, doch die haben die alten Männer verprügelt und ihnen keinen Respekt erwiesen. Da sie vom Stamm der Kikuyu waren, den großen Feinden der Massai, haben sie die Ältesten mit einer solchen Behandlung entehrt.

Als sie von dieser Greueltat hörten und ins Dorf kamen, baten sie die Ältesten, Zurückhaltung zu üben. Aber das war nicht die Frage. Die Frage lautete, warum so viele getötet wurden, um so wenige zu retten. Ole Sadera hält Sie dem

Anschein nach für einen Soldaten, Mr. Jackson. Oder für einen Mann, der sich im Kampf auskennt. Er schickte so viele Männer in die Nähe der Karawane, wie er zu versammeln vermochte, aber sie waren dennoch tausend Mann weniger. Eine kleinere Zahl zu schicken hätte den sicheren Tod bedeutet, und wozu wäre das gut gewesen? Es hätte nur ihren Feinden Mut gemacht und ihre Taktik verraten, wodurch sich der Kampf verzögert hätte und blutiger geworden wäre.
Hätten sich die *Askaris* in der Karawane zurückgezogen und ihre Frauen zurückgeschickt, hätten sie das, was dann geschah, womöglich verhindern können, aber das taten sie nicht. Als ein Anführer von Männern in einem Kampf sollten Sie wissen, dass, wenn er erst einmal richtig begonnen hat, ihn nur noch ein eindeutiger Sieg beenden kann.
Sie haben eine große Zahl von Swahilis und Kikuyu getötet, das ist wahr, aber sie haben sich an den Rat ihrer Ältesten gehalten und Zurückhaltung geübt. Hätten sie es nicht getan, lägen nun tausendvierhundert Tote im Kedong-Tal.«

Ole Sadera und Mantira wurden zu den Toren des Forts geführt, erhielten ihre *Simis* und Speere zurück und bekamen von den *Askaris* mitgeteilt, dass sie gehen durften. Im ersten Moment rührten sie sich nicht, waren unsicher, ob sie die Gesten der *Askaris* auch richtig verstanden hatten. Als sich das Tor hinter ihnen schloss, begriffen sie, dass sie frei waren.
Ole Sadera schüttelte verwundert den Kopf. Hier war eine Regierung so mächtig, dass sie sich Großzügigkeit leisten konnte. Nicht etwa eine Großzügigkeit, mit der Geschenke verteilt werden, um sich Gefallen zu erkaufen, sondern eine Großzügigkeit des Geistes, die Freund und Feind gleichermaßen Gerechtigkeit widerfahren ließ.
Dafür bewunderte er sie, aber in Gedanken begann er ge-

mächlich nach Strategien zu suchen, mit denen eine solche Macht besiegt werden konnte.

Memorandum
Von: Frederick Jackson
Kommandierender Offizier
Eldam Ravine Station

Zu Händen von:
Minister für auswärtige und imperiale Angelegenheiten
Lord Salisbury

22. Januar 1896

Sir,
bezugnehmend auf mein Schreiben vom 2. Januar 1896 bezüglich der Vorfälle vom 26. November 1895 im Kedong-Tal und den nachfolgenden Ereignissen in der Nähe des Mount Margaret zwei Tage später, erstatte ich den folgenden Bericht.
Nachdem ich mich mit meinem Kollegen, Mr. Ainsworth, beraten habe, der meine Ansichten teilt, darf ich feststellen, dass kein Zweifel an dem gesamtheitlich abscheulichen Verhalten der Karawane besteht und dass die Massai in höchstem Maße provoziert wurden.
Des Weiteren handelte Mr. Andrew Dick überstürzt und töricht, als er seinen Strafangriff führte. Folglich waren die Massai gezwungen, Gewalt mit Gewalt zu begegnen, um ihren Besitz zu verteidigen.
Daher hatte ich keinen Anlass, Maßnahmen gegen die Massai zu ergreifen. In Anbetracht der Heftigkeit, mit der Mr. Dicks Strafangriff von den Massai begegnet wurde, sah ich mich genötigt, unsere Erwartungen be-

züglich zukünftiger Zurückhaltung Ausdruck zu verleihen und die Herde zu beschlagnahmen, die Mr. Dick in seinen Besitz genommen hatte, um sie unter den Angehörigen der verstorbenen Wakikuyu-Träger zu verteilen.
Ich möchte nun die Aufmerksamkeit Eurer Lordschaft auf eine Begegnung lenken, die ich im Laufe meiner Reise nach Fort Smith mit zwei *Moran* hatte, die mutig mit Zeichen des Friedens auf mich zukamen. Sie waren Mitglieder der Purko-Gruppe, die für gewöhnlich um Naivasha ansässig ist, aber in Abhängigkeit von den jahreszeitlichen Bedingungen durchaus auch bis zum Laikipia-Plateau zieht. Die Männer waren Mantira, Anführer der Il-Talala-Altersgruppe, und Parsaloi Ole Sadera, Anführer der jüngeren Il-Tuati-Altersgruppe.
Sadera gab den Angriff auf die Karawane und auf Dicks Truppe zu. Obgleich ich inzwischen die Gelegenheit hatte, mir durch Befragungen ein Bild über die Vorfälle zu machen, war Sadera der Erste, der mir die Umstände erklärte, die zu beiden Angriffen führten. Er ist nicht typisch für seine Rasse. Nicht so groß wie manche, von drahtigem Körperbau und mit einem länglichen Gesicht, das verloren wirkt, auch wenn er ein einnehmendes Lächeln hat. Trotz all seiner körperlichen Verschiedenheit zeigt er das gleiche Selbstbewusstsein wie der Rest seines Stammes. Manche mögen es als Arroganz bezeichnen. Ich würde sogar so weit gehen, ihn einen Mann von unbestreitbarer Charakterstärke zu nennen. Im Unterschied zu vielen Eingeborenen, die sich im Beisein von Obrigkeit ausweichend, ja schüchtern verhalten, zeigte Sadera nichts dergleichen. Ich gewann sogleich den Eindruck, dass ich es mit einem geborenen Anführer zu tun

hatte. Und es wäre ratsam, ihn sich als Führer unterstützender Kräfte bei den Operationen gegen solch störrische Völker wie die Nandi zum Freund zu machen.

Euer ergebener
Frederick Jackson
Kommandierender Offizier
Eldam Ravine Station

Kapitel 6

1903

Wadley beugte sich über die große Landkarte von Britisch-Ostafrika, die ausgebreitet auf Sir Charles Eliots Konferenztisch lag, und zog flink ein paar Bleistiftstriche, um einen Teil der gelben Fläche, die mit *Great Rift Valley* beschriftet war, zu markieren. »Das ist das Gebiet, das den Südafrikanern zugeteilt wurde«, sagte er.

Commissioner Eliot, der Kommissar von Britisch-Ostafrika, begrüßte Wadleys akribische Detailgenauigkeit. Ob es um seine Korrespondenz ging, sein Auftreten oder seine Kleidung – der Mann war durch und durch korrekt. Eliot hegte nicht den geringsten Zweifel, dass die Fläche, die der Assistant Deputy Commissioner auf der Karte markiert hatte, exakt der Größe und Lage entsprach, die Eliot seinem südafrikanischen Grundstücksmakler versprochen hatte. Dreizehntausend Hektar, von denen viertausend nach fünf Jahren in freien Grundbesitz verwandelt werden würden. Der Vermittler hatte keine Zeit verloren, Grundstücksanteile an der Johannesburger Börse zu verkaufen. Es hatte bereits eine Flut von Anträgen von gutbetuchten britischen Südafrikanern gegeben, die erpicht darauf waren, sich in dem Protektorat niederzulassen.

Eliot nickte. »Und zeigen Sie mir freundlicherweise noch einmal die Route, die wir benutzen werden, um die Massai aus dem Gebiet zu entfernen.«

Wadley griff nach einem Stück Kreide und zog einen breiten

Strich von dem Pachtland im Great Rift Valley in nördlicher Richtung zum Laikipia-Plateau, einem großen Gebiet, weit enfernt vom Tal, und einen weiteren Strich Richtung Süden, zu einem Gebiet an der Grenze zu Deutsch-Südafrika.

»Das geplante nördliche Reservat ist bis auf ein paar Dutzend Burenfamilien, die sich dort ihren Lebensunterhalt auf kleinen Farmen zusammenkratzen, unbewohnt. Das südliche Reservat wird bereits von einigen wenigen Massai-Stämmen bevölkert. Der Himmel weiß, warum. Es ist größtenteils unfruchtbar und würde wohl nicht einmal für den verzweifeltsten weißen Farmer von Interesse sein.«

Eliot nickte wieder. Der Plan taugte, beinhaltete aber gewisse Herausforderungen. Es gab eine Richtlinie des Außenministeriums, wonach Offerten für freien Grundbesitz, die vierhundert Hektar überstiegen, von London bewilligt werden mussten. Doch angesichts des Präzedenzfalles, den Sir Clement Hill geschaffen hatte, als er seinem Neffen zehnmal so viel verpachtete, hatte Eliot keine Skrupel, den Amtsschimmel außen vor zu lassen, um die Dinge in Gang zu bringen. Das eigentliche Problem bestand darin, die nötigen Mittel zu finden, um die Massai umzusiedeln. Männer waren vonnöten, um die Umsiedelung zu beaufsichtigen und Vorräte für die Monate, die es dauern würde, zu beschaffen. Dazu kamen die Kosten für den Transport von Männern und Vorräten – Pferde, Fuhrwerke und Ochsen –, und für nichts davon hatte er ein Budget.

Und eines musste man den Leuten im Außenministerium lassen: Sie waren sehr gut darin, Finanzberichte zu lesen. Das Budget war knapp, alles musste immer haarklein abgerechnet werden, um jeden Penny wurde gerungen, und es mangelte ihnen an Verständnis für diejenigen, die sich in den entlegensten Winkeln des Reiches abrackerten.

Eliot erkundigte sich bei dem tüchtigen Wadley, ob er einen Weg gefunden hatte, auch dieses Problem zu umgehen.
»Uns wurden doch die Mittel bewilligt, um die Eingeborenen zu entschädigen, die für die Farmen weißer Besitzer von ihrem Land vertrieben werden«, erwiderte Wadley.
»Gewiss. Vierzig Hektar hier und da. Aber wie soll uns das dabei helfen, die zusätzlichen dreitausend Pfund aufzutreiben, die wir benötigen, um all die verdammten Massai umzusiedeln?«
»Bislang haben wir diesen Posten des Budgets lediglich dazu benutzt, um die Kikuyu für Land außerhalb Nairobis zu bezahlen, Sir. Die Massai waren bis jetzt nicht in diesen Vorgang involviert. Dürfte ich also frei nach der alten Redensart ›was ich nicht weiß, macht mich nicht heiß‹ vorschlagen, dass wir den Entschädigungs-Etat ein wenig fantasievoller nutzen?«
Eliot lächelte. Auf diese Weise musste man dem Außenministerium nicht zur Kenntnis bringen, wie das Rift-Valley-Land, der Große Afrikanische Grabenbruch, für beachtliche Landzuweisungen frei geworden war – die Art von Landzuweisungen, die einen Reiz auf reiche, zukünftigte Siedler ausübten. Der Plan amüsierte ihn. Es lag eine gewisse Ironie darin, die Massai für ihre eigene Vertreibung bezahlen zu lassen.

Sir Charles Eliot betrachtete den Mann eingehend, der ihm gegenübersaß. Er verstand nicht, wie es ein Angehöriger des britischen Hochadels zulassen konnte, dass sein Äußeres auf eine Weise verwahrloste, wie es bei Lord Delamere der Fall war. Schön und gut, der Mann liebte es, sich in der freien Natur aufzuhalten, aber das war noch lange keine Entschuldigung für sein beschmutztes Hemd, seine ausgefransten Hosenaufschläge und seinen lächerlichen Hut, der doppelt so groß war wie

der, den ein anständiger Engländer tragen würde. Und dazu noch diese Frisur! Sein ungekämmtes, vermutlich ungewaschenes Haar stand in langen, rötlichen, flaumigen Büscheln von seinem Kopf ab.
Eliot war ein Gelehrter und ein Mann von Stand. Er hatte die meisten Preise für akademische Leistungen gewonnen, die Oxford zu bieten hatte, bevor er einen Posten im diplomatischen Dienst übernahm, und er beherrschte verschiedene Sprachen. Seine Ernennung zum Kommissar in Britisch-Ostafrika hatte viele überrascht, eingeschlossen – wie böse Zungen behaupteten – Eliot selbst. Nun war es seine bedauernswerte Pflicht, sich mit Kerlen wie Lord Delamere abzugeben, wie sie nur in den Kolonien zu finden waren.
Delamere hatte ihn immer wieder wegen einer Bitte um Pachtland in Njoro, im Great Rift Valley, belästigt. Dieser Große Afrikanische Grabenbruch und das gesamte Gebiet westlich davon bis zum Viktoria-See war im vorangegangenen Jahr Britisch-Ostafrika hinzugefügt worden. Als Kommissar hatte Eliot die Macht, Pachtverträge und die Bewilligung kleiner Flächen freien Grundbesitzes zu gewähren, und es gab etliche interessierte Parteien. Er hatte sich bereits entschieden, Delamere vierzigtausend Hektar und seinem Nachbarn, Gilbert Colchester, eine große Verpachtung zu bewilligen, aber er wollte nicht, dass es zu leicht erschien. Er entschied sich, ein bisschen nachzubohren, um herauszufinden, was Delamere mit dem Land im Sinn hatte.
Er unterbrach den monotonen Monolog. »Sagten Sie gerade etwas über ein ständiges Eingeborenen-Reservat, Lord Delamere?«
»In der Tat. Es hat keinen Sinn, eine Eisenbahnstrecke für fünf Millionen Pfund zu bauen, die bis Uganda niemand nutzt. Die Massai werden diese Investition niemals zurückzahlen –

die würden nicht einmal ein einziges Rind verkaufen, um ihre Seelen zu retten. Man sollte ihnen ein geeignetes Reservat zuweisen, wo sie ihre einfache Lebensweise fortsetzen können. Wir benötigen Siedler entlang der Eisenbahnlinie – Menschen, die wissen, wie man das Land bestellt, und die bereit sind, hart dafür zu arbeiten, um es fruchtbar zu machen.«

»Da stimme ich Ihnen zu, Lord Delamere. Aber wird es nicht zu Unannehmlichkeiten mit den Massai kommen?«

»Macht und Einfluss der Massai gehören der Vergangenheit an, Commissioner. Ihre Zahl war bereits infolge der internen Kriege dezimiert, bevor die Pocken mehr als die Hälfte von ihnen dahinraffte. Ich beschäftige ein Dutzend von ihnen auf meinen gegenwärtigen Pachtbesitztümern. Die verstehen eine Menge von Rindern. Schade nur, dass sie das Stehlen nicht lassen können. Die Tage, als jede Gruppe eine Armee von tausend Kriegern auf die Beine stellen konnte, sind lange vorbei.«

»Nicht wenn ich den Berichten meines Vorgängers Glauben schenken darf. Was war das 1895 für eine abscheuliche Angelegenheit im Kedong-Tal? Gab es da nicht vierhundert oder sogar fünfhundert Tote? Noch heute liegen Hunderte von Skeletten im ganzen Tal verstreut.«

»Dem Ganzen war eine ungeheure Provokation vorausgegangen, Commissioner. Die Karawane bestand aus Swahili und Kikuyu und wurde schlecht geführt. Die Träger konnten tun und lassen, was ihnen gefiel, und erlaubten sich Freiheiten mit den Frauen der Massai.«

»Die Schwarzen tun nichts zur Sache, aber da war ein englischer Bursche, der aufgespießt wurde.«

»Das war Trader Dick, ein Hitzkopf, der losstürmte und Vergeltungsmaßnahmen ergriff, ohne den Sachverhalt vorher zu klären. Einige behaupten, er habe die Rinder der Massai im Blick gehabt und weniger die Gerechtigkeit.«

»Hmm, verstehe. Tja, nun zurück zu der Angelegenheit, um die es geht – Ihr Gesuch um eine Pacht. Sie sind ja sehr beharrlich gewesen, was das angeht.«
»Das trifft zu. Ich bewerbe mich um eine Landzuweisung, seit ich angekommen bin, aber bislang ohne Erfolg.«
»Wegen der Frage des Landnutzungsrechts der Massai?«
»Genau. Wegen des verfluchten Landnutzungsrechts der Massai. Ich bin es gründlich leid, davon zu hören. Was ist mit den Rechten der Leute, die für Fortschritt im Land sorgen wollen? Diejenigen unter uns, die den Einfluss des englischen Mutterlandes bis in die Wildnis ausdehnen wollen?«
»Es besteht kein Grund, sich zu beunruhigen, Lord Delamere. Ich biete Ihnen eine Pacht von vierzigtausend Hektar an.«

Memorandum
Von: Frederick Jackson
Kommandierender Offizier
Eldam Ravine Station

Zu Händen von:
Minister für auswärtige und imperiale Angelegenheiten
Lord Lansdowne

22. Februar 1904

Sir,
als Antwort auf Ihre Bitte hinsichtlich meiner Einschätzung der Lage die Massai in Britisch-Ostafrika betreffend, übersende ich Ihnen die folgenden Zeilen.
Als Sie während meines Heimaturlaubs Ihr Ersuchen an mich richteten, baten Sie mich, freiheraus zu sprechen, und ich möchte mit Nachdruck darauf verweisen, dass es sich um meine persönlichen Ansichten handelt, die im

Widerspruch stehen mögen zu den Sichtweisen anderer hier im Protektorat.
Die Angelegenheit, auf die ich mich beziehe, betrifft die Gewährung langfristiger Verpachtungen an Siedler im Great Rift Valley. Es gibt einflussreiche Leute hier und anderswo, die Eurer Lordschaft glauben machen wollen, dass es unendliche Flächen unbewohnten Landes gibt, welches für Besiedelungen zur Verfügung steht. In Wahrheit wird das Land bereits von den Massai bewohnt, wenn auch in einer halbnomadischen Art und Weise. Die Massai bewegen sich in Abhängigkeit der jahreszeitlichen Gegebenheiten über ihr Territorium. Sie bewältigen endemische Erkrankungen des Viehbestands, indem sie das verdorbene Land verlassen, bis es von der Krankheit befreit ist. Demzufolge wird das Rift Valley aufgrund dieser klugen Tierhaltung gegenwärtig von den Massai zur Gänze genutzt.
Die Massai werden uns niemals ernsthafte Schwierigkeiten bereiten, solange wir sie ordentlich behandeln und sie nicht ihrer besten Weidegründe berauben. Bis zu dem Zeitpunkt, als ich Mombasa wegen meines Urlaubs verließ, stellten sich die Bewerbungen um Weideland im Gebiet um Naivasha wie folgt dar: 130 000 Hektar vom East Africa Syndicate, 40 000 Hektar von Lord Delamere und jeweils 13 000 Hektar von den Messrs Chamberlain und Flemmer. Ich wies Sir Charles Eliot darauf hin, dass diese Landstriche nicht nur die bevorzugtesten Weidegründe der Massai zwischen den Seen Nakuru und Naivasha enthielten, sondern zudem beide Ufer der vier einzigen Flüsse in der Umgebung umfassten.
Abgesehen von dem triftigen Grund für eine Beschwerde, die eine Entfernung aus dem Rift Valley für die Mas-

sai abgeben würde, wäre es ein großer Fehler, sie ins Abseits zu schieben, weg aus der unmittelbaren Nähe der Regierungsposten und somit der Überwachung durch diese entzogen.
Ich prophezeie mögliche Schwierigkeiten in zukünftigen Jahren, sollte diese Politik in einem Ausmaß fortgesetzt werden, wie einige es als wünschenswert erachten.
Ich will hoffen, dass Eure Lordschaft meine Hinweise als wert erachtet und dass das Außenministerium in diesen Angelegenheiten einschreitet.

Euer ergebener
Frederick Jackson
Deputy Commissioner

»Dieser aufsässige, undankbare Kerl«, brummte Commissioner Eliot und warf den Brief angewidert auf seinen Schreibtisch. »Welch eine ungeheuerliche Illoyalität!«
Die Abschrift des Memorandums hatte ihm ein wohlmeinender Freund im Außenministerium in der Absicht zukommen lassen, ihn auf dem Laufenden zu halten und damit für alle Eventualitäten gewappnet zu sein. Es nährte indes seine wachsende Paranoia, dass eine Konspiration einiger weniger Männer – Amtsträger und andere, die es eigentlich besser wissen sollten – gegen ihn im Gange war, um seine Vision eines neuen Ostafrikas zu unterminieren.
Von all jenen, die ihre Bedenken hinsichtlich Eliots jüngster und ehrgeizigster Pläne geäußert hatten, würde man Fred Jacksons Stimme die meiste Aufmerksamkeit schenken. Er wurde von vielen, die in England an der Macht waren, in hohem Maße respektiert. Er hatte dem Protektorat von Anbeginn gute Dienste geleistet und zuvor für Mackinnon bei der Britischen Ostafrikanischen Gesellschaft gearbeitet.

Jacksons Haltung überraschte Eliot nicht. Wie so viele der alten Hasen befleißigte sich Jackson einer sentimentalen Sichtweise, wenn es um die Eingeborenen und deren Platz im Leben des Protektorats ging. Es verwunderte ihn allerdings, dass Jackson das Bedürfnis verspürt hatte, ihrem politischen Dienstherrn davon zu berichten.

Es war zudem beunruhigend zu erfahren, dass Lansdowne Jacksons Meinung erbeten hatte. Er war die Doppelzüngigkeit der Politiker so leid.

Lansdowne hatte nie zu erkennen gegeben, dass er mit den deutlich formulierten Zielen seines Kommissars nicht einverstanden war. Eliot konnte nur vermuten, dass wieder einmal irgendeine Gemeinheit in den Korridoren der Macht vor sich ging.

»Verdammte Feiglinge.«

Seit er im Jahr 1900 Kommissar geworden war, hatte er sich geschworen, in Britisch-Ostafrika die Fehler zu vermeiden, die in den anderen entstehenden und vielversprechenden neuen Kolonien begangen worden waren. In Südafrika hatten die ungebildeten und ungeschliffenen Buren das Land im letzten Vierteljahrhundert zweimal in einen Krieg getrieben, und in Australien, wohin die britischen Strafgerichte den Abschaum der Gesellschaft schickten, hatte es nichts als Schwierigkeiten gegeben.

Eliot war entschlossen, Britisch-Ostafrika mit einer besseren Klasse von Einwanderern zu bevölkern – mit Männern, die Sachverstand ins Land brachten oder zumindest Kapital, welches sie in beträchtlichen Mengen benötigen würden, wenn sie das Land zähmen wollten. Solche Männer würden mit Recht eine anständige Landzuweisung und die üblichen Regierungsleistungen erwarten. Aber vor allem würden sie von der Regierung erwarten, dass diese die Eingeborenen – abge-

sehen von der Bereitstellung von Arbeitskräften – auf Abstand hielt.
Er griff nach dem beleidigenden Brief, zerknüllte ihn in der Hand und warf ihn gegen die Wand. Was auch immer geschehen mochte, er war fest entschlossen, seine Pläne voranzutreiben.

Kapitel 7

»Das ist ja ein schlimmer Husten, den Sie da haben, mein Junge.«

George Coll wischte sich mit einem Taschentuch über den Mund und die tränenden Augen, stopfte das Tuch in seine Tasche zurück und betrachtete den Mann, der neben ihm an der Schiffsreling stand. Er hatte graues Haar und trug einen gutgeschnittenen Anzug mit Weste. Colls eigener Anzug musste dringend einmal geflickt werden. Eigentlich benötigte er eine neue Hose, aber dafür hatte er in Cape Town kein Geld gehabt.

»Das liegt an der verfluchten Seeluft, Sir. Macht meiner Brust zu schaffen.« Er schlug leicht mit der Hand gegen die Rippen seines schmalen Brustkorbs.

»Norman Lewis.« Der Gentleman hielt ihm die Hand hin. Coll schätzte ihn ungefähr zwanzig Jahre älter als er selbst, auf Anfang fünfzig, aber er schien die Sorte Mann zu sein, die immer gesund wirkte.

»Sehr erfreut. Mein Name ist George Coll. Ich habe Sie in Chinde an Bord kommen sehen.«

»Stimmt. Bin zwei Jahre in diesem Rattenloch gewesen. Zeit, weiterzuziehen.«

Coll folgte Lewis' Blick zur Küstenlinie von Portugiesisch-Ostafrika. »Hat es ihnen in Chinde nicht gefallen?«

»Ach, es ist eigentlich ganz annehmbar. Wenn man in den Elendsvierteln von Glasgow gearbeitet hat, wirft einen so leicht nichts um.«

»Glasgow? Ich habe nicht viel von Chinde gesehen – bloß das, was ein Mann an einem halben Tag herausfinden kann, den das Schiff am Kai liegt –, aber nach allem, was ich von Glasgow kenne, muss ich Ihnen zustimmen.«

»Dann sind Sie also schon einmal in der Stadt gewesen?«

»Ich habe dort studiert. Aber das ist schon an die zehn Jahre her.«

Lewis wandte sich ihm zu. »Genau wie ich. Nun ja, bei mir ist es schon etwas länger her. Ich habe dort Medizin studiert.«

»Und ich Tiermedizin.«

»Dann sind wir ja auf dem gleichen Gebiet tätig, wenn sich auch unsere Patienten unterscheiden«, sagte Lewis.

Coll lächelte. »Ich habe mein Studium nicht beendet. Ich musste Glasgow verlassen. Das Wetter dort hat mich beinahe umgebracht.«

»Das ist bitter.« Lewis schüttelte betrübt den Kopf. »Ich werde nie begreifen, wie einige dieser armen Schweine in den Elendsvierteln den Winter überstehen. Freilich schaffen es Hunderte nicht bis zum Frühjahr.« Er schwieg für einen Moment und betrachtete die zurückweichende Küste. »Die Regierung könnte mehr für diese armen Teufel tun, aber was kümmert es diese braven Torys mit ihren feinen Adressen in London und ihren schottischen Landgütern schon? Meiner Erfahrung nach besteht ein direkter Zusammenhang zwischen Armut und schlechter Gesundheit. Die Beweise sind überwältigend.« Er wandte sich erneut Coll zu. »Tut mir leid, ich setze mich schon wieder aufs hohe Ross.«

»Das muss Ihnen nicht leidtun. Vermutlich haben Sie recht.«

Coll erinnerte sich an seine eigene Zeit in Glasgow. Wie er zwischen den Seminaren Kohle geschaufelt hatte. Sein Großvater war der Ansicht gewesen, dass harte Arbeit seine Gesundheit stärken würde, aber nach gut einem Jahr war der junge Coll zu der Erkenntnis gelangt, dass ihn der Kohlenstaub umbringen würde, wenn ihn nicht vorher die bittere Kälte erledigte. Man riet ihm, die feuchte Kälte der britischen Inseln zu verlassen und sich in das mildere Klima Afrikas oder Australiens zu begeben.

Colls Bemerkung schien Lewis zu ermutigen, fortzufahren. »Da ist eine Bewegung im Gange, um all dies zu ändern. Viele sagen nun, dass es an der Zeit ist, den Reichtum zu teilen. Und das nicht nur mit den Armen daheim. Was ist mit diesen Teilen der Welt?« Er deutete auf die afrikanische Küste. »Wenn das Empire Rohstoffe kaufen kann, dann kann es auch ein wenig dafür zahlen, die Gesundheitsbedingungen zu verbessern. Und die Bildung.«

Coll selbst vertrat keine bestimmte politische Überzeugung, und obgleich er Lewis' Mitgefühl für die Benachteiligten teilte, fühlte er sich bei den strengen Worten, die der Mann gegen die britische Regierung richtete, unbehaglich und zog es vor, das Thema zu wechseln.

»Sie sind also Arzt?«, erkundigte er sich.

»Ja. Auf dem Weg nach Mombasa, wo ich eine Regierungsstelle antreten werde.«

»Ich auch. Da war ein Bursche aus Ostafrika in Cape Town, der vor den Leuten von den großen Möglichkeiten schwärmte, die man dort als Siedler habe.« Coll hatte sich dafür interessiert, musste aber feststellen, dass Commissioner Eliots Bedingung, als Bewerber für Landzuweisungen im Besitz eines Vermögens von mindestens dreihundert Pfund zu sein, seine Ersparnisse bei weitem überstieg. »Ich bin zwar kein Farmer, aber ich dachte mir, wo es Farmer gibt, da gibt es auch Nutztiere. Man hat mir eine Stelle als Viehinspektor versprochen.«

»Klingt interessant«, erwiderte Lewis. »Wo postiert man Sie?«

»Ich bin mir nicht sicher. Offenbar haben die Eingeborenen

große Herden, aber keine Ahnung, wie sie Viehkrankheiten behandeln sollen. Die Obrigkeit will verhindern, dass das Vieh der neuen Siedler an den gleichen Tierchen wie das Eingeborenen-Vieh erkrankt. Daher soll ich das Gebiet bereisen und Untersuchungen vornehmen. Der Vermittler in Cape Town nannte es Massai-Land.«

George Coll nahm den Kessel vom Feuer und goss das kochende Wasser in die Teekanne, fügte den Tee hinzu, wartete, bis er bis dreißig gezählt hatte, und klopfte einmal kräftig mit dem Löffel gegen die Kanne. Er nahm seinen dampfenden emaillierten Becher zu der Stelle mit, wo er seine Unterlegplane neben einem Felsbrocken ausgebreitet hatte. Er konnte die Wärme des Felsens durch sein Hemd spüren, als er sich dagegenlehnte, zufrieden seinen Tee trank und über die dunkle Landschaft hinwegblickte.

Der Mond schaute über den Kikuyu-Steilhang und überzog die Oberfläche des in der Ferne liegenden Naivasha-Sees mit schimmernden Silberstreifen. Irgendwo in der Dunkelheit brüllte ein Nilpferdbulle, der das Terrain für sich reklamierte. Coll hatte sich lange den Kopf über der Entscheidung zerbrochen, sich um diese Stelle in Ostafrika zu bewerben. Es war so weit weg von zu Hause. Was sollte er tun, wenn er seine Meinung änderte und wieder zurückwollte? Er hatte seinen letzten Penny für die Reise hierher ausgegeben.

Aber nach vier Monaten hatte er sich gut eingewöhnt, und er vermisste seine gewohnte Umgebung längst nicht mehr so sehr wie zu Beginn.

Es gab so viel zu tun als Viehinspektor im Massai-Land, doch er hatte das Gefühl, Fortschritte zu machen. Seine regelmäßigen Berichte an Commissioner Eliot in Nairobi schienen positiv aufgenommen zu werden. Aber nicht nur das, sie zeigten

auch Wirkung, und er hatte die Genehmigung erhalten, mit seinem Krankheitsbekämpfungsprogramm zu beginnen. Am Morgen würde er den Rest des Weges nach Nakuru zurücklegen, um das erste Vieh-Desinfektionsbad zu beaufsichtigen.
Coll war ein Anhänger der neuen Theorie, dass Rinderzecken die Überträger vieler Krankheiten waren, die das Vieh befielen. Es würde ein wenig Zeit in Anspruch nehmen, um die Massai von dem Nutzen des Desinfektionsbads zu überzeugen, was einer der Gründe war, warum er Maa lernte, die Sprache der Massai. Er war zuversichtlich, dass er sie schlussendlich für die modernen Methoden gewinnen würde, wenn er ihnen die Theorie in ihrer eigenen Sprache erklärte und ihren Vorbehalten widersprechen konnte.
Der Mond verschwand hinter einer dicken Wolke – eine der wenigen, die den mit Sternen übersäten Himmel behütete. Das Nilpferd brüllte erneut und erhielt dieses Mal eine angriffslustige Antwort von einem Rivalen ganz in der Nähe.
Coll nippte an seinem Tee und starrte ins Feuer. Obgleich er sich noch an die Hitze gewöhnen musste, wusste er, dass sie gegen seine Beschwerden half. Die warme, trockene Luft des Tales schien ihn von seinem hartnäckigen Husten zu befreien. Im Großen und Ganzen fühlte er sich mehr als jemals zuvor in seinem Leben heimisch und mit sich im Reinen.

»Was soll das heißen, sie wollen ihr Vieh nicht hineintreiben?«, stieß Coll entrüstet hervor.
»Wie ich schon sagte. Sie trauen dem Viehbad nicht«, erwiderte der Assistant District Commissioner.
Der ADC war ein drahtiger Ex-Wilderer, der etwas Geld mit Elfenbeinhandel gemacht hatte, bevor die Belgier strenger gegen die chaotischen Zustände in der Lado-Enklave nördlich von Uganda vorgegangen waren.

»Aber es ist doch vollkommen ungefährlich.«
Der ADC lächelte nur und kaute auf einem Priemtabak herum. Sein Verhalten war äußerst ärgerlich. Doch Coll ließ sich nicht so leicht abspeisen. »Der District Commissioner sagte mir, Sie würden dafür sorgen, dass die Massai ihr Vieh desinfizieren lassen«, beharrte er.
»Er hat mir aufgetragen, dafür zu sorgen, dass die Massai mit ihrem Vieh hier auftauchen.« Der Mann nickte zu dem guten Dutzend alter Massai-Männer und -Jungen hinüber und fügte hinzu: »Da sind sie. Und ich schätze, sie haben ungefähr hundert Rinder mitgebracht, die Sie in Angriff nehmen können.« Er spuckte den Tabaksaft in einem weiten Bogen aus.
»Also gut«, sagte Coll und marschierte auf den am nächsten stehenden Hirten zu. »Also, Männer, ich möchte, dass ihr euer Vieh durch das Gatter treibt.«
Die Augen der Älteren folgten seiner ausgestreckten Hand, ehe sie sich wieder auf ihn richteten und ihn missmutig ansahen.
»Treibt euer Vieh«, sagte er und deutete mit Nachdruck auf die Herde, »da durch, durch das Gatter.«
Sie folgten wieder seiner Hand mit ihren Blicken, ohne sich zu rühren.
Seine Kenntnisse in Maa waren bestenfalls rudimentär, und Coll fühlte sich unter diesen Umständen noch nicht bereit für einen Versuch, aber besondere Situationen erforderten nun einmal besondere Maßnahmen.
»In kishu«, sagte er und deutete erneut auf die Rinder. Dann fügte er *»Emugur«* hinzu und zeigte auf das Desinfektionsbad. Die Massai brachen in schallendes Lachen aus.
Coll durchforstete nervös sein begrenztes Vokabular. Er war sich sicher, dass er »Rinder« und »Wasserloch« gesagt hatte. Vielleicht lag es an seiner Aussprache.

Einer der Älteren, der versuchte, seine Heiterkeit zu beherrschen, rasselte so schnell eine Reihe von Bemerkungen herunter, dass sich in Colls Kopf alles drehte. Es gelang ihm, einige vertraute Wörter und Ausdrücke zu erkennen. »Ungesund« war ein Wort, und Wörter, die übersetzt die Bedeutung von eine Hülle von etwas zu entfernen hatten. Sie glaubten offenbar, dass das Wasser dreckig sei und ihren Rindern die Haut abfallen würde.
Der ADC lehnte mit einem irritierenden Grinsen an einem der Zaunpfosten. Coll ignorierte ihn.
»Nein, nein« – er wandte sich an den Sprecher –, »das Wasser ist sehr gut, sehr gesund.«
Noch mehr Lachen.
Coll mühte sich mit dem Satzbau der Massai-Sprache ab und fürchtete, er habe »dein Wasser – der Urin des Mannes – ist sehr gesund für Rinder« gesagt.
Verzweifelt erklärte er schließlich: »Ich werde es beweisen«, und marschierte auf das Desinfektionsbad zu. Er öffnete das Gatter und watete in das faulig riechende Wasser. Es war tiefer, als er erwartet hatte, und er verschwand beinahe unverzüglich darin.
Als er wieder auftauchte, konnten sich die Massai nicht mehr halten vor Lachen. Coll fand es nicht ganz so lustig, setzte aber ein grimmiges Lächeln auf, als er sich aus dem Wasserloch wuchtete.
Er wartete, bis er wieder die Aufmerksamkeit der Älteren hatte, und bestand darauf, dass sie seine Haut nach irgendwelchen Schäden untersuchten. Dies taten sie mit großer Ernsthaftigkeit, wohl ebenso sehr, um ihn bei Laune zu halten, wie aus echtem Interesse.
»Gesund«, wiederholte er auf Maa.
Das entlockte einem der Älteren ein Nicken und ein gequältes

Lächeln. Was dann folgte, war eine augenscheinlich ernsthafte Debatte unter den Massai, die gute zwanzig Minuten andauerte. Dann gingen sie auseinander. Coll nahm an, dass sie genug hatten von seiner Albernheit und sich nun wichtigeren Angelegenheiten zuwenden wollten.
Der ADC schlenderte mit einem vielsagenden Lächeln und einem selbstgefälligen Ausdruck im Gesicht auf ihn zu.
Doch bevor er irgendeine Bemerkung von sich geben konnte, kehrten die Massai mit ihren Rindern zurück und trieben sie durch das Gatter in das Bad.

In der Nacht waren Elefanten in den unteren Teil des Maisfeldes eingedrungen, und am Morgen hatten die Rinder das Loch im Zaun entdeckt und die Sache verschlimmert. Ein Farmarbeiter, einer der Kikuyu, hatte sich bei dem Versuch, die Elefanten zu vertreiben, an einem Zaundraht geschnitten. Kaliumpermanganat und ein sauberer Verband sollten dafür sorgen, dass die Wunde verheilte. Der Morgen war vergangen, als sie das Vieh zusammengetrieben und auf die südliche Weide gebracht hatte.
Katherine Wallace presste sich die Hände ins Kreuz und streckte sich. Um sie herum bewegten sich die bunten Kopftücher der Kikuyu-Frauen im Maisfeld auf und ab. Die Frauen versuchten, die vielen gebogenen und gebrochenen Stengel wieder aufzurichten.
Katherine seufzte. Wieder einmal. Es war zu einer Angewohnheit geworden. Wenn es gerade keine Erschwernisse beim Anbau der Pflanzen oder der Aufzucht des Viehs gab, dann bei den Versuchen, Afrika – ob in Form von Wiederkäuern oder Raubtieren – auf der anderen Seite des Zaunes zu halten. Danach war sie der Gnade der Märkte ausgeliefert, ehe sie wusste, ob all ihre Arbeit lohnenswert gewesen war.

Sie blickte zur Sonne hinauf. Sie hatte vor Einbruch der Dunkelheit einen Zaun zu flicken, was bedeutete, dass sie den Verkauf der Eier auf dem hiesigen Markt in Limuru auf den folgenden Tag verschieben musste.
Wie gut hätte sie Bills Hilfe gebrauchen können.

Katherine holte tief Luft und ließ ihre verspannten Schultern sinken, während sie zusah, wie die Sonne langsam hinter den purpurnen Bergen oberhalb der Grenze ihrer Farm unterging. Sie legte ihre Hände auf den kleinen, lackierten Tisch, der unter dem Fenster stand, und ließ die Gedanken an die Ereignisse des Tages mit der Sonne schwinden. Sie war müde, aber merkwürdigerweise mit sich im Einklang.
Sie widerstand der Versuchung, Erinnerungen nachzuhängen. Es war nicht gut, zu oft über die Vergangenheit nachzudenken. Sie rief sich ins Gedächtnis, dass sie hergekommen war, um sich einen wohlverdienten Sherry einzugießen, und trat zur Anrichte hinüber. Als ihre Hand nach der Karaffe aus geschliffenem Glas griff, fielen die letzten Sonnenstrahlen auf den schlichten Goldring an ihrem Finger. Sie warf einen Blick in den Spiegel, der über der Anrichte hing, um sich zu versichern, dass ihr Gesicht nicht ebenso faltig war, wie ihre Hände in dem Licht erschienen. Aber was konnte man schon erwarten, wenn ein Ehepaar versuchte, der erbarmungslosen Erde Afrikas den Lebensunterhalt abzutrotzen?
Der Spiegel offenbarte ihre perfekt geformten Wangenknochen, ihre leuchtenden, intelligenten blauen Augen. Falls da Grau in ihrem üppigen, beinahe schulterlangen, blonden Haar war, so hatte es sich noch nicht gezeigt. Sie drückte vorsichtig die Finger gegen ihre Wange. Die Haut war weich und das Fleisch fest, aber nachgiebig.
Eine Frau ist mit vierzig noch nicht verbraucht, hatte ihre

Mutter behauptet. In ihren Jugendjahren hatte sie das kaum glauben können.

Sie entzündete die Paraffinleuchte, goss sich den Sherry ein und nahm ihn mit zu dem Schrank, in dem sich die Schellack-Schallplatten befanden. Sie zog eine der Platten aus der braunen Papierhülle und legte sie auf das Grammophon, das auf seinem eigenen, speziell angefertigten Zedernholztisch stand. Sie drehte einige Male an der Kurbel und senkte die Nadel dann vorsichtig auf die Schallplatte. Die leicht kratzigen, einleitenden Klänge der Streicher hoben an, als sie ihr Glas Sherry zu dem besten Möbelstück des Hauses trug, dem mit Rosshaar gepolsterten Zweisitzersofa, das sie und Bill in ihren seltenen müßigen Momenten benutzt hatten. Es war eines ihrer kostbarsten Besitztümer. Sie hatten es in der Whitechapel Road gekauft und nach Britisch-Ostafrika verschiffen lassen, als sie sich hier niederließen. Sie sank erschöpft darauf, ließ den Kopf zurücksinken und sich von Harry Lauders Stimme trösten.

Es war eines der Lieblingslieder ihres Mannes. Bill war auf der Suche nach einem Ort, wo sie sich niederlassen und einen guten Lebensunterhalt verdienen konnten, viel mit ihr in der Weltgeschichte herumgereist, obgleich sich Katherine so manches Mal gefragt hatte, wie man in einigen der Länder, in die er sie mitgenommen hatte, überhaupt sesshaft werden sollte. Australien und Südafrika waren annehmbare Entscheidungen gewesen, und Bill hatte sich beide Male mit bescheidenem Erfolg am Goldschürfen versucht, aber soweit es Paraguay und Venezuela betraf, hatte sie von vornherein Bedenken gehabt. Sie konnte sich nicht mehr daran erinnern, welche güngstige Gelegenheit Bill in Südamerika vermutet hatte, aber er wäre nicht Bill, wenn er nicht drei oder vier andere Pläne in der Hinterhand gehabt hätte.

Turkana-Land, in der Halbwüste, zweihundertfünfzig Meilen nördlich von Nairobi gelegen, war eine weitere seiner merkwürdigen Entscheidungen gewesen: rauh und auf eine wilde Weise schön, aber zu nicht zu viel zu gebrauchen. Bill hatte Katherine oft wochenlang allein gelassen, während er sich an der Jagd versuchte. Aber jedes Mal, wenn er staubig und verschwitzt und nach Tierfellen riechend zu ihr zurückkehrte, war ihr Liebesspiel so wild und ungezähmt wie das Land gewesen.

Katherine gab Bill eigentlich keine Schuld daran, dass er sich an so vielen Orten an Dingen versucht hatte und gescheitert war. In den ersten fünfzehn Jahren ihrer Ehe hatte sie damit zu leben gelernt, dass Bill nach irgendetwas suchte, und sie war realistisch genug zu begreifen, dass er, wenn sie versucht hätte, ihn aufzuhalten, trotzdem losgezogen wäre. Sie wollte seinen Abenteuergeist nicht an die Leine legen und hoffte, dass ihr Beweggrund Liebe war und nicht etwa schlichte Angst, allein zu sein.

Wenn sie an diese Zeit zurückdachte, fielen ihr eine Menge Schwierigkeiten ein, aber auch eine Menge aufregender Erlebnisse. Je nach Laune schimpfte sie auf Bill oder dankte ihm dafür. Das Einzige, was sie beide wirklich bedauerten, worüber sie aber selten miteinander sprachen, war der Verlust ihres einzigen Kindes, Billy. Sie war in Australien schwanger geworden, hatte den Jungen in Paraguay zur Welt gebracht und sechs Jahre später in Venezuela begraben. Katherine hasste Venezuela, weil das Schwarze Fieber ihr dort den Sohn genommen hatte, doch sie konnte es nicht ertragen, von dort wegzugehen und Billy zurückzulassen. Schließlich hatte Bill sie überzeugen können, dass sie ihr Leben weiterleben mussten, und so waren sie nach Afrika gesegelt, um neu zu beginnen und zu versuchen, zu vergessen.

Nach so vielen Jahren des Umherstreifens auf der Suche nach einem kleinen Fleckchen, das sie ihr Eigen nennen konnten, war Limuru ein wahrer Segen gewesen. Die Arbeit war hart, insbesondere da sie aufgrund der Pachtauflagen jedes Jahr eine bestimmte Fläche Land roden und große Verbesserungen zur Zufriedenheit der Regierung durchführen mussten, doch schon bald begann die fruchtbare rote Erde der Kikuyu-Berge ihre Mühen zu belohnen. Sie brachten zwei gute Jahre zustande, was besser war als alles, was sie jemals geschafft hatten. Und sie begannen mit vielversprechendem Erfolg, Schafe und Rinder zu züchten.

Es sollte bis zu ihrer Ankunft auf der Farm in Limuru dauern, als Bill endlich den Entschluss fasste, des Umherstreifens müde geworden zu sein, und die Zeit für gekommen hielt, sesshaft zu werden. Nicht dass er dies Katherine gegenüber jemals zum Ausdruck gebracht hätte. Sie bezweifelte, dass Bill überhaupt bewusst war, dass er diese Entscheidung getroffen hatte, doch sie wusste es. Und mit Bill hatte auch Katherine ihren Frieden gefunden.

Ihre Zukunft schien sicher, doch sie spürte, dass Bill mehr benötigte als die tägliche harte Arbeit und die gelegentlichen gesellschaftlichen Ereignisse der kleinen Gemeinde. Sie tat etwas, was sie in all ihrer Zeit, die sie zusammen waren, noch nie getan hatte: Sie forderte ihn auf, an sich zu denken, Freunde und Beschäftigungen zu suchen, die besser zu der abenteuerlichen Seite seiner Natur passten.

Katherine liebte und hasste Abende wie diese, wenn der Tag besonders anstrengend gewesen war und die Seele nach einem Sherry und den sepiafarbenen Erinnerungen der Vergangenheit verlangte. Doch solche Erinnerungen brachten auch den bittersüßen Schmerz des Verlustes mit sich.

Nach Billys Tod hatte Katherines Schwester, die in Schottland verheiratet war, darauf bestanden, dass sie nach Hause kam. Doch sie hatte nicht mehr die Courage, nach Schottland zurückzukehren. Bill hatte ihr die Welt und ein Leben gezeigt, das so weit entfernt war von Heide und Rauhreif, dass es ihr schwerfallen würde, dorthin zurückzukehren.

Aber der wahre Grund, warum sie entschlossen war zu bleiben, war der, dass sie schon einmal einen geliebten Menschen in einem fernen Land begraben und es später bitter bereut hatte und nicht noch einmal einen anderen in seinem Grab zurücklassen wollte – weit enfernt von denen, die ihn geliebt hatten.

Kapitel 8

Katherine bemerkte das junge afrikanische Mädchen zum ersten Mal, als sie mit den Kikuyu-Frauen Unkraut in der Kaffeeplantage jätete. Die Kleine unterschied sich auffallend von den anderen Kindern. Zunächst einmal sah sie nicht wie eine Kikuyu aus. Ihre Gliedmaßen waren lang und wirkten dadurch schlaksig. Sie trug zerrissene Kleidung. Sie spielte nicht mit den anderen Kindern, obwohl sie in einem Alter war – vermutlich acht oder neun Jahre –, in dem ein gelegentliches Kinderspiel anstelle des Jätens geduldet wurde. Und sie machte einen traurigen Eindruck. Etwas in ihrem Verhalten hob sie von den anderen ab; als bewohne sie einen kleinen Raum, den sie zu ihrem eigenen gemacht hatte und der alle anderen ausschloss. Katherine erkannte in dem Mädchen etwas von ihrer eigenen Neigung, zu vermeiden, sich mit anderen Menschen zu befassen.

Nach zwei Wochen fragte sie eine der Frauen, die ein wenig Englisch verstand, zu wem das großgewachsene Kind gehörte.

»Das fremde, *Memsabu?*«, erkundigte sich die Frau und zeigte auf das Kind. »Zu niemand.«

»Es hat keine Familie? Aber wie kann das sein?«

»War mal Massai, *Memsabu*. Jetzt niemand.«

Katherine war fasziniert und entlockte der Kikuyu-Frau in einem mühsamen Unterfangen Stück für Stück die Geschichte des Mädchens.

Vor einigen Jahren hatte ein Vergeltungsangriff der Kikuyu auf ein Dorf der Massai stattgefunden. Damals war das Mädchen zusammen mit einer Reihe von Rindern und Ziegen erbeutet worden. Schließlich griff die Obrigkeit ein und regelte die Angelegenheit. Eigentum wurde, soweit möglich, zurückgegeben und, wo es angemessen war, eine Entschädigung gezahlt, aber das Mädchen war dabei irgendwie übersehen worden. Es war schließlich nur eine unbedeutende Trophäe, dazu bestimmt, einem alternden Kikuyu-Mann angeboten zu werden, der eine junge Frau brauchte, die sich um seinen Gemüsegarten kümmerte und ihm das Bett wärmte.

Katherine vermutete, dass ihre Besorgnis um das seinen Leuten entrissene Massai-Mädchen auf ihre eigene Gemütsverfassung zurückzuführen war, aber die Kleine wollte ihr einfach nicht aus dem Kopf gehen. Es vergingen noch einige Besuche auf der Kaffeeplantage, bevor sie sich endlich einmal dem Mädchen näherte.

»Hallo«, sagte sie, woraufhin das Kind zusammenschreckte, das beim Jäten in seine eigene Welt versunken gewesen war. Das Mädchen starrte Katherine für einen Moment in die Augen, bevor es den Blick auf deren Füße richtete.

»Ich habe hier etwas für dich«, sagte Katherine ermunternd. »Sprichst du Englisch?«

Nachdem eine ganze Weile verstrich, ohne dass sie eine Antwort erhielt, sagte sie: »Das scheint nicht der Fall zu sein.« Sie hockte sich neben das Mädchen, so dass sie in dessen Sichtlinie war. »Schau nur. Das ist für dich.«

Das Mädchen blickte zuerst Katherine an und dann die Orange, starrte darauf, wie ein Welpe einen Knochen anstarrt.

Katherine hielt ihr die Frucht hin, aber die Kleine benötigte einen Augenblick, bevor sie verstand. Sie streckte ihre kleine, schmale Hand zunächst zögernd, dann schließlich entschlossen aus. Sie hielt die Orange vor dem Körper fest und blickte von ihr zu Katherine hinüber.

Katherine sagte ihren Namen und zeigte auf sich. »Und du?«,

fragte sie und deutete auf das Kind. Es waren mehrere Versuche nötig, bis es begriff. Schließlich sagte das Mädchen »Katherine« als Antwort auf den zeigenden Finger und dann zögernd »Kira«, als er in ihre Richtung zeigte.

»Hallo«, sagte Katherine. »Du kannst das nicht wissen, Kira, aber wir beide, du und ich, wir ähneln einander. Wir haben beide alles verloren. Ich kann mir keinen besseren Grund vorstellen, um Freundschaft zu schließen, du etwa?«

Und nach weiterem Gestikulieren von Katherine biss Kira in die Orange, Schale inklusive. Saft tropfte auf ihre Brust, aber ihre großen, dunklen Augen blieben auf die weiße Frau gerichtet.

Kira benötigte nur etwa einen Tag, um zu erkennen, dass Katherine es nicht böse meinte. Sie benötigte allerdings ein paar Tage mehr, um zu begreifen, dass das kleine Bett im warmen, sicheren Küchenanbau ihr neues Zuhause war, und mehr als eine Woche, um ihre Pflichten im Haushalt und dem *Shamba* – dem kleinen Garten, in dem Katherine ihr Gemüse zog – zu erlernen. Sie hatte keine Schwierigkeiten, die *Shamba*-Arbeit zu verstehen – sie unterschied sich nicht von dem, was sie zusammen mit den Kikuyu-Frauen in größerem Umfang getan hatte –, aber die Tätigkeiten im Haus eines Weißen waren so eigentümliche Handlungsweisen, dass sie ihr viele Wochen lang unbegreiflich blieben. Sogar nachdem sie die Abläufe erfasst hatte, vermochte sie die Gründe nicht nachzuvollziehen.

Kira konnte nicht verstehen, warum Katherine mehr als einen Topf benötigte, um ihre Mahlzeiten zu kochen. Außerdem gab es viel metallenes Werkzeug, um das Essen zuzubereiten, und noch mehr Werkzeug, um es zu verspeisen. Dies musste immer auf ganz bestimmte Stellen des Tisches gelegt

werden, umgeben von Stofftüchern und den Würzmitteln, die Weiße ihrem Essen hinzufügten.
Sie hielt es für eine unnütze Aufgabe, den Staub von den kleinen, zarten Gegenständen zu entfernen, die selten, wenn überhaupt jemals, benutzt wurden. Als Kira schon bald, nachdem ihr Katherine erklärt hatte, wie sie sie säubern sollte, ein kleines Figürchen fallen ließ, wurde ihre wahrhaftig empfindliche Beschaffenheit enthüllt. Der Gegenstand zerbrach in einen Haufen zackiger Scherben auf den nackten Dielen. Katherines zunächst schockierter, dann trauriger Gesichtsausdruck, versteckt hinter einem tapferen Lächeln, offenbarte Kira, dass die Gegenstände, wenn sie auch nutzlos waren, geschätzt wurden, und sie lernte, vorsichtiger mit ihnen umzugehen.
Sie zitterte vor Angst, wenn sie die vier Rahmen abstaubte, in denen das Abbild von Menschen hinter Fensterglas gefangen war. In einem befand sich ein Mädchen ihres Alters, das auf einem großen, gepolsterten Stuhl saß. Es trug ein dunkles Überkleid, und ihr blondes Haar war in einer geraden Linie knapp über ihrem weißen Spitzenkragen geschnitten. Unter ihrem Arm drückte sie ein offenbar lebloses kleines, wolliges Tier mit glänzenden, perlenähnlichen Augen an sich. Das Mädchen sah bemerkenswerterweise wie eine jüngere Version von Katherine aus, was Kiras Angst nicht zu tilgen vermochte, während sie ihre Arbeit erledigte.
Die Kiste, die krächzte, wenn Katherine an einem Griff kurbelte, jagte ihr zu Anfang auch Angst ein. Doch dann wurden ihr die eigenartigen und wunderschönen Klänge vertraut, und wenn sie allein war, dann ahmte sie die Art und Weise nach, wie Katherine sich zu dem gleichbleibenden Rhythmus bewegte, während sie zu den merkwürdigen Gesängen summte.
Kira war bald in der Lage, die Veränderungen in ihrem Leben

hinzunehmen, die man ihr aufgedrängt hatte. Auch wenn das Leben mit Katherine viel bequemer war als das Leben mit den Kikuyu, so war es doch gänzlich anders als das Leben, das sie im Great Rift Valley zurückgelassen hatte.
Nachdem sie sich von dem großen Kummer erholt hatte, ihrer Familie entrissen worden zu sein, hatte sich Kira rasch an das Leben im Kikuyu-Dorf angepasst. Es gab viele Ähnlichkeiten zwischen der Gesellschaft der Massai und der der Kikuyu. Die Frauen beider Stämme trugen die alleinige Verantwortung für den Hausbau und die Instandhaltung, kümmerten sich um Geflügel und Vieh, das Essen und die Kleidung der Familie, erzogen die Kinder und sorgten für die Kranken. Die Männer mischten sich nur ein, wenn Angelegenheiten nicht zu ihrer Zufriedenheit erledigt wurden. Kira verstand diese Übereinkünfte, und es war keine große Umstellung für sie, sich ihrer geänderten Situation anzupassen. Dies war bei ihrem Leben mit Katherine jedoch ganz anders.
Katherine ließ sie wissen, dass sie nach Beendigung ihrer Arbeit die verbliebene Zeit nach ihrem Gutdünken nutzen konnte. Dies war in einem Dorf – ob nun Kikuyu oder Massai –, wo es den Frauen selten erlaubt war, den Luxus freier Zeit zu genießen, undenkbar. Kira fand schon bald heraus, dass sie sich keine Sorgen darüber machen musste, wie sie sich beschäftigen sollte. Katherine machte ihr deutlich, dass sie von ihrem neuen Hausmädchen nicht nur erwartete, dass es sauber machte und sich um den ganzen Krimskrams der Welt der Weißen kümmerte, sondern dass es auch noch wissen sollte, wie man dies alles benutzte. Und darüber hinaus bestand sie zudem noch darauf, dass es dieses unentzifferbare Geschwätz lernte, das sie sprachen.

Die Straße nach Limuru erstreckte sich wie ein rostrotes Band, das jemand auf dem Boden ausgerollt hatte, vor Coll. Sie verlief durch die grünen Täler, bevor sie zwischen den Bergen verschwand und sich an Plantagen vorbeischlängelte, auf denen Mais, Bananen und Kaffee angebaut wurden. Die Sonne war noch nicht über die Baumwipfel gestiegen und die Luftfeuchtigkeit überraschend niedrig. Er vermutete, dass das der Grund war, warum er so gut geschlafen hatte, befreiter atmen konnte, als es ihm daheim in Nairobi möglich war, wo er mehrmals in der Nacht von Hustenanfällen geplagt wurde. Coll überließ es der Stute, das Tempo des leichten, zweirädrigen Wagens, den sie zog, zu bestimmen. Die Fahrt ins Rift Valley mit dem Buggy war Routine, und ausnahmsweise einmal wartete keine dringende Aufgabe auf ihn. Er hatte sich entschlossen, die Gelegenheit zu nutzen, um eine der neuen Farmen zu inspizieren, die auf dem Weg lag. Gleich zu Beginn seiner Tätigkeit als Viehinspektor hatte er es sich zur Gewohnheit gemacht, sämtlichen Viehhaltern regelmäßig Besuche abzustatten, um mögliche ansteckende Erkrankungen der Tiere frühzeitig zu erkennen und zu verhindern, dass sie sich auf andere Herden ausbreiteten. Aber es schossen einfach zu viele neue Farmen aus dem Boden – insbesondere in den Bergen oberhalb Nairobis –, und er hatte zu viele Pflichten, die nicht zur Sache gehörten, wie beispielsweise dem Bedürfnis des Gouverneurs nachzukommen, alles zu erfahren, was die Massai im Tal betraf.
Er bog mit dem Wagen durch das offene Tor, auf dem »Tobermory« zu lesen war und darunter, in kleinerer Schrift, »Wallace«. Am Ende eines einfachen Weges stand ein typisches Farmhaus: ein kastenförmiges Gebäude mit einer Veranda davor. Es gab einen Küchenanbau, eine Scheune und ein außerhalb des Hauses liegendes Klosett. Hühner stoben ausein-

ander, als er mit dem Wagen auf eine Frau zufuhr, die gerade am Wasserbehälter einen Kessel füllte.

»Guten Morgen«, rief er, als er den Wagen anhielt.

»Ihnen auch einen guten Morgen«, erwiderte die Frau und legte eine Hand ins Kreuz, als sie sich aufrichtete.

Sie war mittleren Alters, vielleicht um die vierzig, aber er war nie gut darin gewesen, das Alter einer Frau zu schätzen, insbesondere hier in Afrika, wo das rauhe Klima und die harte Arbeit für gewöhnlich einige Jahre hinzufügten.

»Ich bin George Coll, der Viehinspektor für den Bezirk Nairobi«, sagte er und kletterte von seinem Wagen herab. »Es geht lediglich um eine Routineangelegenheit. Ist Ihr Mann zu Hause?«

»Nein, aber wenn es um die Tiere geht, können Sie auch mit mir reden.«

Sie stellte den Kessel auf die oberste Verandastufe und strich sich eine unsichtbare Strähne ihres goldblonden Haares zurück, das von einer Spange im Nacken gehalten wurde.

Sie benahm sich wie so viele Frauen auf den Farmen sehr geschäftsmäßig, was so gar nicht zu ihrem bezaubernden schottischen Akzent passte. Er fühlte sich in Gegenwart von Frauen immer unbehaglich und zog es vor, mit Männern zu tun zu haben.

»Vielen Dank«, sagte er. »Aber ich kann gern zu einer günstigeren Zeit wiederkommen, wenn Sie möchten.«

»Wie Sie wollen. Aber das wird auch nichts nützen, denn Sie werden immer noch mit mir vorliebnehmen müssen.«

»Oh.«

Die Lachfältchen um ihre Augen gefielen ihm, aber er war sich nicht sicher, ob sie beleidigt war oder ihre Amüsiertheit angesichts seines Unbehagens verbarg.

Seine Verlegenheit führte offenbar dazu, dass sie sich seiner erbarmte, denn sie fügte hinzu: »Ich bin Witwe, wenn Sie es unbedingt wissen wollen.«

»Tut mir leid, Ma'am. Es ist nur, weil …«

»Weil es ungewöhnlich ist, dass eine Frau eine Farm allein bewirtschaftet«, sagte sie, als könne sie Gedanken lesen. »Und das aus guten Gründen.«

Sie ging nicht näher darauf ein, aber das musste sie auch gar nicht. Coll hatte noch nie gehört, dass eine Frau eine Farm ohne Hilfe führte. Er bezweifelte nicht, dass es möglich war, aber er hatte feststellen müssen, dass diese Aufgabe des Öfteren die Kraft erfahrener Männer überstieg.

Die Frau schien ihn zu studieren. »Ich kann Ihren Akzent nicht einordnen«, sagte sie und runzelte die Stirn. »Sind Sie Schotte oder nicht?«

»Geboren in Liverpool, aber von meinem Großvater in Lanarkshire aufgezogen, nicht weit entfernt vom schönen Glasgow.«

»Na, da haben Sie ja Glück gehabt«, sagte sie lächelnd. »Kommen Sie doch für einen Moment herein. Ich wollte gerade frischen Tee aufsetzen.«

Er folgte ihr die Stufen hinauf in einen Raum, der auf den ersten Blick als Wohnzimmer diente, obgleich ein alter gusseiserner Ofen in einem großen Kamin stand, von dessen Sims eine Reihe von Kochutensilien herabhingen. Ein junges Mädchen fegte träge den Boden.

»Das wäre alles für den Moment, Kira. Ich rufe dich, wenn ich dich brauche.« Das Mädchen, das ein schlichtes weißes Kleid und eine blau-karierte Schürze trug, nickte Katherine zu und bedachte Coll mit einem schüchteren Blick, bevor es in den Küchenanbau verschwand.

Im Wohnzimmer stand ein gutgepolstertes Sofa mit Blumenmuster – die einzige feminine Note im ganzen Raum. Vier Rattanstühle, wie man sie überall hier in der Gegend fand, waren um einen großen, rechteckigen Tisch gruppiert, und an einer Wand befand sich eine massive Anrichte, deren Füße in kleinen, mit Wasser gefüllten Gefäßen standen, um die Ameisen fernzuhalten. Daneben stand ein glänzendes Grammophon auf einem kleinen Holztisch. An den Wänden hingen einige Fotografien, von denen Coll annahm, dass es sich um Familienporträts handelte.

Die Frau zog eine runde Eisenplatte vom Ofen. Flammen leckten am Kessel, als sie ihn auf die Öffnung stellte.

»Ich lasse hier drin ständig ein Feuer brennen«, sagte sie. »Das hilft gegen die abendliche Kühle. Nehmen Sie doch Platz, Mr. Coll.«

»Bitte nennen Sie mich George.«

»Ist mir ein Vergnügen, George. Und ich heiße Katherine. Katherine Wallace.« Sie lächelte.

Sie plauderten über das ungewöhnlich milde Wetter und Belanglosigkeiten, Ackerbau und Viehzucht betreffend. Katherine erzählte ihm, dass sich ihr Pachtland über sechzig Hektar erstreckte, auf denen sie Mais, schlecht gedeihenden Weizen und gut gedeihende Kartoffeln angebaut hatte. Die Kaffeebüsche, die sie und ihr Mann kurz nach ihrer Ankunft gepflanzt hatten, trugen nun gute Beeren, und sie beabsichtigte, in der nächsten Saison weitere zu pflanzen. Ihren fünfzehn Rindern und den dreißig Schafen ging es gut, aber im Augenblick bereitete ihnen ein Leopard einige Schwierigkeiten.

Der Kessel pfiff, und Katherine goss den Tee auf.

Coll wies zu der Fotografie eines Mannes hinüber, der salopp ein Gewehr unter dem Arm hielt und seinen Fuß auf eine große Katze gestellt hatte. »Das ist kein Leopard, oder?«

Katherine verneinte. Es war ein Jaguar.

»Dieser Kerl scheint mir ein tüchtiger Bursche zu sein. Ist das Ihr Mann?«

»Ja«, erwiderte sie. »Das ist außerhalb von Caracas aufgenommen worden. Bill war ein guter Schütze.«
»Wie lange bewirtschaften Sie die Farm schon allein?«
»Bill ist vor anderthalb Jahren gestorben«, erwiderte sie.
»Tut mir wirklich leid, das zu hören, Katherine. War es die Malaria oder eine der anderen schrecklichen Gefahren, denen wir uns hier draußen alle gegenübersehen?«
Sie schüttelte den Kopf und blickte erneut zu der Fotografie hinauf. »Es war ein Löwe«, antwortete sie mit einem traurigen Lächeln. »Wie ich schon sagte, Bill war ein Jäger, obgleich er nicht mehr so viel Zeit für die Jagd erübrigen konnte, nachdem wir mit der Farm begonnen hatten.«
Katherine beschrieb, wie der Amerikaner Paul Rainey die Löwenjagd mit importierten Jagdhunden als Sport eingeführt hatte. Zwei Hunde wurden losgeschickt, um die Fährte des Löwen aufzunehmen, und der Rest des Rudels losgelassen, um ihn aufzuhalten, bis die berittenen Jäger eintrafen und ihn erlegten.
»Ich habe natürlich davon gehört«, sagte Coll. »Es heißt, dies sei die beste Methode, um einen Löwen loszuwerden, aber sie scheint auch sehr gefährlich zu sein.«
»Das war einer der Gründe, warum Bill Rainey und den Jagdklub auf unsere Farm eingeladen hat«, erwiderte Katherine. »Ein großes Löwenmännchen mit schwarzer Mähne bedrohte seit Monaten unser Vieh. Und, ja, Sie haben recht, es kann sehr gefährlich sein.«
Coll bedauerte seine Neugierde für diese persönliche Angelegenheit. »Ich hätte mich nicht danach erkundigen sollen«, sagte er. »Lassen Sie uns über etwas anderes reden. Es muss sehr schmerzlich für Sie sein.«
»Nein, schon gut. Eigenartigerweise ist dies das erst Mal, dass ich mich mit jemandem darüber unterhalten kann. All unse-

re … all meine Freunde meiden das Thema, und ich bin mir nicht sicher, ob das so hilfreich ist.«

Coll kämpfte gegen den Drang an, mit seiner Tasse herumzuspielen. Dieser Austausch persönlicher Geschichten schien in abgelegenen Gegenden ausgesprochen verbreitet zu sein. Er fühlte sich dabei immer unwohl und hilflos, obgleich er sich nach besten Kräften bemühte, verständnisvoll zuzuhören. Doch persönliche Angelegenheiten mit einer Frau zu besprechen – und einer attraktiven und alleinstehenden noch dazu – war etwas völlig anderes. Aber Katherines offene Art und die Tatsache, dass sie offenbar ihre Gefühle beherrschte, ließen die Situation weniger schwierig erscheinen, und schon bald lauschte er ihrer Schilderung, wie Bill, der darauf bestanden hatte, den ersten Schuss abzugeben, von dem Löwen angegriffen worden war, ehe er überhaupt mit seinem Gewehr auf ihn zielen konnte. Er war nicht gleich gestorben, hatte noch zwei Wochen gelebt, ehe ihn die Infektion der schrecklichen Bisswunde umbrachte.

Coll kam sich so nutzlos vor. »Es tut mir leid«, sagte er.

»Bill war ein guter Mann«, erwiderte Katherine. »Er hat mich jahrelang um die ganze Welt geschleppt, um dieses Verlangen in seinem Herzen zu stillen, und als wir uns hier in Afrika niederließen, da dachte ich, er sei zur Ruhe gekommen. Aber dann hat er gearbeitet und gearbeitet, als wollte er all das Herumziehen wiedergutmachen. Er hatte keine Zeit für irgendetwas anderes; nicht einmal mehr für die Freuden, die er sein ganzes Leben lang genossen hatte. Schließlich begann ich mir Sorgen zu machen und bat ihn, einmal etwas anderes zu tun, als tagein, tagaus von morgens bis abends zu arbeiten.«

Sie blickte zu der Fotografie hinauf. »Es war zwar nicht die Art von Zeitvertreib, die ich im Sinn gehabt hatte, aber es kam wohl seinem Naturell entgegen. Es war nur so, dass Bill eigentlich schon das Interesse am Jagen verloren hatte. Er war dem verflixten Klub nur beigetreten, weil ich ihn darum gebeten hatte. Wenn ich nicht darauf bestanden hätte, dass er etwas für sich selbst tut, dann wäre er vielleicht noch am Leben.«

Kapitel 9

Coll versetzte den Flanken seiner Stute einen Schlag mit den Zügeln, woraufhin das Tier in einen munteren Trab verfiel. Er benutzte wann immer möglich den Buggy seiner Dienststelle, da das Reiten schlecht war für seine Brust und des Öfteren Hustenanfälle hervorrief, aber heute hatte er es eilig, nach Naivasha zu gelangen.

Commissioner Eliot hatte ihn aufgefordert, an einem Treffen mit Lenana, dem *Laibon* der Massai, teilzunehmen. Coll war für gewöhnlich über jeden Besuch, den der Commissioner dem Massai-Land abstattete, unterrichtet, aber dieser hier war überraschend erfolgt.

Gerüchten zufolge plante die Regierung, die Massai von der Eisenbahnstrecke wegzudrängen. Warum sollte die Regierung – so das Gerücht – einem Haufen ungebildeter Wilder den Vorzug geben, da weiße Siedler gutes Weideland begehrten? Die Siedler würden wenigstens mit ihrem Vieh Handel treiben und es nicht in Herden halten wie die Massai. Und die Siedler würden zudem zu diesem Zweck die Eisenbahn nutzen und dadurch helfen, die ernormen Kosten wieder hereinzubringen.

Coll hatte das Gerücht ursprünglich für absurd gehalten, den Hirnen einiger weniger habgieriger, vom Eigennutz getriebener Viehzüchter entsprungen. Doch als er es in Zusammenhang mit dem unvorhergesehenen Treffen und einigen Angelegenheiten betrachtete, die er kürzlich mit dem Commissioner hinsichtlich der Massai besprochen hatte, änderte er seine Meinung.

Er war in Sorge, dass er Commissioner Eliot bei seinem jüngsten Besuch in Nairobi womöglich einen falschen Eindruck vermittelt hatte, der diesen zu dem Treffen veranlasst haben könnte. Eliot hatte Coll um dessen Meinung zu der derzeitigen Situation befragt, bei der sich Eingeborene und weiße Siedler im gesamten Protektorat vermischten, was nicht etwa beabsichtigt, sondern darin begründet lag, dass nicht genügend von der Regierung bevollmächtigte Landvermesser zur Verfügung standen, um die vielen Bewerbungen um Pachtland zu bearbeiten. Infolgedessen begaben sich die Siedler einfach in den Busch hinaus, zeichneten eine grobe Karte des Landes, das sie begehrten, und reichten sie bei Eliots Behörde ein. Coll hatte erklärt, dass eine Vermischung mit eingeborenen Farmern wie den Kikuyu und den Kamba funktionieren würde, dass aber Viehhüter wie die Massai seit Jahrhunderten, wenn nicht seit Jahrtausenden das unangefochtene Recht genossen, mit ihren Herden durch das Great Rift Valley zu ziehen.
Bald nach dieser Unterredung hatte er eine Abschrift des Memorandums des Commissioners gelesen, in dem er darlegte, dass umherziehende Stämme nicht das Recht hatten, andere oder überlegenere Rassen von großen Landgebieten fernzuhalten, weil es ihnen zur Gewohnheit geworden war, auf sehr viel größeren Landstrichen umherzuziehen, als sie eigentlich nutzten.
Eine weitere Angelegenheit, die möglicherweise ausgeufert war, betraf seinen Bericht bezüglich eines kleinen Ausbruchs von Rinderpest unter den Massai-Herden südlich von Naivasha. Bei der Gelegenheit hatte er vorgeschlagen, den Massai zu erlauben, ihren Gepflogenheiten zu folgen und ihre Herden nach Norden zu treiben, um das verdorbene Land zu meiden, bis die Krankheit vergangen war.

Doch mit keinem Wort hatte er andeuten wollen, dass die Massai seiner Ansicht nach aus dem Great Rift Valley entfernt werden sollten.
Er versetzte der Stute einen weiteren Schlag mit den Zügeln. Er musste unbedingt vor Beginn des Treffens mit Lenana Commissioner Eliot sprechen, um diese Angelegenheiten zu klären.

Als Coll in Naivasha eintraf, herrschte dort ein geschäftiges Treiben, was seine Ängste nur noch mehr schürte, dass etwas Wichtiges im Gange war. Eine große Zahl Massai-Ältester hatte sich am Rande der Stadt versammelt. Sie standen in Gruppen zusammen wie Marabou-Störche, hatten die Schultern hochgezogen, und ihre rasierten Köpfe ragten aus langen, dunklen Umhängen hervor.
Es dauerte nicht lang bis zur Ankunft von Eliots Zug, und der Commissioner stieg aufrecht und mit steifen Bewegungen aus seinem Waggon. Er nahm seinen Tropenhelm ab und wischte sich mit einem weißen Taschentuch über die Stirn. Seine Frisur saß tipptopp, und sein dunkler Schnurrbart, der eine dicke, gerade Linie unter seiner Nase bildete, hätte gut und gern aus Ebenholz geschnitzt sein können. Er erspähte Coll und winkte ihn zu sich.
»Morgen, Coll«, sagte er auf seine gewohnt brüske Weise, ohne seinen Marsch den Hügel hinauf, auf dem sich die Massai versammelt hatten, zu unterbrechen. »Ich möchte, dass Sie an dieser Plauderei mit Lenana und seinem Ältestenrat teilnehmen. Er spricht ganz annehmbares Englisch, aber die anderen nicht. Er hat einen Übersetzer, aber ich möchte Sie dabeihaben, um sicherzustellen, dass nichts missverstanden wird, denn ich werde einige wichtige Punkte ansprechen. Mit einigen dürften Sie vertraut sein. Wadley hier« – er deutete

auf seinen Assistenten, der an seiner Seite trottete – »wird Aufzeichnungen anfertigen. Sie übersetzen, falls nötig, mehr nicht. Sollten Sie etwas Ungewöhnliches hören, werden Sie es mir mitteilen.« Er blieb unvermittelt stehen, und seine hellblauen Augen bohrten sich in Coll. »Haben Sie verstanden?«
Coll nickte. Doch bevor er zu seiner Rede anheben konnte, hatte sich Eliot auch schon wieder in Bewegung gesetzt und eilte auf den *Laibon* und eine Gruppe von Ältesten zu, die unter einem Baum saßen.
»Sir!«, stieß Coll hervor und eilte ihm nach.
Eliot drehte sich mit einem finsteren Gesicht um. »Was ist denn noch?«
»Commissioner Eliot, ich bin in Sorge, dass Sie womöglich einen Fehler begehen könnten. Es lag nicht in meiner Absicht, in meinen jüngsten Berichten über die Massai …«
»Was plappern Sie denn da, Coll? Sie reden von Fehlern? Was denn für Fehler?«
»Nun, Sir, bezüglich meines Vorschlags, dass die Massai das Rift Valley verlassen sollten. Es lag nie in meiner Absicht, damit anzudeuten …«
»Haben Sie den Verstand verloren?« Ein ungläubiges Lächeln lag auf seinem Gesicht. »Glauben Sie etwa, ich würde mich bei meinen Verwaltungsentscheidungen auf den Ratschlag eines Viehinspektors verlassen? Ich schlage vor, dass Sie Ihr Engagement, soweit es diese Leute betrifft, auf das Aufspüren von Zecken und anderem Ungeziefer beschränken. Ich werde mich um die Politik kümmern.«
Coll öffnete den Mund, aber bevor er eine Antwort zu seiner Verteidigung geben konnte, sagte Eliot auch schon: »Und jetzt kommen Sie endlich.«

Das Treffen begann mit dem üblichen Austausch von Höflichkeiten. Jeder Einzelne der Massai-Ältesten zollte dem Commissioner Respekt, was Eliot geduldig erwiderte. Coll war beeindruckt von Eliots Beachtung massaischer Benimmregeln. Als jedoch die Präliminarien vorüber waren, wandte er sich sogleich der Angelegenheit des Massai-Landes zu und verblüffte Coll mit seiner Unverfrorenheit.

»Also, Lenana«, sagte Eliot, »ich bin mit meiner Geduld am Ende. Es wird keine weiteren Debatten mehr geben. Ich habe entschieden, dass die Massai aus dem Rift Valley fortziehen werden.«

Coll räusperte sich und wollte gerade ansetzen, um etwas zu sagen, als ihm Eliot einen Blick zuwarf, der ihn schweigen ließ, während der Commissioner mit seinen Forderungen fortfuhr und der Massai-Übersetzer Mühe hatte, mitzuhalten.

»Wir werden ein großes Reservat für die Massai in der Laikipia-Region einrichten und ein weiteres im Süden, in der Nähe der Grenze zu Deutsch-Ostafrika. Die Fläche, die wir anbieten, ist sehr großzügig bemessen – größer als die, die die Massai derzeit im Great Rift Valley zur Verfügung haben.«

Lenanas Gesicht nahm einen abweisenden Ausdruck an, und die Ältesten murrten und warfen einander Blicke zu.

Eliot fuhr fort, beschrieb die Lage der Reservate genauer und betete Verordnungen herunter, die er erlassen hatte. »Einige meiner Soldaten und *Askaris* werden die Massai in die neuen Reservate geleiten. Ich vermag keinen Grund zur Besorgnis zu erkennen, da die Umsiedelung lange vor Beginn der nächsten Regenzeit erfolgt sein sollte.«

»Commissioner Eliot«, sagte Lenana, »das Land, von dem die Rede ist, ist uns bekannt.« Er wies darauf hin, dass die Massai in Abhängigkeit von den Jahreszeiten durch das Land zogen und auch die Gebiete nördlich und südlich des Rift Valley dabei mit einschlossen. Und dass es seit Menschengedenken keine Zeit gegeben hatte, in der dies anders gewesen war.

»Nun, von jetzt an werden sich die Massai wie viele andere auch auf die Reservate beschränken. Die britische Regierung hat eine Eisenbahnstrecke durch das Rift Valley gebaut, und wir beabsichtigen, von dieser Gebrauch zu machen, indem wir Farmer und Viehzüchter in dem Gebiet ansiedeln, die die Eisenbahn in der Weise nutzen werden, die wir beabsichtigt haben.«

Lenana begann erneut, Widerspruch zu erheben, wurde aber von Eliot unterbrochen.

»Damit ist die Debatte beendet«, sagte er. »Wir haben genug über diese Angelegenheit geredet. Nun werden wir die Schriftstücke aufsetzen, damit Sie und Ihr Rat sie unterzeichnen können.«

Als die Massai-Ältesten dies vernahmen, erhob sich ein Chor erzürnter Stimmen.

Eliot teilte Lenana mit, dass er mit ihm allein zu sprechen wünsche und alle anderen gehen sollten.

Lenana erhob sich mit seinen Beratern und begleitete sie ein Stück zu einer Stelle, wo sie sich mit gedämpften Stimmen unterhielten.

Coll war rasend vor Empörung. Er wollte nichts mit dieser Scheinübereinkunft zu tun haben und erhob sich, um mit den Ältesten zu gehen.

»Setzen Sie sich, Coll. Ich will, dass Sie bleiben.«

»Sir Charles, ich muss protestieren. Hierbei kann wohl kaum die Rede von ehrlichen Handlungsweisen sein. Ich vermag nicht untätig dazusitzen, während die Massai auf eine solche Weise genötigt werden.«

»Mumpitz, Coll. Diese Leute vermögen jedem Paroli zu bieten. Im Übrigen habe ich nicht die Absicht, Lenana eine Vereinbarung aufzuzwingen. Das war nichts weiter als mein Eröffnungsschachzug. Ich kenne Lenana zur Genüge. Keine Angst, er wird schon seine Meinung zu meinen Gunsten ändern.«

Lenana kehrte zu seinem Platz unter dem Feigenbaum zurück.

»Jetzt setzen Sie sich endlich«, zischte Eliot Coll zu.

Coll stand da wie ein gescholtener Schuljunge und hasste sich für seine Unentschlossenheit. Hatte er womöglich voreilig gehandelt, als er seinen Vorgesetzten des Betrugs an seinen Untertanen bezichtigte? Der Commissioner hatte eine glaubhafte Erklärung abgegeben. Sollte er ihn nicht beim Wort nehmen und bleiben, um zu sehen, ob Lenana der Umsiedelung in der Tat aus freien Stücken zustimmte?

Eliot sah ihn an. »Mr. Coll, wenn ich bitten darf.« Sein Tonfall war versöhnlich.

Coll zögerte noch für einen Moment, nahm dann aber wieder Platz.

Eliot begann Lenana im Plauderton von dem wundervollen Regierungssystem zu erzählen, das die Briten über die Jahre immer weiterentwickelt hatten. Er redete über Recht und Ordnung und über die hervorragende Rechtsform, die von einem ganzen Stamm von Gesetzesmachern, wie er sich ausdrückte, getragen wurde. Coll fand, dass der Commissioner vor sich hin faselte, doch dann begann er sehr geschickt auf subtile Weise die Konsequenzen einzuflechten, die demjenigen bevorstanden, der eines der zahlreichen britischen Gesetze brach, und seine Stimme nahm einen drohenden Tonfall an. Er nahm Bezug auf eine frühere Unterredung, bei der er Lenana offenbar erklärt hatte, wie schonungslos die Vergeltung der Briten gegenüber denen ausfiel, die sich ihren Entscheidungen widersetzten. Er erwähnte einen Fall in Nigeria, in den er persönlich verwickelt gewesen war, bei dem man einen aufsässigen Häuptling ausgepeitscht und dann auf eine kleine Insel verbannt hatte, wo er den Rest seiner Tage einsam und verlassen verbrachte.

Lenana, der zuvor in der Gesellschaft seiner Berater unnachgiebig und herausfordernd gewirkt hatte, schien nun in seinem Gewand aus Kalbsfellen zusammenzuschrumpfen. Sein Gesicht war grau. Coll vermochte seine Angst beinahe zu spüren.

»Um noch einmal auf Ihre Haltung in dieser Frage zu sprechen zu kommen«, endete Eliot fröhlich. »Ich habe eine Regierungsvergütung für Sie arrangiert, die mit Ihrer Unterschrift unter dieser Vereinbarung wirksam wird.«

Er sagte zu seinem Assistenten: »Wadley, die Papiere, wenn ich bitten darf.«

George Coll lief auf und ab wie ein eingepferchter Löwe. Er hätte es bis zum Einbruch der Dunkelheit nach Hause schaffen können, hatte sich aber stattdessen entschieden, sein Lager am späten Nachmittag auf dem abschüssigen Boden oberhalb des Naivasha-Sees aufzuschlagen, um nachzudenken und zu versuchen, das scheußliche Gefühl abzuschütteln, Teil einer schwerwiegenden Ungerechtigkeit gewesen zu sein.

Er war kein religiöser Mann, aber er war unter dem starken moralischen Einfluss seines Großvaters aufgewachsen, und was ihm während Eliots Treffen mit Lenana unter dem Feigenbaum zu Ohren gekommen war, hatte ihn überaus beunruhigt.

Das Great Rift Valley, der Große Afrikanische Grabenbruch, war Massai-Land. Coll befand sich dort oberhalb des Naivasha-Sees mittendrin. Weiter oben in den Bergen lag Kinangop, die heilige Stätte, wo die Massai ihre Übergangsriten vollzogen, um Männer und Krieger zu werden. Die Massai und das Great Rift Valley konnte man unmöglich trennen.

Die Vorstellung empörte ihn, aber er musste sich zu seiner Schande eingestehen, dass er zu ängstlich gewesen war, um seine Stimme angesichts der Abschreckungstaktiken des Commissioners zu erheben, die zur Folge hatten, dass Lenana die Übereinkunft unterzeichnet hatte, aus dem Tal wegzuziehen.

Er konnte sich denken, was sein Großvater, ein presbyterianischer Pfarrer, dazu gesagt hätte. Er hätte über die Menschheit gewettert, über Rechte und über die Notwendigkeit, dass die Eroberer Barmherzigkeit gegenüber den Eroberten übten. Er hätte Gift und Galle gespuckt.

Coll hatte nichts dergleichen getan. Er hatte stumm dagesessen.

Er unterbrach sein Hin-und-her-Gelaufe und stellte zu seiner Überraschung fest, dass es bereits dunkel wurde im Tal. Im Gegensatz zu der allmählich einsetzenden Dämmerung zu Hause ging die Sonne hier in Afrika rasch unter und erlaubte es der Dunkelheit, die Savanne in einem unbedachten Augenblick für sich zu beanspruchen. Aber die Schönheit des Abends und der eindringliche Ruf eines Uhus vermochten sein Herz nicht zu besänftigen.

Es war falsch. Eindeutig falsch.

Er blickte auf seine Hände mit den langen, blassen Fingern hinab, von denen seine liebe Mutter einmal geglaubt hatte, sie würden eines Tages einem Pianisten gehören. Sie zitterten vor Wut und Scham über sein jämmerliches Versagen.

Er ballte sie zu Fäusten, damit das Zittern aufhörte.

Ole Sadera war mit seinen Rindern allein im Tal. Er stand auf einem Bein da, den anderen Fuß gegen die Innenseite seines Knies gestützt, und sah zu, wie sich der Tag wegstahl. Es wurde langsam Zeit, die Tiere zurück in die *Boma* zu treiben, aber es widerstrebte ihm zu gehen. In seinem Kopf herrschte Verwirrung, er war hin- und hergerissen zwischen dem Wunsch, einerseits der Tradition zu gehorchen und andererseits etwas zu unternehmen, um zu verhindern, dass sein Volk seine kostbarsten Besitztümer verlor.

Er war der festen Überzeugung, dass sich ihre Lebensweise einschneidend verändern würde, womöglich für immer verloren wäre, wenn die Briten sein Volk dazu brachten, aus dem Massai-Land wegzuziehen. Ole Sadera wusste bereits, dass Lenana zustimmen würde, doch dies bedeutete noch nicht, dass die Angelegenheit entschieden war. Andere hatten ein Mitspracherecht, es galt, Gegenvorschläge zu besprechen und zu einer Einigkeit zu gelangen. Aber es war die Rede davon, dass die Briten beabsichtigten, Lenana als Sprecher für alle Massai zu bestimmen. Nicht nur für die Bewohner des *Enkangs* – die Frauen, Kinder und Ältesten –, sondern sogar für die *Moran*. Das widersprach jeglicher Tradition.

Die *Moran* legten nur einander Rechenschaft ab und niemandem sonst. Ihre vorrangige Pflicht bestand darin, den Stamm, die Gruppe und das Dorf zu schützen. Sie hatten auf jegliche Beziehungen zu Familie und Freunden aus der Kindheit verzichtet. Ihre einzige Verpflichtung bestand gegenüber den Brüdern aus ihrer Altersgruppe, den Männern, die Seite an Seite mit ihnen standen und, falls erforderlich, für sie sterben würden. In einer solchen Welt war kein Platz für einen Häuptling oder einen einzelnen Anführer. Die Welt der Massai bestand eigentlich aus drei Welten: der Welt der Kinder, die auch die jüngeren Frauen einschloss, der Welt der Krieger und der Welt der Ältesten. Die Führung dieser drei Welten war ein kompliziertes Pflichtgefüge, das unter anderem Positionen wie die seine enthielt, die ihn als *Olaiguenani* zu einem gewählten Vertreter seiner Altersgruppe machte. Sein Freund, Mantira, repräsentierte die ältere Altersgruppe. Miteinander vermochten sie eine große Anzahl der Krieger zu beeinflussen.

Sein Verstand vermochte einfach nicht all die möglichen Folgen und etwaigen Verhängnisse zu verkraften, die eine Veränderung wie die, die die Briten in Erwägung zogen, seinem Volk auferlegen würde. In den letzten Wochen hatte er sich mit diesen Sorgen herumgequält. Aus diesem Grund hatte er es vorgezogen, seine Rinder selbst zu hüten. Er hatte Zeit zum Nachdenken benötigt.

Oberhalb des Tales, wo sich der Kamm dunkel und kräftig gegen den roten Himmel abzeichnete, erschien eine einsame Silhouette. Aus der Art, wie sie sich bewegte, schloss er, dass es sich um eine Frau handelte, und da die Gestalt allein war, wusste er, dass es keiner seiner *Moran*-Brüder war, denn ein Krieger musste immer gemeinsam mit einem Altersgenossen umherziehen.

Die Gestalt verschwand für einen Moment unterhalb der Kammlinie, die durch den Feuerschein der untergehenden Sonne hinter der Anhöhe im Schatten lag. Dann war sie mit einem Mal wieder da, tauchte aus einem kleinen Zedernwäldchen auf. Sie schien ein Ziel zu haben, und zu seiner Überraschung stellte er fest, dass sie geradewegs auf ihn zukam.

Und je näher sie kam, desto schneller schlug sein Herz, denn er glaubte, Nashilo in der Gestalt erkannt zu haben. Nashilo, die das *Enkang* ihrer Mutter verlassen und einen Ältesten aus dem nächsten Dorf geheiratet hatte, dessen Geschenke der Familie seit Nashilos Kindertagen willkommen gewesen waren.

Viele Monde waren vergangen, seit er einen flüchtigen Blick auf sie erhascht hatte, und ihre letzte gemeinsame Nacht lag lange zurück. Aber es war die Erinnerung an jene erste leidenschaftliche Nacht, als sie den Sieg seiner Il Tuati im Kedong-Tal gefeiert hatten, die ihn nun daran erinnerte, wie sehr er sie begehrte.
Das Licht verlor rasch an Kraft, aber er konnte deutlich erkennen, dass sie zu einer Frau geworden war. Für einen kurzen Moment kam ihm ihr reicher Ehemann in den Sinn, der sich, wie ihm zu Ohren gekommen war, unlängst eine weitere Frau genommen hatte – seine vierte.
Nashilos Schmuck war wie gewöhnlich wunderschön. In seiner Vorstellung sah er das junge Mädchen von damals vor sich, dessen Weiblichkeit noch im Erblühen begriffen war – schon damals war sie für ihn verboten gewesen. Er hatte ihren geschmeidigen Körper, der im Licht der flackernden Öllampe zu glühen schien, langsam und vorsichtig von dem roten Rock, der Halskette, dem Kopfschmuck und den Armbändern befreit.
»Deine Rinder kommen zu spät in die *Boma*«, sagte sie anstelle einer Begrüßung.
»Sie leisten mir Gesellschaft.«
Sie lächelte. »Es ist nicht gut, zu viel Zeit allein zu verbringen. Kannst du denn keine bessere Gesellschaft finden als deine Rinder?«
»Ist das der Grund, warum du hier bist?«
Sie zögerte, blickte für einen Moment zu Boden. Als sie den Kopf hob und seinem Blick begegnete, sagte sie: »Ich bin im Dorf gewesen. Du solltest diese Sorge nicht allein tragen.«
»Nein«, erwiderte er, fragte sich aber, ob sie vom Land oder seiner Einsamkeit sprach.
»Du brauchst jemanden.«

»Ich brauche dich. Immer nur dich.«

Sie trat näher, hob die Hand, berührte ihn leicht an der Schulter und strich mit einem Finger über seinen Arm. Ein Schauer überlief ihn, und er genoss das Gefühl, ausnahmsweise einmal das zu tun, was sein Körper begehrte, befreit von der Notwendigkeit, ständig wachsam, beherrscht und diszipliniert sein zu müssen.

Er legte eine Hand auf ihre kleine, spitze Brust mit der dunklen, aufgerichteten Brustwarze und liebkoste sie. Sie trat noch näher und löste seine *Shuka,* die zu Boden glitt. Sie griff nach ihm, und er spürte, wie sein Penis wuchs und ihre Handfläche füllte, und sie liebten sich auf der harten Erde.

Kapitel 10

Trotz ihres ungleichen Alters und ihrer unterschiedlichen gesellschaftlichen Stellung entdeckte Dr. Norman Lewis, dass George Coll und er einige gemeinsame Interessen hatten. Sie trafen sich regelmäßig, und ihre Freundschaft, die auf dem Schiff nach Mombasa begonnen hatte, vertiefte sich mit der Zeit.

Wann immer Lewis' Tätigkeit als leitender Amtsarzt der Regierung ihn nach Nairobi führte, schickte er zuvor ein Telegramm an Coll, und wenn sich dieser gerade dort aufhielt, trafen sie sich zum Essen.

An diesem Abend saßen sie zusammen auf der Veranda von Lewis' Zimmer im Victoria Hotel. Auf Bitten Colls war Lewis vorzeitig in Nairobi eingetroffen, um mit seinem jungen Freund einige »wichtige Entwicklungen« – so hatte sich dieser recht nebulös ausgedrückt – zu besprechen.

Bei ihrem Zusammentreffen in der Lobby wirkte Coll besorgter als gewöhnlich, was Lewis darauf zurückführte, dass es um vertrauliche Informationen ging und sein Freund Angst hatte, erwischt zu werden, oder aber dass es ihm nicht gefiel, Regierungsgeheimnisse preiszugeben, weil es seinem strengen moralischen Kodex widersprach. Aus diesem Grund hatte Lewis vorgeschlagen, dass sie ihre Drinks auf seiner privaten Veranda einnahmen.

Lewis trank einen Whiskey mit Eis und saß auf dem Geländer. Coll, der Abstinenzler war, nippte wie ein nervöser Vogel an seinem Tee. Lewis dachte über die Worte nach, die ihm Coll hastig in der Lobby zugeflüstert hatte.

»Was dieses Treffen zwischen Eliot und Lenana angeht«, begann er. »Willst du damit sagen, dass es nicht das erste Mal war, dass sie sich darüber unterhalten haben, die Massai in ein Reservat umzusiedeln?«

»Allerdings. Eliot vermittelte den Eindruck, dass er bereits eine ganze Reihe von Maßnahmen mit Lenana besprochen hatte, einschließlich einer Regierungsvergütung.«

»Glaubst du, dass Lenana an Geld interessiert ist?«

»Schwer zu sagen, was der alte Mann denkt. Mein Maa steckt noch in den Kinderschuhen, aber Eliot hat seinen wunden Punkt gefunden.« Und er beschrieb Lenanas Entsetzen angesichts von Eliots anschaulicher Darstellung der britischen Justiz und der Konsequenzen, wenn jemand das Gesetz brach.

»Also hat er unterschrieben.«

»Ja.« Coll setzte seine Tasse scheppernd auf dem Tisch ab. »Und ich habe wie ein Feigling dagesessen, ohne ein einziges Wort des Widerspruchs«, schloss er.

Lewis bat Coll, nicht zu hart mit sich ins Gericht zu gehen. Er hätte nichts unternehmen können, um den Commissioner davon abzuhalten, solche Maßnahmen zu ergreifen. »Es gibt andere Möglichkeiten, um gegen derartiges Verhalten zu protestieren. Die Leute beginnen es als Imperialismus zu bezeichnen. Und viele kämpfen nun auf der ganzen Welt dagegen an.«

Coll beäugte ihn beunruhigt. »Versteh mich bitte nicht falsch, Norman. Ich bin nicht gegen die Regierung. Ich bin, um ehrlich zu sein, ein großer Bewunderer des britischen Empires und all dessen, was es für die Menschen in vielen Teilen der Welt getan hat. Es ist einzig und allein diese Angelegenheit mit den Massai, die mir zu schaffen macht.«

Lewis nahm einen Schluck von seinem Whiskey und sah zu, wie zwei schwarze Rikscha-Jungen einen Gepäckberg vom

Bahnhof die Government Road hinauf Richtung Norfolk Hotel zogen. Er ließ sich selten eine Gelegenheit entgehen, Freunde über seine liberalen Ansichten aufzuklären, aber Coll war offensichtlich jämmerlich zumute, und so verschob er seine Belehrungen auf ein anderes Mal.
»Du bist den Massai bei deiner Arbeit wirklich nahegekommen, George«, sagte er, das Thema wechselnd.
»Da magst du recht haben. Wenn du die Muttersprache eines Mannes verstehst, kannst du eine Menge über ihn lernen. Dinge, die du niemals vermuten würdest, egal, wie viel du dich auch mit ihm auf Englisch unterhältst. In gewisser Weise dringst du in seinen Kopf ein.« Coll knetete seine schmalen Hände, und Lewis erkannte, dass er immer bekümmerter wurde. Eine solche Gemütslage führte bei ihm des Öfteren zu einem Hustenanfall, der seiner ohnehin schon geschwächten Brust und den geschwächten Lungen arg zusetzte.
»Du darfst dir das nicht so zu Herzen nehmen«, sagte er. »Wir Engländer mögen manchmal arrogante, rücksichtslose Mistkerle sein, aber im Großen und Ganzen werden Dinge dieser Art in Ordnung gebracht, bevor sie zu weit gehen. Dafür sorgt das System der gegenseitigen Kontrolle.«
»Auch hier draußen in der Wildnis?«, fragte Coll. »Wer wird es denn jemals erfahren? Wie soll man im Parlament, in der Downing Street von solchen Dingen hören?«
»Weil nun einmal in London die Politik gemacht wird, George, und die politische Linie sieht vor, die Rechte der Eingeborenen zu respektieren und zu schützen. Die Eliots des Kolonialsystems sind bloße Vermittler der heimischen Regierungspolitik.«
Coll wirkte skeptisch. »Das beantwortet meine Frage nicht. Wie sollen sie davon erfahren?«
»Berichte. Das Außenministerium ist durch und durch büro-

kratisch. Jeder höhergestellte Amtsträger muss Berichte für die Hauptverwaltung erstellen. Sogar ich.«

»Und was ist, wenn es Eliot und sein Gehilfe vorziehen, ihre Plaudereien mit den Eingeborenen nicht zu melden?«

»Dann ist es letzten Endes eine Frage des Budgets. Man kann ohne einen verdammten Rechnungsposten im Budget nichts tun.«

Coll schüttelte den Kopf. Er war nicht überzeugt.

»Hör zu«, fuhr Lewis fort, »ich glaube nicht, dass diese Angelegenheit durchgeführt werden wird. Nach dem, was du mir über Lenana erzählt hast, wird er das Geld nicht annehmen, und es wird keine Umsiedelung der Massai geben – ob nun mit oder ohne Nötigungsversuche von Eliots Seite.«

»Wie kannst du da so sicher sein?«

»Wir leben im zwanzigsten Jahrhundert, George. Im Zeitalter der Aufklärung. Ich habe einige Freunde zu Hause, die großes Interesse an so etwas haben dürften, sollte es denn wirklich vonstattengehen. Aber vergiss nicht, Eliot agiert nicht allein in diesen Angelegenheiten; er wird den Rat anderer in seinem Mitarbeiterstab suchen. Womöglich fragt er sogar mich nach meiner Meinung.« Er schenkte Coll ein breites, beruhigendes Lächeln. »Und du darfst dir sicher sein, dass ich das eine oder andere dazu zu sagen haben werde.«

»Stünde das nicht deiner beruflichen Entwicklung im Weg?«

»Unsinn«, erwiderte Lewis, »zerbrech dir mal darüber nicht den Kopf.« Er klopfte Coll auf die Schulter. »Jetzt trink deinen Tee aus, und dann lade ich dich zu einem Essen unten ein.«

In Wahrheit wusste Lewis, dass er keine Chance hatte, einen Commissioner der Kolonien, der sich auf eine bestimmte Vorgehensweise kapriziert hatte, in irgendeiner Weise zu beeinflussen. Diese Männer schalteten und walteten wie Könige in ihrem kleinen Herrschaftsbereich. Und es wäre töricht, sich offen gegen Leute wie Eliot zu stellen. Stattdessen würde Lewis den Kurs einschlagen, den er in solchen Angelegenheiten immer einschlug. Er würde ein Dossier über den Commissioner anlegen und seine Kontakte in London und Edinburgh unterrichten. Es mochte nur eine Frage der Zeit sein, wann ein weiterer Tyrann durch die Macht des Volkes besiegt wurde.

Norman Lewis öffnete die Tür seines Dienstzimmers und blickte hinaus in den Vorraum. Wie gehofft war von seinem Gehilfen James weit und breit keine Spur. Er schloss die Tür wieder, setzte sich an seinen Schreibtisch und hielt ein angerissenes Zündholz an die Paraffinlampe. Dann zog er einen Schreibblock mit schlichtem weißem Papier und einen Briefumschlag aus der untersten Schublade, tauchte seine Schreibfeder sorgfältig in das ins Pult eingelassene Tintenfass und schrieb: *Lieber Gilbert …*

Er betrachtete nachdenklich die beiden Wörter und überlegte, wie er fortfahren sollte. Er hatte keine handfesten Beweise, um seine Behauptungen zu stützen, aber er musste diesen Brief schreiben, weil er befürchtete, dass ihn ansonsten seine Wut und seine Verdrossenheit verzehren würden. Er war nicht sehr zuversichtlich, dass seine Freunde in London irgendetwas unternehmen konnten, um ihm zu helfen, aber er sah sich veranlasst, ihnen seinen Verdacht mitzuteilen.

Es kam ihm so vor, als kämpfe er bereits sein ganzes Leben lang gegen die Ungerechtigkeiten des britischen Verwaltungs- und Regierungssystems an. In den Anfangstagen in den Elendsvierteln von Glasgow, wo er mit Medikamenten arbeiten musste, die keinen Penny wert gewesen waren, hatte er sich mit herzlosen Bürokraten herumgeschlagen, die sich lieber ihre Hintern auf den sicheren Bürostühlen platt saßen, als das zu tun, wofür sie bezahlt wurden.

Und nun wurde er erneut Zeuge einer großen Ungerechtigkeit. Als Sir Charles Eliot aus Gründen, die den Mitgliedern seiner Behörde nicht ganz klargeworden waren, nach England zurückbeordert wurde, hatten Coll und er geglaubt, dass die Pläne zur Umsiedelung der Massai damit gestorben waren. Doch sein Nachfolger, Commissioner Stewart, schien die Denkweise seines Vorgängers zu teilen und hatte sich innerhalb eines Monats nach seiner Ankunft entschieden, die Umsiedelungsvereinbarung durchzuboxen.

Lewis' Ansicht nach bestand kein Zweifel daran, dass die Massai genötigt worden waren, das Tal zu verlassen. George Coll zufolge hatte Eliot Lenana quasi eine Waffe an den Kopf gehalten, aber die Abschrift von Stewarts Memorandum an den Außenminister, mit dem er sich abgesichert hatte und die Lewis in der behördlichen Korrespondenzmappe einsehen konnte, nahm keinen Bezug auf frühere Gespräche Eliots. Das Außenministerium hätte sich Stewarts Antrag mit Sicherheit genauer angesehen, hätte man gewusst, dass Eliots Einfluss immer noch nachwirkte.

Er hatte versucht, seine Befürchtungen zu verbergen, nachdem ihm Coll erzählt hatte, was zwischen Eliot und Lenana vorgefallen war. Mit Rücksicht auf den Seelenfrieden seines Freundes hatte er diesem versichert, dass die Vereinbarung nicht in die Tat umgesetzt werden würde. Für eine Weile hatte es so ausgesehen, als sollte er recht behalten, und er hatte Coll ungeniert in dem Glauben gelassen, dass er dabei seine Hände im Spiel gehabt hatte, und dessen Lob und Bewunderung entgegengenommen. Doch nun hatte er das Gefühl, tätig werden zu müssen, weil ansonsten die anonyme Regierungsmaschinerie wieder einmal unbarmherzig über die Unglückseligen hinwegrollen würde, die ihr im Wege standen.

Er blickte auf das Blatt hinab, das vor ihm lag. Warum sah er

sich eigentlich genötigt, diesen Brief zu schreiben? Als junger Arzt in Glasgow hatte er ähnliche Versuche unternommen, denjenigen Gerechtigkeit angedeihen zu lassen, die nicht für sich selbst zu sprechen vermochten, doch damit hatte er die Bürokraten nur noch mehr gegen sich aufgebracht und am Ende das Leben derer, denen er eigentlich hatte helfen wollen, noch schwerer gemacht. Wenn man ihm dieses Mal auf die Spur käme, würde dies seine Entlassung zur Folge haben oder aber zumindest seine Ausweisung aus Britisch-Ostafrika.
Er stand von seinem Schreibtisch auf, schritt auf das Bücherbord zu und zog aus dem darunter befindlichen Schrank eine Whiskeyflasche hervor, aus der er sich ein Glas einschenkte. Während der Whiskey in seiner Kehle brannte, rang er mit sich, um den Zwiespalt in seinem Inneren zu überwinden. Doch seine zunehmende Entrüstung über die Ungerechtigkeit der Umstände entschied die Sache. Und so versuchte er, sich für einen Moment zu sammeln, bevor er den Brief an Gilbert Murray begann.
Murray hatte zusammen mit ihm Medizin studiert und war nun ein einflussreicher Gelehrter und Berater der britischen Labour-Partei. Er war einer jener seltenen Individuen, die alles daransetzten, ein Unrecht wiedergutzumachen, wenn sie seiner gegenwärtig wurden. Lewis vertraute darauf, dass Murray seinen Namen vertraulich behandeln würde. Er griff nach der Schreibfeder und tauchte sie entschlossen ins Tintenfass.

Lieber Gilbert,
in meinem letzten Brief an dich hegte ich die Hoffnung, dass das beabsichtigte Vorhaben, ein Regierungsreservat für die Massai einzurichten, im Anschluss an Commissioner Eliots Ausscheiden aus dem Amt der Verges-

senheit anheimfallen würde. Bedauerlicherweise habe ich mich gründlich geirrt. Commissioner Stewart hat diese ganze Schweinerei wieder aufleben lassen und das Umsiedelungsvorhaben bereits in Gang gesetzt. Ich fürchte, dass die Lage inzwischen nahezu außerhalb jeglicher Kontrolle liegt und die Massai bald erfahren werden, dass sie das Land ihrer Geburt verlassen müssen.

Ich bin bestürzt und zutiefst beschämt, einer Regierung anzugehören, die sich einer solch kaltschnäuzigen Missachtung der Rechte derer befleißigt, die weniger vom Glück begünstigt sind.

Stewart behauptet, die volle Unterstützung des Laibon zu besitzen. Meine Vertrauten versichern mir, dass diese Unterstützung unter Zwang zustande gekommen ist. Leider wurde ich zudem davon unterrichtet, dass sich kein Anführer der verschiedenen Altersgruppen gegen Lenana stellen oder sie die Regierung in irgendeiner Form bezichtigen werden, gegen ihre Interessen zu handeln. Wie du sehr wohl weißt, sind ihnen solche Handlungsweisen fremd. Die Massai würden wohl aus einer Laune heraus in den Krieg ziehen, doch wenn sie sich mit Unstimmigkeiten innerhalb ihrer eigenen Reihen konfrontiert sehen, dann glauben sie, keine andere Wahl zu haben, als vor dem Ansinnen der Regierung zu kapitulieren.

Das einzig Versöhnliche in dieser langen Litanei unglücklicher Umstände ist, dass man den Massai im Unterschied zu anderen sogenannten Vereinbarungen, die mir bekannt sind, zugesichert hat, dass man sie nicht weiter belästigen und dass das Reservat auf Dauer in ihren Händen verbleiben wird. Dies ist ein dürftiger

Trost für ein so stolzes Volk, das seit Beginn der Schöpfung unabhängig gewesen ist.
Die Dokumente wurden zum Zwecke der Ratifizierung an den Minister für auswärtige und imperiale Angelegenheiten gesandt. Ich fürchte, Lord Lansdowne wird sich von seinem kolonialen Vertreter, Commissioner Stewart, leiten lassen und mithin seine Zustimmung geben.
Ich weiß nicht, welcher Nutzen aus meiner Mitteilung gezogen werden kann und ob deine Kontakte in der Labour-Partei Interesse für die Anliegen der Massai bekunden und sich für sie einsetzen werden. Andernfalls wüsste ich nicht, was mir noch zu unternehmen bliebe.
Ich wäre dir dankbar, wenn du Mr. J.H. Oldham und unsere Freunde von der Anti-Sklaverei-Vereinigung über diese traurige Sachlage in Kenntnis setzen würdest.

Mit freundlichen Grüßen,
Norman

Kapitel 11

1904

Commissioner Sir Donald Stewart saß in seinem Erste-Klasse-Waggon, während sich der Zug auf der Vorderseite des Kikuyu Steilhangs hinunterschlängelte. Unter ihm breitete sich das Great Rift Valley wie ein riesiger Graslandteppich von Süden nach Norden aus. Dies rechtfertigte seine Entscheidung, sein Amt schon so bald nach seiner Ankunft in Mombasa anzutreten. Ohne diesen Teil des Landes gesehen zu haben, der in so krassem Gegensatz zu dem grünen Dschungel stand, der entlang der Küste verlief, wäre er niemals in der Lage gewesen, seine Bedeutung zu würdigen zu wissen oder zu begreifen, warum es wegen seiner Nutzung so viel Aufhebens zwischen seinem Vorgänger und dem Außenministerium gegeben hatte.

Nun wusste er, worum es ging. Dort unten auf dem Talboden vermochte ein Siedler Tausende von Rindern auf dem spärlichen, aber saftigen Gras laufen zu lassen. Ein Teil des Bodens mochte sogar zum Ackerbau taugen. Wasser war in den Seen und Flüssen vorhanden, die er aus der luftigen Höhe der Zugstrecke zu sehen vermochte.

Stewart hatte klar vor Augen, was er an diesem Tag zu erreichen gedachte. Er würde so tun, als ob er das fragliche Land inspizierte, und die Angelegenheit dann unter Dach und Fach bringen. Er beabsichtigte nicht, die gleichen Fehler wie Commissioner Eliot zu begehen. Sir Charles Eliot hatte einer Reihe von zukünftigen Siedlern Landzuweisungen erteilt, darunter auch einhundertfünfzig aus Südafrika. Das Außenministerium hatte von diesen Zuweisungen erfahren und sie als untragbar erachtet, da keine Vereinbarung vorhanden war, um die angestammten Besitzer – die Massai – umzusiedeln, was einen Bruch der Richtlinien darstellte.

Eliot hatte die Einmischung Londons zutiefst erbost. Sie machte es ihm unmöglich, die Versprechen, die er den Siedlern gegeben hatte, zu erfüllen. Als Ehrenmann blieb ihm als einzig achtbarer Weg nur der Rücktritt von seinem Amt.

Wie das Außenministerium von den Landzuweisungen erfahren hatte, ließ Raum für Mutmaßungen. Assistant Commissioner Charles Wadley, der ihm gegenübersaß, war der Ansicht, dass jemand innerhalb der Verwaltung des Protektorats London davon in Kenntnis gesetzt hatte. Stewart hatte bereits in aller Stille damit begonnen, Nachforschungen anzustellen, um wen es sich wohl handeln könnte. Als alter Soldat beabsichtigte er nicht, Illoyalität innerhalb der eigenen Reihen zu dulden – ungeachtet der vermeintlichen Rechtfertigung.

Wadley hatte nach Sir Charles Eliots Abreise das Amt kommissarisch innegehabt und einen Vertragsentwurf aufgesetzt, der Lenanas Unterschrift harrte, um die Massai in zwei Reservate umzusiedeln. Das Außenministerium hatte diesen Entwurf erhalten, bislang aber noch keine offizielle Erwiderung geschickt. Es stand für Stewart fest, dass mit Wadleys Plan eine Besiedelung mit all jenen zu erreichen war, die Land beanspruchten. Der Außenminister, Lord Lansdowne, beharrte darauf, dass, wenn es irgendeine Streitigkeit hinsichtlich der Eigentümerschaft gab oder die Massai mit der vorgeschlagenen Umsiedelung unzufrieden waren, man sie nicht zu einer Vereinbarung zwingen sollte. Allerdings war sich Stewart sehr wohl bewusst, dass eine Wahl vor der Tür stand und der

Minister alles vermeiden wollte, um die Wählerschaft in den nächsten Monaten zu verwirren.

»Wie war das noch einmal, Wadley?«, fragte Stewart. »Dieser Lenana war also einverstanden, von hier wegzuziehen?« Er ließ seinen Blick in die Ferne schweifen.

»Nun, Sir, so einverstanden, wie ein Mann nur sein kann, wenn er vor eine eingeschränkte Wahl gestellt wird.«

»Wollen Sie damit sagen, dass er dazu gezwungen wurde?«, erkundigte sich Stewart.

»Ich würde eher sagen, er wurde dazu *bewegt*«, erwiderte Wadley vorsichtig. »Commissioner Eliot hat ihn quasi zu einem Mitglied der Behörde gemacht, mit einem Jahresgehalt und dem damit verbundenen Prestige. Er hat sein Amt bei einigen kleineren Veranstaltungen versehen. So war er beispielsweise bei der letzten jährlich stattfindenden Landwirtschaftsschau einer der Viehrichter.«

»Ist diesem Kerl denn Prestige so wichtig? Wie man hört, befindet er sich in einem fortgeschrittenen Alter. Da sollte man doch meinen, dass er ein ruhigeres Leben anstrebt.«

»Prestige, aber auch die vermeintliche Macht, Commissioner. Vor Jahren hat ihn sein Bruder Sendeyu bekämpft, der selbst Anspruch auf die Position des *Laibon* erhob. Da kann ich es ihm nicht verdenken, dass sie ihm lieb und teuer ist.«

»Aber die anderen Anführer, die Ältesten und so weiter, die wissen nichts von Ihrem Plan und dass Lenana ihn unterstützt?«

»Nein. Ich wollte nicht, dass es so weit geht, ohne Sie mit einzubeziehen, Sir Donald.«

Stewart nickte anerkennend.

Der Zug näherte sich Naivasha, wo sich, wie er sehen konnte, eine kleine Menschenmenge auf dem Bahnsteig versammelt hatte. Dies waren wie stets die eher gutsituierten Mitglieder

der Siedlergemeinschaft. Die Männer, die sich wirklich um das Land kümmerten, waren viel zu beschäftigt, um ihre Zeit damit zu verschwenden, ihn zu begrüßen. Seine Geduld wurde mit dem nutzlosen Geplapper verwöhnter jüngerer Aristokratensöhne auf eine harte Probe gestellt, aber er würde wie immer so tun, als ob es ihm Vergnügen bereitete, und lächeln und Hände schütteln, um anschließend dann die eigentliche Absicht seiner Reise in Angriff zu nehmen.

Stewart war nicht geneigt, Eliots Philosophie der Vermischung von Massai und Siedlern zu folgen, weil aufgrund dessen immer ein drohender Konflikt um Grenzen und Viehdiebstähle bestehen bliebe. Im Übrigen empfand er die Vorstellung, umherstreunenden Wilden zu erlauben, Teile des besten Landes zu okkupieren, als absurd. Im Gegensatz zu seinem Vorgänger hatte er die feste Absicht, in solchen Angelegenheiten übliche Vorgehensweisen zur Anwendung zu bringen und Eingeborenen-Reservate außerhalb der umstrittenen Gebiete zu gründen.

Stewart war ein Mann der Tat. Sobald er von seiner Inspektionsreise zurück war, würde er Wadley anweisen, die Anführer der Massai zusammenzurufen, damit er sie über seine Entscheidung, sie umzusiedeln, in Kenntnis setzen konnte. Er würde ihnen sagen, wohin sie zu ziehen hatten, und keine weiteren Debatten oder Verzögerungen dulden.

Ole Sadera stand vorn inmitten von Hunderten von Massai-*Moran* und Ältesten und wartete mit ihnen darauf, dass der neue Commissioner zu ihnen sprach. Dutzende von bewaffneten Regierungs-*Askaris,* die ihre scharlachroten Tarbusche keck auf den Köpfen trugen, die Körper in starrer Habtachtstellung, umringten den großen Baum, unter dem Lenana und die weißen Anführer an einem langen Holztisch saßen.

Commissioner Stewart erhob sich und hielt eine Hand in die Höhe, obwohl die Massai schon eine Zeitlang still dastanden. Stewart war so gerade und schmal wie ein Wanderstab und trug eine randlose Brille, die seine Augen im strahlenden Sonnenlicht des Rift Valley in weiße Steine verwandelte. Selbst die am nächsten Stehenden unter den versammelten Massai vermochten nicht zu erkennen, was hinter diesen funkelnden Spiegeln vor sich ging.

Ole Sadera hatte das Gefühl, dass Stewart alles Mögliche durch den Kopf gehen konnte, ohne dass irgendjemand davon erfahren würde.

»Wir haben diese Versammlung einberufen«, sagte Stewart mit Hilfe seines Dolmetschers, »um über wichtige Angelegenheiten zu sprechen. Es hat sehr viel Unruhe im Rift Valley gegeben, und die Regierung ist darüber nicht erfreut.«

Ole Sadera zerbrach sich den Kopf, worauf der Commissioner anspielen mochte, konnte sich aber keinen Reim darauf machen. Seit dem Angriff auf die Swahili-Karawane hatte es keine Schwierigkeiten mehr gegeben, und der lag lange zurück.

Stewart fuhr fort: »Wir sind hierhergekommen, um den Massai zu sagen, dass sie das Great Rift Valley verlassen müssen. Und das nicht nur zum Weiden während der Trockenzeit, sondern für immer.«

Ole Sadera starrte erst den Dolmetscher an, weil er für einen Moment glaubte, dieser habe eine solch unglaubliche Forderung gestellt, ehe er seinen Blick schockiert Stewart zuwandte, dessen Steinaugen unerreichbar waren. Der Assistant Commissioner, Mr. Wadley, schien keinerlei Interesse an dem Gesagten zu haben. Lediglich Lenana – der in seinem alten Armeetuchmantel zusammengeschrumpft zu sein schien – drückte seine Gefühle durch ein Neigen des Kopfes und die feste Linie seines Mundes aus. Dies bedeutete Ole Sadera, dass die Worte, die der *Laibon* gerade vernommen hatte, ihm bereits bekannt waren und ihm somit keinen Schmerz verursachten. Ole Sadera war erschüttert.

»Die Massai werden Naivasha und das Tal verlassen«, fuhr Stewart fort, »weil die Regierung eine Eisenbahnstrecke vom Meer bis zum großen See gebaut hat. Und wir werden diese Eisenbahnstrecke benutzen, um viele wunderbare Dinge in dieses Land zu bringen. Wir haben bereits unsere Rinder hierhergebracht, die wir von Büffeln gezüchtet haben und die die Rinder der Massai besiegen und töten werden, wenn sie miteinander kämpfen. Wir werden unsere Schafe und Ziegen hierherbringen, die sich von denen der Massai unterscheiden und somit fremd und wie wilde Tiere erscheinen werden. Und die Massai werden sie töten wollen, aber das darf nicht geschehen, denn dann werden die Massai schwer bestraft. Und wir werden auch Schweine herbringen, die wie Kälber von Flusspferden aussehen und die wir halten, wie die Massai Rinder halten. Diese werden die Krieger der Massai aufspießen wollen, aber auch das ist verboten. Aus all diesen Gründen müssen die Massai diesen Ort verlassen.«

Die weißen Männer saßen teilnahmslos am Tisch, wärend der Dolmetscher den versammelten Massai die Worte übersetzte. Die Stille unter den Kriegern und Älteren vertiefte sich. Ole Sadera fragte sich, ob die anderen das Gesagte gehört hatten. Er selbst konnte die Worte nur schwer glauben.

Commissioner Stewart sprach erneut: »Die Massai werden das Great Rift Valley verlassen und erhalten im Gegenzug von der Regierung Seiner Majestät zwei sehr großzügige Reservate, eines im Norden und ein weiteres im Süden. Das nördliche Reservat wird in der Gegend liegen, die die Massai Entorror nennen. Es wird die folgenden Grenzen haben: im Westen den Laikipia-Steilhang, im Süden die Flüsse Lesuswa

und Uaso Nyiro, im Osten Kisima und im Norden die Loroghi-Berge.«
Ole Sadera vermochte all diese Grenzmarkierungen, die Stewart nannte, vor sich zu sehen, denn er kannte jeden Winkel Entorrors. Die Namen allein weckten Erinnerungen an dort verbrachte Zeiten – gute wie schlechte. Doch viel mehr traf ihn die Tatsache, welche Orte all diese Grenzen ausschlossen. Damit war das silberne Wasser Naivashas verloren, die heilkräftigen Mineralien Nakurus, die Gräser an den Hängen der Aberdares.
»Im Süden«, fuhr der Commissioner fort, »werden sich die Massai-Gruppen, die sich gegenwärtig in dieser Umgebung aufhalten, auf das Gebiet beschränken, das durch den Berg Donyo Lamuyu, den Kiserian, die Matapatu-Berge und den Donyo Narok begrenzt wird. Wir werden ihnen eine Straße von einer Breite von einer Meile vorbehalten, damit die Massai Zugang zum Wasser haben und die Menschen der beiden Reservate miteinander zu kommunizieren vermögen.
Es wird europäischen und anderen Siedlern nicht erlaubt sein, Land in diesen Siedlungen zu beanspruchen«, sagte er. »Dieses Land wird den Massai niemals weggenommen werden. Sie werden dort in Frieden und Wohlstand leben.«
Stewart trug die zufriedene Miene eines Mannes zur Schau, der eine schwierige Aufgabe gut gemeistert hatte. Doch mit seinen Worten hatte sich eine große Kluft geöffnet, die die Massai in zwei Hälften spaltete.
Die Brille des Commissioners sandte Sonnenlichtblitze in die Runde, als er seinen Blick über die Versammlung wandern ließ. Ole Sadera wandte sich um, suchte Bekundungen von Überraschung und Empörung, wie er sie selbst empfand, in den Gesichtern der Ältesten, doch da war nichts. Es schien so, als wären sie lediglich hergekommen, um sich anzuhören, was

sie bereits wussten. Nur die jüngeren *Moran* – seine Brüder, die Il Tuati, die noch nicht in die den Bräuchen entsprechenden Kreise aufgenommen waren, die Autorität verliehen – zeigten sich überrascht. Sogar Mantira stand ausdruckslos da und ignorierte Ole Saderas Versuche, seine Aufmerksamkeit zu erregen.

»Dies wurde mit den Anführern abgesprochen, und daher möchte ich diese nun bitten vorzutreten, um diese Papiere zu unterzeichnen, damit der Ansiedlung nach britischem Recht Gültigkeit verliehen wird.«

Mr. Wadley erhob sich und reichte dem Commissioner eine Papierrolle, die dieser entrollte. Lenana hinterließ sein Zeichen auf dem Papier. Mantira folgte, dann Lemani und Mepaku und all die anderen *Olaiguenani* und Ältesten, bis es so schien, als ob lediglich er selbst, Ole Sadera, sich dieser Vereinbarung nicht bewusst gewesen war.

Als Ole Sadera an den Tisch trat, spürte er Lenanas Blick auf sich ruhen, doch als Ole Sadera ihm ins Gesicht schaute, da vermochte der alte Mann seinem stechenden Blick nicht zu begegnen und wandte sich ab.

Kapitel 12

Nashilo breitete ihre frisch gewaschene Tunika zum Trocknen über einem großen flachen Stein am Bach aus. Die anderen Frauen waren mit ihrer Wäsche fertig und fragten sie, ob sie mit zum Dorf zurücklaufen würde, aber Nashilo zog es vor, noch eine Weile zu bleiben. Sie wollte mit ihren Gedanken allein sein, und die Zeit am Bach an einem Waschtag war eine seltene Gelegenheit, dies zu tun.

Als die Stimmen der sich entfernenden Frauen verklungen waren, kehrten die Webervögel zurück. Sie kreisten über dem Bach, um sich im Flug einen Schluck Wasser zu stehlen. Sie füllten die Stille mit ihren zwitschernden Schreien, und die gelben Farbtupfer heiterten den Morgen auf.

Nashilo setzte sich auf einen Felsen und begann am Ufer nach einem kleinen, runden Stein zu suchen. Sie befühlte jeden, um die Glätte und das Gewicht zu prüfen, bevor sie ihn wegwarf und nach einem besser geeigneten weitersuchte. Diese Aufgabe half ihr dabei, ihre Gedanken zu ordnen.

Es waren beunruhigende Wochen gewesen, die in ihrer monatlichen Blutung ihren Höhepunkt gefunden hatten. Ihr Ehemann war wieder einmal erzürnt gewesen. »Söhne«, hatte er sie barsch angefahren. »Ich will Söhne, und du hast wieder einmal versagt.« Sie hatte darauf gewartet, dass er ihr einen Schlag mit dem Handrücken versetzen würde, doch dieses Mal war er ausgeblieben. Vielleicht gab er langsam die Hoffnung auf, soweit es sie betraf.

Er verhielt sich ihr gegenüber oft unbeherrscht, und sie wusste, dass das ihre Schuld war. Sie empfand nichts für diesen

Mann. Er war bei Familientreffen für sie ausgewählt worden und sie für ihn, als sie noch ein Kind gewesen war. Der Brautpreis von zehn Kühen, den ihr Ehemann für sie bezahlt hatte, war eine überaus schmeichelhafte Anerkennung und die größte Abschreckung für sie, ihn zu verlassen – was sie jederzeit tun konnte –, denn dies hätte bedeutet, dass ihre Familie alle zehn Kühe zurückgeben müsste: ein Vermögen. Daher blieb sie bei diesem Mann, obwohl sie ihn nicht zu respektieren vermochte und das Gefühl hatte, nicht geschätzt zu werden.

Sie hielt einen Stein in der Hand, der die Glätte besaß, von der sie annahm, dass sie sie benötigte, und er hatte ungefähr die richtige Größe. Sie machte sich auf die Suche nach einem weiteren.

Ihre Liebschaft mit Parsaloi verstieß gegen die Bräuche der Massai. Es war ihr lediglich erlaubt, Mitgliedern der Altersgruppe ihres Mannes beizuliegen, was zu deren Vorrechten zählte. Parsaloi verletzte die Regel, wonach *Moran* den Liebesakt nicht mit einer verheirateten Frau vollzogen. Sie würden in große Verlegenheit geraten, sollte ihre Liebschaft entdeckt werden, wobei es für Parsaloi aufgrund seiner Stellung als *Olaiguenani* schlimmer wäre als für sie.

Sie hatte inzwischen eine ganze Reihe kleiner, runder Steine gesammelt und begann, ein passendes Paar zu suchen.

Sie vermochte nicht zu sagen, warum Parsaloi und sie ihr gefährliches Spiel fortsetzten. Sie war nicht einmal imstande, in Worte zu fassen, was er genau an sich hatte, das sie so anziehend fand. Im Grunde war es sogar mehr als nur Anziehung, es war fast so, als besäße er den Zauber des *Großen Laibon*, um Macht über sie auszuüben. Er erregte sie, aber manchmal flößte er ihr auch Angst ein.

Zwei runde, weiße Steine lagen auf ihrer Handfläche. Sie

schob sie hin und her, betrachtete sie genau, um sich zu versichern, dass sie nahezu gleich aussahen. Das taten sie.
In ihrer Fantasie waren dies die Steine, die Parsaloi bei seiner Geburt vom Grund des Flusses gegriffen hatte. Sie waren wunderschön geformt, rund und nun durch ihre Hand gewärmt. Aber es waren dennoch bloß Steine. Der Zauber, mit dem Parsaloi sie belegt hatte, war nicht etwas, das sie durch die schlichte Betrachtung von Steinen zu enträtseln vermochte. Hinter dieses Mysterium musste sie mit Hilfe anderer Mittel kommen.

Nashilo wusste, dass die alte Ntooto übel gelaunt war. Sie hantierte am Kochfeuer herum, ohne wirklich etwas zu bewerkstelligen, und als Nashilo sich erkundigte, ob sie ihr bei etwas helfen könnte, da erhielt sie nur ein kühles »Hm« zur Antwort.
Ntooto war Nashilos Ersatzmutter, seit ihre Mutter, die ihr das Leben geschenkt hatte, bei einem Angriff der Kikuyu gestorben war. Ntooto war damals noch ein Kind gewesen. Als zweite Ehefrau von Nashilos Vater hatte sich Ntooto des Mädchens angenommen, als wäre es ihr eigenes. Die Bindung zwischen ihnen war nicht die einer Mutter und einer Tochter, aber in mancherlei Hinsicht viel enger. Sie konnten über Dinge reden, die zwischen Mutter und Tochter als unpassend angesehen worden wären.
Und da dies so war, wusste Nashilo, dass sie schon sehr bald erfahren würde, was Ntooto so verärgert hatte.
Und tatsächlich drehte sich diese nach einigem Gebrumme seufzend zu ihrer Adoptivtochter um und sagte: »Ich weiß, dass du Schwierigkeiten mit deinem Ehemann hast. Er wartet ungeduldig auf einen Sohn und hat oft schlechte Laune, aber du solltest vorsichtig sein, Nashilo. Du weißt, dass es verbo-

ten ist, dem jungen *Morani* beizuliegen. Es ist nicht von Bedeutung, dass er ein geachteter *Olaiguenani* ist. Dein Ehemann wird aufgebracht sein, wenn er davon erfährt. Und die Gefahr besteht, dass es ihm zu Ohren kommt, wenn selbst ich alte Frau, die ich mich niemals aus dem *Enkang* wegbewege, davon gehört habe. Dein Ehemann wird dich in seiner Wut noch mehr schlagen, als er es ohnehin tut, und dieses Mal wird er allen Grund dazu haben.«

Nashilo ließ sich auf den Schemel neben dem Kochfeuer sinken. Sie schloss die Augen und bedeckte ihr Gesicht. »Es tut mir sehr leid, dass du davon erfahren hast, Mutter. Es muss sehr beschämend für dich sein, dass die anderen Ehefrauen darüber Bescheid wissen.«

»Das ist es, mein Kind, aber das ist nicht der Grund, warum ich krank vor Sorge bin. Was soll aus dir werden, wenn dich dein Ehemann nicht mehr nur schlägt, sondern dich wegschickt? Was wird mit einer Frau geschehen, die keine Kinder zu gebären vermag und keine Familie besitzt, an die sie sich wenden kann?«

Nashilo zuckte mit den Schultern und vollführte eine Geste in Richtung ihres alten Dorfes.

»O nein«, sagte die alte Frau. »Sieh mich nicht so an. Dein Vater wird dich nicht wieder aufnehmen. Es wäre eine Schande, wenn er es täte. Ich vermag nicht zu sagen, was er tun würde. Und glaube nur nicht, dass dir der *Olaiguenani* zu Hilfe kommen wird«, fügte sie hinzu, ohne seinen Namen zu nennen. »Denn dann hätte er den Respekt seiner *Moran* verloren. Und es wäre für ihn in seiner Position eine große Schmach.«

»Was soll ich tun, Mama?«, jammerte Nashilo.

Ntooto vermochte sich nicht mehr länger zurückzuhalten. Sie umarmte Nashilo und wischte ihr die Tränen von den

Wangen. »Es bleibt dir nur eins zu tun, Tochter. Du darfst dich nicht mehr mit diesem *Morani* treffen, der deine ganze Familie in den Abgrund stürzen könnte.«
Doch Nashilo wusste, dass sie Parsaloi niemals aus freien Stücken verlassen könnte. Allein der Gedanke daran, dass sie nach dem Wegzug aus dem großen Tal die Verbindung zu ihm verlieren könnte, erfüllte sie mit Angst und Schrecken.

Nkapilil Mantira und Parsaloi Ole Sadera standen in ein angeregtes Gespräch vertieft in der Nähe einer kleiner Ansammlungen von Büschen. Sie debattierten über den bevorstehenden Wegzug aus dem großen Tal.
»Aber was sollen wir tun, Parsaloi?«, fragte Mantira. »Wir sind wenige und die Weißen viele.«
»Manchmal ist es gar nicht nötig, mit Männern und Speeren zu kämpfen. Manchmal lässt sich ein Kampf mit Worten gewinnen.«
»Lenana hat schon viele Worte zu den Briten gesprochen, aber die sind stocktaub«, entgegnete Mantira. »Wie oft war er bereits in Nairobi? Wie oft waren die Briten in Ngong? Es ist sinnlos. Wir haben keine andere Wahl, als uns anzuhören, was sie zu sagen haben.«
»Und dann?«, erkundigte sich der jüngere Mann.
»Und dann müssen wir tun, was sie verlangen.«
Ole Sadera hielt an seiner Meinung fest. »Ich sage, wir haben uns zu früh geschlagen gegeben. Wir hätten uns ihnen widersetzen sollen.«
Mantira blickte ihn ungläubig an. »Bist du verrückt geworden? Siehst du denn nicht, dass unsere Zeit vorbei ist? Du bist ein junger Mann, aber du lebst in der Vergangenheit. Die Zeiten haben sich geändert.«
»Ja, ich mag in der Vergangenheit leben«, erwiderte Ole Sade-

ra. »Aber ich bin der Ansicht, dass den alten Sitten auch heute noch ein Platz gebührt. Sie vermögen uns zu neuer Stärke zu führen. Wir müssen die Bräuche der Weißen lernen und sie mit ihren eigenen Waffen besiegen.«

»Schlag dir solche Gedanken aus dem Kopf. Wir können nichts tun. Lass dich von deinem gesunden Menschenverstand leiten. Die Massai haben in der gegenwärtigen Zeit mit vielen Schwierigkeiten zu kämpfen. Lenana versteht die Briten.«

»Leider glauben sie, dass er für uns alle spricht«, sagte Ole Sadera, »und sie hören nur das, was sie hören wollen. Aber die Worte der *Moran* hören sie nicht.«

»Aber Lenana spricht für die Massai. Er ist der *Laibon.*«

»Und wir sind die Sprecher unserer Altersgruppen. Und was die Worte des *Laibon* betrifft – sie stammen aus den Mündern der Briten.«

»Du willst den *Laibon* doch wohl nicht des Verrats bezichtigen! Wir müssen seinen Ratschlägen Beachtung schenken.«

»Wieso? Die Ältesten sind nur wenige. Unsere Altersgruppen sind nun im Besitz der Macht.«

Mantira sah seinen Freund forschend an, bevor er sprach. »Seit ich die Geschichte von den beiden Steinen hörte, die du bei deiner Geburt in den Händen hieltest, habe ich immer darauf geachtet, ob ich bei dir die bösen Vorzeichen entdecken würde, von denen es heißt, dass ein solches Kind sie zu bringen vermag, doch ich konnte keine entdecken. Da waren nur die Eigenschaften, die einen guten Anführer ausmachen: Mut und Beseeltheit. Aber wenn ich solche Worte von dir vernehme, Parsaloi, dann frage ich mich, ob du uns alle ins Verderben führen wirst.«

»Du glaubst, es handele sich um ein böses Vorzeichen, wenn man für das eintritt, was richtig ist?«

»Nein, ich halte es für ein böses Vorzeichen, die neue Welt, in der wir leben, zu verleugnen.«

»Es liegt nicht in meiner Absicht, mich Veränderungen zu verweigern, aber die alten Sitten haben uns groß gemacht. Und als die Ältesten *Moran* waren, da haben sie in vielen, vielen Kriegen gekämpft. Wie können sie da von uns erwarten, dass wir nun widerspruchslos hinnehmen, was mit uns geschieht? Es ist an uns *Moran*, jetzt die größere Verantwortung zu übernehmen – deine Il-Talala-Altersgruppe und meine Il Tuati. Wir halten die Macht in den Händen. Unser Volk wird auf uns hören.«

»Was ist denn das für ein Unsinn, Parsaloi? Willst du damit etwa andeuten, dass wir nun gegen unsere Ältesten kämpfen sollen?«

»Nein. Ich will damit sagen, dass wir, wenn wir schon nicht kämpfen, wenigstens als Sprecher tätig sein sollten.«

»Du könntest dir also vorstellen, dass wir die Rolle des *Laibon* gegenüber den Briten einnehmen?«

»Wenn es sein muss, ja.«

Für einen Moment herrschte Stille.

»Wenigstens bestehst du nicht auf Speer und Schwert«, sagte Mantira schließlich seufzend. »Aber es ist ohnehin zu spät, um den Kampf aufzunehmen, Parsaloi. Wir haben die Vereinbarung unterzeichnet, und wenn wir uns nun widersetzen, wäre das eine offene Feindseligkeit, die in einen Krieg münden würde.«

»Ein guter Krieger weiß, wann er sich neu formieren muss.«

»Es gibt keinen Grund, sich neu zu formieren. Wir haben die Almosen der Briten angenommen.«

»Dieses Gerede von Niederlage kränkt mich.«

»Hör mich an. Die Reservate gehören jetzt uns. Wir müssen nicht noch einmal woanders hinziehen. Es wird keine Uneinigkeiten mehr geben. Wir können die Gefahr eines Krieges abwenden.« Als er sah, dass Ole Sadera nicht überzeugt war, fügte er hinzu: »Ich schlage Folgendes vor: Lass uns mit den Weißen zusammenarbeiten. Lass uns ihre Blutsbrüder werden, wie du es einst empfohlen hast. Lass uns ihre Sitten und Bräuche erlernen, damit wir zukünftige Schlachten gewinnen können. Ich stimme dir zu, dass wir neue Wege finden müssen, um die Weißen zu besiegen. Du sagst, es soll mit Worten geschehen, aber mit welchen Worten? Wir wissen nicht genug über ihre Gepflogenheiten. Unzureichend vorbereitet in die Schlacht zu ziehen, das wäre so, als würden wir dem Feind unsere Waffen zeigen, bevor wir deren Gebrauch vervollkommnet haben. Sollten Lenana und die Ältesten dann außerstande sein, sich gegen sie zu behaupten, dann bin ich deiner Meinung, dass wir ihnen die Macht nehmen sollten.«

Kapitel 13

Coll traf auf der Wallace-Farm – Katherines Farm – ein und musste feststellen, dass sie nicht zu Hause war. »Wo ist sie, Kira?«, fragte er das Hausmädchen.

»Die Rinder, Mr. Coll«, sagte Kira und deutete über den Hügel zur hinteren Weide. »Sie ist dort, um zu sehen. Zu viele Hyänen und Leoparden.«

»Verstehe. Wann wird sie wohl zurückkommen?«

Kira zuckte mit den Schultern und zeigte dabei ihre perfekten weißen Zähne. »Kann nicht sagen.«

Er dankte ihr und ging nach draußen zu seinem Pferd. Es war erstaunlich, wie sehr sich das magere Massai-Mädchen in dem einen Jahr verändert hatte, seit er zum ersten Mal den Weg zu Katherines Farm geritten war.

Anstatt aufzusteigen, entschied er sich, zu Fuß zur hinteren Weide zu gehen. Seine Besuche waren zu einer regelmäßigen Angelegenheit geworden. Coll fand Gefallen an Katherines kernigem schottischem Humor und an dem Tee und den selbstgebackenen Plätzchen, die sie ihm anbot. Und an der Unterhaltung. Da war eine keltische Magie am Werk, wenn sie sich zu einem Gespräch hinsetzten.

Er mochte Katherine sehr, vielleicht umso mehr, weil er angesichts der zehn Jahre oder so, die sie ihm voraus hatte, vermutete, dass sie keine anderen Erwartungen an ihre Freundschaft knüpfte. Er war sich allerdings nicht ganz so sicher, was seine eigenen Gefühle anging.

Es hatte Zeiten in Colls Leben gegeben, in denen er das Bett mit einer Frau geteilt hatte, und ein Mal – als er noch am

College in Glasgow gewesen war – hatte er sich verliebt. Doch dann wurde er krank, und die Diagnose Tuberkulose bestätigte sich. Er entschied, dass es Jennie gegenüber unredlich sein würde, wenn sie ihre Liebe vertieften. Doch manchmal, wenn er sein Lager allein unter den Sternen des Laikipia-Plateaus oder im Great Rift Valley aufschlug, wanderten seine Gedanken zu den unbeschwerten Jugendtagen und Jennie zurück, und er fragte sich, wie sein Leben wohl jetzt aussähe, wenn er nicht krank geworden wäre. Wären sie verheiratet? Hätten sie Kinder? Hätte er vielleicht seine Abschlussprüfungen gemacht und wäre Tierarzt geworden? Manchmal verwirrten sich seine Gedanken, und er sah Katherines Gesicht in seiner Fantasie vor sich. Und er wusste, warum.

Wenn sein Besuch der Farm auf seinem Nachhauseweg stattfand, bemühte er sich, am Nachmittag einzutreffen, um Katherine bei einer ihrer sämigen Suppen Gesellschaft zu leisten, die sie mit dick gebuttertem frischem Brot aß. Ihre Gespräche erstreckten sich oft bis in den späten Nachmittag, aber Coll behielt dabei die Sonne im Auge. Leoparden waren nicht die einzigen Tiere, die in der Dunkelheit auf die Jagd gingen. Auch die Löwen suchten sich dann durchaus ihre Beute, wie das Verschwinden von etlichen säumigen Reisenden bestätigte. Katherine sprach die Gefahr des Öfteren an und riet ihm, vorsichtig zu sein. Coll hoffte und fürchtete zugleich, dass sie ihm um seiner Sicherheit willen einmal den Vorschlag machen würde, auf der Farm zu übernachten. Doch sie bot es ihm nie an.

Die Möglichkeit einer solchen Einladung war es, die in den kühlen Nächten in der Savanne seine Fantasie entfachte, wenn das Rascheln von Gras und gedämpfte Grunzlaute irgendwo draußen vor seinem Zelt den Verstand schärften. Zu seiner Schande musste er sich eingestehen, dass in seiner

Fantasie Katherine unter irgendeinem Vorwand sein Zimmer betrat, um ihm nahe zu sein, um zu versuchen, ihn zu verführen, um zu ihm ins Bett zu schlüpfen, wo er ihren straffen Körper und ihre prallen Brüste berührte, ihre Schultern streichelte und mit seinen Fingern an ihrer bleichen, weichen Haut herabglitt. Zwangsläufig folgte diesem Unsinn Selbstekel angesichts seiner Schwäche.

Es bestand kein Zweifel daran, dass sie beide in ihren Ansichten übereinstimmten, doch mehr in ihre Beziehung hineinzuinterpretieren war albern. Katherine war erst seit kurzem verwitwet und trauerte immer noch um ihren Mann. Oder vielleicht war sie auch zu der Entscheidung gelangt, dass nichts ihrer Liebe zu Bill gleichzukommen vermochte, und hatte deshalb die Suche nach einem anderen Ehemann vernachlässigt. Anderenfalls wäre eine so attraktive Frau wie sie gewiss nicht mehr allein.

Coll erreichte die Anhöhe und blieb für einen Moment keuchend stehen. Er begann daran zu zweifeln, dass es eine weise Entscheidung gewesen war, sich an einem so langen Fußmarsch zu versuchen.

Unter einem afrikanischen Ölbaum befand sich ein Grabstein mit einer Randverzierung aus bleichen Flusssteinen. Die Inschrift lautete:

Hier ruht William Alexander Wallace
24. Oktober 1854 – 4. März 1903
Geliebter Ehemann von Katherine
Vater von Billy
von einem Löwen aus dem Leben gerissen

Coll stellte überrascht fest, wie alt Katherines Mann bei seinem Tod gewesen war. Nach ihrer Beschreibung hatte er sich einen viel jüngeren Mann vorgestellt. Aber natürlich war er in Katherines Alter gewesen – wahrscheinlich ein paar Jahre älter. Er starrte auf den Grabstein und versuchte sich vorzustellen, in seinen dreißig Jahren so viel zu erreichen, wie William Alexander Wallace es in fünfzig getan hatte, doch es wollte ihm einfach nicht gelingen.

Katherine sah Coll von einem Hügel herab auf sich zukommen. Seine schmale Gestalt und die leicht gebeugten Schultern waren unverwechselbar. Er ging mit gesenktem Kopf, offenbar in Gedanken vertieft, und bemerkte sie erst, als sie ihm eine Begrüßung zurief.

»Was machen Sie hier draußen ohne Pferd?«, fragte sie, als sie ihr eigenes Pferd neben ihm zügelte und abstieg.

»Ich dachte, ich unternehme einen Spaziergang, um Sie zu suchen«, erwiderte er ein wenig außer Atem. »Aber es ist ein ganzes Stück weiter, als ich dachte.«

»Tja, nun haben Sie mich ja gefunden. Kommen Sie, ich laufe mit Ihnen zurück.«

Sie machten sich auf den Rückweg zum Haus.

»Ich hatte so eine Ahnung, dass Sie vorbeikommen würden«, sagte sie. »Ich habe eine große Platte kleiner Pfannkuchen gebacken.«

»Das klingt gut. Ich wollte auf meinem Weg ins Rift Valley nur kurz reinschauen.«

»Worum geht es denn dieses Mal?«, erkundigte sie sich. »Um Vieh oder um Menschen?«

Er lächelte, weil es ihr gelang, den ganzen Umfang seiner Verantwortlichkeiten in zwei schlichte Kategorien zusammenzufassen.

»Die Massai«, sagte er. »Die Regierung besteht darauf, dass sie das Great Rift Valley verlassen.«

»Eine weitere Quarantäne?«
»Nein. Dieses Mal steckt mehr dahinter. Sie haben die Angelegenheit bislang zwar immer wieder hinausgezögert, aber die Massai werden aus dem Rift Valley in ein Reservat umgesiedelt.«
»Wie die Kikuyu?«
»In gewisser Weise, ja, obgleich die Auswirkungen auf die Massai ganz andere sind. Als von der Jahreszeit abhängige Hirten haben die Massai schon immer viel Raum in Anspruch genommen. Auf diese Weise überstehen sie alle gebietsweise herrschenden, schlechten Bedingungen wie beispielsweise eine Dürre oder auch Rinderkrankheiten. Die Kikuyu, die vorwiegend Landwirtschaft betreiben, haben nicht die gleichen Bedürfnisse. Diese Umsiedelung könnte für die Massai verheerend sein.«
»Begreift die Regierung das denn nicht?«
»Offenbar nicht. Oder es rührt sie nicht.«
»Nun, entweder weiß die Regierung mehr als wir, oder sie wird schon bald von den Problemen erfahren und sie gewiss lösen.«
»Ihr Optimismus in allen Ehren, Katherine, aber mir ist bisher noch niemals ein Fall untergekommen, in dem der Commissioner eingestanden hätte, einen Fehler begangen zu haben. Denken Sie nur an all das Leid, das in der Zwischenzeit durch seine …« Coll verstummte keuchend, stützte sich mit den Händen auf den Knien ab und holte mehrmals tief Luft. Es war nicht das erste Mal, dass Katherine miterlebte, wie er auf diese Weise nach Atem rang. Sie legte ihm eine Hand auf den Rücken und tätschelte ihn beruhigend, bis das Keuchen nachließ.
»Bitte, Katherine, das ist wirklich nicht nötig. Ich bin lediglich ein wenig außer Form.«

Angesichts seiner Schroffheit zog sie ihre Hand weg und entschuldigte sich.

»Um an das Gesagte anzuknüpfen: Denken Sie an all das Leid, das Stewarts Handlungen nach sich ziehen. Was mich am meisten peinigt, ist, dass ich im Laufe des letzten Jahres recht vertraut geworden bin mit den Sitten und Gebräuchen der Massai. Sie haben eine enge Bindung zum Land. Die Pflege ihrer Rinder und ihrer Weideflächen ist beinahe eine religiöse Angelegenheit für sie. Und am allerschlimmsten ist, dass sie nur mich und ein paar Massai-Dolmetscher haben, die ihnen erklären können, was ihnen gesagt wird. In den meisten Fällen speist man sie mit Unwahrheiten ab, die sie nicht zu erkennen vermögen.«

»Warum lernen ihre Anführer denn kein Englisch?«

»Wie bitte?«

Sie war überrascht, dass ihm eine solch naheliegende Lösung nie in den Sinn gekommen war. »Das scheint mir nur logisch. Warum bringt man ihnen kein Englisch bei, damit sie für sich selbst sprechen können und verstehen, was man ihnen sagt?«

»Aber … wer sollte es ihnen denn beibringen?«

»Sie könnten es tun, George. Sie beherrschen bereits ein wenig ihre Sprache. Ich spreche kein Maa, und dennoch macht Kiras Englisch gute Fortschritte.«

Der Gedanke schien Coll zu überwältigen. »Aber … ja … ja, warum eigentlich nicht?«

»Wer sind die Anführer? Wer könnte am besten für die Massai eintreten?«

»Nun ja, Lenana ist der *Laibon,* aber er vertritt nicht die jüngeren Männer, die *Moran.* Ich bin ohnehin nicht sicher, ob er im besten Interesse der Massai handelt, auch wenn die Regierung das gern glauben möchte.«

»Wer vertritt dann die anderen?«

»Es gibt unter den *Moran* Männer, die das Amt eines *Olaiguenani* innehaben, einer Art Sprecher für ihre Altersgruppe.« Er dachte einen Augenblick lang nach. »Je mehr ich die Idee in Betracht ziehe, desto besser gefällt sie mir. Erinnern Sie sich noch daran, dass ich Dr. Norman Lewis und seine Unterstützung für die Sache der Massai erwähnt habe? Und seine Beziehungen zu verschiedenen einflussreichen Leuten in London? Nun, wenn wir über einen *Olaiguenani* Zugang zu den Massai hätten, wäre alles sehr viel einfacher.«

»Klingt vernünftig.«

Coll schwieg für eine Weile und ging die Idee in Gedanken durch. Dies war eine Seite seiner Persönlichkeit, die sie faszinierte. George war gewiss kein Mann, der vorschnelle Entscheidungen traf. Vielmehr konnte er manchmal übertrieben vorsichtig sein.

Schließlich hellte sich sein Gesicht auf, und er sagte: »Katherine, Sie sind ein wahres Wunder!« Und dann schloss er sie plötzlich in seine Arme und drückte ihr einen energischen Kuss auf die Wange. Sein Verhalten raubte ihr den Atem, und sie wusste nicht, was sie sagen sollte. Von wegen übervorsichtig!

Coll wurde verlegen und begann zu husten. Als er sich wieder erholt hatte, lächelte er verschämt. »Es tut mir leid, Katherine, das war gänzlich …«

»Nein, es ist wahrlich nicht …«

»Ich war so begeistert von Ihrer …«

»Gewiss. Es war aber gar nicht der Rede wert. Für mich war es das Nächstliegende.«

»Das ist so typisch für Sie, Katherine. Sie haben eine Art, die Dinge zu betrachten. Während ich alles verkompliziere und herumrede, finden Sie in kürzester Zeit die Lösung für ein

Problem. Sie sind wirklich eine bemerkenswerte Frau, wissen Sie das?«
Katherine stotterte eine wenig überzeugende Antwort. Sie war immer noch ganz benommen von ihrer pubertären Reaktion auf sein überschwengliches Verhalten. Seine freundschaftliche Umarmung hatte ihr ein Glücksgefühl bereitet, wie sie es schon lange nicht mehr empfunden hatte.

George Coll war zu Gast in Norman Lewis' neuem Quartier in den Hügeln oberhalb Nairobis, wo dieser ein ebenerdiges Haus mit vier Zimmern von ordentlicher Größe und mit drei Nebengebäuden bewohnte, die als Küche, Waschhaus und Abort dienten. Sie saßen in Bugholzstühlen auf der großen Veranda und unterhielten sich.
»Nicht schon wieder Tee, George«, sagte Lewis, als sein Diener aus einer Kanne ausschenkte. »Wie kannst du in einem Land von Vieltrinkern nur abstinent bleiben?«
»Ich bin überrascht, dass ein Arzt eine solche Frage stellt, Norman.«
»Ich bin durchaus als Arzt bekannt, der sich hin und wieder gern ein Schlückchen genehmigt. Einige behaupten sogar, es habe eine therapeutische Wirkung.«
»Das mag für manche zutreffen, für mich aber nicht.« Coll zog ein Taschentuch aus der Hosentasche und hustete hinein. Lewis hob sein Whiskeyglas und nahm einen Schluck. »Mir ist aufgefallen, dass sich dein Husten nicht bessert. Ich würde dich gern einmal untersuchen.«
»Das ist nicht nötig.« Coll warf seinem Freund einen kurzen Blick zu und schaute dann auf seine Teetasse hinab. »Aber hab Dank für das Angebot.«
»Dann darf ich also annehmen, dass du eine Diagnose erhalten hast und über deinen Zustand Bescheid weißt?«

Coll nickte und betrachtete so eingehend den Inhalt seiner Tasse, als versuche er aus Teeblättern zu lesen.
»Es handelt sich um Tuberkulose, nicht wahr, George?«, fragte Lewis leise.
Colls Schweigen bestätigte es ihm.
»Es besteht kein Grund, sich deswegen zu schämen. Du bist nicht der einzige Bursche hier draußen, der daran erkrankt ist. Viele kommen auf der Suche nach Heilung hierher, und ich habe keinen Grund, daran zu zweifeln, dass es möglich ist. Einige behaupten, dass die warme, trockene Luft in der Lage ist, sie zu kurieren.«
Coll nahm einen großen Schluck von seinem Tee. »Norman, ich schäme mich meines Zustands nicht, ich habe mich damit abgefunden. Und, ehrlich gesagt, bin ich das Thema herzlich leid. Diese Krankheit bestimmt seit meiner Jugend mein Leben. Ich habe alles getan, was die Ärzte mir geraten haben, aber ich bin nicht genesen. Sie erklärten mir, dass die Last des Studiums zu groß sei, also habe ich es aufgegeben und damit meine Chance verspielt, das zu werden, war ich mir in meinem Leben am meisten gewünscht habe, nämlich Tierarzt. Zu dem Zeitpunkt kam es mir so vor, als hätte ich alles gegeben, was ich nur geben konnte, aber dennoch verschlechterte sich mein Zustand. Sie rieten mir, nach Afrika zu gehen. Und ich tat auch das, ließ alles, was ich besaß, und jeden, den ich kannte, zurück. Aber ich habe mir geschworen, dass dies mein letztes Zugeständnis sein würde. Nun ziehe ich es vor, die Dinge so zu nehmen, wie sie kommen. Ich bin sozusagen zum Äußersten entschlossen.« Er lächelte, um seinen Worten ein wenig die Schärfe zu nehmen. »Könnten wir das Thema wechseln? Ich würde gern mit dir über eine wundervolle Idee reden, auf die mich jemand kürzlich gebracht hat.«
»Ja, gewiss«, erwiderte Lewis, kam dann aber zu dem Schluss,

dass er nicht bereit war, eine so wichtige Angelegenheit einfach aufzugeben. »Aber erst, nachdem ich noch eines dazu gesagt habe. Obgleich Nairobis feuchtwarmes Klima für dich besser ist als das schottische und du eine gute Chance hast, die TB hier in Afrika loszuwerden, kannst du dies nur erreichen, wenn du auf dich aufpasst. Übertreibe es nicht. Damit will ich sagen, dass du dir Zeit lassen solltest, wenn du deine Aufgaben erledigst, und vergiss nicht, dass du Ruhepausen benötigst. Jeden Tag. Aber vor allem solltest du während der nassen Jahreszeit das Hochland meiden. Es ist mindestens genauso schlecht für deine Lungen, wie es ein Winterabend in Glasgow gewesen ist. Da hast du's … was hältst du nun von einer weiteren Tasse Tee?«

Coll nickte. »Dürfte ich dann jetzt fortfahren?«

»Das darfst du, allerdings nicht, bevor unsere Getränke eingetroffen sind. Rahim!«, rief Lewis seinem Diener zu. »Bring mehr Whiskey und die Teekanne!«

Während Rahim Glas und Tasse auffüllte, fragte Lewis: »Und wer ist nun dieser Jemand, der dich auf eine wundervolle Idee gebracht hat, und wie sieht diese Idee aus?«

»Oh, dabei handelt es sich um eine Farmersfrau. Ich habe sie gewiss schon einmal erwähnt«, erwiderte Coll.

»Eine der Siedlerfrauen?«

»Nein, sie ist nicht verheiratet. Das heißt, sie ist Witwe. Ihr Name ist Katherine Wallace. Ich habe sie bestimmt schon einmal irgendwann erwähnt.«

»Nicht, dass ich wüsste. Aber sie hat offenbar Eindruck auf dich gemacht«, sagte Lewis und zog eine Augenbraue hoch.

»Nein, nein, so ist das nicht«, wehrte Coll ab, der sich angesichts der offensichtlichen Schlussfolgerung seines Freundes unbehaglich fühlte. »Sie bewirtschaftet eine Farm oben in Limuru.«

»Eine Frau, die allein eine Farm bewirtschaftet? Wie ungewöhnlich.«
»Sie hat sich entschlossen, nach dem Tod ihres Mannes weiterzumachen. Und sie scheint gute Arbeit zu leisten, wenn du mich fragst.«
»Wie war ihr Name noch einmal?«
»Katherine. Katherine Wallace. Sie hat eine Menge am Hals, hält Rinder, versucht sich aber auch an einer Reihe von verschiedenen Anbaupflanzen – experimentiert gewissermaßen damit.«
Lewis hörte geduldig zu, während Coll eine ganze Liste von Katherine Wallace' hervorragenden Eigenschaften aufzählte. Für einen Mann, der sich angeblich nicht für diese Frau interessierte, war sein Freund recht angetan von ihr.
Nachdem Coll mit seiner Lobeshymne ins Stocken geraten war, erkundigte sich Lewis: »Und wie sah nun diese großartige Idee aus, die sie sich hat einfallen lassen?«
»Wie bitte? Ach ja. Also, Katherine hat vorgeschlagen, dass ich einem der Massai-Anführer Englischunterricht geben soll. Das würde es ihnen erleichtern zu verstehen, was vor sich geht. Damit sie es sozusagen aus erster Hand erfahren.«
Lewis dachte darüber nach und nickte. »Durchaus richtig. Ich denke, dass es den Commissioner ein wenig ins Grübeln bringen würde, wenn er erführe, dass die Massai einen Sprecher nach England schicken, um ihre Situation den Parlamentsmitgliedern darzulegen.«
»So weit bin ich gedanklich gar nicht gekommen, Norman. Ich dachte eher, dass es nützlich für sie wäre, wenn sie sich hiesiger Belange gewahr würden. Vielleicht könnte eine der Missionen ja eine Schule für die Massai gründen. Das haben sie für die Kikuyu doch bereits getan.«
»Aber die Massai pflegen doch im Wesentlichen einen noma-

disierenden Lebensstil. Wie sollte jemand für ein Volk, das ständig unterwegs ist, eine Schule einrichten?«

Coll dachte darüber nach. »Wahrscheinlich hast du recht.«

»Wen würdest du denn gern in deiner Schule sehen?«

»Es wird viel über einen jungen *Morani* namens Ole Sadera geredet. Er ist der Anführer seines Altersranges, und die Massai glauben, dass er unter irgendeinem besonderen Zeichen geboren wurde. Sie scheinen deshalb zu ihm aufzusehen.«

»Was für eine Art von Zeichen?«

»Ich weiß es nicht. Eine Art Omen. Ich habe den Eindruck gewonnen, dass er wohl eine ungewöhnliche Kraft besitzen soll – eine Kraft, die über das Physische hinausgeht.«

»Gut. Er wird ganz gewiss etwas Besonderes brauchen.«

»Um Englisch zu lernen?«, fragte Coll verwirrt.

»Das hängt von deinen Qualitäten als Lehrer ab, mein Junge. Ich bezog mich dabei auf die Kämpfe, die vor ihm liegen. Du glaubst doch wohl nicht, dass Leute wie der Commissioner und das System hier in Britisch-Ostafrika sich auch nur einen Pfifferling um irgendwelche besonderen Zeichen scheren, oder?«

Kapitel 14

Es war ein heißer Abend, selbst für London im August. Lord Lansdowne, ein hagerer Mann mit einem buschigen Schnurrbart, wie er seit Victorias früher Regentschaft in Mode war, erspähte seinen Freund Roseford in einer ruhigen Ecke des Clubs. Sie tauschten mit gedämpften Stimmen einige Grußworte, und Lansdowne bestellte beim Oberkellner einen Whiskey mit Soda.

»Scheußlich, diese Hitze«, sagte Roseford und schüttelte die geöffnete Ausgabe der *Times,* die er in den Händen hielt, ehe er sie zusammenfaltete und auf den kleinen Tisch neben seinen Sessel legte.

»Durchaus«, erwiderte Lansdowne und trommelte mit seinen Fingern auf die gepolsterte Armlehne seines Sessels.

Roseford war in Lansdownes Alter und hatte einige Jahre vor ihm das Amt des Ministers für auswärtige und imperiale Angelegenheiten innegehabt. Roseford war ein aufsteigender Stern in der konservativen Partei gewesen, bevor seine Position aufgrund parteiinternen Gezänks unhaltbar wurde. Er hatte die Gunst seiner Parteigenossen nie mehr zurückgewinnen können, doch Lansdowne schätzte seinen Rat und bat ihn hin und wieder um seine Beurteilung strittiger Angelegenheiten.

Als Lansdownes Whiskey eintraf, griff Roseford in seine Tasche und zog eine Pfeife hervor. »Und wie läuft es im Außenministerium?«, erkundigte er sich.

»Hmm … Es ist so ziemlich das Gleiche wie immer«, antwortete Lansdowne. »Ich habe heute dieses verfluchte Massai-Dokument aus Ostafrika erhalten.«

»Das, worin es um die Umsiedelung geht?«
»Hmm, ja«, erwiderte Lansdowne und nahm einen Schluck von seinem Whiskey. »Dieser junge Schnösel Ramsay MacDonald hat Wind davon gekriegt.«
»Unruhestifter, der ganze Haufen«, entgegnete Roseford. »Schimpfen sich Labour – *pah!* Aufgeblasene Liberale sind das. Ich rate Ihnen, diesen ganzen Unsinn zu ignorieren. Schenken Sie nur Ihrem Mann vor Ort Beachtung. Dieser neue Kerl – wie war noch einmal sein Name? Stewart? Der hat ja schnell Karriere gemacht.«
»Der Meinung bin ich auch. Ein wenig zu schnell für meinen Geschmack«, sagte Lansdowne.
Der Oberkellner tauchte neben Rosefords Schulter auf, um ihm Feuer zu geben. Er zog an seiner Pfeife und ließ eine Wolke blaugrauen Rauchs zur Decke hinaufsteigen.
»Sind Sie mit seinen Entscheidungen nicht einverstanden?«
»Nun, ich habe das verdammte Ding unterschrieben, aber ich frage mich, ob er wirklich alle möglichen Wege geprüft hat. Es handelt sich im Grunde um ein Abkommen.«
»Was für eine Sorte Mann ist er denn? Ich kann nicht behaupten, dass ich ihn gut kenne, aber sein Vater war anscheinend vom richtigen Schlag.«
»Immerhin hat er eingeräumt, dass damit zu rechnen ist, dass die Siedler neidische Blicke auf das Reservat im Norden werfen werden. Das heißt, sobald sie erst einmal gesehen haben, wie die Rinder der Massai das Weideland verbessert haben.«
»Wird er an dem Reservat festhalten?«
»Das sollte er lieber tun. Ich habe eine dahingehende Zustimmung zur Antwort an ihn geschickt, worin ich deutlich gemacht habe, dass die entschiedene Anerkennung der politischen Linie einheimischer Reservate eine absolute Garantie beinhaltet, dass die Eingeborenen, solange sie es wünschen,

den unbestrittenen Anspruch auf den Besitz des Landes haben, das für sie vorgesehen ist.«
»Es besteht natürlich immer die Möglichkeit einer Entschädigung.«
»Roseford, alter Junge, es ist zu früh, um über Kompromisse und Entschädigungen zu reden. Ich habe das verteufelte Ding gerade erst unterzeichnet.« Er nahm einen weiteren Schluck von seinem Whiskey. »Stewart war ein Soldat, wohlgemerkt – und ein verdammt guter –, daher rechne ich nicht damit, dass er irgendwelche Schwierigkeiten haben wird, die Stellung zu halten, sobald die Siedler erkennen, was sie sich da haben entgehen lassen.«
»Und sind sich die Massai dieser Unwandelbarkeit bewusst?«
»Ich vermute es. Stewart hat es meiner Ansicht nach in dem Papier unmissverständlich formuliert. Etwas in der Art, dass sie so lange gilt, wie die Massai als Volk existieren.«
»Du meine Güte!«, sagte Roseford um den Stiel seiner Pfeife herum. »Deutlicher kann man es ja gar nicht ausdrücken.«
Er zündete seine Pfeife mit einem eigenen Zündholz ein weiteres Mal an und wies den Kellner ab. Sich in seinem Stuhl nach vorn beugend fragte er: »Sagen Sie, Henry, ist eigentlich dieser ganze Ärger um Eliot verraucht?«
Es war wohl bekannt, dass es sich im Kern um die Versprechungen großer Landzuweisungen gegenüber Siedlern im Great Rift Valley handelte, die dazu geführt hatten, dass Sir Charles nach London abberufen worden war. Selbst nach seinem Ausscheiden aus dem Amt fand der Wirbel um die Affäre einfach kein Ende.
»Es gibt einige Punkte diese Angelegenheit betreffend, über die es mir nicht gestattet ist zu sprechen«, sagte Lansdowne.
»Aber, aber, Henry. Ich weiß doch Bescheid über die Zuweisungen an Clement Hills Neffen und an andere.«

»Dann wissen Sie auch, dass noch ein Rechtsstreit anhängig ist, den ein anderer Beglückter von Eliots Großzügigkeit angestrebt hat.«

»Na schön. Alles zu seiner Zeit.« Roseford paffte einen Moment lang an seiner Pfeife, bevor er hinzufügte: »Ich bin lediglich ein wenig besorgt, dass die Umsiedelung der Massai aus dem Great Rift Valley einen Präzedenzfall schaffen könnte, um sie erneut umzusiedeln – dieses Mal aus dem Reservat im Norden Gott weiß wohin. Dann hätten Sie einige weitere Kampfrunden mit den Anhängern der Labour-Partei zu befürchten.«

Lansdowne trank den Whiskey aus und stellte das Glas auf seinen Beistelltisch. »Ich muss los. Aber Sie hören nicht zu, lieber Roseford. Wenn die Massai aus dem Great Rift Valley in die Laikipia-Hochebene umsiedeln, dann sollen sie auch dort bleiben.«

»Sind Sie sich da sicher?«, fragte Roseford.

»Hundertprozentig.« Lansdowne erhob sich und glättete die Falten seiner Weste. »Wie ich schon sagte, Roseford. Solange die Massai als Volk existieren.«

Nashilo stellte die Brühe neben Ntootos Schemel, setzte sich neben sie und lehnte sich, wie Ntooto es tat, gegen die Wand der Hütte.

»Ich danke dir, mein Kind«, sagte die alte Frau seufzend. »Von all den jungen Leuten bist du die einzig Fürsorgliche.«

Nashilo lächelte, wollte Ntooto aber nicht ermutigen, eine Tirade auf ihre zahlreiche Nachkommenschaft anzustimmen, die sie ihrer Meinung nach vernachlässigte. Die »jungen Leute«, von denen sie sprach, waren die vielen Enkelkinder, die ihr ihre vier erwachsenen Söhne geschenkt hatten. Die Tatsache, dass ihre Söhne in ihre eigenen *Enkangs* gezogen und ihre Enkelkinder weit weg waren, stellte in Ntootos Augen keine Entschuldigung dar.

»Wäre doch nur meine Lokatira noch bei mir«, fuhr sie fort. »Sie würde sich auf die gleiche Weise um mich kümmern wie du, mein Kind. Es würde mir an nichts mangeln. Sie würde ihre Mutter respektieren und sich um sie kümmern, wie es ein gutes Kind oder Enkelkind tun sollte.«

Lokatira war noch ein kleines Kind gewesen, als man sie bei demselben Überfall der Kikuyu, bei dem Nashilos Mutter ihr Leben verlor, geraubt hatte.

Nashilo erinnerte sich an sie als ein hübsches kleines Mädchen mit großen, leuchtenden Augen, das voller Wissbegierde gewesen war.

»Weißt du, mein Kind, ich kann meine Kleine hier drin immer noch sehen.« Ntooto schlug sich leicht gegen die Brust. »Sie war mein einziges Mädchen. Meine einzige Hoffnung auf ein behagliches Leben im Alter. Abgesehen von dir, mein Liebes. Du bist ein wahrer Schatz. Ich wüsste nicht, was ich ohne dich anfangen sollte.«

Nashilo wollte vermeiden, dass die Unterhaltung in eine weitere Schmährede gegen ihre Familie ausartete. »Das ist eine Hitze, nicht wahr?«, sagte sie. »Die Regenzeit kann nicht weit sein.«

Ntooto schaute blinzelnd in den Himmel. »Noch ein Mond«, sagte sie bestimmt. »Und dann werden die jungen Leute natürlich wieder einen weiteren Grund haben, wegzubleiben.«

»Ich frage mich, wie es den Hirten geht, wo das Land doch so trocken ist. Es muss schwer sein für die Rinder.«

Aber es waren nicht die Rinder, um die sich Nashilo sorgte; ihre Gedanken galten Parsaloi Ole Sadera, den sie schmerzlich vermisste. Sie wünschte sich, er käme endlich zurück. Ihr Ehemann besuchte seine vierte Ehefrau in ihrem *Enkang*,

und es waren bereits viele kostbare Tage verstrichen, an denen sie mit Parsaloi hätte zusammen sein können.
Sie schloss die Augen, verbannte die Hitze und die Fliegen aus ihren Gedanken und gab sich Erinnerungen an ihr letztes Zusammensein hin, als sie sich am feuchten, sandigen Ufer des Wasserlochs leidenschaftlich geliebt hatten. Hinterher, als er über ihr kniete, sein Körper vor Schweiß und von der Nässe ihres eigenen Körpers glänzend, hatte sie in seine Augen geschaut, und für einen kurzen Moment war darin eine Verletzlichkeit zu erkennen gewesen, die sie in ihrem tiefsten Inneren rührte, und ihr Herz flog ihm zu.

Ole Sadera stand unter dem alten Feigenbaum auf dem Hügel oberhalb der *Manyatta* der *Moran*. In der Ferne war das glitzernde Blau des Naivasha-Sees mit seinem grünen Ring üppigen Schilfs und Wassergräser zu erkennen, doch er bewunderte nicht die Szenerie. Das Herz war ihm schwer, während er den Anführer der aus *Askaris* bestehenden Truppe beobachtete, die eine Hütte nach der anderen in der *Manyatta* durchsuchten.
Seit eh und ja waren die Purko-Massai während der Trockenzeit zu dem See gekommen. Es war immer ein Ort des Trostes gewesen, eine Ruhepause in der unablässigen Suche nach Weideflächen an anderen Stellen ihres ausgedehnten Territoriums. Sie blieben für gewöhnlich in der Nähe des Sees, bis der Regen kam und mit ihm junge Sprösslinge, die die Massai und ihr Vieh zu dem riesigen Grasozean lockten. Mit dem Regen kamen die zahllosen wilden Weidetiere, die sich die Fülle der Jahreszeit mit den Massai teilten. Diese Tiere waren keine Rivalen, sondern Verbündete in dem Prozess, das Weideland durch ihr fortwährendes Grasen schmackhafter zu machen.

Ole Sadera wusste, dass der Sergeant nach ihm suchte. Seine Il Tuati und er waren die letzte noch verbliebene Gruppe in dem großen Tal. Aber er war nicht in der Stimmung, mit noch einem Abgesandten von Commissioner Stewart zu sprechen. Er war des Redens müde, ausgelaugt von den Argumenten über Gerechtigkeit und von seinen Bemühungen, im Tal zu bleiben, bis es hoffnungslos geworden war. Er wollte so lange wie nur eben möglich an dem festhalten, was ihm – was ihnen – gehörte.

Als wäre es nicht schon schlimm genug, dass die *Askaris* erneut kamen, um ihn und seine Leute zu schikanieren, nein, es musste auch noch eine Truppe Kikuyu sein – die, solange die Geschichten der Alten in der Zeit zurückreichten, Feinde der Massai waren. Die Kikuyu waren seit der Ankunft der Massai in dem großen Tal die verhassten – und bisweilen respekteinflößenden – Gegner der Massai gewesen. Nun waren sie als Freunde der Briten hier, um in deren Auftrag ihre alten Feinde aus dem Tal zu jagen, das die Massai ihnen unter großem Blutvergießen abgerungen hatten.

Ole Sadera musste sich eingestehen, dass die Dienste, die die Kikuyu der britischen Sache erwiesen, nicht schlimmer waren als das, was die Massai selbst getan hatten. Was, genau genommen, er, Ole Sadera, anderen wie den Nandi angetan hatte, als er und seine Brüder vor ein paar Jahren mit Rindern dafür bezahlt worden waren, an einem Vergeltungsangriff gegen sie teilzunehmen. Nun juckte es ihm in den Fingern, dieses Mal mit seinem Speer und seinem *Simi* die arroganten Briten anzugreifen. Aber er wusste, dass die Stärke der Massai der Vergangenheit angehörte. Es waren zu viele Kriege geführt worden, zu viele *Moran* hatten im Kampf, durch die Pocken und bei der Hungersnot, die dem Tod ihres von der Rinderpest befallenen Viehs folgte, ihr Leben verloren. Eine

Geißel nach der anderen hatte ihre Zahl dezimiert. Nun vermochten er und andere Anführer nur ihre Ohnmacht zu beklagen und den Tag zu verfluchen, an dem sie den Briten erlaubt hatten, sie einer dürftigen Kriegsbeute zuliebe dazu zu verleiten, nach den Waffen zu greifen und gegen einen anderen Stamm zu kämpfen.

Er dachte darüber nach, was hätte sein können. Die Nandi hatten sich jahrelang erfolgreich dem Einmarsch des weißen Mannes in ihr Land widersetzt – viel länger, als die Massai es getan hatten. Sie hatten der Eisenbahnlinie und den Männern, die die Züge durch die Nandi-Berge lenkten, großen Schaden zugefügt. Zu der Zeit waren die britischen Streitkräfte noch nicht so stark. Er fragte sich, was geschehen wäre, wenn sich die Massai mit den Nandi verbündet hätten, anstatt die Waffen gegen sie zu erheben. Wenn sie sich mit ihnen und anderen, die willig waren, gegen den gemeinsamen Feind zu kämpfen, zusammengetan hätten. Wenn sie es getan hätten, wäre das angestammte Land vielleicht noch in den Händen seiner rechtmäßigen Besitzer.

Ole Sadera biss die Zähne zusammen. Er schob das Unvermeidliche hinaus. Er trat aus dem Schatten des Feigenbaums und ging widerwillig den Abhang hinunter, um mit dem Sergeant zu sprechen, der laute Worte finden und mit den Armen fuchteln, ihm drohen und toben würde. Und Ole Sadera würde ihm zuhören und dieses Mal zustimmen, Naivasha zu verlassen. Für immer.

Als *Olaiguenani* hatte er eine einflussreiche Position inne, besaß aber keine Macht, nicht einmal über seine eigene Altersgruppe. Der *Laibon,* Lenana, herrschte über alle Gruppen der Massai, und er hatte seine feste Überzeugung dargelegt, dass das Volk in die beiden Reservate ziehen musste. Ole Sadera wusste, dass die Schlacht für ihn verloren war. Sein

Herz war erfüllt von Traurigkeit. Er hatte das Gefühl, versagt zu haben, dennoch wusste er, dass er nichts weiter tun konnte. Die Entscheidung für den Kampf würde die Auslöschung seines Volkes bedeuten.

Die Kikuyu-*Askaris* hatten ihn entdeckt, erklommen aufgeregt den Abhang und kamen auf ihn zu. Der weiße Sergeant stand an dem *Boma*-Tor, die Arme triumphierend vor der Brust verschränkt.

Ole Sadera war traurig, dass er versagt hatte, aber viel schlimmer als sein persönlicher Verlust wog das niederschmetternde Gefühl, dass die Lebensweise der Massai der Vergessenheit anheimzufallen drohte.

Kapitel 15

Es dauerte eine Weile, ehe Katherine genauer zu bestimmen vermochte, was an George Coll an jenem Tag anders war. Er war am frühen Nachmittag aufgetaucht, als sie gerade die Landarbeiter in der Trocknung ihrer kleinen Tabakernte unterwies. Tabak war ein weiteres ihrer Experimente, das ganz ordentlich gelungen war, aber sie ermahnte sich, diese frühen Erfolge nicht allzu enthusiastisch zu feiern. Die Erfahrungen der Vergangenheit hatten gezeigt, dass ein einziger Versuch gelingen mochte und Hoffnungen auf Markterfolg weckte, doch sobald sie sich einen Schritt weiterwagte, geschah irgendetwas, das ihre Hoffnungen schnell wieder zunichtemachte – wie im Falle ihrer Angora-Ziegen, die von einem bis dato unbekannten Parasiten befallen worden waren, der die Mohairschur in eine unbrauchbare Schweinerei verwandelt hatte.

George war in den letzten Monaten häufig Gast auf ihrer Farm gewesen, schaute meist einmal in der Woche auf dem Hin- oder Rückweg von seinen Kontrollen im Tal oder im nahe gelegenen Land der Kikuyu vorbei. Er begann seine Gespräche stets mit einer Bemerkung, die den Eindruck vermittelte, sichergehen zu wollen, dass sie auch allein zurechtkam, was Katherine amüsierte, da sie ihr Leben schon eine ganze Weile allein bewerkstelligt hatte, bevor George es sich zur Regel gemacht hatte, vorbeizuschauen. Aber sie fühlte sich in seiner Gesellschaft wohl und genoss die Abwechslung seiner Besuche.

Sie hatte schon des Öfteren darüber nachgedacht, George

zum Bleiben einzuladen – insbesondere, wenn er am Ende eines langen Ritts auf dem Heimweg war und der Nachmittag zur Neige ging. Es war schließlich Brauch, einem Reisenden Gastfreundschaft anzubieten, und mehr wäre es ja schließlich auch nicht. Doch sie hatte es niemals getan. Es beunruhigte sie, dass George glauben könnte, sie hege mehr als freundschaftliche Gefühle für ihn, was natürlich albern war. Männer seines Alters interessierten sich für Zwanzigjährige – Frauen in den fruchtbaren Jahren, mit denen sie eine Familie gründen konnten. Katherine war doppelt so alt. Wann immer sie in der letzten Zeit in den Spiegel schaute, entdeckte sie Spuren in ihrem Gesicht, die davon zeugten. Oder lag es womöglich daran, dass sie seit kurzem mehr auf ihr Aussehen bedacht war?

Wo war nur die Zeit geblieben? Seit Bills Tod waren inzwischen mehr als zwei Jahre vergangen, und sie war der Entscheidung, was sie mit der Farm und ihrem Leben anfangen sollte, keinen Schritt näher gekommen. Als sie Witwe wurde, hatte sie sich zwei Jahre gegeben, um zu sehen, ob sie in der Lage war, allein mit allem zurechtzukommen. Zwei Jahre, um zu entscheiden, ob sie nach Schottland zurückkehren oder in Afrika bleiben sollte; vielleicht mit einem Mann, der ihr Gesellschaft leistete – oder hoffentlich auch ein bisschen mehr. Es war schon lange her, seit sie das letzte Mal das Bett mit einem Mann geteilt hatte. Dennoch hatte sie die beiden Heiratsanträge von Oscar Carpenter, einem Witwer, und Paddy O'Sullivan, einem Trinker, beide über zwanzig Jahre älter als sie, leichten Herzens und höflich abgelehnt.

Während sich Katherine fragte, was George wohl von einem Angebot, auf der Farm zu übernachten, halten würde, war sie ebenso unsicher, was ihre eigenen Beweggründe anging. Wollte sie in den seltenen Genuss angenehmer Gesellschaft

gelangen, wenn sie abends allein im Wohnzimmer am Ofen saß? Doch dagegen sprach, dass ihr Georges überschwengliche Reaktion auf ihren Vorschlag, die Massai in Englisch zu unterrichten, ein solches Wonnegefühl bereitet hatte und sie ihn seitdem mit anderen Augen sah. Er mochte ein schwächlicher Mann sein, nicht annähernd mit der Statur ihres Bills vergleichbar, doch George Coll besaß eine große Charakterstärke. Und er war gar nicht so ernst, wie sie anfangs geglaubt hatte. Man konnte ihn zwar nicht als ausgelassen bezeichnen, aber er amüsierte sich königlich, als sie ihm einige ihrer Fehlgriffe bei den ersten landwirtschaftlichen Gehversuchen eingestand. Er neigte wohl zur Innenschau, was im Gegensatz zu ihrer Spontanität stand, aber je mehr sie über ihn erfuhr und herausfand, mit welcher Leidenschaft er für die weniger vom Glück begünstigten Seelen der Welt einstand, desto mehr verspürte sie das Verlangen, ihn besser kennenzulernen.
Katherine glaubte, dass sein Mitgefühl in seiner christlichen Erziehung wurzelte. Sie war selbst kein religiöser Mensch, bewunderte aber, wie Leute mit religiösen Neigungen sich häufig bemühten, die Gesellschaft in ihrer Ganzheit zu verbessern. George würde eines Tages für irgendeine Frau einen guten Ehemann abgeben – eine Frau, die vom Alter her besser zu ihm passte als sie, die sie demnächst auf die fünfzig zuging.
Zurück im Haus, begann George zu erzählen, während Katherine den Tee kochte und Kuchen servierte. Anfangs redete er noch unbeschwert, wie es seine Art war, doch als er auf die Massai zu sprechen kam, auf ihr Leben und die Auswirkungen, die die Besiedelung durch die Weißen auf sie hatte, da offenbarte er sich, wie er es noch niemals zuvor getan hatte.
Katherine war fasziniert, und das nicht nur von seinen Gedanken über solch exotische Fragen, wie sich Religion und Bildung auf die Lebensweise der Massai auswirken würden,

sondern auch von seiner Besorgnis hinsichtlich ihrer Behandlung durch die Regierung.
Er hatte bisher selten mit ihr über seine Beziehungen zu den Massai geredet, und wenn, dann lediglich ganz allgemein. Doch dieses Mal erzählte er ihr von seinen Kümmernissen und seiner Enttäuschung und erlaubte sich ausnahmsweise, sein Innenleben preiszugeben.
Er war zu einem Bewunderer der Massai-Kultur geworden, und der drohende Niedergang als Folge dessen, was er als Zweckentfremdung ihres Landes bezeichnete, bedrückte ihn. Er erzählte ihr von seinem Freund, Dr. Norman Lewis, und wie er seine Karriere aufs Spiel gesetzt hatte, um Leute höheren Orts auf die Ungerechtigkeiten aufmerksam zu machen, die im Namen des Empire begangen wurden, und dass Lewis eine größere Vision hatte, während für ihn eher die augenblicklichen Belange von Interesse waren. Er beschrieb seine Scham, durch die Rolle des Dolmetschers ungewollt zu einem Helfershelfer zu werden, redete über die Schuld, die er empfand, weil er untätig danebenstand, und schilderte seine Wut und Enttäuschung über sein Unvermögen, dem Gouverneur und anderen seine Sichtweise bezüglich des rechtmäßigen Anspruchs der Massai auf ihr verlorenes Land in aller Eindringlichkeit vorzutragen.
»Aber George, es ist doch gewiss nicht Ihre Schuld, dass sich die Regierung derart schändlich benimmt!«, sagte Katherine, als er in ein bedrücktes Schweigen verfiel.
»Das mag wohl sein. Aber manchmal bin ich einfach zu aufgebracht, um klar denken zu können. Ich weiß nur, dass diese Leute gute Einwohner des Protektorats gewesen sind, dass sie den Briten in den vergangenen Jahren sogar dabei geholfen haben, die anderen, widerspenstigeren Stämme zu beschwichtigen. Und als Dank für all ihre guten Taten vertreibt man sie

aus ihrem Heimatland, ohne dass sie irgendeine Ersatzleistung dafür erhalten.«

Er zuckte resigniert mit den Schultern. »Es tut mir leid, Katherine«, sagte er und erhob sich. »Ich habe Ihren ganzen Nachmittag beansprucht, um über das zu reden, was mir Bauchschmerzen bereitet. Sehen Sie nur, es wird schon dunkel draußen. Ich sollte mich besser auf den Weg machen.«

Zu ihrem Erstaunen stellte Katherine fest, dass es in der Tat schon spät war. In dem Zimmer, das hell leuchtete, wenn die Sonne hoch am Himmel stand, war es nun, da die Sonne hinter den Hügeln verschwand, finster geworden. Sie hatte das Gefühl, George nicht die Hilfe erwiesen zu haben, die er verdiente, und nun war die Zeit zu schnell vorangeschritten.

»Dann werden Sie jetzt also gehen«, sagte sie, wobei sie sich der Verlegenheit bewusst war, mit der sie beide an der Tür standen, die sie noch nicht für ihn geöffnet hatte.

»Ja, ich muss«, erwiderte er und zerdrückte die breite Krempe seines Filzhuts in seinen Händen. Doch er rührte sich nicht von der Stelle. »Katherine ...«

»Ja?«

Er schaute in ihre Augen, vermochte aber ihrem Blick nicht standzuhalten. Er hob seinen Hut und vollführte eine Geste, die einem Winken gleichkam, als er die Tür öffnete. »Bis bald dann.«

»Ja. Bis bald.«

Als er langsam zu seinem Pferd ging, hielt sie den Atem an, aber er schwang sich in den Sattel, winkte ihr erneut zu und ritt davon.

Katherine erwischte sich dabei, wie sie ins Feuer starrte, ihr Strickzeug auf dem Schoß, und über die Ereignisse des Tages nachdachte. Doch sie war entschlossen, George aus ihren Gedanken zu verbannen, und kehrte an ihre Arbeit zurück, wohl wissend, dass sich das Feuer und der Beginn des Abends oft verschworen, um sie in eine nachdenkliche Stimmung zu versetzen.

Kurz nach Bills Tod hatte es eine Phase gegeben, in der sie sich vor dieser Tageszeit gefürchtet hatte. Es kam ihr so vor, als habe die Art und Weise, wie die Sonne, egal, um welche Jahreszeit es sich handelte, um achtzehn Uhr unterging und die Farm, das Haus und die umgebenden Hügel in Dunkelheit tauchte, etwas Verstörendes, Unheimliches an sich. Es gab keine Dämmerung, die einen vorwarnte, nichts, was den Körper auf den bevorstehenden, dramatischen Temperaturwechsel aufmerksam gemacht hätte. Es schien fast so, als würde die schwindende Hitze des Tages in ihrer Hast zu weichen das Leben aus ihr heraussaugen.

Sie stellte sich ans Fenster und versuchte, die Sonne durch Willenskraft dazu zu bringen, zu verweilen oder zumindest auf anmutige Weise unterzugehen. Doch der Sonnenuntergang war in seiner Jähheit wie immer ein Schock für sie, und sie fühlte sich verlassen und allein.

Seit sie Kira als Hausmädchen eingestellt hatte, waren die Abende unbeschwerter geworden. Katherine behandelte Kira eher wie ein Mündel als wie eine Angestellte und brachte ihr bei, Englisch zu sprechen und zu lesen. Mit Kira an ihrer Seite, die beim Sonnenuntergang neben ihr saß und lernte, war Katherines Furcht vor dem bevorstehenden Abend leichter zu beherrschen. Und die Gespräche mit ihr bereiteten ihr zunehmend Freude.

»Kannst du dich eigentlich noch an dein Heimatdorf erinnern, Kira? Soweit wir wissen, warst du ja erst fünf Jahre alt, als dich die Kikuyu dort wegholten.«

»Ja, ein paar Erinnerungen habe ich. Ich weiß noch, wie ich

mit vielen anderen Kindern im Kreis um meinen Vater gesessen habe. Ich glaube, das waren meine Brüder und Schwestern und vielleicht auch die Kinder von den anderen Frauen meines Vaters. Er hat uns immer Geschichten von ganz früher erzählt.«

»Du meinst aus der Vergangenheit. Was denn für Geschichten?«

»Ich erinnere mich ganz besonders an eine, aber nicht ganz. Nur stückweise.«

»Und worum geht es in dieser Geschichte?«

»Um eine Mutter. Die durchquerte einen Fluss, und ihr Kind wurde geboren, als sie noch im Fluss war.« Sie schlug sich leicht gegen den Kopf, wie sie es tat, wenn sie sich an das zu erinnern versuchte, was sie gelernt hatte. »Ich weiß nicht mehr genau, was passiert ist, aber es war ein Junge, und als sie ihn aus dem Wasser holte, da sah die Mutter, dass er in jeder Hand einen Stein hielt.«

Katherine legte ihr Strickzeug weg. »Wie eigenartig«, sagte sie. »Was ist mit dem Kind geschehen?«

»Ich weiß nicht. Ich glaube, alle hatten Angst vor ihm. Sie nahmen wohl an, dass er seine Macht benutzen würde, um die Seelen der Menschen zu besitzen. Es war so, als hätte er den Teufel im Leib.«

»Ich glaube, da verwechselst du jetzt etwas mit den Bibelgeschichten, die du für deine Leseübungen studierst.«

»Ja, vielleicht tue ich das.« Kira dachte einen Moment lang nach. »Gibt es Bibelgeschichten, in denen Medizinmänner Zauberei vollbringen, Katherine?«

»Warte, lass mich einmal sehen … nicht Medizinmänner als solche, obgleich es in einer Reihe der Geschichten des Öfteren um das geht, was die Menschen als Zauberei ansehen.«

»Ich glaube, dass dieser Junge mit den Steinen wohl so etwas

wie Zauberkraft besitzt. Ich glaube, er könnte den Massai gegen all die bösen Menschen helfen.«
»Wie schade, dass die Geschichte nicht wahr ist«, sagte Katherine. »Nach dem, was mir George erzählt hat, könnten die Massai so jemanden wie ihn im Augenblick gut gebrauchen.«

Ole Sadera schritt rasch an dem Durcheinander vorbei, in dem sich das *Enkang* befand. Die Frauen räumten vor dem Verlassen des Dorfes ihre Hütten aus. Vermutlich waren Auseinandersetzungen zwischen den verheirateten Männern und ihren Ehefrauen zu erwarten, die darum baten, irgendeinen Lieblingskochtopf oder ein besonders weiches Kalbsfell mitzunehmen. Dem galt es, jedes Mal zu widersprechen, denn es war Eile geboten, und alles musste auf den Rücken der Frauen oder der wenigen Esel transportiert werden, die das *Enkang* besaß. Sie konnten unterwegs keine Pause einlegen, bloß weil eine Frau nicht imstande war, mitzuhalten.
Die Männer würden Speer, Schild, *Simi* und eine Kalebasse mit Milch tragen. Ihre Aufgabe bestand darin, das wertvollste Gut des *Enkang,* die Rinder, voranzutreiben und zu beschützen.
Er vernahm eine Reihe von hitzigen Streitereien unter den Frauen und sah seinen alten Freund Ole Nchoe mit seinen vier Frauen. Sie hatten ihre Lieblingskochgeräte zu Bündeln geschnürt und luden sie auf einen Esel. Ole Nchoe gehörte zu den glücklicheren Männern des Dorfes, denn seine Frauen arbeiteten unter dem Kommando seiner ersten Frau reibungslos zusammen.
Ole Sadera dankte Enkai, dass noch viele Jahre vergehen würden, bevor auch er ein Ältester wurde und die zweifelhaften Freuden der Ehe und der Vaterschaft auf ihn warteten. Aufgrund der vielen Rinder, die er während der zahlreichen er-

folgreichen Raubzüge erbeutet hatte, könnte er sich dann mehrere Frauen leisten, aber in Zeiten wie diesen war er dankbar, immer noch Junggeselle zu sein.
Wenn das *Enkang* aufgrund der jahreszeitlichen Erfordernisse oder des Zustands der Weide umziehen musste, so war das immer anstrengend. Aber heute arbeiteten sie zudem unter Zwang. Die Soldaten würden zurückkehren, und wenn die Massai dann nicht verschwunden waren, so würde es zu Unannehmlichkeiten kommen, das hatten sie ihnen eindeutig zu verstehen gegeben.
Außerhalb der *Boma*, die das *Enkang* umgab, hatten die alten Männer und Jungen die Schafe und Ziegen zu kleineren Herden zusammengetrieben, die leichter zu beaufsichtigen waren. Alles schien gut voranzugehen, daher schritt Ole Sadera auf die Hänge zu, wo die *Moran* in Vorbereitung auf den Marsch die Rinder zusammentrieben.
Zu seiner Überraschung erblickte er einen weißen Mann auf einem Pferd unter dem alten Feigenbaum. Er schalt sich, weil er ihn nicht eher wahrgenommen hatte, und fragte sich, wie lange er wohl schon dort war. Er war allein und trug keine Uniform, aber Ole Sadera hatte keine Lust, einen weiteren weißen Mann zu sehen oder mit ihm zu sprechen.
Der Feigenbaum und der Mann befanden sich auf dem Weg zu den Rindern, und im ersten Moment erwog er, ihn zu meiden und einen anderen Pfad zu wählen. Aber der Gedanke, dass er einen Fremden meiden sollte, der uneingeladen sein Land betreten hatte, brachte sein Blut in Wallung, und voller Wut erinnerte er sich daran, dass es Männer waren wie er, die ihn vertrieben.
Er hob seinen Speer, schulterte seinen schweren Kriegsschild und schritt unerschrocken auf ihn zu. Wenn dieser habgierige weiße Mann es kaum erwarten konnte, sich Massai-Land zu

nehmen, dann musste er eben warten, bis Ole Saderas Volk mit seinem Vieh aus dem Tal verschwunden war.

Coll griff nach der breiten Krempe seines Hutes und zog ihn vom Kopf, um sich den Schweiß von der Stirn zu wischen. Unter ihm lag das Massai-*Enkang.* Es bot einen chaotischen Anblick. Frauen und Kinder hasteten hin und her. Die Massai, die er sonst als zurückhaltende und elegante Menschen kannte, rannten umher wie Ameisen, deren Nest gestört worden war. Der Anblick stimmte ihn traurig.

Er teilte nicht die Ansichten der Sozialisten und Marxisten mit ihrem endlosen Gerede, dass sich die Massen gegen die Unterdrückung erheben sollten. Coll war davon überzeugt, dass es eines solchen Unsinns nicht bedurfte, wenn die Menschen nur anständig miteinander umgingen. In seiner Weltansicht vermochten Leute wie Delamere und die großen Organisationen wie das East Africa Syndicate von einer gerechten Gesellschaft und den ehrenwerten Bemühungen unvoreingenommener Bürger besiegt zu werden. Das war auch der Grund, warum er geglaubt hatte, dass London die erzwungene Umsiedelung der Massai stoppen würde, bevor es zu spät war. Und er hatte beinahe bis zum letzten Moment an diesem Glauben festgehalten, war dann jedoch von Norman Lewis all seiner Illusionen beraubt worden, als dieser ihm in der letzten Woche mitteilte, dass seine Freunde in London kurzfristig nichts unternehmen konnten, um zu verhindern, dass der Commissioner die Massai von ihrem Land vertrieb. Die Pachtverträge erstreckten sich über einen Zeitraum von neunundneunzig Jahren, und selbst Coll war es in seiner Naivität bewusst, dass weder der Commissioner noch die Regierung ihre Übereinkünfte mit den weißen Siedlern brechen würden, sobald diese sich erst einmal im Great Rift Valley niedergelassen hatten.

Es handelte sich um eine himmelschreiende Ungerechtigkeit, und er fühlte sich aufgrund seiner Hautfarbe und seiner Verstrickung in die Diskussion daran beteiligt.
Ein einzelner *Morani* kam auf ihn zu. Er war nicht sehr groß, aber recht drahtig, und da war etwas in seinem Schritt und seinem Gebaren, das Entschlossenheit erkennen ließ. Als der Mann näher kam, erkannte Coll das Zeichen auf seinem Schild, das ihn als *Olaiguenani* seiner Altersgruppe auswies.
Der *Morani* starrte Coll an, bis er beinahe auf derselben Höhe mit ihm war, richtete dann seinen Blick auf den Weg vor ihm, fest entschlossen, ihn zu ignorieren. Trotz dieser ungewöhnlichen Grobheit nahm Coll all seinen Mut zusammen und wandte sich in der Maa-Sprache an den Mann.
»Guten Tag«, sagte er. »Ich will hoffen, dass es deinen Rindern gutgeht.«
Der *Morani* blieb stehen und wandte sich überrascht zu Coll um. »Du sprichst Maa«, sagte er mit ungläubig aufgerissenen Augen.
»Nur sehr schlecht, wie du hörst. Ich bin im Begriff, deine Sprache zu erlernen.«
Der *Morani* schwieg. Das Gebrüll der Rinder, die sich über die Hügelkuppe oberhalb von ihnen verteilten, füllte die Stille.
»Mein Name ist Coll«, sagte er in Ermangelung einer Erwiderung des Massai. »Ich bin erfreut, die Bekanntschaft des *Olaiguenani* der Il-Tuati-Altersgruppe zu machen.«
Der Morani senkte seinen Speer, und die angespannten Muskeln in seinen Schultern lockerten sich. Er schien sprachlos, sagte aber schließlich: »Du weißt Bescheid über die Massai?«
»Ich weiß einige Dinge. Ich weiß von deiner Altersgruppe. Es ist mir viel über die Tapferkeit deiner Altersgruppe zu Ohren gekommen.« Der Massai nickte widerwillig zum Dank. »Ich bin Parsaloi Ole Sadera«, sagte er. Er stand aufrecht da, mit

hoch erhobenem Kopf, den er nun aber nicht mehr auf so angriffslustige Weise gereckt hatte. »Warum bist du an diesen Ort gekommen?«

Coll war sich selbst nicht sicher. Er hatte schlicht das Bedürfnis verspürt, sein Gewissen auf eine unbestimmte Art und Weise zu beruhigen. Die Worte, die er gern verwendet hätte, Worte wie »Mitgefühl« und »Ungerechtigkeit« überstiegen jedoch sein Maa-Vokabular. »Ich bin gekommen, weil …« Er suchte nach einer Antwort, die einen Sinn ergeben würde, doch es fiel ihm keine ein. »Ich bin gekommen, um zu helfen. Wenn ich es vermag.«

Der *Olaiguenani* nickte bedächtig. »Kommst du von Commissioner Stewart, um uns zu sagen, dass wir im großen Tal bleiben dürfen?«

»Nein.«

»Bist du gekommen, um uns Rinder als Entschädigung für den Verlust unserer besten Weiden der Trockenzeit anzubieten?«

»Nein.«

Ole Sadera nickte erneut. »Wie willst du uns dann helfen?«, fragte er leise.

Coll wusste nicht, was er ihm antworten sollte. Er kam sich angesichts einer so simplen Frage albern und machtlos vor.

Der *Olaiguenani* der Il-Tuati-Gruppe hob seinen Speer und seinen Schild und setzte seinen Weg den Hügel hinauf fort, um sich seinen Brüdern anzuschließen, die die Rinder Richtung Norden treiben würden.

Teil 2
Entorror

Kapitel 16

1909

Ole Sadera sah vom hohen Ufer aus zu, wie sich tausend Purko-Rinder mit gesenkten Köpfen, die Hüftknochen scharf hervortretend, lustlos am Flussbett entlangschleppten. Eine Handvoll *Moran* war bei ihm, um die Herde vor Raubtieren zu schützen. Er hätte es vorgezogen, mehr Krieger mitzubringen, um sie vor wachsamen Siedlern zu schützen, die Anstoß daran nahmen, dass die Massai ihre verhungernden Rinder aus dem Reservat führten, aber er hatte sich der Empfehlung älterer Männer gefügt, die der Ansicht waren, dass der bloße Anblick einer größeren Gruppe von *Moran* zu Blutvergießen auf den Ebenen der Laikipia führen würde.

Die Überquerung des Uaso-Ngiro-Flusses – der nunmehr bloß noch eine Ansammlung von flachen Pfützen war – stellte eine strafbare Handlung dar, die eine schwere Geldstrafe für seine Männer und eine Gefängnisstrafe für ihn zur Folge haben könnte. Doch die Purko vermochten es nicht zu ertragen, ihre geliebten Rinder leiden zu sehen, und es war nicht das erste Mal, dass sie aus dem Reservat ausbrachen, um das Gras und das Wasser zu suchen, das sie benötigten.

Die Herde war dem sandigen Flussbett schon viele Meilen gefolgt, als Ole Sadera einen Abschnitt fand, der einen besseren Schutz vor den neugierigen Blicken aus der umgebenden Savanne bot.

Die leichte Erhöhung am linken Ufer war genau das, wonach er gesucht hatte, doch er wartete darauf, dass die Hirten ein erschöpftes Tier aus einem Schlammloch zogen, das durstige Elefanten in einem verzweifelten Versuch, Erleichterung von der nicht enden wollenden Dürre zu finden, in das Flussbett gegraben hatten.

»In welche Richtung sollen wir gehen?«, fragte ihn einer seiner *Moran*.

Ole Sadera hatte sich keine Gedanken darüber gemacht. Als sie sich dem Fluss näherten, war er viel zu sehr damit beschäftigt gewesen, das Gelände nach geeigneten Stellen abzusuchen, von wo aus er einen Gegenangriff organisieren konnte, sollte man sie attackieren.

»Das sollen die Hirten entscheiden«, erwiderte er barscher als beabsichtigt. »Jetzt begib dich zu dieser Erhöhung da drüben. Halte die Herde im Auge und komm sofort zu mir, wenn du irgendein Anzeichen von Siedlern oder *Askaris* entdeckst.«

Abgesehen von dem Schmerz, aus ihrem Heimatland vertrieben worden zu sein, hatten die Purko-Massai in den frühen Jahren der Umsiedelung kaum die Auswirkungen des Umzugs in das nördliche Reservat verspürt. Sie hatten ihre Dörfer in Ansammlungen von Familienverbänden errichtet, wie sie es im Great Rift Valley getan hatten. Freunde und Nachbarn waren schon bald wieder vereint. Das nördliche Land, das sie Entorror nannten, befand sich am äußersten Rand ihres Territoriums, war ihnen aber nicht gänzlich unbekannt. In jenen frühen Jahren waren die Rinder, Schafe und Ziegen gut gediehen und hatten sich vermehrt. Einige sagten, es sei ein Segen, dass sie nach Norden gezogen waren. Sie sagten, dass das Weideland gut war und durch das ständige Grasen der Herden noch besser werden würde.

Doch nun, da sich eine schlechte Jahreszeit an die andere reihte, entdeckten die Massai, dass es zunehmend schwieriger wurde, genügend Weideland für ihre gewachsene Herde zu finden. Nach althergebrachter Sitte wären sie auf der Suche nach Wasser und Gras umhergewandert, doch in dem eingeschränkteren Bereich des nördlichen Reservats blieben ihnen nicht viele Möglichkeiten.

Sie begannen ihre Blicke auf das verbotene Land jenseits ihrer Grenzen zu richten. Die Weißen besaßen verhältnismäßig wenig Rinder und benötigten nicht all die Weideflächen, die sich über das hügelige Land erstreckten. Die Purko vermochten eine solche Verschwendung nicht zu verstehen und waren mehrfach aus dem Reservat ausgebrochen. Die erboste Erwiderung der Siedler erfolgte prompt.

Unten im Flussbett war es den Hirten gelungen, die Kuh aus dem Sumpfloch zu ziehen. Ole Sadera bemerkte, dass er seine Hände zu Fäusten geballt hatte.

Als die letzten Rinder das Ufer hinaufkletterten, ertönte ein Pfiff von dem Hügel und störte seine Gedanken. Das Herz wurde ihm schwer. Er ahnte, wie die Meldung lautete.

»Wie viele?«, fragte er.

»So viele«, erwiderte der Späher und hielt zehn Finger in die Höhe. »Sollen wir uns auf einen Kampf vorbereiten?«

Ole Sadera biss die Zähne zusammen. »Nein«, sagte er. »Wir werden nicht kämpfen.«

»Ssst!«

Der Laut kam von dem kleinen Loch in der Wellblechwand, das als Lichtquelle und Luftloch diente. Ole Sadera rappelte sich auf und schaute durch das Loch. Der abgehärmte und besorgt aussehende Mantira begrüßte ihn.

»Du lebst also«, sagte er.

»Ja, das tue ich. Was hast du denn erwartet?«

»Es hieß, sie hätten dich geschlagen.«

»Nicht der Rede wert.« Aber seine Hand wanderte instinktiv

zu seinem geschwollenen, blutigen Auge, das die Wucht eines *Askari*-Gewehrkolbens zu spüren bekommen hatte. »Was machst du hier?«

»Ist das etwa der Empfang, den ein Freund verdient hat, der gekommen ist, um sich einen Pavianhintern durch ein Loch in der Wand anzusehen?«

»Tut mir leid, Nkapilil. Danke, dass du gekommen bist. Gibt es Neuigkeiten?«

»Die Ältesten haben mit dem Hauptmann der *Askaris* gesprochen. Du wirst freigelassen.«

»Wann?«

»Bald.«

»Und wie hoch ist der Preis dafür?«

»Darüber mach dir keine Gedanken. Es reicht aus, dass du deine klapprigen Knochen aus diesem stinkenden Eisenkäfig herausbekommst.«

»Wie viele Rinder?«

Mantira blickte verdrießlich drein. »Die halbe Herde.«

»Was? Das kann doch nicht wahr sein! Lieber würde ich hier drin verrotten!«

»Nein, das würdest du nicht. Und bilde dir nur nichts ein. Glaubst du etwa, dass deine Haut so viele Rinder wert ist? Nein, die Herdenbesitzer wurden ebenfalls bestraft.«

Welch eine Ironie! Da hatten sie ihre Rinder aus dem Reservat geführt, um sie zu retten, und sie dabei verloren.

»Das ist Lenanas Schuld. Wenn er nicht seine Kompetenzen überschritten und auf die britischen Forderungen eingegangen wäre, dass wir das große Tal verlassen, dann wäre das hier gar nicht passiert.«

Mantira zuckte mit den Schultern. »Die Briten akzeptieren sein Wort als Anführer.«

»Nun gut, wenn er diese Rolle anerkennt, dann soll er auch

die Verantwortung für unser verhungerndes Vieh übernehmen. Soll er doch eine größere Weidefläche für unsere Herden fordern. Aber das wird er nicht tun, weil er die Briten nicht erzürnen möchte.«
»Das wissen wir nicht.«
»Nein. Wir wissen nichts über ihn; denn er ist niemals nach Entorror gekommen.«
Ole Sadera dachte an all die Feierlichkeiten, die vom *Laibon* durchgeführt wurden. Die wichtige *Eunoto*-Zeremonie stand bald an, doch der Zeitpunkt lag im Ermessen des *Laibon.* Ohne die *Eunoto* konnte der Übergang der Jungen in die nächste Kriegergeneration nicht vollzogen werden.
»Was sollen wir tun, mein Freund?«, fuhr er fort.
»Wir tun, was wir tun müssen. Nach dem, was mir zu Ohren gekommen ist, haben sie in Ngong ähnliche Schwierigkeiten. Ich könnte mir vorstellen, dass es weiter im Süden sogar noch schlimmer ist. Die Dürre hat uns allen zugesetzt, aber sie wird vorübergehen. Wie all die anderen.«
»Ich habe nicht von der Dürre gesprochen. Ich meine, was sollen wir Purko tun? Wir sind ohne *Laibon.* Wie kann er seine Pflichten erfüllen, wenn er so weit entfernt ist? Was ist mit der *Eunoto?* Wer wird den Zeitpunkt bestimmen und die Zeremonie eröffnen? Durch sein Tun hat er diese Trennung über uns gebracht. Nun lässt er uns im Stich.«
»Es hat doch keinen Zweck, sich zu beklagen. Was können wir denn ausrichten?«
»Wir können seine Rolle selbst übernehmen.«
»Oh-ho! Es muss in dieser Blechkiste ja schlimmer sein, als ich gedacht hatte. Die Hitze scheint dich noch dümmer gemacht zu haben, als du es ohnehin schon bist. Die Pflichten des *Laibon* übernehmen? Du bist verrückt, mein Freund.«
»Nicht all seine Pflichten, Mistfliege. Nur jene, auf die wir

nicht verzichten können, wie die Eröffnung der *Eunoto*-Zeremonie.«
Mantira schüttelte den Kopf. »Ist dir denn gar nichts heilig? Wie kommst du bloß immer auf solche Ideen?«
»Das spielt doch keine Rolle. Ich habe dir oft genug gesagt, dass wir das Heft in die Hand nehmen müssen, wenn die Älteren ihren Zweck nicht in unserem Sinne oder den Bedürfnissen der Massai entsprechend erfüllen. Diese Zeit ist nahe.«

Lord Delamere, der in seinem Frack ausnahmsweise einmal schmuck aussah, trat auf das Podium zu, hob um Ruhe bittend die Hände und wartete geduldig, bis alle Gespräche verstummt waren. Vor ihm im Festsaal des Muthaiga Clubs versammelt waren die Mitglieder der Siedlergemeinschaft von Britisch-Ostafrika, die über gute Beziehungen verfügten. Viele von ihnen waren die Nachfahren adeliger Ahnen.
Als es still war im Saal, hieß er die Anwesenden im Namen der Kolonistenvereinigung herzlich willkommen. Als Gastgeber wurde ihm die Ehre zuteil, den Gouverneur vorstellen zu dürfen, was er auch ohne jegliches Vorgeplänkel tat.
»Eure Exzellenz, meine Damen und Herren«, begann er, »wir haben uns heute Abend hier versammelt, um Governor Edouard zu würdigen. Er befindet sich zwar erst ein paar Monate am Ruder des Schiffes Seiner Majestät mit Namen Britisch-Ostafrika, aber dennoch hat er diesem unserem Lande bereits seinen Stempel aufgedrückt.«
»Und dabei ist der Mann Frankokanadier!«
Die Männer brüllten vor Lachen.
»Und dazu noch Ingenieur«, fügte Delamere über das Lachen hinweg hinzu. »Nun aber mal im Ernst! Was hätten wir uns bei einem Gouverneur Besseres wünschen können? Während

meiner Zeit im Protektorat sind mir zwei Arten von Männern begegnet, die das Sagen hatten: Solche mit Grips und resolute Verwaltungsbeamte. Und nun haben wir beides in einer Person vereint. Da wäre der Administrator, den das Protektorat benötigt, weil es dringend der Organisation bedarf, und der Ingenieur, den wir unbedingt brauchen, um die Dinge zum Laufen zu bringen – unter anderem auch unsere tattrige Eisenbahnlinie. Mithin sehe ich, wenn Sie mir meine Dreistigkeit gestatten, einen Gouverneur mit genau der richtigen Mischung für Britisch-Ostafrika.«

Ein zustimmendes Gemurmel war zu vernehmen und hier und da vereinzelte »Hört, hört!«-Rufe.

»Er ist ein Absolvent der Königlichen Militärakademie, hat unter Kitchener im Sudan gedient und wurde später von Ihrer Majestät Königin Victoria zum Ritter geschlagen.« Delamere hob die Hand. »Meine Damen und Herren, ich habe die große Ehre, Ihnen Sir Percy Edouard vorstellen zu dürfen.«

Governor Edouard schritt unter herzlichem Applaus auf das Podium zu. Er war ein kleiner, gutaussehender Mann mit einem kräftigen, gespaltenen Kinn und einem energischen Schritt; ein Mann, der Selbstvertrauen und Entschlossenheit ausstrahlte. Er lächelte angesichts des freundlichen Empfangs, und sein modisches Monokel funkelte in der blendenden Helle des neu installierten elektrischen Lichts des Clubs. In seiner Stimme war ein leichter nordamerikanischer Akzent auszumachen, als er seine Ansprache mit einigen an Delamere gerichteten Dankesworten für den liebenswürdigen Empfang begann. Er witzelte, dass er trotz seiner frankokanadischen Abstammung mindestens genauso Engländer war wie die meisten hier, doch leider nicht mit einer solchen Ahnentafel wie ihr erlauchter Gastgeber.

Edouard kam dann rasch auf das Thema zu sprechen, das ihm am meisten am Herzen lag, nämlich die Veränderungen, die er in den kommenden Monaten und Jahren vorzunehmen gedachte. »Meine Damen und Herren, ich bin ein Mann der Tat.« Er hielt für einen Moment inne und ließ seinen Blick über das Publikum wandern, um festzustellen, ob sich jemand traute, diese Behauptung in Frage zu stellen. Als er nichts Derartiges in den Gesichtern las, fuhr er fort: »Ich habe eine umfassende Untersuchung zur Lage der Dinge in diesem Protektorat durchgeführt, und ich bin, offen gestanden, entsetzt. Mein Bericht diesbezüglich befindet sich bereits im Kolonialministerium, aber ich beabsichtige nicht, auf die Genehmigung von dieser Stelle zu warten. Ich setze voraus, dass ich Ihren Segen habe, bis mir Anderweitiges zu Gehör gebracht wird.«

Er fuhr mit der Aufzählung der Unzulänglichkeiten seiner Vorgänger und anderer Amtsträger fort und brachte dann einige Zeit damit zu, wie er gedachte, das Problem mit den Eingeborenenreservaten und den Landzuweisungen, insbesondere im Massai-Land, zu beheben.

»Ich bin der Ansicht, dass eine der Schwierigkeiten in der Art und Weise gründet, wie die Massai zu einem Konsens gelangen. Wie Sie sicherlich bereits alle wissen, haben die Massai eine komplizierte Gesellschaftsstruktur mit Sprechern für alles Mögliche. Zudem gibt es eine Unterteilung in verschiedene Altersklassen, was die Sache noch erheblich verkompliziert. Wir können uns unmöglich auf diese Weise mit ihnen auseinandersetzen. Ich beabsichtige, einen obersten Anführer zu bestimmen, der als Sprecher für alle Massai fungieren wird und mit dem allein wir über Vereinbarungen verhandeln.« Edouard hielt für einen Moment inne, ehe er hinzufügte: »Natürlich ist mir dabei bewusst, dass die Rechte der

Eingeborenen zu respektieren sind. Dies betrifft auch den Ort, an dem sie es vorziehen, sich niederzulassen.«
Aus dem hinteren Teil des Saales rief jemand: »Was gibt es zur Situation bezüglich dieser riesigen Reservate zu sagen, die sich in den besten Teilen des Landes befinden?«
»Das Kolonialministerium hat auf die Wichtigkeit der Wahrung der Rechte der Eingeborenen hingewiesen. Die Massai – denn ich vermute, dass Sie dabei die Massai im Sinn haben, Sir – können ohne deren Zustimmung nicht umgesiedelt werden.«
Angesichts des unerwarteten Umschwungs in der Rede des Gouverneurs erhob sich ein Gemurmel im Raum.
Delamere war diesbezüglich ebenfalls neugierig, doch dann warf ihm Edouard einen Blick zu, und Delamere begriff augenblicklich. Edouard konnte schwerlich in aller Öffentlichkeit der politischen Linie des Kolonialministeriums widersprechen. Dies würde rasch die Runde machen, und Parteien, die mit den Afrikanern sympathisierten, könnten von der Unterstützung des Gouverneurs erfahren.
In der Vergangenheit war es der Regierung immer gelungen, unter den einheimischen Häuptlingen einen zu finden, der bereit war, die Strategie der Regierung zu unterstützen. Es gab keinen Grund, warum den Massai eine andere Behandlung zuteilwerden sollte. Delamere erkannte, dass Edouard durch die Ernennung eines obersten Anführers in der Lage sein würde, den Mann sorgfältig auszuwählen, der im Namen der Massai die Entscheidung treffen sollte, das Laikipia-Reservat zu räumen und damit neuen Siedlern Zugang zu dem Land zu verschaffen.

Kapitel 17

In den letzten Monaten hatte sich der Zustand der Rinder auf dem Laikipia-Plateau zunehmend verschlechtert. Die Dürre hatte einen schrecklichen Tribut gefordert. Dutzende Tiere brachen täglich zusammen.

Coll schwor sich, den Governeur erneut auf die Lage anzusprechen. Die Zahl der Massai-Rinder war für das nördliche Reservat einfach zu groß. Es war nicht das erste Mal, dass er das Thema angeschnitten hatte. Jedes Mal waren seine Worte von Edouard mit einem Nicken und der Versicherung, die Sache zu prüfen, quittiert worden, doch es geschah nichts. Kein Wunder, dass die Massai sich genötigt sahen, in das benachbarte Land auszubrechen.

Glücklicherweise wies die Herde keine Krankheitsanzeichen auf, doch es war schwierig, die Tiere zu untersuchen, wenn sie sich in einem solch schlechten Zustand befanden. Die Sonne stand bereits zu tief, um die Schleimhäute zu begutachten.

Er winkte den Hirten zu, um ihnen zu verstehen zu geben, dass er sein Tageswerk beendet hatte, und rief ihnen in stockendem Maa zu, dass er am nächsten Morgen weitermachen würde.

Auf dem Rückweg zu seinem Lager hatte er das Gefühl, dass ihm jemand oder etwas folgte. Er blieb einige Male stehen, konnte aber nichts entdecken.

Als er sich gerade seinen Tee eingoss, tauchte wie aus dem Nichts ein Massai-Krieger auf. Coll unterdrückte einen erschrockenen Aufschrei und brachte es fertig, die Kanne zurückzustellen, ohne dabei ihren Inhalt in das Feuer zu gießen.

»Guten Tag«, sagte er spontan, korrigierte sich dann aber sogleich. »*Sopa.*«
»*Hepa*«, lautete die freundliche Erwiderung.
Coll kramte in seinem Vokabular herum, auf der Suche nach etwas, um den misslungenen Auftakt wettzumachen, aber in diesem Augenblick fiel ihm unter dem unverwandten Blick des Massai nichts ein.
»Du sprichst Maa«, sagte der Fremde. Es war eher eine Feststellung als eine Frage.
»Das tue ich«, erwiderte Coll. »Aber nur unzureichend«, fügte er bescheiden hinzu.
Der Krieger kam ihm irgendwie bekannt vor, aber das Licht war nicht besonders gut. Er schaute ihn aus halb zugekniffenen Augen über die flirrende Hitze des Feuers hinweg an, während sich die durchdringenden Augen des Massai in ihn hineinbohrten.
»Ich bin Parsaloi Ole Sadera.«
»Ja, natürlich. Jetzt erinnere ich mich. Der *Olaiguenani.*«
»Kenne ich dich?«, erkundigte sich der Massai.
Dieser Satz ließ sich mit »Sind wir uns schon einmal begegnet?« oder mit »Ist es möglich, dass wir eine vernünftige Unterhaltung miteinander führen?« übersetzen. Er entschied sich, auf beides zu antworten. »Ich bin George Coll. Bitte, lass uns reden.« Coll nahm seinen Platz wieder ein, und Ole Sadera gesellte sich zu ihm ans Feuer. »Wir sind uns begegnet, als die Regierung … als du und dein Volk das Great Rift Valley verlassen habt.« Coll erinnerte sich an die Entrüstung des *Morani,* weil man ihn zwang, das Land seiner Vorfahren zu verlassen.
Für einen kurzen Moment war da etwas in Ole Saderas Augen, was ihm bedeutete, dass ihn der Massai ebenfalls erkannt hatte. »Ich bin gekommen, um dich um Hilfe zu bitten.«

»Gewiss«, erwiderte Coll, der eine Frage über Rinder erwartete, was zumeist das einzige Gesprächsthema darstellte, wenn er mit einem Massai redete.

»Ich möchte Englisch sprechen.«

»Wirklich? Sehr gut.«

»Kannst du es mich lehren?«

»Ich? Nun ja … ich …«

»Du sprichst Maa wie eine *Entito.* Du brauchst meine Hilfe ebenso.«

Sein Vergleich mit Colls Maa zu dem eines jungen Mädchens war nicht besonders schmeichelhaft.

»Ich verstehe«, sagte Coll. »Na schön, ich kann es dir beibringen. Es wird viele Stunden in Anspruch nehmen, und du musst fleißig lernen, so wie ich es getan habe, um deine Sprache zu erlernen. Wenn du dir das zutraust, dann wirst du vielleicht bald Englisch sprechen – auch wie eine *Entito.*«

Coll fragte sich, ob er mit seinem Versuch, einen Scherz zu machen, in der Übersetzung gescheitert war, doch nach einem kurzen Moment verzog sich das Gesicht des Massai zu einem breiten Grinsen.

Katherine ließ die Zügel sinken, und das Pferd trottete den Weg zum Farmhaus hinunter. Kira, die neben ihr im Wagen saß, war wahrscheinlich ebenso froh, dass das gesellschaftliche Ereignis des Nachmittags hinter ihnen lag.

Die kleine Gemeinschaft im Limuru-Bezirk lud Katherine immer noch zu ihren Zusammenkünften ein, wie sie es schon zu Zeiten getan hatte, als sie gemeinsam mit Bill daran teilgenommen hatte. Katherine nahm die Einladungen selten an, aber die Robinsons – ein älteres Ehepaar, das ebenfalls dazu neigte, größere Menschenansammlungen zu meiden – schickte alle zwei Monate eine Mitteilung, um sie zum Tee zu sich zu bitten. Gelegentlich luden sie einen weiteren Gast ein, der stets männlich und alleinstehend war. Katherine mochte das ältere Ehepaar, dem die Nachbarfarm gehörte, und wusste seine gutgemeinten Absichten zu schätzen, fühlte sich aber ziemlich unwohl dabei. Sie beherrschte die Kunst geselliger Unterhaltung nicht besonders gut – wahrscheinlich, weil es ihr an Übung mangelte, da sie noch sehr jung gewesen war, als sie Bill heiratete. Und egal, wie gut gemeint die Absichten der Robinsons auch sein mochten, ihre Vorstellung eines geeigneten Partners für sie deckte sich in keiner Weise mit dem, was Katherine im Sinn hatte. Obgleich sie niemals irgendein Interesse an dem jeweiligen Möchtegern-Verehrer zeigte, dauerte es für gewöhnlich eine ganze Weile, um ihn davon zu überzeugen, dass es keinen Zweck hatte, weiterhin vorbeizuschauen.

Glücklicherweise war es ihr gelungen, die Peinlichkeit des Nachmittags zu beenden, indem sie auf die fortgeschrittene Stunde und auf die Gefahren hinwies, die eine Fahrt nach Einbruch der Dunkelheit mit sich brachte.

Es war schön, nicht allein fahren zu müssen, aber Katherine hielt es zudem für wichtig, Kira mit den Gepflogenheiten der weißen Gesellschaft in Berührung zu bringen. Es war nicht ihre Absicht, sie damit zu indoktrinieren, doch sie fand, dass das zusätzliche Wissen nicht schaden konnte.

»Was hältst du von Mr. Calligan?«, fragte sie das Mädchen, sich auf den Mann beziehend, der das neueste Angebot der Robinsons darstellte.

»Er ist langweilig.«

»Wirklich? Und warum glaubst du das?«

»Er versucht, einen dazu zu bringen, dass man ihn mag, aber er redet törichtes Zeug.«

»Verstehe«, erwiderte Katherine, und sie erkannte, dass ihre junge Begleiterin scharfsinniger war, als sie es ihr zugetraut hatte.

Als sie vor dem Haus hielten, kam der Stallbursche, der auch als ihr *Syce* diente, vom Stall herübergelaufen, um das Pferd abzuspannen und trocken zu reiben.

Sie hatte gemischte Gefühle bezüglich der Frage, ob Kira in der weißen Gemeinde verbleiben und ihren Unterricht fortsetzen sollte oder nicht. Sie hatte das Mädchen gern um sich, aber sie konnte verstehen, wenn es zu seinem eigenen Volk zurückkehren wollte. Was in einem Massai-Dorf aus ihr werden würde, das war eine andere Frage. Laut George Coll wäre Kira, wenn sie bei den Massai geblieben wäre, inzwischen mit ziemlicher Wahrscheinlichkeit verheiratet, und das mit einem Mann, der doppelt so alt war wie sie.

Bei dem Gedanken an George fragte sie sich, wann er sie wohl das nächste Mal besuchen würde. Er hatte viel Zeit im nördlichen Reservat verbracht und versucht, den Leuten in den schwierigen Zeiten zu helfen, die sie dort gerade durchmachten. Es war zu einem weiteren Eindringen in Siedlerland gekommen, dem die *Askaris* ein rasches Ende bereitet hatten.

Für gewöhnlich unterstützte Katherine die Siedler, aber seitdem sie durch Kira und George mehr über die Massai erfahren hatte, brachte sie größeres Verständnis für deren Belange auf.

Im Lampenlicht der Küche betrachtete Katherine Kira nachdenklich. Sie war jetzt fünfzehn Jahre alt und in den Augen der Massai eine Frau. »Wie denkst du eigentlich über das Heiraten?«, fragte sie.

Anstatt verlegen auf ihre Frage zu reagieren, überraschte Kira sie aufs Neue, indem sie über die Angelegenheit nachdachte, bevor sie antwortete.

»Ich glaube, ich könnte keinen Kikuyu heiraten.«

»Steht das denn zur Debatte?«, erkundigte sich Katherine verblüfft.
»Einige der Jungen haben Scherze darüber gemacht, aber ich weiß, dass sie nicht immer nur scherzen.«
»Nun ja … es freut mich zu hören, dass du es nicht ernst nimmst.«
»Das muss ich aber. Ich werde bald zu alt dafür sein.« Kira bemerkte Katherines gequälten Gesichtsausdruck. »Aber noch ist es nicht so weit«, sagte sie lächelnd. »Eines Tages.«
Katherine fragte sich, ob George irgendetwas über Kiras richtige Familie herausgefunden hatte. Wenn das der Fall war, bestand die Möglichkeit, dass Kira sie schon bald verlassen würde, um zu ihren Verwandten zurückzukehren.
Sie versuchte, sich das Mädchen in einer frühen Ehe vorzustellen, ein Leben voller Schinderei vor sich. Das wünschte sie niemandem, den sie gern hatte, aber offenbar hatte sich Kira über die Angelegenheit Gedanken gemacht. Irgendwann würde sie eine Entscheidung treffen müssen.
Katherine fragte sich, ob sie in der Lage sein würde, sachlich zu bleiben, wenn es so weit war.

Nashilo schmollte, aber Ole Sadera schenkte ihr keine Beachtung. Sie seufzte und posierte, doch er fuhr fort, das *Simi* zu schärfen, und ignorierte sie völlig. Schließlich gab sie auf. Die wenige Zeit, die sie mit ihm verbrachte, war zu kostbar, um sie mit albernen Spielchen zu verschwenden, damit sie seine Aufmerksamkeit gewann.
»Parsaloi, würdest du dich bitte zu mir setzen und mit mir reden?«
»Ich sitze bereits. Und ich rede, wenn du reden willst.« Er betrachtete eine Vertiefung auf der Waffe genauer, ehe er sich wieder daranmachte, Stein gegen Metall zu reiben.

Es stimmte wohl, dass sie nichts Besonderes mit ihm zu besprechen hatte, aber sie wollte nun einmal seine ungeteilte Aufmerksamkeit. Es kam so selten vor, dass sie die Möglichkeit hatte, das Dorf ihres Ehemannes zu verlassen, und es gelang ihr nur deshalb, ein wenig Zeit mit Ole Sadera zu verbringen, weil sie vorgab, ihre Familie zu besuchen. Ihr Ehemann hatte beinahe die Geduld mit ihr verloren und war gewiss glücklich, sie ein paar Tage los zu sein.
Die letzte Nacht war mit der Leidenschaft erfüllt gewesen, an der sich Liebende nach einer Zeit der Trennung erfreuen. Doch sie wollte mehr. Sie wollte seine Aufmerksamkeit. Sie sehnte sich nach der Vertrautheit, die manche Frauen mit ihren Männern teilten.
»Ja, ich möchte reden. Ich möchte dich fragen, ob du etwas über die Ehe weißt.«
Er blickte von seiner Arbeit auf. »Über die Ehe? Was sollte ich schon darüber wissen?«
»Ich verstehe nicht, warum es mir erlaubt ist, mit den Altersgenossen meines Ehemannes zu verkehren, aber nicht mit dir.«
»Hmm«, brummte er und senkte seine Klinge. »Kennst du denn nicht die Geschichte von dem Krieger und seinen beiden Schwestern?«
»Warum erzählst du sie mir nicht?«
Natürlich kannte sie die Geschichte, von der er sprach – eigentlich kannte sie jeder, hatte sie, wie viele andere Geschichten auch, schon als Kind gehört –, doch sie sah darin eine Möglichkeit, seine Aufmerksamkeit zurückzugewinnen. Ole Sadera legte sein *Simi* und den Stein zur Seite und machte es sich auf dem Holzblock bequem, den er als Sitzplatz gewählt hatte. Sie wusste, dass er – wie jeder Massai – gern Geschichten erzählte.

»Es war einmal ein alter Mann, der hatte einen Sohn und zwei Töchter«, begann er. »Der Sohn wuchs zu einem Krieger heran, und die beiden Mädchen blieben unverheiratet.
Ein Krieg brach aus zwischen dem Stamm des alten Mannes und den benachbarten Massai, wo es nur wenige Frauen gab, die ein Mann zur Braut nehmen konnte. Der alte Mann hatte Angst, seine Rinder zu dem Salzleckstein zu führen, weil sich dieser auf dem Land der Nachbarn befand. Bald schon wurden seine Rinder krank, und er fragte sich, was er unternehmen sollte. Sein Sohn, ein tapferer *Morani,* sagte, er werde einige der kränklichsten Rinder allein zu dem Leckstein führen. Sollte ihr Feind angreifen und die Rinder stehlen, so wäre dies kein allzu großer Verlust. Sollte er nicht angegriffen werden, wäre dies der Beweis, dass sie den Leckstein benutzen konnten, und die Rinder wären gerettet. In diesem Fall würde er ein rauchendes Feuer entzünden, um seinem Vater zu bedeuten, den Rest der Herde zu dem Stein zu bringen.
Der Sohn nahm seine ältere Schwester mit, und diese errichtete eine Hütte und umgab sie mit einer hohen Dornen-*Boma.*«
»War seine Schwester hübsch?«, unterbrach Nashilo ihn.
Ole Sadera dachte kurz nach. »Das weiß ich nicht.«
»Sie war bestimmt hübsch. Sehr hübsch sogar.«
Er runzelte die Stirn, fuhr aber fort: »Am nächsten Morgen führte er seine Rinder zum Grasen fort und ließ seine Schwester allein im Schutz der *Boma* zurück. Aber eine Gruppe von jungen Kriegern des feindlichen Stammes kam, und das Mädchen verliebte sich in sie. Sie öffnete die *Boma* und schlief mit allen.
Als der *Morani* zurückkehrte, sah er die Fußabdrücke auf dem Boden um die Hütte, sagte aber nichts zu seiner Schwester.

Am nächsten Morgen führte er seine Rinder wieder zum Grasen fort, doch dieses Mal machte er bald kehrt und versteckte sich in der Nähe der Hütte. Die feindlichen Krieger kamen ein weiteres Mal, und das Mädchen schlief wieder mit ihnen. Als sie sich gerade auf den Weg machen wollten, hörte er, wie seine Schwester sie aufforderte, am Abend zurückzukehren und darauf zu warten, dass sie zu tanzen und singen begann. Dies wäre das Zeichen, dass ihr Bruder die große rote Kuh molk und sie kommen und sich all die anderen Rinder holen konnten. Dann würde sie weglaufen und einen von ihnen heiraten.

Am Abend legte der *Morani* seine Waffen bereit und tat so, als würde er sich aufmachen, um die große rote Kuh zu melken. Als er seine Schwester singen hörte, eilte er zurück und tötete all die feindlichen Krieger. Dann entzündete er ein großes Feuer und verbrannte die Leichen.

Als der Vater den Rauch erblickte, brachte er die ganze Herde zu dem Salzleckstein, und sie waren gerettet.

Als der Sohn dem Vater von dem Verrat seiner Schwester erzählte, entschloss sich der alte Mann, mit der Tradition zu brechen, die es unverheirateten Frauen verbot, mit den jungen Männern zu verkehren. Er erlaubte seinen Töchtern, zu singen und zu tanzen und Zeit mit den jungen *Moran* zu verbringen, bis sie verheiratet waren. Danach durfte eine Frau nur noch mit den Männern schlafen, die zur selben Altersgruppe gehörten wie ihr Mann.«

»Und was ist mit den Kindern?«

»Es gibt keine Kinder in der Geschichte.«

»Aber wenn es sie gäbe, zu wem würden sie gehören? Zu ihrem Ehemann oder zu einem seiner Freunde?«

»Selbstverständlich zu ihrem Ehemann.«

»Aber wer vermag denn schon zu sagen, wer der Vater ist?«

»Nashilo, es gibt viele Dinge, die der Mensch nicht versteht. Es reicht aus, sie zu wissen.« Er musterte sie neugierig. »Warum fragst du?«
»Einfach so.«
Die Antwort genügte ihm nicht, und er wartete darauf, dass sie weitersprach.
Sein Blick brachte sie schließlich dazu, nachzugeben. »Parsaloi«, sagte sie, »ich will ein Kind von dir.« Sie wandte den Kopf ab, weil sie ihr törichtes Benehmen mit einem Mal beschämte.
In der Stille, die folgte, sehnte sie sich danach, zu erfahren, was in seinem Kopf vorging. Dann spürte sie, wie seine Hand von ihrer Schulter zu der weichen Unterseite ihres Armes herabglitt, und er sie sanft zu sich herüberzog.

Kapitel 18

Delamere zügelte sein Pferd und starrte mit finsterem Blick über seine Rinder und sein Land hinweg, das sich mit seinen vierzigtausend Hektar so weit erstreckte, wie das Auge zu blicken vermochte.

Er hatte gerade eine Reihe von Treffen mit seinen weißen Aufsehern beendet und von ihnen die Bestätigung für das erhalten, was er bereits vermutet hatte: Er hatte in den vergangenen Monaten an die hundert Rinder verloren. Soysambu, seine in der Nähe des Elmenteita-Sees gelegene Ranch, umfasste beinahe die Hälfte seines Besitzes, daher konnte er davon ausgehen, dass sich seine gesamten Verluste auf mehr als zweihundert Tiere beliefen.

Offenbar waren all seine Versuche, seine Massai-Hirten davon abzuhalten, ihn zu bestehlen, vergeblich gewesen. Manch einer der anderen Siedler hätte wohl Vergeltungsmaßnahmen ergriffen, doch das zog Delamere nicht in Betracht. Nicht etwa, weil die Regierung es verboten hatte, sondern weil es zwecklos war. »Sie sind die geborenen Diebe«, war einer seiner Lieblingssätze in Bezug auf die Massai. »Sie sind in dem Glauben aufgewachsen, dass Gott ihnen all die Rinder dieser Erde zum Geschenk gemacht hat und dass jedes Rind, das sich nicht in ihrem Besitz befindet, verlorenging oder gestohlen wurde.«

Die Massai von seinem Grund und Boden zu vertreiben wäre seinen Zwecken nicht dienlich, und jede Form von Bestrafung würde die Männer, die er benötigte, damit seine Herde weiter gedieh, nur entfremden. Im Unterschied zu den anderen Ranchern wusste Delamere es zu würdigen, dass die Massai erfahrene Rinderzüchter waren. Sie besaßen die nötigen Kenntnisse, welche Weiden die besten waren und wann man sie schonen sollte. Sie kannten die Krankheiten, an denen die Rinder litten, und die beste Buschmedizin, um sie zu heilen. Sie vermochten intuitiv die Launen der Tiere zu erkennen und wie man auf sie einwirkte, um die Qualität des Fleisches zu verbessern und die Milchmenge zu erhöhen.

Er wollte sie nicht verlieren. Aber was blieb ihm zu tun, um die Diebstähle zu unterbinden?

Mit einem Mal kam ihm ein Gedanke. Er erinnerte sich an eine Geschichte, die er in einem Bericht über die frühesten Begegnungen zwischen einem weißen Mann und den Massai gelesen hatte. Er fragte sich, ob er dieses Geheimnis nutzen konnte, um seine erfahrenen Hirten zu behalten und gleichzeitig seine Verluste zu verringern.

Katherine schien ein Gespür dafür zu haben, wann George Coll wieder einmal vorbeischaute. Zu irgendeinem unbestimmten Zeitpunkt nach seinem letzten Besuch backte sie ein Blech Teegebäck und achtete ein wenig mehr auf ihr Äußeres als gewöhnlich. Dabei machte sie sich zwar nicht so fein, als wenn sie mit dem Wagen nach Nairobi fuhr, um Vorräte zu kaufen, aber ihr äußeres Erscheinungsbild unterschied sich hinreichend von ihrem sonstigen Aussehen, so dass Kira sie fragte, ob sie von einem ihrer Nachbarn zu einem Ausflug eingeladen worden war.

Am frühen Nachmittag, nachdem Katherine die Fortschritte an ihren neuen Zäunen beaufsichtigt hatte, befand sie sich gerade im Haus und machte sich am Ofen zu schaffen, als es an der Tür klopfte. Sie warf einen Blick in den Spiegel, strich über die Falten in ihrer Schürze und schritt rasch zur Tür.

Sie riss sie mit einem Lächeln auf und stellte zu ihrer Überraschung fest, dass der Mann, der vor ihr stand, nicht George Coll war. Er schien ebenso erschrocken zu sein wie sie, kam ihr aber irgendwie bekannt vor. Katherine erkannte in ihm den anderen Gast wieder, den sie bei ihrem Besuch auf der Farm der Robinsons in der letzten Woche kennengelernt hatte. Sie zerbrach sich den Kopf, doch sein Name wollte ihr einfach nicht einfallen.

»Katherine«, sagte der Mann ziemlich atemlos, »ich wünsche Ihnen einen guten Tag. Hoffentlich störe ich Sie nicht.« Er trug ein Nadelstreifenjackett, das sich wahrscheinlich in früheren Zeiten einmal mühelos um seine Taille hatte schließen lassen, aber nun recht unbequem wirkte. Er hielt seinen Hut in der einen Hand und einen Strauß Blumen in der anderen.

»Oh, ähm, Allen …«

»Arthur. Arthur Calligan.«

»Natürlich. Arthur. Tut mir leid.« Sie schüttelte ihm die Hand, die warm und feucht war. »Entschuldigen Sie, Arthur, es ist nur so, dass ich …«

»Ich habe Sie bei irgendetwas Wichtigem gestört, nicht wahr? Ich sollte besser ein anderes Mal wiederkommen.« Er begann von der Tür zurückzuweichen. Offenbar war er aufrichtig bekümmert und schrecklich nervös.

»Nein, nein, ich war lediglich beschäftigt und mit meinen Gedanken ganz woanders.«

»Dann habe ich Sie tatsächlich gestört. Oh, hier, bitte.« Er hielt ihr die Blumen hin. »Die sind für Sie. Und jetzt sollte ich wirklich besser gehen und …«

»Durchaus nicht. Ich danke Ihnen«, sagte sie und nahm die Lavendelzweige und die kleinen Rosen entgegen. Vermutlich stammten sie von dem indischen Paar, das ein paar Meilen weit die Straße hinauf lebte und aus irgendwelchen unerklärlichen Gründen Blumen nach Bombay exportierte.

»Hören Sie«, sagte sie, »ich wollte mir gerade einen Tee machen. Hätten Sie Lust, eine Tasse mitzutrinken?«
Sein Gesicht hellte sich auf. »Eine Tasse Tee. Ja, das wäre sehr nett. Vielen Dank.« Er folgte ihr ins Haus.
Kira kam aus dem Küchenanbau und servierte den Tee und das Gebäck, während sich Katherine und Arthur unterhielten. Nachdem ihr Besucher erst einmal begonnen hatte, war jegliche Zurückhaltung dahin, und er redete unaufhörlich. Katherine fiel wieder ein, was für ein Langweiler er schon bei den Robinsons gewesen war.
Ein Klopfen an der Tür unterbrach sie. Katherine wusste, wer es war.
»George!«, sagte sie strahlend.
»Guten Tag, Katherine. Freut mich, Sie zu sehen.« Er klang ein wenig förmlicher als gewöhnlich. »Ich kam gerade an Ihrer Farm vorbei und wollte einmal hören, wie es Ihnen geht, aber wie ich sehe, haben Sie Gäste« – er deutete in Richtung des Wagens –, »daher möchte ich nicht stören.«
»Sie stören nicht. Wir trinken gerade Tee. Hätten Sie Lust …«
Sie bemerkte, dass George sie nicht mehr länger ansah, sondern über ihre Schulter in den Raum starrte.
»Oh, George, das hier ist, äh, Arthur. Er hat freundlicherweise vorbeigeschaut.« Sie hatte das Bedürfnis, ihm eine überzeugendere Erklärung zu geben, aber es wollte ihr einfach nichts einfallen.
Arthur nickte nur.
Georges Mund öffnete und schloss sich wieder, ohne dass ein Wort herauskam.
Angesichts der Ironie, gleich zwei Besucher gleichzeitig zu haben, während sie sonst oft wochenlang keine Menschenseele zu Gesicht bekam, verspürte Katherine ein Kichern in sich aufsteigen, gegen das sie tapfer ankämpfte.

»Nun, wie schon gesagt«, brachte George hervor. »Ich möchte nicht stören. Ich komme ein anderes Mal wieder, wenn Sie … Also, ein andermal, Katherine.« Er drehte sich um und ging mit steifen Schritten die Treppe hinunter.
Katherine war versucht, ihm nachzurufen, besann sich dann aber eines Besseren. Was gab es schließlich zu erklären? Doch ihre Amüsiertheit verflog rasch, als sie erkannte, dass der seltene Moment von Vertrautheit, den sie bei Georges letztem Besuch geteilt hatten, nun verloren sein würde und damit jegliche Hoffnung, dass George endlich aus seinem Schneckenhaus hervorgekrochen kam.

Coll saß bei einer Tasse Tee grübelnd auf Norman Lewis' Veranda. Seine Gedanken wanderten wieder einmal zu dem Nachmittag zurück, als er Katherine besucht und diesen Mann bei ihr vorgefunden hatte. Auf seinem Heimritt von Limuru hatte er sich mit zahllosen Szenarien gequält, was die beiden wohl miteinander anstellen mochten, und war schließlich in Selbstmitleid zerflossen. War es seine Schuld, dass er an einer Krankheit litt, die ihn schwächte?
Lewis trat mit einem Glas Whiskey Soda aus dem Haus, nahm gegenüber von Coll Platz und betrachtete ihn eingehend, bevor er sprach. »Was plagt dich für ein Problem, George?«
Coll schaute ihn verdutzt an. »Was meinst du damit?«
»Ich habe dich jetzt zwei Wochen nicht gesehen, und du hast seit deiner Ankunft kaum ein Wort gesagt.«
Coll studierte eingehend seine Teetasse, spürte jedoch, dass Lewis' Blick immer noch auf ihm ruhte. »Es ist, ähm … schwierig.«
»Wenn ich dich nicht besser kennen würde, George, würde ich glatt vermuten, dass du dir den Kopf wegen einer Frau zerbrichst.«

»Hm. Was weißt du schon davon?«

»Oh, ich war schließlich einmal verheiratet. Hast du das vergessen?«

»Das macht dich wohl kaum zu einem Experten.«

»Vielleicht nicht, aber ich bin ein guter Zuhörer.«

Coll schwieg.

»Wie geht es eigentlich dieser Witwe Wallace oben in Limuru?«, fragte Lewis.

Coll schüttelte langsam den Kopf und nahm einen Schluck von seinem Tee. »Ich … Na ja, ich weiß es nicht.«

»Jetzt komm schon, was ist los?«

Coll seufzte. »Ich denke über Katherine nach …« Er warf Lewis einen Blick zu, ehe er fortfuhr. »Also, ich will damit sagen, ich frage mich, ob da womöglich mehr als Freundschaft zwischen uns sein könnte.«

»Ich könnte mir vorstellen, dass Katherine sich das Gleiche fragt.«

»Was willst du damit sagen?«

»George, du bist fast jede zweite Woche dort. Was soll die arme Frau denn sonst denken?«

Coll runzelte die Stirn.

»Magst du sie denn nicht?«

»Natürlich mag ich sie. Warum sollte ich mir sonst die Mühe machen, sie aufzusuchen?«

»Wo liegt dann das Problem?«

»Das Problem ist, dass ich mich nicht auf so etwas einlassen kann. Mich nicht darauf einlassen darf.«

Lewis sah, dass sein Freund wütend wurde, und er machte dessen Unvermögen dafür verantwortlich, seine Gefühle in Worte zu fassen. Vielleicht begriff er nicht einmal, was in ihm vorging.

»Es wäre … ungerecht«, fügte Coll hinzu.

Lewis nickte. Langsam begann er zu verstehen. »Du glaubst, weil du TB hast, wäre es ungerecht, dich auf eine langfristige Beziehung einzulassen.«
»Ja.«
»Und dennoch warst du bereit mitzumachen und sie in dem Glauben zu lassen, dass möglicherweise mehr daraus werden könnte.«
»Nein.« Er hielt inne. »Ja«, fügte er leise hinzu. »Vermutlich hast du recht.«
Lewis stellte sein Glas auf den Tisch zwischen ihnen. »George, ich werde dir jetzt etwas sagen, das dir wahrscheinlich nicht behagt. Du bist nicht der einzige Mann hier draußen mit einer ernsten Erkrankung. Du bist wahrscheinlich nicht einmal der einzige Mann mit einer Erkrankung, der sich verliebt hat. Aber wenn du beabsichtigst, weiterhin den Märtyrer zu spielen, dann wirst du mit Sicherheit der dümmste Kerl in ganz Britisch-Ostafrika sein.«
»Du solltest nicht über Dinge salbadern, von denen du nichts verstehst«, schoss Coll zurück.
»Ich glaube, dass ich deinen Gesundheitszustand recht gut einschätzen kann. Aber ich muss zugeben, dass mir das, was in deinem Kopf vor sich geht, ein Rätsel ist. Darf ich dich an was erinnern, was du mir einmal über dich erzählt hast?«
»Was denn?«, fragte Coll gereizt.
»Weißt du noch, als wir das erste Mal über deine Beschwerden gesprochen haben und ich als stets hilfsbereiter Mediziner, der ich nun einmal bin, versucht habe, dich unter meine Fittiche zu nehmen, und dazu ermahnte, dich zu schonen? Du hast mir damals geantwortet, dass du der Krankheit bereits genug geopfert hättest und keine weiteren Zugeständnisse mehr machen würdest. Erinnerst du dich an diese Unterhaltung, George?«

»Das tue ich. Aber das hier ist anders.«

»Wieso?«

»Weil es dabei nicht um mich geht. Es geht um Katherine. Sie hat bereits einen Ehemann verloren. Wie kann ich sie da in die Lage bringen, einen Invaliden zu pflegen? Einen Invaliden, der sich glücklich schätzen kann, noch ein paar gute Jahre vor sich zu haben?«

»Um Himmels willen, George. Du kannst doch nicht Gott spielen mit ihrem Leben. Und was macht dich so sicher, dass du dein Leiden nicht überwinden wirst? Die Heilkunde ist voller Geschichten von Remissionen oder Spontanheilungen. Es steht dir nicht zu, für Katherine zu sprechen. Sie ist vielleicht bereit, dich bedingungslos zu lieben.«

»Ich kann ihr das unmöglich antun, Norman. Ich habe das doch alles schon damals in Schottland mitgemacht. Jennie und ich wollten heiraten, aber dann habe ich das mit meiner TB herausgefunden und die Verbindung gelöst. Ich habe sie zu sehr geliebt, um sie zu einem ungewissen Leben zu verdammen. Einem Leben, bei dem sie zusehen muss, wie ihr Ehemann langsam stirbt.«

Lewis schüttelte den Kopf. »George, du bist religiöser als ich, aber heißt es nicht in der Bibel, dass nur Gott die Todesstunde eines Menschen zu bestimmen vermag?«

»Für einen ungläubigen Mann verfügst du über eine gute Auswahl an unrichtigen Zitaten, wenn es seinen Zweck erfüllt.« Coll erhob sich von seinem Stuhl. »Und es wäre mir lieber, wenn du sie für dich behalten würdest.«

Kapitel 19

Lord Delamere wickelte sein Taschentuch um den Griff des geschwärzten Eisenkessels und goss seinen kochenden Inhalt in eine ramponierte Teekanne, die auf dem Rand des Holzofens stand. Er gab eine Handvoll Teeblätter hinein und wartete einen Moment, ehe er zwei Tassen füllte, die auf dem Tisch zwischen ihm und seinem Nachbarn, Gilbert Colchester, standen.

Delameres Haus am Rande des Great Rift Valley wies keine Ähnlichkeit auf mit der Heimstatt seiner Vorfahren in Cheshire. Es war kaum mehr als ein Schuppen mit einem Zelttuch-Verschlag. Er beabsichtigte, zu gegebener Zeit etwas Dauerhaftes zu bauen, aber bislang hatte ihm dazu die Zeit gefehlt. Überraschenderweise schien seine Frau damit zufrieden zu sein, abzuwarten, wenngleich sie auch häufig bei Freunden in Nairobi weilte, was gegenwärtig der Fall war.

Colchester gab drei Teelöffel Zucker in seinen Tee, nippte schweigend daran und sah zu, wie sein Gastgeber einen Brotlaib auseinanderriss.

Delamare wusste, dass ihm die Aufgabe zufiel, die Unterhaltung zu beginnen. Obgleich ihre Farmen aneinandergrenzten, lebten die beiden Männer viele Meilen voneinander entfernt und trafen sich nur selten. Colchester erinnerte ihn an einen wilden Hirtenhund und weniger an einen reichen Landbesitzer und Viehzüchter. Dieser Eindruck wurde noch durch seine Angewohnheit verstärkt, jedes Mal ein Knurren von sich zu geben, bevor er etwas sagte, ganz so, als sei die Anstrengung des Sprechens zu viel für ihn. Zudem litt er un-

ter vergrößerten Polypen, so dass seine Stimme so klang, als würde er sich die Nase zuhalten.
Colchester pflegte tagelang sein Lager bei den Massai-Hirten aufzuschlagen, mit ihnen zu essen und an ihren Fleisch-Festessen teilzunehmen. Zu Hause kaute er ihren Tabak und verbrannte Leleshwa-Blätter, um sich Erleichterung mit seinen Polypen zu verschaffen. Es war diese Vertrautheit mit den Bräuchen der Massai, die Delamere veranlasst hatte, ihn an diesem Tag zu sich einzuladen. Trotz Colchesters wortkarger Art und seiner merkwürdigen Angewohnheiten, respektierte Delamere den Mann. Es war bedauerlich, dass er nicht mitteilsamer war, denn er erwies sich als überraschend scharfsinnig, wenn er einmal seine Gedanken offenbarte. Doch für gewöhnlich musste man sie ihm entlocken. Wie Delamere glaubte auch er, dass nur große Farmen die Wirkungen zu erzeugen vermochten, die nötig waren, um in einem Land Erfolg zu haben, dessen Boden und Klima sich so sehr von dem unterschied, was die meisten aus England kannten. Beide Männer scheuten sich nicht, zu experimentieren und neue Methoden bei ihren Verteidigungsstrategien gegen das Unerwartete zu entwickeln. Sie waren sich der Wichtigkeit bewusst, dass ihre Farmen hohe Gewinne abwarfen und Kapital neu investiert werden konnte, um den Kampf fortzusetzen, bis Afrika besiegt war.
»Sagen Sie, Gilbert«, begann Delamere, nachdem sie den größten Teil des Brotes gegessen und ihre Tassen geleert hatten, »was wissen Sie eigentlich über diese Sache mit der Blutsbrüderschaft unter den Massai?«
»Kommt vor.«
Delamere wartete vergeblich auf weitere Erklärungen. »Wozu dient sie? Wann kommt sie zur Anwendung? Wer kann ein Blutsbruder werden?«, bohrte er nach.

Colchester schaute ihn flüchtig an und hob seine Tasse an die Lippen. Als er feststellte, dass sie leer war, wanderte sein Blick zu der Kanne auf dem Ofen. Delamere füllte ihm Tee nach.
»Wozu dient die Blutsbrüderschaft?«, fragte er wieder.
Colchester gab diesen knurrenden Laut von sich, ehe er sagte: »Um Freundschaften zu schließen.«
»Und kann jeder ein Blutsbruder werden?«
Colchester schwieg so lange, dass Delamere schon glaubte, die Frage wiederholen zu müssen. Doch schließlich sagte sein Nachbar: »Ich nehme es an.«
»Ich habe da eine Idee«, sagte Delamere und beugte sich, auf seine Ellbogen gestützt, über den Tisch. »Wenn wir in diesem Teil des Landes Blutsbrüderschaft mit den Massai schließen – das heißt mit denen, die als Hirten für uns arbeiten –, ob sie dann wohl aufhören würden, unsere Rinder zu stehlen?«
Colchesters Tasse verharrte auf ihrem Weg zu seinem Mund.
»Nein«, sagte er.
»Warum denn nicht?«, fragte Delamere enttäuscht. »Ich habe gelesen, dass Lugard vor vielen Jahren auf diese Weise die Mithilfe der Stämme gewonnen hat.«
»Ein *Olaiguenani*«, erwiderte Colchester. »Nur wenn es ein *Olaiguenani* ist, mit dem man Blutsbrüderschaft schließt.«
Delamere nickte. »Verstehe.«
Er wusste von der Rolle, die der *Olaiguenani* bei den Massai spielte. Tatsächlich kannte er die Massai recht gut, wenn auch nicht in dem Maße wie sein Nachbar. Es leuchtete ein, einen *Olaiguenani* in das Blutritual mit einzubeziehen, da er den stärksten Einfluss auf die *Moran* hatte.
»Wieso unterhalten Sie sich nicht einmal mit den *Olaiguenani* in der Gegend? Um zu hören, was die davon halten. Vielleicht stimmen sie ja zu.«
Colchester nickte bedächtig und trank seinen Tee.

Delamere begeisterte sich immer mehr für sein Vorhaben, als er erkannte, dass sein Nachbar die Überlegungen für würdig erachtete. »Wenn wir unseren Viehbestand vergrößern, werden wir viel mehr Hirten benötigen. Es könnte von großem Vorteil sein, uns gegen Diebstähle zu versichern, Gilbert.«
Er wurde mit einem Lächeln belohnt.

Ole Sadera und Mantira sahen zu, wie Gilbert Colchester davonritt. Als er in den Zedernwald ritt und ihren Blicken entschwand, sagte Mantira: »Was hältst du von diesem Vorhaben, Parsaloi?«
»Du kennst ihn besser als ich. Was hältst du davon?«
»Ich glaube, dass er ein Mann ist, der die Massai versteht. Ich halte es für möglich, dass er die Wahrheit spricht.« Er wandte sich Ole Sadera zu. »Aber warum fragst du? Dies ist doch die Idee, die du mir vorgeschlagen hast, als wir am Rande des großen Tals auf unsere Verhaftung gewartet haben. Damals sagtest du, wir sollten das Bruststück eines Rinds mit den Weißen teilen, damit sie uns nicht angreifen.«
»Ja, ich weiß. Aber ich bin zu der Ansicht gelangt, dass jeder Einfall, den die Weißen haben, immer besser für sie selbst ist als für die Massai. Nun muss ich meine Ansichten in Frage stellen.«
»Du und deine Ansichten. Hörst du eigentlich niemals auf nachzudenken? Mir hat diese Vorstellung schon damals nicht gefallen. Es ist noch nie vorgekommen, dass das *En-kiyieu* mit einem Weißen geteilt wurde.«
»Das ist wahr, aber diese Männer sind die Anführer der Weißen. Wenn sie bereit sind, das Bruststück eines Rinds zu teilen, dann ist die Zukunft unseres Volkes gesichert.« Ole Sadera erkannte, dass Mantira zauderte. »Dies sind schwierige Zeiten, mein Bruder. Wir müssen uns entscheiden, was wir

von der Vergangenheit behalten und was wir ändern wollen. Genauso, wie wir möglicherweise den Beginn der *Eunoto* bekanntgeben müssen.«

»Das ist eindeutig die Pflicht des *Laibon.* Nun gehst du zu weit.«

»Die jungen Männer warten ungeduldig darauf, den Rang eines *Morani* zu erlangen. Es ist an der Zeit, dass die Altersgruppen aufrücken. Sollte Lenana nicht schon bald seiner Pflicht nachkommen, die *Eunoto* zu verkündigen, dann müssen wir es tun.«

»Aber das ist nun einmal nicht der Brauch, Parsaloi! Ich vermag dir zuzustimmen, was das *En-kiyieu* angeht, aber die Art und Weise zu ändern, wie wir unsere jungen Männer zu Kriegern machen … Ich fürchte, damit würden wir Kräfte entfesseln, die uns am Ende alle zerstören könnten.«

Gilbert Colchester nahm seinen Platz unter dem afrikanischen Feigenbaum ein und schob sich ein Stück Kautabak zwischen Wange und Kiefer. Das starke Aroma schoss von seinem Gaumen zu seinem Gehirn und besserte seine Stimmung schlagartig.

Es war Delameres Idee gewesen, zwei Stühle aus dem Haus den Hügel hinauftragen zu lassen, nachdem es sich herausstellte, dass das Schlachten und die Zubereitung des Ochsen einige Zeit in Anspruch nehmen würde. Colchester hätte ihm das gleich sagen können, zog es aber vor, dass sich Delamere bei dieser Sache mit der Blutsbrüderschaft allein durchkämpfte, denn es stand ihm nicht der Sinn nach einer langwierigen Unterhaltung.

Colchester hatte die Zeremonie mit den beiden Massai arrangiert, nachdem Mantira und Ole Sadera ihr Einverständnis erklärt hatten.

Es war eine Überraschung für Colchester gewesen, der es eigenartig fand, dass sie bereit waren, eine so ernste Verpflichtung einzugehen. Soweit er wusste, wurde bei den Massai eine Blutsbrüderschaft nur zwischen Gleichgestellten geschlossen und wenn beide Seiten darin in etwa die gleichen Vorteile sahen. Die Massai mochten vermuten, dass sich Delamere davon erhoffte, dass sie von nun an sein Eigentum respektierten und seine Rinder in Ruhe ließen, aber er konnte zunächst nicht nachvollziehen, welchen Nutzen sich die Massai davon versprachen. Doch schließlich begriff er im Laufe der umständlichen, höflichen Art und Weise, in der die Massai über wichtige Angelegenheiten berieten, dass die beiden Männer hinsichtlich Delameres Stellung von einer Annahme ausgingen, die nicht der Realität entsprach. Aber er war rasch zu dem Schluss gelangt, dass es für ihn und Delamere nur von Vorteil sein konnte, die Massai in diesem falschen Glauben zu lassen.

Der Ochse befand sich auf dem Kochfeuer, und das Fleisch würde schon bald für ihre Zwecke bereit sein. Colchester wusste, dass die Massai Fleisch beinahe roh verspeisten, aber daran hatte er sich nach seiner Teilnahme bei einer Reihe von vergleichbaren Zeremonien und Festlichkeiten inzwischen gewöhnt.

Delamere schien zu akzeptieren, dass er nicht zum Plaudern neigte, und so begann sich Colchester zu entspannen und ließ sich von der Wirkung des Tabaks an einen Ort der Ruhe tragen – ein Zustand, den er in Gegenwart seiner Landsleute selten erreichte.

Der Baum oberhalb von Delameres Ranchhaus war ein altes, knorriges Ding. Die Massai nannten die afrikanische Feige *Oreteti*-Baum und verehrten ihn wegen seiner Langlebigkeit und Zähigkeit – Eigenschaften, nach denen sie in ihrem eigenen Leben strebten. Sie gedachten des *Oreteti* in Gebeten und Segenswünschen. Dieser Baum hier auf dem Hügel wurde von den Kriegern besonders geschätzt, da er sicherlich die glorreichen Tage miterlebt hatte, als die *Moran* weder ihrer Familie noch den Ältesten zur Rechenschaft verpflichtet waren, sondern niemandem außer ihren Kriegsbrüdern. Von den Wüsten nördlich des Mount Kenya bis zu den Aberdares, von den Aberdares bis zum Kilimandscharo hatten die Massai-Krieger einst in ihrem riesigen Territorium gewütet. Ihre Überlegenheit war so groß, dass es kein anderer Stamm wagte, Rinder zu halten, aus Angst, damit die Massai anzulocken. Sie versteckten sogar ihre Schafe und Ziegen in den Tälern und Wäldern. Das waren die Zeiten, in denen auch Colchester gern ein *Morani* gewesen wäre.

Mantira und Ole Sadera näherten sich. Delamere und Colchester erhoben sich, um ihnen gegenüberzutreten, und Colchester begrüßte sie auf förmliche Weise. Die beiden *Olaiguenani* erwiderten die Begrüßung, und dann begann Ole Sadera mit monotoner Stimme zu sprechen, so dass es beinahe einem Singsang gleichkam. Er redete von Brüdern und Verantwortung, von Respekt und bindenden Gelöbnissen. Colchester verstand ihn mühelos, aber Delameres Maa reichte nicht aus, um der feierlichen Rede zu folgen.

Ein Begleiter holte ein Messer hervor, und die vier Männer fuhren einer nach dem anderen mit der Klinge über ihre Unterarme. Aus den vier dünnen Linien begann Blut zu rinnen. Ole Sadera und Mantira wurde jeweils ein Stück Ochsenfleisch gereicht, und sie strichen mit dem Fleisch über die Unterarme der Weißen.

Ole Sadera sagte: »Künftig fließt unser Blut in euren Adern und euer Blut in den unseren. Unsere Kinder werden euer Blut erben wie eure Kinder das unsere. Auf diese Weise er-

weisen wir dem Land, dem Besitz, den Überzeugungen und dem Leben des jeweils anderen gegenseitigen Respekt.«
Die beiden *Olaiguenani* aßen Stücke des blutigen Fleisches, und anschließend reichten sie das Fleisch den beiden Weißen, die die Prozedur nachahmten, während Colchester die Worte auf Maa wiederholte.
Dann war es geschafft, und das Fleischfestmahl begann erst richtig.
Delamere kehrte zu seinem Platz unter dem Feigenbaum zurück. Colchester rang mit sich, ob er den *Moran* Gesellschaft leisten oder der lästigen Pflicht nachkommen sollte, an Delameres Seite zurückzukehren. Er setzte sich nur widerwillig neben ihn.
»Nun, Gilbert«, sagte Delamere und betrachtete eingehend sein Stück Fleisch, »das war keine schlechte Arbeit, nicht wahr?« Er drehte das Fleisch hin und her, bis er eine geeignete Stelle gefunden hatte, um einen zaghaften Bissen zu nehmen.
Colchester biss beherzt in sein eigenes Stück und sagte nichts.
»Ich nehme an, dass uns unsere kleine Vorstellung eine Menge Rinderdiebstähle ersparen wird, was?«
Colchester machte sich wieder nicht die Mühe, zu antworten. Wenn er es getan hätte, hätte seine Entgegnung wohl gelautet: *Ja, die Blutsbrüderschaft wird die Zahl der Rinderdiebstähle vermutlich senken.* Vielleicht hätte er sogar seine Entdeckung verraten, weshalb die Massai der Zeremonie zugestimmt hatten und welche Erwartungen sie an die neue Verwandtschaft knüpften. Als er hörte, dass die Massai in Bezug auf Delamere den Titel *Olaiguenani* verwendeten, begriff er, dass sie glaubten, Delamere sei ein Sprecher des weißen Stammes, ein einflussreiches Mitglied der Verwaltungsbehörde.
Colchester war sich bewusst, dass die Zeremonie für die Mas-

sai eine tiefgreifende Veränderung in ihrer Beziehung zu den beiden Weißen bedeutete. Am wichtigsten aber war, dass sowohl Ole Sadera wie auch Mantira – die beiden mächtigsten Anführer in Entorror, dem nördlichen Reservat –, nun erwarteten, dass Delamere und er in der Wahrung ihrer besten Interessen handelten, wie es wahre Brüder tun würden, und dass Delamere überdies seinen politischen Einfluss nutzen würde, um dafür zu sorgen, dass diese Interessen auch berücksichtigt wurden.

Delamere war bei den häufig erbitterten Auseinandersetzungen mit Edouard und seiner Behörde immer an der Spitze der Siedler. Ausgerechnet ihn fälschlicherweise für ein Mitglied dieser Behörde zu halten entbehrte nicht einer gewissen Ironie. Delamere hätte sich wohl darüber amüsiert, wenn sich Colchester die Mühe gemacht hätte, ihn darüber in Kenntnis zu setzen.

Colchester war sich ziemlich sicher, dass Delamere nicht die Absicht hatte, den Massai zu helfen, Blutsbrüderschaft hin oder her – außer vielleicht in dem unwahrscheinlichen Fall, dass sich ihre Interessen mit den seinen deckten.

Kapitel 20

Governor Edouard trommelte mit den Fingern auf seinen Schreibtisch, während er den Bericht der deutschen Behörden über den Ausbruch des Ostküstenfiebers in einer ihrer Provinzen las.

»Die Mwanza-Provinz. Südlich unserer Grenze. Ich frage mich nur, was sich die Deutschen dabei gedacht haben, uns so einen Quatsch zu schicken. Glauben die etwa, wir hätten keine eigenen Inspektoren? Das ist eine verdammte Unverschämtheit. Nun, ich vermute, wir werden Coll runterschicken müssen, damit er sich die Sache ansieht.«

»Jawohl, Sir.«

Wadley hatte sich schon gedacht, dass Edouard nicht erfreut sein würde. Das Ostküstenfieber war eine ansteckende, tödliche Rinderkrankheit, die sich langsam vom Süden her über den Kontinent ausbreitete. Es gab Pläne – ungefähr vor einem Jahr formuliert –, wonach die Massai aus dem Laikipia-Gebiet in ein erweitertes Reservat im Süden umgesiedelt werden sollten. Das Wissen um einen Ausbruch des Ostküstenfiebers würde nun nur schwerlich die Rechtfertigung einer solchen Umsiedelung erlauben.

»Sind Sie sich sicher, dass Sie Coll dorthin schicken möchten, Governor?«

»Hmm, ich weiß, worauf Sie hinauswollen, Wadley.«

Coll war ein gewissenhafter Arbeiter, aber er stand den Massai etwas zu nahe, um mit solch vertraulichen Dingen betraut zu werden.

Wadley räusperte sich. »Vielleicht sollten wir jemand anderen schicken, jemanden, der sich äh … der Vertraulichkeit der Information bewusst ist.«

Edouard dachte einen Augenblick nach. »Gute Idee. Aber was ist mit Coll?«

»Nun, Coll hat sehr gute Arbeit als Viehinspektor geleistet, Sir Percy. Vielleicht steht ja eine Beförderung an? Ein Posten als Jagdaufseher in der Nordregion dürfte angemessen sein.«

»Hm, ich glaube, Sie haben recht, Wadley. Jagdaufseher im Norden. Setzen Sie den nötigen Papierkram auf. In Anerkennung seiner hervorragenden Dienste für die Regierung Seiner Majestät, et cetera, et cetera. Möglicherweise können wir John Hulls Interesse wecken, für uns in das südliche Reservat zu reisen. Er versteht diese Dinge. Bitten Sie ihn doch, auf einen Schwatz vorbeizuschauen.«

Wadley machte sich eine Notiz. Hull war der Direktor des East Africa Syndicate – ein Konsortium, in dem sich die größten Grundbesitzer des Great-Rift-Tales zusammengeschlossen hatten – und scharf darauf, seine Interessen auf das Laikipia-Plateau auszuweiten.

»Soll ich derweil die üblichen Vorkehrungsmaßnahmen treffen und es zum Quarantänegebiet erklären, Sir Percy?«

Edouard legte einen Finger auf die tiefe Spalte in seinem Kinn – eine Angewohnheit, die, wie Wadley inzwischen wusste, etwas von Wichtigkeit ankündete.

»Anstatt eine Quarantäne zu verhängen«, sagte der Gouverneur, »werden wir den Korridor schließen.«

Wadley wählte seine Worte mit Bedacht. »Der Korridor zwischen dem nördlichen und dem südlichen Massai-Reservat findet Erwähnung in der 1904 geschlossenen Vereinbarung, Sir.«

»Das ist mir völlig egal, Wadley. Das Ostküstenfieber muss aufgehalten werden. Wir dürfen nicht zulassen, dass infizier-

tes Vieh auf den Weiden des Great Rift Valley herumläuft. Die Siedler würden Zustände bekommen. Wie auch immer, haben Sie mir nicht ohnehin erklärt, dass die Massai bereits gegen die Vereinbarung verstoßen haben, weil sie nicht aus dem Naivasha-Gebiet abziehen wollten?«
»Nun, ich würde nicht so weit gehen, auf die Gesetzlichkeit zu schwören, weil sich ein paar Eingeborene länger als vereinbart dort aufhielten. Im Übrigen befinden sie sich inzwischen im nördlichen Reservat.«
»Aber streng genommen haben sie die Vereinbarung nicht eingehalten. Machen wir es doch nicht komplizierter, als es ist, Wadley. Ich werde Lenana in den nächsten Tagen die geänderten Regelungen mitteilen lassen.«
Edouard verstummte erneut. Der Finger legte sich wieder auf das Kinn.
»Und noch etwas, Wadley. Wir sollten besser dieses *Eunoto*-Fest der Massai aufschieben. Jedes Mal, wenn diese Leute zu einer ihrer wilden Feiern zusammenkommen, bringen sie Hunderte von Rindern mit. Sie scheinen nirgendwo ohne sie hinzugehen.« Er nickte, offenbar zufrieden mit seinem Vorhaben. »Also, das geht jetzt ganz und gar nicht. Setzen Sie irgendetwas auf, um der Sache einen Riegel vorzuschieben. Schreiben Sie, es sei zur Sicherheit des Viehs während der Trockenzeit. Bis auf weiteres, et cetera, et cetera.«
Er unterband jede weitere Diskussion, indem er begann, die anderen Papiere durchzublättern, die auf seinem Schreibtisch lagen, und reagierte dabei wie gewöhnlich nach der Hälfte der Korrespondenz gereizt.
»Sehen Sie sich nur diesen Unsinn wegen der Finanzierung an. Was ist nur mit Britisch-Ostafrika los, Wadley? Solche Probleme hatte ich mit der Bewilligung nie, als ich noch Commissioner für die South African Railways war. Da bekam

ich meine Gelder, wenn ich sie benötigte. Und hier hat Ostafrika nun eine historische Chance, und womit muss ich mich herumschlagen? Mit Tatsachenverdrehungen und Bürokratismus. Wo ist das Geld für die Umzäunung des südlichen Reservats? Wie soll ich denn hier etwas mit ein paar Pennys voranbringen?«

Es war eine rhetorische Frage, und Wadley schwieg. Er verstand die Frustration, mit der Edouard kämpfte. Es gab eine Gruppe innerhalb des Kolonialministeriums, die sich des zunehmenden politischen Klimas hinsichtlich der Sympathien für die Rechte der Eingeborenen durchaus bewusst war und die den Etat benutzte, um sicherzustellen, dass ihre Stimme Beachtung fand. Verschiedene Weltverbesserer stachelten sie an. Zu allem Überfluss gab es auch noch den einen oder anderen innerhalb des Protektorats, der solche Ansichten teilte. Edouard hütete sich davor, rücksichtslos über diese Leute hinwegzugehen. Britisch-Ostafrika hatte sich schon als Friedhof für so manche vielversprechende Karriere entpuppt. Dessen ungeachtet war sich Wadley ziemlich sicher, dass der Gouverneur ein wesentlich entschiedeneres Auftreten an den Tag gelegt hätte – wie man es in der Vergangenheit in Nigeria und Südafrika von ihm gewöhnt gewesen war –, wäre da nicht dieses beunruhigende Wissen um die Existenz eines Spions innerhalb der Verwaltung gewesen – einem Eingeweihten mit vertraulichen Kenntnissen und Verbindungen zu einflussreichen Leuten in London, die ihm Gehör schenkten.

Diese Angelegenheit hatte Sir Charles Eliot ebenso Kopfzerbrechen bereitet, und er hatte viel Mühe darauf verwandt, die Quelle ausfindig zu machen, was ihm aber nicht gelungen war. Später dann war er mit Schimpf und Schande aus dem Amt geschieden.

Irgendwo in Eliots vertraulichen Unterlagen waren seine

Vermutungen bezüglich der darin verwickelten Person oder den Personen zu finden. Wadley hatte diese Unterlagen nicht gelesen, aber er wusste, dass Edouard es getan hatte, und er glaubte, dass es nicht lange dauern würde, bis derjenige, der die verflixten Bürohengste in London mit Informationen fütterte, entlarvt wäre. Edouard war ein Mann von großer Tatkraft und großem Ehrgeiz. Er würde nicht ruhen, bis er die Verräter gefunden und zur Rechenschaft gezogen hatte.

Dr. Norman Lewis hüpfte auf dem Sitz seines Karrens auf und ab, verfluchte sein schmerzendes Hinterteil und seine, wie er fand, allzu ausgeprägte Großzügigkeit.

Nach seiner dreitägigen jährlichen Inspektion der medizinischen Einrichtungen in Naivasha hatte er sich von George Coll überreden lassen, ihn zu seinem Lager im Great-Rift-Tal zu begleiten, wo er ausgerechnet in einem Zelt schlafen sollte – dabei war er alles andere als ein Camper.

Aber als sie sich zufällig in Naivasha trafen, schien sein Freund einen verständnisvollen Zuhörer zu brauchen, und so hatte er die Einladung trotz all seiner Vorbehalte angenommen. Nun befanden sie sich bereits gute zwei Stunden auf dieser qualvollen Reise zu Colls Lager, und er begann seine Entscheidung zu bedauern.

»Wie weit ist es denn noch?«, rief er Coll zu, der vorausritt.

»Nicht mehr weit. Hinter der nächsten Flussbiegung.«

»Und wer ist dieser Massai, den ich deiner Ansicht nach kennenlernen soll?«

»Der Bursche, von dem ich dir schon erzählt habe. Der *Olaiguenani* – der, dem ich Englisch beibringe.«

»Aha. Und warum ist er hier? Das hier ist doch kein Massai-Land mehr, oder?«

»Leider nein. Er ist auf dem Rückweg von Ngong. Ich habe

ihn unerwartet getroffen, als ich unterwegs war, um Haarwild im Tal zu untersuchen. Er ist mit einige Rindern unterwegs. Ich dachte, es wäre eine gute Gelegenheit für dich, ihn zu treffen, bevor er wieder Richtung Norden zieht.«

Lewis fand, dass es typisch war für Coll, sich mit einem Massai anzufreunden. Es schien, als sei er niemals über ihren Misserfolg hinweggekommen, das Rift Valley für dieses Volk zu retten. Lewis vermutete, dass Coll es als eine Art Wiedergutmachung ansah, den größten Teil seiner Freizeit damit zu verbringen, einem ihrer Anführer Englisch beizubringen. Je länger er darüber nachdachte, desto mehr sah er es als einen glücklichen Umstand an, dass Coll dieses Interesse an den Massai hegte und es ihn derart in Anspruch nahm. Er war von Natur aus ein Einzelgänger, und seine Tätigkeit führte ihn selten in die Städte, wo er seinen Bekanntenkreis hätte vergrößern können. Lewis hatte erfolglos versucht, ihn zu einer engeren Freundschaft mit Katherine Wallace zu überreden. Coll konnte sehr stur sein, wenn es um gewisse Angelegenheiten ging, und sobald es sich um Katherine drehte, bestand er darauf, emotionale Distanz zu wahren. Es gab genügend Beweise, dass er verliebt war, aber ebenso viele Belege für seine Selbstverleugnung dieser Tatsache. Lewis vermochte ihn nicht einmal davon zu überzeugen, ihm die Frau einmal vorzustellen, derart entschlossen war er, jegliche Einmischung in dieser Angelegenheit zu verhindern.

Zuerst stießen sie auf die Rinder – ungefähr fünfzig an der Zahl. Drei Massai-Hirten standen da, um die Tiere zu beaufsichtigen. Coll begrüßte jeden und wechselte ein paar Worte mit ihnen. Den dritten Mann stellte er als Parsaloi Ole Sadera vor.

»Dr. Lewis«, sagte der Massai, »ich bin sehr erfreut, Sie kennenzulernen.«

»Ganz meinerseits«, erwiderte Lewis, beeindruckt von den sprachlichen Fertigkeiten des jungen *Morani.* »George hat mir erzählt, dass Sie ein sehr guter Schüler sind.«
Er lächelte und zeigte dabei seine blendend weißen Zähne. »Aber Swaras Maa ist besser als mein Englisch.«
»Swara?«, sagte Lewis und blickte fragend von Ole Sadera zu Coll.
»Das ist mein Spitzname«, sagte Coll. »Die Massai lieben Spitznamen, und ich fürchte, das ist der meine.«
»Aha«, sagte Lewis nickend, auf eine Erklärung wartend. Aber ganz offenbar hatte Coll nicht die Absicht, sich näher zu äußern, daher fragte er, was das Wort zu bedeuten hatte.
Ole Sadera antwortete ihm. »Das ist Wort für Gazelle, die ihr Antilope nennt.«
Lewis blickte Coll an, der in keiner ihm begreiflichen Weise Ähnlichkeiten mit einer Gazelle aufwies.
Coll lächelte verschämt. »Ich weiß, was du denkst, Norman. Es liegt nicht etwa an meiner reichlich vorhandenen Tatkraft und meinem geschmeidigen, muskulösen Körper, wie du es eigentlich erwarten würdest. Sondern es ist offenbar die Art und Weise, wie ich mich hin und wieder räuspere.« Wie aufs Stichwort gab er ein nervöses Hüsteln von sich.
Ole Sadera grinste. »Swara.«
Ungeachtet Colls offensichtlicher Verlegenheit, musste Lewis lächeln. Offenbar war es seinem Freund nicht bewusst, wie oft er sein Gespräch mit einem Hüsteln unterbrach. Es war durch seine Krankheit verursacht, aber inzwischen zu einer Angewohnheit geworden. Die Massai hatten als aufmerksame Beobachter die Ähnlichkeit mit dem kleinen Grunzlaut erkannt, die eine Antilope von sich gab, wenn sie in Bedrängnis war.
Coll schlug vor, sich zum Lager zu begeben, damit Lewis nach

all den Stunden auf dem harten Sitz seines Karrens sich ein wenig ausruhen konnte. Kurz vor dem Dunkelwerden gesellte sich Ole Sadera, der die Mitternachtswache bei der Herde übernehmen würde, zu ihnen. Die drei Männer plauderten eine Weile über die Weidebedingungen in der Umgebung von Ngong, das weniger als einen Tagesritt von Nairobi entfernt lag.

»Ngong ist nicht so schlecht«, sagte Ole Sadera. »Aber es heißt, weiter im Süden ist das Land zurzeit schwach. Nicht wie Entorror im Norden.«

»Aber die Loitai leben im Süden. Sie scheinen zurechtzukommen«, erwiderte Coll.

»Ja, sie kennen sich mit dem Land aus. Wir Purko haben dieses Wissen nicht. Es ist besser, die Loitai bleiben dort, und wir bleiben in Entorror.«

Lewis erkundigte sich, wie die Massai damit fertig wurden, keinen Zugang mehr zu den Weideflächen des Great Rift Valley zu haben.

»Sehen Sie sich um, Dr. Lewis«, sagte Ole Sadera und deutete gen Westen. Die langen Schatten der untergehenden Sonne fielen über das hügelige Grasland. »Das alles war Massai-Land. Unsere Heimat. Zwischen Norden und Süden. Massai-Rinder grasten auf diesem Land. Das ist der Grund, warum wir Massai hergekommen sind. Vor dreihundert, vierhundert Jahren oder mehr. Wenn ich heute hindurchziehe, freut sich mein Herz, es wiederzusehen.«

Lewis äußerte Verständnis dafür, wie er sich fühlen musste, weil man ihn zwang, woanders zu leben.

»Ja, es ist traurig. Traurig auch für die jungen Männer, die noch keine Krieger sind. Wo sollen wir die Zeremonie abhalten, die sie zu *Moran* macht, da Kinangop für uns verloren ist?«

Lewis nickte veständnisvoll. Coll hatte ihm einige der wichtigsten Zeremonien erklärt.

»Aber ich beklage mich nicht bei Ihnen. Swara hat mir erzählt, wie große Mühe Sie sich geben, unser Land zu retten. All die Massai sagen Ihnen Dank, Dr. Lewis.«

Der dankbare Ausdruck auf seinem Gesicht machte Lewis verlegen. Er wandte ein, dass Coll und er trotz aller Bemühungen gescheitert waren und den Verlust des Tales für die Massai nicht hatten verhindern können, was ihnen sehr leidtat.

»Nein«, sagte Ole Sadera, »entschuldigen Sie sich nicht. Sie haben sich große, große Mühe gegeben. Die Massai wissen nicht, dass Swara und Sie das getan haben, aber ich weiß es. Ich sage Ihnen Dank, Dr. Lewis. Sie sind ein guter Mann.«

Lewis nickte. Diese unerwartete Gefühlsäußerung verwirrte ihn. Er murmelte einige verlegene Worte. Nun, da er das menschliche Gesicht dieser Tragödie sah, erhielten seine Bemühungen eine persönlichere Note. Anfänglich war sein Bestreben, die Regierung davon abzuhalten, das Rift Valley zu übernehmen, eine Sache des Prinzips für ihn gewesen, weil er sich schon sein Leben lang für die Schwächeren dieser Welt eingesetzt hatte, doch dieser Kampf hatte mehr auf einem intellektuellen Niveau stattgefunden. Nun erschien ihm die Ungerechtigkeit der Umsiedelung all dieser Menschen vor über vier Jahren umso schändlicher. Merkwürdigerweise hielt er die ganze Angelegenheit zudem nun auch für umso wichtiger. Er fragte sich, ob er sich damals wohl noch heftiger gewehrt hätte, wenn er einige der Massai gekannt hätte.

Kapitel 21

Coll zügelte sein Pferd an der Abzweigung zu Katherines Farm. Er spielte mit dem Gedanken, sie zu besuchen – »um die Angelegenheit in Ordnung zu bringen«, nannte er es des Abends, wenn er versuchte einzuschlafen. Doch während er so dasaß, ohne sich entscheiden zu können, wurde ihm bewusst, dass es gar nichts in Ordnung zu bringen gab. Katherine war frei und selbständig, ihm in keiner Weise verpflichtet. Und war es nicht genau das, was er wollte? Fragen über Fragen, und er hatte nur so wenige Antworten.

Wenn er die Abzweigung zu ihrer Farm nahm, musste er die Möglichkeit in Kauf nehmen, dass sie sich nicht darüber freuen würde, ihn zu sehen. Er hatte sich beim letzten Mal wie ein bockiger kleiner Junge benommen, war davongestürmt, als er entdeckte, dass sie ihren neuen Verehrer zu Gast hatte. Würde sie überhaupt unter diesen Umständen wollen, dass er sie weiterhin besuchte? Soweit es ihn betraf, hatte er keine Lust, diesen Arthur ein weiteres Mal bei ihr vorzufinden. Bei der Vorstellung, dass die beiden das Bett teilten, drehte sich ihm der Magen um.

»Stimmt irgendetwas nicht, George?«, erkundigte sich Lewis, der den Wagen neben ihm anhielt.

»Nein, alles in Ordnung. Ich habe nur gewartet, damit du aufschließen kannst.«

Coll schalt sich dafür, so lange gezögert zu haben. Normans Anwesenheit stellte ein weiteres Problem dar. Er konnte schwerlich ohne jede Erklärung verschwinden, und selbst die Erklärung würde einer Erläuterung bedürfen. Und er wollte einfach nicht darüber reden oder Lewis einladen, ihn zu begleiten. Lewis hatte schon des Öfteren seinen Wunsch zum Ausdruck gebracht, Katherine kennenzulernen, und Coll konnte sich auch vorstellen, es eines Tages einmal in die Wege zu leiten, aber nicht heute. Heute würde es schwierig genug sein, mit ihr allein zu reden, ohne dass eine weitere Person anwesend war, die die Dinge verkomplizierte. Es blieb ihm wohl nichts anderes übrig, als die ganze Angelegenheit zu vergessen und an einem anderen Tag allein zurückzukehren.

»Wir sind beinahe da«, sagte Lewis.

»Wo denn?«

»Na, in Nairobi, natürlich.«

»Oh, ja. Wir haben es fast geschafft. Sollen wir weiterreiten?«

»Deine Freundin Katherine wohnt irgendwo hier in der Gegend, nicht wahr?«

Coll warf ihm einen kurzen Blick zu, bevor er etwas Bejahendes murmelte.

»Sie wäre gewiss enttäuscht, wenn du sie nicht besuchst, da du doch in der Nähe bist.«

»Oh, ich bin mir nicht …«

»Wieso schaust du nicht bei ihr vorbei, da du schon einmal hier bist? Ich habe leider keine Zeit, um dich zu begleiten. Ich muss meine Berichte schreiben. Es wartet ein anstrengender Nachmittag auf mich.«

»Nun ja … vielleicht sollte ich auf einen Sprung …«

»Freilich! Grüße sie von mir und richte ihr aus, dass wir uns hoffentlich bald einmal kennenlernen.«

»Das werde ich tun.«

Lewis sagte ihm Lebewohl und fuhr davon.

Das rasche Verschwinden seines Freundes überraschte Coll. Er rief dem Wagen einen Abschiedsgruß nach und blickte dann den Weg zur Wallace-Farm hinunter. Einst war er ihm so vertraut gewesen, dass er kaum nachdenken musste, während er sein Pferd dort entlangtraben ließ. Nun kam er ihm eigenartig fremd vor.

Lewis lächelte zufrieden. Er bezweifelte, dass sich George ohne seine kleine Ermunterung zu einem Besuch bei Katherine Wallace durchgerungen hätte.

In den letzten Tagen hatte er seinen Freund aus der Nähe beobachten können, und es war offensichtlich, dass er etwas auf dem Herzen hatte. Aufgrund von Georges Weigerung, darüber zu reden, folgerte Lewis, dass sich die Angelegenheit mit Katherine zuspitzte.

Er hoffte, dass George Vernunft annehmen und sein Herz sprechen lassen würde.

Coll verlagerte sein Gewicht von einem Fuß auf den anderen. Da war kein Besucherwagen am Torpfosten befestigt. Wenn dies der Fall gewesen wäre, hätte er nicht den Mut gehabt, sein Vorhaben in die Tat umzusetzen. Er hatte schon zweimal an die Tür geklopft. Nach dem ersten Pochen hatte sich der Vorhang bewegt, und nach dem zweiten ertönte eine gedämpfte Stimme, die sagte: »Einen Augenblick!« Doch es waren inzwischen einige Augenblicke vergangen, und niemand hatte ihm geöffnet.

Gerade als er zu der Entscheidung gelangt war, dass sie ihn offenbar nicht sehen wollte, wurde die Tür langsam von Kira geöffnet. »Oh, Kira«, sagte er, beinahe erleichtert, dass es nicht Katherine war. »Ich war gerade in der Gegend und da …«

»Bitte kommen Sie doch herein, Mr. Coll. Miss Katherine wird gleich hier sein.«

»Vielen Dank«, erwiderte er und trat, die Krempe seines Hutes in den verschwitzten Händen fest zusammengerollt, ein.

Kira stand da und sah ihn lächelnd an, was nicht gerade hilfreich war. Er hatte keine Ahnung, wie er sich mit einem jungen Massai-Mädchen unterhalten sollte. Er war sich nicht einmal sicher, wie gut sie die Sprache, abgesehen von dem Wunsch nach Tee und Gebäck, beherrschte.

»Guten Tag, George.«

Katherine trat aus ihrem Schlafzimmer. Sie trug einen langen, cremegelben Plisseerock, der bis zum Boden reichte. Knapp oberhalb des Saumes befand sich ein Blumenfries auf dem gleichen Grau wie der breite Gürtel, der ihre schmale Taille umschloss. Dazu hatte sie eine schlichte Bluse mit einem hohen Kragen gewählt, die sich mit Hilfe des Mieders eng um ihre Brüste schmiegte. Ihr Gesicht zierte ein geheimnisvolles Lächeln, das ihm keinen Hinweis lieferte, was ihr durch den Kopf gehen mochte.

»Guten Tag, Katherine.«

»Ich freue mich, Sie zu sehen, George. Darf ich Ihnen eine Tasse Tee anbieten?«

»Ja, gern.«

»Kira, würdest du bitte den Tee einschenken?«

»Ich hoffe, ich störe nicht …«

»Durchaus nicht, George. Wie kommen Sie darauf? Nehmen Sie doch Platz.«

»Vielen Dank.«

Beim Hinsetzen stieß er sich das Knie am Tischbein an. Vor Schmerz schossen ihm die Tränen in die Augen. Er versuchte, ihn zu ignorieren und sein Unbehagen mit einem Lächeln zu überspielen, doch das verlieh ihm nur einen gequälten Ausdruck, als er sich bemühte, ihre Frage zu beantworten. »Nun ja, weil es mir bei meinem letzten Besuch so schien, als … äh, also, da hatten Sie einen Besucher, und ich wollte nicht … Oh, danke, Kira.«

Kira, die den Tee brachte, rettete ihn aus seiner misslichen Lage. Die Unterhaltung entwickelte sich nicht so, wie er es geplant hatte. Er entschied sich, das Thema zu wechseln, während er seine Gedanken neu sammelte.
»Kira, ich habe Neuigkeiten für dich«, sagte er.
Kira schaute ihn blinzelnd an, verwundert über die Aufmerksamkeit, die ihr geschenkt wurde.
»Ich habe meinen Massai-Freund wegen dieses Kikuyu-Überfalls befragt, bei dem du aus deinem Dorf geraubt wurdest.«
Kira schaute Katherine an. Sie war sich nicht sicher, was seine Worte zu bedeuten hatten.
Katherine erklärte ihr, dass sie George von ihrer Verschleppung erzählt und er sich bereit erklärt hatte, dabei zu helfen, Kiras Familie aufzuspüren.
»Ja«, fuhr Coll fort, »und mein Massai-Freund, Ole Sadera, sagte, er wisse von dem Raubüberfall. Er wurde auf ein Purko-Dorf am Osthang des Rift Valley verübt. Sein eigenes Dorf lag weit davon entfernt, daher kannte er keine Einzelheiten, doch sein Freund hat bei demselben Überfall seine Mutter verloren. Er hat zugestimmt, dir einen Besuch abzustatten, um zu sehen, ob er dir helfen kann.«
»Das sind ja wundervolle Neuigkeiten, George«, sagte Katherine. »Nicht wahr, Kira?«
»Vielen Dank, Mr. Coll«, erwiderte das Mädchen mit leuchtenden Augen.
Katherine nickte beifällig angesichts ihres guten Benehmens.
»Danke, Kira«, sagte sie. »Das wäre dann alles für den Moment.«
Als Kira fort war, sagte Katherine: »Ich danke Ihnen für Ihre Bemühungen, George. Und Kira tut das auch, da bin ich mir ganz sicher. Allein das Wissen darum, dass wir versuchen, ihre Familie zu finden, wird ihr guttun.«

»Ich wollte eben nicht darüber sprechen, dass die Frau, die Ole Sadera kennt, den Kontakt zu ihrer Ursprungsfamilie verloren hat. Es tut mir leid, dass ich keine besseren Neuigkeiten habe. Unter uns gesagt, es ist so, als würde man eine Stecknadel in einem Heuhaufen suchen. Sie könnten seit damals schon ein Dutzend Mal weitergezogen sein. Ole Sadera sagte, dass die Purko-Gruppe sehr groß ist und er keine Ahnung hat, wo sie sich inzwischen aufhalten könnten.«

»Ich verstehe, aber ich danke Ihnen trotzdem.«

»Gern geschehen, Katherine.«

Stille machte sich breit. Nach einigen Augenblicken begannen die beiden gleichzeitig zu reden und sahen sich dann lächelnd an.

»Sie zuerst«, sagte er.

»Nein, bitte. Nach Ihnen.«

»Nun ja«, begann er, »ich wollte nur sagen, dass ich hoffe, dass Sie mir mein Benehmen neulich verzeihen, als Sie einen Gast zu Besuch hatten.«

»Sprechen Sie von Arthur? Oh, das war wirklich nicht schlimm. Er wollte ohnehin gerade gehen, als Sie kamen.«

»Es gibt keine Entschuldigung für meine Unhöflichkeit.« Er war entschlossen zu sagen, was er zu sagen hatte, bevor er den Mut verlor.

»Ich finde nicht, dass Sie …«

»Es war unverzeihlich. Sie haben Ihre Freunde, ich habe meine. Es besteht kein Grund, dass wir uns unbehaglich fühlen, sollten wir, wie es hier der Fall war, hereingestolpert kommen, wenn sie zu Besuch sind, nicht wahr? Nein. Wir können gewiss weiterhin den Kontakt zueinander pflegen. Das heißt, wenn Sie es wünschen. Und es dem Herrn nichts ausmacht.«

»Warum sollte es ihm etwas ausmachen?«

»Sie wissen schon. Wenn ein anderer Mann ... das heißt, ich ... Sie besuche.«
»Du liebe Güte, George, Arthur ist ein flüchtiger Bekannter – nicht einmal das. Ich wurde ihm im Haus eines Nachbarn vorgestellt, und er hat mir lediglich einen Höflichkeitsbesuch abgestattet. Das ist alles.«
»Oh.«
»Ich bezweifele, dass er noch einmal wiederkommen wird.«
»In der Tat.«
Er spielte mit seinem Teelöffel und versuchte, dabei seine Erleichterung zu verbergen. Und er fragte sich, ob er wohl imstande sein würde, das zu halten, was er sich selbst für den Fall, dass es eine simple Erklärung für Katherines Gast geben sollte, versprochen hatte.
Als er noch mit dem Gedanken beschäftigt gewesen war, dass sich Katherine einen Liebhaber genommen hatte, plagte er sich mit dem Vorwurf, warum er ihr nicht gestanden hatte, was er für sie empfand.
In dem Augenblick, als er glaubte, sie verloren zu haben, war ihm bewusst geworden, wie dumm er gewesen war. Er schwor sich, dass er, sollte er noch einmal die Gelegenheit erhalten, sein Interesse bekunden und das Risiko eingehen würde, eine Abfuhr zu erhalten.
Er nahm all seinen Mut zusammen und begann zu sprechen.
»Katherine, wie Sie wissen, sind wir einander nun schon eine Weile freundschaftlich verbunden und ...«
Mit einem Mal verspürte er ein beklemmendes Gefühl in der Brust, als ob ein Riemen darum festgezurrt wurde. Es blieb ihm gerade noch genug Zeit, um sein Taschentuch aus der Tasche zu ziehen, bevor der Hustenanfall einsetzte. Er versuchte, ihn zu beherrschen, und sah durch seine feuchten Augen Katherines erschrockenen Gesichtsausdruck.

»George!«, sagte sie. »Geht es Ihnen gut? Kira! Bring etwas Wasser! Schnell!«
Er versuchte, ihr zu sagen, dass es ihm in einem Moment wieder gutgehen würde, aber alles, was er hervorbrachte, waren eine Reihe erstickter Laute.
Das Massai-Mädchen tauchte mit einem Glas Wasser auf. Katherine nahm es ihr ab und drückte es Coll in die Hand. »Nehmen Sie einen Schluck, George«, sagte sie.
Seine Brust drohte, bei dem Versuch zu atmen, zu platzen, und die Wände des Zimmers schienen näher zu rücken. Das Glas fiel ihm aus der Hand. Er versuchte noch, es zu fangen, sah aber, wie es auf dem Boden aufschlug und in hundert winzige, funkelnde Scherben zersprang.

Am Tobermory-Schild brachte Coll sein Pferd zum Stehen und blickte den Weg zurück zu Katherines Haus. Er hatte fluchtartig und ebenso würdelos, wie sein schrecklicher Hustenanfall gewesen war, die Farm verlassen.
Als es ihm endlich gelungen war, die Beherrschung zurückzuerlangen, hatte er all sein Selbstvertrauen verloren. Ungeachtet Katherines Bitten, sich zumindest ein wenig auszuruhen, bevor er sich auf den Heimritt machte, hatte er sich für ihre Anteilnahme bedankt und die Flucht ergriffen.
Er erkannte, dass er beinahe einen fürchterlichen Fehler begangen hätte. Es war eindeutig, dass er seine Krankheit nicht besiegt und daher nicht das Recht hatte, Katherine zu bitten, eine engere Freundschaft in Betracht zu ziehen.
Er fragte sich, ob es unter den Umständen überhaupt klug war, sie wiederzusehen. Es wäre nun, da er sich eingestanden hatte, wie viel sie ihm bedeutete, fast unerträglich für ihn, Zeit mit ihr zu verbringen.

Kapitel 22

Rauch schwebte über der verlöschenden Glut von Lenanas Feuer.
Er saß im Schneidersitz allein in seiner Hütte und befingerte die heiligen Steine, die er von seinem Vater erhalten hatte. Er verbannte alle ärgerlichen Gedanken an seine zankenden Ehefrauen, die Streitigkeiten wegen eines Brautpreises und die unzähligen anderen Dinge, die ihm Verdruss bereiteten, und suchte Zuflucht in der inneren Einkehr, an einem friedlichen Ort, wo er den Stimmen seiner Ahnen lauschte und auf einen Ratschlag hoffte.
An diesem Abend beunruhigte ihn Ole Saderas Drohung, die *Eunoto*-Zeremonie wenn nötig ohne seine Zustimmung in Entorror abzuhalten. Er summte ein altes Lied und öffnete seinen Geist den Toten.
Undeutliche, geflüsterte Worte stiegen aus der Leere auf. Fetzen vergessener Unterhaltungen aus früheren Zeiten mit den Ahnen huschten vorüber. Eine vertraute Stimme legte sich über die anderen.
»Lenana, mein Sohn«, sagte die Stimme.
»Supeet?«, fragte Lenana. »Ich vermag dich zu hören.«
Es war die Stimme seines Großvaters.
Ein Mann, an den er sich nur noch verschwommen aus der Kindheit erinnern konnte, der ihm aber in der Vergangenheit des Öfteren erschienen war, wenn er die Geister um Rat gebeten hatte.
»Du hast mich mit deinem Lied herbeigerufen«, sagte Supeet. »Was bekümmert dich?«

Lenana erzählte ihm von Ole Saderas Absicht, die *Eunoto*-Zeremonie in Entorror abzuhalten.
»Ich sehe diesen Ole Sadera, wie er die Massai gegen die Weißen führt«, sagte Supeet. »Er wird sich gegen die Feinde zur Wehr setzen, wenn alle anderen abfallen. Er besitzt eine Stärke jenseits dessen, was das Auge zu sehen vermag. Schenke dem, was er sagt, Beachtung. Beherzige seine Worte, denn die Zukunft der Massai liegt in seinen Händen.«
»Aber ich kann doch nicht zulassen, dass Ole Sadera die *Eunoto* ohne meinen Segen in Entorror abhält!«
»Das ist wohl wahr. Die Lösung besteht darin, die Massai abermals zu vereinen – Nord und Süd gemeinsam an einem Ort.« Die Stimme bebte. »Ole Sadera hat die Herzen der Massai im Norden gewonnen, während du denen im Süden nahe bist. Du musst die zwei vereinen, sonst wirst du beide verlieren.«
»Aber es waren die Briten, die das Massai-Land auseinandergerissen haben.«
»Es mag schwierig sein, aber es muss getan werden.«
»Werden die *Moran* dann zufrieden sein? Ohne die *Eunoto*-Zeremonie?«
»Nein, keinesfalls. Du musst die Weißen überzeugen, die Zeremonie zu erlauben. Dann werden dich Ole Sadera und seine Il Tuati respektieren. Ansonsten könnte er die *Moran* gegen dich aufstacheln.«
Lenana schüttelte verzweifelt den Kopf. »Wieso sollte Governor Edouard meinem Wunsch folgen? Er benötigt nichts von dem, was ich als Dank für seine Großzügigkeit zu geben hätte.«
»Zweifele nicht an deinen Fertigkeiten, Lenana«, sagte die Stimme. »Du bist der *Laibon*. Der Sohn meines Sohnes, des *Großen Laibon*.«

»Wirst du mir helfen? Wirst du mir den Weg weisen?«, flehte Lenana.
»Finde einen Weg … finde einen Weg …«
Die Stimme wurde schwächer und schwächer, bis sie mit dem *Huh-tuh*-Ruf einer Eule verschmolz.

Kapitel 23

Wadley führte Delamere in das Amtszimmer des Gouverneurs.

»Ah, Lord Delamere«, sagte Edouard und trat hinter seinem Schreibtisch hervor, um ihn zu begrüßen. »Vielen Dank, dass Sie gekommen sind.«

»Ist mir ein Vergnügen, Governor.«

»Bitte«, sagte Edouard und zeigte auf zwei bequeme Sessel, die einander an einem niedrigen Tisch gegenüberstanden. »Setzen wir uns doch hierher. Tee?«

»Nein, vielen Dank.«

Der Gouverneur schickte Wadley weg.

»Ich bin mir bewusst, dass wir unsere regelmäßigen, offiziellen Treffen haben, aber die Angelegenheit, die ich mit Ihnen besprechen möchte, sollten wir am besten unter uns bereden, anstatt die Kolonistenvereinigung mit einzubeziehen und all diese Zeit mit Versammlungen, et cetera, et cetera, zu vergeuden.«

»Wenn Sie es so wünschen«, erwiderte Delamere. Er gewann zunehmend den Eindruck, dass Edouard mehr politische Schachzüge beherrschte, als er zunächst angenommen hatte. Doch Delamere erkannte sich selbst ein wenig in Edouards eiserner Entschlossenheit wieder, Dinge zu bewegen, und war bereit, in welcher auch immer gearteten Weise mit ihm zusammenzuarbeiten.

»Es geht um das Land des Laikipia-Plateaus«, sagte Edouard.

Delamere zog seine Augenbrauen in die Höhe. Die Kolonistenvereinigung hatte darauf hingewiesen, dass das Land der

Hochebene von idealer Beschaffenheit für die Erschließung durch Siedler war, da dort ein für Weiße angenehmes Klima herrschte und das Land mit vertrauten Methoden bebaut werden konnte. Er hatte zahlreiche Beschwerden dahingehend erhalten, dass das Abkommen, das den Massai solch vorzügliches Weide- und Farmland zugestand, zu großzügig ausgefallen sei.

»Mit Verlaub, im Vertrauen gesagt«, fügte Edouard hinzu.

Delamere nickte. »Gewiss.«

»Lord Delamere, ich halte es als Gouverneur für meine Pflicht, die Nutzung fruchtbaren Landes zu maximieren. Menschen wie Sie und Mr. Colchester sind musterhafte Siedler und sollten jegliche Unterstützung erhalten, das Land zu bewirtschaften, ebenso wie man Menschen wie Captain Grogan forstwirtschaftliche Genehmigungen erteilen sollte, um dem Bedarf an Bauholz nachzukommen.«

Delamere quittierte das Kompliment mit einem Nicken.

Edouard fuhr fort: »Ich habe erfolglos versucht, die Massai zu ermuntern, aus dem nördlichen Reservat wegzuziehen. Ich hatte geglaubt, sie mit der Aussicht auf eine erhebliche Erweiterung des südlichen Reservats von dessen Attraktivität überzeugen zu können. Doch sobald ich eine Gruppe von Anführern überzeugt habe, verliere ich eine andere. Oder die Ältesten stimmen zu, und die *Olaiguenani* tun es nicht. Ich komme mir vor wie in einem Kampf mit einer vielköpfigen Schlange – schlägt man einen Kopf ab, wächst sofort ein neuer.«

»Das ist unglücklicherweise so Sitte bei den Massai«, sagte Delamere. »Ich habe keine Ahnung, wie sie bei dem ganzen Palaver überhaupt jemals zu irgendeiner Entscheidung gelangen.«

»Ganz Ihrer Meinung. Aber ich habe da eine Idee, wie man einige dieser Angelegenheiten angehen könnte.«

»Wirklich?«, fragte Delamere und beugte sich nach vorn.
»Alles zu seiner Zeit, Lord Delamere. Lassen Sie uns zunächst wieder zu der vorliegenden Sache zurückkehren. Wir sind uns wohl einig, dass eine Umsiedelung in den Süden nur zum Besten der Massai ist. Das Reservat im Norden ist überfüllt. In Zeiten extremer Trockenheit, wie sie jetzt herrschen, brechen sie immer wieder aus dem Reservat aus.« Edouard legte einen Finger an sein Kinn. »Ich möchte ein Treffen mit den Massai einberufen, um der Sache auf den Grund zu gehen. Könnten Sie wohl mit der Sippschaft im Norden reden, die zurzeit nach ihren eigenen Gesetzen zu leben scheint? Sie besitzen offenbar einigen Einfluss. Vielleicht gelingt es Ihnen, sie davon zu überzeugen, zu dem Treffen zu kommen. Möglicherweise hören sie auf jemanden, der in einer weniger … offiziellen Funktion auftritt als ich.«
»Was hätte ich ihnen denn als Anreiz für ihr Kommen zu bieten?«
»Die *Eunoto*-Zeremonie. Falls Sie es noch nicht gehört haben sollten: Ich sah mich gezwungen, sie zu verbieten.« Er zögerte kurz, ehe er fortfuhr: »Bedauerlicherweise haben neueste Untersuchungen des Viehs im südlichen Massai-Reservat unsere schlimmsten Befürchtungen bestätigt. Dort ist das Ostküstenfieber aufgetreten.«
»Wie bitte?« Delamere setzte sich in seinem Sessel auf. »Sind Sie sicher?«
»Ja. Einer meiner Männer war kürzlich dort unten. Ich habe den Korridor zwischen den Reservaten geschlossen.«
»Wie steht es mit einer Quarantäne?«
Edouard zögerte erneut. »Lord Delamere, wir wissen alle, dass die Massai offenbar in der Lage sind, Viehkrankheiten auf Arten zu bewältigen, die wir nicht zur Gänze verstehen. Das Ostküstenfieber ist daher eher ein Problem für uns als für sie.

Folglich schließe ich den Korridor als eine Quarantäne-Maßnahme. Aber ich möchte dieses Wort im Moment nicht benutzen. Ich halte es nicht für klug, den Ausbruch der Krankheit allgemein bekanntzumachen. Ich glaube, wir stimmen darin überein, dass eine Umsiedelung der Massai an einen Ort, wo man sie besser im Auge behalten kann, auf lange Sicht für uns alle nützlicher sein wird. Nicht zuletzt für die Massai. Eine Quarantäne zu verhängen und die Aufmerksamkeit auf das Fieber zu lenken würde lediglich die Siedler aufregen und wohl kaum unsere Aussichten verbessern, die Massai dorthin umzusiedeln, nicht wahr?« Er schaute Delamere demonstrativ an.

Delamere nickte. »Ich begreife, was Sie meinen, Sir.« Er erlaubte sich ein Lächeln. Er glaubte nicht, dass er Schwierigkeiten haben würde, seine neuen Blutsbrüder davon zu überzeugen, an dem Treffen teilzunehmen. »Wenn Sie Lenana überreden können, den Umzug in Betracht zu ziehen, dann werde ich mich bemühen, dass die Gruppe aus dem Norden ebenfalls mitmacht«, sagte er. »Wollen wir doch einmal sehen, ob wir uns nicht auf ein paar hilfreiche Lösungen verständigen können.«

Als Coll auf seiner erschöpften Stute über die Hügellandschaft des Laikipia-Plateaus ritt, wurde er wieder einmal daran erinnert, wie unverwüstlich die Hochebenen waren. Im Vergleich zu der Dürre anderswo hielt sich Laikipia recht gut. Hier war das Land nicht völlig vertrocknet wie in den südlichen Lagen des Great Rift Valley.

Die Massai nannten diesen Teil ihres Territoriums Entorror. Abgeleitet vom Maa-Verb *a-rror,* was so viel bedeutete wie: zu Boden fallen. Coll interpretierte es so, dass sich das Wort auf die Fülle an Gras bezog, von dem hier so viel vorhanden

war, dass ein Mann mit seinem Vieh niemals weiterziehen musste.
Der Brauch der Massai, ihre Rinder von einem Ort zum anderen zu treiben, um die Belastung des Landes zu senken, war der Schlüssel zu ihrem Erfolg als Viehzüchter. Coll vertrat die Ansicht, dass viele der Siedler von ihren Praktiken lernen konnten. Das war der Hauptgrund, warum sich das Gras des Laikipia-Plateaus in den letzten Jahren weiter verbessert hatte und amtliche Zahlen zeigten, dass sich die Herde der Massai seit ihrem Umzug aus dem Rift Valley im Jahre 1904 auf beinahe zweihunderttausend Tiere verdreifacht hatte. In schwierigen Zeiten war das kleinere Vieh von ebenso großer Wichtigkeit für das Überleben der Massai. Die Purko hatten beinahe eine Million Schafe und Ziegen angesammelt.
Trotz der Größe des nördlichen Reservats und des verhältnismäßig guten Weidelands waren die ersten Monate des Jahres 1910 ausgesprochen schwierig gewesen. Die Massai waren im vergangenen Jahr vielerorts entlang des Uaso-Nyiro-Flusses aus ihrem Reservat ausgebrochen und hatten sich Strafen und Bußen in Form von Vieh eingehandelt. Dies hatte Coll nur in seiner Annahme bestärkt, dass das Reservat vergrößert werden musste. Er hatte Governor Stewart vor einigen Jahren davon überzeugen können, es zu erweitern, doch war es ihm bislang nicht gelungen, Governor Edouard zu einer erneuten Vergrößerung zu bewegen.
Er befand sich auf Wunsch des Gouverneurs in Laikipia. Edouard wollte sicherstellen, dass die Anführer Ole Sadera und Mantira sich des Verbots der *Eunoto*-Zeremonie bewusst waren. Coll war zum Jagdaufseher befördert worden, dennoch fand er, dass es sich dabei um einen eigenartigen Auftrag handelte. Für gewöhnlich übermittelte der *Laibon* sämtliche Verwaltungsanordnungen dieser Art. Aber Coll hatte nichts

dagegen, den Ritt zu unternehmen. Die trockene Luft hier oben war gut für seine Brust und würde ihm vielleicht helfen, zur Ruhe zu kommen, denn seine ungeklärte Beziehung zu Katherine ließ ihn nur schlecht schlafen.
Er ritt in die *Manyatta* der *Moran* in Rumuruti und fand schon bald Ole Sadera.
»Swara, mein Freund, du bist gekommen«, sagte der *Olaiguenani* und legte Coll eine Hand auf die Schulter.
Coll erwiderte die Geste. »Ich hoffe, deinen Rindern geht es gut«, sagte er. Aufgrund ihrer beider Unsicherheit, welche Begrüßung und Anrede angemessen war, hatte Ole Sadera schon sehr früh vorgeschlagen, dass sie eine eigene erfanden – ein Kompromiss zwischen dem Händeschütteln des weißen Mannes und dem Anspucken der Massai. Ihre persönliche Art, sich zu begrüßen, bestand nun darin, einander die Hand auf die Schulter zu legen.
»Geht es dir gut?«, erkundigte sich Ole Sadera. Sein Tonfall verlieh seiner Frage eine tiefere Bedeutung.
»Danke, Parsaloi, es geht mir gut.« Coll wollte kein Gespräch über seinen Gesundheitszustand führen. »Woher wusstest du, dass ich komme?« Er lenkte sogleich von dem Thema ab.
Ole Sadera lächelte. »Das Gras hat Ohren.« Es war ein Sprichwort der Massai und ging auf Maa wunderbar leicht von den Lippen.
Eine alte Frau brachte eine Kalebasse mit frischer Milch und reichte sie Coll. Die beiden Männer setzten sich auf niedrige Hocker, und Coll nahm einen Schluck des warmen Getränks. Er hatte sich immer noch nicht an den Geruch der Kalebassen gewöhnt, musste aber zu seiner Erleichterung beim Trinken nicht mehr würgen.
Coll und Ole Sadera plauderten eine Weile angeregt miteinander. Doch trotz Colls Bemühungen kehrte Ole Sadera

wieder zu der Frage nach Colls Gesundheit zurück und sagte, dass er blass aussehe.
»Ich bin nur erschöpft«, erwiderte Coll mit einer verächtlichen Handbewegung. »Es war ein langer, ermüdender Monat. Kein Grund, sich Sorgen zu machen.«
»Die gekochte Rinde des roten Dornbaums ist, mit Ghee vermischt, überaus nützlich gegen Husten.«
»Es geht mir wirklich gut.«
»Ich kann dir von einer der Frauen etwas davon zubereiten lassen. Es dauert nicht lang.«
»Nein«, sagte Coll verärgert und verzweifelt zugleich. »Vielen Dank, Parsaloi. Ich habe wirklich all die Medizin, die ich benötige.«
Ole Sadera wechselte das Thema. »Welche Neuigkeiten gibt es aus Nairobi?«, fragte er.
Coll hatte gehofft, ihm die Nachricht schonend beizubringen, aber stattdessen sagte er direkt: »Der Gouverneur hat die *Eunoto*-Zeremonie verboten, mein Freund.«
»Ich weiß.«
»Woher?«, erkundigte sich Coll überrascht.
Ole Sadera zuckte lediglich mit den Schultern.
»Es tut mir sehr leid«, sagte Coll. »Ich weiß, wie wichtig die *Eunoto* dir und deinem Volk ist.«
»Kein Grund, betrübt zu sein, Swara. Wir werden unsere eigene *Eunoto* hier in Entorror abhalten.«
»Aber das wird Lenana doch gewiss nicht erlauben!«
»Lenana hat sich in Entorror nie sehen lassen. Er ist ein Fremder hier. Viele der jungen Männer haben ihn noch nie zu Gesicht bekommen. Mantira und ich sind die einzigen Anführer, die sie anerkennen. Wir *Moran* werden uns nicht um die *Eunoto* bringen lassen. Wir werden unsere Körper mit Ocker anmalen, tanzen und unser Festmahl abhalten.«

»Wäre es nicht besser, wenn der *Laibon* seinen Segen gäbe?«

»Ich werde es den *Laibon* wissen lassen. Er kann kommen, wenn er will, oder er bleibt in Ngong. Das ist unerheblich.«

Coll saß schweigend da und zupfte an einem trockenen Grasstengel.

»Du schleppst doch etwas mit dir herum, Swara. Hast du noch weitere Neuigkeiten für mich?«

Coll sah seinen Freund an. »Ja, die habe ich.« Er hielt für einen Moment inne, bevor er fortfuhr: »Der Gouverneur hat den Korridor zum Reservat im Süden geschlossen.«

Ole Sadera wirkte schockiert. Er wandte seinen Kopf nach Süden und starrte lange Zeit in die Ferne, bevor er sprach. »Wie werden wir unsere Massai-Familie zusammenhalten?«

»Es tut mir leid, Parsaloi. Ich habe keine Ahnung, warum er das getan hat.«

»Weißt du, Swara, mein Freund Mantira hat mich ein Sprichwort gelehrt, als ich noch ein junger *Morani* war. Es lautet: *Klug ist das Auge, das umhergewandert ist.* Er sagte mir, dass es die Pflicht eines jeden Kriegers sei, ganz Massai-Land zu sehen und auf diese Weise so viel wie möglich von seinen Kriegsbrüdern zu lernen.« Er schüttelte den Kopf. »Ich habe es getan. Ich bin vor vielen Jahren im Süden gewesen und habe von meinen fernen Brüdern gelernt. Wie soll sich unsere nächste Kriegergeneration all dies aneignen?«

Er wandte sich wieder nach Süden und fragte nach einem Augenblick des Schweigens: »Werden wir Entorror verlieren?«

»Entorror? Entorror ist deine Heimat, Parsaloi. Nein, das gewiss nicht. Hier bist du sicher.«

Ole Sadera war nicht beruhigt. »Weißt du denn nicht mehr, Swara? Die Massai besaßen einst eine Heimat, die sich von einem Himmel zum anderen erstreckte.«

Coll rutschte auf seinem Hocker herum. »Ja, aber ihr besitzt immer noch zwei große Reservate. Und die gehören euch, solange die Massai als ein Volk existieren, so lautet die Vereinbarung. Hier in Entorror seid ihr sicher. Eure Herden wachsen von Tag zu Tag. Alles ist gut.«

»Warum hat der Gouverneur den Korridor geschlossen?«, fragte Ole Sadera unvermittelt.

»Nun … ich weiß es nicht genau …« Coll hatte mit einem Mal einen Kloß im Hals und hustete. »Ich bin mir sicher, dass es so besser ist«, fügte er lahm hinzu.

»Irgendetwas stimmt nicht, Swara. Ich spüre es.« Ein besorgter Ausdruck verdüsterte das Gesicht des *Olaiguenani.* »Irgendetwas stimmt ganz und gar nicht.«

Kapitel 24

Governor Edouard wartete, bis sich die Tür seines Amtszimmers hinter Coll geschlossen hatte, bevor er seine Unterhaltung mit Lenana ausschließlich mit Hilfe des Massai-Dolmetschers fortsetzte. Er war über den bisherigen Verlauf des Gesprächs ausgesprochen zufrieden. Der *Laibon* hatte sein Angebot, oberster Anführer aller Massai zu werden, unter der Bedingung angenommen, dass die *Eunoto*-Zeremonie stattfinden durfte. Da er sich mit zwei gesondert stattfindenden Zeremonien im südlichen und nördlichen Reservat einverstanden erklärte, sah Edouard die Gefahr gebannt, dass Rinder über das ganze Great Rift Valley getrieben wurden und zur Ausbreitung des Ostküstenfiebers beitrugen. Somit stand einer Aufhebung des Verbots nichts im Wege.

Diese neue Vereinbarung der Machtverteilung würde es ihm erleichtern, die Massai in einem einzigen, erweiterten Reservat im Süden zusammenzuführen. Bislang hatte sich Lenana bei der Erwähnung einer solchen Lösung erstaunlich unbeugsam gezeigt und angeführt, dafür nicht die Zustimmung der Ältesten und der Anführer zu erhalten, was seinem Ansehen schaden würde. Doch nun betonte er mit einem Mal die Wichtigkeit der Vereinigung aller Massai, was Edouard darauf hoffen ließ, doch noch sein Einverständnis zu erhalten.

Er war froh, im weiteren Verlauf des Gesprächs auf Colls Dienste als sein Dolmetscher verzichtet zu haben. Der Mann hätte nur versucht, ihm Vorträge darüber zu halten, wie grundlegend die Ernennung eines obersten Anführers die Lebensweise der Massai beeinflussen würde, und etwas vom

Ende der traditionellen Rollen der *Olaiguenani* und weiß Gott wem noch gefaselt, wie er es schon des Öfteren versucht hatte. Im Übrigen gehörte er zum Kreis der Verdächtigen, die seiner Ansicht nach Informationen aus diesem Büro nach draußen weitergaben.
Sollte sein Plan, die Massai aus dem Norden umzusiedeln, an die Öffentlichkeit dringen, bevor er Lenanas Zustimmung auf dem Papier hatte, bestand die Gefahr, dass er damit scheitern würde. Daher war ihm sehr daran gelegen, dass weder Coll noch sonst jemand Zeuge bei seinem weiteren Gespräch mit dem *Laibon* war.

Die Sonne ging wie ein blutroter Ball über dem Laikipia-Plateau auf und verwandelte den Morgennebel in durchlässige rosafarbene Schleier, die wie Spukgestalten über der dunklen Erde schwebten. Sie lösten sich schon bald auf, und übrig blieb ein blauer Teppich mit Glanzlichtern auf den Anhöhen und zarten Purpurtönen in den Vertiefungen der Ebene. Augenblicke später brachte die Sonne diese Illusion zum Verschwinden, und zutage traten die graue Erde und die toten Grasstoppel eines weiteren unerbittlichen Tages ohne Regen.
Gilbert Colchester erhob sich von seinem Stuhl und schlenderte zum Rand der Veranda, wo ihm die Morgensonne ins Gesicht schien. Blinzelnd gelang es ihm, die Umrisse der beiden Massai-*Moran* auszumachen, die aus der Ferne auf ihn zukamen. Er beförderte einen Strahl Tabaksaft in den Staub und gab einen grunzenden Laut in Delameres Richtung von sich, der an der Wand der Außenstelle des District Commissioners saß.
»Sind sie hier?«, fragte Delamere.
Colchester gab ein weiteres Grunzen von sich. »Ja«, erwiderte er.

Am Vortag hatten sich Delamere und er mit den beiden *Olaiguenani* getroffen und den größten Teil der Zeit damit verbracht, die genauen Einzelheiten der gesellschaftlichen Gepflogenheiten der Massai einzuhalten. Allerdings war es Delamere gelungen, darauf hinzuweisen, dass Colchester und er am nächsten Tag einen Vorschlag mit ihnen zu diskutieren gedachten, wonach die Massai aus dem Norden in Betracht ziehen sollten, Entorror aufzugeben und in den Süden zu ziehen. Er drückte seine Hoffnung aus, dass sie dem Vorschlag zustimmen würden, da sie es ihnen als Freunde und Blutsbrüder empfahlen.
Delamere schien darauf bedacht zu sein, weitere langwierige Zeremonien und Förmlichkeiten zu vermeiden, und sobald die Massai eingetroffen waren, legte er sogleich los und kam auf den Kernpunkt ihres Besuchs zu sprechen. Geschickt seine Argumente formulierend, begann er einen langen Vortrag mit zahlreichen Abschweifungen in stockendem Maa, in dem er ihnen erklärte, dass er der Überzeugung war, dass das Angebot, die Massai umzusiedeln, in ihrem besten Interesse sei und er sie als Freund dazu ermutige, die Angelegenheit einer wohlwollenden Betrachtung zu unterziehen.
»Die Regierung wird euch anderthalb Hektar für jeden Hektar geben, den ihr hier in Laikipia habt, und sie wird das Reservat im Süden bewässern, so dass euer Vieh niemals wieder ohne Wasser sein muss.«
Er erklärte ihnen, dass die Regierung in Sorge sei um ihre Freunde, die Purko-Massai, und es ihnen darum ging, dass sie ein gutes Leben führten.
»Governor Edouard hat mich gebeten, euch nach Ngong einzuladen, wo wir die Angelegenheit mit Lenana besprechen können. Wir beide«, fuhr er fort und deutete dabei auf sich selbst und Colchester, »kennen dieses Land genauso gut wie

ihr. Die trockenen Jahre kommen und gehen. Es wäre gut, wenn ihr euer Vieh von hier fortbringt, während diese Dürre schwer auf euch lastet. Eines Tages wird das Laikipia-Plateau wieder saftiges Gras hervorbringen, so wie es dies in den guten Jahren tut, und dann verspürt ihr vielleicht das Verlangen zurückkehren. Doch wenn ihr jetzt hier bleibt, werden sehr viele eurer Rinder sterben.«

Delamere war in seinem Element, handhabte seine Worte wie ein Schwertkämper seine Waffe. Er war für seine rhetorischen Fähigkeiten bekannt. Colchester hatte ihn so manches Mal in Aktion erlebt. Er war nicht groß, besaß aber das Gebaren eines Riesen. Wenn er sprach, schenkte man ihm meist Beachtung. Er war ein Mann, der sich, egal, ob man seine Auffassung teilte oder nicht, schwerlich ignorieren ließ. Die meisten Männer verzichteten darauf, ihn gegen sich aufzubringen, da er für sein hitziges Temperament bekannt war. Er war ebenso schnell mit seinen Händen, wie er es mit seinen Worten war.

Während Delamere sprach und die Massai höflich zuhörten, beobachtete Colchester, wie er an Selbstvertrauen gewann. Delamere war nicht aufzuhalten, wenn er sich einmal mit Leib und Seele einer Idee verschrieben hatte.

Er erzählte den Massai, dass die Weißen nicht unbedingt Interesse daran hatten, das Laikipia-Plateau für sich zu beanspruchen, und das Land möglicherweise schon bald gänzlich verlassen würden. Colchester wusste, dass die Männer, die Delamere für ein Mitglied der Regierung hielten, dies als die amtliche politische Linie ansehen würden.

Doch egal, wie beeindruckend Delamere auch sein mochte, Colchester war sich bewusst, dass seine Rhetorik allein die Massai nicht zu überzeugen vermochte. Delamere mochte die Zeremonie der Blutsbrüderschaft rasch als eine List abgetan

haben, um die Massai davon abzuhalten, seine Rinder zu stehlen, aber für die Massai stellte sie eine lebenslange, wichtige Verpflichtung dar. Und diese Bindung und das damit verbundene Vertrauen würden letztlich mehr als jede Rhetorik zählen und Delamere den Sieg bringen.
Colchester hegte nicht den geringsten Zweifel, dass die Massai zu dem Treffen kommen und aufgrund dieses Vertrauens die Vereinbarung auch unterzeichnen würden.

Ole Sadera lag in der Dunkelheit da und lauschte dem trippelnden Schritt einer Manguste, die draußen vor seiner Hütte nach Essensabfällen suchte. Neben ihm, den Körper fest gegen seine nackte Haut gepresst, lag schwer atmend Nashilo. Die Wildheit ihres Liebesspiels hatte auch ihr zugesetzt.
»Du denkst schon wieder über irgendetwas nach«, sagte sie in der Dunkelheit.
»Ja, das tue ich«, erwiderte er. »Woher weißt du das?«
»Du denkst ständig über irgendetwas nach, mein Geliebter.«
»Hmm.«
Das Kochfeuer, das nur noch aus einem kleinen Hügel roter Kohlen bestand, warf gerade genug Licht auf die Dachstützen, so dass er, wenn er genau hinsah, eine Reihe von Kriegern mit gehobenen Speeren und gezogenen *Simis* zu erkennen vermochte. Er sah vergangene Schlachten, und das Schreckgespenst eines Kampfes von Massai gegen Massai mischte sich unter die Schatten. Dann verwandelten sich die Stützen in Gewehre, und der aufsteigende Rauch ließ weiße Gestalten unheilverheißend in der Dunkelheit vorüberziehen.
»Manche sagen, es sei besser, sich im Wachzustand von seinen Alpträumen zu befreien, damit sie einem nicht den Schlaf rauben«, flüsterte Nashilo. »Von welchen Alpträumen würdest du dich befreien, Parsaloi?«

Er dachte einen Augenblick lang nach. »Von der Ungewissheit. Von dem Zeifel, den ich bei Fragen verspüre, auf die ich keine Antworten weiß.«

»Was für Fragen?«

Er seufzte. »Fragen wie: Lohnt es sich, sein Land zu verlieren, um Frieden zu finden? Oder: Wenn das Land, das dir gehört, riesig ist und du viele Tage benötigst, um seine Grenzen abzuschreiten, sogar alle Tage zwischen den Monden, würde es sich lohnen, dafür zu kämpfen?«

»Die *Moran* haben viele Kriege geführt, um das zu verteidigen, was uns gehört.«

»Und was wäre, wenn du schon viel davon abgegeben hast, so dass das, was übrig bleibt, nur noch ein Schatten dessen ist, was es einmal war – würde es sich dann lohnen, den Frieden zu gefährden, um das zu behalten, was übrig ist?«

»Wenn der Frieden wichtiger ist als das Land, dann musst du ihn aufs Spiel setzen.«

»Und was wäre, wenn du, nachdem du beinahe alles verloren hast und herausfindest, dass du dort nicht leben kannst, weil es zu klein und minderwertig und arm an Wasser ist, noch mehr davon abgeben sollst?«

»Also, das ist jetzt kein Spiel mehr, Parsaloi, oder es ist ein Spiel, das in deinem Kopf stattfindet. Du allein kennst die Antworten darauf.«

»Tue ich das? Nashilo, du kannst nicht so dumm sein zu glauben, dass ich diese Dinge weiß. Ich befinde mich in der Mitte zwischen den Massai und den Weißen, zwischen den *Moran* und den Ältesten. Woher soll ich wissen, was richtig ist?«

»Das musst du aber. Du bist der *Olaiguenani* der Il Tuati, der Krieger der rechten Hand. Die Zukunft.«

Er lag schweigend da, lauschte ihrem Atem und versuchte,

seine Seelenruhe wiederzuerlangen, die er verloren hatte, als die feuerroten Gestalten zwischen den dunklen Dachstützen auftauchten.

»Ich habe dich mit meinem albernen Spiel nicht von deinen grüblerischen Gedanken zu befreien vermocht, nicht wahr?«

»Ich weiß nicht, ob dies überhaupt möglich ist.«

Ihre Hand kam aus der Dunkelheit und berührte seinen Arm. »Dann sollte ich jetzt wohl gehen.«

Er wusste, dass sie noch in der Nacht zu ihrer Hütte zurückkehren musste. Ihr Ehemann war bei einer seiner anderen Ehefrauen, aber er erwartete, Nashilo bei seiner Rückkehr am Morgen in ihrer Hütte vorzufinden. Er strich mit seiner Hand über die seidige Haut ihres Arms und fand ihre Brust. »Noch nicht«, sagte er mit einer Stimme, die von Lust erfüllt war.

Sie berührte die empfindliche Haut auf der Innenseite seines Schenkels und ließ ihre Hand hinaufgleiten zu seinem angeschwollenen Penis.

Er schob all die quälenden Gedanken von Zweifel und Verantwortung beiseite. Er würde sich ihnen am Morgen wieder zuwenden, aber im Augenblick vermochte er an nichts anderes zu denken als an Nashilo, die auf ihn kletterte, ihre warmen Schenkel über seine Hüften spreizte und ihn in sich aufnahm.

Kapitel 25

Katherine erlaubte sich das Vergnügen, den Wagen voller Mais persönlich nach Nairobi zu fahren, anstatt ihn von ihrem Käufer auf der Farm abholen zu lassen. Der Ausflug ermöglichte es ihr, sich unter die Stadtleute zu mischen und die neuen Kleider von einigen Frauen zu bewundern, die mutig oder auch dumm genug waren, sich damit zu zeigen. Die Mode-Entwürfe aus London eigneten sich kaum für die praktischen Gegebenheiten des Lebens auf einer Farm, aber Katherine hatte nicht ihren Blick für schöne Mode verloren.
Sie hoffte, später am Tag Zeit zu haben, um sich mit einem kleinen Bummel über die Bazaar Street zu verwöhnen, ohne dabei etwas Bestimmtes einkaufen zu wollen. Inmitten der indischen Stände mit ihren exotischen Düften und prächtigen Stoffen würde sie vielleicht genau das finden, was ihr noch im Wohnzimmer oder in der Küche fehlte, ohne dass sie sich bisher dessen bewusst gewesen war. Dinge, von denen sie gar nicht gewusst hatte, dass sie sie benötigte, die aber mit einem Mal unentbehrlich waren, sobald sie sie gefunden hatte – wie etwa eine Vorrichtung zum leichteren Einfädeln oder eine spezielle Backform für Törtchen.
Doch zunächst musste sie den Mais bei Fazal abliefern, dem Händler für landwirtschaftliche Erzeugnisse, und sie lenkte das Pferd in Richtung der purpurfarbenen und gelben Fassade der Jeevanjee-Märkte.
Am Ende der Stewart Street hielt sie an. Eine große Menschenmenge hatte sich um das Gebäude des Hauptmarktes versammelt. Die Menschen standen bis auf die Straße und blo-

ckierten den Verkehr. Katherine band ihr Pferd an einen Pfosten und lief hinüber, um herauszufinden, was vor sich ging.
Die Menschenmenge bestand fast ausschließlich aus Indern. Viele der Frauen trugen elegante Seiden-*Saris* und Kopftücher, manche auch knöchellange, in der Taille gebundene Röcke, dazu eine kurze Bluse und einen *Aurhni,* einen langen Musselin-Schal, der locker um Hals und die Schultern hing. Sie erkannte diese Frauen als Angehörige der Bohra-Sekte, denn sie hatte einiges über diese Gemeinschaft von dem alten Fazal gelernt, wenn sie sich bei seinen Besuchen auf der Farm miteinander unterhielten.
Ein Sprecher hinter der Steinbrüstung des Marktgebäudes im ersten Stock, von der aus man, wie es hieß, die Gipfel des Mount Kenya und des Kilimandscharo sehen konnte, wandte sich in einer asiatischen Sprache an die Menschenmenge.
Katherine fiel auf, weil sie die einzige weiße Frau dort war. Sie erntete einige überraschte Blicke, aber die Farben und der ganze Trubel zogen sie an. Die Menge benahm sich gesittet, obgleich eine leichte Anspannung in der Luft lag.
Sie spürte, dass jemand sie vorsichtig am Arm berührte, und als sie sich umdrehte, stand Fazal an ihrer Seite. »Guten Morgen, Ma'am«, flüsterte er, nickte ihr zu und entblößte beim Lächeln große, vorstehende Zähne. Katherine mochte den alten Fazal. Er stand den gewieftesten seiner Landsleute beim Feilschen in nichts nach, war aber ein freundlicher, liebenswürdiger Mensch, der ihr schon so manches Mal geholfen hatte, ihre Erzeugnisse auf den Markt zu schaffen.
»Guten Tag, Fazal«, sagte sie und fragte sich, warum sie flüsterten. Der Mann brüllte seine unverständliche Botschaft von der Brüstung herab. Auf der Straße war es inzwischen noch lauter geworden, weil eine Gruppe von weißen Männern wütend vom gegenüberliegenden Gehweg herüberschrie.

»Ich wusste ja gar nicht, dass Sie eine Befürworterin sind.«
»Eine Befürworterin?«
»Ja, der Anliegen der Inder.«
»Und worum genau geht es bei diesen Anliegen?«
»Wir protestieren gegen die Gesetze, die verhindern, dass wir die Privilegien und die große Ehre genießen, der Britischen Ostafrikanischen Gesellschaft anzugehören.«
Dies war charakteristisch für Fazals wunderliche Art und Weise, sich auszudrücken. Katherine erfreute sich daran. Er erinnerte sie an einen Gentleman aus der alten Welt, wo, wie sie voller Wehmut hoffte, Radschas in schwelgerischer Pracht herrschten.
»Welche Privilegien?«, fragte sie.
»Grundlegende, Ma'am, das darf ich Ihnen versichern.« Fazals Kopf nickte nachdrücklich. »Das Recht, als Geschworene tätig zu sein. Das Recht, Waffen zu tragen – nicht etwa, dass ich das wollte, oh, nein. Und um Sitze für indische Abgeordnete im Legislativrat.«
Die Gruppe Weißer – dem Anschein nach Siedler – schrie nun nicht mehr länger nur den Redner an, sondern auch die Menge. Die Feierstimmung begann zu schwinden.
»Tut mir leid, Fazal, worum ging es zuletzt? Um den Legislativrat?«
»In der Tat. Zwölftausend Inder haben nur einen Sitz im Legislativrat, wohingegen die Europäer, deren Zahl sich gerade einmal auf dreitausend beläuft, den Rest innehaben.«
»Ist das so?«
»Ja, wahrhaftig, Mrs. Wallace, so verhält es sich. Und dabei habe ich die Schwierigkeiten mit den Dampfern nicht einmal erwähnt, was mir persönlich am Herzen liegt. Wir erhalten keine Decken, müssen Sie wissen, nicht einmal für einen Fahrpreis zweiter Klasse, während die Weißen nicht nur eine,

sondern zwei ausgezeichnete Decken erhalten. Das ist wirklich ungerecht, Mrs. Wallace.«

Katherine nickte und versuchte, sich zu konzentrieren, während die weißen Siedler mit hochroten Gesichtern auf die nächststehende Gruppe von Indern zutrat, aus deren Reihen sie einige aufforderten, still zu sein.

Mit einem Mal traf ein Stein das Wellblechdach über dem Kopf des Redners. Ein weiterer folgte und traf den Mann an der Wange. Er griff sich mit der Hand an die Stelle, und Blut rann zwischen seinen Fingern hervor.

Lautstarkes Gebrüll erhob sich.

Die Pfeife eines Polizisten ertönte, und wie aus dem Nichts gingen ein Dutzend Schutzmänner und Beamte der Bahnpolizei auf die Versammlung los.

»Oje!«, rief Fazal. »Die Polizei! Kommen Sie, Mrs. Wallace, wir müssen hier weg.«

Katherine stand wie angewurzelt da, vermochte nicht zu fassen, welche Wendung die Ereignisse genommen hatten. Die freundliche Stimmung hatte sich in einen hässlichen Tumult verwandelt. Doch anstatt die weißen Unruhestifter zurückzuhalten, stellte sich die Polizei an deren Seite und schlug gleichermaßen auf indische Männer und Frauen ein.

Fazal kam zurückgeeilt. »Mrs. Wallace, ich bitte Sie! Um Allahs willen, kommen Sie mit mir! Kommen Sie schnell –«

Ein Knüppel traf Fazal im Gesicht und schlug ihm mehrere seiner vorstehenden Zähne aus. Er fiel schreiend zu Boden, versuchte, seinen Kopf mit den Händen zu schützen, aber der Polizist fuhr fort, den alten Mann brutal zu schlagen und zu treten.

Katherine ging im Strudel der unvorstellbar gewalttätigen Ereignisse unter. Sie hörte ihre eigenen, hysterischen Schreie und begann mit den Händen auf den Polizisten einzuschla-

gen, um ihn davon abzuhalten, den regungslos daliegenden Fazal weiter zu attackieren.
Der Polizist fuhr herum und traf Katherine mit seinem Knüppel an der Wange. Sie fiel in eine schwarze Leere und verlor das Bewusstsein.

Kira brachte ein kühles, feuchtes Tuch, um das zu ersetzen, das Katherine auf ihr verletztes Auge drückte. Das Zimmer war erfüllt vom zarten, warmen Leuchten des Spätnachmittags, und sie trug Kira auf nachzusehen, ob die Kälber für die Nacht sicher im Stall untergebracht waren.
Sie stand angesichts der Brutalität des Angriffs auf die Inder am Vortag immer noch unter Schock, begann sich aber zu fragen, warum sie sich der Ungleichheit der Gesetze beider Gemeinschaften nicht bewusst gewesen war. Natürlich hatte sie Kenntnis von den unterschiedlichen Lebensweisen, war aber völlig unwissend bezüglich der Art von Beschränkungen, die Fazal erwähnt hatte. Bis zu dem Augenblick, als sie ihn so böse zugerichtet am Boden liegen sehen hatte, war sie völlig ahnungslos gewesen, wie groß die Vorurteile zwischen Weißen und Indern waren.
Sie begriff, welch ein behütetes Leben sie auf der Farm führte. Sie war so sehr in ihre Gedanken vertieft, dass sie nicht hörte, wie draußen ein Wagen vorfuhr. Sie zuckte zusammen, als George Coll im Türrahmen auftauchte, eingerahmt vom abendlich blutroten Himmel.
»Ich bin sofort gekommen, als ich es gehört habe«, sagte Coll. Er zog sanft Katherines Hand zur Seite, die das feuchte Tuch hielt, und nahm es von ihrem Gesicht. Als er ihr blaues Auge sah, stieß er ein Keuchen aus. »Mein Gott! Was haben sie Ihnen angetan?«
Seine Besorgnis war rührend, und als er fortfuhr, ihre Hand

zu halten, wurde ihr bewusst, dass sie sich noch niemals berührt hatten – nicht einmal zur Begrüßung.
»Ein allzu einsatzfreudiger Polizist hat mich mit seinem Knüppel erwischt«, sagte sie und legte sich das Tuch wieder aufs Gesicht, um die hässliche blaugrüne Prellung zu verbergen. »Die Schwellung lässt aber bereits nach. In ein paar Tagen werde ich wieder so gut wie neu sein.«
Er verlangte die Einzelheiten zu erfahren und schüttelte fassungslos und wütend den Kopf, als sie den Teil der Geschichte schilderte, wie der alte Fazal brutal zusammengeschlagen worden war.
»Sie haben ihn in einer schlechten Verfassung in das Hospital eingeliefert«, sagte sie. »Ich habe noch nichts weiter gehört, aber ich werde ihn besuchen, sobald die Schwellung an meinem Auge zurückgegangen ist.«
»Und was ist mit Ihnen?«, fragte Coll, nahm erneut ihre Hand und tätschelte sie. »Wie hat man Ihnen einen so schlimmen Schlag versetzen können?«
»Der Polizist war wütend«, sagte sie. Zu ihrer Überraschung war Georges Handfläche ganz und gar nicht weich und sein Griff fester, als sie es sich vorgestellt hatte. »Vermutlich glaubte er, angegriffen zu werden, und hat blindlings zugeschlagen, ohne zu erkennen, wen er traf.«
»Es gibt keine Entschuldigung für ein solches Verhalten! Die Polizei sollte in der Lage sein, unter diesen Bedingungen einen kühlen Kopf zu bewahren. Wir werden ihn verklagen.«
»Ehrlich gesagt, glaube ich nicht, dass ich ihn wiedererkennen würde, George. Es ging alles so schnell. Wie auch immer, es ist nun einmal geschehen.«
Er war wirklich mit den Nerven fertig, dachte sie. Es war reizend, welch ein Aufhebens er um sie machte.
»Dieser Vorfall beweist wieder einmal die völlige Gefühllosig-

keit der Regierung gegenüber ihrem Volk. Ich spreche natürlich von den Asiaten und den Afrikanern. Nehmen wir doch zum Beispiel die Massai. Der Gouverneur ist darauf versessen, sie aus ihrem Reservat umzusiedeln.«

»Oh«, fügte er hinzu und ließ ihre Hand los, um in seiner Jackentasche herumzukramen. »Norman hat mir eine Salbe für Sie gegeben. Ich soll sie auf den Bluterguss auftragen, damit er schneller heilt.«

Er schraubte den Deckel auf.

»Ich benötige ein wenig mehr Licht. Hier drüben ist es gut. Rutschen Sie herüber. Wenn Sie sich jetzt noch etwas zurücklehnen würden, Katherine.«

Sie gehorchte, und George kniete sich neben sie auf das Sofa und blickte auf sie hinab, um ihr Auge genauer zu betrachten. Sie zuckte zusammen, als sein Finger über ihren Wangenknochen strich.

»Es tut mir leid! Ich bin zu ungeschickt für so etwas. Ich hätte Norman mitbringen sollen.«

»Ich finde, Sie machen das sehr gut, George.«

»Wirklich?«, fragte er, lächelte erleichtert und fuhr mit dem Auftragen der Salbe fort.

»Ich war Zeugin eines einzigen Vorfalls«, sagte sie und dachte, wie sanft er die Salbe einrieb, »aber es veranlasst mich zu der Frage, ob der Gerechtigkeit an diesem Ort Genüge getan wird.«

»Es ist wahrlich ermutigend zu erfahren, dass jemand die gleichen Gedanken hegt«, sagte er. »Glauben Sie, dass wir beide die Einzigen sind, die sich mit dieser Frage befassen?«

Er war derart darin versunken, das Heilmittel auf ihre Haut zu streichen, dass er gar nicht bemerkte, wie sie ihn musterte. Seine Augen hatten eine viel wärmere Farbe und waren heller, als sie bislang angenommen hatte. Seine Zungenspitze schaute ein Stückchen zwischen den Lippen hervor, während er sie verarztete.

»Fertig«, sagte er lächelnd. Ihre Blicke trafen sich, und sie senkte die Augen nicht, wollte nicht mehr länger vor ihm verbergen, wie aufmerksam sie sein Gesicht betrachtete.

»Eher grün als grau«, sagte sie leise.

»Wie bitte?«, fragte er, ohne sich zu rühren. Sie konnte die Wärme seines Atems spüren.

»Ihre Augen. Sie sind eher grün als grau.«

»Und Ihre sind …« Er lehnte sich ein wenig zurück, aber seine Hand blieb auf ihrer Schulter liegen. »Ihre sind blau, mit einer Spur von grün.«

Er senkte den Kopf zu ihr herab, und ihre Lippen berührten sich. Es war ein sanfter Kuss, und seine Hand bewegte sich von ihrer Schulter zu ihrem Nacken, um ihn behutsam zu umfangen. Als die zarte Umarmung endete, wanderte seine Hand zu ihrer Wange und streichelte sie.

Sie scheute sich, etwas zu sagen. Ihr Herz pochte so laut in ihrer Brust, dass sie Angst hatte, er könnte es hören. Der Augenblick hätte noch eine Ewigkeit andauern können, doch George wandte seinen Blick ab und brach damit den Zauber. Als er ihr das nächste Mal das Gesicht zuwandte, da hatte sich sein Ausdruck von Zuneigung in eine betrübte Akzeptanz von etwas verwandelt, das sie nicht verstand. *Bitte, nicht!*, dachte sie, hatte es womöglich sogar ausgesprochen, denn so stark war das Gefühl, das sie ergriff. Er rückte erneut von ihr ab, doch dieses Mal zog er sich zurück.

»Es darf nicht sein«, brachte er mühsam hervor.

»George …«

»Ich sollte gehen, Katherine.«

Er hastete auf die Tür zu, und sie folgte ihm dorthin, vermochte sie aber nicht für ihn zu öffnen. Stattdessen blieb sie einfach dort stehen und versuchte zu begreifen, was zwischen ihnen geschehen war, das ihn veranlasst hatte, sein Verhalten so dramatisch zu ändern.

»Es ist spät«, sagte er und streckte die Hand nach dem Türgriff aus.

Wie gern hätte sie ihre Arme um ihn gelegt und ihm versichert, dass sich alles wieder einrenken ließe, was auch immer geschehen sein mochte.

»George, bitte. Sagen Sie mir doch, was Sie bedrückt.«

Er öffnete den Mund, um zu sprechen, presste jedoch die Lippen wieder zusammen. Sie hätte am liebsten die Worte aus ihm herausgeschüttelt.

»George, Sie sollten nicht mehr so spät unterwegs sein. Es ist zu gefährlich.«

Er zog seinen Arm zurück, als sie ihn sanft mit der Hand berührte. »Nein«, stieß er hervor und kollidierte beim Zurückweichen mit dem Türrahmen. »Ich … Ich kann nicht.«

Er fummelte am Riegel herum. »Ich muss fort«, sagte er, riss die Tür weit auf und eilte mit großen Schritten auf sein Pferd und den Wagen zu.

»George«, sagte sie, aber ihre Stimme war so leise, dass er sie unmöglich hören konnte. Ehe sie es sich versah, befand sich sein Wagen auf dem Weg in die Dunkelheit.

Coll verbrachte den Tag nach seiner Flucht vor Katherine – denn es gab keine andere Möglichkeit, es zu beschreiben – in dem kleinen düsteren Wohnzimmer seines gemieteten Hauses, von dem aus man auf den Rangierbahnhof schaute. Es fehlte ihm an der nötigen Kraft, sich zu bewegen. Erst als ein Zug durch eine Schneise, die eine halbe Meile vom Bahnhof in Nairobi entfernt war, rumpelte, wurde ihm klar, dass es mitten am Nachmittag war und er noch nichts gegessen hatte.

Er erhob sich und trat zu dem kastenförmigen Küchenanbau. Ihm war schwindelig, was entweder daran lag, dass er hungrig war, oder an den langen, schlaflosen Nächten, erfüllt von dem bitteren Nachgeschmack all der falschen Entscheidungen, die er in seinem Leben getroffen hatte. Wenn er tatsächlich einmal in einen unruhigen Schlaf fiel, quälten ihn lebhafte Träume.

Er zündete den Ofen an und füllte den Kessel. Während er darauf wartete, dass das Wasser zu kochen begann, setzte er sich an den Tisch und ging in Gedanken noch einmal die Ereignisse des Vortages durch.

Es war eine falsche Entscheidung gewesen, alle Vorsicht fahren zu lassen, als er Katherine verletzt und hilfsbedürftig vorgefunden hatte. Da war ein Moment gewesen, in dem er hätte zurücktreten und das Unausweichliche vermeiden sollen, doch dann hatten sich ihre Lippen getroffen. Und nun konnte es niemals wieder so sein, wie es einmal gewesen war.

Eigentlich wollte er das auch gar nicht, aber er durfte sich auf keine romantischen Verstrickungen einlassen. Egal, wie sehr er sich danach sehnte. Die Angst war zu groß. Dies war gefährliches Terrain.

Er durfte nicht zulassen, dass sich eine Frau in ihn verliebte – oder ihn auch nur begehrte.

Traurigkeit überkam ihn. Er hatte Katherine diese Intimität erlaubt, sie sogar dazu ermutigt. Bis zu diesem Augenblick hatte sie ihre Gefühle unter Verschluss gehalten. Doch in diesem Kuss hatte er ihr Verlangen gespürt, und damit war jegliche Vortäuschung einer bloßen Freundschaft zu einer Unmöglichkeit geworden. Es musste sie großen Mut gekostet haben, ihm ihr tiefstes Inneres zu offenbaren. Welch ein Schock und eine Demütigung musste es für sie gewesen sein, als er so unvermittelt den Rückzug angetreten hatte.

Es würde niemals mehr so sein wie früher, und er wusste, dass er Katherine nie wieder gegenübertreten konnte.
Er stand auf, um das kochende Wasser in die Teekanne zu gießen, musste aber feststellen, dass er vergessen hatte, den Kessel auf den Ofen zu stellen.

Kapitel 26

Die *Eunoto*-Feierlichkeiten begannen, unmittelbar nachdem die Frauen die für diesen festlichen Anlass besonders ausgedehnte *Manyatta* in Ngong errichtet hatten. Sechshundert Massai-*Moran* versammelten sich in ihrer Kriegstracht aus allen Ecken des Massai-Landes zur Vorbereitung des Ereignisses.

Die Krieger waren geschmückt mit perlenbesetzten Fußringen und Amuletten, Stirnbändern und Ohrringen, die für diesen besonderen Anlass von Müttern und Freundinnen angefertigt worden waren. Sie trugen Schilde aus Büffelleder, die bemalt waren mit den Insignien ihrer Altersgruppe und ihres Stammes, und lange Speere mit breiter Klinge. Kurze *Simis* hingen in Lederhalterungen an ihrer Taille, und sie waren mit der knappen *Shuka* des Kriegerstandes bekleidet, die kaum ihre Nacktheit verhüllte und häufig ihr Gesäß entblößte, wenn sie in langen Reihen über die Savanne zogen. Diejenigen *Moran*, die schon einmal einen Löwen mit dem eigenen Speer getötet hatten, trugen einen Kopfputz aus Löwenmähnen, andere, weniger vom Glück Begünstigte, mussten sich mit einem Kopfschmuck aus Straußenfedern begnügen.

Die Frauen hatten einen Mond lang benötigt, um die neunundvierzig Hütten und das in der Mitte gelegene Zeremonialhaus zu errichten. Alle sechshundert *Moran*, die an den vier Tage dauernden Festlichkeiten teilnahmen, stammten aus drei verschiedenen Altersgruppen, von denen eine jede Gruppe, abhängig vom Altersrang, den sie zukünftig einnehmen würde, ihren besonderen Teil zu der Zeremonie beitrug.

Die jüngste Gruppe bestand aus den kürzlich beschnittenen Männern. Sie würden die jüngeren *Moran* aus Ole Saderas Altersgruppe ersetzen. Es war ein erhebender Moment für sie, da sie nun für die nächsten Jahre und länger die Verantwortung der jungen Garde übernehmen würden.

Ole Saderas Altersgruppe, die Il Tuati, würde aufrücken und Mantiras Männer als ältere *Moran* ersetzen und damit von nun an als die weisen Häupter auf dem Schlachtfeld gelten, die den größten Einfluss bei der Vorbereitung von Kampftaktiken besaßen. Diese beiden jüngeren Gruppen hatten daher viel zu feiern.

Für die *Moran* aus Mantiras Altersgruppe war es manchmal eine traumatische Zeit, in der das Leben eine dramatische Wendung nahm. Es war bestenfalls ein Tag gemischter Gefühle. Wenn sie den Kriegerstand verließen und zu Älteren wurden, durften sie heiraten, einen Haushalt und eine Familie gründen. Sie erhielten ihre Rinder zurück, die oft während der Zeit, in der sie ihr Kriegerleben führten, von ihrer Familie in Verwahrung genommen worden waren. Sie vergrößerten ihre Herde durch Geschenke von Stammesmitgliedern und später dann mit den Rindern, die sie bei Raubzügen erbeuteten. Aber ihre Feierlichkeiten verliefen gemäßigt, da sie niemals wieder Mitglieder der Bruderschaft der Krieger sein würden – frei, allen möglichen Spielen zu frönen, für den Ruhm des Stammes zu kämpfen und, falls nötig, Krieg gegen diejenigen zu führen, die ihre Überlegenheit in Frage stellten. Sie würden nicht mehr durch ihren Mut und ihre Fertigkeiten im Kampf Ansehen innerhalb des Stammes erlangen, sondern durch ihren Reichtum und ihre Weisheit. In Zukunft gab es für sie keine Löwenjagd mehr, um sich zu beweisen. Sie mussten ihre Erfüllung in dem Respekt finden, der ihnen als Älteste entgegengebracht wurde.

Am Morgen des vierten Tages trafen sich Ole Sadera und Mantira bei Sonnenaufgang mit einer großen Zahl ihrer Waffengefährten an einem abgelegenen Wasserdurchlass, um sich ihre Oberkörper und Gesichter mit weißer Kalkfarbe anzumalen. Sie mischten roten Ocker mit Fett und trugen die Mischung auf ihre langen Beine auf, um anschließend, während sie noch feucht war, mit den Fingernägeln dekorative Muster hineinzuzeichnen. Jeder Krieger gab sich große Mühe, sich auf eine Weise zu schmücken, die die Aufmerksamkeit der jungen Frauen wecken würde, die kamen, um den Tanz der *Moran* anzuschauen. Im Fall von Mantiras Altersgruppe war es zudem eine Gelegenheit, die Aufmerksamkeit einer zukünftigen Ehefrau zu erregen.
Ole Sadera war im Besitz einer wichtigen Neuigkeit, die er aber nicht preisgeben durfte. Mantira war von seiner Altersgruppe zum *Aulononi* gewählt worden – zu dem Mann, der sie in den Ältestenstand führen sollte. Es war die größte Ehre, die einem *Morani* zuteilwerden konnte, sogar größer noch, als zum *Olaiguenani* bestimmt zu werden, denn der *Aulononi* vertrat die gesamte Zahl all derjenigen, die in die Gruppe der Ältesten übertraten.
Der *Morani,* der zum *Aulononi* gewählt wurde, musste ein außerordentlicher Krieger gewesen sein, von großer Statur, mit vollkommenen körperlichen Eigenschaften und von guter Gesundheit. Er musste von reinem Massai-Blut sein und durfte weder mit einer verheirateten Frau geschlafen noch einen Mann getötet haben, und beide Eltern mussten noch am Leben sein. Er durfte nicht mit einem Fluch oder einem bösen Omen belegt worden sein. Wenn ein Mann auch nur eine dieser Anforderungen nicht erfüllte, durfte er kein *Aulononi* werden.
Ole Sadera dachte grimmig, wie tröstlich es doch war, dass er

niemals zum *Aulononi* seiner Altersgruppe ernannt werden konnte, da er keine dieser Anforderungen erfüllte.

Als *Aulononi* würde Mantira mit einem Mädchen aus einer hochangesehenen Familie verheiratet werden, dabei hatte er seine geliebte Sirita zu seiner ersten Ehefrau machen wollen. Das Mädchen, das für den *Aulononi* ausgewählt wurde, musste ebenfalls auf Heiratsabsichten verzichten, und der andere Krieger, den sie gewählt hatte, wäre dazu verpflichtet, seine Liebste der Tradition halber aufzugeben.

Es war wichtig, geheim zu halten, auf wen die Wahl des *Aulononi* gefallen war, bis die Gruppe Mantira ernannt hatte, weil die Verpflichtungen und Einschränkungen des Amtes derart schwerwiegend waren, dass niemand darauf erpicht war. Die meisten Männer würden versuchen, einen Weg zu finden, um sich durch Selbstverstümmelung oder durch die Verletzung eines anderen zu disqualifizieren. Ole Sadera war die vertrauliche Nachricht nur deshalb zuteilgeworden, damit er für den Fall, dass Mantira von dem Vorhaben seiner Altersgenossen erfuhr, auf ihn aufpasste.

Mantira hatte schon eine ganze Weile geschwiegen, während sie ihre Körper mit Kalkfarbe und Ocker vorbereiteten. Ole Sadera hatte nichts als Knurren und einsilbige Antworten auf seine Versuche erhalten, eine Unterhaltung zu beginnen.

»Freust du dich denn nicht, heute in die Gruppe der Ältesten zu wechseln, alter Freund?«, fragte Ole Sadera. »Du bist schon den ganzen Tag so still.«

»Bin ich das? Vielleicht liegt es an dieser Kalkfarbe. Sie gefällt mir einfach nicht.«

»Aha. Oder gefällt es dir nicht, nun bald zur Gruppe der Ältesten zu gehören?«

Mantira sah ihn an. »Vielleicht.«

»Schon wieder ein Vielleicht.«

Mantira rang sich angesichts der Schelte seines Freundes ein Lächeln ab. »Ja, vielleicht dies, vielleicht das. Vielleicht gibt es nur eine Sache, auf die ich mich freue, und das ist Sirita, die ich nun endlich heiraten kann.«

Ole Sadera hielt es für das Beste, das Thema zu wechseln. »Du und deine Il Talala, ihr werdet ausgezeichnete Älteste abgeben.«

Mantira warf ihm einen ungläubigen Blick zu.

»Das war ernst gemeint, Mantira. Du wirst überzeugende Ratschläge geben können, was ordentliches Verhalten angeht, denn jeder weiß, dass du und deine Altersgruppe euch in all den langen Jahren derart schlecht benommen habt, dass eure Erfahrung heiß begehrt sein wird.«

Dies entlockte Mantira ein Kichern, ehe er hinzufügte: »Und in ein paar Jahren werden wir den Platz räumen müssen, wenn deine noch erfahreneren Il Tuati uns Gesellschaft leisten werden.«

Für einen Moment war die düstere Stimmung verflogen, und sie schwiegen und beendeten ihre Körperbemalung.

»Parsaloi, mir sind Gerüchte zu Ohren gekommen, dass du dich mit Nashilo an Orten triffst, an denen man dich nicht sehen sollte«, sagte Mantira.

»Seit wann gibst du etwas auf Gerüchte?«

»Nun, ich habe euch auch schon zusammen gesehen.«

Ole Sadera schämte sich für seinen Täuschungsversuch. »Ich wollte dir nichts davon erzählen, weil ich dachte, es könnte dich verletzen«, sagte er gedrückt.

»Ob ich mich verletzt fühle oder nicht, sollte dich nicht kümmern. Aber andere haben dich möglicherweise auch gesehen. Falls Nashilos Ehemann davon erfährt, könnte dies für dich in Schmach und Schande enden. Du gehörst nicht zu seiner Altersgruppe und hast kein Recht auf sie.«

»Und wie würdest du als Ältester in diesem Falle über mich richten, mein Freund?«
»Nein, bitte, du solltest darüber keine Witze machen, Parsaloi. Das ist nicht lustig. Ich würde lieber nicht in solchen Angelegenheiten über dich richten müssen.«
»Ich verstehe.«
Ole Sadera wollte nicht weiter darüber reden. Trotz seiner Schuldgefühle und seiner Gewissensbisse vermochte er seine Beziehung zu Nashilo nicht zu beenden, und er wollte nicht, dass sie zu einem Streitpunkt zwischen Mantira und ihm wurde.
»Die *Moran* sammeln sich«, sagte er. »Sie sind bereit, in die *Manyatta* zurückzukehren.«
Mantira nickte, und sie schlossen sich der langen Reihe der Krieger an, die unter dem Klang von Kudu-Hörnern und klingenden Schellen zur *Manyatta* zurückkehrten. Mantiras Gruppe trug keine Waffen, nur lange, weiße Stäbe, die den Übergang von der Macht zur Weisheit kennzeichneten.
Die Hauptereignisse fanden in der großen, kegelförmigen Zeremonialhütte statt, die in der Mitte der neunundvierzig Behausungen errichtet worden war und in der die Frauen die Milch, das gebratene Fleisch und das Honigbier aufbewahrten.
Mantira musste noch eine wichtige Aufgabe erfüllen, bevor er sich zu den anderen *Moran* gesellte, um Lenanas Segen zu erhalten. Er bat Ole Sadera, ihn zu begleiten.
Sie schritten zur Hütte von Mantiras Mutter, wo er die letzte Tortur auf seinem Weg zum Ältesten über sich ergehen lassen musste. Die alte Frau begrüßte die beiden Krieger förmlich, und Mantira nahm zu ihren Füßen Platz, damit sie mit einer kleinen Klinge und einer Flüssigkeit aus Milch und Wasser die geflochtenen Zöpfe ihres Sohnes abrasieren konnte.
Mantira saß schweigend und entschlossen da, während die

krönende Pracht seiner Kriegerjahre um ihn herum zu Boden fiel. Es war ein schmerzlicher Moment für Mutter und Sohn, da er den Grad der Trennung zum Ausdruck brachte, der zwischen dem Mann und seiner Familie herrschen würde. Als ein Ältester und ein verheirateter Mann wäre Mantira von nun an gleichermaßen mit den Eltern seiner Ehefrau verbunden wie mit seinen eigenen Eltern. Für seine Mutter war die Rasur ihres Sohnes die letzte liebevolle Pflicht, die sie jemals für ihn erfüllen würde.

Als sein Kopf nackt war, benutzte seine Mutter Milch und Wasser, um ihn zu waschen, bevor sie seine glänzende Kopfhaut mit einer Paste aus rotem Ocker und Hammelfett bestrich. Dann zog Mantira mit ausdruckslosem Gesicht seine *Shuka* zurecht. Es war wichtig, dass er sich nicht anmerken ließ, was in ihm vorging, denn es stand einem *Moran* kurz vor seinem Übergang in die Gruppe der Ältesten nicht an, zu viel von dem zu enthüllen, was in seinem Herzen vor sich ging.

Seine Mutter war sich dessen ebenfalls bewusst, und nachdem sich Mantira, wie es Sitte war, für all die Dinge bei ihr bedankt hatte, die sie in ihrem Leben für ihn getan hatte, nickte die alte Frau lediglich bestätigend. Aber als er sich zum Gehen wandte, da fasste sie nach seiner Hand und küsste sie. Ein peinlicher Moment verstrich, in dem Mantira versuchte, seine Hand aus dem festen Griff seiner Mutter zu ziehen. Es war ihm anzusehen, welch eine Pein es ihm bereitete.

Er flüsterte seiner Mutter etwas zu und vermochte dann ihre knochigen Finger zu lösen. Als sie davonschritten, folgte ihnen ihr lautes Schluchzen.

»Du siehst krank aus, George«, sagte Lewis, als sie die Straße nach Ngong entlangritten. »Quälen dich deine Brustbeschwerden?«

»Nein, meiner Brust geht es gut.«
»Bekommst du nicht genug Schlaf?«
Coll seufzte. »Doch, Doktor, ich bekomme genug Schlaf. Können wir jetzt bitte das Thema wechseln? Der Tag ist zu schön, um sich mit so langweiligen Dingen wie meiner Gesundheit zu beschäftigen.«
Coll mochte es bestreiten, aber Lewis wusste dennoch, dass es seinem Freund nicht gutging. Er atmete schwer, und auch wenn es ein warmer Tag war, so schwitzte er doch mehr, als man erwarten sollte. Lewis schlug vor, eine Rast einzulegen, um sich die Beine zu vertreten. Sie brachten ihre Pferde auf einer Anhöhe zum Stehen, die ihnen einen Blick über die Hügel erlaubte, die die südwestliche Grenze des Nairobi-Bezirkes markierten.
»Mein Gott«, sagte Lewis, der aufrecht in seinem Sattel saß. Jenseits der Ausdehnung graugrüner Bäume erstreckten sich schimmernde Gräser wie ein gelber, welliger Teppich bis zum Horizont. Darüber erhob sich ein erstaunlich blauer Himmel, der getüpfelt war mit makellosen weißen Wolken. »Unglaublich«, fügte er hinzu. »Ich hatte ja keine Ahnung … Ich bin froh, dass du mich gebeten hast, dich heute zu begleiten, George. Du weißt ja, dass ich noch nie hier draußen gewesen bin.«
»Und bisher auch noch kein *Eunoto*-Fest mit angesehen hast, wie ich annehme.«
»Völlig richtig.«
»Ich auch noch nicht. Welch eine Erleichterung, dass Edouard das Verbot aufgehoben hat.«
Sie stiegen von ihren Pferden und banden sie an die nackten Zweige eines holzigen Busches.
»Ich weiß nicht, welche Absicht dahintersteckt«, sagte Lewis und streckte sich. »Er tut selten etwas aus uneigennützigen

Motiven, aber ich habe Augen und Ohren offen gehalten und nichts in seiner Korrespondenz entdecken können, was darauf schließen lässt, dass er etwas im Schilde führt.«

»Ich hoffe, du bist vorsichtig, wenn du in seinem Amtszimmer herumschnüffelst.«

»Ich bin mir sicher, dass er keinen Verdacht hegt.«

Sie entdeckten einen umgefallenen Baumstamm und setzten sich.

»Sieh dir nur dieses wunderschöne Land an«, sagte Lewis. »Ich sollte öfter in den Busch hinausreiten, aber es gibt immer Berge von Papierkram zu erledigen.«

Bienen von einem in der Nähe befindlichen wilden Bienenstock summten im Gras.

»Bist du Lenana schon begegnet, seit er zum obersten Anführer ernannt wurde?«, erkundigte sich Lewis.

»Nein«, erwiderte Coll. »Diese Ernennung bereitet mir aber Kopfzerbrechen.«

»In der letzten Zeit betrachte ich alles, was Edouard tut, mit einem gewissen Argwohn. Was beunruhigt dich denn dabei?«, fragte Lewis.

»Es ist einfach falsch. Es mag ja bei den Kikuyu funktioniert haben, einen Stammesführer zum Sprecher zu bestimmen, aber es entspricht nicht den Bräuchen der Massai.«

»Worin liegt der Unterschied?«

»Ich weiß nicht so viel über die Kikuyu, aber sie sind im Grunde Farmer. Das macht wohl den Unterschied aus. Vielleicht haben sie auch Häuptlinge. Ich glaube, Edouard würde gern Farmer aus den Massai machen, um sie im Auge behalten zu können. Aber sie hassen Ackerbau. Sie sind der Ansicht, der Gebrauch von Werkzeug sei erniedrigend. Edouard versteht das einfach nicht. Und er weigert sich, Ratschläge anzunehmen. Ehrlich gesagt, glaube ich, dass er nichts hören möchte, was dem, was er bereits insgeheim entschieden hat, im Weg stehen könnte. Letzte Woche erst …«

Coll verstummte und rang nach Luft. Lewis hatte schon des Öfteren gehört, wie er keuchte, wenn er sich aufregte, aber dieses Mal schien es schlimmer zu sein. Wenn er doch nur sein Stethoskop mitgebracht hätte!

»Tut mir leid«, murmelte Coll. »Letzte Woche erst habe ich ihm vorgeschlagen, Merinos aus Australien zu importieren, um sie mit den Schafen der Massai zu kreuzen, wenn ihm daran gelegen ist, sie mehr in die Erzeugung einzubinden. Dann könnten sie die Wolle verkaufen.«

»Was hat er dazu gesagt?«

»Er war der Ansicht, dass dies die Massai nur ermutigen würde, außer Rindern dann auch noch Schafe zu stehlen. Das ist seine Geisteshaltung. Dabei würde ihnen eine solche Veränderung nicht allzu schwerfallen. Sie wollen nur keine Farmer werden. Liegt die Entscheidung denn nicht bei ihnen? Sie wollen doch nur in Ruhe gelassen werden, um so zu leben, wie sie es die letzten tausend Jahre getan haben.«

Er wurde von einem Hustenanfall geschüttelt.

Lewis beobachtete, wie sich sein Freund abmühte, den Anfall zu beherrschen, und als dieser nachgelassen hatte, sagte er: »George … diese Attacken werden immer schlimmer. Du solltest …«

Coll hielt eine Hand in die Höhe, um ihn zum Verstummen zu bringen.

Lewis saugte an der Innenseite seiner Wange. »Na schön. Aber nimmst du wenigstens den Sirup zu dir, den ich dir gegeben habe?«

»Ja, Norman, das tue ich.« Coll schluckte und holte zaghaft Luft. »Um wieder zum eigentlichen Thema zurückzukehren. Ich traue Edouards Absichten nicht. Die Massai haben keine

Oberhäupter in dem Sinne. Sie bestimmen Sprecher, die ihre jeweilige Altersgruppe vertreten, aber ansonsten scheint alles auf einvernehmliche Vereinbarungen unter den Wortführern hinauszulaufen. Lenana ist wie jeder andere *Laibon* auch ein spiritueller Ratgeber. Das ist alles.«

»Es ergibt erst dann einen Sinn, wenn man bedenkt, dass dies die Art und Weise ist, wie wir Briten Dinge erledigen. Wir vermögen die kulturellen Vielschichtigkeiten der Menschen, über die wir herrschen, nicht zu begreifen. Es läuft auf ein simples Schema hinaus: Befasse dich mit dem Mann an der Spitze oder, wenn es den nicht gibt – wie es bei den Massai der Fall ist –, ernenne einen. Das vereinfacht die Sache.«

»Wieso sollte Lenana eine solche Position überhaupt wollen?«

Coll schien mehr mit sich selbst zu reden, als eine Antwort zu erwarten, aber Lewis gab ihm dennoch eine.

»Macht, würde ich sagen. Einfluss. Vielleicht erhält er noch ein paar Amtspflichten, die das Ansehen mehren.«

»Das ist ja alles gut und schön, aber es geht an der eigentlichen Frage vorbei: Warum möchte Edouard nun, da sämtliche Angelegenheiten entschieden und die Verhandlungen über das Land beendet sind, plötzlich einen obersten Anführer?«

»Ich werde die Sache in den Amtsstuben der Regierung im Auge behalten«, sagte Lewis, »so wie du sie zweifellos unter den Massai im Blick behalten wirst. Sollten wir irgendeinen Hinweis darauf finden, was er im Schilde führt, werde ich mit meinen Freunden in Whitehall Verbindung aufnehmen.«

Nun, da sein Anfall offenbar vorüber war, wich die Bleiche aus Colls Gesicht.

»Wie geht es dir?«, erkundigte sich Lewis. »Gut genug, um weiterzureiten?«

»Gewiss«, gab Coll zurück und stand auf.

Sie ritten schweigend weiter, bis das kleine Massai-Dorf namens Ngong in Sicht kam. Es war umgeben von einer riesigen Viehherde, die sich über die Ebene und den Berghang hinauf erstreckte.
»Großer Gott!«, rief Coll aus. »Sieh dir nur diese Herde an. Wie viele Tiere sind das? Fünftausend? Zehntausend?«
»Eher zehntausend, würde ich sagen«, bemerkte Lewis.
»Was machen die denn hier? Ich weiß, dass sich die Massai nur ungern von ihrem Vieh trennen, aber so viele Tiere zu einer Zeremonie mitzunehmen ist doch sehr ungewöhnlich. Was geht da vor sich?«
Sie trieben ihre Pferde an und ritten zügig den Hügel hinunter auf das Dorf zu. In der Mitte der *Boma* trafen sie auf Lenana, der mit einigen der Ältesten am Gehege der Kälber stand.
Coll tauschte Grußworte und Segenswünsche mit ihm und wartete ungeduldig, während der *Laibon* und Lewis Förmlichkeiten austauschten. Dann verwickelte er den *Laibon* in eine langwierige, auf Maa geführte Unterhaltung. Im Gegensatz zu Lenanas leidenschaftslosem Tonfall klang Coll sehr aufgeregt. Lewis stellte zu seiner Beunruhigung fest, dass sein Freund wieder zu schwitzen begann und Mühe mit seiner Atmung hatte. Dann kehrte der quälende Husten mit einer solchen Macht zurück, dass er seine Unterhaltung nicht fortzusetzen vermochte.
Lewis versuchte, darauf zu bestehen, dass Coll sich ausruhte, doch der hob abwehrend die Hand, obwohl sich seine Notlage verschlimmerte und er kaum noch zu atmen vermochte.
»Himmelherrgott noch mal, George. Nicht aufregen! Was hast du denn nur? Du musst dich ausruhen.«
»Die *Eunoto*«, keuchte Coll nach Atem ringend.
»Vergiss die *Eunoto,* George. Du bleibst jetzt hier sitzen, während ich die Pferde hole.«

Coll schob seine Hand weg und atmete vorsichtig ein. »Ich wusste, dass etwas im Gange war. Lenana hat Edouards Vorschlag zugestimmt.« Er schnappte erneut nach Luft. »Nach der Zeremonie werden sie nach Süden ziehen.«
Auf seinen sich blau verfärbenden Lippen waren Blutflecken. Lewis, der damit beschäftigt war, Colls Kragen zu lockern, hörte nur mit halbem Ohr zu.
»Verdammt noch mal, Norman!«, stieß Coll hervor und packte die Hand an seinem Kragen. »Verstehst du denn nicht? Die Massai aus dem Norden ziehen alle nach Süden!«
Colls Hand wurde schlaff, und er sank in Lewis' Arme.

Die versammelten *Moran* erfüllten die heiße Luft mit sechshundert dröhnenden Bassstimmen. Eine Wand aus rotgekleideten, singenden und tanzenden Kriegern hatte sich auf der weiten Ebene versammelt.
Lediglich Norman Lewis war immun gegen die Macht dieses Schauspiels. Nachdem er es Coll so bequem wie möglich gemacht hatte, war er in die Stadt gestürmt und hatte sich in einem der wenigen Läden einen Wagen geliehen.
Mit Ole Saderas Hilfe war es ihm gelungen, den bewusstlosen Freund hineinzuheben. Nachdem er jede weitere Hilfe des besorgten Massai abgelehnt und diesen damit vertröstet hatte, Coll in einigen Tagen bei sich zu Hause besuchen zu können, hatte er sich mit dem Wagen über den steinigen Weg zurück in Richtung Ngong und der Straße nach Nairobi gemacht. Während sie den Abhang hinauffuhren, um das kleine Tal zu verlassen, wo die versammelten Massai ihr Übergangsritual zelebrierten, das ihr Leben verändern würde, verspürte Lewis Mitleid, weil einer ihrer größten Bewunderer nicht in der Lage war, diesem beeindruckenden Ereignis beizuwohnen.

Kapitel 27

Mantira fand Ole Sadera wie einen Storch auf einem Bein stehend und über die Herde hinwegblickend vor, die sich über die nackten Abhänge der Hügel von Ngong verteilte.

»Das ist wenig Weideland für eine so große Herde«, sagte Mantira, der Ole Saderas Blick gefolgt war.

»Ja. Wir müssen bald weiterziehen, sonst wird sich ihr Zustand noch verschlechtern. Sie sind auf der langen Reise hierher ohnehin abgemagert.«

»Hier gibt es nur noch wenig, das uns hält. Die *Eunoto* ist vollendet. Lenana hat uns seinen endgültigen Segen gegeben, und wir können gehen.«

»Deine Altersgruppe hat dir eine große Ehre erwiesen, mein Freund«, sagte Ole Sadera in Anspielung auf Mantiras Ernennung zum *Aulononi.* »Ich kann gar nicht glauben, wie sich die Zeiten für uns ändern. Ausgerechnet du wirst heiraten! Und ehe du es dich versiehst, wirst du Vater sein. Dein langes Schwert hat doch mehr Frauen erlegt als eine ganze Armee von *Moran.*«

Mantira war seinem Freund dankbar für den Versuch, ihn von seiner Niedergeschlagenheit zu befreien. Er rang sich ein Lächeln ab, aber die Enttäuschung über die verlorene Chance, die Frau zu heiraten, die er liebte, saß zu tief. Um ihnen beiden weiteres Unbehagen zu ersparen, entschied er sich, das Thema anzuschneiden, weshalb er gekommen war.

»Du warst nicht glücklich über unsere Entscheidung, nach Süden zu ziehen, nicht wahr, Parsaloi?«

»Ich sagte, dass ich unterzeichnen würde. Ich habe mit meinen Altersgenossen gesprochen, und sie haben dem Umzug zugestimmt.«
»Sie würden dir niemals etwas abschlagen, worum du sie bittest. Aber das hatte ich nicht gefragt.«
»Wenn du mich fragst, ob ich feiern kann, dass wir den Briten einen weiteren Teil unseres Heimatlandes überlassen haben, dann lautet die Antwort: Nein, darüber bin ich nicht glücklich. Aber ich akzeptiere, was sein muss.«
»Jeder weiß, wie du empfindest, aber du hast so wenig gesagt. Warum?«
Aus der Ferne erklang der Schrei eines Rotschnabeltokos und füllte die Stille, während Ole Sadera über seine Antwort nachdachte.
»Manchmal kommt es mir so vor, als könnte ich all diese starken Gefühle nicht mehr mit mir herumtragen. Sie schwächen mich, Mantira. Ich werde ihrer überdrüssig. Sie bedrücken mein Herz bei Tag und suchen des Nachts meine Träume heim. Ich frage mich, ob ich wirklich bei meiner Geburt verflucht wurde, wie manche behaupten.«
Mantira suchte nach Worten, um ihn aufzumuntern, während der Toko weiter seine Stimme erhob. »Ich weiß, dass dein Leben nicht einfach gewesen ist, Parsaloi. Ich habe zugesehen, wie du erwachsen geworden bist. Ich habe gesehen, wie die anderen Kinder dich gequält haben, weil deine Mutter eine Laikipiak gewesen ist. Du warst kleiner als die anderen und in mancher Hinsicht schwächer. Aber da war eine Stärke in deinem Auftreten, du hast dich geweigert, besiegt zu werden. Ja, es gab Prügel, und du wurdest blutig geschlagen, aber nie besiegt. Es war in deinen Augen zu lesen. Mit der Zeit begannen andere zu sehen, was ich sah, und du wurdest akzeptiert. Es lag an dieser Stärke. Ich habe mich gefragt, ob es

wohl dieselbe Stärke war, die dich dazu gebracht hat, bei deiner Geburt nach diesen Steinen zu greifen, oder bei jedem Hindernis, das dir in den Weg gelegt wurde, umso stärker zu versuchen, dein Ziel zu erreichen. Ich habe dich nie verstehen können. Du kamst mir immer so … anders vor.«

»Ich bin aber nicht anders«, erwiderte Ole Sadera mit Nachdruck. Er öffnete seine zu Fäusten geballten Hände und starrte sie an. Dann hielt er sie in die Höhe und fragte: »Wie anders sind diese Hände? Kommen sie dir anders vor? Was weiß ein Neugeborenes denn schon darüber, nach Steinen zu greifen? Was weiß es über Omen oder Flüche?«

Dieser Gefühlsausbruch überraschte Mantira. Ole Sadera hatte ihn noch niemals auf diese Weise in sein Inneres blicken lassen. Die *Eunoto* und das Ende ihrer gemeinsamen Zeit als Waffenbrüder hatte offenbar viele Gefühle in ihm wachgerufen.

»Wenn ich dir sonderbar vorkomme, dann deshalb, weil ich … weil ich Dinge sehe, die andere nicht sehen. Und das beunruhigt mich.« Ole Sadera senkte seine Stimme. »Und manchmal jagt es mir Angst ein.«

»Was siehst du denn?«

»In meinen Träumen – wenn es denn wirklich Träume sind, ich bin mir nicht sicher – sehe ich, wie sich die Massai auf einer langen Reise dahinschleppen. Ich sehe unsere Rinder zu Boden fallen. Ich sehe Hunger und Tod.«

»Aber das gehört doch alles der Vergangenheit an, mein Freund. Du darfst solchen Gedanken nicht nachgeben. Du solltest auf die Worte der Ältesten hören. Sie haben viele dunkle Tage erlebt, aber die sind überstanden.«

»Die Ältesten«, sagte Ole Sadera verächtlich. »Sie behaupten, unsere Übersiedlung in das Reservat im Süden wird uns Wohlstand und Glück bringen. Sie behaupten, dass wir mehr Land, besseres Land erhalten, wenn wir Entorror aufgeben.«

»Sie haben recht. Die Weißen haben es für unser Volk im Süden besser gemacht. Das haben wir von unseren eigenen Blutsbrüdern dort vernommen.«

»Ich bin in der Vergangenheit im Süden gewesen. Ich glaube nicht, dass es dort für uns gut werden wird. Aber siehst du denn nicht, was passiert ist? Wir sind aus dem großen Tal fortgezogen, um die Weißen zu besänftigen. Nun ziehen wir aus Entorror fort. Ich vermag kein Ende zu sehen, bis wir alle bezwungen sind.«

Mantira legte eine Hand auf Ole Saderas Schulter. »Hör mir zu, Parsaloi. Verbanne diese Alpträume aus deinem Kopf. Die bösen Geister, die bei deiner Geburt dabei waren, haben sie dir geschickt. Versuche, dich von den Ältesten und unseren Freunden leiten zu lassen. Glaubst du denn, unsere Blutsbrüder würden uns anlügen?«

Ole Sadera nickte als Zeichen, dass er den Ratschlag zu würdigen wusste, war aber immer noch verunsichert. »Warum nur bin ich der Einzige, der diese Schwierigkeiten sieht?«

»Vielleicht, weil du nicht weit genug schaust. Delamere hat uns versichert, dass der Umzug in das Reservat im Süden gut für uns sein wird. Er sagt, die Weißen werden hier nicht lange bleiben. Er hat sein Wort als Blutsbruder und Anführer der Weißen gegeben. Wir müssen ihm glauben.«

Mantira erkannte, dass Ole Sadera dabei war, sich seinem Standpunkt anzuschließen. »Entorror wird zu uns zurückkehren, wenn die Weißen des Landes überdrüssig sind und in ihr Heimatland zurückkehren«, fuhr er fort. »Dann werden Entorror und das große Tal wieder uns gehören.«

Dr. Norman Lewis lehnte sich zurück, zog das Stethoskop aus seinen Ohren und betrachtete seinen Patienten. Er fragte sich wieder einmal, ob er das Beste für ihn tat. Wenn er vernünftig wäre, würde er George Coll befehlen, nach England zurückzukehren und sich zwecks der Behandlung seiner Tuberkulose und zur völligen Schonung in eine Heilanstalt zu begeben, doch er wusste, dass er das nicht tun konnte. Es gab keine Vorschrift unter den Gesundheitsbestimmungen des Protektorats, mit deren Hilfe er dies hätte durchzusetzen vermocht, und auch wenn es sie gegeben hätte, wäre Coll mit aller Entschiedenheit dagegen gewesen und hätte ihm erklärt, dass er keine Zugeständnisse mehr wegen seiner Krankheit zu machen gedachte. Und Lewis kannte ihn gut genug, um ihm das zu glauben.

»Du solltest eigentlich im Hospital sein, George«, sagte er mit ernster Stimme.

»Ich dachte, das wäre ich, Doktor«, erwiderte Coll mit einem matten Lächeln auf dem bleichen Gesicht.

»Es ist mein Ernst, du benötigst mehr Pflege, als ich dir in meinem Gästezimmer angedeihen lassen kann. Wenn ich nicht befürchtet hätte, dass dich das Klima dort umbringt, hätte ich dich eiligst nach Mombasa geschickt, sobald wir aus Ngong zurückgekehrt waren. Eines Tages werden wir hier in Nairobi auch ein verfluchtes Hospital haben«, murmelte er.

»Im Augenblick steht mir nicht der Sinn nach einem Urlaub an der See«, sagte Coll, immer noch bemüht, die Umstände zu verharmlosen.

Doch Lewis ließ sich nicht darauf ein. »Wie lange hustest du schon Blut?«

»Noch nicht lange«, sagte Coll abweisend, doch als er Lewis' strenge Miene erblickte, fügte er hinzu: »Ungefähr einen Monat.«

Lewis schlug sich mit den Händen auf die Schenkel und erhob sich seufzend aus seinem Sessel. Er trat auf das Fenster zu und blickte hinaus auf die Gummibäume in der Biegung der Straße, die nach Ngong führte. Er wollte ein wenig für sich sein, um seine Gedanken zu sammeln. Das Rätsel um die Gummibäume half ihm oft dabei.

Er hatte in der Vergangenheit schon schwierige Patienten gehabt, aber im Fall von George Coll musste er zudem mit der Last seiner Schuldgefühle fertig werden. In gewisser Weise hatte er Colls Besessenheit, den Massai helfen zu wollen, mit seinem lautstarken, nonkonformistischen Credo neuen Auftrieb gegeben. Er hatte zugelassen, dass sein Freund glaubte, seine politischen Kontakte daheim in Großbritannien seien in der Lage, die Frage der Umsiedelung der Massai im Nu zu lösen. Dabei waren die Massai nur ein unbedeutender Nebenkriegsschauplatz in einer weitaus größeren, philosophischen Debatte.

Lewis vermochte seine eigene Besessenheit bis in seine frühen Tage als Arzt in den Elendsvierteln von Glasgow zurückzuverfolgen. Er wusste, wie erschöpfend der Kampf gegen Unterdrückung und Privilegiertentum sein konnte. Bestünde in einer uneigennützigen Gesellschaft oder gar in einer sozialistischen überhaupt die Notwendigkeit, einen sturen, schwerkranken Freund davor zu schützen, sich wegen einer Ungerechtigkeit zu quälen?

Es gab so viele unbeantwortete Fragen im Leben. Dagegen sank das Rätsel um die sehr unafrikanischen Gummibäume in die Bedeutungslosigkeit.

Er wandte sich zu Coll um und sagte: »George, hör mir bitte genau zu. Du bist ohnmächtig geworden, weil deine Lungen dein Blut nicht mehr mit genug Sauerstoff versorgen. Und da du aufgrund der Hämorrhagien in deinen Lungen Blut verlierst, ist dein Organismus gefährlich geschwächt. Es besteht die Gefahr, dass du an einer Reihe von opportunistischen Infektionen erkrankst, wie beispielsweise an Pneumonie, oder dass es zu anderen Komplikationen kommt.«

Coll nickte nur.

Lewis verspürte Reue, weil er zugelassen hatte, dass seine Verzweiflung sein für gewöhnlich standesgemäßes Benehmen beeinflusste. »Es tut mir leid«, sagte er. »Ich versuche, dir begreiflich zu machen, dass du auf diese Weise nicht weitermachen kannst. Du musst dich von einigen deiner Verpflichtungen, die dir allzu sehr zusetzen, verabschieden.«

Coll schien tiefer in sein Bett zu sinken, als ob die Kraft, die ihn aufrecht hielt, erschöpft war. »Wenn ich von Edouards geheimen Plänen gewusst hätte, die Massai nach Süden umzusiedeln …«

»Das konntest du doch gar nicht wissen, George. Er hat dich ausgeschlossen. Es handelte sich offensichtlich um eine Angelegenheit, die er zwischen sich und Lenana geheim halten wollte, bis die Umsiedelung im Gange war. Und was hättest du auch schon dagegen unternehmen können? Dies ist das beste Beispiel für die Art von Engagement, vor dem ich dich warne. Du kannst unmöglich damit fortfahren, deine …«

»Ich hatte einen Verdacht, weißt du. Als ich Edouards Amtszimmer verließ, wollte ich Lenana nach dem Treffen noch einmal sprechen, aber dann kam irgendetwas dazwischen, und ich wurde weggerufen. Ich hätte mir der Gefahren bewusst sein sollen. Edouard ist ein durchtriebener Halunke. Ich fühle mich ganz furchtbar, wenn ich daran denke, wie er den alten Mann manipuliert hat.«

»Du hörst mir nicht zu, George. Ich möchte, dass du dich ein paar Tage ausruhst. Und ich will nicht, dass du dich wegen dem, was in Massai-Land geschieht, quälst.«

»Aber wenn ich mir nichts aus dem mache, was dort draußen geschieht, wer tut es dann?«

»Ich, zum Beispiel. Du stehst nicht allein da. Ich werde an unsere Freunde in London schreiben. Sie werden das Thema im Oberhaus anschneiden.«

»Es ist zu spät für irgendjemanden in London, um uns zu helfen. Wenn dein Schreiben dort eintrifft, werden die Massai bereits im Süden sein und dort festsitzen. Wie in einem Gefängnis. Und bis die Politiker Wind davon bekommen, hat Edouard das Land des Reservats im Norden schon längst verteilt.«

Coll hatte seine fadenscheinigen Entschuldigungen durchschaut. Lewis war sich bewusst, dass er, wenn er seinen Patienten von der ihn quälenden Belastung befreien und dabei zugleich sein eigenes schlechtes Gewissen beschwichtigen wollte, Maßnahmen ergreifen musste – egal, wie gefährlich dies auch für ihn selbst sein mochte.

»Ein Telegramm! Bist du verrückt geworden, Norman?« Coll schlug entsetzt die Hände über dem Kopf zusammen. »Wie konntest du nur ein Telegramm nach London schicken? Edouard wird davon erfahren, bevor es überhaupt den Schreibtisch von deinem Mr. MacDonald erreicht.«

»Es war ein privates Telegramm.«

»Das mag ja sein, aber es ist nicht sicher! Nairobi ist eine kleine Stadt. Die Leute vom Postamt kennen dich.«

»Beruhige dich, George. Und setz dich bitte wieder hin.«

Coll tat, wie ihm geheißen wurde. Er war wieder ein wenig zu Kräften gekommen, aber plötzliche Bewegungen führten zu Schwindelanfällen.

»Das hättest du nicht tun sollen, Norman. Es ist viel zu …«

»Aus diesem Grund habe ich auch das Postamt in Machakos aufgesucht. Dort kennt mich niemand. Wie dem auch sei, es ist geschehen, und überdies kenne ich bereits die Reaktion

darauf.« Er grinste Coll an. »Ich habe das Telegramm abgefangen, als es mit der morgendlichen Korrespondenz eintraf. Die Umsiedelung in den Süden wurde gestoppt.«
Coll starrte ihn für einen Moment an, bevor er die Bedeutung der Worte verstand. »Gestoppt?« Der Mund blieb ihm offen stehen. »Norman, willst du etwa damit sagen, dass die Anordnung rückgängig gemacht wurde?«
Lewis nickte grinsend.
»Du hast es geschafft! Wir haben gewonnen!« Colls Stimme klang mit einem Mal erstickt, er begann zu husten und griff hastig nach einem Taschentuch, um es sich vor den Mund zu pressen.
Lewis reichte ihm ein Glas Wasser, blieb neben ihm stehen und klopfte ihm leicht auf die Schulter. »Ruhig Blut, George«, sagte er. »Ich möchte nicht, dass du einen Rückfall erleidest, da wir doch gerade über den Berg sind.«
»Über den Berg?« Coll lächelte durch die Tränen hindurch, die ihm bei dem Krampfanfall in die Augen geschossen waren. »Ich würde sagen, es ist mehr als das. Wir haben das Rennen gewonnen, Norman.«
»Ich spreche von deiner Gesundheit, mein Bester.«
Coll blinzelte die Tränen weg. »Wir haben es geschafft! Wir haben die Mistkerle geschlagen.«
Es war das erste Mal, dass Lewis hörte, wie Coll Schimpfwörter benutzte.
»Ja, George«, stimmte er ihm zu. »Diese Runde geht an uns.«

Governor Edouard presste die Lippen zusammen. Das Telegramm aus dem Kolonialministerium war für ihn ein Schlag ins Gesicht. Es war eine untragbare Situation, dass Männer in London Entscheidungen über Angelegenheiten trafen, die sich ihrem Verständnis entzogen. Aber es war nicht nur die

Anweisung, die Umsiedelung zu stoppen, bis die Rechtmäßigkeit der Änderung der 1904 getroffenen Vereinbarung abgeklärt oder eine entsprechende, anderslautende Vereinbarung erzielt worden war, die seine Wut entfachte, sondern zudem die Bestätigung seiner Vermutung, dass jemand in seiner Behörde heimlich und arglistig hinter seinem Rücken London informiert hatte.

»Also gut«, sagte er und holte tief Luft. »Wadley, verfassen Sie ein Bestätigungsschreiben für das Kolonialministerium und eine Mitteilung, die Lenana mittels Boten zuzustellen ist. Wir werden uns erneut treffen, um die Umsiedelung formell zu bekräftigen. Ich würde sagen, übermorgen, am Donnerstag. Derweil soll er jegliche Bewegung der Massai und ihres Viehs gen Süden stoppen. Verstanden?«

»Jawohl, Sir.« Wadley kritzelte eine Notiz auf seinen Block. »Oh, und da wäre noch dies hier, Sir.«

Wadley reichte ihm ein Blatt, das er zunächst für ein weiteres Telegramm hielt, doch es handelte sich lediglich um eine Abschrift.

Edouard warf ihm einen Blick zu, riss ihm das Blatt dann aber aus der Hand.

»Ich dachte, Sie sollten es sich angesichts des äh … Tenors des anderen Telegramms ansehen«, fuhr Wadley hastig fort.

Der Name des Adressaten fiel dem Gouverneur sogleich ins Auge. »Wie sind wir daran gekommen?«, erkundigte er sich in schroffem Ton.

»Durch Mr. Smythe, den Assistant Deputy Commissioner in Mombasa. Er ist im Postamt darüber gestolpert. Er bemerkte, dass es an Mr. Ramsay McDonald gerichtet war, und …, nun ja, ich nehme an, seine Neugierde war geweckt, weil es sich um eine private Korrespondenz handelte und nicht um eine der unsrigen.«

»Wie kommt es, dass Mombasa eine Abschrift davon hat?«
»Jedes Telegramm von hier geht zunächst nach Mombasa, bevor es nach London übermittelt wird, Sir.«
Edouard las das Schreiben erneut.

Unsere Freunde begeben sich erzwungenermaßen nach Süden. Reisepapiere nicht vorhanden. Frühere Vereinbarungen unberücksichtigt. Bitte dringend um sofortige Hilfe von höherer Stelle. Erklärende Worte folgen. Angelegenheit jedoch von äußerster Dringlichkeit. Sofortiges Handeln erforderlich. Norman.

Norman. Er kannte einen William Normoyle in Kisumu. Sonst fiel ihm niemand ein.
»Ich danke Ihnen, Wadley«, sagte er ruhig. »Überlassen Sie mir das Blatt bitte für eine Weile.«
»Jawohl, Sir«, erwiderte Wadley und verließ das Zimmer.
Edouard nahm einen Schlüssel aus seiner Westentasche und steckte ihn in das Schloss der untersten Schublade. Er holte eine Mappe hervor, öffnete diese vor sich auf dem Schreibtisch und fuhr mit seinem Finger an Eliots Liste der Verdächtigen herab: Branson, Keith; Somerville, Brian; McGuire, Andrew. Zum Ende der Spalte verharrte sein Finger bei Lewis, Norman.

Kapitel 28

Die Siedler brachten ihre Pferde zum Stehen und blickten auf das Tal hinab. Eine Gruppe von Massai-Hirten hatte den Uaso Nyiro überquert und ließ ihre Rinder außerhalb des Reservats grasen. Es war nicht das erste Mal, dass etwas Derartiges geschehen war, und angesichts der Gleichgültigkeit, mit der die Verwaltung die Befolgung ihrer Vorschriften überwachte, hatten die Siedler eine Bürgerwehr gebildet, um dem Gesetz Geltung zu verschaffen.

Der Anführer blickte von einem Mann zum anderen: Vierzehn mutige Farmer und Viehzüchter, die bei ihren Bemühungen, dem gnadenlosen afrikanischen Boden ihren Lebensunterhalt abzutrotzen, mit ihrer Weisheit am Ende waren. Er blickte einem jeden Mann für einen Moment in die Augen, suchte darin die Bestätigung, dass sie immer noch bereit waren, das Gesetz zu brechen, um das, was ihnen gehörte, vor den eigensinnigen Massai zu schützen.

Dann führte er die Gruppe an, den Abhang hinunter, auf die nichtsahnenden Hirten zu.

Sie ritten zwischen die Rinder, um sie auseinanderzutreiben, und schlugen mit *Sjambok-* und *Kiboko*-Peitschen auf die alten Männer und Jungen ein, die die Herde bewachten. Schreie erhoben sich aus dem Staub, Schreie von Wut und Schmerz.

Die Massai versuchten, sich mit ihren Hirtenstöcken zu verteidigen. Einige der alten Männer, die noch immer imstande waren, einen Speer zu werfen, unternahmen erfolglose Versuche, Vergeltung zu üben. Sie wurden geschlagen, bis sie in

den Staub fielen. Die meisten ergriffen die Flucht und folgten ihren Rindern zum Fluss.
Die Siedler gaben die Verfolgung auf, als der letzte der Eindringlinge über die sandigen Lachen des Uaso Nyiro davoneilte.

Ole Sadera erweckte nicht den Eindruck, als fühlte er sich wohl in Lewis' Wohnzimmer. Er war beileibe kein großer Mann, aber der Raum schien ihn einzuengen wie einen geschmeidigen Gepard, der in einer Falle gefangen ist.
Lewis hatte ihm erlaubt, Coll zu sehen. Die bleichen Züge seines Freundes erschreckten den Krieger. Nach seinem Besuch, der kurz ausfiel, weil Lewis ihm nicht mehr Zeit gestattete, erkundigte er sich sogleich, ob er Coll etwas von seiner Massai-Medizin bringen sollte. Lewis erklärte ihm, dass Coll völliger Ruhe bedurfte und alles für ihn getan wurde, was getan werden konnte. Der *Morani* schien nicht überzeugt und fragte eingehend nach, bis er zu seiner Zufriedenheit festgestellt hatte, dass Lewis alles Menschenmögliche tat, um seinen Freund gesund zu machen.
»Er wird in einigen Tagen nach Hause zurückkehren«, sagte Lewis kopfschüttelnd.
»Aber er ist noch krank.«
»Er besteht darauf. Und wenn unser Freund einmal einen Entschluss gefasst hat, dann hört er nicht auf die Stimme der Vernunft, und es hilft auch kein Bitten oder Flehen, um ihn davon abzubringen, wie wir beide sehr wohl wissen. Aber eigentlich müsste alles gutgehen, wenn er sich in den nächsten Wochen schont.«
»Wer wird sich um ihn kümmern? Wer wird ihm das Essen kochen und für ihn sorgen?«, fragte Ole Sadera.
»Das ist ein Problem, das gebe ich zu«, entgegnete Lewis.

»Aber wenn Coll die Dinge ruhig angehen lässt, wird er es allein schaffen. Ich werde alle zwei Tage nach ihm sehen. Öfter, wenn ich die Zeit dazu finde.«

Ole Sadera nickte. »Er braucht eine Ehefrau, die für ihn sorgt«, erklärte er mit ernster Stimme.

»Ja, das wäre in der Tat hilfreich.«

»Warum hat er keine Ehefrau?«

Lewis seufzte. »Ich fürchte, das ist ein wenig kompliziert und lässt sich nicht so einfach erklären«, sagte er. »George hatte eine sehr gute Freundin, und ich glaube, sie wäre nicht abgeneigt gewesen, wenn sie ihre Freundschaft vertieft hätten, aber George wollte davon nichts wissen. Man könnte es wohl am besten damit beschreiben, dass er sie weggestoßen hat.«

»Weggestoßen?«, fragte Ole Sadera verwundert.

»Nun, das ist nicht wörtlich gemeint. Er hat ihr deutlich gemacht, dass er nicht an einer engeren Beziehung interessiert war. Es ist etwas sehr Persönliches zwischen George und Katherine – Katherine Wallace. Sie hat eine Farm draußen an der Limuru Road. Ich weiß nicht, wie ich es verständlicher erklären soll.«

Ole Sadera nickte. »Swara schämt sich, krank zu sein. Er ist ein stolzer Mann, der glaubt, dass diese Frau, Katherine Wallace, Mitleid mit ihm haben wird. Und er will kein Mitleid, er will ihre Liebe.«

Lewis starrte ihn an. »Aber ja. Das scheint der Grund zu sein.«

»Und er weiß nicht, wie er ihre wahren Gefühle herausfinden soll.«

»Das stimmt. Er hat es mir gegenüber so gut wie eingestanden.«

Ole Sadera nickte. »Ich konnte es in seinem Herzen sehen. Er ist nicht glücklich über das Problem. Diese Katherine Wallace muss herkommen und Swara sehen.«

»Nein. Auf keinen Fall. Nicht in seinem jetzigen Zustand. Das wäre vielleicht in einer Weile eine gute Idee, wenn er kräftiger ist. Aber nicht im Augenblick.« Lewis dachte für einen Moment nach. »Aber selbst dann wird er es möglicherweise verwehren. Er ist so stur.«

»Stur?«

»Das bedeutet, dass George sich nichts sagen lässt, weil er glaubt, er sei der Einzige, der wisse, was das Richtige für ihn ist.«

Ole Sadera dachte für einen Augenblick über die Worte nach, bevor er nickte. »Ja, ganz furchtbar stur.«

Lewis zügelte sein Pferd an der Gabelung mit dem Schild »Tobermory«. Er befand sich auf dem Rückweg von einem Besuch des Missionskrankenhauses in Kijabe, der routinemäßig verlaufen war, und er freute sich, früher als erwartet nach Hause zu gelangen. Nun lag nur noch ein leichter Berghang von ungefähr fünfzehn Meilen bis nach Nairobi vor ihm.

Der abzweigende Weg führte zur Farm von Katherine Wallace.

Er erinnerte sich von seinem letzten Ritt durch Limuru daran. Trotz seiner ermutigenden Worte war Coll nicht noch einmal zu Katherines Farm zurückgekehrt. Er beharrte nach wie vor darauf, dass es ihr gegenüber ungerecht wäre.

Lewis hatte das Gefühl, dass sich sein Freund immer mehr in die Arbeit zurückzog und wenig Sorge darauf verwandte, die Lücke zu füllen, die Katherine in seinem Leben hinterlassen hatte. Nach einer anfänglichen Besserung hatte sich sein Gesundheitszustand wieder verschlechtert. Coll hatte sich mit einer solchen Heftigkeit in die Arbeit geworfen, dass es seine Gesundheit beeinträchtigte. Als Jagdaufseher – was eine Art Beförderung darstellte –, verbrachte er zu viel Zeit draußen

im Hochland und in dem ungesunden, feuchten Klima in der Umgebung des Viktoria-Sees.
Lewis betrachtete das Schild für einen weiteren Augenblick nachdenklich und lenkte sein Pferd dann zwischen den beiden Zaunpfosten hindurch auf den Weg.
Das Haus war schlicht, typisch für die kleinen Farmen in der Gegend. Eine Schar von Hühnern flatterte vor seinem Wagen her, und ein alter Hund gab ein halbherziges Bellen von sich, als er neben der Veranda hielt.
Ein afrikanisches Mädchen kam schüchtern an die Tür, als er vom Wagen kletterte und am Fuß der Treppe stehen blieb.
»Ich kümmere mich schon darum, Kira«, ertönte eine Stimme hinter ihm.
Als er sich umdrehte, sah er eine Frau von angenehmer Erscheinung auf sich zukommen. Sie mochte irgendwo zwischen Mitte dreißig und Ende vierzig sein. Er wusste, dass viele Siedlerfrauen unter den harten Bedingungen des Klimas, der Schwangerschaften und der jahrelangen, unablässigen schweren Arbeit rasch alterten. Aber diese Frau hatte sich einen guten Teil ihrer wohl einst klassischen Schönheit bewahrt. Katherine Wallace durfte sich wohl bei ihren keltischen Vorfahren für ihre zarte, makellose Haut bedanken. Und es lag ein Hauch von schottischem Stolz in der Art und Weise, wie sie ihren Kopf trug und das Kinn angriffslustig vorgereckt hatte. Der leichte Baumwollrock und die Bluse betonten ihre schlanke Gestalt.
Sie war sich seiner offenen Begutachtung bewusst und schob sich eine Haarsträhne aus der Stirn, bevor sie ihm einen herausfordernden Blick zuwarf und sagte: »Wenn Sie wegen der Steuer gekommen sind, die habe ich in der letzten Woche bezahlt.«
Lewis lächelte. »Ich bin zwar bereits den ganzen Tag unter-

wegs, aber ich hätte nicht gedacht, dass ich derart lausig aussehe. Ein Steuereintreiber, ich muss doch sehr bitten!«, sagte er mit gespielter Empörung.
Die Frau betrachtete ihn durch halb zusammengekniffene Augen. »Wenn Sie kein Steuereinnehmer sind, wer sind Sie dann?«
»Dr. Norman Lewis«, sagte er und zog seinen Hut.
Katherines Mund öffnete sich, ohne dass ein Laut hervorkam, und sie zögerte einen Moment, ehe sie die Hand ergriff, die er ihr hinstreckte. »Georges Freund«, sagte sie leise.
»Ja. Und Sie sind vermutlich Katherine Wallace.«
Sie nickte, betrachtete ihn noch eingehender. Nach einem Augenblick sagte sie: »Kommen Sie doch herein, Dr. Lewis.«
»Gern. Vielen Dank.«
In der behaglichen Küche – die ihn sehr an eine Küche auf dem Land in Schottland erinnerte – bemühte sich Lewis, Katherine in ein Gespräch über die Farm und den Mangel an Regen zu verwickeln. Sie antwortete ihm höflich, blieb aber auf der Hut.
Sobald Lewis innehielt, sagte sie: »Entschuldigen Sie die Frage, Dr. Lewis … aber ich nehme nicht an, dass es sich hier um einen Hausbesuch handelt, oder?«
»Nein, Mrs. Wallace, das wohl nicht. Obgleich man es in gewisser Weise so bezeichnen könnte. Ich würde mich gern mit Ihnen über George unterhalten.«
Sie schien Erfahrung darin zu besitzen, ihre Gefühle zu verbergen, denn er vermochte nichts in ihren Augen zu lesen. Er fuhr dennoch unbeirrt fort.
»Ich bin ein Freund von George. Vermutlich einer seiner wenigen engen Freunde.« Er legte seinen Hut auf den Sitz neben sich. »Ich mache mir Sorgen um seine Gesundheit, Mrs. Wallace.«

Sie beugte sich nach vorn. »Ich wusste es«, sagte sie. »Er ist krank, nicht wahr?«
»Nun, ja und nein. Sein Zustand hat sich nicht dramatisch verschlimmert, aber auch nicht verbessert. Sie wissen vermutlich bereits oder ahnen es, dass George an Tuberkulose leidet.«
Als Katherine keinerlei Reaktion zeigte, fuhr er fort: »Aber ich mache mir mehr Sorgen um seine Gemütsverfassung.«
»Was genau meinen Sie damit?«
Er holte tief Luft. »Mrs. Wallace, nach dem zu urteilen, was George mir über Sie erzählt hat, glaube ich, offen mit Ihnen reden zu können. Meine Erfahrung als Arzt hat mich gelehrt, dass es das Beste ist, heikle Themen rundheraus anzusprechen. Ich hoffe, Sie haben nichts dagegen.«
Sie nickte und presste ihre Hände auf dem Schoß ineinander.
»George ist krank. So viel wissen wir beide. Auch George weiß es. Aber was er sich nicht eingestehen will oder einzugestehen vermag, obgleich ich versucht habe, es ihm begreiflich zu machen, ist, dass er womöglich nicht mehr viele Jahre zu leben hat.«
Katherine senkte für einen kurzen Moment den Blick auf ihre Hände, hob dann aber wieder den Kopf.
»Dies mag ein wenig schwarzseherisch klingen – wir Mediziner neigen manchmal dazu –, aber es besteht die Gefahr, dass es eintrifft.«
»Sie erwähnten seinen Gemütszustand.«
»In der Tat.« Er hielt für einen Moment inne, unsicher, ob er es wirklich wagen sollte, sein Vorhaben in die Tat umzusetzen, aber zugleich entschlossen, es zu Ende zu bringen. »Es liegt zwar bei mir schon eine ganze Weile zurück, aber ich glaube, den Zustand immer noch erkennen zu können, wenn ich ihn vor Augen habe: Ich bin zu der Ansicht gelangt, dass George Sie liebt, Mrs. Wallace.«

»Ist das eine Krankheit, Doktor?« Der Klang ihrer Stimme war von einer vorsichtigen Emotionslosigkeit, aber ihre Hand griff zum Kragen ihrer Bluse und begann nervös damit zu spielen.

»Es tut mir leid, ich handhabe diese Angelegenheit nicht sehr gut. Worauf es ankommt, ist, dass George diese unangebrachte Entschlossenheit besitzt, sich eine tiefer gehende Beziehung zu versagen, aus Angst, dem geliebten Menschen Kummer zuzufügen, sollte sich sein Zustand verschlechtern.«

»Er müsste doch eigentlich wissen, dass für uns alle einmal die Zeit kommen wird, aus diesem Leben zu scheiden.«

»Das ist ihm sicherlich bewusst. Aber erkennen Sie nun die Schwierigkeit?«

Katherine schüttelte den Kopf. »Ich fürchte, nein.«

»Er muss zur Vernunft kommen. Er sollte weiterleben, die Zeit genießen, die ihm bleibt.«

»Da stimme ich Ihnen zu. Aber warum erzählen Sie mir das?«

»Weil …«, hob er an, stellte dann aber fest, dass er angesichts ihres kühlen Blicks nicht fortzufahren vermochte. Sie sprach an seiner Stelle.

»Weil *ich* weiß, dass er sein Leben weiterleben sollte, und weil *Sie* es wissen, aber wenn George Coll das, verdammt noch mal, nicht beherzigen will oder nicht beherzigen kann, was bleibt uns da noch zu tun?«

Lewis seufzte. »Sie haben natürlich recht.«

»Ja … ich habe recht.« Sie hob kurz ein Taschentuch an ihre Nase. »Tee?«, fragte sie.

»Vielen Dank, aber nein. Ich muss mich wieder auf den Weg machen.«

Er erhob sich, und sie folgte ihm zur Tür.

Lewis nahm ihre Hand in die seine. »Mrs. Wallace, es freut mich, Ihre Bekanntschaft gemacht zu haben. Ich glaube, ich vermag nun zu ermessen, was George in Ihnen sieht, und ich hoffte, dass einer von Ihnen beiden zu überwinden vermag, was auch immer ihn zurückhält.« Er lächelte grimmig. »George mag sich dessen nicht bewusst sein, aber er braucht Sie, Katherine Wallace.«

Sie lächelte mit glänzenden Augen.

Lewis kletterte erschöpft in seinen Wagen, winkte ihr zum Abschied zu und machte sich auf den Heimweg.

Katherine stand in Gedanken versunken am Kamin und starrte auf die schwarze Eisentür des Ofens. Die letzten Strahlen des Nachmittagslichts fielen schräg durch das Fenster und warfen lange Schatten über den Boden und die bunten Teppiche.

Minuten verstrichen, bis ein schwacher Geruch nach Angebranntem sie aus ihren Gedanken riss, und sie sich erschrocken daran erinnerte, dass sie zum Ofen gegangen war, um den Kuchen herauszunehmen. Sie suchte die Regale nach dem Tuch ab, das sie benutzte, um die heiße Ofentür zu öffnen, um dann schließlich zu bemerken, dass sie es bereits in der Hand hielt.

Als die Ofentür aufklappte, stieg ihr eine Wolke aus süßem Rauch ins Gesicht. In ihrer Hast verrutschte das Tuch, und sie verbrannte sich die Finger an der heißen Backform.

Als sie auf die schwelenden Reste ihres Biskuitkuchens blickte, kam ihr die Erkenntnis, dass es sich nicht um einen großen Verlust handelte. Ohne einen Besucher, der ihr dabei half, den Kuchen aufzuessen, wäre das meiste davon ohnehin vergeudet.

Sie ließ sich auf einen Stuhl sinken. Ihre Augen füllten sich mit Tränen, und sie steckte ihren schmerzenden Finger in den Mund. Sie erkannte, wie sehr sie in der Vergangenheit darauf gehofft hatte, dass George Coll ihr einen Besuch abstatten würde, wenn er an ihrer Farm vorbeiritt.

Sie kam sich albern vor, weinend in der zunehmenden Dunkelheit dazusitzen. Sie versuchte, sich einzureden, dass es an der Tageszeit lag – an dieser Zeit, wenn nach getaner Arbeit nichts anderes auf sie wartete als ein schlichtes Mahl und ein leeres Bett.

Wut stieg in ihr auf. Warum war Bill nur so gedankenlos gewesen? Warum hatte er sich auf die Jagd nach diesem Löwen gemacht? Warum hatte er nicht in Erwägung gezogen, was mit seiner Frau geschehen würde, wenn sie allein zurückblieb?

Sie wischte die Tränen ab. Sie durfte nicht zulassen, dass bitteres Bedauern ihre Erinnerungen trübte. Das Leben war zu kurz für solche Torheit.

Aber dennoch musste sie der Tatsache ins Auge blicken, dass sie töricht gewesen war. Und eigennützig dazu.

Es war eigennützig, die Erinnerung an Bill mit ihren eigenen Fehlentscheidungen zu trüben. Sie war es gewesen, die ihn zu der Entscheidung getrieben hatte, die ihn letztlich das Leben kostete.

Und sie war es, die George Coll törichterweise zu weit getrieben hatte.

Kapitel 29

Der Amala war nicht länger ein stattlicher wilder Seitenfluss des Mara. Die Dürre hatte ihn in eine Reihe von schlammigen Wasserlöchern verwandelt, die durch weite Sandflächen verbunden waren, was den langen Marsch in Richtung Norden schwierig gestaltete. Aber Leboo Ole Kipetu wusste, dass ihn die *Askaris* nicht finden würden, wenn er auf dem mit Schotter übersäten Ufer blieb.

Leboo und sein Junge trieben ihre einundzwanzig Rinder und eine Handvoll Ziegen schon seit Tagen nordwärts. Sie waren alles, was ihm von seiner einst beträchtlichen Herde geblieben war.

Als der weiße Gouverneur die Massai aus dem großen Tal vertrieb, hatte Leboo es vorgezogen, in das Reservat im Süden zu ziehen. Seine erste Frau war eine Loitai-Massai, deren Familienmitglieder in den Hügeln von Loita im südlichen Reservat lebten und viele Rinder besaßen. Er hielt es für einen Vorteil, in ihrer Nähe zu bleiben, um durch die verwandtschaftlichen Beziehungen an weitere Tiere zu gelangen.

Aber die Jahre im Süden waren nicht von Glück gesegnet gewesen. Seine zweite Frau hatte ihm keine Kinder geboren, und er hatte sie zu ihrer Familie zurückgeschickt. Dann blieben dreimal hintereinander die Regenzeiten aus, und als er und die Familie seiner Frau nach Westen zogen, um besseres Weideland zu finden, wurden sie von feindseligen Sokit überfallen, die seine Frau töteten und viele seiner Rinder stahlen. Es hatte ihn eine junge Ziege gekostet, den Rat des *Laibon* der Loitai einzuholen, der ihm versprach, dass er wohlhabender werden und eine geeignete Frau finden würde, wenn er in sein Heimatland Entorror zurückkehrte. Und so hatte sich Ole Kipetu entschieden, alles zu wagen und die verbotene Reise durch das große Tal bis nach Entorror anzutreten, wo er seine Purko-Verwandtschaft ausfindig machen würde.

Es war ihm auch zu Ohren gekommen, dass sich das *Ol-Milo* – das todbringende neue Rinderfieber, das die Weißen Ostküstenfieber nannten – über das gesamte südliche Reservat ausbreitete. Er war seines mühevollen Lebens überdrüssig und entschied sich, alles zu wagen, um wieder in Entorror leben zu können.

Kapitel 30

Lord Delamere vermochte den Anblick nicht länger zu ertragen. Er wandte sich von dem Massai-Hirten ab, der das Kuhkalb hielt, und kletterte auf seine Stute. Er zögerte und betrachtete das Tier erneut, in der Hoffnung, sich geirrt zu haben, doch die Anzeichen waren eindeutig. Er trat der Stute in die Flanken und galoppierte davon, um dem unerträglichen Anblick zu entkommen.

Vor ihm, oben auf der kleinen Anhöhe – einem der zahlreichen Brüche des Great-Rift-Tales –, befand sich der Hauptsitz seines vierzigtausend Hektar umfassenden Anwesens nahe des Elmenteita-Sees. Die Soysambu-Ranch war der Ort unter seinen Besitztümern, an dem er und seine Frau sich niedergelassen hatten.

Er hatte die Ranch im Lauf der Jahre aufgebaut. Soysambu – ein Wort aus der Maa-Sprache, das gesprenkelter Stein bedeutete – stellte nun seine Haupteinnahmequelle dar. Hier verbrachte er die meiste Zeit. Hier investierte er das meiste Geld. Und hier kämpfte er gegen die Elemente, den Boden, die Tiere, die gelegentlich aufsässigen Eingeborenen und die vielen Krankheiten, die europäisches Vieh und europäische Landwirtschaft befallen konnten und es auch taten. Er hatte sich entschlossen, all seine Anstrengungen auf Schafe zu konzentrieren, aber seine Rinder stellten einen beträchtlichen Teil seiner gesamten Investitionen dar.

Er hatte zwanzig Meilen an Rohrleitungen legen lassen, um das Wasser vom See zu seinem Vieh zu bringen, und ein Vermögen ausgegeben, um Weizen zu züchten, der resistent war gegen Rostpilz. Er hatte die fehlenden Mineralien im Boden von Nakuru ermittelt, die unerlässlich waren für die Gesundheit seines Viehs, und er hatte den Mangel behoben.

Während dieser Zeit hatte er nur wenig Hilfe von zumeist starrsinnigen Bürokraten erhalten und überhaupt keine Unterstützung finanzieller oder anderer Art von der Regierung. Um seine riesigen Investitionen finanzieren zu können, musste er Vale Royal, sein Familienanwesen in England, hypothekarisch belasten. Die Bank drohte ihm nun mit der Zwangsvollstreckung, sollte er in der nahen Zukunft keine Zahlung leisten. Er war entschlossen, sich, falls nötig, von all seinen Vermögenswerten zu trennen. Afrika und seine Zukunft waren untrennbar miteinander verbunden, und es war ihm unmöglich, sich eine andere Lebensweise vorzustellen.

Oben auf der Anhöhe zügelte er die Stute. Sie keuchte, und für einen Moment bedauerte er, sie so grausam angetrieben zu haben. Sein Blick folgte dem abfallenden Hang bis zu seiner Herde von über eintausend Rindern, die hier und da mit einem Massai-Hirten gesprenkelt war. Alles in ihm sträubte sich zu glauben, was er mit eigenen Augen gesehen hatte und was ihm seine Erfahrung sagte.

Anfangs war er der Meinung gewesen, es handele sich lediglich um eines der zahllosen Probleme, wie sie in Afrika vorkamen. Doch nach all den vielen Jahren als Viehzüchter hatte er das eine oder andere über die Tierheilkunde aufgeschnappt. Nach oberflächlicher Betrachtung der ersten Dutzend kränkelnder Tiere wusste er, dass er es mit etwas weitaus Gefährlicherem als Blutharnen oder Gallsucht zu tun hatte. Er entdeckte zunächst eine Lymphknotenschwellung hinter dem Ohr des infizierten Tieres, wie sie schon bald auch an anderen Stellen des Körpers zu beobachten war. Ungefähr zur selben Zeit trat ein Fieber auf, gepaart mit Appetitlosigkeit und allgemeiner Lethargie. Die Kuh begann unter Atembeschwerden zu leiden und entwickelte einen Husten aufgrund von Flüssigkeitsansammlungen in den Lungen. Innerhalb einer Woche setzten die wahrlich grässlichen Symptome ein: zunächst Durchfall, der manchmal blutig war, dann Muskelschwäche, weiße Verfärbung der Augen und des Zahnfleisches. In den Endstadien wurde das Nervensystem angegriffen, und das Tier vermochte nicht mehr zu stehen oder, was häufiger vorkam, es wankte im Kreis herum. Andere wurden gelähmt. Glücklicherweise trat dann schnell der Tod ein.

Diese Tragödie würde sich schon bald auf jeder Farm und Ranch überall im Great Rift Valley abspielen. Delamere vermochte nur resigniert den Kopf zu schütteln. Nach all den Hindernissen, die er in den vielen Jahren in Afrika aus dem Weg geräumt hatte, sollte ihn also nun ein beinahe unsichtbarer Organismus in die Knie zwingen.

Das Ostküstenfieber war eine heimtückische Krankheit. Fachkundige hielten die braune Zecke für den Überträger, was hier draußen in der ostafrikanischen Savanne bedeutete, dass sich im Gras eine tödliche Bedrohung versteckte, die einem vorbeiziehenden gesunden Tier auflauerte und es innerhalb weniger Tage in einen kranken Haufen Elend zu verwandeln vermochte.

Obgleich er ein zäher Kämpfer war, war er doch auch Realist und wusste, wann er seinen Meister gefunden hatte. Das Ostküstenfieber war nicht heilbar. Die Zahl der Erkrankungen lag bei beinahe einhundert Prozent und die Sterblichkeit zwischen zehn und neunzig Prozent, abhängig von der Resistenz der Herde. Er rechnete damit, dass achtzig Prozent seiner viertausend Tiere sterben würden.

Das war eine Katastrophe.

Er hatte eine Vermutung, wo die Infektion ihren Anfang genommen hatte, war aber der Überzeugung gewesen, dass die Schließung des Korridors Richtung Süden und die Quarantänemaßnahmen in dieser Region sie vor einem Ausbruch im nördlichen Teil des Great Rift Valley schützen würden. Doch irgendwo war die Quarantäne durchbrochen worden, und braune Zecken hatten die Gräser des Great Rift Valley befallen. Die Hinweise deuteten auf einen umherziehenden Massai-Hirten, der sich mit seiner kleinen Herde von Zebu-Rindern ins Tal geschlichen hatte, um seine Sippschaft im nördlichen Reservat zu besuchen.

Delamere wusste, was er zu tun hatte. Er musste seine Herde säubern, womöglich alle Tiere töten und noch einmal von vorn beginnen.

Für ihn hatte nie ein Zweifel an der Notwendigkeit bestanden, die Massai in ein einziges, begrenztes Gebiet umzusiedeln. Wenn es etwas Positives an dem Ausbruch des Fiebers gab, dann, dass diese Katastrophe die Zweifler endlich davon überzeugen würde, dass es keine andere Wahl gab, als das Reservat im Norden zu schließen und die Massai unverzüglich nach Süden zu schicken.

Governor Edouards Argwohn war geweckt, als er George Coll zufällig in der Begleitung von Dr. Norman Lewis erblickte. Da der Mann gelegentlich für ihn dolmetschte, war er im Besitz von Informationen, die Edouards Gespräche mit Lenana und anderen betrafen. Zwar glaubte er nicht, dass Coll diese Informationen benutzt hatte, um ihm zu schaden – er war immer viel zu vorsichtig gewesen, um irgendetwas Vertrauliches in Colls Anwesenheit preiszugeben –, aber der Jagdaufseher setzte sich für seinen Geschmack allzu sehr für die Eingeborenen ein. Und es waren Weltverbesserer wie Coll, die daheim in London wegen aller möglicher belangloser Details Krach schlugen und die Angelegenheiten des Empire durcheinanderbrachten. Die Kombination aus der mitfühlenden Seele Coll und dem gebildeten Verschwörer Lewis ließ Edouard aufhorchen, und er entschied sich, beide im Auge zu behalten. Sein Argwohn war der Grund, warum er darauf verzichtet hatte, Coll bei seinem Treffen mit Lenana in Ngong hinzuzuziehen. Der *Laibon* hatte um das Treffen gebeten, was ungewöhnlich war, da er Diskussionen im Allgemeinen so lange aus dem Weg ging, bis er dazu gedrängt wurde.

Mit dem Ausbruch des Ostküstenfiebers hatte Edouard endlich die volle Unterstützung der Siedler erhalten, um ihre frühere Vereinbarung mit Lenana formell zu bekräftigen. Er rechnete mit einigem Widerstand von Seiten des alten Mannes, war aber entschlossen, ein Resultat zu erzielen, das das Kolonialministerium nicht mehr in Frage stellen konnte.

Als er sich Lenanas Hütte näherte, spielten etliche kleine Kinder in der Nähe mit Kieselsteinen. Ein größerer Junge, der in einem Alter war, in dem er die Aufgabe hatte, sich um Ziegen und Schafe zu kümmern, saß lustlos im Staub. Er hatte eine Menge Fliegen auf dem Gesicht, die ihm in Augen und Nase drangen. Sie schienen ihn nicht zu stören, aber Edouard verspürte den beinahe unzähmbaren Drang, sie von seinem Gesicht zu wischen. Er erschauderte bei dem Anblick und wartete darauf, dass Lenana aus der Hütte trat.

Als Lenana ihn begrüßte, erschrak Edouard bei dessen Anblick. Der *Laibon*, der ohnehin ein schwächlicher Mann war, schien weiter geschrumpft zu sein und wirkte hinfällig und lethargisch. Der Ältere, der als Dolmetscher fungierte, stimmte Edouard zu, dass Lenana in der Tat krank war, weshalb er auch um eine Unterredung mit dem Gouverneur gebeten hatte. Es gab Angelegenheiten zu besprechen, die von entscheidender Bedeutung waren. Er sagte, es habe Tage gegeben, an denen Lenana nicht er selbst gewesen war und es sich zur Gewohnheit gemacht hatte, das *Enkang* zu verlassen und herumzuwandern. Die Älteren sorgten sich zunehmend um ihn.

Lenana weigerte sich, das Treffen draußen bei Tageslicht abzuhalten, und bat Edouard in seine Hütte. Nach dem langwierigen Austausch von Höflichkeiten begab sich Lenana auf einen gewundenen Weg zum Kernpunkt des Treffens. Er müsse bald sterben, sagte er, und sei besorgt um seinen Sohn und die Nachfolge in seinem Amt als *Laibon.*

Der Dolmetscher neigte den Kopf, als er die nächsten Worte des *Laibon* übersetzte. »Lenana sagt, es ist uns zu Ohren gekommen, dass Sendeyus Sohn behauptet, der rechtmäßige Erbe für das Amt des *Laibons* zu sein. Dieser Sohn ist nun erwachsen und in einem Alter, in dem er bereit ist, für das zu kämpfen, von dem er glaubt, dass es seinem Vater gestohlen wurde.«

»Was soll ich Lenanas Ansicht nach deswegen unternehmen?«, erkundigte sich Edouard.

»Er bittet darum, dass nach seinem Tod sein erster Sohn, Seggi, zum obersten Anführer ernannt wird.«

»Verstehe«, sagte Edouard und fuhr sich mit dem Finger über die Spalte in seinem Kinn. »Sag Lenana, dass das möglich ist, dass es aber einige unerledigte Angelegenheiten zwischen uns gibt, mit denen wir uns befassen müssen, bevor irgendeine Entscheidung über die Nachfolge getroffen wird.«

Der Dolmetscher unterhielt sich für eine Weile mit dem *Laibon,* dann sagte er: »Lenana wird sie sich anhören.«

Edouard erklärte, dass es hilfreich wäre, wenn Lenana der Zusammenlegung der Reservate zu einem einzigen im Süden zustimmen würde.

Der alte Dolmetscher sagte: »Lenana fragt, haben wir nicht

bereits zugestimmt, von Entorror in den Süden zu ziehen, und hat man uns nicht angewiesen, umzukehren?«
Edouard, der es übelnahm, dass man ihn dazu trieb, einen unangenehmen Misserfolg einzugestehen, erwiderte polternd: »Es reicht nicht aus, wenn die Massai aus eigenen Stücken losziehen. Die Regierung bedarf gewisser Protokolle, einem gewissen Grad an Substanz.« Er erklärte, dass sie eine neue Vereinbarung schließen mussten, welche an die Stelle derer treten würde, die sie mit Commissioner Stewart im Jahre 1904 abgeschlossen hatten, falls die Massai tatsächlich in den Süden umsiedeln wollten.
»Lenana sagt, dass sich viele wegen des Wassers in Ngatet sorgen«, erklärte der Dolmetscher.
»Lenana und ich haben das bereits besprochen. Wir haben sogar seinen Vertreter zusammen mit meinem Mann, Mr. Hull, hinuntergeschickt. Ich habe zugestimmt, Dämme und Kanäle zu errichten, um das Wasser vom Amara ins Reservat zu bringen.«
Edouard wartete auf die Übersetzung, bevor er hinzufügte: »Wir werden keine Fragen mehr erötern, über die wir bereits geredet und eine Einigung erzielt haben. Ich werde eine neue Vereinbarung aufsetzen lassen, die Lenana, die Ältesten und die *Olaiguenani* unterzeichnen müssen. Erst dann werde ich mich darum kümmern, dass sein Sohn Seggi zum obersten Anführer ernannt wird, wenn er … wenn die Zeit gekommen ist.«
Entschlossen, das letzte Wort zu haben, beharrte der alte Mann darauf, dass Edouard einen Regierungsvertreter zu den Massai im Norden schickte. Er sagte, damit würde bekundet, dass der Befehl des *Laibon,* an der Unterzeichnungszeremonie teilzunehmen, die Unterstützung der Regierung besaß.

Edouard stimmte zu, verabschiedete sich und ließ den alten, geschwächten Mann im Halbdunkel seiner Hütte zurück.
Er atmete tief durch und blinzelte im grellen Sonnenlicht. Es schien ihm angeraten, einen Blick auf den jungen Mann zu werfen, mit dem er nach dem Tod des *Laibon* als oberstem Anführer verhandeln würde, und er bat den Ältesten, ihn herzuholen, damit er ihn sprechen könne.
»Aber er ist doch hier«, sagte der alte Mann und zeigte auf den Jungen, der im Staub hockte. Die Fliegen saßen immer noch ungestört auf seinem Gesicht. »Das hier ist Lenanas Sohn, Seggi.«

Kapitel 31

Galbraith Collins schwang sich wie ein Mann, der für das Leben eines Rinderfarmers in Britisch-Ostafrika geschaffen war, in den Sattel seines feurigen schwarzen Hengstes. Doch auch wenn er in der Tat gut zu Pferd saß, so hatte er seine Fertigkeiten nicht etwa auf seinen vierzigtausend Hektar im Great Rift Valley erlernt, sondern in Fermanagh County. Dort hatte er als kleiner Junge auf dem Familienanwesen seiner Eltern zum ersten Mal auf einem Gaul gesessen. Collins war der dritte Sohn des Grafen von Enniskillen und war im Jahre 1903 in Britisch-Ostafrika eingetroffen, kurz nach seinem Nachbarn und Schwager, Lord Delamere.

Als er aus dem Farmhaus trat, schob er seine Lee Enfield .303 in die Lederhülle. Er hatte sie mit Teilmantelgeschossen geladen, die er für gewöhnlich nicht benutzte, um Wild zu jagen, das zum Verzehr bestimmt war, da sie das Fleisch stark verletzten und ein Austrittsloch verursachten, das so groß war wie ein Brotlaib. Er hatte eine andere Beute im Sinn. Collins war ebenso wie seine Nachbarn über die Zahl der Tiere erzürnt, die von Viehdieben gestohlen wurden, und hatte sich geschworen, dass es die Übeltäter teuer bezahlen würden, wenn er sie erwischte.

Innerhalb weniger Meilen von seinem Haus entfernt entdeckte er das tote Schaf, wie es ihm sein Vorarbeiter berichtet hatte. Er stieß einen Fluch aus, als er abstieg, um sich den teilweise geschlachteten Kadavar genauer anzusehen. Es gab keine Anzeichen, dass das Schaf von einem Raubtier gerissen worden war.

Und es war noch nicht lange genug tot, dass die Aasfresser sich darüber hergemacht hätten.
Collins stieg kochend vor Wut wieder in den Sattel und ritt in einem leichten Galopp davon. Innerhalb einer Viertelstunde entdeckte er vor sich drei Gestalten. Als er näher kam, erkannte er an ihrem Kopfschmuck und den Verzierungen, dass es sich um Massai handelte. Sie bewegten sich Richtung Norden, schafften wahrscheinlich Teile seines besten Hammelfleisches in das Reservat zurück.
Er rief ihnen zu, stehen zu bleiben. Die Männer blickten sich kurz um, bevor sie auf eine Stelle mit Dornbüschen zustürzten. Collins fluchte und überlegte einen Moment lang, ob er ihnen mit seinem Pferd den Weg abschneiden sollte, entschied sich dann aber anders, schulterte sein Gewehr und feuerte. Der Mann, der ihm am nächsten war, fiel um, als sei er von einem Weizensack getroffen worden.
Collins ritt langsam auf den am Boden liegenden Krieger zu. Seine Freunde waren in den Dornbüschen verschwunden.
Er stieg von seinem Pferd und blieb mit dem Gewehr im Anschlag über dem Massai stehen, der mit dem Gesicht nach unten dalag. »Das wird euch eine Lehre sein, verdammtes Diebespack!«, stieß er hervor. Ein dunkler Kreis bildetete sich langsam um das kleine Loch auf dem Rücken der roten *Shuka* des Massai. Collins hoffte, dass der Mann aufstehen würde, damit er die Befriedigung hatte, ihm seinen Stiefel in den Bauch zu treten, aber der Massai lag still da, lediglich ein leises Stöhnen ließ darauf schließen, dass er bei Bewusstsein war.
Unter dem auf dem Bauch liegenden Körper bildete sich eine Blutlache. Collins rollte ihn nicht gerade sanft mit seiner Stiefelspitze auf den Rücken. Der Mann unterdrückte einen Schrei und hielt sich den Bauch. Ein Teil seiner Gedärme schlüpfte ihm durch die Finger. Obwohl er augenscheinlich

Schmerzen litt, blickte er mit kaum verhohlenem Hass herausfordernd zu Collins hinauf.
Collins lächelte auf ihn herab und nickte zufrieden. »Das wird dir das Stehlen für eine Weile verleiden, *Boyo*«, sagte er und richtete seinen Gewehrlauf auf das Gesicht des Massai.
Der Krieger zuckte nicht einmal, was Collins verärgerte, der zumindest erwartet hatte, dass ihn der Mann um Gnade anflehen würde. Es gab etwas, was er bei diesen Eingeborenen ganz und gar nicht ertrug, und das war Frechheit. Und davon besaß dieser Massai offenbar zu viel, als gut für ihn war. Eine mörderische Wut überkam ihn, und er krümmte den Finger am Abzug, bis die Waffe kurz vor der Entladung stand, doch dann hatte er eine bessere Idee.
Er kehrte zu seinem Pferd zurück, stieg auf und führte den Hengst zu dem *Morani,* der nun zu schwitzen und zu zittern begann. Er führte das Pferd so nahe an ihn heran, dass ihm durch die stampfenden Hufe der Staub ins Gesicht flog.
»Ich glaube, du bist keiner, der an Schock stirbt, stimmt's, *Boyo?*«, sagte er höhnisch.
Er spähte über die Dornbüsche hinweg. Von den beiden anderen Massai war weit und breit nichts zu entdecken.
»Und deine Freunde haben offenbar die Flucht ergriffen und dich im Stich gelassen. Das ist wirklich Pech. Ich fürchte, du kannst dir auch keine allzu großen Hoffnungen machen, dass hier in der nächsten Zeit ein paar gute Samariter vorbeikommen werden.«
Der *Morani* benötigte keine Übersetzung, um zu begreifen, dass er verspottet wurde. Er starrte Collins zornig an.
»Sieht ganz so aus, als müsstest du sehen, wie du allein nach Hause kommst. Wir wollen doch nicht, dass dich die Hyänen erledigen, nicht wahr?«
Collins lachte und ritt davon.

Die beiden von Ole Sadera losgeschickten Massai aus der Altersgruppe des vermissten *Moran* hatten nur eine vage Vorstellung, wo ihn seine beiden Gefährten zuletzt gesehen hatten. Sie waren in dem Glauben, dass er tot sei, von dem Land des weißen Farmers geflüchtet, als der auf sie geschossen hatte.
Die Massai-Hirten, die auf der Rinderfarm der Weißen im Great Rift Valley arbeiteten, hatten die Übergriffe ihrer Stammesbrüder bislang immer ignoriert. Daher waren die Farmen für diejenigen, die das Risiko auf sich nahmen, von den Besitzern erwischt zu werden, eine gute Quelle für hervorragendes Schaffleisch gewesen. Die Wahrscheinlichkeit, dass man auf der riesigen Fläche entdeckt wurde, war gering, und viele *Moran* glaubten, es sei das Wagnis wert.
Die kreisenden Geier wiesen den beiden suchenden Kriegern schließlich den Weg.
Sie fanden die Überreste der Leiche von Schmeißfliegen bedeckt am Rande eines Dornbuschdickichts. Spuren in der weichen Erde deuteten darauf hin, dass sich der Mann selbst noch bis zu den Büschen geschleppt hatte, bevor er starb. Offenbar hatte er vergebens versucht, Schutz vor den Aasfressern zu finden, die ihn schließlich überwältigt hatten. Es war kein schöner Tod gewesen.
Sie nahmen seinen mit diversen Tapferkeitsemblemen versehen Schild an sich und auch seinen Speer. Einer der Massai fand zwischen den blutigen Überresten ein eigenartiges Ding, eine abgeflachte Metallkugel, die sie ebenfalls mitnahmen, um sie Ole Sadera zu zeigen.

Coll fand Ole Sadera in seiner *Manyatta* in einer ernsten Stimmung vor.
»Ich trauere mit dir, Parsaloi«, sagte er.

»Wir trauern alle, wenn ein Krieger einen unehrenhaften Tod findet, Swara. Es schickt sich nicht. Er war ein tapferer Mann. Zu sterben, ohne die Möglichkeit zu haben, seinen Feind anzugreifen, ist eine schreckliche Schande.«

»Die Polizei hat den Mann verhaftet. Sein Name ist Galbraith Collins. Er ist der Besitzer der Farm, auf dessen Land deine Männer die Leiche gefunden haben.«

»Und was geschieht jetzt?«

»Nun, er wird vor Gericht gestellt. Deine Männer werden als Zeugen gehört werden, und ich vermute, dass Collins eine schwere Strafe erhält.«

Ole Sadera nickte.

»Ich weiß, dass du Bedenken hast, weil die Regierung euch in der Angelegenheit eures Landes so schäbig behandelt hat«, fuhr Coll fort, »aber wenn es eine Sache gibt, die die Briten ordentlich machen, dann ist es die Achtung unseres Strafrechts. Ich verspreche dir, dass der Gerechtigkeit Genüge getan werden wird.«

»Ich habe selbst erlebt, wie Mr. Frederick Jackson vor vielen Jahren britische Gerechtigkeit geübt hat.«

»Wirklich? Wie interessant.«

»Wird er auch jetzt wieder dafür sorgen, dass es sich so verhält?«

»Nein, Jackson ist nicht mehr hier.«

Ole Sadera dachte einen Moment lang darüber nach. »Dann wird es wohl Delamere sein?«

»Lord Delamere? Gütiger Himmel, nein. Er ist nicht im Gerichtswesen tätig.«

»Aber er spricht für die Regierung, nicht wahr?«

»Nein. Wie kommst du darauf?«

»Er hat so viele Rinder. Wie kann er so viel Land besitzen?«

»Hmm, das ist eine wirklich gute Frage, Parsaloi. Aber ich

kann dir versichern, dass er wie ich ein Zivilist ist – allerdings erheblich reicher.« Coll fand die Vorstellung erheiternd, dass Delamere – der bisweilen einer der erbittertsten Gegner der Regierung gewesen war – für einen aus ihren Reihen gehalten wurde. »Governor Edouard würde sich köstlich amüsieren, wenn ihm so etwas zu Ohren käme, das darfst du mir glauben«, sagte Coll lächelnd.
Er wandte sich Ole Sadera zu, in der Erwartung, seinen Freund ebenfalls lächeln zu sehen, doch der saß nur kreidebleich da.
»Parsaloi, was ist denn los?«
»Ich muss Mantira suchen«, sagte Sadera und lief los.

»Warum wollte uns Delamere glauben machen, dass er einer der weißen Anführer ist?«, fragte Ole Sadera seinen Freund Mantira. Sie hatten die Angelegenheit eine Zeitlang beredet und waren zu keiner Übereinkunft gelangt.
»Hat er uns gesagt, dass es sich so verhält, oder war es unser Wunsch, dies zu glauben?«, konterte Mantira.
Die Antwort vermochte Ole Sadera, der sich bewusst getäuscht fühlte, nicht zu besänftigen.
»Aber welche Rolle spielt das schon?«, fuhr Mantira fort. »Er ist ein Blutsbruder.«
»Aber irgendetwas stimmt nicht. Das spüre ich«, beharrte Ole Sadera. »Was ist mit dem, was uns Ole Kipetu berichtet hat?«
»Wie kannst du nur auf einen verbitterten alten Mann hören, Parsaloi?«, fragte Mantira und schüttelte ungläubig den Kopf. »Du kennst diesen Leboo Ole Kipetu nicht. Ich schon. Und ich kann dir versichern, dass er noch nie ein glücklicher Mann gewesen ist.«
»Nach dem, was er mir über sein Leben im Süden erzählt hat, hat er auch keinen Grund, glücklich zu sein.«

»Das ist doch alles nur Übertreibung!«, beharrte Mantira. »Die Gewohnheit derer, die müßig sind. Leboo Ole Kipetu gehört zwar noch nicht lange der Gruppe der Ältesten an, aber er ist schon jetzt für seine abenteuerlichen Geschichten bekannt.«

»Hast du seine Herde gesehen? Seinen Sohn? Da ist dein Beweis. Er hat keinen Grund zu übertreiben. Jeder vermag deutlich zu sehen, dass es ihnen in den letzten Jahre im Süden nicht gut ergangen ist.«

»Unsinn. Wer würde denn nach solch einer langen, anstrengenden Reise gesund und glücklich aussehen? Es gibt nirgendwo genügend Wasser.«

Ole Sadera zögerte. In gewissem Maße teilte er Mantiras Skepsis hinsichtlich Leboos Geschichte, aber sie nährte seine Bedenken, Lenanas Vorhaben zuzustimmen. Damals, als er erkannt hatte, dass die neue Krankheit der Rinder in das große Tal und letzten Endes nach Entorror kommen würde, war er bereit gewesen, das Reservat im Norden aufzugeben und in die Sicherheit des zudem viel größeren Gebietes im Süden zu ziehen. Aber Leboos Geschichte hatte ihn erneut verunsichert. Etwas in seinem Inneren sagte ihm, dass eine verborgene Gefahr darin lag.

Er versuchte es mit einer anderen Taktik.

»Erkläre mir eines, Mantira«, sagte er. »Warum benötigen wir nun etwas Geschriebenes, bevor wir uns auf den Weg machen? Wie kann es sein, dass es uns zuvor erlaubt war, loszuziehen, und nun dürfen wir es nicht, bis wir unser Zeichen auf diesem Papier von Governor Edouard gemacht haben?«

»Du kennst die Weißen doch, Parsaloi. Denk einmal darüber nach. Du weißt, dass sie mit Leichtigkeit neue Wege finden, um die gleiche Sache zu tun.«

»Aber was bedeuten diese Papiere?«, beharrte er. »Ich verste-

he nicht, warum sie manchmal so wichtig sind und dann wieder vergessen werden.«
»Es ist so, wie dein Freund Swara sagt: Es ist ihr Brauch. Worte niederzuschreiben machen jedem verständlich, was vereinbart wurde.«
»Aber wenn ich sie nicht verstehe und du nicht und auch sonst niemand von uns, warum benötigen wir sie dann? Wenn einzig die Weißen imstande sind, sie zu verstehen, was bedeuten sie dann für uns?«
Mantira rammte den Schaft seines Speers in die weiche Erde. »Ei, ei, Parsaloi. Du fragst immer nur *Wer?* und *Warum?*. Du bist wirklich der schwierigste, starrköpfigste Mensch, den ich kenne.«
Ole Sadera reckte trotzig das Kinn vor. »Ist es nicht die Aufgabe eines *Olaiguenani*, schwierig zu sein, wenn das Wohlergehen seiner Brüder auf dem Spiel steht?«
»Du redest von Wohlergehen! Wie viel Vieh haben wir denn hier in Entorror? Es gibt nicht genug Platz für unsere Herden. Wie oft wurden wir bestraft, weil wir auf der Suche nach Weideland gezwungen waren, den Fluss zu überqueren? Es ist unmöglich, mit dem auszukommen, was wir hier zur Verfügung haben.«
»Und ist diese unmögliche Situation nicht entstanden, weil wir unser Zeichen unter die Papiere eines anderen weißen Mannes gesetzt haben?«
Mantira machte sich nicht die Mühe zu antworten. Er sah zu, wie Ole Sadera mit schnellen Schritten davonging, und er fragte sich, was seinen jungen Freund in letzter Zeit plagte. Nichts und niemand blieb von seinem zunehmenden Misstrauen und seinen Befürchtungen verschont.

Norman Lewis lief auf seiner Veranda des Hauses an der Ngong Road auf und ab. »Ich verstehe dich nicht, George«, sagte er. »Wie kannst du nur diesen neuesten Vorstoß von Edouard gutheißen?«
»Weil es das ist, was die Massai wollen«, erwiderte Coll geduldig.
»Ausgemachter Unfug ist das, sonst nichts! Sie werden wie gewöhnlich dazu gedrängt.«
»Das glaube ich nicht, Norman. Ich war nach der Bekanntmachung von Governor Edouard in Ngong und habe dort erfahren, dass die Ältesten mit den Plänen einverstanden sind. Vielleicht hat sie der Ausbruch des Ostküstenfiebers im Rift Valley davon überzeugt. Ich weiß es nicht. Aber wenn ich der Ansicht wäre, dass es irgendeinen Widerstand gäbe, dann würde ich dir zustimmen.«
»Was hatte Lenana dazu zu sagen?«
»Nun, es geht ihm unglücklicherweise nicht gut. Ich habe nur eine kurze Zeit mit ihm verbracht und wurde dann mit seinem Sohn, Seggi, bekannt gemacht.«
»Seinem Sohn? Warum?«
»Wenn ich recht verstanden habe, wird er der neue oberste Anführer werden.«
»Oh, jetzt haben wir also eine Dynastie von obersten Anführern«, sagte Lewis verächtlich.
Coll blickte unbehaglich drein. »Offensichtlich.«
»Offen gestanden glaube ich kein Wort davon. Was ist mit den anderen? Stimmen Ole Sadera und dieser andere Bursche dem Ganzen zu?«
»Er und die anderen Anführer haben sich letzten Monat mit Lenana getroffen. Soweit ich weiß, haben sie beschlossen, die förmliche Vereinbarung zu unterzeichnen. Und wenn das ihr Wunsch ist, dann müssen wir ihn respektieren.«

»Und du hast das alles von Lenana gehört?«
»Ich habe ihn, wie gesagt, nur kurz gesprochen, und es war Seggi oder, besser gesagt, einer der Ältesten, der als sein Ratgeber fungiert, der mir die Einzelheiten genannt hat.«
»Wem vermag man in dieser Situation zu trauen? All unserer Erfahrung nach deutet es wieder einmal auf eine Manipulation von Seiten Edouards hin.«
»Das werden wir schon bald erfahren. Seggi hat die Ältesten und die *Olaiguenani* zu einem Treffen zusammengerufen. Derweil begebe ich mich nach Norden, um das Treffen zwischen Lenana und Edouard vorzubereiten.«
»Wie ist dieser Seggi denn so?«, erkundigte sich Lewis und nahm wieder Platz.
Coll rieb sich das Kinn. »Im Grunde ist er noch ein Junge. Leider nicht sehr … mitteilsam. Und wenn Lenana stirbt – und das könnte schon sehr bald der Fall sein –, wird er das Sagen bei jeder Entscheidung haben.«
»Oh, Gott«, stöhnte Lewis. »Damit wäre die Sache dann wohl erledigt. Edouard wird ihn vernichten.«
»Norman, um Himmels willen! Kommen deine politischen Ansichten hierbei nicht deinem gesunden Menschenverstand in die Quere? Die Massai haben sogar darum gebeten, im Süden zusammengeführt zu werden. Warum willst du das nicht akzeptieren? Kannst du denn niemals etwas Gutes in dem, was hier getan wird, sehen? Schau dir doch nur einmal die Verbesserung der gesundheitlichen Situation an, seit wir den Massai einige simple hygienische Maßnahmen beigebracht haben. Und es herrscht Frieden – es hat seit Jahren keinen Stammeskrieg mehr gegeben. Aber trotz alledem verunglimpfst du fortwährend unsere Bemühungen.«
»*Unsere* Bemühungen? Seit wann stehst du denn auf Edouards Seite?«

»Ich bin nicht unbedingt mit allem einverstanden, was wir getan haben, aber ich werde alles unterstützen, was den Massai erlaubt, ihr Schicksal in die eigenen Hände zu nehmen. Ich wiederhole es noch einmal: Sie haben sich so entschieden. Wer sind wir denn, dass wir ihnen unsere Interpretation dessen, was das Beste für sie ist, aufzwingen?«

»Im Fall anderer Stämme scheinen wir das schon oft getan zu haben. Es ist nur eine Frage der Zeit, wann dies auch mit den Massai geschehen wird. Sie befinden sich bereits in einem Reservat. Ehe sie es sich versehen, werden wir Missionare vorbeischicken, die ihnen beibringen, wie sie zu denken haben. Damit erlauben wir ihnen wohl kaum, ihr Schicksal in die eigenen Hände zu nehmen.«

»Ich vermag nichts Verwerfliches im Vorankommen der Zivilisation und der Christenheit zu sehen.«

»Oh, bitte! Lass uns nicht die Religion zu den Vorteilen der Zivilisation zählen. Das Letzte, was diese Leute brauchen, sind mehr Götter, die ihnen ins Ohr flüstern.«

»Solch ein Gerede will ich nicht hören, Lewis. Ich mag zwar kein Kirchgänger sein, glaube aber durchaus an den Allmächtigen und an sein Werk zum übergeordneten Wohle der Menschheit. Du und deine Arztgenossen, ihr könnt wohl kaum behaupten, die Lösung für alle Leiden dieser Welt zu kennen.«

»Erspare mir deine Predigten, George. Ich habe mir über die Jahre genug davon anhören müssen.«

»Das ist womöglich der beste Vorschlag, den du am heutigen Tage gemacht hast.«

»Wie bitte?«, erkundigte sich Lewis, als Coll aufstand und zur Treppe ging, wo er für einen Moment verharrte, um zu Atem zu kommen und sich wieder zu fangen.

»Ich werde dir meine Predigten ersparen«, rief Coll über seine Schulter zurück und marschierte die Treppe hinunter in den Garten, wo die Bougainvillea zu ranken begann. »Ich habe die Nase erst einmal voll von deinem Zynismus«, fügte er hinzu. »Ich wünsche einen guten Tag.«

»Du regst dich wieder einmal unnötig auf, George«, rief Lewis ihm nach, als Coll den Hügel hinunter davonstürmte. »Denk an deine Gesundheit!«

Kapitel 32

George Coll wollte nicht auffallen. Daher nahm er inmitten all der Neugierigen, die sich dort die Zeit vertrieben, im hinteren Teil des Gerichtssaals Platz, obgleich er mehr als die meisten anderen an dem Prozess interessiert war, der nun schon drei Tage dauerte. Vor dem Richter stand der Ankläger, Herbert Wallis – ein zur Glatze neigender, leicht dickbäuchiger Mann in einem schlecht sitzenden Anzug, der in dem stickigen Gerichtssaal heftig schwitzte. Auf der Anklagebank saß der wegen Mordes angeklagte Galbraith Collins, ein führendes Mitglied der Siedlergemeinschaft und ein Mann mit mächtigen Freunden in Britisch-Ostafrika und im Ausland. Wallis' respektvoll durchgeführtes Kreuzverhör machte deutlich, dass er sich dieser Tatsache überaus bewusst war.

»Mr. Collins«, sagte Wallis, »Sie haben die Aussage von Sergeant Dutton von der Polizeiwache in Nakuru gehört, laut der die verstümmelte Leiche des Massai-Kriegers Toiran auf Ihrer Farm im Great Rift Valley gefunden wurde. Mit Hilfe des Gerichtsdolmetschers haben Sie zudem von dem Massai-Zeugen, der den Verstorbenen gefunden hat, vernommen, dass er ein metallenes Objekt in der Nähe der Leiche entdeckt und es der Polizei übergeben hat, als er den Mord meldete.

»Einspruch!«, rief der Verteidiger.

»Stattgegeben«, sagte der Richter und blickte über seine Brille hinweg den Ankläger an. »Mr. Wallis, darf ich Sie daran erinnern, dass wir zunächst feststellen müssen, ob es sich in der hier verhandelten Angelegenheit tatsächlich um Mord handelt, respektive, ob überhaupt ein Verbrechen begangen

wurde. Zu diesem Zeitpunkt vermögen wir nichts auszuschließen, und dies beinhaltet auch Tod durch Unfall.«
Wallis wischte sich mit einem großen weißen Taschentuch über die Stirn. »Ich danke Euer Ehren für den freundlichen Hinweis und entschuldige mich beim Gericht und bei meinem geschätzten Kollegen.« Er nickte zu dem Verteidiger und seinen drei Assistenten hinüber. »Lassen Sie mich die Frage anders formulieren.« Er räusperte sich und wandte sich erneut der Anklagebank zu. »Mr. Collins, Sie haben gehört, dass der Massai-Krieger Sergeant Pearson von der Polizeiwache in Nakuru eine kleine bimetallene Kugel übergeben hat und dieser die Meinung äußerte, dass es sich um ein Projektil aus einem Repetiergewehr Kaliber .303 handelt.«
Collins nickte. »Ja.«
»Können Sie mir bitte sagen, ob Sie ein solches Gewehr besitzen, Mr. Collins?«
»Das tue ich.«
»Verstehe. Und vermutlich benutzen Sie es wie jeder Farmer im Tal von Zeit zu Zeit dazu, um Wild für das Abendbrot zu jagen, nicht wahr?«
»Das ist richtig.«
»Sehr gut. Und würden Sie von sich behaupten, dass Sie mit diesem Gewehr ein versierter Schütze sind, Mr. Collins?«
»Ich vermag einer Giraffe auf hundert Schritt die Hörner abzuschießen«, erwiderte Collins grinsend.
Die Geschworenen und die Zuschauer brachen in Gelächter aus.
»Ruhe!«, rief der Richter warnend und ließ seinen Hammer auf den Sockel herabsausen.
»Mr. Collins, Sie haben in Ihrer eidesstattlichen Aussage vor diesem Gericht erklärt, dass Sie sich am dritten April 1911 auf einem Ausritt befanden, als Sie auf eine Gruppe von Massai

auf Ihrem Land trafen, die Sie für ein Überfallkommando hielten. Würden Sie dem Gericht bitte mitteilen, wie Sie zu dieser Schlussfolgerung gelangten?«

»Alle drei trugen Kriegsbemalung und Löwenmähnen-Kopfschmuck.«

»Und war es lediglich ihre Aufmachung, die Sie glauben ließ, dass sie nichts Gutes im Schilde führten?«

»Ich hatte kurz zuvor die Überreste eines meiner besten Schafböcke entdeckt. Die Mistkerle hatten ihn aufgeschnitten und große Stücke Fleisch entnommen. Diese verdammten Bastarde haben ja nicht die leiseste Ahnung, wie man so ein Tier richtig zerlegt. Es war völlig zerhackt.«

Die Leute im Gerichtssaal nickten.

»Ruhe«, brummte der Richter. »Ruhe! Und ich möchte Sie daran erinnern, keine Gottlosigkeiten in meinem Gerichtssaal auszusprechen, Mr. Collins.«

»Mr. Collins«, fuhr der Ankläger fort, »Sie sagten in Ihrer eidesstattlichen Erklärung, dass Sie die Männer gefunden hatten, von denen Sie vermuteten, dass sie für den Tod Ihres Schafbocks verantwortlich waren. Darf ich fragen, was Sie dann taten?«

»Ich rief ihnen zu, stehen zu bleiben.«

»Und was war zu diesem Zeitpunkt Ihre Absicht?«

»Ich wollte diesem – verzeihen Sie, Euer Ehren – Diebespack eine Abreibung mit meiner *Kiboko*-Peitsche verpassen und sie nach Nakuru treiben, um sie wegsperren zu lassen.«

»Aber das ist nicht geschehen, nicht wahr, Mr. Collins? Die drei Männer blieben nicht stehen, sondern liefen davon. Und das hat Sie wütend gemacht.«

»Und ob mich das wütend gemacht hat.«

»Könnte man sagen, es hat Sie zur Weißglut gebracht, Mr. Collins?«

Collins starrte ihn zornig an. »Sie sind kein Farmer, nicht wahr, Mr. Wallis?«
»Beantworten Sie bitte nur die Frage«, erwiderte Wallis.
»Denn wenn Sie es wären, dann würden Sie nicht solch dumme Fragen stellen«, fügte Collins hinzu.
Im Gerichtssaal erhob sich zustimmendes Gemurmel. Wallis blickte zum Richter hinüber, doch der schien ungerührt, und unter den Geschworenen nickten einige.
»Es gibt keinen einzigen Farmer in diesem Protektorat«, fuhr Collins fort, »der nicht schon durch diebische Eingeborene zur Raserei gebracht worden ist. Und die Massai sind die schlimmsten. Niemand wird verschont. Die Leute hier in Nairobi mögen uns Siedler für einen Haufen lamentierender feiner Pinkel halten. Nun, ich kann Ihnen versichern, dass es keinen einzigen Siedler in dieser Gegend gibt, der nicht genau das Gleiche getan hätte wie ich, wenn ihm eines seiner besten Tiere von diesen … diesen diebischen Wilden auf so grausame Weise abgeschlachtet worden wäre, wie es mir widerfahren ist.«
»Sie wollen also damit sagen«, erklärte Wallis, richtete sich auf und zog seinen Bauch ein, »dass Sie um eines toten Schafes willen – eines bloßen Farmtieres – auf drei Menschen geschossen und dabei einen, nämlich den Massai Toiran, getroffen haben. Dass es aber eigentlich Ihr Ziel war, die Männer auf diese Weise von ihrem Grund und Boden zu weisen?«
»Nein, Mr. Wallis«, erwiderte Collins höhnisch grinsend. »Ich habe die Nase gründlich voll von Warnungen. Ich habe auf den Bastard geschossen, ja. Aber ich tat es in der Absicht, ihn zu töten.«

Die große, elegante, überaus ansehnliche Gestalt von Douglas Fenwick erhob sich vom Tisch der Verteidigung. Der Anwalt hielt für einen Moment inne und schaute auf seine Unterlagen hinab, als überlege er, ob er sie für seine letzte Ansprache an die Geschworenen benötigte. Er schien sich dagegen zu entscheiden, schritt stattdessen ungezwungen, die Daumen in die Taschen seiner Weste eingehakt, auf die Geschworenenbank zu und blickte dabei nachdenklich zu Boden.

Als er in der Nähe der Geschworenenbank war, hob er den Kopf und nickte den Geschworenen, die bis auf den letzten Mann aus Weißen bestanden, zu und stellte mit einem jeden Augenkontakt her, während ein freundliches Lächeln seine Lippen umspielte.

»Meine Herren«, sagte er und nickte, als teile er ein amüsantes Geheimnis mit ihnen, »meine Herren, wir alle wissen, warum wir hier in diesem Gerichtssaal sind, nicht wahr?« Er ließ seinen Blick rasch ein weiteres Mal über die zwölf Männer hinweggleiten. »Wir sind hier, weil Ihr Freund und Nachbar, Galbraith Collins, einen Dieb erwischt hat. Er hat ihn erwischt und in seiner Verzweiflung kurzerhand Recht gesprochen. Der Ankläger wird Ihnen erklären, dass Mr. Collins ein Verbrechen begangen hat, als er diesen Dieb bestrafte. Er wird Ihnen erklären, dass Mr. Collins den Verbrecher hätte stellen und ihn vor dieses Gericht schleppen müssen, hätte er sich verantwortungsvoll verhalten und das Gesetz befolgt. Mein geschätzter Kollege, Mr. Wallis« – er vollführte eine verächtliche Handbewegung in Richtung des Verteidigers, der an seinem Tisch saß – »mag sogar in der Lage sein, wortwörtlich aus dem Notizbuch irgendeines Polizisten zu zitieren, wo diese Prozeduren bis ins kleinste Detail beschrieben sind und an dessen Ende dem Verdächtigen seine Rechte erklärt werden, ehe man ihn höflich bittet, den Beamten zur nächsten Wache zu begleiten, wo er vielleicht oder vielleicht auch nicht unter Anklage gestellt wird.«

Einige der Geschworenen nickten und lächelten grimmig.
Fenwick schloss sich ihrem Lächeln an, aber dann wurde er mit einem Mal ernst. Er lehnte sich auf das Geländer der Geschworenenbank und sagte: »Wir alle wissen nur zu gut, dass dieses ganze Prozedere dort draußen auf diesen leeren, windgepeitschten Ebenen des Great Rift Valley unmöglich ist. Ich bin sicher, dass jeder von Ihnen schon einmal von einem Eingeborenen bestohlen wurde. Es mag eine Kuh, ein Schaf, ein Korb Mais oder sogar Unterwäsche von der Wäscheleine gewesen sein. Jeder von Ihnen weiß nur zu gut, dass es ein Überlebenskampf ist. Denn da draußen« – er hob den Arm und deutete in einer dramatischen Geste auf die Fenster des Gerichtsgebäudes – »vermag das Gesetz dieser Sache nicht beizukommen. Es macht da draußen keinen Sinn.« Er hatte die Aufmerksamkeit eines jeden einzelnen Geschworenen und musterte sie mit seinen stahlgrauen Augen. Es war mucksmäuschenstill im Saal.
Dann wandte er sich mit einem Mal von der Geschworenenbank ab, machte zwei Schritte und rieb sich dabei, anscheinend in Gedanken versunken, das Kinn.
»Nein«, sagte er und drehte sich wieder zu ihnen um. »Erlauben Sie mir, es anders zu formulieren. Das Gesetz muss den ganz besonderen Umständen des Lebens in Afrika unter Menschen, die wenig Kenntnis vom britischen Rechtswesen haben und sich noch weniger darum scheren, angepasst werden. Jeder Einzelne in diesem Gerichtssaal verspürt Mitgefühl mit seinen Mitmenschen, davon bin ich überzeugt. Jeder Einzelne ist darauf bedacht, seiner Christenpflicht der Nächstenliebe nachzukommen. Aber hier draußen, so weit entfernt von Mutter England, verlangt das Überleben Wachsamkeit.«
Er blickte suchend in die Augen der Geschworenen, die in

stummer Zustimmung nickten. Der eine oder andere war vielleicht sogar von Fenwicks Wortgewandtheit berührt.

Es hatte den Anschein, dass er mit dem zufrieden war, was er sah, und er fuhr fort: »Mein Mandant, Ihr Freund und Nachbar Galbraith Collins, hat sich über seine Christenpflicht hinweggesetzt und das getan, wozu das Gesetz nicht in der Lage gewesen ist. Er hat Gerechtigkeit walten lassen und eine klare und deutliche Botschaft an alle Missetäter gesandt, die da lautet: *Befolgt das Gesetz, sonst werdet ihr bestraft.* Meine Herren Geschworenen, ich glaube, dass wir Galbraith Collins Mitgefühl schulden, weil er derjenige gewesen ist, der es auf sich genommen hat, diese Botschaft zu senden, aber auch Dankbarkeit, dass er sich auf so tapfere Weise gegen Gesetzlosigkeit gewehrt hat. Meiner Dankbarkeit kann er sich gewiss sein, und ich will hoffen, auch der ihren.«

Damit kehrte Fenwick an seinen Platz zurück.

Ein Murmeln erhob sich im Saal. Der Richter räusperte sich und bat um Ruhe. Dann wandte er sich an die Geschworenen, wiederholte noch einmal ihre Verantwortlichkeiten und die Abläufe, die zu befolgen waren, nachdem sie sich zurückgezogen hatten, um zu einem Urteil zu gelangen.

»In diesem Fall«, sagte der Richter und blickte über seine Brille hinweg, »belehre ich Sie, dass es ungeachtet der Meinung von Mr. Fenwick, das Gesetz in Afrika bedürfe der Anpassung, hier und heute nicht Ihre Pflicht ist, darüber zu entscheiden. Genauso wenig wie Sie zu berücksichtigen haben, welche Strafe das Gericht verhängen könnte. Trotz Mr. Fenwicks eloquenter Schlussfolgerung mangelt es diesem Gericht nicht an Mitgefühl. Ihre oberste Pflicht besteht darin, die schlichten Fakten des Falles zu beurteilen. Der Massai-Krieger Toiran wurde von dem Angeklagten erschossen. Dies hat er zugegeben und keine Reue gezeigt. Sie haben keine andere Wahl, als ein dementsprechendes Urteil zu fällen.« Er ließ seinen Hammer mit einem lauten Knall auf den Sockel niedersausen und sagte: »Die Geschworenen ziehen sich zurück, um über das Urteil zu beraten.«

Zehn Minuten später kehrten sie zurück.

Der Richter forderte den Sprecher auf, im Namen der Geschworenen zum Gericht zu sprechen. »Wie befinden Sie den Angeklagten, schuldig oder nicht schuldig?«

Der Sprecher der Geschworenen stand aufrecht da, die Augen auf die gegenüberliegende Wand gerichtet, und antwortete: »Wir befinden den Angeklagten in allen Anklagepunkten für nicht schuldig.«

Kapitel 33

Coll erreichte das Dorf Rumuruti auf dem Laikipia-Plateau. Er war hinausgeritten, um sich davon zu überzeugen, dass die Massai mit der Umsiedelung nach Süden einverstanden waren, und er hatte zudem die undankbare Aufgabe, Ole Sadera von dem kürzlich erfolgten Freispruch für Galbraith Collins zu berichten. Seine eigene Fassungslosigkeit über den Ausgang des Prozesses war einer großen Wut gewichen, an deren Stelle schließlich Schuldgefühle getreten waren. Er hatte den Massai versichert, dass ihnen Gerechtigkeit widerfahren würde, und nun musste er ihnen erklären, wie es zu dieser Wendung gekommen war. Doch egal, welche Worte er auch finden und mit welchem Nachdruck er ihnen versichern würde, wie sehr er sich selbst betrogen fühlte, er würde heuchlerisch wirken.

Nach einem Austausch von Grußworten folgte Coll den Ältesten durch das Dorf, in dem die Massai-Frauen mit Weben und dem Auffädeln von Perlen beschäftigt waren. An einer Versammlungsstätte in einem schattigen Zederndickicht hieß Ole Nakola, der die Falten und Konturen des Great Rift Valley in seinem runzeligen Gesicht zu tragen schien, Coll willkommen und forderte ihn auf zu sprechen.

Coll teilte den Ältesten mit, dass ihn Governor Edouard geschickt hatte, um sie für das von Lenana einberufene Treffen vorzubereiten, bei dem von ihnen erwartet wurde, dass sie die neue Umsiedelungsvereinbarung unterzeichneten. Er bat sie, ihm gegenüber zu bekräftigen, dass sie mit diesem Vorhaben einverstanden waren.

Die Ältesten begannen der Reihe nach zu sprechen, erwähnten Dinge wie die Notwendigkeit, alle Massai an einem Ort zu versammeln, den Nutzen zusätzlichen Landes, das sie für das Reservat im Norden erhalten würden, und die Vorteile, im Süden gemeinsam mit ihrem *Laibon* angesiedelt zu sein. Coll stieß einen leisen Seufzer der Erleichterung aus, als ihm die Männer reihum ihre Zustimmung versicherten.

»Ich danke euch für eure Worte«, sagte Coll. »Sollte es jemanden unter euch geben, der noch Bedenken irgendwelcher Art hat, so würde Governor Edouard gewiss einen Besichtigungsbesuch des Reservats im Süden gutheißen, wenn dies der Wunsch der Purko wäre.«

»Wir möchten niemanden in irgendeinen Teil des Landes schicken«, erklärte Ole Nakola im Namen der anderen. »Unter uns gesprochen, wir wissen um die Gegebenheiten dort … Wir wissen, dass das Land nicht für unsere Rinder taugt. Wir wissen, dass es schlecht für sie ist, dass es an Wasser fehlt, und wir haben kein Vertrauen in das, was die Regierung sagt.«

Coll war sprachlos. Waren dies dieselben Männer, die ihn noch vor wenigen Augenblicken ihrer Befürwortung des Umzugs versichert hatten? »Das verstehe ich nicht, Ole Nakola«, stammelte er. »Ich dachte, ihr wäret froh über den Umzug.«

»Wir wollten das große Tal, aber das überlässt man uns nicht, also werden wir uns ohne es zufriedengeben müssen. Wir würden lieber in Entorror bleiben, aber wenn das nicht möglich ist, werden wir von hier fortgehen.«

»Aber … ihr wisst doch um die Schwierigkeiten hier in der Laikipia. Es mangelt an Wasser, und Governor Edouard hat versprochen, im Süden Wasserspeicher anzulegen, damit es euch und eurem Vieh nicht mehr länger daran fehlt.«

»Wir sind uns dieser Dinge nicht gewiss, aber wir sind bereit, von hier fortzugehen.«

»Wir wünschen keine weiteren Verhandlungen in der Angelegenheit mehr«, sagte einer der Ältesten. »Wir werden einfach gehen.«

»Wenn die Briten sagen, dass wir gehen müssen, dann müssen wir gehen«, sagte ein anderer.

Das war nicht die Bestätigung, die sich Coll erhofft hatte, aber die Männer ließen sich auf keine weitere Diskussion ein.

»Wie lauten die Ansichten Ole Saderas und Mantiras dazu?«

Die Ältesten tauschten Blicke.

Ole Nakola zeigte auf etwas, das jenseits des *Boma*-Tores lag, und sagte: »Mantira befindet sich mit seinen Il Talala in seiner *Manyatta*. Sie teilen unsere Meinung, aber überzeuge dich nur selbst.«

»Und was ist mit Ole Sadera?«, fragte Coll.

Ole Nakola schien sich unbehaglich zu fühlen. »Die Il Tuati sind in den Busch gegangen.«

Die Ältesten waren offenbar nicht gewillt, über Ole Sadera zu sprechen. Es gehörte nicht zu ihren Gepflogenheiten, schlechte Neuigkeiten kundzutun. Coll war sich nicht sicher, wie viel er sie fragen und wie viel sie ihm sagen würden. Schließlich bot ihm Ole Nakola an, Coll von einem Jungen zu Ole Saderas Fleischessen führen zu lassen, wo ihm der *Olaiguenani* die Antworten auf seine Fragen selbst geben konnte.

Nun, da er wusste, dass es sich um ein Fleischessen handelte, sah sich Coll in seiner Vermutung bestätigt, dass etwas Ungewöhnliches unter der Kriegergruppe vor sich ging. Die *Moran* schlachteten in einem solchen Lager eines ihrer Rinder und veranstalteten ein Festessen, in dem Glauben, dass es ihnen Kraft und Mut verleihen würde. Ein solches Lager wurde meist am Vorabend eines wichtigen Ereignisses aufgeschlagen und ging oft einem Kampf voraus.

Die Bedeutung des Lagers und die Art und Weise, in der Ole

Nakola und die Ältesten es verschwiegen hatten, verursachte ein Gefühl der Enge in Colls Brust. Er begann nach Luft zu ringen und wurde von einer nervösen Unruhe erfasst.
Viele hatten prophezeit, dass die Massai irgendwann Vergeltung üben würden. Die ersten Siedler hatten schreckliche Geschichten über ihre berüchtigte Blutrünstigkeit erzählt.
Coll fürchtete, dass die Zeit für die Massai gekommen war, aufzubegehren.

Lange bevor Coll die Stelle erreicht hatte, wo Ole Sadera sein Fleischessen abhielt, konnte Coll schon den hallenden Gesang von hundert dröhnenden Bassstimmen vernehmen.
Als er sich dem Wald näherte, in dem sich Ole Sadera nach Auskunft der Ältesten aufhielt, wurde der Gesang immer lauter und gewann an Intensität, bis er alles durchdrang und zu einem Teil der dunklen Landschaft selbst geworden zu sein schien. Es war ganz so, als habe sich ein Riese hier niedergelassen, der den Wald mit seinem Atem erfüllte.
Nachdem sie sich den Weg durch ein Stück besonders dichtes Buschland gebahnt hatten, blieb der kleine Massai-Junge, der als sein Führer diente, unvermittelt stehen, so dass Coll über ihn stolperte und auf eine Lichtung taumelte. Glänzende schwarze Körper halbnackter Krieger, geschmückt mit rotem, gelbem und weißem Ocker, umkreisten ein loderndes Feuer. Nach jedem Schritt gab es eine dramatische Pause, in der Brust und Schultern im Rhythmus zum Gesang vorgestreckt wurden.
Unvermittelt sprang ein *Moran* mit einem »Jip-Jip-Jip«-Schrei in den Kreis und begann mühelos, in die Luft des frühen Abends hochzuspringen. Sein Körper glitzerte im Licht des Feuers, und seine rote *Shuka* flatterte um die straffen, hervortretenden Muskeln seiner Beine.

Die ihn umringenden Krieger schlugen ihre Kriegsschilde im Takt zu seinen Sprüngen auf den Boden.
Die Kraft und die Schönheit des Schauspiels, das sich ihm darbot, fesselte Coll.
Von Coll unbemerkt, trat eine Gestalt aus der Dunkelheit hinter ihn, und eine Hand packte seinen Arm und zog ihn von der Lichtung weg.
»Parsaloi!«, keuchte er erschrocken.
»Swara, du bist hier.« Ole Sadera klang nicht erfreut.
»Als du nicht im *Enkang* zu finden warst, habe ich mir Sorgen gemacht, dass du krank sein könntest«, sagte Coll und fragte sich, warum er es für nötig befand, eine Entschuldigung zu erfinden.
Ole Sadera verzog die Lippen zu einem schiefen Lächeln. »Vielleicht bin ich das ja, mein Freund.«
»Oh? Wie das?«
»Was führt dich heute Abend hierher, Swara?«
Die Frage war ein wenig brüsk und entsprach so gar nicht der gewohnten Höflichkeit der Massai. Coll fühlte sich überrumpelt und stammelte eine Antwort. »Ich ... Ich wollte mit dir ... Also, ich wollte mit dir über das Treffen in Ngong reden. Das Lenana einberufen hat.«
Ole Sadera wandte sich von Coll ab und richtete seinen Blick auf die tanzenden Il Tuati. »Ich verstehe«, sagte er.
»Nun ja ...« Mittlerweile war es Coll klar, dass etwas nicht stimmte. »Du wirst doch kommen?«
»Nein.«
»Nein?«
»Ich werde mich nicht gegen die anderen stellen, aber ich kann die Vereinbarung nicht unterzeichnen.«
»Aber wieso? Ich dachte, die Massai wären sich einig. Ich habe gehört, dass es an der Zeit sei, dass ihr euch zum Wohle

des Stammes vereint. Und dass es in Laikipia zu wenig Weideland gibt. Welche Befüchtungen hegst du?«
Ole Sadera warf Coll einen Blick zu, und für einen Moment ließ seine Anspannung nach. Er holte tief Luft, bevor er antwortete.
»Ich fürchte die Entscheidungen, die zu treffen sind, Swara. Wie kann ich mir sicher sein, was das Beste für meine Brüder ist? Wenn wir in Entorror bleiben und alle anderen weggehen, was wird dann aus den Il Tuati werden? Was passiert, wenn die Zeit kommt, in die Gruppe der Ältesten zu wechseln, zu heiraten und eine Familie zu gründen? Wer wird uns seinen Segen geben? Wer wird mit uns feiern? Wer wird uns Ehefrauen suchen? Und auch wenn es das Richtige für die Il Tuati ist, allein hier zu bleiben, was werden die übrigen Purko ohne die Stärke ihrer älteren *Moran* anfangen?« Er biss sich auf die Unterlippe, und während er sich mit seinen Gedanken quälte, nahm sein Gesicht wieder einen angespannten Ausdruck an. »Ich fürchte mich davor, gezählt und wie Vieh durch das große Tal getrieben zu werden. Das ist beschämend. Aber noch viel mehr fürchte ich mich davor, das zu verlieren, was mich als Massai ausmacht.« Er wandte sich Coll zu. »Verstehst du mich? Kannst du verstehen, was es bedeutet, ein Massai zu sein und davorzustehen, all das zu verlieren, das mich zu dem macht, der ich bin?«
Coll gab sich Mühe, es nachzuempfinden. »Ich glaube schon.«
Ole Sadera senkte den Kopf. »Es tut mir leid, Swara. Ich belaste dich mit Problemen, die du nicht für mich zu lösen vermagst.«
»Du hast recht. Nur du kannst die endgültige Entscheidung treffen, was du deinen Il Tuati rätst. Aber du irrst dich, wenn du glaubst, allein zu sein. Was ist mit dem Rat der Ältesten?«
»Die Ältesten sind schwach. Sie vernachlässigen ihre Pflich-

ten. Es sind die Il Tuati und unsere Brüder, die Il-Talala-*Moran*, die die Last dieser Entscheidung tragen müssen.«

»Was sagt Mantira zu diesen Dingen?«

Ole Sadera schwieg, und sein Gesicht nahm einen verschlossenen Ausdruck an.

Coll versuchte es erneut. »Wäre es nicht gut, andere Meinungen zu hören, bevor du eine Entscheidung triffst?«

Doch er vermochte Ole Sadera mit seinen Worten nicht mehr zu erreichen, denn bei dem Massai gewann die Wut wieder die Oberhand.

»Immer nur reden. Dumme Männer hören niemals zu. Manchmal muss ein *Morani* allein dastehen und das tun, was richtig ist.«

Er stürmte davon in Richtung Feuer und der tanzenden Krieger. Coll folgte ihm.

»Aber was ist das Richtige, Parsaloi? Was wirst du tun?« Er war enttäuscht, dass ihr Gespräch wieder zum Ausgangspunkt zurückgekehrt war. »Ich benötige eine Antwort für Governor Edouard.«

Ole Sadera drehte sich ruckartig um, aber Coll vermochte nur den Umriss seines Gesichts zu sehen. »Governor Edouard?« Seine Stimme klang belegt und war wegen des Gesangs der *Moran* kaum zu vernehmen. »Sag ihm, dass die Il Tuati lieber im Kampf sterben, als noch einmal von ihrem Land verjagt zu werden!«

Nashilo sah zu, wie der weiße Mann das Lager verließ, und sie wartete ab, während Ole Sadera am Rande des Kreises der tanzenden *Moran* auf und ab ging. Kurze Zeit später schritt er in den finster werdenden Wald.

Sie schlich vorsichtig hinter ihm her und versuchte jegliches Geräusch zu vermeiden, das ihn auf sie hätte aufmerksam machen können. Es lag nicht in ihrer Absicht, ihre Anwesenheit zu verraten, denn dann hätte er gewusst, dass sie ihm vom Lager aus gefolgt war, und es war den Frauen verboten, die *Moran* beim Fleischessen zu beobachten. Sie war sich nicht sicher, warum sie hier war. Vielleicht lag es an der Unterhaltung, die sie an jenem Tag mit Ntooto geführt hatte.

»Eine *Eunoto* noch, und er wird in die Gruppe der Ältesten überwechseln«, hatte Ntooto mit unheilverkündender Stimme gesagt. Nashilo hörte die unausgesprochene Botschaft darin, beachtete sie aber nicht. Ntooto rief ihr in Erinnerung, dass in nicht allzu langer Zeit von Parsaloi erwartet wurde, zu heiraten und als Familienvater seinen Platz unter seinen Altersgenossen einzunehmen. Sie sagte ihr damit, dass Nashilo ihre Beziehung zu Parsaloi ebenso gut gleich aufgeben konnte, da er zwangsläufig eine oder mehrere Ehefrauen nehmen würde und sie vergessen wäre. Nashilo hatte sich diese Möglichkeit bereits selbst ausgemalt und wollte nicht daran erinnert werden. Sie sagte sich immer und immer wieder, dass Parsaloi, solange sie lebte, ihre große Liebe sein würde. Und sie die seine.

Aber wenn Nashilo ehrlich zu sich war, dann musste sie sich eingestehen, dass sie im Grunde nicht wusste, was Parsaloi wirklich für sie empfand. Sie stellte sich vor, dass sich irgendwo in diesen besorgt dreinblickenden Augen die Liebe versteckt hielt, aber bislang hatte sie sich noch nie gezeigt. Weder in Worten noch in Taten. Das Beste, das sie erwarten durfte, war eine stürmische Leidenschaft und gelegentlich ein flüchtiger Blick in sein Herz. Es erfüllte sie mit großer Zufriedenheit, wenn er seine Hoffnungen und Träume mit ihr teilte. Sie hatte bereits vor langer Zeit akzeptiert, dass dies ausreichen musste, wenn es alles war, was er ihr zu geben vermochte.

Parsaloi blieb auf einer kleinen Lichtung stehen, auf der der umgebende Wald die Geräusche aus dem Lager der *Moran* dämpfte. Es war dunkel dort, und Nashilo war sich nicht ganz sicher, wo genau er sich befand, bis er mit leiser Stimme zu singen begann. Als sich ihre Augen an die Dunkelheit gewöhnt hatten, erblickte sie ihn in der Mitte der Lichtung, den Kopf gen Himmel gehoben.

»*Leeyio, Naiteru kop*«, sang er.

»*Herr, der du die Welt erschaffen hast,*
Leite mich, wenn ich in den Kampf ziehe,
Leite mich, wie du die Rinder des Himmels geleitet hast,
Lass mich meinen Feind erkennen, damit ich ihn zu besiegen vermag, bevor er mich besiegt.«

Ganz in der Nähe ertönte der laute Schrei eines Klippschliefers. Sie erschrak und wich unwillkürlich einen Schritt zurück, wobei sie auf einen Zweig trat.

Ole Sadera griff nach seinem Speer und fuhr herum. Dann blieb er regungslos stehen und spähte in die Dunkelheit zu der Stelle, wo sie sich hinter einem Busch versteckt hatte. Die Umrisse seiner Gestalt zeichneten sich vor dem weniger dunklen Himmel ab. Ihr Herz pochte laut, und sie war sich sicher, dass er es zu hören vermochte.

Nach einigen atemlosen Augenblicken hob er langsam seinen Speer. Die Eisenspitze war genau auf Nashilo gerichtet.

»Parsaloi!«, rief sie mit piepsiger Stimme. »Warte! Ich bin es.«

Er ließ seinen Speerarm sinken. »Zeige dich«, forderte er sie auf.

Sie trat verlegen aus ihrem Versteck. Als sie auf ihn zuging, versuchte sie, im Halbdunkel den Ausdruck seines Gesichts zu lesen, doch er trug wieder einmal diese rätselhafte Miene zur Schau, die er immer aufsetzte, wenn sie versuchte, seine tiefsten Gedanken zu ergründen.

»Was tust du hier?«, herrschte er sie an.

»Ich möchte mit dir zusammen sein.«
»Das ist verboten.«
»Ich weiß. Ich wollte nicht, dass du von meiner Anwesenheit erfährst.«
»Warum bist du dann hier?«
»Ich möchte immer in deiner Nähe sein.«
»Das geht nicht. Kann eine Frau zwei Ehemänner haben?«
»Nein.«
»Geh.«
Sie wartete darauf, dass er einlenken würde, aber sein Schweigen erlaubte dem Klippschliefer erneut, die Nacht mit seinen heiseren Schreien zu erfüllen.
»Du verschließt dieser Tage zunehmend dein Herz vor mir.«
Ihre Worte ließen ihn innehalten. Er stieß seinen Speer neben sich in den Boden, bevor er antwortete. »Das hier sind schwere Zeiten, Nashilo. Es gibt viel für einen Mann zu tun.«
»Werdet du und die Il Tuati mit dem *Enkang* nach Süden ziehen?«
Er holte tief Luft und atmete langsam aus. »Nein.«
»Wie kann ich dich dann wiedersehen?«, fragte sie, und ihre Stimme wurde vor Sorge schrill. Sie hatte Gerüchte gehört, wonach sich die *Moran* der Aufforderung der Ältesten widersetzten, doch sie hatte es nicht glauben wollen.
Ole Sadera bewegte sich einige Schritte von ihr weg.
Sie folgte ihm und legte ihm ihre Hand auf die Schulter. »Wie soll ich ohne dich leben?«, fragte sie flehendlich.
»Das ist etwas, das wir erdulden müssen.« Er drehte sich zu ihr um. Sie vermochte im schwachen Licht seine Augen zu sehen. »Egal, wo ich bin, egal, wo du bist, wir werden immer die Erinnerung daran haben, wie es zwischen uns gewesen ist. Wir wissen, dass es enden muss. Du bist verheiratet, und eines Tages werde ich es auch sein.«

Nun war das unergründliche Gesicht verschwunden, und sie vermochte wieder in sein Herz zu blicken.
»Nashilo, was wir haben, ist nicht für immer. Es gibt Dinge, die getan werden müssen. Ich habe … Verantwortung.«
»Mein Geliebter«, sagte sie und schlang die Arme um ihn.
Er erwiderte ihre Umarmung kurz, ließ dann aber seine Arme sinken. »Du musst gehen«, sagte er.
Sie betrachtete sein Gesicht durch die Tränen, die ihr in die Augen schossen. Er hatte sich dorthin zurückgezogen, wohin sie ihm niemals folgen konnte. Er war zu einer Entscheidung gelangt und wollte sich auf keine Debatte einlassen. Sie wusste, dass es sinnlos war, mit ihm zu streiten.
Der Schrei eines zweiten Klippschliefers ertönte aus weiter Ferne.
Sie trat einige Schritte zurück. Es fiel ihr furchbar schwer zu gehen, aber sie wusste, dass sie es tun musste. Er war ein eigenartiger, undurchschaubarer Mann, stark wie ein Lederriemen, aber bei weitem nicht so nachgiebig.

Kapitel 34

Kira war unglücklich. Sie war immer unglücklich, wenn Katherine und sie unterschiedlicher Meinung waren, aber es war wichtig, dass sie nicht von ihrem Standpunkt abwich. Sie fühlte sich außerstande, ein weiteres Treffen mit den indischen Frauen der ANPA, der Asian and Native Progress Association, durchzustehen. Diese Gesellschaft kämpfte gegen die Ungerechtigkeiten, die Asiaten und Eingeborene durch die Weißen erlitten. Katherine unterstützte ihre Ziele, nachdem Fazal, der alte indische Händler, der früher ihre Erzeugnisse auf dem Markt verkauft hatte, an seinen bei den Unruhen erlittenen Verletzungen gestorben war.

»Aber Kira«, sagte Katherine, »die Damen von der ANPA mögen dich doch. Begrüßen sie dich denn nicht immer und machen dir von Zeit zu Zeit kleine Geschenke?«

Das stimmte. Dem Anschein nach akzeptierten die Frauen Kira. Sie überhäuften sie immer mit Lob, wenn sie erschien. Sie war schließlich die einzige Schwarzafrikanerin bei ihren Treffen.

Aber Kira hatte eine fein abgestimmte Fähigkeit entwickelt, die sie spüren ließ, wenn ihr jemand nicht wohlgesinnt war. Bevor Katherine sie auf die Farm geholt hatte, war sie nicht nur eine Waise gewesen, sondern auch eine Ausgestoßene. Die Kikuyu, die sie aufnahmen, hatten viele Kinder. Kira verrichtete die niederen Arbeiten, machte sauber, eggte, jätete Unkraut, kochte. Sie hielt sich von allen fern, und dank ihrer Fähigkeit, die Gemütslage eines Menschen von seinem Gesicht abzulesen, gelang es ihr, der Aufmerksamkeit der Dorfbewohner und den damit verbundenen Schwierigkeiten zu entgehen. Was sie hinter dem Lächeln der Damen von der ANPA wahrnahm, das war keine Herzlichkeit, sondern Feindseligkeit, die übertüncht war von Freundlichkeit. Ihrer Meinung nach waren sie Heuchlerinnen.

Diesen Begriff hatte sie bei Katherine aufgeschnappt, die ihre früheren weißen Freunde so bezeichnet hatte, die sie heute wegen ihrer Unterstützung der ANPA mit Verachtung behandelten. Katherine vermochte Hochmut in den Weißen zu erkennen, doch zu Kiras Überraschung sah sie ihn nicht, wenn es um die Inder ging. Kira behielt diese Gedanken für sich, da Katherine anscheinend ein aufrichtiges Interesse an der Sache der ANPA hegte. Da dies mittelbar auch der Unterstützung ihrer eigenen Leute, der Massai, zugutekam, konnte sie sich wohl schlecht durch die guten Absichten ihrer Dienstherrin beleidigt fühlen.

»Es ist gut für dich, unter Leute zu kommen«, sagte Katherine. »Auch wenn sie nicht deinesgleichen sind. Das ist eine gute Übung dafür, wenn du deinen eigenen Weg im Leben machen musst.«

»Den eigenen Weg im Leben machen« war eine weitere von Katherines Redensarten – eine, die sie als Mittel benutzte, um die Leere zu füllen, die Kiras Zukunft darstellte. Sie glaubte immer noch fest daran, dass Kira einen Platz in der Gesellschaft der Weißen finden würde, aber sie war noch niemals tatsächlich in der Lage gewesen, in Worte zu fassen, wie dies bewerkstelligt werden sollte. Kira hatte erhebliche Bedenken, dass es ihr gelingen würde, jemals diesen Grad der Akzeptanz zu erreichen. Mit ihren siebzehn Jahren war sie zu einer gutaussehenden jungen Frau herangewachsen. Sie war rank und schlank und langbeinig, aber obgleich sich Katherine alle Mühe gab, ihr das Selbstbewusstsein zu vermitteln, um sich

unter den Weißen und anderen Gruppen in Nairobi bewegen zu können, vermochte sie ihre große Schüchternheit nicht zu überwinden.
Katherine schaute Kira erwartungsvoll an. Als Reaktion auf ihr Schweigen sagte sie: »Nun, ich habe dir eingetrichtert, dass du dir selbst immer treu bleiben sollst. Diesen Ratschlag kann ich nun nicht zurücknehmen, auch wenn ich der Meinung bin, dass es dumm von dir ist, zu glauben, dass die Damen von der ANPA dich nicht mögen. Ich bin der Ansicht, dass du dir das nur einbildest, junge Dame. Ich hoffe, dass du mit der Zeit deine Vorurteile ablegen und lernen wirst zu erkennen, wann Menschen versuchen, dir zu helfen.«
Kira fragte sich, ob Katherine wohl damit durchblicken lassen wollte, dass sie ihre eigenen Bemühungen auch nicht zu schätzen wusste.
»Also, was meinst du?«
Kira konnte es ihr nicht abschlagen.

Katherine erblickte die Frauen, die vor Weatherbys Kurzwarenhandlung auf der Government Road standen, und wandte sich Kira zu, um sie daran zu erinnern, auf gelassene Weise mit der Situation umzugehen. »Halte deinen Kopf hoch, Kira. Wir müssen uns für nichts schämen. Sei stolz auf das, was du bist. Schaue einfach geradeaus. Und vergiss nicht, zu lächeln.«
Dann richtete sie sich kerzengerade auf und marschierte auf die Gruppe zu. Die Frauen flüsterten miteinander und wandten ihr ostentativ den Rücken zu, als sie sich mit Kira näherte.
»Guten Morgen, die Damen«, sagte Katherine mit fester Stimme, entschlossen, ihnen deutlich zu machen, dass sie sich nicht von ihrer Unhöflichkeit einschüchtern ließ. Sie erwartete keine Erwiderung und erhielt auch keine. Seit ihrem Enga-

gement für die ANPA mieden viele Frauen, die sie zuvor als Freundinnen angesehen hatte, ihre Gesellschaft. Ihre Angewohnheit, Kira mit auf ihre Einkaufsbummel zu nehmen, schien ihren Verdacht, dass sie »die Seiten gewechselt« hatte, zu bestätigen.

Katherine stellte sich ihre lebhafte Unterhaltung vor, sobald sie außer Hörweite war. Sie würden über ihren törichten Einsatz für Eingeborene, Inder und andere gesellschaftlich unerwünschte Individuen flüstern. Vielleicht verglichen sie sie sogar mit diesen reformistischen Kirchenmännern, die derzeit die Gleichheit der Rassen predigten. Zweifellos würden sie die Meinungen ihrer Ehemänner – Papageien gleich und ohne jeden Widerspruch – nachplappern. Es war ja gut und schön, die Sklaverei abzuschaffen, die wirklich eine üble Praktik gewesen war, würden sie sagen, aber diese Geisteshaltung gleich auf Landrechte, gerechte Entlohnung, Ausbildung und Arbeitsreformen auszudehnen war eine ganz andere Sache.

Katherine unterdrückte ihre Tränen der Wut, die ihre Entschlossenheit ins Wanken brachte, sich im Angesicht dieser Kleingeistigkeit nicht beirren zu lassen. Sie versuchte, sich einzureden, dass sie gut ohne ihre Schönwetterfreunde zurechtkam. Sie besaß immer noch den einen oder anderen gleichgesinnten Bekannten, der zumindest einige ihrer Auffassungen teilte.

Gerade als sie ihre Wut wieder im Griff hatte, kamen Governor Edouard und seine Frau auf sie zuspaziert. Das war ein Omen. Katherine würde niemals wieder eine solche Gelegenheit erhalten, um Edouard wegen Galbraith Collins' schändlicher Gerichtsverhandlung zur Rede zu stellen.

Sie trat dem Gouverneur frech in den Weg und ließ Kira ein paar Schritte hinter sich zurück.

»Guten Morgen, Governor«, sagte sie. Seiner Frau zunickend, fügte sie hinzu: »Lady Edouard …«

»Ihnen auch einen guten Morgen, Madam«, erwiderte Edouard mit einem verhaltenen Lächeln.

»Ich hoffe, Sie vergeben mir mein unverblümtes Auftreten, Sir Percy. Ich bin Katherine Wallace. Ich habe Ihnen bereits einige Schreiben –«

»Ich weiß, wer Sie sind, Mrs. Wallace«, sagte er, immer noch lächelnd. »Ich habe Ihren Namen mehr als ein Mal auf der an meine Behörde gerichteten Korrespondenz gesehen. Ich fand es immer eigenartig, eine Wallace zwischen all diesen Patels und Guptas und Husseins zu finden.«

»Und Sie werden meinen Namen weiterhin dort finden, bis Gerechtigkeit geübt wurde, Governor.«

»Gerechtigkeit?«

Lady Edouard ergriff seinen Arm, als wolle sie ihn wegführen, aber er tätschelte beruhigend ihre Hand. »Schon gut, meine Liebe. Mrs. Wallace ist ein Mitglied dieser indischen Gruppe, von der wir so viel gehört haben. Sie schicken immer solch interessante Artikel an den *Standard.*« Er wandte seinen Blick wieder Katherine zu. »Welche vermeintliche Ungerechtigkeit prangern Sie denn heute an, Mrs. Wallace?«

»Die Gerichtsverhandlung von Galbraith Collins. Wenn man sie denn als solche zu bezeichnen vermag.«

»Verstehe. Und Sie sind der Ansicht, dass in irgendeiner Weise der Gerechtigkeit gedient ist, wenn ein ehrlicher Farmer verfolgt wird, weil er seinen Besitz verteidigt? Ich glaube, Sie würden Ihren Interessen besser dienen, wenn Sie zu Hause blieben und Ihrem Mann die Socken stopften, anstatt sich in Angelegenheiten einzumischen, die mit dem Land zu tun haben und den guten Männern, die es bestellen, um für Sie das Essen auf den Tisch zu bringen.«

»Zu Ihrer Information, Governor, *ich* bin zu Hause diejenige, die das Essen auf den Tisch bringt, aber was hat das mit dem Mord an einem Unschuldigen zu tun, wenn ich fragen darf?«
Edouard konnte nichts aus der Fassung bringen. »Ich schlage vor, Sie überlassen die Dinge den berufenen Beamten der Regierung Seiner Majestät, Madam«, erwiderte er steif und wollte weitergehen.
»Dann dürfte es Sie interessieren, dass die ANPA genau das getan hat. Unsere Beschwerde gegen Galbraith Collins liegt dem Kolonialministerium vor.«
Edouard drehte sich um und starrte Katherine zornig an. Einen Augenblick lang glaubte sie, er würde vor Wut explodieren, doch er sagte mit großer Beherrschung: »Mrs. Wallace, die schwarze Bevölkerung von Britisch-Ostafrika beläuft sich auf um die drei Millionen. Wir Weißen sind dreitausend, Ihre Freunde, die Asiaten, dagegen sind zwölftausend. Sie täten gut daran, diese Zahlen im Kopf zu behalten, bevor Sie die gesellschaftliche Revolution herbeiführen, die Sie und Ihre Freunde zu befürworten scheinen.«

Lord Delamere klopfte mit seiner Reitgerte auf das Pult in der Bibliothek des Muthaiga Clubs und bat um Ruhe.
Das Stimmengemurmel verebbte langsam. Delamere wartete, bis völlige Stille herrschte, bevor er zu sprechen begann.
»Da es sich hier heute um ein inoffizielles Treffen handelt, werde ich auf die ansonsten bei Versammlungen der Kolonistenvereinigung herrschenden Modalitäten verzichten und stattdessen unseren Gouverneur, Sir Percy Edouard, ersuchen, uns eine vertrauliche Zusammenfassung einiger wichtiger Entwicklungen zu geben.« Er wies in Richtung Edouards. »Sir Percy, wenn ich bitten darf.«
Der Gouverneur schritt unter höflichem Applaus zum Pult.

»Guten Abend, meine Herren«, sagte er lächelnd. »Ich danke Ihnen, dass Sie mich heute zu Ihrer Versammlung eingeladen haben.

Bevor ich auf die vorliegende Angelegenheit zu sprechen komme, würde ich gern die Gelegenheit nutzen und ein paar persönliche Betrachtungen bezüglich der Dinge äußern, die einige Aufmerksamkeit in der Presse hier und daheim erregt haben. Ich beziehe mich dabei natürlich auf das Getöse um die Nutzung von Kronland hier in Britisch-Ostafrika. Sie dürften sich mehr als jeder andere der Tatsache bewusst sein, wie knapp Land jedweder Art hier im Protektorat ist.«

Edouard zog ein Monokel aus seiner Westentasche und blickte auf seine Notizen hinab, bevor er fortfuhr: »Es dürfte Sie beispielsweise nicht überraschen, dass mehr als vier Fünftel von Britisch-Ostafrika aus Steppe besteht und dass ein Großteil des landwirtschaftlich nutzbaren Landes oberhalb von fünftausend Fuß zu finden ist.

Was ich damit sagen will, ist Folgendes: Ein Teil der Presse klagt und jammert darüber, dass den Eingeborenen das Land abspenstig gemacht wird, aber sie verstehen dabei nicht, dass es herzlich wenig davon gibt, das auch nur einen Pfifferling wert ist, und dass man mit dem wenigen guten Land sparsam umgehen muss, wenn es nach der beträchtlichen Investition unserer Regierung etwas einbringen soll.«

Zustimmendes Gemurmel erhob sich aus dem Publikum.

»Mr. Joseph Chamberlain, der meiner Ansicht nach der beste Kolonialminister gewesen ist, den wir in den letzten Jahren gehabt haben, hat einmal gesagt, dass die angelsächsische Rasse die größte unter den herrschenden Rassen ist, die die Welt jemals gesehen hat. Seinen Worten nach reicht es nicht aus, große Teile der Welt einzunehmen, wenn man nicht das Beste daraus machen kann. Es ist die Pflicht eines jeden

Grundherrn, seinen Besitz nutzbar zu machen. Folglich hat Chamberlain die Investition in Afrika befürwortet. Meine Herren, ich kann Chamberlains Auffassung nur beipflichten.«

Beifall erhob sich im Raum.

Als er verklungen war, sagte Edouard: »Und nun zu dem Grund für unser heutiges Beisammensein. Ich freue mich, dass Lord Delamere diese kleine Unterhaltung bei seiner Einführung als ›vertraulich‹ bezeichnet hat. Die Angelegenheit, über die ich heute Abend mit Ihnen sprechen möchte, ist noch nicht unter Dach und Fach, wie es so schön heißt, aber ich bin zuversichtlich, dass wir sie in den nächsten Tagen zum Abschluss bringen werden.

Die meisten von ihnen wissen, dass die Massai ihr Reservat im Norden verlassen möchten, um mit ihren Stammesbrüdern im Süden vereint zu werden. Die neue Vereinbarung, die wir nun aufgesetzt haben, sieht vor, dass viereinhalbtausend Quadratmeilen der Laikipia-Hochebene im Austausch für eine erhebliche Erweiterung des Reservats im Süden aufgegeben werden. Ein überaus großzügiges Angebot, wie Sie mir sicherlich zustimmen werden.

Leider fand das Vorhaben vor einigen Monaten aufgrund eines kleinen Durcheinanders in London ein frühzeitiges Ende. Nun, wie dem auch sei, jetzt ist alles geklärt, und ich rechne damit, dass das Laikipia-Plateau schon bald für nutzbringendere Tätigkeiten zur Verfügung stehen wird.«

Aufgeregtes Geplapper erfüllte die Bibliothek. Edouard hob, um Ruhe bittend, die Hand.

»Dies bedeutet, dass es zu großen Bewegungen der Massai und ihrem Vieh durch das Great Rift Valley und das Umland kommen wird. Wir schätzen, dass über zehntausend Massai mit zirka hundertfünfundsiebzigtausend Rindern und mehr als einer Million Schafen und Ziegen nach Süden ziehen werden.« Er ließ die Zahlen für einen Moment ins Bewusstsein seiner Zuhörer dringen. »Ein Unterfangen von beträchtlicher Größe, wie Sie mir gewiss zustimmen werden. *Askaris* und Truppen werden präsent sein, um den Umzug zu überwachen, aber ich hoffe – nein, lassen Sie es mich deutlicher formulieren –, ich erwarte von jedem von Ihnen, dass Sie Ihre Schuldigkeit tun werden.

Nachdem wir mit der Umsiedelung begonnen haben, dürfen wir nicht zulassen, dass wir an Schwung verlieren. Die Massai werden versuchen zu trödeln, um ihrem Vieh zu erlauben, sich an den besseren Weideflächen gütlich zu tun. In vielen Fällen wird dies bedeuten, dass sie versuchen werden, auf Ihrem Land zu weiden.«

Er ließ seinen Blick über die Siedler schweifen.

»Meine Herren, ich schlage nicht vor, dass wir auf jegliche Barmherzigkeit verzichten, aber gehen Sie sparsam damit um. Lassen Sie sie nicht länger verweilen als absolut nötig. Sehen Sie es als Ihre Christenpflicht an, die Massai rasch zu ihrem Ziel im südlichen Reservat voranzubringen.«

Norman Lewis fand die Amtszimmer der Verwaltung bis auf einen verschlafenen *Askari* an der Eingangstür leer vor. Es war Freitag, und vermutlich befanden sich die ranghöheren Beamten mit ihren Gin Tonics im Nairobi-Club, während sich rangniedere Männer wie er selbst mit einer Vorliebe für Bier im Wood's oder im Norfolk aufhielten.

Er durchquerte Wadleys Vorzimmer und betrat die Räumlichkeiten des Gouverneurs. Der Ablagekasten für die Korrespondenz befand sich auf dem Schreibtisch. Für gewöhnlich war er weggeschlossen, aber bei den wenigen Gelegenheiten, bei denen Lewis seinen Inhalt gelesen hatte, war er immer auf interessante Einsichten in den Amtsapparat gestoßen. Er blickte zu der Tür hinüber, wo der *Askari* sein Nickerchen hielt, und begann die Papiere durchzublättern.

Eine Mitteilung im oberen Teil des Stapels sprang ihm ins Auge. Die Handschrift kam ihm bekannt vor, und als er einen Blick auf die letzte Seite warf, fand er dort die Unterschrift seines Freundes George Coll. Lewis hatte seit ihrem Streit vor zwei Wochen nichts mehr von ihm gehört. Das Schreiben war vor drei Tagen in Rumuruti aufgesetzt worden, musste also mit einem Läufer gesandt worden sein, was auf seine Dringlichkeit schließen ließ. Dies weckte seine Neugier, und er überflog die Seiten.

George berichtete dem Gouverneur darin von seinem Gespräch mit den Purko-Ältesten, in dem er den Eindruck gewonnen hatte, dass sie bezüglich der Umsiedelung in den Süden unentschlossen waren und ihre Zustimmung nicht ohne ein Gefühl des Zwangs entstanden war. Er schlug vor, ihnen mehr Zeit zu gewähren, und wies zudem darauf hin, dass sich Ole Sadera gegen die Umsiedelung ausgesprochen hatte und sich weigerte, ein neues Abkommen zu unterzeichnen. Mantira dagegen ließe sich wohl zu gegebener Zeit überzeugen, teile aber momentan die Ansicht der Älteren. George schlug nachdrücklich vor, die Angelegenheiten der Purko zunächst abzuklären, bevor irgendeine Vereinbarung unterzeichnet wurde, und erbat eiligst weitere Weisungen.

Unten auf der Seite war mit einer Nadel ein kleiner rechteckiger Zettel befestigt, auf dem mit einer anderen Handschrift das Wort *Zurückhalten* geschrieben stand.

Lewis schob das Schreiben aufgebracht in den Papierstapel zurück.

»Zum Verrücktwerden, nicht wahr?«, erklang eine Stimme von der Tür. Edouard stand dort mit einem eisigen Lächeln auf den Lippen. »Stellen Sie sich vor, wie es ist, sich jeden verflixten Tag der Woche mit solch einem Geschwätz abgeben zu müssen.«

Lewis fehlten die Worte. Er kam sich vor wie ein Schuljunge, den man beim Pflaumenstehlen erwischt hatte.

Edouard schlenderte ins Zimmer. »Stellen Sie sich vor«, sagte Edouard und wanderte in seinem Zimmer umher, »wie frustrierend es sein muss, das Beste für König und Vaterland zu tun und dabei Kindermädchen für einen Haufen verwöhnter adeliger Faulenzer zu spielen.« Er hatte seine Hände hinter dem Rücken verschränkt, während er umherschritt und die Porträts früherer Gouverneure und Commissioner betrachtete. Er verweilte vor dem Porträt von König George V. »Aber schlimmer als das, guter Doktor«, sagte er und wandte sich Lewis zu, »schlimmer als das ist es, sich in einem Rattennest von Verrätern und Informanten zu befinden.«

Lewis fand endlich seine Stimme wieder. »Wie würden Sie einen Verräter denn charakterisieren? Ist es jemand, der sieht, dass im Namen von König und Vaterland Unrecht geschieht, und der versucht, Abhilfe zu schaffen?«

»Alles, was ich sehe, sind armselige kleine Männer, die hoch hinauswollen und scheitern und stattdessen mit Lügen und Unwissen handeln, um diejenigen zu erledigen, die mehr Talent besitzen als sie.«

»Mehr Talent? Hah!« Lewis' Beschämung hatte sich in glühende Feindseligkeit verwandelt. »Wie viel Talent braucht es denn, um Eingeborene – mit vorgehaltenen Waffen, wohlbemerkt – dazu zu bringen, Ihren Verordnungen zu folgen?«

»Während Sie Ihren Patienten Tee und Trost verabreichten, mag es Ihnen entgangen sein, dass ich versuche, hier in Britisch-Ostafrika den Besitz der Regierung zu verwalten – und das mit all seinen Erfordernissen.«

»Und genau das ist der Punkt, Edouard. Für Sie ist das nur ein weiterer britischer Besitz, den es gilt, im besten Interesse eines abwesenden Gutsherrn zu verwalten. Verraten Sie mir doch eines – und ein Mann mit solch unbestrittenen Talenten wie den Ihren sollte darin keine Herausforderung sehen: Wie rechtfertigt die britische Regierung ihr Tun? Ich wage zu behaupten, dass es schon schlimm genug ist, wenn wir ein Land mit Waffengewalt erobern, aber hier, nun, hier sind wir im Grunde nichts weiter als die Verwalter eines Landes, das sich noch im Besitz von anderen befindet.«

»Wenn diese Besitzer, wie Sie sie zu bezeichnen geruhen, nicht imstande oder nicht willens sind, das Land zu bearbeiten, um Beiträge an diejenigen zu leisten, die ihnen die Vorteile der Zivilisation gebracht haben, ja, dann ist es unsere Pflicht, die Arbeitsmittel zu enteignen.«

»Und wer hat um diese Vorteile gebeten? Und um welchen Preis wurde ihre Beschaffung verhandelt?«

»Ich hege nicht den geringsten Zweifel, dass Sie in den Fragen der Wissenschaft ein gebildeter Mann sind, Doktor, aber bitte überlassen Sie die Staatsangelegenheiten denen, die ihre Komplexität verstehen.«

»Es braucht nicht viel, um die Situation hier zu verstehen.«

»Aha! Unser guter Doktor hat Erkenntnisse gewonnen. Klären Sie mich auf.«

»Wir haben diesen Teil Afrikas nicht betreten, um die fragwürdigen Vorteile europäischen Lebens weiterzugeben, sondern um unsere unterschiedlichen und rivalisierenden Vorstellungen von Religion zu verbreiten.«

»Oho! Ein heiliger Krieg«, spöttelte Edouard.

»Nicht ganz, aber nachdem Livingstone durch seinen bedauernswerten, aber heroischen Tod zu Hause den missionarischen Eifer geweckt hatte, begann das Rennen um die Erlangung der Seelen – die Franzosen mit ihrem Katholizismus und wir mit unserem Protestantismus. Als sich herausstellte, dass die Eingeborenen davon ganz und gar nicht entzückt waren und ein paar Schädel einschlugen, schickten wir unsere Truppen, um ihnen das richtige Benehmen beizubringen. Natürlich entwickelte sich die militärische Präsenz schon bald zu einer militärischen Konfrontation.«

»Dr. Lewis, Sie wollen mir doch hoffentlich nicht weismachen, dass Sie jetzt auch noch ein Experte für geopolitische Fragen sind, oder?«

»Man muss kein Experte sein, um nachvollziehen zu können, was dann folgte. Um den Franzosen zuvorzukommen, von denen wir glaubten, sie hätten den Oberlauf des Nils im Visier, bauten wir eine Eisenbahnlinie nach Uganda. Und es war dieser Eisenbahnkorridor – ein Streifen von einer halben Meile nur –, der zu dem Gedanken von der Vergabe von Kronland in Britisch-Ostafrika führte. Nach der Schaffung dieses Präzedenzfalles war es ein Leichtes, den rechtmäßigen Besitzern nach und nach ihr Land zu entreißen, das ihnen seit vielen Generationen gehört. Diesem sogenannten Protektorat kommt weder faktisch noch rechtlich Bedeutung zu. Niemand wird vor den habgierigen Forderungen der Siedler geschützt. Und auch nicht vor ihrem parteiischen Gouverneur.«

»Jetzt reicht es mir aber! Bei all Ihren fantasievollen Theorien haben Sie mir nicht eine einzige Begründung dafür geliefert, was Sie am heutigen Abend in meinem Amtszimmer zu schaffen hatten, Dr. Lewis.«

Edouards Änderung der Angriffstaktik ließ Lewis verstummen.

»Wie ich sehe, haben Sie, was das betrifft, weniger Ideen. Dann erlauben Sie, dass ich Ihnen meine Gedanken zu diesem Thema unterbreite. Könnte es sein, dass Sie, nachdem Ihre jüngsten Versuche, meine Behörde daheim zu diffamieren, vereitelt wurden, nun versuchen, an weiteres Material zu gelangen, um es Ihrem Konfidenten, dem Führer der Labour-Partei, zukommen zu lassen?«

Lewis entschied sich, jeglicher Diskussion in Bezug auf diese Angelegenheit aus dem Weg zu gehen. »Ich habe Sie niemals persönlich angegriffen, Governor Edouard. Ich verabscheue lediglich die skrupellosen, geheimnistuerischen Entscheidungen, die Sie unter dem Vorwand eines vorurteilsfreien Regierens verbergen.«

Edouards Gesicht wurde rot. »Da wir nun offenbar bei Fragen des Charakters angelangt sind, Dr. Lewis, möchte ich zur Diskussion stellen, was von einem Mann zu halten ist, der vorgibt, starke moralische Überzeugungen zu besitzen, aber zu schwach und ängstlich ist, sie zu äußern, und stattdessen wie ein Feigling herumschleicht und anderen ins Ohr flüstert, in der Hoffnung, jemanden zu finden, der die Größe und Tapferkeit besitzt, um seinen Kampf für ihn auszufechten.« Er richtete sich zu seiner vollen Größe auf. »Aber lassen wir Fragen des Charakters doch beiseite. Ich will nur eines von Ihnen wissen. Haben oder haben Sie nicht widerrechtlich erlangte, vertrauliche Informationen über Regierungsentscheidungen in bestimmten Angelegenheiten an Ramsay MacDonald weitergegeben? Angelegenheiten, die dazu bestimmt waren, den hart arbeitenden Einwohnern Britisch-Ostafrikas Gerechtigkeit widerfahren zu lassen?« Er trat mit vorgestrecktem Brustkorb einen Schritt auf Lewis zu. »Diese Entscheidungen zu treffen war mein Recht, nein, meine Pflicht, ob dies nun mit Ihrer fragwürdigen Sichtweise dessen, was das Beste für die Menschen dieses Landes ist, übereinstimmt oder nicht. Sind Sie ein solcher Feigling, dass Sie immer noch abstreiten, MacDonald informiert zu haben?«

»Und ob ich ihn informiert habe!«

Edouards Anspannung verflüchtigte sich sogleich. Er schnaubte und versuchte, ein Lächeln zu verbergen.

»Nun«, sagte er, und sein Lächeln wurde trotz seiner Bemühungen immer breiter. »Ich freue mich, dass wir heute Abend wenigstens in diesem einen Punkt eine Einigung erzielt haben, Doktor. Ich werde gleich morgen früh eine Aktennotiz unseres Gesprächs anfertigen lassen, die ich Ihnen zur Unterschrift vorlegen werde.«

Der Gouverneur schritt zur anderen Seite seines Schreibtischs und nahm daran Platz. Ohne noch einmal von seinen Papieren aufzublicken, sagte er: »Und jetzt verschwinden Sie, ich habe noch einiges zu tun.«

Kapitel 35

Wadley hatte Schwierigkeiten, auf einem Pferd zu sitzen, weil ihm wieder einmal seine Hämorrhoiden zu schaffen machten, aber in einem offenen Pferdewagen zu hocken und bei jedem Schlagloch an seine Beschwerden erinnert zu werden war auch nicht viel besser.

Trotz des Tropenhelms, der auf seinem Schädel thronte und ihm die Schweißtropfen in den Kragen rinnen ließ, und trotz des zur Standardausrüstung des Protektorats zählenden Sonnenschirms über ihm spürte er die gesundheitsschädlichen Wirkungen der aktinischen Sonnenstrahlen, vor denen in jeder Publikation gewarnt wurde, die er über die Gefahren von Tropenreisen gelesen hatte.

Bevor er sich in dienstlichen Angelegenheiten auf den Weg zur Küste gemacht hatte, hatte Gouverneur Edouard Wadley die Anweisung gegeben, vorrangig in Sachen Lenana tätig zu werden. Aber Wadley hatte seine Abreise zunächst hinausgeschoben, weil er hoffte, dass das schlechte Wetter schon bald aufklaren würde, und später dann, weil er hoffte, dass sich seine Hämorrhoiden beruhigen würden. Aber weder der eine noch der andere Fall war eingetreten.

Er spähte unter seinem Schirm zu der gnadenlosen Sonne hinauf. Er wusste, dass es eine List der Tropen war. Bevor der Tag zu Ende ging, würde sich der Himmel zu einem für die Regenzeit charakteristischen Guss öffnen. Er hoffte, dass seine Entscheidung, früh aufzubrechen, ihm zumindest ersparen würde, wegen des Regens in Lenanas Dorf festzusitzen.

Der Anlass für den Besuch in Ngong war ein weiterer Grund

für seine Verärgerung. Edouard hegte die Befürchtung, dass Lenana sterben könnte, bevor er eine öffentliche Erklärung zugunsten des geplanten Umsiedelungsabkommens abgegeben hatte. Außerdem wollte er einen Termin festlegen, an dem die Ältesten und die Anführer für die feierliche Unterzeichnung zusammenkommen sollten. Wadleys Ansicht nach hatte es der alte Mann nicht eilig zu sterben, und er hätte es lieber gesehen, wenn die Dinge ihren naturgemäßen Gang gegangen wären, wie es im Staatsdienst üblich war.

Als sein Kutscher den Wagen auf die *Boma* in Ngong zusteuerte, spürte Wadley, dass etwas Eigenartiges vor sich ging. Vor dem *Boma*-Tor hatte sich eine Gruppe alter Frauen versammelt. Ihre jammernden Stimmen waren schrecklich anzuhören. Drinnen waren die Anzeichen ähnlich unheilverkündend, denn vor Lenanas Hütte standen zahlreiche bedrückt dreinblickende Älteste.

Wadley entdeckte den Dolmetscher des *Laibon* und erfuhr zu seinem Entsetzen, dass der alte Mann kurz zuvor gestorben war.

»Aber das … das ist doch nicht möglich«, stotterte er. »Da ist kein … Wir haben doch noch nicht … Wo ist Lenanas Sohn?«, fragte er. »Wo ist Seggi?«

Er hoffte, dass Lenana dem Jungen Anweisungen für die Unterzeichnungszeremonie gegeben hatte.

»Er ist drinnen. Er hilft den Ehefrauen, den Leichnam vorzubereiten«, sagte der Dolmetscher.

»Ich muss mit ihm sprechen«, sagte Wadley und strebte auf die Hütte zu.

Der alte Mann hielt ihn zurück. »Ich werde ihn für Sie rufen, Sir«, sagte er und verschwand, ohne eine Antwort abzuwarten, im Inneren.

Wadley schritt im Staub auf und ab. Er bedauerte es, die Reise aufgeschoben zu haben. Was würde Edouard sagen, wenn er erfuhr, dass Wadley die Fahrt nur aus Gründen der eigenen Bequemlichkeit hinausgezögert hatte? Wie sollte er erklären, dass es wegen des Wetters geschehen war oder – schlimmer noch – wegen seiner Hämorrhoiden? Der Gedanke daran verursachte einen beinahe unerträglichen Juckzreiz. Er versuchte stillzustehen und wandte seinen Blick gen Himmel. Die Sonne war glücklicherweise hinter einer großen schwarzen Wolke verschwunden.

Seggi trat aus der Hütte und blickte Wadley unsicher an. Der Dolmetscher, der hinter ihm stand, schob den Jungen näher.

»Hier ist er, Sir«, verkündete er.

»Gut … sehr gut. Äh … frag den Jungen, ob er irgendwelche Anweisungen von seinem Vater erhalten hat, bevor er … bevor er dahingeschieden ist.«

Der Dolmetscher schwieg.

»Nun?«, fragte Wadley.

»Seggi ist jetzt der *Laibon,* Sir. Er ist kein Junge. Und Sie können ihn fragen, was Sie wollen. Der *Laibon* spricht ein wenig Englisch.«

»Verstehe«, erwiderte Wadley, verärgert über die Rüge.

Der Junge gab keinen Hinweis darauf, dass er die Frage verstanden hatte, daher drückte Wadley sie anders aus. »Ich würde gern vom *Laibon* erfahren, ob ihm sein Vater gesagt hat, dass die Massai nach Süden ziehen sollen, um sich mit den Massai dort zu vereinen«, fragte er langsam und mit lauter Stimme.

Der neue oberste Anführer schüttelte den Kopf. »Nein«, sagte er.

Wadley wurde bange ums Herz. »Bestimmt nicht?«, hakte er nach.

Seggi schüttelte erneut den Kopf.

Wadley betrachtete den Jungen, der nur gut halb so groß war wie er, und gelangte zu der Einsicht, dass er ein wenig erfinderischer sein musste, wenn er die Lage retten wollte.

»Hat ihm sein Vater gesagt, dass die Massai *nicht* aus dem Norden wegziehen sollen?«

»Nein«, erwiderte der Junge, nachdem er einen Augenblick lang nachgedacht hatte.

»Aha, dann wollte sein Vater also, dass der Umzug vonstattengeht?«

Seggi blieb stumm, versuchte, die Worte zu enträtseln.

»Wenn sein Vater das Vorhaben nicht abgelehnt hat, dann muss er gewünscht haben, dass der neue *Laibon* es befürwortet, nicht wahr?« Wadley wartete gar nicht erst auf eine Antwort, sondern fuhr fort: »Hat der Vater des *Laibon* ihm erklärt, dass er nach seinem Tod der neue oberste Anführer sein wird?«

»Ja.«

»Und hat er ihm erklärt, dass dem *Laibon* diese ehrenvolle Aufgabe von der britischen Regierung verliehen wurde und wir Freunde sind?«

»Ja.«

»Weiß der *Laibon,* dass die britische Regierung seinen Vater bereits gebeten hat, dass die Massai nach Süden ziehen?«

Eine kurze Pause entstand. »Ja«, antwortete er.

»Sehr gut.« Wadley nickte zufrieden über die Fortschritte, die er machte. »Dann wird er dem *Laibon* auch gesagt haben, dass er die britische Regierung, die Freunde der Massai, respektieren soll.«

»Ja.«

»Das dachte ich mir. Ich sehe schon, dass wir bei dem neuen *Laibon* darauf vertrauen können, dass er die Wünsche seines Vaters erfüllt. Sehr gut.«

Der Junge schien verwirrt.
Wadley lenkte die Unterhaltung durch eine Reihe von Drehungen und Wendungen, bis er Seggi dazu gebracht hatte, dass es der Wunsch seines sterbenden Vaters gewesen war, die Massai des Nordens mit ihren Brüdern im Süden vereint zu sehen. Er ließ durchblicken, dass Geschenke des Gouverneurs zu erwarten waren und wichtige neue Aufgaben innerhalb der Verwaltung des Protektorats auf Seggi warteten. Dann senkte er die Stimme und fügte in einem verschwörerischen Tonfall hinzu: »Wenn ich dem neuen *Laibon* einen Rat geben dürfte. Governor Edouard hegt Bewunderung für einen Mann, der die Dinge voranbringt. Daher schlage ich vor, dass der *Laibon* nicht zu lange damit wartet, seine ersten Anordnungen zu erteilen. Es wäre wohl am besten, wenn er die Ältesten unverzüglich zusammenruft. Das würde Governor Edouard ganz gewiss sehr zufriedenstellen.«
Binnen kurzem hatte Seggi einem Termin für die Unterzeichnung zugestimmt.
Wadley schüttelte enthusiastisch die Hand des Jungen und auch die Hände der Ältesten, die in der Nähe standen und das Gespräch beobachteten. Dann kletterte er mit dem zufriedenen Gefühl, seine Mission erfüllt zu haben, in den Pferdewagen. Als sein Kutscher das Gefährt von dem *Enkang* weglenkte, fielen die ersten schweren Regentropfen auf Wadleys großen Sonnenschirm.

Norman Lewis hatte es sich in seinem Schaukelstuhl auf der Veranda bequem gemacht und starrte in das Grau des stetigen Nieselregens hinaus, der am Fuße seines Berges auf Nairobi niederging.
Die Stadt war gewachsen, seit er vor beinahe acht Jahren hier angekommen war. Er fragte sich des Öfteren, ob sie sich mit

der Zeit verbessert hatte, konnte sich aber nicht mehr genau an das Bild von damals erinnern. Die einzigen Veränderungen, die er bemerkt hatte, waren die an den Gummibäumen, die in der Biegung der Ngong Road wuchsen. Die anfangs rauhen Stämme waren nun glatt und geschmeidig, und ihre Zweige reckten sich dreißig Fuß über der Straße stolz in den grauen Himmel hinauf.

Er fragte sich, wie oft er schon hier allein auf der Veranda gesessen und über das Rätsel dieser Bäume nachgedacht hatte. Er versuchte, sich den Pflanzer der Bäume, John Ainsworth, vorzustellen und warum dieser sie in der unerklärlichen Biegung, die die Straße an der Stelle nahm, gepflanzt hatte. Hatte Ainsworth nichts Besseres zu tun gehabt, als sie ohne ersichtlichen Grund dort einzusetzen?

Lewis war oft zu den Gummibäumen spaziert, in der Hoffnung, einen Hinweis auf den Grund für ihr Vorhandensein zu erhalten. Der Wind bewegte ihre geschmeidigen, jungen Äste von einer Seite zur anderen und flüsterte durch ihre schmalen graugrünen Blätter. Doch sie sagten ihm nichts.

Nachdem ihn Edouard offiziell von seiner Versetzung benachrichtigt hatte, hatte er sich entschieden, die Angelegenheit ein für alle Mal zu klären.

Und wie das Glück es wollte, reiste Ainsworth gerade durch Nairobi, und Lewis lud ihn auf einen Drink im Muthaiga Club ein. Die Antwort, die Ainsworth ihm dort gegeben hatte, war bemerkenswert.

»Hallo!«, ertönte eine Stimme aus dem hinteren Ende des Gartens.

»George!«, rief Lewis. »Komm herauf!«

Coll bezahlte das Fahrgeld für den Wagen und nahm in seinem Regenmantel den schwierigen, bergauf führenden Gartenweg in Angriff, wobei er unterwegs zweimal pausieren

musste, um zu Atem zu kommen. Sobald er auf der Veranda eintraf, schüttelte ihm Lewis herzlich die Hand.
Als ihm sein Freund aus dem Mantel half, sagte Coll: »Du wirst natürlich Berufung einlegen, Norman.«
»Das glaube ich nicht.«
»Aber das musst du tun! Das Ganze ist ungeheuerlich.« Coll fuchtelte mit den Armen herum und schritt auf der Veranda auf und ab, bis er zu husten begann.
»Setz dich bitte hin, George, und versuche, dich nicht aufzuregen. Du weißt doch, dass dir das nicht bekommt.«
Coll nahm an dem kleinen Couchtisch gegenüber von seinem Freund Platz. »Ich habe erst gestern davon gehört. Wohin schicken sie dich?«
»Nach Njassaland.«
»Njassaland! Mein Gott, Norman, das ist Hunderte von Meilen weit weg.«
»Über eintausend, um genau zu sein. Und als Strafe für meine Sünden voller schottischer Presbyterianer.«
Coll schüttelte den Kopf und starrte niedergeschlagen in den Regen hinaus.
»Eine Tasse Tee, George? Das wird deine Brust bei dieser feuchten Luft beruhigen.«
»Nein, danke.«
»Nun, ich werde einen Whiskey trinken, und es ist mir, verdammt noch mal, egal, wie viel Uhr wir haben.« Er verschwand im Haus. »Bist du dir sicher, dass du mir nicht Gesellschaft leisten möchtest?«, rief er aus der Küche. »Mit einer Tasse Tee, meine ich natürlich.«
»Nein«, rief Coll zurück.
Lewis erschien mit einem großen Glas, aus dem er einen beträchtlichen Schluck nahm, sobald er sich wieder hingesetzt hatte.

»Es tut mir leid, dass wir diese Auseinandersetzung hatten, Norman«, sagte Coll nach einem Augenblick.
»Mir auch«, erwiderte Lewis.
»Wir haben uns umsonst die Köpfe heißgeredet. Die Massai ziehen trotz allem in das südliche Reservat.«
»Ich weiß«, sagte Lewis und umklammerte seine geballte rechte Hand mit der Linken. »Dieser verdammte Edouard!«
»Möge ihn der Teufel holen«, stimmte ihm Coll zu. »Vielleicht war es dumm von uns, zu glauben, wir könnten etwas am Ausgang der Dinge ändern.« Nach einem Moment des Schweigens fügte er hinzu: »Ich habe gestern Katherine gesehen. Sie hat mit einer Gruppe von Indern gegen den Freispruch von Collins protestiert.«
»Eine weitere Schweinerei.«
»Sie sah wunderschön aus. Ich hatte sie lange nicht mehr gesehen. Wir sind uns nur noch ein einziges Mal in Nairobi auf der Straße begegnet und haben ein paar flüchtige Worte miteinander gewechselt.«
Lewis erinnerte sich an die gutaussehende Frau, die er in Limuru getroffen und wie er versucht hatte, die Angelegenheit zwischen Coll und ihr ins Lot zu bringen.
»Hättest du etwas dagegen, wenn ich doch ein klitzekleines Glas von diesem Whiskey mittrinken würde?«
»Du? Whiskey?«
»Wenn es dir nichts ausmacht.«
»Es ist mir ein Vergnügen.«
Lewis verschwand wieder im Haus und kehrte mit Colls Glas und seinem eigenen, aufgefüllten Glas zurück. Sie stießen an und prosteten einander zu.
Coll nahm vorsichtig einen Schluck. Seine Augen begannen sogleich zu tränen, und er musste sich alle Mühe geben, um nicht zu husten.

»Diese Katherine ist eine beachtliche Frau«, sagte Lewis.
Coll nahm einen weiteren Schluck. »Allerdings. Schade, dass du sie nie kennengelernt hast.«
»Doch, das habe ich.«
»Wirklich? Wie das? Wann denn?«
»Vor ungefähr zwei Jahren. Ich habe dir nichts davon erzählt, weil ich dachte, du würdest es als Einmischung verstehen.«
»Norman! Wie konntest du … Wie konntest du das hinter meinem Rücken tun?«
»Jetzt reg dich nicht schon wieder auf, George. Es hat offensichtlich nichts genützt. Falls doch, wärest du heute nicht so ein erbärmlicher alter Miesepeter.«
Colls Entrüstung legte sich rasch, als ihm, wenn auch nur widerwillig, klarwurde, dass sein Freund recht hatte. »Vermutlich liegt ein Körnchen Wahrheit in deinen Worten«, sagte er, »ich habe mich schon oft gefragt …« Er beendete den Satz nicht. »Wann wirst du dich denn nach Njassaland aufmachen?«
»Ich fahre mit dem Donnerstagszug und nehme zwei Tage später ein Schiff nach Chinde.«
»Das gute alte Chinde. Da habe ich dich 1903 kennengelernt.«
»Stimmt. An der Reling an Bord dieses alten Kahns. Wenn ich mich recht entsinne, wäre er auf halbem Wege nach Mombasa beinahe abgesoffen.«
Coll lächelte und nickte.
Lewis richtete seinen Blick auf die Gummibäume, bewunderte aufs Neue ihr hübsches Erscheinungsbild. »Er hat es allein der Schönheit wegen getan, George.«
»Wer hat was getan?«
»Ainsworth. Ich habe ihn gefragt. Wegen der Gummibäume.«
»Oh.«
»Ist das nicht erstaunlich?«

»Eigentlich nicht«, erwiderte Coll und nahm vorsichtig einen weiteren Schluck von seinem Whiskey.
»Wenn ich es nicht mit eigenen Ohren von dem Mann selbst gehört hätte, hätte ich es nicht geglaubt.«
»Aber was ist denn so außergewöhnlich daran? Menschen bemühen sich doch ständig, Dinge zu verschönern.«
»Ja, durchaus, aber hier in Nairobi? Möglicherweise fangen sie in ein paar Jahren damit an, wenn dieser Ort seiner Hässlichkeit entwachsen ist. Und dann werden sie es genau zu diesem Zweck und keinem anderen tun. Kannst du dir eine solche Zeit vorstellen, George? Aber dann werden diese Bäume sechzig, achtzig Fuß hoch sein, und die Leute werden sich wahrscheinlich genau wie ich fragen, warum, zum Teufel, sie ursprünglich gepflanzt wurden.«
»Ich finde das überhaupt nicht merkwürdig«, sagte Coll. »Das ist etwas, was ich selbst auch tun würde.«
Lewis sah seinen Freund an und lächelte. »Ja. Vermutlich würdest du so etwas auch tun, George. Vielmehr, ich bin davon überzeugt, dass du es tun würdest.«
Die beiden Männer saßen für eine Weile schweigend da und betrachteten die Gummibäume, von deren grauen Blättern der Regen herabtropfte.

Kapitel 36

Ole Sadera war verärgert. Mantira war seit vielen Jahren sein Freund, aber es hatte immer wieder Zeiten gegeben, in denen er ihre Freundschaft durch seine Angewohnheit belastet hatte, Ole Sadera gnadenlos zuzusetzen, um ihn für seine Anliegen zu gewinnen. Heute war wieder einmal so ein Tag.

»Was willst du von mir, Mantira?«, fragte Ole Sadera gereizt. »Ich habe dir doch gesagt, dass die Il Tuati nicht nach Süden ziehen werden. Das ist unsere endgültige Entscheidung. Und jetzt lass mich in Ruhe.«

»Vielleicht ist Entorror jetzt nicht besser als der Süden. Das *Ol-Milo* hat nun auch unsere Rinder befallen, wie die im Süden. Aber dort werden wir wenigstens mehr Weideland haben. Und was wirst du tun, wenn die Briten nach Entorror kommen und darauf bestehen, dass du gehst?«

Ole Sadera wandte ihm einfach den Rücken zu.

»Ich stimme dir ja zu, dass die Briten ihre Versprechen brechen«, fuhr Mantira unbeirrt fort. »Und ich finde auch, dass es falsch ist, unsere Leute und die Herden mit einer solch großen Hast nach Süden zu führen.«

»Du erwähnst gar nicht die britische Justiz. Bist du nicht auch der Ansicht, dass sie uns im Stich gelassen hat? Hielten wir sie nicht einst für bewunderungswürdig? Aber wo blieb die Gerechtigkeit, als der Siedler Collins des Mordes an einem unserer Brüder beschuldigt und dann freigelassen wurde?«

»Ja, das war falsch. Vielleicht war es dumm von uns, zu glauben, dass die britische Justiz immer zu unseren Gunsten urteilen würde, aber ist es das wert, alles für das Leben eines einzigen *Morani* aufs Spiel zu setzen?«

Ole Sadera weigerte sich erneut, zu antworten, und wandte seine Aufmerksamkeit den Brüdern seiner Altersgruppe zu, die die Vorbereitungen für ein Scheingefecht trafen, das sie untereinander auszukämpfen gedachten.

Früher, als Mantira und er Freunde gewesen waren, hätte er bereits eine rüde Bemerkung von sich gegeben und die Debatte beendet oder ihn zu einem Wettstreit herausgefordert, um die Angelegenheit zu entscheiden, aber nun, da Mantira die große Ehre widerfahren war, zum *Aulononi* ernannt zu werden, schrieb es der Brauch vor, dass Ole Sadera ihm den schuldigen Respekt zollte. Daher hörte er zu und gab sich große Mühe, seine Wut im Zaum zu halten.

»Würdest du wegen dieser Angelegenheit einen Krieg beginnen, mein Freund?«, erkundigte sich Mantira.

Ole Sadera ließ von seinem geheuchelten Interesse an den Aktivitäten im Lager ab und wandte sich Mantira wieder zu. »Gibt es denn heutzutage nichts mehr, wofür es sich zu kämpfen lohnt?«, fragte er. »Es hat einmal Zeiten gegeben, als wir beide ohne die Gewissheit auf Erfolg in den Kampf gezogen sind. Wir wussten, dass es keine Schande ist, zu verlieren. Auf dem Bauch zu liegen, wenn einem alles genommen wird, was einem wichtig ist, dagegen schon.« Er starrte Mantira zornig an.

Mantira reagierte gereizt. »Hast du etwa Lenanas letzte Worte vergessen? Hast du vergessen, dass sein Vater, der *Große Laibon,* auf seinem Sterbelager ebenfalls eine Prophezeiung gemacht hat? Die eiserne Schlange ist gekommen, wie er es vorausgesagt hat, und sie hat die Weißen mit ihren Krankheiten und ihrer Macht gebracht. Lenana hat uns auch prophezeit, dass uns Ungemach droht, sollten wir dem Ersuchen des

Gouverneurs, nach Süden zu ziehen, nicht nachkommen. Wir dürfen dies nicht ignorieren.«
Ole Sadera schwieg verdrießlich.
»Wenn ich dich nicht überzeugen kann, meinen Rat als Freund zu befolgen, wirst du ihn dann annehmen, um mein Ansehen bei den Ältesten als ihr *Aulononi* zu retten?«
»Was willst du damit sagen?«
»Alle Purko wissen, dass wir seit vielen Jahren Freunde sind. War nicht ich es, der für dich eingestanden ist, als deine Altersgenossen dir das Leben in der Kindheit mit ihren Sticheleien zur Hölle gemacht haben? Und sie wissen, dass ich nun für einen Umzug nach Süden bin und dass du dagegen bist. Und auch, dass ich in der Absicht in dein Lager gekommen bin, dich von deiner Meinung abzubringen. Was werden sie sagen, wenn ich ohne deine Zustimmung und mit der Aussicht auf Krieg und Schmach zu ihnen zurückkehre? Sie werden zu Recht sagen: *Wie sollen wir unseren* Aulononi *weiterhin ehren, wenn nicht einmal sein Freund aus Kindertagen die Weisheit seiner Worte anzuerkennen vermag?*«
Ole Sadera wurde immer zorniger. Es machte ihn wütend, dass Mantira ihre Freundschaft auf solch schamlose Weise ausnutzte. Er wandte sich von ihm ab.
»Du hörst mir nicht zu, Parsaloi.« Er packte Ole Sadera an der Schulter und drehte ihn zu sich um. »Das hier ist wichtig für die Purko-Massai. Es ist wichtig für unsere Altersgruppen, für die Würde der *Moran*. Bist du so selbstsüchtig, dass du unseren Frieden deinem Stolz opfern würdest? Hör mir zu. Wenn du mir auch nicht mit dem Herzen zuzustimmen vermagst, so schenke mir zumindest dein Ohr.«
Ole Sadera zog sein *Simi* aus der Scheide, hielt es für einen Moment vor Mantiras bestürzt dreinblickendes Gesicht, packte dann sein eigenes Ohrläppchen und trennte es ab.

Mantira zuckte zurück, als das Blut aus der Wunde hervorschoss.
Ole Sadera reichte ihm feierlich das abgetrennte Stück Fleisch. »Hier hast du mein Ohr, und wenn du es so wünschst, dann hast du auch meine Einwilligung, von unserem Land wegzuziehen.«

Coll traf in der *Manyatta* der Il Tuati ein. Es gelang ihm rasch, Ole Sadera auszumachen, der in eine Unterredung mit einer Gruppe seiner *Moran* vertieft war. Als er Coll am *Boma*-Tor erblickte, schritt Ole Sadera sogleich auf ihn zu, um ihn zu begrüßen.
»Swara. Du bist wieder zurück.«
Es lag wenig Begeisterung in seiner Stimme. Coll vermutete, dass er sich denken konnte, warum er gekommen war. Dann sah er das blutverkrustete linke Ohr des Massai.
»Parsaloi! Was ist geschehen? Warst du in einen Kampf verwickelt?«
Ole Sadera griff sich unwillkürlich an die verletzte Stelle. »Das ist nicht von Bedeutung«, sagte er abweisend. »Dein Weg führt dich dieser Tage häufig nach Entorror.«
»Das ist wahr«, erwiderte Coll und trat zurück, um sich das Ohr aus einem anderen Blickwinkel anzusehen. Er wusste, dass es zwecklos war, nach dem Grund für die Verletzung zu fragen. »Manchmal kommt mir Laikipia wie mein zweites Zuhause vor.«
Ole Sadera nickte. »Es wird schon bald mehr dein Zuhause sein als das meine.«
»Nein«, erwiderte Coll. »Ich verstehe, was du damit meinst, aber die Regierung hat die Laikipia-Hochebene niemandem versprochen.«
Ole Sadera enthielt sich eines Kommentars.

»Ich bin noch einmal gekommen, weil Mantira mir sagte, ich solle mit dir reden.«
»Und das tun wir ja auch«, erwiderte Ole Sadera. Sein Gesicht gab nichts preis.
»Er sagte, er habe dich nicht von den Vorteilen eines Umzugs in den Süden überzeugen können.«
»Mantira und ich hatten in unserem Leben oft unterschiedliche Ansichten. In dieser Angelegenheit stimmen wir darin überein, dass es eine schwierige Wahl ist, ob wir nach Süden ziehen oder in Entorror bleiben sollen.«
»Ich würde gern wissen, ob du aus freiem Willen gehen wirst.«
Ole Sadera riss einen Grashalm aus dem Boden, spaltete ihn mit seinem Daumennagel und betrachtete ihn dann eingehend, als läge die Antwort darin verborgen. »Dein Maa ist ziemlich gut, Swara, aber ich frage mich, ob du begreifst, was freier Wille bedeutet. Ist es freier Wille, wenn ich die Konsequenzen meiner Zustimmung fürchte, aber dennoch mein Einverständnis gebe? Was ist, wenn mich ein Freund darum bittet, etwas zu tun, bei dem ich fürchte, dass es sich um einen schrecklichen Fehler handelt? Ist es freier Wille, wenn ich ja sage, um ihn zufriedenzustellen? Und wenn ich hierbleiben wollte, aber all jene, die ich liebe, fortgehen, ist das dann auch freier Wille?«
Coll wusste keine Antworten darauf, und die Fragen hingen zwischen ihnen in der Luft.
Ole Sadera hatte den Grashalm in seiner Hand zerrissen. Er ließ die Fetzen zu Boden fallen und presste beide Hände an den Kopf. »Niemand vermag diese Dinge für mich zu beantworten, Swara.« Er verzog sein Gesicht, als litte er unter Schmerzen. »Niemand vermag mir bei meiner Entscheidung zu helfen.«

Kapitel 37

Die Vertreter der Ältesten und die Anführer der Altersränge der Massai des Nordens, eine Ehrenwache der *Moran* und ein Aufgebot von Ehefrauen fanden sich zur Unterzeichnung der Umsiedelungsvereinbarung des Jahres 1911 in Ngong ein. Die Ehefrauen trieben Schaf- und Ziegenherden vor sich her, was zu einem geräuschvollen und staubigen Zusammentreffen von Farben und Menschen führte.

Coll hatte bereits den ganzen Morgen gewartet, als Governor Edouard, prächtig anzuschauen in seiner militärischen Aufmachung, in Begleitung seiner hohen Beamten und einer eindrucksvollen Zahl von Soldaten im Dorf eintraf.

Seine Truppen waren von Rhodesien, dem Sudan und von Südafrika an Britisch-Ostafrika ausgeliehen worden. Sie sollten unter dem Kommando eines rhodesischen Sergeants mit Namen Ploog bei der Umsiedelung der Massai und ihrer Herden als *Askaris* fungieren.

Ploog war ein Riese von einem Mann mit schwarzen, buschigen Augenbrauen und durchdringenden rabenschwarzen Augen. Er trug eine Kopfbedeckung, die aus dem gehäuteten Schädel eines Leoparden mitsamt der gefletschten Fangzähne gearbeitet war.

Ploogs Stellvertreter – der einzige weitere Weiße in der Gruppe – war ein unscheinbarer Ire namens O'Rourke, der einen säuerlichen Gesichtsausdruck zur Schau trug und einen schlechten Körpergeruch sein Eigen nannte. Er marschierte im Staub hinter den Pferden der Regierungsbeamten und schritt dem zwanzig Mann starken *Askari*-Kontingent voran.

Coll stand mit den Kriegern und den Ältesten wie ein Bühnenarbeiter da, der unter die Mitwirkenden einer elegant inszenierten Theateraufführung geraten war. Edouard stieg von seinem Gaul und erwiderte Colls Begrüßung lediglich mit einem kleinen Nicken.

Er legte Coll gegenüber ein kühleres Verhalten an den Tag, seit er entdeckt hatte, dass Norman Lewis vertrauliche Informationen an Regierungsmitglieder der Opposition weitergegeben hatte. Edouard hatte Coll in der Vergangenheit niemals irgendwelche Gefälligkeiten erwiesen, doch nun schien er sich entschieden zu haben, ihm das Leben so schwer wie nur irgend möglich zu machen. Coll wollte ihm aber nicht die Befriedigung geben, darüber zu jammern, und übernahm die sogenannten »Spezialaufgaben« ohne jedes Murren.

»Ich habe alle notwendigen Unterzeichnenden versammelt, Sir«, sagte er. »Sie sind bereit.«

»Wo ist der Tisch?«, fragte der Gouverneur.

»Ich habe ein Podest dort unter dem Baum errichten lassen, Sir Percy.«

»Hmm«, brummte Edouard, schritt darauf zu und zog sich unterwegs die Handschuhe von den Fingern. Ploog folgte ihm, ohne ein einziges Wort an Coll zu richten.

»Du da! Junge! Aus dem Weg«, befahl Edouard und wedelte mit seinem Handschuh in die Richtung eines jungen Massai, der an dem mit Kalbsfellen bedeckten Podest stand.

»Sir, das ist Seggi«, sagte Coll mit gesenkter Stimme. »Der oberste Anführer.«

Edouard zog eine Augenbraue in die Höhe. »Ach ja?«

Coll trat vor und übernahm die Vorstellung. »Sir Percy Edouard, darf ich Ihnen Seggi, den *Laibon* der Purko und den obersten Anführer der Massai vorstellen?«

Der Junge nickte und lächelte schüchtern.

»Dürres kleines Kerlchen«, sagte der Gouverneur und nickte beiläufig zur Begrüßung.
»Äh, Sir, Seggi ist ziemlich klug, wie Sie feststellen werden. Und er spricht auch recht gut Englisch.«
»Verstehe«, gab Edouard zurück. »Interessant. Nun, dann sollten wir beginnen. Wadley, nur zu.«
Wadley las die Vereinbarung laut vor, und der Massai-Dolmetscher übersetzte. Edouard stand steif da und betrachtete die versammelten Menschen.
»Wer ist das da, Coll?«, fragte er aus dem Mundwinkel heraus.
»Das ist Parsaloi Ole Sadera, Sir. Er ist der Sprecher einer Kriegergruppe.«
»Ist das dieser Quälgeist, der uns all die Schwierigkeiten bereitet hat?«
Coll erwiderte, dass der Anführer der Altersgruppe anfangs Probleme gehabt habe, das Vorhaben zu verstehen, aber nun dem Umzug zustimmte.
Edouard sagte, an Ploog gerichtet: »Behalten Sie den im Auge, Sergeant. Der könnte ein Unruhestifter sein.«
Als Wadley fertig war, erklärte Edouard, er würde Ole Sadera als Ersten unterzeichnen lassen. »Frag ihn, ob er mit den Bedingungen einverstanden ist.«
Zu Colls großem Schrecken und Erstaunen sagte Ole Sadera: »Nein, ich bin mit dem Umzug nicht einverstanden.«
»Parsaloi! Was redest du denn da?«, zischte Coll mit gepresster Stimme auf Maa, als der Dolmetscher dem Gouverneur seine Antwort übersetzte.
Edouard wandte sich erst Coll, dann Ole Sadera und dann wieder Coll zu. »Was soll denn der Unsinn, Coll? Sie haben mir doch versichert, dass sich alle einig sind!«
»Es tut mir leid, Sir Percy. Das ist ein Missverständnis. Erlau-

ben Sie mir, mich kurz mit ihm zu unterhalten, um die Sache zu klären.«

»Aber zügig, wenn ich bitten darf.«

»Parsaloi, du weißt, worum es Governor Edouard geht, und du hast bereits deine Zustimmung gegeben. Du benimmst dich wie ein Kind.«

»Wenn man mich wie ein Kind behandelt, dann benehme ich mich auch so«, erwiderte Ole Sadera mit gerunzelter Stirn. »Und warum ist es überhaupt notwendig, dieses Papier zu unterzeichnen?«

»Es ist nun einmal Brauch«, sagte Coll. »Auf diese Weise werden alle Vereinbarungen zwischen der Regierung und den Stämmen geschlossen.«

»Ich habe gelernt, dass ein Zeichen auf einem Papier keine Bedeutung hat. Erinnerst du dich denn nicht mehr daran, wie wir aus dem großen Tal wegziehen mussten und man uns Entorror angeboten hat? Damals haben wir auch ein Papier unterzeichnet. Es sah genau wie dieses aus. Es ist albern zu glauben, dass ein Zeichen auf einem Papier Bedeutung hat. Und es ist erniedrigend, uns zu bitten, solch kindische Spiele zu spielen. Wir werden gehen, weil uns die Briten sagen, dass wir gehen müssen, und nicht, weil wir es für richtig oder gerecht halten. Und auch nicht, weil wir ein Papier unterzeichnen.«

»Es dient dazu, beide Parteien zu schützen. Wenn die Regierung sich nicht an ihre Versprechungen hält, die sie auf diesem Papier niedergeschrieben hat, dann könnt ihr es als Beweis benutzen, dass man euch ungerecht behandelt hat.«

»Wie sollte uns ein Papier dabei helfen?«

»Ihr könnt euch einen Anwalt nehmen – einen Mann, der sich mit unseren Gesetzen auskennt und euren Fall vor Gericht vertritt. Das britische Justizsystem schützt sein Volk.«

»Coll!«, zischte Edouard. »Was, zum Teufel, geht hier vor sich?«
»Bitte gedulden Sie sich noch einen Augenblick, Eure Exzellenz.«
»Und was hat das britische Justizsystem für uns getan, als mein Massai-Bruder getötet wurde?«, fragte Ole Sadera.
Coll schien sich unbehaglich zu fühlen. »Bei diesem Gerichtsverfahren haben außergewöhnliche Umstände eine Rolle gespielt«, erwiderte er. »Es mangelt mir im Augenblick an der Zeit, um es näher zu erläutern, aber du darfst mir glauben, dass die britische Justiz für gewöhnlich sehr viel besser ist.«
Das überzeugte den *Olaiguenani* nicht.
»Parsaloi«, fuhr Coll fort, »du hast mir einmal von einer Zeit in Naivasha erzählt, als man dich als jungen Mann beschuldigte, die Männer getötet zu haben, die eure Frauen vergewaltigt und euer Vieh gestohlen hatten. Erinnerst du dich noch daran?«
Ole Sadera nickte.
»Der britische Richter vertrat die Ansicht, dass der weiße Mann im Unrecht war, und ließ dich gehen. Du hast mir erzählt, dass dich die Weisheit dieses Richters und die Gerechtigkeit, die dir an jenem Tag widerfahren ist, überrascht hat. Damals hast du das britische Justizsystem von seiner besten Seite erlebt.«
»Aber werde ich es wieder von seiner besten Seite erleben, wenn diese Vereinbarung gebrochen wird?«
Coll blickte kurz zu Edouard hinüber. »Ehrlich gesagt, weiß ich es nicht, Parsaloi. Ich vermag nur eines zu sagen: Die Intention besteht darin, Recht zu sprechen und allen Menschen Gerechtigkeit widerfahren zu lassen.«
Ole Sadera betrachtete ihn eingehend.
»Solltest du durch diese Vereinbarung jemals Schaden erlei-

den«, fuhr Coll fort, »werde ich dir persönlich dabei helfen, einen Anwalt zu finden, der dich vertritt. Das verspreche ich dir.«
Ole Sadera musterte Governor Edouard und den großen Mann mit den kalten Augen und dem Leoparden-Kopfschmuck. An Coll gewandt, sagte er: »Glaubst du, dass ich unterzeichnen sollte, Swara?«
»Ja, das glaube ich. Es wird das Beste für dich und deine Leute sein. Governor Edouard hat große Pläne für den Umzug nach Süden gemacht und all diese Männer mitgebracht, um sicherzustellen, dass ihr keine Unannehmlichkeiten von den Siedlern zu erwarten habt, wenn ihr an deren Farmen vorüberzieht.«
»Ist das der Grund, warum der große Hässliche hier ist?«, erkundigte er sich und nickte zu Sergeant Ploog hinüber.
Ploog starrte ihn zornig an. Er wusste, dass sie über ihn sprachen.
»Ja, er wird für die *Askaris* verantwortlich sein.«
»Und vertraust du Governor Edouard und diesem großen Affen?«
»Anfangs habe ich das nicht getan, aber inzwischen wissen die Regierung in London und unsere Freunde alles über die Massai. Sie werden dafür sorgen, dass der Umzug in den Süden gut vonstattengeht und ihr wohlbehalten dort eintreffen werdet.«
Ole Sadera wirkte immer noch unsicher, aber er sagte: »Swara, teile Governor Edouard mit, dass ich unterzeichnen werde.«
Coll stieß einen Seufzer der Erleichterung aus. »Ole Sadera wird unterzeichnen, Sir Percy.«
»Nun, dann sagen Sie ihm, er soll es auch endlich tun.« Edouard wandte sich Ploog zu. »Ich habe es Ihnen ja gesagt. Er ist ein Unruhestifter.«

»Ganz Ihrer Meinung, Sir«, knurrte Ploog. »Aber machen Sie sich keine Sorgen, der wird mir unterwegs keine Schwierigkeiten machen. Dafür werde ich sorgen, Sir.«

Als Ole Sadera seinen Daumenabdruck auf das Papier setzte, starrte er Edouard dabei an. Aber Coll hatte kein Auge dafür, was zwischen den beiden vorging. Sein Blick ruhte auf dem großen Rhodesier, der neben dem Gouverneur stand und Ole Sadera wütend musterte. Coll erinnerte sich daran, eine ähnliche Abscheu verspürt zu haben, als er in die gelben Augen einer Hyäne geblickt hatte.

Teil 3
Ngatet

Kapitel 38

1912

Nashilo beobachtete Parsaloi, wie sie es so oft tat, wenn er in der Nähe war. Sie fragte sich, ob nur sie allein seine Gegenwart zu spüren vermochte oder ob jeder diese kaum wahrnehmbare Empfindung hatte, einem leichten Druck auf der Haut vergleichbar. Sie hatte manchmal dieses Gefühl, wenn sie nackt badete und der warme Wind aus der Savanne sanft über ihre Haut strich. Eine Berührung ohne eine Berührung. Sie lächelte angesichts ihrer Torheit. Vielleicht lag es an dem Kind, das in ihr wuchs, dass sie solche Gedanken hegte.

Parsaloi war in eine Unterhaltung mit einer Gruppe von Ältesten vertieft, zu der ironischerweise auch ihr Mann gehörte. Es hatte eine Reihe von Treffen unter den Anführern zur Vorbereitung des Umzugs der Purko nach Süden gegeben. Sie hob die Wasser-Kalebasse auf und schlenderte damit auf das *Boma*-Tor zu, wo Parsaloi und die Ältesten standen.

»Ihr solltet euch beim nächsten Neumond auf den Weg machen«, sagte Parsaloi gerade. »Ihr werdet das Licht des vollen Mondes benötigen, wenn ihr den Kamm des Mau-Gebirges erreicht.«

»Was ist mit dir und den Il Tuati?«, fragte Nashilos Ehemann.

»Die *Moran* werden sich nicht nach Lust und Laune der Weißen als Hirtenjungen betätigen. Wir werden unser Vieh nach eigenem Gutdünken und über einen Weg, der uns angemessen scheint, nach Ngatet treiben.«

Die Männer setzten ihre Unterhaltung fort, während Nashilo

langsam an ihnen vorüberging. Nichts deutete darauf hin, dass Parsaloi sie gesehen hatte, aber kurz nachdem sie das Wasserloch erreicht hatte, war er da, zehn Schritte von ihr entfernt, trank und bespritzte seinen Körper mit Wasser.
Nashilo hielt ihren Blick auf die Kalebasse gerichtet. »Gehst du schon so bald wieder?«
»Ja«, erwiderte er und trank Wasser aus seiner hohlen Hand.
»Und du wirst nicht gemeinsam mit uns nach Süden ziehen?«
»Ich dachte, deine Ohren seien klein und hübsch, aber sie müssen wohl die Größe von Eselsohren haben.«
Es stand ihr nicht der Sinn nach solchen Spielchen. Sie versuchte, verletzt und traurig zu tun. »Wer wird sich auf dem langen Marsch um mich kümmern?«
»Dein Ehemann natürlich.«
»Er hat so viele Ehefrauen.«
»Vier. Und du bist die Hübscheste. Warum sollte er nicht dafür sorgen, dass du sicher nach Ngatet gelangst?«
»Ich erwarte ein Kind«, sagte sie.
Nach einer kurzen Pause fragte er: »Was geht mich das an?«
»Es ist dein Kind.«
»Du redest törichtes Zeug. Es ist das Kind deines Ehemannes. Und jetzt geh zu ihm und überbring ihm die frohe Kunde. Er wird sich darüber freuen.«
»Gehörst du zu denen, die glauben, es sei unmöglich für eine Frau, ein Kind zu bekommen, das nicht von ihrem Ehemann stammt?«
»Das spielt keine Rolle. Ein Kind ist ein Geschenk, über das sich alle freuen. Sei dankbar für diesen Segen.«
Sein Verhalten vergällte ihr die Freude über ihre Neuigkeit, doch sie zog sich dennoch nicht zurück. Dies könnte das letzte Mal sein, dass sie sich sahen, bevor der Marsch nach Süden begann. Sie änderte ihre Taktik. »Wer wird uns vor

den Löwen und den Leoparden beschützen, wenn nicht deine Il Tuati?«

Parsaloi reagierte verärgert. »Die Il Tuati weigern sich, die Amme für das *Enkang* zu spielen«, sagte er, runzelte die Stirn, und seine Augen wanderten von ihr fort. »Und ich vermag sie nicht umzustimmen. Aber wir werden nicht weit weg sein. Die Regenzeit steht bevor. Ich habe den Ältesten bereits deutlich gemacht, dass ihr rasch vorankommen müsst.« Sein Gesichtsausdruck wurde weicher. »Ich werde ein wachsames Auge auf dich haben – wenngleich auch nicht ständig.«

Es war tröstlich zu wissen, dass er sich doch um sie sorgte und sich Gedanken über die Schwierigkeiten gemacht hatte, die ihnen die Überquerung des Kammes bereiten könnte, und so fragte sie ihn mit sanfterer Stimme: »Wirst du mich vermissen?«

Er hob erneut die mit Wasser gefüllte Hand an den Mund, gab einen gurgelnden Laut von sich und spuckte es aus. »Geht es dir gut?«, erkundigte er sich. »Spürst du das Kind schon?«

»Nein, noch nicht. Aber es müsste bald so weit sein, glaube ich.«

»Sei vorsichtig, Nashilo. Es kann dort oben am Mau Summit sehr kalt werden. Achtet darauf, dass ihr jeden Abend früh genug euer Lager aufschlagt. Nehmt euch genügend Zeit, damit ihr für einen ausreichenden Schutz sorgen könnt.«

Sie meinte, seine Stimme sei weicher geworden, doch sie musste sein Gesicht sehen, um sicher zu sein.

»Es ist schon spät«, sagte er, bevor sie zu antworten vermochte, und er suchte sich auf einer Reihe von Steinen seinen Weg über das Flüsschen.

»Parsaloi«, sagte sie mit bittender Stimme.

Er drehte sich am anderen Ufer zu ihr um. Wenn sie beide ihre Arme ausstreckten, hätten sich ihre Fingerspitzen viel-

leicht berühren können. Doch sie getraute sich nicht, es zu versuchen.
»Ja?«, fragte er.
»Ich werde dich vermissen.«
Er gab einen schnalzenden Laut von sich, der ihr bedeutete, dass er ihre Worte zur Kenntnis genommen hatte – mehr aber auch nicht. Dann wandte er sich zum Gehen.
»Wirst du mich auch vermissen?«
Er schaute zum *Enkang* zurück und dann kurz zu ihr hinüber, ehe er den Blick abwandte. »Ja.«
Er hatte bereits ein Dutzend Schritte getan, ehe er sich ein letztes Mal zu ihr umdrehte. Einen Moment lang glaubte sie, er würde vielleicht noch etwas hinzufügen, denn da waren unausgesprochene Worte in seinen Augen, und sie wartete mit angehaltenem Atem, doch dann kehrte er ihr wieder den Rücken zu und war schon bald verschwunden.

Edouard betrachtete angewidert den Mann, der auf der anderen Seite seines Schreibtisches stand. Sergeant Ploog war ein Soldat, den jeder andere Offizier für den Zustand seiner Uniform hätte auspeitschen lassen – von dem übel riechenden Gestank, der von seiner Person ausging, ganz zu schweigen. Doch Edouard musste Vernunft walten lassen. Es mochte seinen strengen Sinn für militärische Etikette beleidigen, aber er erlaubte diese absonderliche Leoparden-Kopfbedeckung, da sie vermutlich eine Ehrfurcht gebietende Wirkung auf die Massai haben würde. Und er wusste, dass er auf Ploogs Mithilfe angewiesen war, wenn er die vor ihm liegende Aufgabe erfolgreich bewältigen wollte.
»Gehe ich recht in der Annahme, dass Mr. Wadley Ihnen Ihre Befehle ausgehändigt hat, Sergeant?«
»Jawohl Sir, das hat er.«

»Und haben Sie irgendwelche Fragen?«
»Nein, Sir. Ich soll sicherstellen, dass die Nigger durch das Rift Valley und über den Steilhang ziehen, ohne dabei Ärger zu machen.«
»Richtig. Und ich möchte eines deutlich machen, falls Mr. Wadley es nicht bereits erwähnt hat: Ich bin ein großzügiger Mann, wenn meine Anweisungen buchstabengetreu erfüllt werden. Das heißt, es springt dabei etwas für Sie heraus, Sergeant. Und es liegt in Ihrem Ermessen, ob Sie Ihre Männer daran beteiligen oder es für sich behalten.«
Ploog grinste. »Ich verstehe, was Sie meinen, Sir.«
»Gut. Sie erhalten nun von Mr. Wadley die Berechtigungsscheine, damit Sie für sich und Ihre Männer die notwendigen Vorräte in Nakuru besorgen können. Außerdem erhalten Sie für Ihre eigenen Bedürfnisse zusätzliche Berechtigungsscheine in Naivasha sowie Notrationen, die wir den Massai zur Verfügung stellen, falls sie sie benötigen sollten.«
Er hielt einen Moment inne und wartete darauf, bis Ploog, der offenbar nicht der Hellste war, die Einzelheiten begriffen hatte.
»Haben wir uns verstanden, Sergeant?«
»Jawohl, Sir.«
»Sehr gut. Und vergessen Sie nicht, was ich Ihnen gesagt habe. Und auch nicht die Zulage, wenn Sie Ihre Mission zügig ausführen. Ich wünsche Ihnen viel Glück dabei. Und jetzt machen Sie sich auf den Weg!«

Sergeant Ploog saß an einem mehr schlecht als recht zusammengezimmerten Tisch in der Green Carpet Tavern. Es war ein hochtrabender Name für die Konstruktion aus Wellblech und Segeltuch im indischen Basar, wo der Eigentümer – ein großer turbantragender Sikh – illegale alkoholische Getränke an die gestrandeten Existenzen von Nairobi ausschenkte. Ein feiner Sprühregen fiel aus dem grauen Himmel herab. Dicke, fette Tropfen plumpsten von dem undichten Dach auf den Tisch, und der Wind versetzte das lose Segeltuch um sie herum in Bewegung.

»Sehen Sie uns nur an, O'Rourke«, sagte Ploog zu seinem Corporal, der ihm gegenübersaß. »Was haben wir eigentlich in einem Loch wie Nairobi verloren?«

O'Rourke bewegte den Kopf zu einem halbherzigen Nicken und blickte verdrießlich in den Regen hinaus.

»Kalt und nass«, fuhr Ploog fort. »Wir sollten mit dem Rest der Einheit in Uganda sein, anstatt Kindermädchen für einen Haufen verdammter Nigger zu spielen.«

»Richtig«, ewiderte O'Rourke mit schwerer Zunge.

»Dort werden wir auch sein, wenn wir hier fertig sind, Corporal«, sagte Ploog und hob sein Glas an die Lippen. »Zurück in Uganda. Im Sonnenschein. Wo das Wetter so heiß ist wie die Frauen.« Er brach in schallendes Gelächter über seinen Witz aus.

O'Rourke grinste. »Ja, Frauen, heiß«, lallte er.

»Verdammt richtig, Corporal. Und wissen Sie, was wir machen werden?«

O'Rourke starrte wieder in den Regen hinaus.

»O'Rourke, Sie Scheißkerl, sehen Sie mich an.«

Der Corporal gab sich große Mühe, seinen Blick auf ihn zu richten.

»Wissen Sie, was wir tun werden, Corporal? Wir werden diese Sache, so schnell es geht, zu Ende bringen. So schnell es geht. Wir werden keine Zeit mit Herumtrödeln verschwenden. Lassen Sie uns den Schweinehunden beibringen, dass wir nicht auf einem Sonntagsausflug sind, Mann!«

O'Rourke besaß die Geistesgegenwart, zu nicken.

»Genau. Wir werden die Mistkerle im Laufschritt durch die Savanne jagen, und dann sehen wir zu, dass wir hier wegkommen.« Er trank sein Glas aus. »He, Bursche!«, rief er zu dem Besitzer hinüber. »Bring mir noch was von dieser Pisse, die du Whiskey nennst. Zwei Gläser, und das zackig.«
Der Sikh musterte die beiden *Askari*, goss aber zwei Gläser einer leicht milchigen Flüssigkeit aus einer Glenfiddich-Flasche ein.
Die Bedienung, ein Kamba-Junge von ungefähr vierzehn Jahren, näherte sich den Männern vorsichtig mit den Getränken. Ploog begann wieder zu brüllen, und der Junge, der sich inzwischen unmittelbar hinter dem Sergeant befand, ließ beinahe die Gläser fallen. Seine Hände zitterten, als er auf den Tisch zutrat.
»Wird auch langsam Zeit, Nigger!«, rief Ploog und ließ seine Hand auf den Tisch herabsausen.
Der Junge hantierte so ungeschickt mit den Gläsern herum, dass er deren Inhalt auf den Tisch und Ploogs Schoß goss.
Ploog quollen vor Wut die Augen aus den Höhlen, er packte den Jungen am Ohr und zog ihn ganz nahe zu sich heran. »Du nutzloser kleiner Bastard«, zischte er. »Du verdammtes Stück Scheiße.«
Der Junge wimmerte vor Schmerz.
»Wisch den Tisch ab«, knurrte Ploog.
Der Junge tastete an dem Gürtel seines *Kikoi* nach einem schäbigen Baumwollfetzen, mit dem er versuchte, den Whiskey aufzuwischen.
Ploog zog mit einer überraschenden Schnelligkeit ein Messer aus seinem Gürtel, packte das Handgelenk des Jungen und spießte seine Hand mit dem Messer auf der Tischplatte auf.
Der Junge schrie vor Schmerz, aber Ploog war schon auf den Beinen und richtete eine Pistole auf den Sikh, der sich auf ihn

stürzen wollte. Ploog feuerte ihm in den Bauch und sah zu, wie ihm der Inder in einem zuckenden Bündel vor die Füße fiel.

O'Rourke starrte mit großen Augen erst den Jungen, dann den Besitzer an, bevor Ploog ihn am Kragen packte und von seinem Stuhl zerrte.

Bevor die benachbarten Ladenbesitzer überhaupt realisiert hatten, was geschehen war, hatten die *Askaris* bereits den Basar verlassen.

Kapitel 39

Nashilo fühlte die Wärme der Morgensonne auf ihren Schultern, als sie durch das wogende Gras spazierte. Die Übelkeit, die sie am frühen Morgen verspürt hatte, war verschwunden, und es bestand kein Grund, sich zu beeilen. Ihr Ehemann war zufrieden, dass sie endlich schwanger war, und hatte ihr – ausnahmsweise einmal wohlwollend gestimmt – erlaubt, sich von ihren alltäglichen Pflichten auszuruhen. Ihr Herz war erfüllt von den Gedanken an Parsalois Kind, während sie einen Spaziergang zu dem Flüsschen unternahm, das das Wasserloch des Viehs speiste.

Sie entdeckte dort Okelia, den jüngsten Sohn der dritten Frau ihres Vaters, der seine kleine Herde bewachte. Er war ein schlaksiger Bursche, noch ein wenig zu jung, um bei der letzten *Eunoto* in den Altersrang der *Moran* eingeführt zu werden. Nun würde er lange Zeit auf die nächste Gelegenheit warten müssen. Das hatte zur Folge, dass er seither übel gelaunt war und mutmaßte, dass sich seine ganze Familie gegen ihn verschworen hatte, um ihn in seinem Bestreben, sich als Mann zu beweisen, zu behindern. Nashilo war jedoch seine Lieblingshalbschwester und blieb von seinem schlimmsten Zorn verschont.

Sie gesellte sich auf einer Anhöhe im dürftigen Schatten eines Wolfsmilchbaumes zu ihm, der ebenso steif und unnahbar dastand wie Okelia selbst. Aber Nashilo gelang es, seine Verschlossenheit mit ihrer lebhaften Art zu durchdringen, und sie plauderten schon bald über den bevorstehenden Umzug nach Süden.

»Ich werde mich den Männern anschließen, die die Rinder treiben«, erklärte Okelia im Brustton der Überzeugung.
Nashilo hielt dies für unwahrscheinlich, da sie bereits gehört hatte, wie ihr Ehemann mit den anderen Ältesten übereingekommen war, dass Okelia die Frauen begleiten und mit den Ziegen und Schafen helfen sollte.
»Das freut mich für dich«, sagte sie.
»Und ich werde natürlich dabei helfen, sie gegen Löwen zu verteidigen.«
»Natürlich.«
»Es ist ein sehr langer Weg, der vor uns liegt«, sagte er. »Glaubst du, wir werden durch Kikuyu-Land kommen?«
»Nein. Aber möglicherweise nahe daran vorbei.«
»Das will ich hoffen, denn dann kann ich all ihre Dörfer überfallen. Ich werde viele Kikuyu töten und meine Halbschwester zu ihrer Familie zurückbringen.«
Der Überfall der Kikuyu war ein schrecklicher Schlag für seine Familie gewesen. Zahlreiche Tote waren zu beklagen gewesen, aber die Ungewissheit über das Schicksal der kleinen Lokatira machte ihn zu der ergreifenden Geschichte, die bei beinahe jedem Familientreffen immer wieder aufs Neue erzählt wurde. Der Tod war eine Folgeerscheinung, mit der man sich abfinden musste, wenn man inmitten feindlich gesinnter Nachbarn und wilder Tiere lebte, aber das Wissen darum, dass ein verachteter Feind einen geliebten Menschen mit sich genommen hatte und ihn in ein Leben zwang, welches sich auf unermessliche Weise von dem eigenen unterschied, das war unerträglich.
»Ich frage mich oft, wie sie wohl heute aussehen mag«, sagte Nashilo wehmütig.
»Ich habe sogar vergessen, wie sie aussah, als sie geraubt wurde«, gestand Okelia verlegen.

Nashilo lächelte. »Damals hattest du gerade deine erste Regenzeit hinter dich gebracht, Okelia. Es ist kein Wunder, dass du dich nicht erinnern kannst.«
»Wirklich? Wie kommt es denn, dass ich so viel über sie weiß?«
»Das kann ich dir nicht sagen. Vielleicht liegt es daran, dass wir so oft über sie sprechen.«
»Dann werde ich in alle Kikuyu-Dörfer laufen und laut ihren Namen rufen.«
»Und was ist mit den Kikuyu-Kriegern?«
»Die werde ich natürlich zuerst umbringen.«
Nashilo bemerkte sehr wohl, dass selbst Okelia erkannte, wie viel Angeberei in seinen Worten steckte, aber sie wollte die unbeschwerte Stimmung nicht verderben.
»Falls es dir eine Hilfe ist, es heißt, sie sah aus wie ich in dem Alter.«
»Dann werde ich nach einem Mädchen mit großen Füßen und mageren Beinen suchen«, sagte er mit einem schelmischen Lächeln.
Nashilo lachte und versetzte ihm einen freundschaftlichen Klaps aufs Ohr.

»Ah, Coll, sehr freundlich von Ihnen, dass Sie gekommen sind«, sagte Sir Percy Edouard, als Coll sein Amtszimmer betrat.
Coll nickte. Welche Wahl hatte er schon, wenn ihn der Gouverneur herbeizitierte.
Edouard fuhr fort, etwas auf einem vor ihm liegenden Blatt Papier durchzustreichen, ehe er endlich den Federhalter in das Gestell zurücksteckte. Er bat Coll nicht, Platz zu nehmen.
»Ich übertrage Ihnen die Aufsicht bei der Massai-Umsiedelung in den Süden.«

»Mir?« Coll sah sich in seiner Fantasie nächtelang im strömenden Regen auf dem eiskalten Mau hocken. Er konnte sich vorstellen, was Lewis zu einer solchen Entsendung gesagt hätte. Andererseits hatte er sich schon des Öfteren Gedanken darüber gemacht, welche Risiken mit einer solch gefährlichen Reise für die Massai und ihr Vieh verbunden waren. Ohne eine richtige Führung könnte sie in einer Katastrophe enden.
»Sie sind überaus qualifiziert, besitzen die nötige Erfahrung dort draußen, sprechen die Sprache. Es gibt niemanden im gesamten Protektorat, der Ihnen das Wasser reichen kann.«
Edouards Schöntuerei ließ Coll aufhorchen. Er fragte sich, welche Motive wohl hinter diesem Auftrag stecken mochten.
»Leider gibt es keine zusätzliche Vergütung«, fuhr der Gouverneur fort. »Für derartige Dinge fehlt uns das nötige Budget. Die Kosten für die zwanzig *Askaris* haben unsere Kassen geleert.«
»Ich glaube nicht, dass Sie irgendwelche Schwierigkeiten von den Massai zu erwarten haben, Sir. Schließlich haben alle Anführer die Vereinbarung unterzeichnet.«
»Die Vorstellungen eines Eingeborenen und meine eigenen sind oftmals Welten voneinander entfernt, wenn es darum geht, Dinge in die Tat umzusetzen, Coll. Meine *Askaris* sind dazu da, sie daran zu erinnern, dass wir einen Zeitplan haben. Und ein Budget. Ich kann sie nicht durchfüttern, während sie nach Belieben herumtrödeln.«
»Es ist eine gewaltige Aufgabe, Sir Percy. Sind Sie sich auch wirklich der Schwierigkeiten bewusst, die eine solche Umsiedelung von mehr als zehntausend Massai und Millionen von Vieh mit sich bringt?«
»Hören Sie, Coll! Sie sollten nicht vergessen, dass ich Ingenieur gewesen bin, bevor ich an diesem Schreibtisch Platz genommen habe!«

Die vorlaute Bemerkung war Coll einfach herausgerutscht, aber die relativ verhaltene Zurechtweisung des Gouverneurs veranlasste ihn erneut, die Situation zu hinterfragen. Ihm wurde klar, dass Edouard recht hatte. Er war in der Tat überaus qualifiziert, und es war nicht unwahrscheinlich, dass Edouard darauf erpicht war, ihn für die Aufgabe zu gewinnen. Er entschied sich, den Vorteil zu nutzen und – wenn er diese Herausforderung wirklich annehmen sollte – von vornherein einige seiner Bedenken anzusprechen.

»Es lag mir fern, damit in irgendeiner Weise etwas anzudeuten, Sir Percy, aber bei allem Respekt, so viele Menschen – Männer, Frauen und Kinder – über eine solch große Entfernung zu bewegen, das ist etwas anderes, als wenn man rollendes Material verschiebt.«

»Seien Sie nicht so verdammt impertinent, Coll. Darf ich Sie darauf hinweisen …«

»Und ich habe mich gefragt, wie es um die Wassersituation im Süden bestellt ist. Sind Sie sicher, dass sie zufriedenstellend ist? Wie ist es um den Zustand der Flüsse und die Zahl der Wasserlöcher bestellt?«

»Wie schon gesagt, Coll«, sagte Edouard durch zusammengebissenen Zähne, »ich war Ingenieur. Also sollte ich mich wohl mit Wasserversorgung auskennen. Aber da Sie deshalb offenbar so verdammt besorgt sind, darf ich Ihnen versichern, dass ich ein Dutzend neuer Wasserlöcher habe schaffen lassen.«

»Eine solch große Zahl von Menschen und Tieren zu bewegen dürfte einige Zeit und Sorgfalt erfordern.«

»Ein Grund mehr, sich zu beeilen.«

»Mit Verlaub, Sir, wir sollten nichts überstürzen. Es müssen drei oder vier verschiedene Strecken erarbeitet werden, um die weidenden Tiere auf eine größere Fläche zu verteilen, damit wir dem Boden nicht mehr schaden als nötig. Ganz zu schweigen von der Nahrungsmittelversorgung für all diese erschöpften Menschen …«

»Coll …«

»Es befinden sich viele Alte darunter. Und sie können nicht schneller weiterziehen, als ihr Vieh grast …«

»Coll …«

»Wir müssen ihr Fortkommen koordinieren, indem wir Kontrollpunkte und Vorratslager mit Lebensmitteln errichten. Tun wir das nicht, könnten wir in eine sehr üble Lage geraten. Und falls wir Pech haben und das Wetter verschlechtert sich …«

»Coll!« Edouards Faust sauste auf den Schreibtisch herab.

Coll begann, keuchend zu atmen und nach Luft zu schnappen. Er steckte eine Hand in die Tasche, zog ein Taschentuch hervor und hustete hinein.

»Wollen Sie die Aufgabe nun übernehmen oder nicht?«, erkundigte sich Edouard mit eisiger Stimme. »Falls nicht, werde ich sie Corporal O'Rourke übertragen.«

Coll stellte sich vor, wie die armen Massai auf Gedeih und Verderb Ploog, O'Rourke und den sudanesischen *Askaris* ausgeliefert waren. »Ich würde mich freuen, wenn ich mich damit nützlich machen könnte, Sir«, sagte er.

Edouards Stimmung änderte sich schlagartig. Er strahlte. »Schön für Sie, Coll. Sie haben eine gute Entscheidung getroffen.«

»Eine Bedingung hätte ich allerdings, Sir.«

Edouard runzelte erneut die Stirn.

»Wir müssen zunächst dafür sorgen, dass die nötigen Vorratslager eingerichtet sind, ehe wir die Massai veranlassen aufzubrechen. Genau genommen wäre da noch eine zweite Sache.«

Gewitterwolken brauten sich auf Edouards Stirn zusammen.

»Ich möchte zunächst einen Inspektionsgang im südlichen Reservat vornehmen.«
»Zu welchem Zweck?«, fragte Edouard, der die Geduld verlor.
»Um mir den Zustand der Wasserlöcher anzusehen und einen Blick auf den Viehbestand zu werfen. Immerhin siedeln wir Millionen von Tiere um.«
Edouard trommelte mit den Fingern auf seinen Schreibtisch. »Sind Sie fertig?«
Coll lächelte erleichtert. »Jawohl, Sir.«
»Großartig.« Der Gouverneur kam um den Schreibtisch herum und klopfte Coll auf die Schulter, während er ihn zur Tür geleitete. »Und nun sollten Sie einen Zahn zulegen. Ich möchte die Massai vor Ende des Monats auf ihrem Weg über den Mau wissen.«
Coll hob zu einem Protest an, dass ein so rasches Fortkommen unwahrscheinlich sei, aber Edouard schnitt ihm das Wort ab.
»Ich habe gehört, dass es dort oben ziemlich stürmisch sein soll«, fuhr Edouard fort. »Nehmen Sie besser Ihren Regenmantel mit.«
Der Gouverneur hatte einen Witz gemacht. Coll rang sich ein Lächeln ab.

Norman Lewis hatte das Versprechen, das er Coll bei seiner Abreise gegeben hatte, wahr gemacht und auf dem Weg zu seinem neuen Posten in Njassaland ein Gespräch mit dem Anwalt David Morrison in Mombasa geführt. Dieser stand in dem Ruf, auch unbeliebte Fälle zu übernehmen, und zählte viele Araber und Inder zu seinen Mandanten. Wahrscheinlich war er der einzige Anwalt in ganz Britisch-Ostafrika, der genug Mut besaß, den Fall der Massai vor Gericht zu vertreten. Coll stand gerade an der Tür und wollte zu seiner Erkundung des südlichen Reservats aufbrechen, als das Telegramm von

Lewis eintraf, in dem er ihm mitteilte, dass David Morrison bereit war, den Fall der Massai zu übernehmen.

»Morrison überzeugt, dass zweite Umsiedelung rechtswidrig«, schrieb Lewis. »Entscheidung bezüglich Klage liegt bei dir.«

Coll nahm das Telegramm mit hinein, setzte sich an seinen Küchentisch und starrte es an. *Warum ausgerechnet jetzt?*, war sein erster Gedanke.

Die Massai waren zwar nicht erfreut über die Anordnung, nach Süden zu ziehen, hatten sich aber zumindest damit abgefunden. Ole Sadera und die anderen Anführer warteten nur auf sein Kommando, um sich mit ihrem Volk und all ihren Habseligkeiten auf den Hunderte von Meilen weiten Weg zu machen. Sollte Coll ein solch gewaltiges Unterfangen allein aufgrund der einzelnen Meinung eines Rechtsbeistandes zum Erliegen bringen, dann musste er sich schon verdammt sicher sein, dass es so am besten war. Aber woher sollte er das wissen?

Vielleicht hatte Lenana ja recht. Vielleicht war es das Beste für die Massai, mit ihren Stammesangehörigen im Süden wiedervereint zu sein. Das südliche Reservat war riesig und hatte zumindest den Vorteil, dass dort kein Ostküstenfieber herrschte. Solange er Ngatet noch nicht inspiziert hatte, fehlten ihm die Beweise, die Durchführung der in der gegenwärtigen Vereinbarung geschlossenen Abmachungen zu verhindern.

Er entschied sich, so rasch wie möglich in das Reservat im Süden zu reisen. Sollte es noch nicht bereit sein für den Zustrom der Massai aus dem Norden, dann würde er Ole Sadera raten, in Entorror zu bleiben und die Vereinbarung vor Gericht anzufechten.

Sollte dagegen in Ngatet alles seine Richtigkeit haben, dann konnten die Massai ihre Wanderung wie geplant unter seiner Aufsicht beginnen.

Die *SS Cananore* pflügte durch die graue bewegte See und tutete Fort Jesus zum Abschied zu, als sie aus dem Hafen von Mombasa auslief. Im Nordosten erhob sich ein schwarzer Tropensturm in den Himmel und grollte erzürnt, als er Kraft für seinen Angriff sammelte. Kleinere Wolken hasteten über die Schaumkronen des Riffs hinweg, gehorsamen Abgesandten eines nahenden Potentaten gleich.

Die frischen Passatwinde, die aus Nordosten bliesen und den Geruch von Gewürz und Ozean mit sich trugen, zerrten an Norman Lewis' Hosenbeinen, als er an Deck stand und sich an die Reling des Schiffes klammerte.

Die *Cananore* drehte nach steuerbord und erlaubte ihm einen letzten Blick auf Mombasa. Lewis hätte es gern gesehen, wenn er mit Salutschüssen aus Fort Jesus verabschiedet worden wäre oder wenn ein einzelner Sonnenstrahl auf die weißen Korallenstein-Häuser entlang der Küste gefallen wäre, um sie zum Leuchten zu bringen, wie sie es einst bei seiner Ankunft getan hatten. Aber wie so viele andere Dinge in seinen gut acht Jahren im Protektorat entsprach auch der Abschied nicht dem, was er sich erhofft hatte – von seinen Erwartungen ganz zu schweigen. Die Stadt verschwand in einem diesigen Dunkel und war schon bald hinter der Landzunge außer Sichtweite.

Er bedauerte es zutiefst, dass er das Protektorat in einem solchen Zustand sozialer Ungerechtigkeit zurückließ, und es machte ihn wütend, dass er zugelassen hatte, dass die Leute mit Macht und Privilegien glaubten, sie hätten die Schlacht gewonnen, obgleich sie nur siegreich aus einem kleinen Gefecht hervorgegangen waren.

Lewis war enttäuscht, dass er den Sieg der Massai gegen die Regierung nicht mehr hier im Protektorat erleben würde. David Morrison glaubte, dass er diese Klage bis vor das höchste Gericht bringen und gewinnen könnte. Aber nun, da Mombasa hinter ihm lag, begann er über die lange Seereise nach Njassaland nachzudenken, wo er noch einmal ganz von vorn anfangen würde. Doch er schwor sich, dass er, egal, was ihn dort auch erwarten mochte, niemals vor der Pflicht zurückschrecken würde, den Ausbeutern zuzusetzen und sie zu jagen – ob sie nun Privatleute waren, religiös motiviert oder bei der Regierung angestellt. Und er wusste, dass seine sozialistischen Freunde daheim weiter an der Schaffung einer gerechteren Gesellschaft arbeiten würden.
Er fühlte sich bereits besser, was seine Verbannung in die britische Kolonie Njassaland anging. Möglicherweise lag es an der frischen Seeluft, die ihm neuen Auftrieb gab. Bald schon würde er Britisch-Ostafrika und all die Enttäuschungen vergessen haben. Er wandte den Blick nach vorn, freute sich auf die Gelegenheiten, die sich ihm gewiss schon bald wieder eröffneten, um den Boden für die neue sozialistische Philosophie zu bereiten. Und dieses Mal hoffte er, dass sie Wurzeln schlagen würde.

Kapitel 40

Anfangs stellte der Treck aus ihrer Heimat auf der Hochebene des Laikipia keine unüberwindbaren Schwierigkeiten für die Menschen aus dem Dorf Rumuruti dar. Als sie zu ihrer langen Reise Richtung Süden aufbrachen, folgte ihr Weg den Wellenformen von Hügeln und Tälern, führte jedoch meist abwärts, und der Marsch war für die Alten und Schwachen nicht allzu anstrengend.

Mütter schleppten ihre Säuglinge auf dem Rücken, und kleine Kinder wurden inmitten von hin und her schwankenden Topfstapeln und Kalebassen auf Esel gesetzt. Ältere Kinder teilten sich unter Okelias aufmerksamen Blicken die Hirtenpflichten. Ältere, die gesund genug waren, um Steine nach Hyänen zu werfen, halfen, wo immer sie konnten.

Kinder, die alt genug waren, um die Bräuche ihres Volkes zu kennen, fragten, warum sie so weit zogen und warum sie nicht gleich hier ihr Dorf errichteten. Sie waren, so weit das Auge reichte, von saftigem Gras umgeben, und Wasser war zur Genüge vorhanden. Einige fragten sich sogar, warum sie überhaupt von den guten Weideflächen Rumurutis weggegangen waren.

Aber als sich die Tage hinzogen und die tägliche Suche einer geeigneten Lagerstätte, das Errichten einer behelfsmäßigen *Boma* zum Schutz vor Raubtieren, das Füttern der Kinder und der Tiere immer mehr Zeit in Anspruch nahm, wurden die Fragen seltener. Die sich in der Ferne abzeichnende graue Linie des Mau-Steilhangs – das Tor zum südlichen Reservat – schien ebenso weit entfernt wie an dem Tag, an dem sie Rumuruti verlassen hatten. Sie kamen immer langsamer voran.

Es waren nicht die langen, mit Marschieren angefüllten Tage, gefolgt von den vielen Stunden der Suche nach Feuerholz, die Nashilo das Herz schwer werden ließen. Und auch nicht die finsteren Blicke der *Askaris,* wenn sie eine Rast einlegten. Und auch nicht die Abende, wenn die Löwen brüllten und die Kinder unruhig wurden und Zuwendung benötigten. Es waren die Gesichter ihrer Leute, die die Gründe für diesen Umzug nicht verstanden und hin- und hergerissen waren zwischen ihrem Wunsch, in Rumuruti zu bleiben, und den Befehlen ihrer Anführer, sich auf diese scheinbar sinnlose, endlose Reise in ein unbekanntes Land zu begeben. Diese Gesichter verloren ihren sonst so fröhlichen, erwartungsfrohen Ausdruck.

Und während Nashilo die lange, schmale Schlange aus Menschen und Tieren enlanghastete, erst der einen sich abmühenden Familie half und dann der anderen, konnte sie sehen, wie die sonst ihrem Volk so eigene stoische Entschlossenheit, jedwede Mühsal, die ihm widerfuhr, zu bewältigen, aus ihren Augen schwand.

Und dieses elende Gefühl verstärkte sich noch, wenn sie daran dachte, dass sich auf der gesamten Laikipia-Hochebene ähnliche Szenen abspielten, während Tausende ihres Volkes wie trockenes, entwurzeltes, vom Wind verwehtes Unkraut über die Savanne zogen.

Nashilo sah und hörte selten etwas von ihrem Ehemann. Tagsüber trieb er die Rinder an, und nachts schlief er in ihrer Nähe, um Raubtiere abzuwehren. Seine anderen Ehefrauen – Nashilos drei Schwester-Frauen – hatten alle kleine Kinder, und Nashilo gab sich alle erdenkliche Mühe, ihnen beizustehen. Die meisten Frauen des Trecks in den Süden waren damit

vertraut, sich während der Abwesenheit der Männer mit den Kindern und den Alten allein durchzuschlagen.
Parsaloi, der sich in Begleitung einer kleinen Gruppe von Kriegern befand, behielt ihre kleine Karawane in der Anfangszeit im Auge. Nashilo sah ihn gelegentlich auf einem fernen Hügel. Sie vermochte nicht zu sagen, woher sie wusste, dass es sich um Parsaloi handelte, aber sie spürte seine Gegenwart. Dann kam ein Tag, an dem sie fühlte, dass er weitergezogen war. Einige Tage vergingen, und er tauchte nicht wieder auf, nicht einmal in der Ferne. Sie versuchte, nicht mehr länger darüber nachzudenken, wo er stecken mochte und warum er plötzlich verschwunden war, versuchte, ihn gänzlich aus ihren Gedanken zu verbannen, doch es gelang ihr nicht.
Da Okelia mit den Schafen und Ziegen beschäftigt war, blieb Nashilo nur noch Ntooto zur moralischen Unterstützung. Die Kräfte der alten Frau ließen nach, und es gab nicht viel, was sie tun konnte, aber ihre Anwesenheit half Nashilo dabei, sich von ihrer Einsamkeit abzulenken.
Die *Askaris* erschienen jeden Tag und verteilten kleine Päckchen mit Lebensmitteln, die die Regierung zur Verfügung stellte. Sie reichten nie aus, doch die Frauen ergänzten sie mit dem, was sie bei sich trugen und was sie im Busch finden konnten.
Die Besuche der *Askaris* waren ein zweifelhafter Segen, denn sie erhielten von ihnen nicht nur Essen, sondern auch die strenge Mahnung, schneller voranzukommen – egal, mit welchen Schwierigkeiten sie sich herumplagen mussten oder wie unbarmherzig das Wetter und das Gelände auch sein mochten. Sie scherten sich nicht darum, ob ein älteres Stammesmitglied krank oder erschöpft war. In einem Fall musste die Karawane warten, während eine Frau ein Kind zur Welt

brachte. Nashilo war erschüttert, als der Säugling tot geboren wurde. Sie konnte nur dankbar sein, dass ihre Zeit erst zum Ende der Reise nach Ngatet kommen würde.
Es gab einen weiteren beunruhigenden Aspekt an den Besuchen der *Askaris*, der Nashilo erst kürzlich bewusst geworden war. Der Soldat namens Ploog begann ihr seine ungeteilte Aufmerksamkeit zu schenken. Er berührte Nashilo häufig, wenn er ihr die mageren Portionen *Posho* für sie selbst und Ntooto reichte. Sie bekam eine Gänsehaut, wenn er dies tat, doch sie verharmloste ihre Ängste, weil Okelia ihre Nervosität spürte und Ploog mit kaum verhohlener Abscheu musterte.
»Ich mag den da nicht«, sagte er und wies zu dem Sergeant hinüber, der mit seinem Begleiter zusammenstand und schallend über irgendeinen Scherz lachte, den er gemacht hatte. »Groß und fett und hässlich«, brummte er.
»Sei vorsichtig, Okelia. Er ist leicht reizbar. Tu es mir gleich. Ignoriere ihn einfach.«
Aber es war nicht leicht, Ploog zu ignorieren. Nachdem er sie einmal am Arm gepackt und an seinen stinkenden Körper gepresst hatte, hatte sie eine ihrer Schwester-Ehefrauen gebeten, das Essen abzuholen, während sie außer Sichtweite blieb und sich um die kleineren Kinder kümmerte.
Nashilo hatte kein gutes Gefühl, wenn sie an das dachte, was vor ihr lag.

Die trockene Ebene, die keinerlei Besonderheiten aufwies, erstreckte sich bis zum Horizont. George Coll fragte sich, wie man in einer solchen völligen Trostlosigkeit leben sollte. Aber dies hier war das Land, das die Massai Ngatet nannten. Das Land, das ihnen anstelle des üppigen Laikipia-Plateaus versprochen worden war.

Coll entdeckte einige der neuen Dämme, die der Wasserspeicherung dienten, doch die Speicherseen waren leer. Der District Commissioner teilte ihm mit, dass die Regenzeit im Süden noch nicht begonnen habe und sie manchmal völlig ausblieb. Das war nicht ungewöhnlich. Die Jahreszeiten waren launisch, und sogar in guten Jahren waren Wasser und Futter knapp.

Coll war in großer Sorge. Es war kaum Gras vorhanden. Ein europäischer Farmer hätte gar nicht erst den Versuch unternommen, sein Auskommen auf solch schlechtem Land zu bestreiten, aber die Massai waren ja nicht auf Gewinn aus, sondern ihr Leben hing vom Überleben ihres Viehs ab.

In früheren Dürrezeiten hatten sie ihr Vieh auf eine ihrer zahlreichen Weideflächen geführt, die sie in der Trockenperiode nutzten. Falls auch diese unbrauchbar war, trieben sie die Tiere Richtung Norden durch das Great Rift Valley manchmal bis nach Entorror und zum Laikipia-Plateau hinauf. Im Prinzip erlaubte der in der Vereinbarung von 1904 versprochene Korridor, der das nördliche und das südliche Reservat verband, eine solche Wanderung nach wie vor, aber der Korridor war nie offiziell definiert worden, und der Gouverneur hatte einen Teil des Landes Siedlern zugewiesen. Und es war Massai-Hirten verboten, ihr Vieh über das Land irgendeines Siedlers zu führen.

Auf der gesichtslosen Ebene verbarg eine kleine Erhöhung ein flaches Tal, in dem Coll eine Rinderherde entdeckte, die sich über eine weite Fläche verteilte. In der Mitte der Herde befanden sich eine Handvoll Hütten, die von einem schmalen Dornbusch-*Boma* umgeben waren.

Coll führte sein Pferd auf die Gruppe von Männern zu, die gerade eine Kuh brandmarkten. Sie begrüßten ihn verhalten. Der Besuch eines Mitglieds der Verwaltungsbehörde hatte für sie meist Unannehmlichkeiten zur Folge, doch er erwarb sich ihr Vertrauen, als er sich mit ihnen in ihrer eigenen Sprache unterhielt und sich nach der Kuh erkundigte, die ihm für eine solche Prozedur eigentlich zu alt zu sein schien.

Die Männer erklärten, dass es sich nicht um ein Brandmarken handele. Der Medizinmann versuchte, das Tier von einer merkwürdigen Krankheit zu heilen, die seit kurzem viele ihrer Tiere tötete.

Ein Gefühl der Beklommenheit stieg in Coll auf.

Die Regierung hatte es bislang versäumt, die Stelle für den im Süden verantwortlichen Viehinspektor neu zu besetzen, nachdem der Vorgänger vor einigen Monaten gekündigt hatte. Es war eine gefährlich Situation, da die Büffel, die die Serengeti auf ihrer jahreszeitlich bedingten Wanderung durchquerten, fremdartige Rinderkrankheiten mit sich brachten. Coll schritt auf die Kuh zu, die auf dem Bauch lag und Schwierigkeiten hatte, ihren Kopf hochzuhalten.

Hier musste er nicht auf seine Veterinärausbildung zurückgreifen. Selbst ein bewanderter Laie vermochte die Erkrankung zu erkennen, die dazu führte, dass die oberflächlichen Lymphknoten anschwollen, die Körpertemperatur anstieg und es zu Lethargie und Atembeschwerden kam. Es handelte sich um das gefürchtete, hoch ansteckende Ostküstenfieber.

Sein erster Gedanke war, nach Hause zurückzueilen und die Umsiedelung der Massai aufzuhalten, doch dann fiel ihm ein, dass er mit Edouard vereinbart hatte, dass der Marsch erst beginnen würde, wenn Coll seinen Bericht über Ngatet vorgelegt hatte.

Die Zustände der Dämme erlaubten eine Umsiedelung ohnehin erst nach den Regenfällen, aber nun, da Coll wusste, dass hier im Süden das Ostküstenfieber aufgetreten war, musste er mit Ole Sadera reden, damit dieser in Erwägung zog, gerichtlich gegen die Umsiedelung vorzugehen.

Coll klappte seinen Kragen hoch, um sich gegen die Windböen aus Nordosten zu schützen, die ihm wiederholt den Hut vom Kopf zu reißen drohten.
Er ritt seit drei Tagen gegen den Wind und den gelegentlichen Regen, bestrebt, so schnell wie möglich nach Nairobi zu berichten, was er über die Situation im südlichen Reservat herausgefunden hatte. Er befand sich auf dem Weg nach Naivasha, wo er seinen Bericht an den Gouverneur telegrafieren würde. Er misstraute Edouards Versprechen, abzuwarten, bis er von seiner Begutachtung des südlichen Reservats zurückgekehrt war. Der Gouverneur wurde häufig als Mann der Tat gelobt, aber in Colls Augen handelte er öfter unüberlegt.
Coll beabsichtigte, in Naivasha den Hauptkontrollpunkt für den Massai-Treck einzurichten und darüber die Versorgung mit Lebensmitteln abzuwickeln. Er hielt es für sinnvoll, dem Gouverneur zu zeigen, dass er in dieser Hinsicht einige Fortschritte gemacht hatte, und wollte sich bei seinem Aufenthalt dort mit dem District Commissioner treffen, um die aufwendigen Vorbereitungen für eine zuverlässige Versorgungskette des Trecks zu gewährleisten. Es war ihm daran gelegen, die Gunst des Gouverneurs zu erlangen, da seine unmittelbare Aufgabe nach seiner Rückkehr darin bestehen würde, Edouard davon zu überzeugen, den Beginn der Umsiedelung hinauszuzögern, bis die Regenfälle die Stauseen im südlichen Reservat aufgefüllt hatten. Der Gedanke daran, Edouard die Stirn zu bieten, erfüllte ihn mit Beklommenheit, aber er musste es tun, denn sonst würde sich die Umsiedelung zu einer Katastrophe entwickeln.
Er hatte auf seinem langen Ritt ausgiebig über das ganze Un-

terfangen nachgedacht und beabsichtigte, vier verschiedene Routen von der Laikipia zum südlichen Reservat zu benutzen, um die Auswirkungen auf das Weideland auf eine größere Fläche zu verteilen.

Die kurze, riskante Route über den Mau Summit wollte er nur dann einschlagen, wenn es das Wetter erlaubte. Und selbst dann eignete sich diese Strecke nur für die Jüngeren. Die anderen drei Routen führten über die weniger steilen Hänge, und in der Umgebung des Naivasha-Sees gab es genügend Wasservorräte.

Aber auch mit der besten Planung und unter den günstigsten Bedingungen würde ein Vorhaben solcher Größenordnung eine Menge Glück erfordern, damit es nicht in einer Tragödie endete.

Kapitel 41

Die langen geschlängelten Linien, die sich über den Talboden zogen, erinnerten an Korn, das aus einem löcherigen Sack herausgefallen war. Eine jämmerliche kleine Karawane folgte in großen Abständen der anderen, während sich die Dörfer leerten, um der Anordnung, nach Süden zu ziehen, Folge zu leisten. Nur gelegentlich wurde Nashilo nach der Überquerung des Talbodens und dem wellenförmig verlaufenden Aufstieg zur Westseite des Steilhangs an die Existenz der anderen Massai erinnert. Wenn ihre Rumuruti-Gruppe einen Kamm erklomm, vermochten sie manchmal in der Ferne – eine, zwei oder drei Vertiefungen unter ihnen – eine weitere dunkle Linie über die grasbewachsene Ebene ziehen zu sehen, von deren müden Füßen und Hufen eine Staubsäule aufstieg.

Vor ihnen lag der Mau-Steilhang. Manchmal ragte er am Horizont auf und ein anderes Mal gleich hinter der nächsten Anhöhe. Die jüngeren Leute der Sektionen, zu denen auch Nashilo gehörte, hatten das Mau-Gebirge noch niemals zuvor gesehen. Und sie hatten auch noch niemals solch kalten, beißenden Regen erlebt. Der kühle Wind wehte aus Osten, wo der zerklüftete, schneebedeckte Gipfel des Mount Kenya unter Wolken verborgen lag.

Die Kinder hatten längst ihre Begeisterung für das Abenteuer verloren. Sie schleppten sich dahin, erduldeten die Langeweile des Marschierens und den allgegenwärtigen Hunger in ihren Bäuchen, der selten durch die sporadischen Lieferungen von Nahrung gestillt wurde.

Eines Morgens kam Nashilos Ehemann, um ihnen mitzuteilen, dass es aufgrund des verstärkten Viehaufkommens auf ihrem Weg zum Mau immer schwerer wurde, Weideland zu finden. Hier trafen die Viehherden aus zahlreichen Dörfern zusammen, um den Pass zu erreichen, der über den Gipfel führte. Daher waren er und die anderen Männer gezwungen, sich weiter draußen auf die Suche nach Gras zu machen, und sie würden sich wahrscheinlich erst nach der Überquerung des Steilhangs wiedersehen.

In den folgenden Tagen führte sie ihr Weg stetig weiter bergauf, und das Wetter verschlechterte sich, je höher sie stiegen. Die alten Leute vermochten nicht mehr Schritt zu halten. Ntooto weigerte sich zwar, es einzugestehen, aber sogar sie empfand es als beinahe unerträglich, bei solch fürchterlichen Bedingungen weiterzugehen. Die Bewohner von Rumuruti fielen noch weiter hinter den Zeitplan zurück, als sie einen Tag Rast einlegten, um den alten Leuten und den Kindern zu erlauben, zu Kräften zu kommen.

Ploog war sehr unzufrieden darüber und schlug sein Lager in ihrer Nähe auf, um sie im Auge zu behalten. Wann immer Nashilos Gruppe stehen blieb, um ein provisorisches Lager zu errichten, drängten die *Askaris* sie dazu, weiterzugehen.

Nashilo hatte immer öfter mit Übelkeit zu kämpfen. Als die Luft dünner wurde, fühlte sie sich zunehmend unwohl, und eine plötzliche Schwäche überkam sie. Die anderen Frauen erklärten ihr, dass dies am Anfang einer Schwangerschaft häufig vorkam und sie sich schonen müsse, um ihre Beschwerden zu lindern. Doch davon wollten die *Askaris* nichts hören, und Ploogs häufiges Auftauchen trug auch nicht gerade dazu bei, dass sie Ruhe fand.

Der District Commissioiner von Naivasha, Gordon Gower, begrüßte Coll flüchtig, schaute nur kurz von seinem Papierkram auf, der seinen Schreibtisch und jede andere Oberfläche in seinem Amtszimmer bedeckte. Gower war ein ehemaliger Angestellter der Britischen Ostafrikanischen Gesellschaft, und als das Außenministerium 1895 die Verwaltung übernommen hatte, hatte man ihm eine Stelle in dem neu gegründeten Protektorat angeboten. Coll kannte Gower recht gut, hatte ihn schon einige Male zuvor getroffen, sich aber nie für ihn erwärmen können. Der Mann trank viel, und als er herausfand, dass Coll nicht einen Tropfen anrührte, hatte er ihm erklärt, dass sein lieber verstorbener Vater ihn gewarnt hätte, niemals einem Abstinenzler zu trauen. Anfangs hatte Coll dies für einen Scherz gehalten, doch wann immer er auf seinem Weg nach Rumuruti und darüber hinaus durch Naivasha geritten war, hatte er feststellen müssen, dass sich Gower an den Rat seines Vaters hielt. Er hatte Coll niemals auch nur eine einzige Tasse Tee angeboten.

Coll hatte bereits sein Telegramm an den Gouverneur abgeschickt und wollte sich so bald wie möglich auf den Weg zum Gästehaus der Regierung machen, um eine dringend benötigte Ruhepause einzulegen, bevor er sich am nächsten Morgen auf den Weg nach Nairobi begab. Sein Ansinnen bestand lediglich darin, Gower davon in Kenntnis zu setzen, welche Regelungen er hinsichtlich der Versorgung mit Lebensmitteln zu treffen gedachte, wenn die Massai an Naivasha vorbeizogen.

»Von welchen Essensrationen reden Sie?«, fragte Gower, nachdem Coll sein Vorhaben erläutert hatte.

»Die Rationen, die Sie für die Berechtigungsscheine erhalten werden, die ich Ihnen zur gegebenen Zeit zur Verfügung stelle.«

»Die habe ich bereits erhalten. Und die ersten beiden Lieferungen sind bereits erfolgt.«

»Und wer hat sie in Empfang genommen?«

»Irgend so ein Bursche von der Armee. Ich glaube, Ploog war sein Name.«

»Ploog!« Coll stockte der Atem, und er begann sogleich zu husten. Er bedeckte den Mund, während er prustete und nach Luft rang. Als der Husten nachließ, sah er, wie Gower auf sein blutiges Taschentuch starrte. Coll stopfte es rasch in seine Tasche zurück.

»Wann haben Sie ihn zum letzten Mal mit Rationen versorgt?«, fragte er mit dringlicher Stimme.

»Vor drei oder vier Tagen.«

»Und wohin hat er sie gebracht?«

»Worum geht es hier eigentlich, Coll? Ich verstehe nicht ganz, was Sie das angeht. Es war ein vorschriftsmäßiger Berechtigungsschein, ausgestellt von der Behörde des Gouverneurs.«

»Der Gouverneur hat mir die Aufsicht bei der Massai-Umsiedelung übertragen.«

»Hat er das? Na, dann sollten Sie sich besser beeilen. Sergeant Ploog war mit dem ganzen Zinnober auf dem Weg zum Mau. Womöglich hat er es auf Ihren Job abgesehen«, sagte Gower grinsend.

Coll suchte seine Notizen zusammen und stopfte sie hastig in seine Tasche. Ein Schweißtropfen rann an seiner Nase entlang.

»Ist mit Ihnen alles in Ordnung?«, erkundigte sich Gower.

Coll widerstand dem Drang, sich mit dem Taschentuch über das Gesicht zu wischen. »Es geht mir gut«, stieß er hervor, fuhr mit dem Arm über seine Stirn, trat durch die Tür und strebte auf sein Pferd zu.

Er musste die Massai aufhalten, bevor sie Gefahr liefen, auf dem Gipfel des Mau festzusitzen.

Weder das Pferd noch Coll vermochten das schnelle Tempo beizubehalten. Coll sank auf dem Hals des Tieres zusammen und schnappte nach Luft. Die Stute keuchte, und auf ihren Flanken hatte sich schaumiger Schweiß gebildet. Selbst das Sitzen kostete Coll mehr Kraft, als er erübrigen konnte, und er ließ sich am Ufer des Naivasha-Sees aus dem Sattel gleiten, während sein Pferd gierig trank.
Er blickte angestrengt gen Westen, als ob ein Blick auf den Tagesritt, der bis zum Mau-Steilhang noch vor ihm lag, ihn auf irgendeine Weise weniger anstrengend erscheinen ließe.
Ein Nilpferd tauchte an der Oberfläche des Sees ganz in der Nähe auf und blies Wasser aus seinen Nasenlöchern. Die Stute wich erschrocken zurück und weigerte sich, auf Colls Befehl hin stehen zu bleiben. Er verfolgte sie eine halbe Meile, ehe es ihm gelang, sie wieder einzufangen. Dann sank er keuchend und nach Luft schnappend zu Boden und hustete Blut. Er versuchte, langsam und ruhig Atem zu schöpfen. Genau so, wie Norman Lewis es ihm geraten hatte, wann immer er eine wachsende Panik verspürte, weil er zu ersticken glaubte. Aber er begann zu schwitzen, und sein Herz hämmerte in seiner Brust. Es kostete ihn all seine Willenskraft, gegen den unerträglichen Drang anzukämpfen, sich die Brust freizuhusten. Langsam ließ der Anfall nach, und Coll war in der Lage, wieder auf sein Pferd zu steigen und weiterzureiten.
Er setzte seinen Ritt im Schritttempo fort, denn es war ihm bewusst, dass er niemals auf dem Mau ankommen würde, wenn er nicht seine Kräfte und die seiner Stute sorgfältig einteilte.
Der Tag schien kein Ende zu nehmen. In seiner Fantasie sah

er Tausende Massai vor sich, die sich, angetrieben von Ploogs herzlosen *Askaris,* mit wenig oder gar keinem Essen und Wasser über die Passhöhe des Mau quälten. Die endlosen Stunden im Sattel boten ihm aber die Gelegenheit, seine Vorgehensweise bei seinem Eintreffen dort sorgfältig zu planen. Er würde die Umsiedelung stoppen. Er würde die Massai nach Naivasha zurückkehren lassen, wo sie bleiben konnten, bis der Regen den Süden erreicht hatte. In der Zwischenzeit galt es, die Versorgungslinien aufzubauen, wie er es ursprünglich beabsichtigt hatte. Er musste eben mit Edouards Zorn leben, denn es war undenkbar, dass die Massai die Überquerung des Passes ohne diese Hilfe begannen.

Am Nachmittag zogen Wolken von Osten auf. Sie bildeten Galeonen über dem Mount Kenya, und eine dunkle Armada segelte auf den Mau zu und erfüllte Coll mit Angst und Schrecken. Er dachte mit Schaudern daran, was passieren würde, wenn ein Sturm die unvorbereiteten Massai auf dem Gipfel überraschte.

Als sich der Tag seinem Ende zuneigte und die Sonne unterging, hatte er gerade erst die Hänge erreicht, die zum Steilhang hinaufführten, und sein Pferd war erschöpft. Er musste ihm Ruhe gönnen, sonst bestand die Gefahr, dass er sein einziges Beförderungsmittel verlor.

Als er sein kleines Zelt aufbaute, zog ein kühler Wind auf, der leichten Regen im Gepäck hatte, das Zelttuch zum Flattern brachte und ihm die Schnüre aus den tauben Fingern riss. Nach einem kalten Abendessen aus Trockenfleisch sank er erschöpft und fiebrig auf sein Lager, kämpfte gegen das Gefühl der Enge in seiner Brust und verbrachte die Nacht in dem verzweifelten Versuch, den Schlaf zu finden, den er so dringend benötigte.

Er lauschte im Dunkeln den Geräuschen des aufziehenden

Sturms. Über das flatternde Zelttuch hinweg hörte er das Stöhnen des Windes in den Hügeln. Er war froh, dass er sich entschieden hatte, sein Lager rechtzeitig aufzuschlagen, wurde jedoch sogleich von Schuldgefühlen geplagt, wenn er an die Massai dachte, die möglicherweise gute tausend Fuß über ihm auf den ungeschützten Flanken des Steilhangs ausharren mussten.

Über ihnen erhoben sich die trostlosen, dunklen Abhänge. Nach Osten hin zogen Sturmwolken am grauen Spätnachmittagshimmel auf, und der Wind, der einer kalten Stahlklinge glich, schlug eine Schneise ins Gras. Die Frauen von Rumuruti duckten sich in ihren kalbsledernen Umhängen und den dünnen, wollenen Hemden und pressten ihre Kinder an sich. Selbst die Ältesten in ihren Pelzmänteln aus Klippschlieferfellen spürten, wie ihnen die Kälte in die Glieder fuhr.
Jeder Schritt bedeutete eine Willensanstrengung. Vor ihnen lag der Mau-Wald mit Aussicht auf ein wenig Schutz vor der schneidenden Kälte und dem Regen. Aber es würde schon bald dunkel werden. Nashilo befürchtete, dass eine weitere Nacht auf den windgepeitschten Abhängen den Tod für die schwächeren Mitglieder ihrer Gruppe bedeuten würde.
Okelia war weiter vorn mit den Milchkühen, den Schafen und den Ziegen. Das Vieh war völlig erschöpft und hielt die Köpfe gegen den Regen gebeugt. Doch sein Überleben war von großer Bedeutung, wenn es den Dorfbewohnern gelingen sollte, ihre Reise zu beenden.
Die jüngeren Frauen redeten ihren zu Boden gesunkenen älteren Stammesgenossen, die zu erschöpft waren, um sich wieder zu erheben, eine Weile gut zu, um ihnen dann zu drohen, dass sie dort sterben würden, wenn sie nicht wieder aufstanden. Nashilo tat, was sie konnte, aber die stechenden

Schmerzen in ihrem Bauch dienten ihr als Warnung, dass das Leben, das sie in sich trug, keine weiteren Kraftakte tolerieren würde.
Sie ließ sich bis ans Ende der Karawane zurückfallen, hielt Ausschau nach Nachzüglern und trieb sie an. Hier hinten war es aber schwerer voranzukommen, und sie legte immer wieder kurze Pausen ein, in denen sie mit Übelkeit und Kopfschmerzen kämpfte, die schlimmer wurden, je höher sie kletterten.
Sie ging gebeugt, um sich gegen den Wind und den Regen zu schützen, und sah nicht, wie Okelia aus der Düsterkeit des Abends auf sie zukam. Sie zuckte zusammen, als er sie am Arm packte und ihr etwas zurief. Aber der Wind riss die Worte aus seinem Mund und schleuderte sie in die zunehmende Finsternis. Er deutete nach vorn, die Steigung hinauf, doch sie vermochte aufgrund des Regens, der ihr ins Gesicht schlug, kaum etwas zu erkennen.
Er beugte sich zu ihrem Ohr. »Der Gipfel«, sagte er und zeigte wieder nach vorn. »Nicht mehr weit.«
Nashilo wischte sich über das nasse Gesicht. Sie versuchte sich an einem Lächeln und nickte zum Zeichen, dass sie ihn verstanden hatte.
»Ich werde dir helfen«, sagte er und fasste ihren Arm.
»Nein, du musst bei dem Vieh bleiben. Bei den Milchkühen.«
Okelia wusste, dass sie recht hatte, aber er zögerte, Besorgtheit und Zweifel in seinem Blick.
»Geh schon«, sagte sie. »Suche Schutz für das Vieh und kehre zurück.«
Er zögerte erneut.
»Geh!«, befahl sie.
Okelia machte sich rasch wieder auf den Weg zu den Ältesten und den Kindern, die die Herde bewachten.

Das wenige Licht, das noch vorhanden war, schwand rasch. Nashilo war sich nicht sicher, ob sie immer noch den anderen folgte. Als sie über einen Baumstamm trat, der im Weg lag, verlor sie den Halt und fiel hin. Auf Händen und Knien unterdrückte sie einen verzweifelten Schluchzer. Sie war erschöpft und fragte sich, ob sie es bis zum Gipfel schaffen oder ob sie sich dem Schlamm und dem Dung des vom Regen gepeitschten Abhangs geschlagen geben würde.
Sie hatte Okelia, ihre einzige Aussicht auf Hilfe, weggeschickt, und es blieb ihr nichts weiter als ihre nachlassende Willenskraft, um ihr beim Überleben zu helfen. Ihre Verzweiflung drohte sie zu überwältigen, aber das Wissen um das Leben in ihrem Inneren gab ihr Kraft. Sie würde überleben, und wenn es nur aus dem Grund geschah, um Parsalois Kind zu retten.
Sie benutzte den Stamm, über den sie gefallen war, um sich aufzurichten. Aber es war gar kein Stamm. Es war ein Körper, kalt und steif lag er da. Und als sie genauer hinschaute, sah sie, dass es Ntooto war.

Die verzweifelten Menschen aus Rumuruti erreichten in kleinen, erschöpften, entmutigten Gruppen in Dunkelheit und eisigem Regen nach und nach den bewaldeten Kamm des Mau Summit. Die letzten tausend Schritte waren eine ungeheure Anstrengung gewesen. Sie hatten sich den Abhang hinaufgeschleppt, waren manchmal auf Händen und Knien weitergekrochen und hatten sich, schlammbedeckt und vor Dreck starrend, immer wieder aufgerappelt und sich hinaufgekämpft.
Der Boden des Mau-Waldes war ein einziger Morast; nirgendwo eine Möglichkeit, einen Unterschlupf zu bauen. Mütter zogen Felle und Decken von den Packeseln und sam-

melten ihre Kinder in zitternden, kauernden Grüppchen unter Bäumen und Büschen. In jener Nacht gab es weder Feuer noch Essen.

Okelia benötigte eine Weile, ehe er die Bewohner seines Dorfes unter den vielen Hunderten von Menschen, die versuchten, Zuflucht auf dem Mau zu finden, ausfindig machen konnte. Als es ihm gelungen war, stellte er zu seinem Entsetzen fest, dass sich Nashilo nicht mehr unter ihnen befand. Er machte sich sogleich auf die Suche nach ihr, den Abhang hinunter, zurück in den Regensturm.

Er dankte Enkai, dass es ihm wie durch ein Wunder gelang, sie nicht weit von der Stelle entfernt zu finden, wo er sie zum letzten Mal gesehen hatte. Sie versuchte schluchzend, einen toten Körper durch den Morast den Abhang hinaufzuschleifen.

Sie wehrte sich entschieden gegen seinen Vorschlag, Ntootos Leiche dort draußen im Regen zurückzulassen. »Ich kann sie nicht allein lassen!«, schrie sie, vor Kälte und Erschöpfung zitternd.

Okelia flehte sie an, mit ihm zu kommen. Doch es war ihr weder mit Argumenten noch mit Drohungen beizukommen. Sie wollte einfach nicht hören. Er war wütend auf sich selbst. Und wütend auf Nashilo. Es war nicht seine Schuld, dass er immer noch ein Junge war. Hätte man ihn zum *Moran* gemacht, wie es sein großer Wunsch gewesen war, dann hätte sie nun auf ihn hören müssen.

Dieses Gefühl der Hilflosigkeit trieb ihm die Tränen in die Augen, als er Nashilos kalte Hände packte und ihren Griff von der Kleidung der alten Frau löste. »Nashilo, bitte hör mir zu«, sagte er eindringlich. »Wir müssen hier weg. Es gibt nichts, was wir für Ntooto tun können. Sie ist tot. Und wir werden auch sterben, wenn wir hierbleiben.« Die Tränen strömten ihm über die Wangen und vermischten sich mit dem Regen. »Sieh dich doch nur an. Hast du denn unsere Sitten und Gebräuche ganz vergessen? Es liegt keine Schande darin, sie hier draußen in der Nacht zurückzulassen.«

Er trat noch näher an seine Halbschwester heran und fügte flehentlich hinzu: »Wenn wir keinen Schutz finden, werden wir sterben.«

Mit einem Mal schien er zu ihr durchzudringen. Sie zog ihn schluchzend an sich. Er konnte spüren, wie ihr Körper vor Kälte und Schmerz zitterte.

»Du hast recht, Okelia«, sagte sie, »natürlich hast du recht. Aber bitte lass mich meine Mutter für die Nacht vorbereiten.«

Sie wandte sich Ntootos schlammbedeckter Leiche zu, wischte ihr liebevoll den Schmutz aus dem Gesicht, richtete die Kleidung der alten Frau und drehte den Körper so, dass er gerade lag.

Okelia half ihr dabei. Auf diese Weise würde Ntooto gefasst erscheinen und bereit, wenn die Hyänen kamen, um sie zu holen.

Kapitel 42

Nashilo und die anderen Dorfbewohner versuchten, das Beste aus einer eigentlich unerträglichen Situation zu machen. An ihrem ersten Morgen auf dem Mau zählten sie ihre Vermissten und Toten. Ein alter Mann war während der Nacht im Lager gestorben, und zwei weitere Frauen, die sich vielleicht nur verlaufen hatten, waren nicht bis in den Wald gelangt. Zwei Kühe und fünf Schafe waren tot.

Den Menschen war kalt, sie waren nass und halb verhungert und benötigten dringend Ruhe, bevor sie versuchten weiterzuziehen. Beinahe ihre gesamten Essensvorräte waren aufgebraucht, und es wurde ihnen rasch klar, dass weder Mensch noch Tier im Schlamm des Mau Summit Nahrung finden würde. Hinzu kam, dass die Tausende von Rindern, Schafen und Ziegen, die eingetroffen waren und immer noch weiter eintrafen, die Bäche verschmutzten.

Und all das Vieh zog durch ihr behelfsmäßiges Lager wie Treibholz durch einen Hochwasser tragenden Fluss. Die Tiere stießen gegen ihre windschiefen Unterschlüpfe, zertrampelten Feuerstellen und beunruhigten die Packtiere.

Und immer mehr verstörte Menschen trafen ein. Die Massai aus der ganzen Laikipia-Hochebene strömten herbei und konnten keinen Platz finden, um sich auszuruhen. Niemand hatte das Sagen. Und alle hofften, dass irgendjemand Ordnung in dieses Chaos bringen würde.

Nashilo hatte trotz ihrer Erschöpfung Angst, dass sie tagelang dort festsitzen würden, während die Ältesten über ein Weiterziehen debattierten.

Die *Askaris* brüllten sie an. Sie warnten die Massai, dass sie sich dort nicht niederlassen durften; dass es keine verlässliche Essenslieferung geben würde, solange sie auf dem Mau blieben. Gleichzeitig drohten sie ihnen, nicht umzukehren.
Mit der Aussicht darauf, Tage auf dem Gipfel verbringen zu müssen, machten sich die Bewohner von Rumuruti auf die Suche nach geeignetem Material, um primitive Hütten zu bauen. Sie fanden nichts und mussten sich mit Häuten und Ästen aus dem Wald zufriedengeben, um sich einen Unterschlupf zu schaffen.
Es war beinahe kein Feuerholz vorhanden. Die kleinen Kinder wimmerten, und die Älteren – deren zahlreiche Leiden sich durch die Erschöpfung verschlimmerten – wurden schwächer.
Um die Mittagszeit traf Nashilos Ehemann ein. Er wirkte mitgenommen und blickte sorgenvoll drein. Er erzählte seinen Ehefrauen, dass er mehrmals erfolglos versucht hatte, ihre Herde über die bewaldeten Bergzüge zu treiben. Es herrschte ein völliges Durcheinander unter den Hunderten von Hirten und den vielen tausend Tieren. Er versprach zurückzukehren, wenn er Gras für ihre Herde gefunden hatte, nahm ihre Klagen aber kaum zur Kenntnis und zuckte lediglich resigniert mit den Schultern. »Ich werde eine weitere Milchkuh hierlassen«, sagte er.
Nashilo begriff, dass sie im Mau-Wald festsaßen. Die Männer vermochten das Vieh nicht weiterzutreiben, ohne noch größere Verluste zu riskieren, und für die Massai gab es aufgrund der Massen von Tieren kein Durchkommen, um weiterzuziehen. Und sie konnten auch nicht umkehren, da ihnen die *Askaris* mit Gewalt drohten und mit ihren Waffen fuchtelten, wann immer die Massai Anstalten machten, sich zurückzuziehen.
Sie rief aus tiefstem Herzen nach Parsaloi. Er könnte sie ret-

ten oder ihnen zumindest sagen, ob sie weiterziehen oder zurückgehen sollten, aber sie hatte ihn schon viele Tage nicht gesehen. Ihre Angst machte sie krank, und ihr Rücken schmerzte.
Plötzlich verspürte sie eine Bewegung in ihrem Bauch, einem kleinen Flattern gleich. Das Kind – Parsalois Kind – hatte sich gerührt. Sie fand einen Platz auf einer umgefallenen Zeder und ließ sich ganz vorsichtig darauf nieder, aus Angst, dieses wundervolle Gefühl könne sogleich wieder verschwinden. Sie legte eine Hand auf ihren Leib. Das Flattern verwandelte sich in einen Tritt.
Inmitten all des Schlamms und des Elends verspürte Nashilo eine freudige Erregung. Nicht einmal der Regen, der wieder eingesetzt hatte, vermochte den Moment zu verderben.
Mit einem Mal war das, was sie bislang nicht hatte begreifen können, Realität geworden: In ihrem Leib wuchs ein neues Leben. Sie wünschte sich nichts sehnlicher, als dass dieses Kind die Hölle überleben möge, die sie gerade durchlitten. Und egal, wie schlimm es im südlichen Reservat auch sein mochte, sie wollte ihr Kind nicht einsam und unglücklich dort draußen im Busch zur Welt bringen. Sie wollte Frieden und einen Ort, an dem man sich niederlassen konnte, bevor ihre Zeit gekommen war.
Ein neuer Geist erfüllte sie, und ihre Tatkraft kehrte zurück, von der sie geglaubt hatte, sie in der vorangegangenen Nacht verloren zu haben.

Im ersten schwachen Lichtschein bei Tagesanbruch schaute Coll aus seinem Zelt hervor. Im Osten erblickte er die Sonne als einen verschwommenen Ball in einem diesigen Dämmerlicht. Er kroch zu der Stelle, wo er seine Satteltasche abgelegt hatte, und schleifte sie zu seinem Zelt zurück, um dem leichten Regen zu entkommen, während er darin nach etwas Essbarem suchte. Er fand eine Dose mit Fleisch und mühte sich ab, sie mit seinem Messer zu öffnen. Er vermochte nur keuchend zu atmen, und seine Hand zitterte, als er das Messer dazu benutzte, das Essen in seinen Mund zu befördern.

Er hatte eine unruhige Nacht verbracht, und der kurze Schlaf war mit lebhaften Träumen von Katherine und den Massai erfüllt gewesen. Zurückgeblieben war das bedrückende Gefühl, im Leben zu oft die falsche Entscheidung getroffen zu haben.

Er fragte sich, warum er darauf vertraut hatte, dass die britische Regierung und die Verwaltung des Protektorats im Interesse der Eingeborenen handeln würden. Warum nur hatte er die Massai nicht gedrängt, einen Anwalt zu Rate zu ziehen, als die Gelegenheit dazu bestand? Er hatte sich angemaßt zu wissen, was das Beste für sie war, und ihnen die Entscheidung abgenommen. Und durch dieses Verhalten seinen Freund Ole Sadera und dessen Volk im Stich gelassen.

Und was Katherine anging …

Katherine zurückzuweisen war wohl sein größter Fehler überhaupt gewesen, und das Herz tat ihm weh, wenn er an sie dachte.

Die Spitze des Steilhangs war in dem dunstigen Regen nicht zu erkennen, und die Angst, die ihn schon in der Nacht um den Schlaf gebracht hatte, drängte wieder an die Oberfläche: Was wäre, wenn es ihm nicht gelingen würde, seine Mission zu vollenden? Vor ihm lag ein unglaublich anstrengender Ritt, aber andererseits fühlte er sich so schwach, dass er es ohne Hilfe wohl auch nicht bis nach Naivasha zurück schaffen würde.

Er entschied sich zu versuchen, Ploog zu erreichen und seine Unterstützung in Anspruch zu nehmen, um die Massai zu warnen. Dann würde er ihn bitten, einen seiner *Askaris* abzustellen, der ihn nach Naivasha zurückbringen konnte.

Es kostete ihn große Anstrengung, sein Pferd zu satteln. Er zog in Erwägung, das Zelt und seine restlichen Sachen zusammenzupacken, war dazu aber nicht in der Lage.

Eine frühe Morgenbrise begann den Nebel zu vertreiben und verschaffte ihm eine Sichtweite von zweihundert bis dreihundert Schritt. Eine Reihe von Tierkadavern lag über die welligen Abhänge verstreut. Es war durchaus üblich, den Kadaver eines Zebras oder eines Gnus zu finden, die dem Angriff eines Raubtieres zum Opfer gefallen waren, aber so viele auf einmal waren ungewöhnlich.

Als er den ersten Kadaver erreichte, sah er, dass es ein Kuhkalb war. Bei dem nächsten handelte es sich um eine Ziege und dann um eine weitere Kuh. Die Kadaver waren unversehrt, daher vermutete er, dass sie infolge des Wetters und ihres schlechten Zustands gestorben waren und nicht durch einen Löwen oder eine Hyäne. Als er den Abhang hinunterschaute, wurde ihm bewusst, dass er inmitten eines Feldes toter Tiere übernachtet hatte.

Als Nächstes fand er die Leiche einer alten Massai-Frau. Im ersten Moment hoffte Coll, dass sie lediglich erschöpft war und dort lag, um auf die Wärme des Sonnenaufgangs zu warten, bevor sie ihren Marsch fortsetzte. Aber sie war kalt und steif und wahrscheinlich schon seit einem oder zwei Tagen tot.

Er zog kurz in Betracht, zu seinem Lager zurückzukehren, um seine Schaufel zu holen, damit er die arme alte Frau begraben konnte, aber er wusste, dass er mit seiner Kraft haushalten musste. Daher tat er sein Möglichstes, um die Leiche mit Hilfe einiger Steine vor den Aasfressern zu schützen, doch schon nach wenigen Minuten verließen ihn seine Kräf-

te. Er musste sich setzen und abwarten, bis er sich ein wenig erholt hatte, bevor er weiterreiten konnte.
Doch als er im Sattel saß, entdeckte er, dass seine Stute zu lahmen begann, und er entschied sich zu laufen, solange er konnte. Auf den nächsten hundert Schritt entdeckte er eine weitere Leiche – einen alten Mann, der zusammengesunken vor einem großen Felsen saß, als habe er versucht, ein wenig Wärme zu finden, bevor ihn der Tod ereilte.
Eine kühle Sonne durchbrach die letzten Nebelreste, und Coll schaute zurück über den Steilhang und fragte sich, wie viele Opfer wohl noch dort draußen liegen mochten.
Er redete der Stute gut zu und ließ sich von ihr die Anhöhe hinaufhelfen, indem er sich am Sattelgurt festhielt.
Er versuchte, sich auf die schwierige Aufgabe zu konzentrieren, einen Fuß vor den anderen zu setzen, vermochte aber nicht den bohrenden Gedanken aus seinem Kopf zu vertreiben, dass er für diese Situation verantwortlich war. Wenn er darauf bestanden hätte, dass Edouard abwartete, bis die Umsiedelung all dieser Menschen und Tiere gründlich vorbereitet war und unter seiner Überwachung vonstattenging, dann hätte man die sich anbahnende Katastrophe vielleicht verhindern können.

Kapitel 43

Nashilo schlich wie eine schüchterne Gazelle zu den Zelten der *Askaris,* wo die Wasserkanister von einem Spanndraht herabhingen. Ploog und seine Helfer waren früher am Tag eingetroffen und hatten einige Essensrationen gebracht, die aber nicht ausreichten, um den Hunger all der Menschen zu stillen. Das Wasser war für den Gebrauch der Massai bestimmt.

Nashilo wagte sich selten in die Nähe des *Askari*-Lagers, wenn Ploog und der andere Weiße dort waren. Jetzt war keine Spur von ihnen zu entdecken, aber sie hätte das Risiko dennoch nicht auf sich genommen, wenn ihre Schwester-Ehefrau nicht dringend Wasser benötigt hätte, um das Fieber ihres Kindes zu lindern.

Die Stille sagte Nashilo, dass die *Askaris* unterwegs waren, um sich bei den anderen Gruppen in der Umgebung umzusehen, aber sie verschlimmerte die ohnehin gespenstische Stimmung der einbrechenden Dämmerung.

Ihre Hand zitterte, als sie Wasser in ihre Kalebasse goss. Sie war beinahe mit dem Umfüllen fertig, als sie ein Geräusch hinter sich vernahm. Sie ließ die Kalebasse vor Schreck fallen und bespritzte sich mit dem Wasser.

Als sie herumfuhr, stand Ploog mit einer Whiskeyflasche in der Hand da und warf ihr anzügliche Blicke zu. Der Leopardenschädel schien sie anzufauchen. »Sieh mal einer an«, sagte er. »Wen haben wir denn hier?« Er trug lediglich ein dreckiges Unterhemd. »Eine Wassernymphe. O'Rourke, wir haben einen Eindringling!«

O'Rourke kam aus dem Zelt heraus. Nashilo wich ein, zwei Schritte zurück, als Ploog auf sie zutrat. Sie griff nach ihrer Kalebasse, aber der große Mann war flink, bekam eine Handvoll ihres Haares zu fassen, als sie sich bückte. Sie unterdrückte einen erschrockenen Aufschrei, denn sie wollte ihm nicht die Genugtuung des Beweises ihrer Furcht vor ihm verschaffen.

»Hat sie Sie für das Wasser bezahlt, Sergeant?«, fragte O'Rourke, der nun an Ploogs Seite war. Er packte Nashilos Arm mit einem schmerzhaften Griff und drehte ihn ihr auf den Rücken, so dass sie gezwungen war, sich aufzurichten und in Ploogs Gesicht zu blicken. Der stank nach Alkohol, und seine Augen waren gerötet.

»Ich schwöre zu Gott, das hat sie nicht, O'Rourke. Und sehen Sie nur, wie sie unser Wasser verschwendet. Sie hat sich ganz nass gemacht.«

Ploog ließ ihr Haar los, zückte sein Messer und durchschnitt mit einer raschen Bewegung die Schnüre, die ihr Kleid oben an der rechten Schulter zusammenhielten.

Nashilo stieß einen Schrei aus, als Ploog den Stoff wegzerrte und sie nackt dastand. Sie ließ den Kopf sinken, um ihr Gesicht zu verbergen, aber dann lagen Ploogs rauhe Hände auf ihren Brüsten und drückten sie so fest, dass es schmerzte. Von hinten spürte sie, wie sich O'Rourkes Körper gegen sie presste und seinen heißen fauligen Atem in ihren Nacken blies.

Sie warf den Kopf zurück, traf dabei O'Rourkes Nase und trat zur selben Zeit mit ihrem Fuß nach Ploogs Genitalien. O'Rourke gab einen erstickten Schmerzensschrei von sich, aber sie erwischte Ploog mit ihrem Tritt lediglich am Oberschenkel. »Du kleines Miststück!«, knurrte er und schlug ihr mit dem Handrücken ins Gesicht.

Nashilo setzte sich verzweifelt zur Wehr, strampelte und wand sich und versuchte, Ploog mit einer Reihe von Tritten aufs Neue zu erwischen, doch dann traf sie ein mächtiger Schlag am Kopf, und sie verlor für einen Moment das Bewusstsein.

Als sie ihre Augen wieder öffnete, erblickte sie Okelia, der hinter einem Zelt hervorkam und auf die Männer losging. Er stieß einen Kriegsschrei aus und schwang seinen Hirtenstock wie einen Säbel. Aus Angst um sein Leben rappelte sich Nashilo auf und unternahm einen schwachen Versuch, erneut anzugreifen, aber Ploogs Schlag ließ sie zu Boden gehen, und O'Rourke fiel mit seinem ganzen Gewicht auf sie. Ein brennender Schmerz fuhr durch ihren Unterleib, und sie stieß einen Schrei aus.

Etwas explodierte neben ihrem Kopf. Sie sah, wie Okelias Füße den Kontakt zum Boden verloren, als wäre er ein Vogel, der nach hinten geschleudert wurde, während er voll Furcht versuchte zu fliehen.

Sie nahm die kleinen Steine kaum wahr, die an ihrer Haut rissen, als Ploog sie zu dem Zelt schleifte. Sie streckte die Hand nach Okelia aus. Doch der lag mit starrem, leerem Blick still da.

Ole Sadera näherte sich vorsichtig dem Lager. Es war ein schlechter Platz in einer flachen Bodensenke inmitten vereinzelter Zedern. Das Vieh hatte den Boden in schlammige Pfützen zertrampelt, in denen der Dung schwamm. Die Hütten stellten eine Ansammlung von Waldabfällen dar, die über Äste geworfen worden waren. Es gab keine Einzäunung zum Schutz der Kinder und der Lämmer, und es war kein Versuch unternommen worden, eine sichere *Boma* für den Schutz der Behausungen zu errichten.

Er hatte viele solcher Lager auf seiner Suche nach Nashilo und den anderen Dorfbewohnern gesehen, und daher war er weniger erschrocken, als er es sonst wohl gewesen wäre. Aber der jammernde Trauergesang der Frauen ließ ihn erahnen, dass ihn noch etwas viel Schlimmeres erwartete.

Angesichts dessen, was er und seine Gefährten bei ihrem Aufstieg vom Talgrund erlebt hatten, sollte es ihn nicht überraschen, dass einer der Älteren gestorben war. Viele Leichen übersäten die Hänge und viele weitere wurden in den Lagern, an denen er auf seiner Suche nach den Bewohnern Rumurutis vorbeigekommen war, vermisst.

Die alten Frauen saßen um zwei Leichen. Eine war die eines Hirtenjungen mit jugendfrischem Gesicht, der zu schlafen schien, wäre da nicht ein unheilvolles schwarzes Loch mitten in seiner Brust gewesen.

Die zweite Leiche lag neben dem Jungen und war mit einem weißen Kalbsfell bedeckt. Lediglich die Unterschenkel waren sichtbar, aber sie gehörten keinem alten Menschen.

Ole Sadera starrte die Füße an. Er kannte diese kleinen, runden Zehen nur allzu gut. Sein Herz begann so heftig in seiner Brust zu pochen, dass er unwillkürlich eine Hand darauf legte.

Die Frauen saßen schweigend da, als Ole Sadera eine Ecke des Fells anhob und es langsam von der Leiche zog.

Nashilos Gesicht war kaum noch zu erkennen. Die Frauen hatten den größten Teil des Schlamms abgewischt, aber die Schwellung entstellte ihre wunderschönen Züge auf so grausame Weise, dass er für einen Moment die Hoffnung hegte, sich geirrt zu haben.

Er versuchte zu schlucken und ermahnte sich, dass Nashilo die Ehefrau eines anderen Mannes war und er weder über sich noch über sie durch eine übertriebene Zurschaustellung

der Trauer und des Schmerzes Schande bringen durfte. Aber er verspürte mit einem Mal eine Schwäche in seinen Beinen und musste neben der nackten Leiche niederknien.
Er strich mit seiner Hand über ihr Gesicht, als könne er die Verletzungen mit der sanften Berührung seiner Fingerspitzen lindern. Ihre Haut fühlte sich so spröde an wie die windgepeitschten Felsen des Mau. Er zog seine Hand weg und starrte ungläubig darauf. Von nun an, egal, wie sehr er sich auch wünschen mochte, dass es anders wäre, würde er sich an diese letzte Berührung ihrer Haut – so kalt und hart wie Stein – erinnern. Er wäre am liebsten in Tränen ausgebrochen.
Er bemerkte die verwirrten Blicke der Frauen und musste seine ganze Willenskraft aufbringen, um sich aufzurappeln.
Nun vermochte er die Spuren der Misshandlungen an anderen Teilen ihres Körpers zu sehen: die Kratzer und Quetschungen auf ihren Brüsten, die eingerissene Haut an ihren Beinen, die Blutflecke auf einem kurzen rauhen Stück Strick, das immer noch um eines ihrer Handgelenke geschlungen war, und unter ihrem kleinen, rundlichen Bauch die matte Röte zwischen ihren Beinen.
Die Frauen benötigten wenig Zeit und wenig Worte, um zu vermitteln, was geschehen war.
Ole Sadera zog seinen Speer aus dem Boden, wies seine Gefährten zurück, die ihm folgen wollten, und stürmte davon.
Am Rande des primitiven Dorfes begegnete er Nashilos Ehemann, der mit aschgrauem Gesicht auf die Frauen zueilte, die ihren Klagegesang fortsetzten. Die Blicke der beiden Männer begegneten sich kurz, ohne dass einer den anderen wirklich wahrnahm.

Ole Sadera schritt durch den Wald zum Rand des Steilhangs, wo er für einen Moment stehen blieb, um sich zurechtzufinden. Unter ihm wälzten sich die kahlen Hügel ins Great Rift Valley hinab, das immer noch im Morgennebel versteckt lag. Er wusste, dass er irgendwo dort unten Ploog und seine *Askaris* finden würde.

Er hob den Schild an seine Schulter, balancierte den Speer lose in seiner Hand und brach in einem leichten Laufschritt auf, der ihn bis zum Ende des Tages durch die Weite des Tales führen würde. Wenn Ploog sich auf dem Rückweg nach Naivasha befand, würde Ole Sadera ihn noch vor Einbruch der Dunkelheit aufspüren und töten. Er bewegte sich in einem langsamen Trab bergab.

Als sich der Morgennebel hob, erblickte er auf der anderen Seite einer Falte im Steilhang ein Packtier, das sich bergauf bewegte. Ein Mann klammerte sich an seine Flanke. Ole Sadera verharrte, um den Mann genauer zu betrachten.

Es war George Coll. Er erkannte ihn an seiner schmächtigen Statur und seiner Eigenart, die Schultern nach vorn zu ziehen, als versuche er, seine Brust zu schützen. Er schien Schwierigkeiten zu haben, auf das Pferd zu steigen, und benötigte ganz offensichtlich Hilfe.

Der Massai verspürte einen solch brennenden Hass, dass er an nichts anderes als an seine Rache zu denken vermochte. Es war eine quälende Vorstellung, dass Ploog auch nur einen einzigen weiteren Augenblick straflos bleiben würde, während er sich anderen Angelegenheiten widmete. Nein, er musste Coll mit seinen Schwierigkeiten zurücklassen und seine Vergeltung üben. Er vermochte beinahe die Befriedigung zu schmecken, wenn er seine Klinge in Ploogs mächtige Brust stieß. Er konnte beinahe das Entsetzen in Ploogs Augen sehen, wenn er begriff, dass er dem sicheren Tod geweiht war.

Ole Sadera setzte seinen Weg bergab fort, blickte aber unwillkürlich noch einmal zu Coll hinüber. Er war zu Boden gefallen, doch das Pferd stapfte unbeirrt weiter.

Ole Sadera blieb stehen. Sein Hass glich einem schrecklichen Juckreiz, der ihm bis zu dem Moment zusetzen würde, in dem er sein Verlangen, sich zu kratzen, befriedigte. Doch er würde Coll nicht zurücklassen. Er nahm sich vor, kurz nachzusehen, wie er ihm helfen konnte, bevor er seinen Weg ins Tal hinunter fortsetzte.

Als er bei Coll ankam, erschrak er über dessen Anblick. Sein Freund war noch nie ein besonders starker Mann gewesen, doch nun wirkte er alarmierend gebrechlich. Auf seiner Weste war Blut.

»Swara«, sagte er und hockte sich neben ihn, »lass mich dir helfen.«

Coll schien ihn zunächst nicht zu erkennen, doch dann verzogen sich seine Lippen zu einem matten Lächeln. »Parsaloi. Was tust du hier?« Sein Lächeln erstarb. »Deine Leute … sie haben bereits den Mau erreicht. Eine Katastrophe. Sie müssen umkehren. Ich muss … sie warnen.« Er versuchte, mühsam auf die Beine zu kommen.

Ole Sadera half ihm auf. »Ich werde dich nach Nairobi bringen, Swara«, sagte er. »Du benötigst deine Heiler. Es geht dir nicht gut.«

»Nein!«, stieß Coll hervor. »Lass mich gehen. Sie müssen umkehren. Parsaloi, sie sind auf dem Mau. Ohne jeden Schutz.« Er riss sich aus Parsalois Griff los und stolperte ein paar Schritte vorwärts. »Die Menschen sterben. Komm mit mir. Wir müssen uns beeilen.« Er taumelte den Hang hinauf.

Ole Sadera blickte ins Tal hinab, sah in seiner Fantasie Ploog unbeschwert auf seinem Pferd sitzen, sein abscheuliches Verbrechen bereits vergessen. Er zermarterte sich den Kopf, was er tun sollte, verabscheute die Notwendigkeit, seinen Hass bezwingen zu müssen, während er seinem Freund half.

Er holte Coll ein, hob dessen Arm über seine Schulter und trug ihn halb den Hang zum Gipfel hinauf.

Kapitel 44

Als Coll und Ole Sadera die ersten Lager auf dem Mau-Steilhang erreichten, war Coll einem völligen Zusammenbruch nahe. Er ließ sich von dem Massai zu einer großen Zeder führen, an deren Fuß er gegen den Stamm gelehnt seine Kräfte sammelte und Ole Sadera sogleich bat, so viele *Askaris* wie möglich ausfindig zu machen und zu ihm zu bringen.

Sein Freund hockte sich mit einer Wasser-Kalebasse neben ihn. »Alles zu seiner Zeit, Swara«, sagte er. »Du musst dich erst ausruhen.«

Coll legte seine Hand auf die des Massai. »Parsaloi«, sagte er mit einem Ausdruck in den Augen, der an Panik grenzte, »wir haben keine Zeit zu verlieren.«

Einen Augenblick lang fragte sich Ole Sadera, ob er von den Massai sprach oder von seiner eigenen schwindenden Kraft.

»Ich muss ihnen neue Befehle erteilen«, erklärte Coll. »Dieser Wahnsinn darf nicht so weitergehen.«

»Also gut, Swara. Ich werde gehen.«

»Und, Parsaloi …« Colls Hand blieb auf der seinen, und der Griff war stärker, als Sadera es für möglich gehalten hatte. »Ich möchte, dass du die Leute hier zu einer Gruppe versammelst. Ich will ihnen mitteilen, dass sie von hier weggehen müssen. Sie können nach Entorror zurückkehren, wenn sie es wünschen, oder ihre Reise fortsetzen.«

»Ich kann meine *Moran* schicken, um es ihnen zu sagen. Du brauchst das nicht zu tun. Wir müssen dich von hier wegbringen. Du benötigst einen Doktor.«

»Nein! Sie müssen das aus meinem Mund hören. Bitte bring sie hierher.«

Ole Sadera nickte widerwillig. »Also gut, Swara.«

Als sich der Massai abwandte, rief ihm Coll nach: »Und dann musst du mich zur nächsten Gruppe bringen. Und zur nächsten. Ich werde den Mau nicht verlassen, bis ich allen gesagt habe, dass wir einen schrecklichen Fehler begangen haben.«

Das erschöpfte Pferd trottete mit hängendem Kopf apathisch über die Straße nach Nairobi. Es wurde von einem beinahe ebenso erschöpften Ole Sadera an den Zügeln geführt, der sich aber nicht getraute, Coll aus den Augen zu lassen, weil dieser immer wieder aus dem Sattel zu gleiten drohte. Trotz seiner schlechten körperlichen Verfassung hatte Coll es geschafft, seine Mission zu erfüllen. Doch nachdem er dieses Ziel erreicht hatte, hatte sich der eiserne Griff gelockert, mit dem sein Geist seinen Körper festhielt, und seitdem sie das Hochland verlassen hatten, hatte er kaum ein Wort gesprochen.

Das Schild am Straßenrand erregte Ole Saderas Aufmerksamkeit, und er blieb stehen, um es zu betrachten. Er erinnerte sich an das Wort aus der Zeit, als ihm zum ersten Mal bewusst geworden war, wie ernst es um Colls Gesundheitszustand bestellt war. Es war in einer Unterhaltung mit Dr. Lewis gewesen, als dieser ihn über Coll und dessen Pflegebedürftigkeit aufklärte. Lewis hatte das Wort »Wallace« für ihn niedergeschrieben. Es besaß eine Symmetrie, die Ole Sadera gefiel, und er hatte sich darin geübt, es von Lewis' Zettel abzuschreiben, um Coll mit seiner neuen Fertigkeit zu beeindrucken.

Doch der war ganz und gar nicht erfreut gewesen, als er Katherine Wallace' Namen für ihn aufschrieb, und reagierte wütend, als er ihn auf die Notwendigkeit hinwies, sich eine gute Frau zu suchen, die sich um ihn kümmerte. Coll hatte ihm geantwortet, er könne selbst auf sich aufpassen, und ihn gefragt, wie er darauf käme, dass ein Junggeselle wie er, der nichts weiter als Hurerei und das Wohlergehen seiner Rinder im Kopf hatte, in der Lage wäre, ihm Ratschläge über die Ehe zu erteilen.

Colls lautstarke Reaktion hatte Ole Sadera überrascht. Sie war völlig untypisch für seine ansonsten so freundliche und sanfte Art.

Erst da war Ole Sadera wirklich bewusst geworden, welch tiefen Schmerz sein Freund in sich trug.

Nun traf der Massai eine Entscheidung, von der er wusste, dass Coll ihm dafür nicht danken würde. Aber sein kranker Körper brauchte Ruhe, und die Berührung einer Frau wäre ein wirksames Heilmittel für alles, was ihn plagte.

Er führte das Pferd von der Straße herunter auf den Weg, der zu Katherine Wallace' Farm führte.

Die Kikuyu-Landarbeiter auf den Maisfeldern ließen ihre Arbeit ruhen, um ihn anzustarren, als er an ihnen vorüberschritt. Einige folgten ihm in einem gewissen Abstand, aber Ole Sadera ignorierte sie verächtlich.

Aus dem Haus kam ihm eine junge Massai-Frau mit einem Essenskorb für die Feldarbeiter in der Hand entgegen. Er wusste, dass sie eine Massai war. Zwar trug sie fremde Kleidung, aber ihre Gestalt und ihre Haltung verrieten es ihm. Sie straffte beim Gehen ihre Schultern und beachtete die gaffenden Kikuyu nicht. Ihr Blick wanderte von Coll auf dem Pferd zu Ole Sadera, und sie hielt seinem Blick stand.

Ole Saderas Herz begann laut in seiner Brust zu pochen. Sie war wunderschön, aber auch stolz – wie es eine Massai-Frau in der Gegenwart der Kikuyu sein sollte.

Aber was ihm den Atem verschlug, war ihre Ähnlichkeit mit Nashilo, der sie bis auf ihr Alter wie aus dem Gesicht geschnitten war.

»Nein, nein, Wanjira«, sagte Katherine kopfschüttelnd, die Hände in die Hüften gestützt. »So bereitet man kein Kalb zum Brandmarken vor. Das Tier wird beim ersten Hauch des Eisens versuchen davonzulaufen, und du wirst es nicht halten können.« Sie schob die Ärmel ihrer Bluse nach oben. »Du musst es hier anfassen«, sagte sie, griff um den Hals des Kalbs herum und packte sein Kinn. »Und hier«, fügte sie hinzu und deutete auf sein Bein. »Dann ziehst du es einfach zu Boden.« Wanjira nickte und lächelte und unternahm einen weiteren halbherzigen Versuch, bei dem sich das Kalb mühelos aus seinem Griff befreite und bis zum Ende seines Haltestricks trottete.
Katherine schüttelte den Kopf und schaute zu den Hügeln hinüber, um die Beherrschung nicht zu verlieren. Dabei erblickte sie auf dem Weg, der von der Straße nach Nairobi zu ihrer Farm abzweigte, einen Massai-Krieger. Sie erkannte ihn an seiner roten Kleidung und dem imposanten Kopfschmuck. Er stand neben einem Pferd mit Reiter und sprach mit Kira.
Als sie sich gemeinsam Richtung Haus begaben, kam ihr der Reiter irgendwie bekannt vor, doch sie weigerte sich, Mutmaßungen anzustellen. Sie hatte schon mehr als ein Mal einen Reisenden, der sich nach dem Weg erkundigte, mit dem Mann verwechselt, von dem sie sich wünschte, dass er diesen Pfad entlanggeritten kommen möge.
Nun kam ihr sogar das Pferd bekannt vor.
Sie fasste sich ans Haar, wischte einige unsichtbare Flusen von ihrer Schürze und wagte zu hoffen, dass er es dieses Mal sein würde.

Als die kleine Gruppe das Tor erreicht hatte, war sie sich ganz sicher, erkannte jedoch zugleich, dass irgendetwas nicht stimmte. George hatte Schwierigkeiten, sich aufrecht im Sattel zu halten.
Sie rannte zum Tor und riss es auf. Sie versuchte, ihm beim Vorüberreiten in die Augen zu blicken, doch sein Kopf ruhte auf seiner Brust.
Der Massai sagte nichts, sondern führte das Pferd bis zur Veranda, wo er stehen blieb.
Katherine eilte auf George zu und legte eine Hand auf sein Knie. »George?«, sagte sie und blickte zu ihm auf. »George!«
»Es geht ihm nicht gut, Missus Wallace«, sagte der Massai. »Er hat nicht geschlafen und ist sehr schwach.«
Er zog vorsichtig an Colls Bein. Coll rührte sich und blickte sich um. Er schaute angestrengt umher und schien überrascht zu sein, wo er sich befand.
»Katherine …?«, sagte er, als er sie neben Ole Sadera entdeckte.
»Ja, George. Ich bin es«, erwiderte sie und riskierte ein Lächeln.
Coll rutschte vom Pferd, und als er das erste Mal an diesem Tag unsicher auf den eigenen Füßen stand, streckte er die Arme nach ihr aus.
»George! Oh, George«, sagte sie und presste ihn an sich.

Katherine bot Coll noch mehr Ochsenschwanzsuppe an. »Satt?«, fragte sie, als er den Kopf schüttelte.
»Mehr als satt … wie gewöhnlich«, sagte er und setzte sich ein wenig aufrechter auf ihrem besten Sofa hin. »Danke.« Er musste zwischen den Worten immer wieder keuchend Luft holen.
»Da ist noch mehr auf dem Herd.«

»Da bin ich mir sicher«, erwiderte er lächelnd. »Es wäre nicht Katherine Wallace' Küche ohne einen großen Topf guter Suppe auf dem Feuer.«
»Ich muss wohl etwas geahnt haben«, sagte sie, als sie sich neben ihn setzte. »Ich habe schon lange keine Suppe oder ein anderes Gericht in größeren Mengen zubereitet. Ich bekomme nicht mehr viel Besuch.«
»Das tut mir leid, Katherine.«
»Oh, das war nicht auf dich gemünzt, George. Ich meinte meine Nachbarn. Sie nehmen mir übel, dass ich mich für die Ziele der ANPA eingesetzt habe, auch wenn ich mich nicht mehr dort engagiere, seit sie sich entschlossen haben, den Kampf um die Rechte der Asiaten in den Vordergrund zu rücken und über die Ungerechtigkeiten gegenüber den Eingeborenen hinwegzusehen.«
»Es tut mit dennoch leid, Katherine … Ich hätte mich nicht einfach ohne jede Erklärung zurückziehen dürfen.«
Sie zuckte mit den Schultern. Ein Lächeln umspielte ihre Lippen, das jedoch nicht ihre Augen erreichte.
»Es war falsch von mir. Und töricht.« Er blickte sie eindringlich an. »Mir war gar nicht bewusst, wie töricht, bis ich dort oben auf dem Mau begann, über dich und andere Dinge nachzudenken.«
»Ist schon gut, George. Du musst mir das nicht erklären.«
»Doch, das muss ich, Katherine.«
Ihr Nicken machte deutlich, dass sie es verstand.
»Dort oben habe ich etwas über mich selbst herausgefunden. Vielleicht lag es an der Höhe oder an dem Fieber …« Er holte keuchend Luft. »Auf jeden Fall habe ich darüber nachgedacht, warum ich so … so besessen bin von dieser Krankheit. Sie hat mein Leben mehr beeinflusst, als mir bewusst war. Dort draußen in der Kälte und dem Wind habe ich erkannt, dass ich

einer Täuschung erlegen bin … weil ich keine allzu große Nähe zu einem Menschen zulassen wollte, aus Angst, dass sich meine Erkrankung verschlechtern könnte. Es ist TB, musst du wissen. Tuberkulose.«

Katherine nickte.

George blickte sie einen Moment lang forschend an. »Ich … ich habe mir immer geschworen, dass ich niemanden sonst in diese misslichen Umstände involvieren würde … Ich habe es sogar geschafft, mich davon zu überzeugen, dass … dass ich mich damals in Schottland von der Frau getrennt habe, die ich liebte, damit … nun ja, du weißt schon … wenn ich sterbe …« Er schluckte mühsam und unterdrückte ein Husten. »Das Eigenartige dabei ist, dass ich mich getäuscht habe. Ich habe meine Beziehung zu Jennie nicht beendet, um ihr den Schmerz zu ersparen. Es war ihre Idee. Sie hat mir gesagt, dass sie sich nicht an einen Mann binden könnte, um dessen Zukunft es so schlecht bestellt war. Sie hat mich gefragt, was geschehen würde, wenn wir eine Familie hätten. Wie sie allein überleben sollte.«

Er verstummte, hing seinen Erinnerungen an diesen Tag nach.

»Vielleicht hat dich Jennie doch nicht geliebt, George.«

Coll nickte. »Möglicherweise hast du recht.«

Katherine schenkte ihm ein beruhigendes Lächeln. »Nun, es ist gut, dass es dir gelungen ist, dich mit der Wahrheit auseinanderzusetzen.«

Coll nickte wieder. »Doch abgesehen von meiner Dummheit, mir all die Jahre selbst etwas vorzumachen … meine noble Geste, Jennie zu beschützen … was denkst du darüber, Katherine? Findest du nicht, dass es richtig gewesen ist, es ihr zu sagen? War es nicht verantwortungsbewusst? Hatte ich nicht recht, als ich mir um ihretwillen mein eigenes Glück versagt habe?«

Katherine holte tief Luft. »Ja, es war richtig, ihr zu erzählen, wie es um dich steht. Aber zuzulassen, dass sich Jennies Zurückweisung darauf auswirkt, wie du den Rest deines Lebens verbringst, das war töricht.«

»Aber wie kommst du denn darauf? Ich habe doch gar nicht …«

»Du hast deinen Zustand für dich behalten. Du hast dir versagt, ein glückliches Leben zu führen – egal, wie kurz es deiner Ansicht nach auch hätte sein mögen. Und das tut weder dir gut noch der Frau, die bereit wäre, dir ihre Liebe zu schenken. Ich würde sogar so weit gehen und behaupten, dass du dir unglaubliche Freiheiten herausgenommen und Entscheidungen für sie getroffen hast. Du hast Gott gespielt! Wie kannst du es wagen, zu entscheiden, was das Beste für einen anderen Menschen ist? Wie …« Sie beherrschte sich gerade noch und senkte den Blick auf ihre Hände, die sie auf ihrem Schoß ineinanderpresste. Sein Verhalten hatte sie mehr verletzt, als ihr bewusst gewesen war.

»Ist es zu spät, Katherine?«

»Zu spät?«

»Zu spät, um all diese Torheit ungeschehen zu machen?«

Katherines Lächeln vertiefte sich, und Tränen standen ihr in den Augen, als sie sagte: »Es ist niemals zu spät, George.«

Kapitel 45

Die Paraffinlampe spendete kaum genug Licht, um das Bett zu finden. Aber genau so wollte es Katherine haben. Sie ergriff Georges Hand. Sie war nervös. Vermutlich nervös genug für sie beide zusammen.

Neben sich konnte sie seine kurzen, schweren Atemzüge hören. Er stieß gegen die große Truhe am Fuß des Bettes.

»Du hast noch nie einen Blick in mein Schlafzimmer geworfen, nicht wahr, George?«

»Nein«, flüsterte er. »Es duftet nach dir.«

Sie hätte ihm gern gestanden, wie lange sie sich schon wünschte, ihn hier bei sich zu haben, aber ihre Sorge wuchs.

»George«, sagte sie an ihn gewandt, »ich bin mir nicht sicher, ob wir das hier wirklich tun sollten.«

Er zog sie an sich. »Mein Liebling … ich habe so lange auf diesen Augenblick gewartet.« Er küsste sie. Erst zärtlich, dann immer leidenschaftlicher.

Sie trat zurück, so dass sie seine Augen in dem trüben Licht zu sehen vermochte. »Wir könnten noch ein paar Tage länger warten.«

»Tage?«

»Du bist erschöpft, George, und es geht dir nicht gut.«

»Nur ein wenig kurzatmig, Liebes. Kein Grund zur Beunruhigung.«

»Du benötigst noch ein wenig Zeit und … ich vielleicht auch.«

Er gab ihr einen Kuss auf die Nase. »Aber ich möchte heute Nacht nicht allein sein. Darf ich wenigstens hier bei dir schlafen?«

»Aber nur, wenn schlafen wirklich alles ist, was du im Sinn hast.«
»Wenn das alles ist, was du mir gestattest, dann werde ich das akzeptieren. Wenn es mir auch schwerfallen wird, während du neben mir liegst.«
»Ist das nicht eigenartig? Ich habe mir so oft gewünscht, dass du in diesem Zimmer bei mir wärest. Und nun schlage ich vor zu warten.« Sie lächelte. »Leg dich schon einmal ins Bett. Ich werde mich im Wohnzimmer umziehen.«
Sie nahm ihr Nachthemd und schloss die Tür hinter sich. Als sie zurückkehrte, war George bereits eingeschlafen.
Sie schlüpfte leise neben ihn ins Bett, lag im Dunkeln da und lauschte seinen Atemzügen, die ihn große Mühe zu kosten schienen. Beim Ausatmen war seine Atmung flach und unregelmäßig. Sie hatte das Gefühl, dass ihn die Anstrengung wecken müsste, doch es dauerte eine Weile, bis er aus dem Schlaf auffuhr.
Katherine rollte sich zu ihm hinüber, legte ihm eine Hand auf die Brust und flüsterte: »Schhh, ganz ruhig.« Er flüsterte etwas Unverständliches und schlief, ihre Hand in der seinen haltend, wieder ein.
Katherine sprach ein stilles Dankgebet, weil er endlich den Weg zu ihr gefunden hatte, und sie bat darum, dass es ihm bessergehen möge, damit sie einen Teil ihres Lebens gemeinsam verbringen konnten.

Als Ole Sadera mit seinem Speer und seinem Kriegsschild auf der Farm eintraf und George Colls Pferd am Zügel führte, da hatte Kira gleich gewusst, dass er anders war als die Massai, die sie gelegentlich in der Stadt zu Gesicht bekam. Sie vermochte nicht zu sagen, woher sie es wusste, aber irgendetwas aus ihrer vergessen geglaubten Vergangenheit sagte ihr, dass er ein bedeutender Mann war. Später wurde ihr klar, dass sie nichts aus ihrer Vergangenheit benötigte, um dies zu erkennen: das Gebaren und die Haltung des *Morani* waren Beweis genug. Seine bloße Anwesenheit auf der Farm schüchterte sie ein. Wenn sie in einem Raum mit ihm war, lief es ihr kalt den Rücken hinunter.

So ist es also, mit einem echten Massai zusammen zu sein, sagte sie sich, denn sie hatte sich schon so oft gefragt, ob sie sich an das Leben gewöhnen könnte, das ihr als Kind gestohlen worden war.

Katherine war klug genug, sie nicht zu einer Entscheidung über ihr zukünftiges Leben zu drängen, aber manchmal wünschte sich Kira, sie würde es tun. Es fiel ihr schwer, sich die verschiedenen Szenarien zwischen einem Leben mit den Massai und einem Leben mit den Weißen vorzustellen – mit dem einen Leben fühlte sie sich durch Blutsbande verbunden, und das andere war ihr zumindest bis zu einem gewissen Grad vertraut.

Aus dem Wenigen, woran sie sich erinnerte, wusste sie, dass sich das Dorfleben der Kikuyu nicht allzu sehr von dem der Massai unterschied, und sie fragte sich, ob sie in eine solch einfache Umgebung zurückkehren könnte.

Zu viele unbeantwortete Fragen. Sie wünschte, sie besäße den Mut, mit dem Massai-*Morani* zu sprechen, um herauszufinden, woran es lag, dass er ihr so viel interessanter erschien als die anderen Männer.

Sie war schon früh mit der Hausarbeit fertig geworden und hätte sich eigentlich den Lesebüchern widmen sollen, die Katherine für sie bereitgelegt hatte, doch es stand ihr nicht der Sinn danach. Sie schlenderte zum Fenster und zog wieder einmal die Gardine einen Spaltbreit zur Seite, um sich den *Morani* anzusehen, der im Schatten der Scheune stand und

sein Schwert mit der kurzen Schneide an einem Stück eines flachen Steins schärfte.
»Was gibt es da zu sehen, Kira?«, erkundigte sich Katherine hinter ihr.
Kira erwiderte erschrocken, dass sie lediglich einen Blick nach draußen geworfen habe. Sie hatte nicht bemerkt, dass Katherine aus dem Schlafzimmer gekommen war.
»Du trägst ja das Halstuch, das ich dir gekauft habe. Es sieht sehr hübsch aus. Wenn du mit dem Frühstück fertig bist, kannst du die Textstellen lesen, die ich dir aufgeschlagen habe.«
»Das habe ich bereits«, erwiderte sie.
»Warum suchst du dir dann nicht eine andere Beschäftigung?«, fragte Katherine, bevor sie in den Küchenanbau verschwand. Sie kehrte mit Käse und Brot aus der Speisekammer zurück. »Sonst finde ich bestimmt etwas, was du tun könntest.«
»Das würde ich ja, aber …«
»Aber was?«, erwiderte Katherine und stemmte ihre Hände in die Hüften.
»Ach, nichts, Katherine.«
Doch Katherines Gesichtsausdruck sagte ihr, dass sie nicht um eine Erklärung herumkam, und so fügte sie hinzu: »Es ist dieser Massai-Mann …« Sie wandte sich wieder dem Fenster zu. »Er starrt mich so komisch an.«
Katherine blickte ebenfalls aus dem Fenster.
»Wirklich? Er ist ein enger Freund von George, daher glaube ich nicht, dass du dir irgendwelche Sorgen wegen ihm machen musst, Liebes. Wir werden mehr über ihn herausfinden, sobald George zum Frühstück kommt.«

Coll kam frisch rasiert und mit einem feuchten Handtuch um den Hals ins Zimmer. Er ging zum Tisch hinüber, den Katherine gerade deckte.

»Guten Morgen«, flüsterte er und berührte sanft ihre Hand, die auf der Lehne eines Küchenstuhls ruhte.

Sie bedeckte sie mit ihrer eigenen. »Guten Morgen«, erwiderte sie und zog ihm das Handtuch vom Hals. Bei genauerer Betrachtung stellte sie fest, dass er zwar immer noch blass war, aber nicht mehr so verhärmt aussah wie am Vortag. Seine Hand glitt um ihre Taille. Sie bedeutete ihm mit einem Nicken in Kiras Richtung, dass sie nicht allein waren.

»Kira und ich sprachen gerade über deinen Massai-Freund«, sagte sie.

»Oh, guten Morgen, Kira. Du siehst sehr hübsch aus heute. Was für ein schönes Halstuch.«

Katherine freute sich, dass George dem Mädchen ein Kompliment machte. Sie hatte versucht, Kiras Selbstbewusstsein zu stärken, indem sie sie ermutigte, sich netter zu kleiden als mit ihrem gewöhnlichen tristen Hauskleid. Kira mochte den Unterschied nicht zu schätzen wissen, aber die jungen Männer der hiesigen Kikuyu bemerkten ihn sehr wohl. Sie zeigten großes Interesse an der attraktiven jungen Frau. Katherine war ständig auf der Hut, aber glücklicherweise zeigte Kira keine Anzeichen, dass sie ihr Interesse erwiderte.

»Mein Massai-Freund?«, sagte Coll, auf Katherines Bemerkung eingehend. »Ich hoffe, er ist immer noch hier.«

»Das ist er.«

»Ich muss mit ihm über die Probleme sprechen, die wir auf dem Mau haben.«

»Aber erst nach dem Frühstück«, entgegnete sie.

Er lächelte und nahm am Tisch Platz. »Dein Wunsch ist mir Befehl, meine Liebe.«

Während sie aßen, erklärte er ihr die Pläne, die er ursprünglich gehabt hatte, damit sich die Umsiedelung der Massai nicht zu einer Katastrophe entwickelte.
»Ich habe wirklich geglaubt, dass diese Umsiedelung in den Süden das Beste für die Massai sei«, sagte er. »Doch ich wurde getäuscht. Die Massai wurden getäuscht. Ngatet ist nichts weiter als ein Ödland, wo es an Wasser fehlt und wo das Rinderfieber grassiert, das auch bereits den Norden heimgesucht hat. Wir müssen die Entscheidung revidieren. Die Regierung muss gezwungen werden, alles noch einmal zu prüfen.«
»Edouard ist ein resoluter Mann und wird sich nicht so leicht von seinem Vorhaben abbringen lassen. Am besten schlägt man ihn mit seinen eigenen Waffen. Benutze das Gesetz, um gegen ihn und seine Behörde zu kämpfen.«
»Mein alter Freund, Norman Lewis, hat mir auch schon diesen Rat gegeben. Vielleicht ahnte er, was kommen würde, denn er ist so weit gegangen und hat bereits einen Anwalt in Mombasa über einen möglichen Massai-Rechtsfall unterrichtet. Ich hatte gehofft, es würde nicht nötig sein. Ich habe wohl immer geglaubt – oder besser gesagt, gehofft –, dass die Regierung in Wahrung der besten Interessen der Eingeborenen handelt, aber nun … Die Frage ist nur, ob die Massai einer solchen Klage zustimmen werden. Es bleibt uns nichts anderes übrig, als zu versuchen, sie davon zu überzeugen.«
»Wer würde denn wohl bei den Massai eine solche Klage überhaupt durchsetzen wollen?«
»Ganz gewiss nicht der *Laibon*. Er würde wohl üblicherweise gemeinsam mit den Ältesten in dieser Situation als Anführer fungieren, aber er ist fast noch ein Kind.« Er dachte einen Moment lang nach. »Der Einzige unter den Massai, den man vielleicht überzeugen könnte, auf solch drastische Weise zu handeln, ist Parsaloi Ole Sadera.«

»Wer ist das?«

»Der Mann, der draußen neben deiner Scheune steht, Katherine.«

Kira betrat leise die Küche und vermied dabei jeglichen Augenkontakt mit dem Massai, der prächtig anzusehen war in seinen traditionellen roten Gewändern. Aber dennoch spürte sie, wie ihr sein Blick folgte, als sie die Teekanne zum Tisch trug und die Tassen füllte.

Die beiden Weißen hatten den ganzen Morgen über mit dem *Morani* über Rechtsangelegenheiten gesprochen. Kira konnte sie in dem kleinen Küchenanbau hören, wo sie Zuflucht gesucht hatte vor der übermächtigen Präsenz des Kriegers. Nun, da Kira anwesend war, geriet ihre Unterhaltung ins Stocken und verlieh ihr das Gefühl, eine Aufmerksamkeit zu erregen, die sie viel lieber vermieden hätte.

Coll sagte: »Kira, ich würde dir gern meinen Freund vorstellen.«

Das Mädchen sah Ole Sadera an und blickte sogleich wieder zu Boden.

»Sein Name ist Parsaloi Ole Sadera von den Purko-Massai.«

Kira wagte einen zweiten Blick, blieb jedoch stumm, was Katherine zu der Erklärung veranlasste, dass Kira noch nicht vielen Massai begegnet war, seit sie ihr Dorf verlassen hatte.

»Wie ist dein Name, Mädchen?«, erkundigte sich Ole Sadera auf Maa.

Die Sprache war fast aus ihrer Erinnerung verschwunden. Es war eigenartig, sie nach so langer Zeit zu hören. Die Erinnerungen an ihre Mutter und an das Leben im *Enkang* wurden in ihr wach.

Entsetzt stellte sie fest, dass sie unerklärlicherweise den Tränen nahe war.

»Dein Name«, wiederholte er für sie auf Englisch. »Wie lautet er?«
»Meine Name ist … Lokatira«, sagte sie.
»Was redest du denn da, Liebes?«, verbesserte Katherine sie. »Dein Name ist Kira.«
Kira lächelte entschuldigend. »Nein, Katherine, mein richtiger Name ist Lokatira.«
»Aber du hast mir doch gesagt, dass du Kira heißt.«
»Als Sie mich aufgenommen haben, haben Sie mich aus Versehen Kira genannt. Ich habe Sie nicht verbessert.«
»Warum hast du mir das denn nicht gesagt? Lokatira ist ein wunderschöner Name.«
»Ich wollte es Ihnen recht machen«, erwiderte Kira und hatte ein schlechtes Gewissen wegen ihrer Täuschung. »Und außerdem hat mir Kira gefallen.« Sie erinnerte sich an ihre Hoffnung, dass ihr der neue Name zu einem besseren Leben verhelfen möge.
»Nein, so was!«, sagte Katherine und atmete tief durch. »Also bleibt es bei Kira«, stellte sie fest und wandte sich wieder Parsaloi zu. Doch da war ein Ausdruck auf dessen Gesicht, der sie innehalten ließ.
Kira bemerkte ihn ebenfalls. Alles Bedrohliche an ihm schien verschwunden, und einen flüchtigen Moment lang vermochte sie seine Verletzlichkeit zu erahnen.
Er sprach erneut auf Maa mit ihr. »Ich kenne dich, Lokatira«, flüsterte er.
»Woher denn?«, fragte sie mit zitternder Stimme auf Englisch, getraute sich kaum, die Frage zu stellen.
»Ich weiß, wer du bist. Ich weiß mehr von dir, als du dir vorstellen kannst. Ich kenne deine Familie. Ich kannte deine Mutter, Ntooto …«
»Meine Mutter? Wo ist sie?«

Er zögerte kurz. »Sie ist von uns gegangen.«

Kira verspürte eine plötzliche Enge in der Brust. Das erschreckte sie. Sie hatte immer gedacht, dass sie der Verlust einer Mutter, die sie kaum kannte, nicht treffen würde, sollte sie jemals die Wahrheit herausfinden. Sie begriff, dass sie all die Jahre die Hoffnung gehegt hatte, dass sie ihre Mutter wiedersehen würde. Nun liefen ihr die Tränen über die Wangen, und sie wischte sie mit dem Handrücken ab.

»Was ist mit dem Rest meiner Familie? Meinem Vater?«

»Dein Vater starb im Kampf gegen die Kikuyu, als sie dich verschleppten.«

»Und meine Brüder? Meine Schwestern?«, fragte sie hoffnungsvoll.

»Ich kannte sie nicht. Nur deine Halbschwester, Nashilo.«

Der kühle, distanzierte Ausdruck kehrte in sein Gesicht zurück. »Die ebenfalls tot ist«, fügte er hinzu.

Er war wieder der einschüchternde Krieger, dessen Herz von Dunkelheit erfüllt war. Ohne ein weiteres Wort zu verlieren, stand er plötzlich vom Tisch auf und stürmte aus dem Haus.

Coll rannte ihm bis zur Tür nach. »Parsaloi, wohin gehst du?«

Ole Sadera marschierte, ohne einen Blick zurückzuwerfen, mit dem Speer in der einen und dem Schild in der anderen Hand den Weg hinunter.

»Parsaloi! Was soll ich wegen des Anwalts unternehmen?«

Doch der *Morani* begann zu laufen und war bald schon außer Sichtweite.

Kapitel 46

Ploog nahm einen Schluck Whiskey, rülpste laut und schob seine Finger unter sein Hemd, um sich ausgiebig den Bauch zu kratzen. »O'Rourke«, sagte er mit barscher Stimme und blickte auf den Mann hinab, der regungslos dasaß, den Kopf in die Hände gestützt. Er versetzte ihm einen Stoß mit seiner Stiefelspitze. Der Corporal murmelte etwas und war wieder still.

»O'Rourke!«, sagte er erneut, und dieses Mal versetzte er dessen Bein einen Tritt.

O'Rourke schreckte auf und wäre beinahe von seinem Holzklotz heruntergefallen. »Was ist?«, fragte er mit weit aufgerissenen Augen und versuchte, seinen Blick auf Ploog zu richten, der über ihm stand, den Rücken zum Feuer.

»Whiskey«, sagte der Sergeant. »Mehr Whiskey.«

»Keine Lust«, brummte O'Rourke und ließ seinen Kopf wieder auf die Hände sinken.

Ploog stieß ihn mit dem Stiefelabsatz von dem Klotz. »Sehen Sie zu, dass Sie Ihren Arsch in Bewegung setzen, und holen Sie eine weitere Flasche vom Wagen, Corporal«, fauchte er.

O'Rourke erhob sich murrend und sah Ploog von der Seite an, während er sich damit abmühte, seine Stiefel anzuziehen, aber er behielt seine Gedanken für sich.

»Fauler Hund!«, schickte Ploog ihm noch hinterher, als er in die Dunkelheit davonschlurfte, um sich zum Lager der *Askaris* aufzumachen.

Als O'Rourke fort war, fühlte sich plötzlich alles still und fern an. Ploog hatte es vorgezogen, sein Zelt in kurzer Entfernung von seinen schwarzen Soldaten am Fuße des Mau-Steilhangs aufzuschlagen. Er wusste, dass die *Askaris* an diesem Abend nicht aufhören würden mit ihrem abergläubischen Geschwätz. Dies war meist der Fall, wenn an einem Tag etwas Eigenartiges geschehen war, das sie als ein Omen deuteten. Wenn er nicht jemanden zurückgeschickt hätte, um den Mann herauszufordern, der ihnen den größten Teil des Nachmittags über gefolgt war, wäre die Angelegenheit unbeachtet geblieben. Aber als der Mann nicht nur ein Mal, sondern drei Mal verschwunden war, begannen die schwarzen *Askaris* miteinander zu flüstern. Sie hielten ihn für ein Gespenst. Oder den Geist eines Soldaten, der seinem Zug verlorengegangen war. Einige hielten ihn sogar für Jesus Christus, der aus der Wüste zurückkehrte. Sie kannten zahlreiche Geschichten aus ihren vielen Ländern, und Ploog wusste, dass sie bis tief in die Nacht fortfahren würden, sie zu erzählen.

Er vernahm ein Geräusch, das er früher schon bemerkt hatte. Es war ein eigenartiges Pfeifen, und er vermochte es keiner Eule oder irgendeinem anderen Tier zuzuordnen, das er kannte. Er zuckte mit den Schultern und schob einige Äste mit dem Fuß ins Feuer, das sogleich aufflammte. Funken stiegen in das dunkle Laubwerk hinauf.

Die Wärme breitete sich von seinen Stiefeln zu seiner Leistengegend aus und verschaffte ihm ein angenehmes Gefühl. Gedanken an sein nächstes mögliches sexuelles Abenteuer wurden wach.

Es war kein willkommener Auftrag für ihn gewesen, die Massai durch diese endlose Wildnis zu führen. Er zog es vor, ein Ausgangslager in einer Stadt zu haben, denn er wusste, wie gereizt er wurde, wenn er nicht jeden Abend mindestens eine Frau zu seiner Verfügung hatte. Er erinnerte sich gern an Lourenço Marques zurück, wo er des Öfteren nicht nur eine, sondern zwei oder sogar drei Frauen in seinem Bett gehabt hatte. Aber er hatte hinreichende Erleichterung bei den Huren von Naivasha und Nairobi gefunden. Und zwischendurch reichten ihm die einheimischen Frauen, von denen manche aus freien Stücken zu ihm kamen. Allerdings hatte er festgestellt, dass er den Sex inzwischen befriedigender fand, wenn er nicht freiwillig geschah. Die Massai-Frauen stellten eine besondere Herausforderung dar. Sie besaßen einen bemerkenswerten Kampfgeist. Der Gedanke daran, dass er morgen Abend schon wieder imstande sein würde, sich einige der gelenkigen Eingeborenenmädchen aussuchen zu können, erregte ihn.

Ploog trank seinen Whiskey aus, warf die Flasche in die Nacht und verfluchte O'Rourkes Langsamkeit.

Seine amourösen Gedanken mahnten ihn an seine volle Blase, und er schritt hinüber zu den gesprenkelten Schatten am Rande des Lagers, um sich zu erleichtern. Die Schatten schienen zu schimmern, als Wolkenfetzen über das Angesicht des Mondes zogen. Ein Knacken des Feuers, ließ ihn herumfahren. Ein weiteres Funkengestöber stieg in die Luft auf, verursacht von einem knolligen Stück Feuerholz. Er schalt sich wegen seines törichten Benehmens. Die Stille begann ihn zu verunsichern.

Er fand einen Baum und knöpfte seinen Hosenschlitz auf.

Wieder vernahm er ein Knacken des Feuers und eine Hand – die nicht seine eigene war – packte seinen Penis.

Er verspürte einen schneidenden, brennenden Schmerz und öffnete seinen Mund zu einem Schrei, doch er wurde ihm mit warmem, blutendem Fleisch vollgestopft.

O'Rourke stolperte durch den Busch. Er hatte sich eine Whiskeyflasche unter den Arm geklemmt und hielt eine weitere in der Hand. Das Gestrüpp zerrte an seiner Kleidung und zerkratzte ihm das Gesicht. Er stieß einen Fluch aus und blieb für einen Moment stehen, um sich zu orientieren. Es war alles still. Sogar die leisen Stimmen vom Lager der Männer schienen verstummt zu sein. Er strich die Gedanken an den Massai, der sie auf ihrem Weg durch das Rift Valley verfolgt hatte, aus seinem Bewusstsein.

Er vernahm ein Geräusch hinter sich und drehte sich ruckartig um. Doch da war nichts. Auch das Feuer vom Lager der Männer war nun außer Sichtweite. Vor sich sah er den stecknagelkopfgroßen Schein von Ploogs Feuer.

Er eilte weiter, verfluchte sein verdammtes Pech, bei diesem Einsatz unter einem Bastard wie Ploog dienen zu müssen. Und das alles nur, um einen Haufen ungebildeter Wilder umzusiedeln.

»So, hier haben Sie Ihren Whiskey … fauler Sack«, fügte er hinzu, als er das leere Lagerfeuer erblickte. »Wo stecken Sie denn, Ploog? Also, wenn Sie sich jetzt schlafen gelegt haben, dann … Verdammt, wo sind Sie?«

Stille. Der trällernde, traurige Ruf eines Vogels ertönte, was zu dieser Stunde ungewöhnlich war.

Das Feuer war heruntergebrannt. Die Zelte lagen im Dunkeln.

»Ploog? Sind Sie da drin?«, rief er zum nächsten Zelt hinüber. Das Knacken eines Zweiges war in der Dunkelheit jenseits des Lagers zu hören. »Sind Sie das, Ploog? Wenn das hier so was wie ein Scherz sein soll, dann …«

Er stellte den Whiskey ab und warf ein paar Zweige auf die Reste des Feuers. Dann griff er nach einem Stock, der bereits brannte, und hob ihn über seinen Kopf, um in die Dunkelheit zu spähen. Er konnte die Sohlen eines Stiefelpaares in den Büschen jenseits der Lichtung erkennen.

»Der besoffene Mistkerl schläft seinen Rausch aus«, brummte er und ging auf ihn zu.
»He, Ploog!«, rief er und trat gegen einen Stiefel. »Ich habe Ihren verdammten Whiskey geholt.«
Der Mann rührte sich nicht.
»Ploog?«
Er versuchte, den Sergeant mit seinem Fuß umzudrehen, benötigte aber beide Hände, um eine Schulter zu packen und ihn herumzuzerren.
Als er Ploogs blutbeschmiertes Gesicht sah, den Ausdruck blanken Entsetzens, die weit aufgerissenen, starren Augen, die ins Nichts blickten, taumelte O'Rourke mit einem erschreckten Ausruf zurück.
Eine Gestalt tauchte aus dem Dunkel auf, und er bemerkte das Aufblitzen einer Klinge, doch bevor er zu reagieren vermochte, spürte er, wie etwas ganz leicht über seine Kehle strich, und er vernahm ein leises, schneidendes Geräusch. Er griff sich an den Hals, und als er seine Hände wieder wegnahm, sah er zu seinem maßlosen Entsetzen, dass sie voller Blut waren. Er versuchte zu schreien, doch aus seiner aufgeschlitzten Kehle drang nur ein zischender, blubbernder Laut.
Die schattenhafte Gestalt blieb vor ihm stehen und wartete, bis O'Rourkes Beine nachgaben und er auf die weiche Erde sank.

Kapitel 47

»Wadley. Treten Sie ein«, forderte Edouard seinen Assistenten auf, der den Kopf zur Tür hereinsteckte. »Was halten Sie von diesem Vorfall am Mau? Glauben Sie, dass die Massai in diese entsetzliche Angelegenheit verwickelt sind?«

»Unsere Leute halten das für unwahrscheinlich, Sir Percy. Laut Briggs von den King's African Rifles verstümmeln die Massai ihre Feinde für gewöhnlich nicht.«

»Ach ja? Die Frage ist, wie viel die KAR wirklich über solche Dinge weiß. Sie sind doch ein unzivilisierter Haufen.«

»Die KAR, Sir?«

»Nein! Natürlich nicht, Wadley. Ich meinte die verdammten Massai. Sie treiben Unzucht, stehlen Vieh, veranstalten gewaltsame Aufstände. Es würde mich nicht überraschen, wenn sie sich auch zu Verstümmelungsmorden hinreißen lassen würden.«

»Ganz recht, Sir Percy, aber in diesem Fall dürfen wir wohl davon ausgehen, dass Ploog und O'Rourke von einem oder mehreren ihrer eigenen Männer umgebracht wurden. Ich wage zu behaupten, dass sie sich mit ihrem barbarischen Verhalten einige Feinde gemacht haben.«

»Hmm. Nun, dann lassen Sie uns ganz korrekt vorgehen und eine Untersuchung in die Wege leiten. Wie wäre es mit Coll?«

»Der ist krank, Sir. Wir haben eine Nachricht von einer Siedlerin aus Limuru, einer Mrs. Katherine Wallace, erhalten. Demzufolge erholt er sich auf ihrer Farm und wird noch für eine Weile dienstunfähig sein.«

»Wallace? Etwa diese Unruhestifterin, die sich für die Asiaten starkmacht?«
»In der Tat, Sir, ein und dieselbe.«
»Sieh an, sieh an.« Edouard befingerte nachdenklich sein Kinn. »Ich glaube, wir sollten mal ein Wörtchen mit Coll reden, wenn er sich wieder zum Dienst meldet, Wadley.«
»Das glaube ich auch, Governor.«
»In der Zwischenzeit sehen Sie zu, dass Briggs von der KAR einen seiner Offiziere abstellt, damit der sich um die *Askaris* kümmert.«
»Jawohl, Sir. Und welche Befehle soll ich erteilen?«
»Befehle? Was meinen Sie damit, guter Mann?«
Wadley geriet ein wenig aus der Fassung. »Nun, sollen wir den Massai, die auf dem Rückweg sind, erlauben, in Laikipia zu bleiben?«
»Großer Gott, Wadley? Was haben Sie sich denn dabei gedacht? Meine Befehle lauten nach wie vor, dass die Massai, die den Mau überquert haben, weiterzutreiben sind und dass die anderen zu folgen haben. Und das so schnell wie nur irgend möglich.«

Ole Sadera traf Mantira in seinem Lager und begleitete ihn dann an einen Ort, wo sie beide im Vertrauen miteinander sprechen konnten.
»Wie ist es dir und deinen Leuten ergangen«, erkundigte Sadera sich.
»Wir haben drei Kühe verloren«, erwiderte Mantira grimmig. »Aber wir hatten Glück. Dein Freund Swara hat uns rechtzeitig benachrichtigen lassen, sonst würden wir nun auf dem Gipfel des Mau festsitzen. Es hätte schlimmer kommen können. Viel schlimmer.«
»Viele andere hatten nicht so viel Glück.«

»Es sind mir einige Namen zu Ohren gekommen«, sagte Mantira. »Der alte Yeiyio und seine zweite Ehefrau. Und die Frau, die Saitotis Ziegen gehütet hat. Und die alte Ntooto.« Er war sich nicht sicher, wie er den übrigen Teil der schlimmen Nachrichten ansprechen sollte. »Und Nashilo«, fügte er hinzu.

Ole Sadera schluckte. »Sie ruht. Gerächt.«

Mantira nickte. »Es ist besser, die Toten in Frieden ruhen zu lassen. Und was wird nun geschehen?«

»Swara sagt, wir können gegen die Regierung kämpfen, damit sie uns nicht mehr länger zwingt, in den Süden zu ziehen.«

»Kämpfen?«

»Er spricht von kämpfen, aber er meint reden. Er sagt, das Gesetz des weißen Mannes ist eindeutig. Er und Dr. Lewis haben dafür gesorgt, dass ein Ältester der Weißen, der sich im britischen Recht auskennt, für uns spricht.«

»Wie kann das sein?«, fragte Mantira und zog an seinem langen Ohrläppchen.

»Ist das britische Recht nicht nur für die Briten gedacht?«

»Swara sagt, es ist für jeden. Der Mann, den er gebeten hat, uns zu helfen, ist darin bewandert.«

»Ich verstehe das nicht. Wie kann dieses Recht der Briten dem britischen Governor sagen, dass er den Massai helfen soll?«

»Swara sagt, es ist ein sehr mächtiges Recht«, erwiderte Ole Sadera.

»Aber ich habe mit Delamere und Colchester gesprochen. Sie haben uns geraten, uns der Umsiedelung nicht zu widersetzen.«

»Swara hegt den Verdacht, dass sie uns irreleiten.«

»Das ist gänzlich unmöglich. Wir sind Blutsbrüder. Delamere ist hergekommen und hat mit den Anführern gesprochen. Er hat gesagt, die Massai müssen in das Reservat im Süden ziehen, sonst wird es Unannehmlichkeiten geben. Es ist zu unserem Besten. Die Briten sind stark, und wir sind schwach. Wir müssen auf den Rat unserer Blutsbrüder hören.«

Ole Sadera biss die Zähne aufeinander. »Eines weiß ich: Governor Edouard hat uns angelogen. Swara hat gesehen, was sie uns anbieten, und es ist schlechtes Land. Er sagt, es sind nicht wie versprochen genügend Wasserlöcher vorhanden, und die, die da sind, haben kein Wasser. Es gibt überall Krankheit. Unser Vieh wird sterben. Es ist kein guter Ort für unsere Leute.«

»Wir müssen das tun, was Governor Edouard sagt«, widersprach Mantira. »Die Ältesten und der *Laibon* haben so entschieden. Governor Edouard wird sein Wort halten.«

»Wir können ihm nicht trauen. Sieh doch nur, wie sie uns behandeln, bevor wir überhaupt in Ngatet angekommen sind. Sie haben *Askaris* geschickt, um uns zu drangsalieren und zu schlagen. Unser Vieh hungert und stirbt zu Hunderten.«

»Die Älteren sagen nein«, erklärte Mantira trotzig.

»Und was sagst du, mein Freund?«

Mantira zögerte. Ole Saderas grimmiger Blick bereitete ihm Unbehagen. »Ich sage ebenfalls nein. Es ist unklug, sich gegen die Weißen zu stellen.«

»Das ist unsere einzige Chance, Mantira. Wenn wir Entorror erst einmal verloren haben und in Ngatet sind, werden wir unser Land niemals wieder zurückbekommen. Ich werde mit den Anführern reden – mit den *Moran* wie auch mit den Ältesten.«

»Sie sind besiegt, Parsaloi. Es ist ihnen nicht mehr nach kämpfen zumute.«

»Das ist bei den Ältesten nie anders gewesen. Sie wollen immer nur reden.«

»Ich spreche ebenfalls für die *Moran*. Sie wollen auch keinen Krieg. Nicht, wenn sich die Ältesten und der *Laibon* dagegen aussprechen.«
»Ich werde mit den Kriegern reden. Sie werden mir folgen.«
Mantira schüttelte den Kopf. »Nein, mein Freund, das werden sie nicht. Ob es der Speer und der Schild oder die Bücher des Gesetzes sein mögen, die dein Mann für uns deuten würde – sie bringen es nicht mehr übers Herz, zu kämpfen. Ich habe mit ihnen gesprochen. Delamere hat mit ihnen gesprochen. Sie haben zu viele Unschuldige sterben sehen.«
»Die Krieger werden auf mich hören«, beharrte Ole Sadera. »Warum lügst du mich an, Mantira?«
»Ich bin dein Freund, ich lüge nicht.«
»Meine Il Tuati werden mich unterstützen. Sie werden sich daran erinnern, wie ich sie in der Vergangenheit zum Sieg geführt habe. Wir werden unseren Kampf vor Gericht austragen.«
»Wie sollen sich die *Moran* an die Vergangenheit erinnern, wenn die Zukunft so düster ist? Die Erinnerungen an die letzten Tage vor Augen, wird niemand dein Gesicht sehen wollen, Parsaloi. Du und deine vergangenen Siege sind vorerst einmal vergessen.«
»Das ist nicht wahr! Sie werden sich an all die Siege erinnern, die wir in der Vergangenheit errungen haben. An die Siege über die Kikuyu und über die Nandi und über all jene, die uns Unrecht zugefügt haben. Ich sage dir, wir werden gewinnen!«
»Nein, das werden wir nicht, denn es wird keinen Kampf geben. Den Massai bleibt nichts anderes übrig, als das Wenige, das wir noch besitzen, festzuhalten. Wir werden uns mit Ngatet abfinden. Wenn wir unser Heimatland im Norden nicht mehr haben können, müssen wir vorsichtig sein, dass wir nicht noch mehr verlieren.«

»Feigling!«, sagte Ole Sadera und sprang auf. »Ich werde diese Ungerechtigkeit nicht hinnehmen. Wenn du dich nicht mit mir zusammentun willst, werde ich einen Weg finden, mich zu wehren – allein, wenn es sein muss. Wir werden uns nicht wieder von unserem Land vertreiben lassen!«

Dunkle, unsichtbare Dornen hatten an ihm gerissen. Er war einige Male schmerzhaft gestürzt. Gegen Steine gestolpert. Und nachdem er endlich die Nacht hinter sich gebracht hatte, erwartete ihn die starke Hitze der Morgensonne im Great Rift Valley. Mantira hatte den Samen des Zweifels gesät, und dieser Zweifel hatte ihm den Mut gestohlen. Er war schon geschlagen, bevor er überhaupt begonnen hatte – getraute sich nicht, herauszufinden, ob ihm seine Altersgenossen helfen würden.

Die Nacht war voller unheimlicher Geräusche gewesen. Ein Löwe war ihm zwei Meilen lang gefolgt, das Jaulen und Lachen eines Hyänenrudels hatte ihn begleitet, und an den Ufern des Naivasha-Sees wäre er beinahe über ein Nilpferd gestolpert, das er in der mondlosen Nacht übersehen hatte.

Es war eine gnadenlose Hitze, aber für Ole Sadera war die stechende Sonne auf seinem Rücken das schlimme Übel, das ihn vorwärtstrieb, weg von Massai-Land und der Versuchung, Mantiras Behauptung, dass sich seine Kriegsbrüder von ihm abwenden würden, auf die Probe zu stellen. Er wollte lieber allein gegen die Weißen kämpfen, als die Gefahr einzugehen, den Respekt sämtlicher Brüder seines Altersranges zu verlieren.

Je mehr er vorwärtsdrängte, stur weiterlief, hin und wieder ins Stolpern geriet und sich gelegentlich ausruhte, um sich zu erholen, desto einsamer fühlte er sich.

Er lief an dem Dorf Limuru vorbei, ohne die Blicke der Kikuyu zu beachten, die ihr Land bearbeiteten.

Er vermochte kaum den Kopf zu heben, als er durch einen Wald länger werdender Schatten auf den Weg zur Wallace-Farm abbog.
Sein Mund war erfüllt von Bitterkeit und Bedauern. Er versuchte, den Geschmack auszuspucken, aber auf seinen trockenen Lippen bildete sich nichts.
Katherines Farm war ihm ein willkommener Anblick, und er verspürte Erleichertung, es bis hierher geschafft zu haben. Aber die Farm war nicht sein Zuhause. Er fühlte sich getrennt von Massai-Land. Gefangen zwischen zwei Lagern. Und doch in keinem daheim.

Kira rief von der aus Veranda nach Katherine.
Als Katherine hinaustrat, sich die Hände an ihrer Schürze abwischend, erblickte sie Ole Sadera, der mit gesenktem Kopf, die Arme an den Seiten herabbaumelnd, auf die Farm zukam.
»Hol Wasser«, wies sie Kira an, »und sag George Bescheid«, fügte sie hinzu.
Sie hatten den Massai nicht mehr gesehen, seit er vor über einer Woche aus dem Haus gestürmt war. Sie war froh, dass George diese Zeit geschenkt worden war, um sich zu erholen. Hätte Ole Sadera seine Zustimmung zu der Klage gegeben, wäre Coll gewiss bemüht gewesen, sich sogleich um die Angelegenheit zu kümmern.
In der letzten Woche hatte es Zeiten gegeben, in denen sie meinte, Georges Kraft zurückkehren zu sehen, und sie begann daran zu glauben, dass er wieder gesund werden würde. Sie verspürte ein so großes Glücksgefühl, ihn bei sich zu haben, dass ihr die Freudentränen in die Augen schossen. Sie putzte sich für ihn heraus, machte ihr Haar zurecht, kniff sich in die Wangen, um ihnen einen rosigen Schimmer zu verleihen, und lächelte viel.

Aber dann gab es diese Momente, in denen sie gelähmt war von der Angst, dass er nicht wieder genesen würde, denn an seinen schlechten Tagen sah Coll grau aus, wurde von quälenden Hustenanfällen geplagt, und seine Taschentücher waren gesprenkelt mit hellrotem Blut.
Coll trat auf die Veranda hinaus, als Ole Sadera das Gartentor erreicht hatte.
»Parsaloi, was, in drei Teufels Namen, ist mit dir geschehen?«, fragte er ihn.
»Nichts. Ich bin gekommen.«
Katherine schob ihm einen Stuhl hin und forderte ihn auf, sich zu setzen.
Der Massai lehnte sich dagegen, blieb aber stehen, während er von dem Wasser trank, das man ihm reichte. Erst dann ließ er sich auf ihr Zureden hin auf dem Stuhl nieder.
»Wo kommst du denn her, mein Freund?«, fragte Coll.
Vom Laikipia-Plateau, lautete die Antwort, und er wolle den Mann treffen, der laut Coll für die Massai sprechen konnte.
»Du meinst den Anwalt? David Morrison?«
»Ich will gegen das kämpfen, das die Regierung getan hat.«
Coll wurde ganz aufgeregt. »Heißt das, dass du die Sache vor Gericht bringen willst?«
»Ja. Es muss sein.«
»Und du hast die Unterstützung der Massai? Der Ältesten?«
Ole Sadera zögerte, fragte dann: »Wirst du mir dabei helfen, mit ihm zu reden?«
»Gewiss. Er ist in Mombasa. Ich werde dich zu ihm bringen.«
»Nein, George«, sagte Katherine. »Du kannst in deinem Zustand unmöglich nach Mombasa reisen.«
»Aber das muss ich, Katherine. Parsaloi kann nicht allein reisen. Es wird schon gutgehen.«
Als wolle sein Körper seine Worte Lügen strafen, begann Coll

zu husten. Als der Anfall vorüber war, saß er schweißgebadet da und schnappte nach Luft.
»George, ich weiß, was du zu tun versuchst, und ich finde es wirklich ganz großartig von dir, aber du kannst nicht nach Mombasa reisen. Das wäre eine Tollheit.«
»Aber –«
»Wenn es dir bessergeht und ich dich ein paar Tage allein lassen kann, dann werde ich für dich nach Mombasa reisen.«
»Katherine, wir dürfen keine Zeit verlieren. Wenn wir überhaupt eine Chance haben wollen, die Umsiedelung aufzuhalten, müssen wir zunächst eine gerichtliche Verfügung erwirken, ehe die Sache an den Obersten Gerichtshof geht. Es wird nicht lange dauern, das Ganze in die Wege zu leiten, aber es muss umgehend geschehen.« Er ergriff Katherines Hand und drückte sie. »Das hier bedeutet mir so viel, mein Liebling.«
Katherine wusste, dass sie verloren hatte. Es blieb ihr nichts anderes übrig, als zu versuchen, sich in Schadensbegrenzung zu üben, und dafür zu sorgen, dass Georges Gesundheit geschont wurde. Sie erklärte sich bereit, den Anwalt in Mombasa aufzusuchen, aber Coll musste ihr versprechen, ein guter Patient zu sein und beim ersten Anzeichen einer Verschlimmerung sofort den Doktor rufen zu lassen. Und sie erteilte Kira und Ole Sadera strikte Anweisungen, dafür zu sorgen, dass sich Coll ausruhte und schonte.
George gab ihr zum Dank einen Kuss, und sie lächelte.
Später am Abend, als sie sich zu Bett begaben, küsste er sie erneut und fasste seine Dankbarkeit in Worte, ehe er erschöpft in ihren Armen einschlief.
Katherine konnte hören, wie sein Herz gegen ihre Brust schlug und er bei jedem Atemzug keuchend nach Luft rang.

Kapitel 48

Es waren einige Tage seit Katherines Abreise nach Mombasa vergangen, und Coll beharrte darauf, kräftig genug zu sein, um einen Spaziergang zu unternehmen. Obgleich Ole Sadera anderer Meinung war, erklärte er sich bereit, ihn zu begleiten.

Doch schon nach wenigen Minuten begann Coll sich schwer auf Ole Saderas Arm zu stützen, und als dieser endlich einen Platz zum Sitzen gefunden hatte, japste sein Freund nach Luft. Ole Sadera bedauerte, dem Spaziergang zugestimmt zu haben. Es war offensichtlich, dass Coll nach jeder Abwärtsspirale länger benötigte, um sich zu erholen.

»Du scheinst die junge Kira zu mögen«, sagte Coll unvermittelt. Seine Stimme war kaum mehr als ein stockendes Flüstern.

»Kira? Ich kenne sie doch kaum«, erwiderte Ole Sadera. Aber es stimmte, er dachte oft an sie. Doch sie schien sich in seiner Gegenwart unbehaglich zu fühlen und ihm trotz seiner Versuche, ihr Vertrauen zu gewinnen, aus dem Weg zu gehen. Er fragte sich, ob sie wohl das gleiche Lachen und das gleiche hitzige Temperament wie ihre Halbschwester besaß. Ob sie es wohl schaffen würde, dass er sich angesichts seiner Fehler lächerlich vorkam, so wie es Nashilo des Öfteren gelungen war? Würde sie sich ebenso ungehorsam benehmen, wenn er darauf zu bestehen versuchte, dass sie ihm den Respekt erwies, der einem jedem *Morani* zustand? Diese Gedanken, diese beunruhigenden Vergleiche gingen ihm nicht mehr aus dem Sinn.

»Allerdings glaube ich, dass sie Angst vor dir hat«, sagte Coll mit einem Kichern, das sich in ein Husten verwandelte, der ihn wiederum nach Luft ringen und sein Gesicht blau anlaufen ließ.

»Sachte atmen«, riet Ole Sadera ihm und ahmte dabei die Worte nach, die Katherine schon unzählige Male zu ihm gesagt hatte.

»Jawohl, Schwester«, erwiderte Coll, ein neuerliches Husten unterdrückend. »Aber du solltest versuchen, Kira besser kennenzulernen«, fuhr er fort. »Es ist bald an der Zeit für dich, zu heiraten.«

Der Gedanke an Kira ließ Ole Sadera nicht mehr los. Und er kannte auch den Grund. Es lag an ihrer verblüffenden Ähnlichkeit mit Nashilo. Und wenn er an sie dachte, so wie er an Nashilo gedacht hatte, und sich dabei ihren warmen, festen Körper vorstellte, bekam er ein schlechtes Gewissen.

Er wünschte, er könnte in die Savanne zurückkehren, nach Entorror, um seinen Seelenfrieden wiederzufinden und die Dinge ins rechte Licht zu rücken, damit er erkannte, was wirklich wichtig war, aber das kam nicht in Betracht. Es war seine Pflicht, hier bei Coll zu bleiben, bis Katherine zurückkehrte. Vielleicht würde es ihm bei seinem Besuch dieses Anwalts in Mombasa – einem geheimnisvollen und fremdartigen Ort – gelingen, Kira zu vergessen und wieder zu Verstand zu kommen.

Coll hatte seine Fassung halbwegs wiedererlangt.

»Lass uns zurückgehen«, sagte Ole Sadera. »Es war töricht, dich hierherzubringen. Du solltest dich wieder hinlegen.«

Coll hustete erneut, schaffte es aber mit Ole Saderas Hilfe, aufzustehen. »Schon gut, ich komme ja mit«, sagte er. »Aber vergiss nicht, was ich dir wegen Kira gesagt habe. Denk zumindest einmal darüber nach.«

Als der *Morani* auf Katherines Farm eingetroffen war, hatte er Erinnerungen geweckt, die Kira verloren geglaubt hatte. Erinnerungen an ihre Kindheit, bevor man sie aus ihrem Dorf gestohlen hatte. Durch seine bloße Anwesenheit gemahnte er sie daran, was es bedeutete, eine Massai zu sein.
Er wurde zu einem Katalysator, um diese wenigen Kindheitserinnerungen mit den Fragmenten zufällig mit angehörter Gespräche zwischen Katherine und George Coll zu verbinden. In diesen Erinnerungen waren die Massai ein stolzes Volk. Aber nicht in dem engen Sinne, wie es für viele *Moran* der Fall war – als eine Art prahlerischer, durch persönliche Eroberungen erlangter Arroganz –, sondern von der stillen Überzeugung geprägt, als Massai ein Angehöriger eines vom Glück begünstigten Volkes zu sein.
Die Massai hatten sich trotz der Einmischung der weißen Eindringlinge ihre Art zu leben bewahrt. Die Massai hatten dem Einfluss jedes Volkes standgehalten, ob schwarz oder weiß, und somit ihr Erbe vor der Bedrohung, die Veränderungen mit sich brachten, geschützt. Es war ein zu hoher Preis, die eigene Identität – und den Glauben daran – zu verlieren, ungeachtet der Anreize, die die weiße Zivilisation bot.
Als die Regierung erkannte, dass die Massai jeglichen Versuchungen der weißen Zivilisation widerstanden, hatte sie Coll zufolge versucht, sie davon zu überzeugen, einige ihrer unbequemen Gepflogenheiten aufzugeben, wie zum Beispiel ihr völliges Desinteresse am Handel. Es gab einen chronischen Mangel an Arbeitskräften in Ostafrika, und einheimische Kräfte waren die Antwort darauf. Doch solange die Massai nicht wie die anderen Stämme Gefallen an dem fanden, was sie mit Rupien erwerben konnten, ließen sie sich nicht dazu bewegen, ihre Arbeitskraft einzusetzen, um Geld zu verdienen und diese Dinge zu kaufen. Also erlegte ihnen die Regie-

rung Hüttensteuern und Kopfsteuern auf, um sie dazu zu zwingen, Rupien zu verdienen, mit denen sie diese Steuern bezahlen konnten.

Kira war während ihrer Aufenthalte in Nairobi hin und wieder Massai begegnet und manchmal versucht gewesen, Kontakt zu ihnen aufzunehmen, doch im Beisein von Katherine hatten sie sich immer abgewandt.

Im Gegensatz zu Kira wusste Parsaloi ganz genau, was es bedeutete, ein Massai zu sein. Er bezog dieses Wissen von der Tradition all jener, die ihm vorausgegangen waren – jene lange Reihe tapferer Männer, die durch die Jahrhunderte, die Jahrtausende, für die Lebensweise der Massai gekämpft hatten. Die größte Ehre für einen *Morani* bestand darin, beim Schutz dessen, was für das Überleben seines Volkes wichtig war, den Tod zu finden. Als sie ihn besser kennenlernte, bemerkte Kira zudem, dass hinter der Überzeugung von der Richtigkeit der Massai-Kultur als Ganzes ein starker Glaube an sich selbst steckte. Sie spürte, dass Parsaloi keine Zweifel an seiner Rolle im Leben hatte.

Coll sagte, dass Parsalois Altersgruppe wohl die Letzten sein würden, die wussten, wie es war, Krieg gegen einen feindlichen Stamm zu führen. Dafür würden die Briten sorgen. Parsaloi und seine Altersgenossen würden die letzten Massai-Krieger sein. Dies machte es noch wichtiger, zu bewahren, was von den alten Sitten übrig war.

Als sie sah, mit welchem Selbstbewusstein Parsaloi seine Rolle im Leben ausfüllte, verspürte sie eine Sehnsucht, zu ihren Leuten zurückzukehren, aber sie wusste, dass es nicht leicht für sie werden würde, den Übergang weg von ihrem Leben hier mit Katherine zu vollziehen. Sie benötigte einen Führer für diese Reise.

Parsaloi war ein Mann, der sich nicht so leicht ignorieren ließ.

Sie spürte die fürchterliche Entschlossenheit, die ihn beherrschte. Man musste ihn bewundern. Er lächelte zwar nur selten, aber wenn er es tat, strahlte sein ganzes Gesicht. Es war fast so, als ob sein Lächeln, wenn es einmal entwischt war, seine Freiheit genoss – es tanzte in seinen Augen und milderte seine Ernsthaftigkeit. Man musste ihn fürchten und zugleich bewundern, doch für sie bestand kein Zweifel daran, dass er der Mann war, der sie auf ihrer Reise zurück nach Massai-Land führen würde, sollte sie sich zu diesem Schritt entschließen.

Coll kämpfte sich aus einem tiefen Schlaf heraus und stellte fest, dass er allein war. Vor wenigen Augenblicken noch war Parsaloi hier gewesen, hatte an seinem Bett gestanden und Worte mit den Lippen geformt, die er nicht hören konnte. Kira war an seine Seite getreten. Sie schien sich ebenfalls Sorgen zu machen, und er hatte versucht, sie nach dem Grund zu fragen, aber die Anstrengung war zu groß gewesen, und er war wieder in einen traumlosen Schlaf gefallen.
Am spätnachmittäglichen Himmel leuchteten kräftige, breite Streifen von Rot und Orange. Die Abenddämmerung war eine Zeit der Besinnung. Wenn er zu solchen Zeiten sein Lager draußen in der Savanne aufgeschlagen hatte, kam es ihm oft wie eine Zeit des Bedauerns vor. Es bedeutete, dass ein weiterer Tag zu Asche verbrannt war, verlöscht wie alle vergangenen, gefolgt von einer weiteren Nacht, in der sich die Sterne über seine Einsamkeit lustig machten. Aber hier in Katherines Zimmer, wo er durch den Duft ihres Parfums an sie erinnert wurde, konnte er vom Bett aus sehen, wie die Wände in Farben getaucht wurden, die dem Raum eine Wärme verliehen, die ihm fehlte, wenn sie nicht anwesend war. Dies hier war eine Dämmerung erfüllt von Hoffnung, denn

die Nacht brachte das Ende eines weiteren Tages und George damit einen Tag näher an Katherines Rückkehr.
Er versuchte, sich daran zu erinnern, wie lange sie schon fort war, musste jedoch erschrocken feststellen, dass er jegliches Zeitgefühl verloren hatte. Er würde Parsaloi danach fragen, wenn er wiederkam – auch wenn dies gewiss eine Stichelei zur Folge hätte. Aber ein Mann, der so viel Zeit zur Verfügung und so wenig zu tun hatte, während er versuchte, wieder zu Kräften zu kommen, neigte wohl dazu, zu vergessen.
Er schalt sich wegen seiner Trägheit. Er sollte nicht hier im Bett liegen, sondern daran arbeiten, seine Kräfte aufzubauen. Er hatte in den letzten Tagen so viel Zeit im Bett verbracht, dass es ihm schon Mühe bereitete, einen Arm zu heben.
Er schwor sich, ab morgen mit seinem Ertüchtigungsprogramm zu beginnen. Für den Anfang sollten Spaziergänge mit Parsaloi genügen. Dann würde er mit dem Pferdewagen in die Stadt fahren und eine überraschte Katherine abholen, wenn sie mit dem Donnerstagszug aus Mombasa eintraf.
Es bereitete ihm unendliche Freude, mit ihr zusammen zu sein, und er hatte Gott seit ihrem Wiedersehen jeden Tag dafür gedankt, dass sie ihn von seiner Einsamkeit erlöst hatte. Er konnte sich ein Leben ohne sie nun nicht mehr vorstellen.
Es wurde schneller dunkel als sonst. Er entschied sich, zum Fenster hinüberzugehen, um einen Blick auf den Sonnenuntergang zu werfen. Doch als er versuchte, seinen Kopf vom Kissen zu heben, fehlte ihm dazu die Kraft. Das Einzige, was er erreichte, war, dass sein Herz heftig zu schlagen begann.
Er schloss die Augen, um sich noch einen Moment der Ruhe zu gönnen, bevor er einen weiteren Versuch unternahm.

Der Zug aus Mombasa rollte inmitten des üblichen Gedränges aus Gepäckträgern, wartenden Familien und Freunden,

Werbern und Händlern und den gelegentlichen faulen, neugierigen Eingeborenen in den Bahnhof von Nairobi ein. Katherine reichte ihre weiche Ledertasche durch das Fenster zu einem wartenden Gepäckträger hinab und klemmte sich ihre Handtasche unter den Arm.

Einen Augenblick später befand sie sich mitten in der rempelnden, bunten Menge und kämpfte sich zum Ausgang des Bahnsteigs und zu den wartenden Mietfuhrwerken.

Als sie die Government Road entlangfuhren, vorbei an der River Road und auf die Straße nach Fort Hall, machte sich Katherine auf den Wortschwall eines redseligen Kutschers gefasst. Sie konnte es nicht erwarten, nach Hause zu kommen, um nach George und der Farm zu sehen, und interessierte sich nicht für irgendwelchen Tratsch. Doch der Kutscher blieb stumm, was außergewöhnlich war. Vielleicht hatte er eigene Sorgen, die ihn beschäftigten.

Nach all den Jahren, die sie allein verbracht hatte, hatte die kurze gemeinsame Zeit mit Coll ausgereicht, dass sich Katherine nach seiner Gesellschaft sehnte. Sie war nur sieben Tage fort gewesen, aber sie sehnte sich danach, wieder seine Arme um sich zu spüren und zu wissen, dass die gewaltige Leere in ihrem Leben nach Bills Tod nun endlich wieder gefüllt war.

Erst als sie den Stadtrand an der Limuru Road erreicht hatten, brach der Kutscher sein ungewöhnlich langes Schweigen, aber das auch nur, um sich zum Wetter zu äußern und sie zu fragen, wie es ihr in Mombasa ergangen war. Danach verstummte er wieder und sprach für den Rest der Fahrt kein einziges Wort mehr.

Katherines Reise nach Mombasa war ein Erfolg gewesen. David Morrison – ein viel jüngerer Mann, als sie erwartet hatte – hatte sich einverstanden erklärt, die Massai-Klage zu übernehmen, und war bereits von Dr. Lewis unterrichtet worden, dass seine Mandanten ihn wohl mit Rindern bezahlen würden, was ihn amüsierte. Der Fall stimmte mit seiner Ansicht überein, dass die Eingeborenen die Freiheit haben sollten, ihr Land nach ihrem Gutdünken zu verwenden, ohne dabei von der Verwaltung behindert oder von den Siedlern drangsaliert zu werden, die dieses Land begehrten. Er versprach, sich sogleich an die Arbeit zu machen, um eine gerichtliche Verfügung zu erwirken, die seiner Ansicht nach ihre einzige Chance darstellte, um die Umsiedelung zu verhindern, betonte aber, dass es eine Weile in Anspruch nehmen würde. Außerdem wollte er sich rasch der Hauptklage widmen, die es erforderlich machte, dass er nach Nairobi reiste, um sich mit Ole Sadera zu treffen, mit Zeugen zu sprechen und Fakten zu sammeln.

Die staubigen grünen Akazienbäume an der Straße von Limuru ließen in der Mittagshitze die Blätter hängen. Nektarvögel zwitscherten im Gras, und prächtige Stare und Astrilden hüpften durch das Unterholz.

Als sie auf den Weg abbogen, der zur Farm führte, überkam Katherine ein ungutes Gefühl. Sie vermochte nicht mit Bestimmtheit zu sagen, was es war, aber sie verspürte eine unterschwellige Angst. Sie strengte all ihre Sinne an, und gerade, als sie dachte, dass ihr ihre Fantasie einen Streich gespielt hatte, vernahm sie einen ungewöhnlichen Ton. Er klang durch die Bäume, wurde von der heißen, stillen Luft getragen. Es schien ein Tier zu sein, das diesen Ton von sich gab, aber sie hatte etwas Derartiges noch niemals zuvor vernommen. Der Ton schwebte durch die Luft und verschwand, um dann aufs Neue zu erklingen. Sie spürte, wie sich ihre Nackenhaare aufrichteten.

Als der Kutscher das von zwei Maultieren gezogene Fuhrwerk durch den bewaldeten Zugang auf das Grundstück lenkte und auf die Lichtung fuhr, die zum Farmhaus führte, sah sie, dass sich offenbar alle Leute, die sie auf der Farm beschäftigte, versammelt hatten, um sie zu begrüßen. Aber woher wussten sie, wann sie eintreffen würde?

Der Ton, den sie nun als ein Wehklagen erkannte, erfüllte die ganze Lichtung, und es war Wanjira, der ihn ausstieß. Mit einem Mal wusste sie, was ihre Angst geweckt hatte. Das Gefühl war da gewesen, seit sie auf die Straße von Limuru eingebogen waren – vielleicht auch schon zuvor. Und nun wurde es immer stärker.

Wanjira und die Landarbeiter hatten in einer Reihe entlang der Veranda Aufstellung genommen, und Kira wartete am Fuß der Treppe. Während Katherine ihren Blick über die Gruppe wandern ließ, kam Parsaloi aus dem Haus. Er trug etwas Großes die Treppe herunter, das in eine Decke eingewickelt war.

Kapitel 49

Nach den Qualen von Colls Beerdigung stellte die Zugreise eine willkommene Abwechslung dar, um Ole Saderas Stimmung zu heben. Der Zug strebte Richtung Osten und Süden über weites, gelbes Grasland und überquerte unter dem unverwandten Blick des grüblerischen Endoinyo Narok den Fluss Athi. Er ratterte über die Kapiti-Ebenen, die Heimat seiner Vettern und Kusinen, den Kaputiei-Massai, und ließ Herden von Gnus, Antilopen und Zebras durch den Staub und die Hitze davongaloppieren.

Ole Sadera hatte schon oft aus der Ferne die Lokomotive der Uganda-Railway gesehen, wie sie, lange Rauchwolken hinter sich herziehend, ihren verschlungenen Weg zum Kamm des Rift-Valley-Steilhangs nahm oder in einer geraden Linie von Elmenteita nach Nakuru über den Talboden schnaubte.

Katherine hatte Ole Sadera im Bahnhof von Nairobi versichert, dass der Zug fast nie entgleiste, aber nach dem kurzen Anstieg hinter Nairobi nahm der Zug schnell Fahrt auf, und Ole Sadera fragte sich in dem lauten, staubigen Abteil, ob Katherine jemals darin gesessen hatte, wenn er derart schnell und launenhaft fuhr.

Nachdem sich seine anfängliche Aufregung gelegt hatte und der Zug sich gleichmäßig schwankend vorwärtsbewegte, erlaubte die Eintönigkeit der Bewegung seinen Gedanken, zu dem Tag zurückzuschweifen, an dem sie Coll auf dem Hügel oberhalb des Hauses begraben hatten. Katherine hatte mit geröteten Augen und so furchtbar angespanntem Gesicht, dass ihre Stimme brüchig war wie trockene Maisspelzen, aus einem schwarzen Buch vorgelesen, während er und Kira an ihrer Seite standen. Die Kikuyu-Landarbeiter zappelten herum und wussten nicht, was sie mit ihren Händen anfangen sollten. Als Katherine das Buch zuklappte, schlurften sie davon, unentschlossen, was sie als Nächstes tun sollten. Da sie kein Zeichen von Katherine erhielten, kehrten sie in ihr Dorf zurück.

Nach dreihundert rüttelnden, verrauchten Meilen hatte Ole Sadera genug von Eisenbahnfahrten. Zu Beginn war es ein aufregendes Abenteuer gewesen, aber nach anderthalb Tagen wollte er nur noch, dass es endlich ein Ende hatte. Morrison hatte bei ihrer ersten Begegnung die Reise nach Nairobi auf sich genommen, aber erklärt, dass es danach Ole Saderas Aufgabe sein würde, sich mit ihm in Mombasa zu treffen, wo letzten Endes der Prozess vor Gericht verhandelt werden würde. Die Aussicht darauf erfüllte Ole Sadera nicht gerade mit Begeisterung.

Er teilte sich das winzige Zweite-Klasse-Abteil mit einer indischen Familie, die ihm den ganzen ersten Tag der Reise über nervöse Blicke zugeworfen hatte. Inzwischen ignorierten sie ihn beinahe vollkommen.

Draußen zog die Taru-Wüste an ihnen vorbei – eine Einöde aus Dornbusch. Kein Baum, kein Fels, kein Hügel unterbrach das eintönige, flache, graue, vertrocknete Buschland. In dem gerodeten Streifen zu beiden Seiten des Zuges verlief ein schmaler, kahler Bereich mit roter Erde, der übersät war mit all dem, was die Fahrgäste in den letzten dreizehn Jahren aus dem Zug geworfen hatten. Im Gegensatz zu den Ebenen in der Nähe von Nairobi gab es hier nur wenige Anzeichen für Wild. Ole Sadera vermutete, dass das Überleben in der Taru noch schwieriger sein würde als in Ngatet.

Er musste wohl eingeschlafen sein, denn als er erwachte,

hatte sich die Welt dramatisch verändert. Die indischen Kinder plapperten, und er folgte ihren ausgestreckten Fingern zum Abteilfenster hinaus und erblickte dort ein Dorf, in dem sich farbenfroh gekleidete Swahili an Karrenreihen entlangbewegten, auf denen sich Papaya, Süßkartoffeln, Kokosnüsse und Ananas türmten.

Als er seinen Blick nach vorn richtete, sah er, dass die Gleise einen steilen, grünen Abhang hinunterliefen, der gesäumt war von Bananenstauden, Mangobäumen und Palmen. Jenseits davon stürzte ein grüner Dschungel hinab zu einer Bockbrücke, die ein flaches Wasser überspannte, das die Insel Mombasa vom Festland trennte.

Auf der anderen Seite der Insel markierte ein Bogen weißen Korallensandes die Grenze zwischen der Stadt, die unter den Befestigungsmauern einer alten Steinfestung zu kauern schien, und dem Hafen, wo sehr viele hohe Masten in der Ebbe hin und her schwankten und bunte Segel im leichten Wind flatterten.

Aber es war die riesige Ausdehnung unglaublich blauen Wassers jenseits der Schiffe, die Ole Sadera in Erstaunen versetzte. Sie füllte die gesamte Weite seines Blickfeldes, wurde nur unterbrochen von einer langen Linie von Schaumkronen, die weiter, als er zu sehen vermochte, nach Norden und Süden verlief. Richtung Osten gab es nichts, was die blaue schiere Endlosigkeit unterbrach, bis sie sich unter aufgetürmten weißen Wolkenbergen mit dem Himmel vereinigte. Es war ihm unmöglich, den Ozean zu begreifen oder ihn mit Worten zu erklären. Er schien eine Sinnestäuschung zu sein – eine Illusion. Ein Rätsel ohne Lösung.

Ole Sadera schluckte schwer. Er hatte von Beginn an gewusst, dass sich der Kampf um Massai-Land von allen Schlachten unterscheiden würde, die er jemals gekämpft hatte. Die Weißen und ihr Gerichtssaal waren ihm überlegen, aber er war noch niemals vor einem Wettkampf zurückgeschreckt. Was ihn dazu brachte, über die Weisheit seiner Entscheidung, in den Kampf zu ziehen, nachzudenken, war der Kriegsschauplatz. Dies war ein so fremdartiges, trügerisches, wunderschönes Land, wie er es sich in seinen kühnsten Fantasien nicht ausgemalt hatte.

Der Zug schien auf dem Bergkamm zu verharren – vielleicht überdachte auch er wie Ole Sadera die Torheit, den Schritt hinunter nach Mombasa zu wagen, eine Stadt, die sich mitten im Zentrum dieser fremdländischen Welt befand. Aber weder er noch der Zug hatten eine Wahl. George Coll hatte so hart um das Recht der Massai auf eine anständige Behandlung und auf das, was von Massai-Land übrig geblieben war, gekämpft. Sein Kampf hatte bis zu seinem Tod angedauert, und wenn dies eine Sache war, der ein weißer Mann seine letzten Tage opferte, dann war es auch eine Sache, für die Ole Sadera kämpfen musste.

Der Zug begann seine vorsichtige Fahrt abwärts.

David Morrison betrachtete Ole Sadera als den außergewöhnlichsten der vielen eigentümlichen Mandanten, die er in den letzten zehn Jahren in Britisch-Ostafrika vertreten hatte. Im tropischen Mombasa, weit entfernt von den trockenen, grasbedeckten Ebenen seines Heimatlandes, aber immer noch in seiner leuchtend roten *Shuka* und mit seinem langen, geflochtenen Haar, wirkte der Massai-Krieger wie ein exotischer Vogel, der an der Tür seines Käfigs hockte, bereit davonzufliegen.

»Es freut mich, Sie wiederzusehen, Parsaloi«, sagte Morrison, bemüht, seinem Mandanten die Befangenheit zu nehmen.

Der Massai nickte.

»Ich hoffe, es gefällt Ihnen in Mombasa.«
Ein weiteres Nicken.
Das war nicht sehr vielversprechend. Morrison wusste, dass er einen redegewandten Kläger im Zeugenstand benötigte, wenn er überhaupt eine geringe Chance haben wollte, den Fall zu gewinnen.
Er versuchte es weiter. »Ich habe gute Neuigkeiten, Parsaloi. Unsere einstweilige Verfügung wurde erlassen.«
Sein Mandant blieb ungerührt.
»Das bedeutet, dass die Regierung mit der Vertreibung der Massai aus dem nördlichen Reservat aufhören muss – zumindest, bis wir unsere Anhörung vor dem Obersten Gerichtshof gehabt haben«, fügte er hinzu. »Verstehen Sie, was ich Ihnen sage? Die Massai können im nördlichen Reservat bleiben, bis der Fall vor Gericht geht.«
Ole Sadera nickte. »Ja, das ist gut.«
Bei ihrem früheren Treffen in Nairobi war Morrison beeindruckt gewesen von der Intelligenz des Massai, insbesondere von seiner raschen Auffassung der Grundlagen des britischen Rechtssystems. Es überraschte ihn, dass Ole Sadera nun nicht begeistert reagierte. Er wusste, wie wichtig die Verfügung für ihre Klage war. Auch wenn es eine ungewöhnlich lange Verzögerung gegeben hatte, war Morrison dennoch ermutigt gewesen, als die Nachricht vor ein paar Tagen endlich eintraf.
»Ja, verstehen Sie denn nicht, Parsaloi? Das Gericht hat der Regierung gesagt, dass sie damit aufhören muss, die Massai aus dem Reservat im Norden umzusiedeln. Das sind wundervolle Neuigkeiten.«
»Während wir auf dieses Papier gewartet haben«, erwiderte Ole Sadera, »haben die *Askaris* niemals aufgehört, zu drängen und zu drängen.«

»Ja, ich weiß. Aber nun müssen sie damit aufhören. Wir haben gewonnen.«
»Nein.«
Morrison reagierte gereizt. »Offenbar verstehen Sie es wirklich nicht, Parsaloi. Hier geht es nicht um unsere Klage auf Entschädigung und Wiedergutmachung. Das hier ist eine einstweilige Verfügung, während wir unsere Klage für den Obersten Gerichtshof im nächsten Monat vorbereiten. Sie ahnen ja nicht, wie hart ich für diese Verfügung gekämpft habe. Ich habe schon geglaubt, dass irgendjemand seine Beziehungen gegen uns spielen lässt, aber nun ist es ja doch noch gut ausgegangen. Sie sollten zufrieden sein. Wir haben einen Sieg errungen!«
»Ich bin zufrieden, dass Sie dieses Papier haben, das Sie wollten. Aber es ist kein Sieg.«
Morrison seufzte. Er begann den Verdacht zu hegen, dass er Ole Saderas Fähigkeiten überschätzt hatte.
»Ich bin in den Norden gegangen, wie Sie mich gebeten haben«, fuhr der Massai fort.
»Ja. Das ist gut.«
»Ich bin viele Tage über das Laikipia-Plateau gezogen. Es ist niemand dort.«
»Niemand dort? Wie meinen Sie das?«
»Es ist niemand in ganz Entorror, Mr. David. Die *Askaris* haben die letzten Massai bereits vertrieben. Es ist niemand mehr in Entorror. Keine Purko. Keine Damat. Keine Keekonyokie. Keine Kaputiei. Alle Massai sind fort. Nach Ngatet gegangen.«

Katherine glaubte, dass Bill es verstehen würde. Der ruhige Ort unter dem alten afrikanischen Ölbaum war der richtige Platz, um nicht nur einen Ehemann, sondern auch einen

Freund zu begraben. Aber das neue Grab unter dem Baum benötigte einen Stein, und sie vermochte lange Zeit nicht die Worte zu finden, die darauf stehen sollten. Sie wollte, dass sie respektvoll waren, aber nicht förmlich. Dass sie etwas über George sagten, aber nicht das Gleichgewicht zu den Worten störte, die auf dem Stein über Bills Grab zu lesen waren.
Sie kniete nieder und zog mit ihren Fingerspitzen die scharf gemeißelten Buchstaben nach.

Hier ruht
William Alexander Wallace
24. Oktober 1854 – 4. März 1903
Geliebter Ehemann von Katherine
Vater von Billy
von einem Löwen aus dem Leben gerissen

Von einem Löwen aus dem Leben gerissen. Das brachte Bills Leben wunderbar auf den Punkt. Diejenigen, die ihn gekannt hatten, würden keinen Zweifel daran hegen, und diejenigen, die ihn nicht gekannt hatten, glauben, dass dort unter der Erde die Überreste eines unbesonnenen, leichtsinnigen Abenteurers ruhten. Und das stimmte ja auch.
Aber George war nicht Bill. Ein prägnanter Satz, der sein Leben versinnbildlichte, wollte ihr nicht auf Anhieb einfallen.
Er hatte einige Tätigkeiten in seinem Leben ausgeübt, hatte Kohle geschaufelt, an der Univiversität studiert, als Viehinspektor gearbeitet und als Jagdaufseher, sich aber in nichts hervorgetan.
Er hatte die Ungerechtigkeiten gehasst, die von der Regierung begangen wurden, war aber dennoch ein getreuer Anhänger Großbritanniens und des Empires gewesen.
Sein leidenschaftlicher Kampf für die gerechte Behandlung

der Massai hatte jegliche Kraft aufgezehrt, die er erübrigen konnte, und dann war es mit ihm zu Ende gegangen.
Wie George besaß auch sie keine Kraft mehr für irgendwelche Anliegen. Sie hatte ein schlechtes Gewissen, dass sie es Ole Sadera überließ, allein weiterzukämpfen, aber sie vermochte nichts mehr zu geben. Es war schwer genug, jeden Morgen ihren Kopf vom Kissen zu heben und einem weiteren leeren Tag entgegenzutreten. Selbst die Bemühungen einer Beschriftung für den Grabstein belasteten sie. Sie hatte viele Stunden damit verbracht, diese ganz bestimmte Wendung zu finden, kehrte aber schließlich wieder zu ihrer ersten Wahl zurück, die von Anfang an die richtige für ihn gewesen war.
Sie trat an das Fußende des Grabes. Die umgegrabene rote Erde war immer noch frisch und feucht von einem morgendlichen Regenschauer. Sie verglich den neuen Grabstein mit Bills, der nun neun Jahre alt war. Sie waren beide gleich groß, was ihr gefiel. Ebenso wie ihre Worte, die nun in den Granit gemeißelt waren:

Hier ruht George Alfred Coll
23. Oktober 1875 – 14. Dezember 1912
Ein Mann, dem das Wohl anderer
am Herzen lag

Als Kind inmitten eines Stammes, der seine Mutter als Fremde erachtete und ihn selbst als eine Missgeburt, lernte Ole Sadera, nicht aufzufallen und seine Gefühle zu verbergen, um den grausamen Scherzen und der herzlosen Behandlung der anderen Jungen zu entgehen. Später, als sein Stiefvater starb und er als Waise zurückblieb, lernte er, unter Fremden zu überleben. Aber nichts hatte ihn auf diese vollkommene Einsamkeit vorbereitet, die er in Mombasa empfand.

Die Stadt schien sehr viel größer zu sein als Nairobi, mit eigenartigen Häusern aus weißem Stein, die sich entlang schmaler Gassen zusammendrängten, aber es war unmöglich, sich in Mombasa zu verstecken. Die eleganten, fein gekleideten Swahili betrachteten ihn voller Neugierde, wenn nicht sogar mit Argwohn und Feindseligkeit. In der ganzen Stadt gab es keinen anderen Massai, und die einheimischen Stämme – die ungemein dunklen Galla mit den feinen Gesichtszügen, die unnahbaren Chonyi und die namenlosen anderen – ignorierten ihn.
Es war nicht nur die Fremdartigkeit des Ortes, die dazu führte, dass er sich so allein fühlte. Nach Mantiras Behauptung, Ole Sadera habe die Unterstützung und möglicherweise sogar den Respekt seines Altersranges verloren, hatte sich ein Abgrund zwischen ihm und seinen Leuten aufgetan. Nun war es ihm ein Bedürfnis, zu erfahren, ob er die Unterstützung seiner Brüder besaß, bevor die Gerichtsverhandlung begann. Es würde Mut erfordern. Nicht den Mut, den man benötigte, um einer körperlichen Bedrohung zu begegnen, sondern ein Mut vergleichbar mit dem, den man brauchte, um sich der undefinierbaren Bedrohung der riesigen Weiten des Wassers jenseits der brechenden Wellen zu stellen.
Trotz seiner Angst übte der Ozean eine makabre Faszination auf Ole Sadera aus. Er fühlte sich auf die gleiche Weise davon angezogen, wie wenn er bei der Jagd mit Speer und *Simi* einem Löwen gegenübertrat. Wunderschön, mächtig, todbringend.
Der Ozean bewegte sich, veränderte die Farbe, wogte, schoss in die Höhe, begann und endete. Manchmal war er von einem blendenden Weiß, das mit den sich bauschenden Wolken wetteiferte, an anderen Stellen von einem blassen Grün, aber draußen in Richtung der donnernden Brecher war er von ei-

nem tiefen Blaugrün – der Farbe des Himmels vor einem Sturm.

Das Wasser umspielte weich und warm seine Füße, aber unter ihm bewegte sich der Sand, kroch unter seinen Zehen hervor wie ein Lebewesen. Der Ozean spülte hierhin und dorthin wie eine endlose Flut, saugte die goldenen Körner unter seinen Sohlen hervor, die immer tiefer und tiefer sanken, bis er das Gefühl hatte, der Sand würde ihn verschlucken.

Er erfuhr von anderen, dass der Ozean so weit reichte, wie das Auge zu sehen vermochte, und auch dort noch nicht aufhörte, wo er auf den Himmel traf. Er fand heraus, dass Männer in Schiffen tagelang, sogar monatelang darüber segelten, um schließlich in England oder Indien oder auch auf Inseln anzukommen, die nicht mehr als Flecken in der unvorstellbaren Weite des Wassers waren.

Dort draußen konnte sich ein Mann verlieren, dessen war er sich gewiss; konnte vergessen, woher er kam und wohin er gehen wollte. Es gab nichts, womit er den Ozean zu vergleichen vermochte. Er war ein wunderschöner, aufregender und todbringender Ort.

Nur ein Mal näherte er sich dem Ufer bei Nacht – die größte aller Prüfungen. In der Dunkelheit war die Bestie noch bedrohlicher. Die Fantasie spielte seinen Augen Streiche, und die Tiefen enthüllten flüchtige Blicke auf entsetzliche Ungeheuer unter harmlosen, schimmernden Wellenbergen. Wenn es ihm gelänge, in diesen schwarzen Abgrund zu waten, dann wäre er imstande, jedem Prozess, der vor ihm lag, gegenüberzutreten.

Er bewegte sich langsam in die dunklen Fluten, bemerkte die Spiegelungen der tanzenden Lichter auf den Fischer-Dhauen, die auf die offene See zustrebten. Das kühle Wasser kroch bis zu seinen Oberschenkeln hinauf, bis er hüfthoch darin stand.

Sein Fleisch kribbelte in Erwartung eines bevorstehenden Angriffs, doch die Kreaturen respektierten seinen Mut und verschonten ihn.
Er fühlte sich durch diesen Versuch gestählt, bereit, dem Gericht und seinen Brüdern gegenüberzutreten und in beiden Fällen seinen Anspruch zu verteidigen, dass Entorror den Massai gehörte.

Kapitel 50

Ole Sadera verließ Mombasa mit einem Gefühl der Erleichterung, aber auch mit einem gewissen Unbehagen wegen seines Besuches bei Katherine Wallace. Die Farm war für ihn mit traurigen Erinnerungen verbunden, die wieder allzu lebendig wurden, als er aus dem Akazien-Dickicht trat und den Hügel mit dem Ölbaum erblickte, unter dem sie George Coll begraben hatten.

Er hatte seinen Freund Swara genannt, weil sein häufiges Hüsteln dem kleinen Grunzlaut ähnelte, den die Gazelle in Bedrängnis von sich gab. Doch erst jetzt erkannte Ole Sadera, dass es noch eine andere Ähnlichkeit gab. Denn wie die Gazelle hatte auch George mit der ständigen Bedrohung eines unrühmlichen Todes gelebt. Wenn die Gazelle von einem der zahlreichen Raubtiere zu Fall gebracht wurde, starb sie nicht etwa in einem blutigen, heroischen Kampf mit einem stärkeren Gegner, sondern erstickte jämmerlich, wenn ihr der Gegner langsam die Luftröhre zerquetschte. Unter einer solchen Bedrohung vermochte ein Leben nicht zu gedeihen, aber George Coll hatte sein Leben wie die Gazelle, so gut es eben ging, gelebt, bis das allgegenwärtige Raubtier angeschlichen kam und es ihm genommen hatte.

Und erst als er Colls leblosen Körper auf seinen Armen trug, war Ole Sadera bewusst geworden, wie ähnlich George und er sich gewesen waren. Obwohl sie sich beide um das Wohl anderer sorgten, gab es nur wenige Menschen, denen sie in ihrem Leben erlaubt hatten, ihnen nahe zu sein. Beide kannten sie das Gefühl, sich einsam und allein zu fühlen. Coll wählte seine Einsamkeit, um seine Krankheit zu verbergen, und bei Ole Sadera hatten die bösen Omen bei seiner Geburt die meisten Menschen auf Distanz gehalten.

Er fand Katherine auf dem kleinen Maisfeld neben der Scheune, wo sie mit Hacken beschäftigt war. Sogar Ole Sadera wusste, dass so kurz vor der Ernte keine Notwendigkeit dazu bestand, aber er vermutete, dass Katherine die Vertrautheit dieser alltäglichen Arbeiten benötigte.

Sie war überrascht, ihn zu sehen, und begrüßte ihn mit höflicher Zurückhaltung. Dann streckte sie eine Hand aus, um seinen Arm zu berühren. »Es tut mir leid, Parsaloi. Ich bin ein wenig abgelenkt von … von all der Farmarbeit. Ich freue mich, Sie zu sehen.«

Er erwiderte, dass er sich ebenso freue, sie zu sehen, und sie unternahmen einen holperigen Versuch, eine Unterhaltung zu führen. Doch zwischen ihnen war die Fremdheit von Menschen, die nichts anderes als ihre Trauer teilten. Das Schweigen wuchs, vergrößerte sein Unbehagen. Er spürte, dass Katherine ebenso verzweifelt nach Worten suchte. Er entschied, dass es besser sei, auf die Förmlichkeiten zu verzichten und gleich das Anliegen vorzubringen, weshalb er gekommen war.

Katherine reagierte überrascht. »Sie wollen, dass ich Sie ins Gericht begleite?«, stieß sie hervor.

»Wenn es möglich ist«, erwiderte er. Ihre Reaktion ließ ihn bedauern, die Angelegenheit zur Sprache gebracht zu haben. »Es wäre gut, jemanden dort zu haben, der über die Massai Bescheid weiß. Der weiß, was ich tun soll.«

»Aber Mr. Morrison … hilft er Ihnen denn nicht bei dem, was Sie sagen sollen?«

Wie konnte er ihr begreiflich machen, dass es nicht nur das Gericht war, das ihn verwirrte und beunruhigte, sondern die ganze Welt, in die er geraten war, eine Welt, in der alles vor

Fremdheit hallte. Selbst die Erde und das Wasser waren von einer unerträglichen Seltsamkeit. In den kommenden Wochen würde er auch noch in dem Gerichtssaal bestehen müssen. Insgeheim ängstigte ihn all das, was ihm bevorstand.

»Ich dachte, Sie würden vielleicht gern dabei sein. George hat es begonnen und … Nun, ich glaube, er würde dort bei mir sein, wenn er noch …«

»Parsaloi, ich verstehe, wie Sie sich fühlen müssen, so ganz allein dort in Mombasa, aber ich …« Sie blickte sich auf der Farm um, als fände sie dort eine Antwort. »Ich kann nicht für Sie da sein. Ich kann all dies nicht sich selbst überlassen.« Sie schüttelte den Kopf, wirkte verzweifelt. »Nein, das stimmt nicht«, sagte sie. »Ich kann mich einfach nicht auf all das … all diese anderen Dinge einlassen. Ich muss für eine Weile allein sein. Hier auf der Farm. Ich … Ich kann jetzt nicht für andere Menschen, andere Anliegen kämpfen. Das geht im Augenblick einfach nicht.«

Er bedauerte sogleich, sie wegen seiner eigenen Schwäche in diese schwierige und peinliche Lage gebracht zu haben. Um ihr zu zeigen, dass er ihre Gefühle verstand, berührte er behutsam ihre Schulter. Sie war mager und kam ihm so zerbrechlich vor wie die eines Vogels.

»Schon gut.« Er war bestrebt, die Angelegenheit rasch zu beenden. »Ich werde nach Ngatet gehen. Ich muss mich mit meinen Altersgenossen treffen und ihnen sagen, dass ich für die Massai über unser Land sprechen werde und dass das, was ich sagen werde, Ärger bereiten könnte. Ich benötige ihre Zustimmung, bevor ich weitermachen kann.«

Er hatte immer geglaubt, dass die Augen das enthüllten, was im Herzen vor sich ging. Katherine musste wohl derselben Ansicht sein, denn er sah sich gezwungen, sich ihrem forschenden Blick zu entziehen. Als er sich abwandte, nahm er

eine Bewegung an dem Küchenfenster wahr. Er drehte sich rasch wieder Katherine zu und fragte sie, wie sie mit der Farm zurechtkam.
Gut, lautete ihre Antwort, doch er merkte, dass sie nicht mehr bei der Sache war.
Ihre Unterhaltung hatte eine angespannte Stimmung zwischen ihnen erzeugt.
»Dann werde ich nun meinen Weg fortsetzen«, sagte er. »Ich muss heute noch eine weite Strecke zurücklegen.«
Sie nickte und sagte, dass sie das verstehe.
Es gab nichts mehr hinzuzufügen, und als er sich zum Gehen wandte, da fielen ihm seine Abschiedsworte schwerer als die Begrüßung.
Er schritt zum Tor hinaus und ignorierte dabei die Gestalt am Fenster des Farmhauses.
Auf seinem Weg nach Limuru hatte er ausführlich über Kira nachgedacht. Diese Angelegenheit bereitete ihm großes Unbehagen. Er hatte immer noch Schuldgefühle, weil er sich zu ihr hingezogen fühlte, und hatte deshalb beschlossen, bei seinem Besuch ein Gespräch mit ihr zu vermeiden.
In sicherer Entfernung, kurz bevor er zwischen den Akazien verschwand, drehte er sich noch einmal um und schaute zu Katherine zurück. Sie stand immer noch mit der Hacke in der Hand am Rande des Feldes und starrte in den Mais.

Kira beobachtete den Wortwechsel vom Küchenfenster aus. Sie hoffte, dass Parsaloi zu ihr kommen würde, aber er schritt die Straße hinauf, ohne auch nur einen Blick zum Haus zurückzuwerfen.
Kira war aufgebracht und gekränkt. Sie zermarterte sich einige Minuten lang den Kopf über ihre Entscheidung, ehe sie aus dem Haus rannte.

Sie traf Katherine auf dem Weg, und sie blickten einander wortlos an.
In Katherines schicksalsergebene Traurigkeit schlich sich für einen kurzen Moment ein Lächeln, das in ihren Augen zu erkennen war, wenngleich es nicht ihre Lippen erreichte.
»Geh ihm nur nach, wenn dies dein Wunsch ist, Kira«, sagte sie und nickte ihr ermutigend zu.
Die junge Massai zögerte. Sie war sich sehr wohl bewusst, wie Katherine unter George Colls Tod litt, und wollte ihr keinen weiteren Kummer bereiten.
»Und vergiss nicht, was ich dir gesagt habe, Liebes«, fuhr Katherine fort. »Es ist dein Leben. Du kannst entscheiden, ob du zu deinen Leuten zurückkehren oder hierbleiben willst.«
Kira hatte es nicht vergessen. Seit Parsaloi ihr von ihrer Familie erzählt hatte, war nicht ein einziger Tag vergangen, an dem sie nicht über die Möglichkeit nachgedacht hatte. Zwei Dinge standen ihr im Weg: Da war zuerst ihre Sorge um Katherine. Und dann ihr Unvermögen, allein zu den Massai zurückzukehren. Sie fürchtete sich vor dem, was sie dort vorfinden könnte, und hatte Angst, nicht willkommen zu sein. Sie wollte, dass Parsaloi sie mit zurücknahm, getraute sich aber nicht, ihn zu fragen.
Katherine ergriff ihre Hand und tätschelte sie. »Sprich wenigstens mit Parsaloi. Ich glaube, er braucht jemanden, mit dem er reden kann. Und wenn er dich bittet, mit ihm zu gehen … Nun, das ist eine Entscheidung, die nur du allein treffen kannst.«
Kira gab ihr einen Kuss auf die Wange und rannte den Weg zur Straße hinauf. Aber als sie dort ankam und sich suchend umschaute, konnte sie niemanden entdecken.
Ihr Herz klopfte so heftig in ihrer Brust, dass ihre Ohren zu pochen schienen. Sie biss sich auf die Lippe. In welche Rich-

tung sollte sie gehen? Sie trat von einem Fuß auf den anderen und konnte sich nicht entscheiden.

Plötzlich tauchte Parsaloi aus dem Busch auf und blieb am Rande der Straße stehen, wo er seinen Speer in den Boden rammte und sich darauf stützte.

Seine Unbekümmertheit ärgerte sie. Wie konnte er in einer solchen Situation nur sein Spiel mit ihr treiben? Sie hatte große Lust, sogleich wieder kehrtzumachen. Doch das tat sie nicht.

»Wieso bist du nicht zum Haus gekommen?«, fragte sie gebieterisch.

»Seit wann nimmt ein *Morani* Anweisungen von einem Mädchen entgegen?«

»Du hättest nach all dieser Zeit wenigstens mit mir reden können.«

»Es gab nichts zu bereden.«

»Oh«, entfuhr es ihr, und sie musste gegen ihre Wut und ihre Enttäuschung ankämpfen. »Wohin wirst du jetzt gehen?«, fragte sie in gemäßigterem Tonfall.

»Nach Ngatet. Ich muss mit meinen Il Tuati und den anderen sprechen.«

»Dann liegt ein langer Weg vor dir.«

»Ja.«

»Hast du genug zu essen bei dir?«

»Es wird reichen.«

»Und Wasser?«

»Ja.«

Sie zerbrach sich den Kopf, was sie noch sagen konnte, damit er ein wenig länger blieb, aber es wollte ihr einfach nichts einfallen. »Nimm mich mit«, sagte sie schließlich.

Er blieb so lange stumm, dass sie schon glaubte, er würde ihren Vorschlag ignorieren.

»Nein«, sagte er.
Sie verspürte den lächerlichen Drang, sich auf ihn zu stürzen und ihn zu ohrfeigen. Sie wusste, dass es sinnlos wäre, mit ihm darüber zu streiten, und rief sich in Erinnerung, dass die *Moran* es nicht gewohnt waren, wenn eine Frau ihnen widersprach. Die Bedrohung ihrer Autorität kam einer Beleidigung ihres Kriegerstandes gleich.
»Wann wirst du wiederkommen?«
»Wenn es vorbei ist. Vielleicht.«
»Vielleicht?«, wiederholte sie und musste erneut gegen die in ihr aufsteigende Wut ankämpfen. Sie wandte ihm den Rücken zu, um ihre Verärgerung auszudrücken. Als sie sich wieder umdrehte, war er verschwunden.

Ole Sadera stand vor den versammelten Kriegern der Il Tuati, zögerte seine Ansprache aber noch ein wenig hinaus, um die gespannte Erwartung zu steigern.
Dies war das Treffen, das er angedroht hatte, als er während der Unterredung mit Mantira davongestürmt war. Damals war er zornig gewesen und schockiert über die Behauptung seines Freundes, dass ihn die Massai bei seinem Kampf um ihr Land nicht unterstützen würden. Zu der Zeit hatte er geglaubt, er könne allein tun, was getan werden musste, doch inzwischen war er sich der Wichtigkeit bewusst, seine Leute hinter sich zu wissen, wenn er vor Gericht kämpfte.
Dabei ging es um mehr als moralische Unterstützung. Morrison hatte ihm erklärt, wie wichtig es war, dass Ole Sadera Zeugen fand, die vor dem Richter aussagten. Menschen, die die Sitten und Gebräuche der Massai kannten und in der Lage waren, zu erklären, welche Bedeutung die Beziehung zu ihrem Land für die Massai hatte.
Und dann war da noch die Sache mit der Bezahlung. Ole

Sadera benötigte Rupien, die er nicht besaß, und er hatte auch nicht genug Rinder, um sie zu beschaffen.

Während seines langen Weges nach Ngatet hatte er Gelegenheit gehabt, über diesen Moment nachzudenken, sich seine Worte sorgfältig zu überlegen. Er begriff, dass seine Leute Angst hatten. Ihre Welt war auseinandergerissen worden. Die Tage, in denen sie ihre Rinder ohne Angst oder Bedrohung überall grasen lassen konnten, gehörten der Vergangenheit an. Sie hatten mit ansehen müssen, wie ihre Überlegenheit dahinschwand und die Weißen sie schließlich vor sich hertrieben wie Vieh, sie von einem Ort zum anderen scheuchten. Er wusste, dass die Massai nur gemeinsam stark sein würden, wie sie es in all ihren Schlachten bewiesen hatten. Seine Il Tuati besaßen immer noch genügend Kampfesmut. Seine Aufgabe bestand nun darin, sie in eine neue Art des Kampfes zu führen. Wenn es ihm gelänge, die *Moran* zu überzeugen, würden die Ältesten nicht widersprechen.

Er hatte mit Absicht die Dämmerung gewählt, denn es war eine Zeit, in der, wie die Massai glaubten, die Geister auf der Suche nach Frieden umherzogen. Eine Zeit, in der die Menschen vorsichtig waren mit dem, was sie sagten, denn auch wenn man sie nicht sehen konnte, so waren die Geister nicht taub.

Die langen Schatten der Krieger fielen auf seine Füße, als sich die rote Sonne der Hügelkette näherte. Ihre Gesichter befanden sich im Schatten, aber Ole Sadera war es wichtiger, dass sie sein Gesicht sahen. Er holte tief Luft.

»Männer der Purko«, begann er mit einer Stimme, die alle erreichte, »ihr kennt mich. Ich bin Parsaloi Sadera. Ich bin euer Bruder. Ich bin gekommen, um die Hilfe der Il Tuati zu erbitten. Wir haben unsere Feinde in der Vergangenheit mit Speer und Schwert bekämpft. Erinnert ihr euch, wie wir uns den Loitai auf dem Schlachtfeld der Lailela-Ebenen gestellt haben? Sie wagten es, uns herauszufordern, und wir haben ihnen unsere Stärke bewiesen. Erinnert ihr euch an den süßen Geschmack des Sieges über die Kikuyu am Fuße des Kinangop? Wer sollte es wagen, die Il Tuati nach einem solchen Sieg herauszufordern?«

Die Brüder seines Altersranges erwärmten sich für seine Worte. Zahlreiche »Jip-Jip-Rufe« erklangen.

»Heute bin ich gekommen, um euch darum zu bitten, mit mir an der Spitze wieder in den Kampf zu ziehen.«

Aufregung breitete sich in der Menge aus. Mehr Männer stimmten in die Kriegsrufe ein.

»Aber dieses Mal ist es eine Schlacht, wie wir sie noch nicht kennen, meine Brüder. Wir haben die Ankunft der Briten erlebt. Sie haben unser Leben verändert. Vor ihnen haben wir Massai über unsere Welt geherrscht. Doch zum ersten Mal sind wir auf einen Feind getroffen, der uns auf dem Schlachtfeld ebenbürtig ist. Aber das bedeutet nicht, dass wir kapitulieren müssen.«

Knurrende Zustimmung erhob sich.

»Doch es bedeutet, dass wir unsere Art der Kriegsführung ändern müssen. Mit meinem Schlachtplan wird es uns gelingen, unseren Stolz wiederzuerlangen und den Siegestanz zu tanzen. Soll ich euch sagen, wie wir das erreichen werden?«

Ihre lauten Stimmen drangen bis zu den dunkel werdenden Hügeln.

»In jeder großen Armee gibt es eine Schwäche. Findet man diese Schwäche, vermag man die Armee in die Knie zu zwingen. Ich kenne die Schwäche des Feindes, der uns unser Land nehmen will. Die Briten können bezwungen werden. Aber nicht mit Waffen, sondern mit Worten.

Dieses Mal werden nicht Speer und *Simi* unsere Waffen sein, sondern die Gesetze der Weißen. Wir können die Gesetze, die sie benutzen, um uns von unserem Land zu vertreiben, gegen sie verwenden!

Männer der Purko, wir waren immer die Ersten unter den Massai, die auf das Schlachtfeld zogen. Aber diese neue Art des Krieges bedeutet nicht, dass wir keinen Mut benötigen. Männer, die tapfer genug sind, um sich dem Feind zu stellen und ihm zu trotzen, gewinnen Schlachten. Dieses Mal werden wir unseren Kampf nicht in der Savanne austragen, sondern in einem Gerichtssaal im Herzen des *Enkangs* der Weißen.

Macht euch nichts daraus, dass kein Blut vergossen wird. Der Sieg wird ebenso süß schmecken. Unsere Worte – eure Worte – werden denen die Herzen herausschneiden, die uns unser Land nehmen wollen.«

Er hielt inne und ließ seine Botschaft zu ihnen durchdringen, während sein Blick über die versammelten Krieger schweifte. Er hob seinen Speer und schrie: »Werdet ihr mir in diesem Kampf zur Seite stehen?«

Ein Gebrüll erhob sich, das die Nachtvögel aufscheuchte.

Kapitel 51

Cameron Moody genoss seine sporadischen Besuche im Nairobi-Club auf dem Hügel hinter der Residenz des Gouverneurs. Als Herausgeber der Tageszeitung des Protektorats besaß er nicht die notwendige gesellschaftliche Stellung, die für eine Mitgliedschaft erforderlich war.

Umso mehr erfreute er sich an dem knarrenden Geräusch des Feinleders, als er in einer ruhigen Ecke in dem großen, gepolsterten Sessel gegenüber von Governor Edouard Platz nahm. Über ihnen summte der elektrische Ventilator, und Moody begnügte sich damit, zu plaudern, bis Edouard bereit war, auf die Angelegenheit zu sprechen zu kommen, wegen der er ihn dorthin eingeladen hatte.

Als Reporter war er mit der Kunst vertraut, wie der Presse absichtlich Dinge zugespielt wurden. Es wäre nicht das erste Mal, dass ein Mitglied des Nairobi-Clubs die vertrauliche Atmosphäre dort für eine inoffizielle Unterhaltung genutzt hätte.

Sie verstummten beide, als der Kellner Moody seinen Whiskey reichte und den Gin Tonic des Gouverneurs auf den kleinen Tisch neben dessen Ellbogen abstellte.

Nachdem er einen Schluck aus seinem Glas genommen hatte, sagte Edouard: »Wann haben wir uns eigentlich das letzte Mal zu einem Drink und einem kleinen Schwatz getroffen, Cameron?«

»Vor einem Jahr. Im November.«

»Sieh mal einer an, wie die Zeit vergeht.«

»In der Tat.«

»Wie dem auch sei. Es war mir ein Anliegen, Sie zu einem Drink einzuladen, um zum Ausdruck zu bringen, wie sehr ich Ihren gesunden Menschenverstand zu schätzen weiß.«

»Hmm.«

»Ich glaube, wir in der Regierung sprechen Leuten wie Ihnen, die sich zum Wohle unserer Bürger einsetzen, viel zu selten unsere Anerkennung aus. Anlass für mich war diese Landklage, die vor dem Obersten Gerichtshof verhandelt werden soll. Sie erwähnten sie in der Rubrik ›Öffentliche Bekanntmachungen‹.«

»Die Landklage. Natürlich.«

»Einige Ihrer Kollegen hätten wohl viel Aufhebens darum gemacht. Gut, dass Sie es ruhiger angehen lassen.«

»Ruhiger?«

»Ja. Es wäre nicht von Vorteil, die Siedler zu verunsichern. Sie wissen ebenso gut wie ich, dass es niemandem nützt, wenn die Siedler von solchen Landansprüchen erfahren. Es ist gewiss der richtige Weg, die Sache diskret zu behandeln, das haben Sie gut erkannt.«

»Governor, es war nicht meine …«

»Stellen Sie sich vor, was geschehen würde, wenn herauskäme, was für Auswirkungen die Klage haben könnte. Was für scheinheilige Ergüsse aus der Heimat wieder auf uns herabregnen würden. Aber die Regierung wird diesen Fall gewiss nicht verlieren. Das kann sie sich gar nicht leisten.«

»Sind Sie sich da sicher?«

»Nun ja, man weiß ja nie. Aber stellen Sie sich einmal vor, wenn es anders käme. Was würde geschehen, wenn jeder, der Land gepachtet hat, es wieder verlöre? Das wäre eine Katastrophe für das gesamte Protektorat.« Edouard nahm einen Schluck von seinem Gin. »Und was ich bislang von Delamere und Konsorten gehört habe, wollen die es ebenso wenig verbreiten wie Sie und ich. Kein Wort davon. Warum sollte man die Leute in Panik versetzen, nicht wahr?«

»Völlig richtig.«

»Also, unter uns gesagt, haben die Massai da einen verdammt guten Fall. Es würde mich nicht wundern, wenn sie unseren Karren in den Dreck fahren, sollten sie gewinnen. Aber das werden sie natürlich nicht.«

»Natürlich nicht.« Moody nahm einen großen Schluck von seinem Whiskey und versuchte, ruhig zu bleiben.

»Wir wollen aber nicht die Pferde scheu machen«, sagte Edouard.

»Verständlicherweise«, erwiderte Moody.

»Genau. Ich wusste, dass Sie sich der Konsequenzen bewusst sein würden, Cameron. Nur ein wirklich guter Zeitungsmann weiß, wann Diskretion angebracht ist.«

Moody nickte. Die verlockenden Schlagzeilen tanzten vor seinen Augen. Es war schmeichelhaft, dass der Gouverneur zu glauben schien, seine kleine Zeitung könne die Hallen der Macht im weit entfernten London erschüttern, aber Edouard hatte offensichtlich keine Ahnung von Journalismus und begriff nicht, dass die echte Story gar nicht das Gerichtsverfahren war, sondern die Auswirkung, die sein Ausgang auf die Siedler haben würde. Viele hatten hart für ihr vorzügliches Weideland auf der Laikipia-Hochebene gekämpft. Die Burenfraktion war durch halb Afrika gereist, um ihre Ansprüche anzumelden. Sie waren ein übler Haufen und würden der ganzen Geschichte vielleicht ein wenig Farbe verleihen.

Moody entschied sich, den Fall genauer zu recherchieren. Ein kleiner Ausflug in die Hochebene könnte hilfreich sein. Er nippte an seinem Scotch und verspürte diese kribbelnde Erregung, die ihn immer erfasste, wenn er an einer großen Sache dran war.

Sollte es den Massai tatsächlich gelingen zu gewinnen, dann würde die Hölle los sein.

Cameron Moody verließ den Nairobi-Club mit federnden Schritten. Sir Percy Edouard blickte ihm mit einem Ausdruck unverhohlener Zufriedenheit nach. Es war beinahe schon zu leicht gewesen, die Idee von der Bedrohung des Landbesitzes in den Kopf des Reporters zu pflanzen. Er wusste aus Erfahrung, dass Moody eine unverbesserliche, unverantwortliche Plaudertasche war und die Geschichte mit Sicherheit im *East African Standard* abdrucken würde. Die Reaktion der Siedler war vorhersehbar. Es würde einen empörten Aufschrei geben und Forderungen, dass die Regierung etwas unternahm. Ihm bliebe, die Rolle des mitfühlenden Sympathisanten zu spielen, der leider die Entscheidung des Gerichts abwarten musste.

Die Reaktion würde eine Auswirkung auf jeden Massai des Landes haben – von den Hirten, die von den weißen Ranchern beschäftigt wurden, bis zu denen, die versuchten, mit den kleinen Läden in der Nähe der Reservate Handel zu treiben oder dort Waren zu kaufen. Er war davon überzeugt, dass bei ausreichendem Druck die Massai, die hinter der Klage steckten, gezwungen sein würden, zu ihrem Vieh zurückzukehren.

Jetzt fühlte er sich wegen dieser ganzen Sache schon viel besser. Sollte die Presse keine Entscheidung in dieser Angelegenheit erzwingen, so würde es die vertrauliche Information tun, die er vom Generalstaatsanwalt erhalten hatte.

Der Deckenventilator drehte sich gelangweilt über dem Gerichtssaal von Mombasa, doch lediglich ein kleiner Hauch heißer Luft schaffte es hinunter bis zu den vor Hitze stöhnenden Zuschauern und Prozessbeteiligten.

Ole Sadera teilte sich einen Tisch mit David Morrison, der hinter einem Stapel von Papieren und juristischen Wälzern saß. Das Gericht war im Begriff, über die Zivilsache Nr. 91 des Jahres 1912 zu verhandeln. Die Kläger waren Ole Sadera und sieben weitere Massai – allesamt wichtige Vertreter ihrer Altersgruppen und Älteste, die Ole Sadera davon überzeugt hatte, sich ihm in seinem Kampf gegen die Regierung anzuschließen. Sie klagten auf die Rückgabe des nördlichen Reservats auf dem Laikipia-Plateau. Der Wert war auf eine Million Pfund beziffert worden. Außerdem wurde in der Klage eine Zahlung von fünftausend Pfund für das Unvermögen gefordert, die Straße bereitzustellen, die das südliche und das nördliche Reservat miteinander verbinden sollte, wie in der Vereinbarung von 1904 versprochen. Zudem ging es um eine Entschädigung für den Verlust des Viehs, der infolge der erzwungenen Umsiedelung aus dem Reservat im Norden entstanden war – geschätzte 97 910 Rinder und 298 829 Schafe. Hierbei bezifferten sich die Kosten auf zweihunderttausend Pfund, die des Wertverlustes des überlebenden Viehs auf weitere hunderttausend.

Morrison hatte ursprünglich die Namen derer, die auf dem Mau ihr Leben verloren hatten, mit einschließen wollen, doch dem hatte Ole Sadera nicht zugestimmt. Seiner Ansicht nach gehörte es sich nicht, die Toten bei Gericht zu erwähnen. Morrison erklärte sich widerstrebend bereit, die Namen der Verstorbenen zu entfernen, bestand aber darauf, dass die Toten Teil der Klage blieben.

Die Beschuldigten waren der Generalstaatsanwalt von Britisch-Ostafrika und zwanzig andere, eingeschlossen Seggi und die Unterzeichnenden der Vereinbarung aus dem Jahre 1911, von denen allerdings niemand zugegen war. Es entbehrte nicht einer gewissen Ironie, dass Mantira auch zu den Be-

schuldigten zählte, obgleich er nun für den Kampf war, ihr Land zurückzugewinnen.
Ole Sadera war nervös und fühlte sich fehl am Platz. Morrison hatte ihn überredet, eine Unterhose unter seiner *Shuka* zu tragen, ihn aber nicht davon zu überzeugen vermocht, auch ein Hemd und ein Jackett anzuziehen. Die rauhe, wollene Unterhose kratzte und brachte ihn zum Schwitzen. Er zupfte mehrmals daran, was ihm einen finsteren Blick des Richters, Mr. Juctice Hamilton, eintrug, eines krummnasigen Mannes mit einer angestaubten grauen Pferdehaarperücke. Erst im Laufe des Vormittages fand Ole Sadera heraus, dass er nicht der Einzige war, der dem Richter missfiel – er schien sich an den meisten Dingen zu stören. Vielleicht trug der Richter ja auch wollene Unterwäsche.
Morrison unternahm einen beherzten, aber letztlich erfolglosen Versucht, in diesem Fall das Gesetz der Massai zur Anwendung zu bringen.
Während der mittäglichen Unterbrechung erklärte ihm Morrison die Vorgänge des Morgens und das, was nun folgte. Er würde ihre Beweismittel gegen die Regierung aufzählen und anschließend damit beginnen, ihre Zeugen und Sachverständigen aufzurufen, um ihre Klage zu untermauern, die darauf abzielte, dass die Vereinbarung von 1911 unwirksam war. Dadurch würden sie den Großteil ihres früheren Heimatlandes zurückerhalten, und dies wäre das beste Resultat, auf das sie hoffen konnten.
Ole Sadera begriff nicht jedes Detail, aber er verstand Morrison so weit, dass die Briten den Massai zwar in der Vereinbarung von 1904 das Great Rift Valley weggenommen hatten – Land, das schon immer den Massai gehört hatte –, es aber schwierig werden würde, es zurückzuerlangen. Ihre größte Hoffnung bestand darin, Entorror zu ihrem Schlacht-

feld zu machen, was Ole Saderas Ansicht nach einer Ehrenrettung der Massai gleichkam.

Sir Percy Edouard faltete den *East African Standard* auseinander und überflog die Titelseite. Die Schlagzeile war zwei Spalten breit: *Gerichtsverfahren verunsichert Siedler.*
Der Artikel entsprach der typischen Sensationshascherei, wie man sie aus Zeitungen kannte:

> *Unsere Zeitung hat aus vertraulicher Quelle erfahren, dass das Verfahren, das zurzeit vor dem Obersten Gerichtshof in Mombasa anhängig ist, die jahrelange Knochenarbeit all unserer fleißigen Bürger auf dem Laikipia-Plateau zerstören könnte.*
> *Es hat den Anschein, als seien die Massai, ermutigt von der asiatischen Gemeinde und anderen undankbaren Empfängern der Großzügigkeit des Empire, im Begriff, eine frei gewährte Vereinbarung zu zerreißen, welche das Verlassen des Landes auf den Hochebenen des Laikipia-Plateaus vorsah.*
> *Diese niederträchtige Tat hätte zur Folge, dass die fleißigen weißen Siedler jede Farm und jede Ranch in diesem Gebiet aufgeben müssten.*

In dem Artikel wurde weiter von Großversammlungen burischer Farmer in Eldoret und in anderen Farmergemeinden des Hochlandes berichtet. Es herrsche eine gereizte Stimmung, hieß es, und Protestaktionen würden in Erwägung gezogen.

Edouard lächelte, faltete die Zeitung zusammen und legte sie zur Seite.

Er hatte große Sorgfalt darauf verwendet, sich von dem Verfahren zu distanzieren, doch den Berichten des Generalstaatsanwalts zufolge, verlief alles zufriedenstellend.

Die kunterbunte Mischung von Menschen in Mombasa führte dazu, dass das anfängliche Interesse, mit dem Ole Sadera betrachtet wurde, schon bald verflog und er an seinem Lagerplatz in einer matschigen Gasse unbehelligt blieb. Er verbrachte seine Zeit damit, sein Schwert und seinen Speer zu schärfen, einfache Mahlzeiten aus Mais und getrocknetem Fleisch zuzubereiten und Tag für Tag die zwei Meilen bis zu Morrisons Kanzlei zurückzulegen.

Lediglich ein Swahili-Mann tauchte in unregelmäßigen Abständen immer wieder auf und folgte ihm auf seinem Weg in die Stadt und zurück. Er stellte niemals Augenkontakt her, und anfangs hielt ihn Ole Sadera für einfältig oder lediglich für unfähig, seine Neugierde zu stillen, doch nach einigen Tagen wurde er ärgerlich. Aber wann immer er sich dem Mann näherte, verschwand dieser im dichten Unterholz der Papaya-Plantage auf der La Perouse Road.

Dies erzürnte Ole Sadera noch mehr, aber sein Jägerinstinkt riet zur Vorsicht. Der Swahili bewies Geschick darin, sich ihm zu entziehen, was darauf schließen ließ, dass er für den Mann mehr war als eine bloße Kuriosität. Seine Anwesenheit hatte etwas Unheimliches an sich. Ole Sadera fühlte sich wie eine Beute vor den gelben Augen eines sich anpirschenden Raubtieres.

Kapitel 52

Ole Sadera saß wieder einmal neben Morrison in der ersten Bank, als sich der Gerichtssaal am dritten Tag nach dem Mittagessen zu füllen begann.

Er war ständig zugegen gewesen und hatte versucht, dem Prozess mit Morrisons Hilfe zu folgen. Obgleich er sich zumeist außerstande sah, den Feinheiten der juristischen Manöver zu folgen, war er in der Lage, die Körpersprache und das Mienenspiel sämtlicher Beteiligter zu lesen und dadurch das Vorankommen ihres Falles zu bemessen, und er wusste, dass ihre Seite nicht sehr erfolgreich war.

Ole Sadera bewunderte Morrison für seine Beharrlichkeit und seinen Optimismus. Er erholte sich rasch von Rückschlägen, obwohl seine Zeugen das Gericht keineswegs zu beeindrucken vermochten.

Er erklärte Ole Sadera, dass er noch zwei Trümpfe in der Hinterhand habe – eine Redensweise, die er dem Massai zunächst erläutern musste. Die eine Trumpfkarte war sein nächster Zeuge, Ole Nchoko, ein listiger Anführer der Purko-Ältesten, der recht gut Englisch sprach. Er war einer der sieben Kläger und hatte eine eidesstattliche Erklärung über seine persönlichen Verluste abgegeben. Ole Sadera kannte Ole Nchoko schon sein ganzes Leben, und als er ihn gebeten hatte, ihm bei ihrem Kampf zur Seite zu stehen, da war ihm bewusst gewesen, dass sich der alte Mann von dem Gericht der Weißen mit ihren Perücken und all dem Gepränge nicht einschüchtern lassen würde.

Die andere Trumpfkarte war Ole Sadera.

Doch im Gegensatz zu dem Purko-Ältesten ließ sich Ole Sadera doch beeindrucken von den Vorgängen bei Gericht. Er versuchte, dagegen anzukämpfen, doch es wollte ihm nicht gelingen. In dem Gerichtssaal gab es nichts, was vertraut war oder einladend. Der Richter, die Verteidiger, die Polizisten und Amtsträger mit ihren Perücken und Roben schienen ihm allesamt feindlich gesinnt zu sein.

Er sah sich sogar außerhalb des Gerichtssaals, wo er den gaffenden Blicken der Menschen ausgesetzt war, außerstande, sein Unbehagen zu überwinden. Mombasa umschloss ihn mit seinen schmalen Gässchen, die hohen Steingebäude schienen ihn zu erdrücken. Die Stadt selbst befand sich auf einer Insel, umgeben vom bedrohlichen Ozean. Er lief manchmal zu der Brücke, die die Insel mit dem Festland verband, um sich zu versichern, dass sein Fluchtweg noch unversehrt war.

Als Ole Nchokos Name aufgerufen wurde, begab sich der alte Mann in leicht gebückter Haltung und mit der Hilfe eines Stocks in den Zeugenstand. Er trug eine alte schwarze Hose und ein marineblaues Jackett. Als er vereidigt wurde, stand er kerzengerade vor dem Gerichtsbeamten, ehe er auf der Zeugenbank Platz nahm.

Morrison sprang sogleich auf und schritt selbstbewusst vorn im Gericht auf und ab, während er einige einleitende Fragen stellte. Auf diese Weise legte er dar, dass Ole Nchoko ein Ältester der Purko-Sektion war, ein von der Regierung berufener Anführer, dass er sowohl Swahili als auch Englisch sprach und gelegentlich für die Verwaltung und andere als Dolmetscher gearbeitet hatte.

»Mr. Ole Nchoko«, begann er, »Sie sind einer der Kläger in diesem Verfahren. Könnten Sie bitte dem Gericht erklären, welche Verluste Sie bei der Umsiedelung aus dem nördlichen Reservat erlitten haben?«

»Ein Viertel meiner Rinder sind gestorben und eine Hälfte meiner Schafe.«

»Wie ist das geschehen?«

»Wegen der *Askaris.* Sie haben uns getrieben. Immer schnell, schnell. Unsere Rinder und Schafe konnten kein Futter finden, kein Wasser. Wurden schwach. Die *Askaris* wussten nicht, warum. Verstanden nichts. Hielten es vielleicht für Krankheit oder Schwäche vom vielen Laufen. Deshalb haben sie sie erschossen. Viele meiner Kühe sind so gestorben.«

»Sie sagen, die *Askaris* seien für viele Ihrer Verluste verantwortlich. Warum hat denn der von der Regierung bestellte Aufseher nichts dagegen unternommen? Warum hat er sie nicht aufgehalten?«

»Mr. Coll war ein guter Mann. Sehr freundlich zu Massai. Aber er war nur ein einziger Mann. Was kann ein einziger Mann tun gegen viele Männer mit Gewehren?«

Morrison nickte. »In der Tat, Mr. Ole Nchoko, was kann ein Mensch überhaupt unter solch schrecklichen Umständen unternehmen? Dürfte ich Sie nun bitten, sich allgemeineren Anliegen zuzuwenden? Sie sagten in Ihrer eidesstattlichen Erklärung, dass das Reservat im Süden, Ngatet, völlig ungeeignet für die Massai aus dem Norden sei, und Sie benannten fünf Gründe. Könnten Sie uns diese Gründe bitte erläutern?«

»Erstens, kein Wasser an vielen Orten. Wir können die Rinder nicht weiden lassen. Wo Wasser ist, ist es schnell fort, denn die Löcher sind wenige und die Rinder viele.

Zweitens die Schafe … der Boden ist nicht gut für Schafe.

Dann die Fellkrankheit, die überall hinkommt. Jetzt ist sie in Entorror, was ein großes Übel ist. Aber vorher war sie nur im Süden.

Viertens gibt es viele Orte, an denen wir nicht leben können wegen der Tsetsefliege und der Schlafkrankheit.

Und zuletzt: Das ist nicht unser Land. Es ist das Land der Massai des Südens.«
»Was meinen Sie damit?«
»Zu viele Menschen. Vorher, als die Massai jedes Land haben konnten, das sie wollten, waren die Massai des Südens dort – die Loitai, einige Damat, die Laitutok und andere. Sie wissen, dass es nur gut ist für wenig Menschen und wenig Rinder, und sie zogen herum, folgten dem Regen, folgten dem Gras.«
»Mr. Ole Nchoko, da drängt sich mir die Frage auf, warum Sie dorthin gezogen sind, wenn dieses Land so vollkommen ungeeignet für Ihre Leute ist? Warum haben Sie der Umsiedelung zugestimmt?«
»Warum haben wir zugestimmt?« Der alte Mann schien sich zum ersten Mal diese Frage zu stellen. »Haben wir zugestimmt? Die Regierung ist gekommen, hat gesagt, wir müssen wegziehen. Wir sagten: Nein, das wollen wir nicht. Wir haben schon einmal zugestimmt wegzuziehen, sind aus dem Great Rift Valley weggegangen. Wir haben gefragt: War das nicht genug Land für euch? Sie haben unsere *Enkangs* abgebrannt. Da sind wir gegangen.«
»Aber die Massai haben doch zugestimmt. Sie haben die Vereinbarung unterzeichnet«, beharrte Morrison.
»Einige haben unterzeichnet, ja. Sie sagten, unser oberster Anführer sagt, wir müssen unterzeichnen. Ich frage Sie, wer ist dieser oberste Anführer?«
Er verstummte für einen Moment, und die Frage hing in der Luft des Gerichtssaals. Morrison sah sich genötigt, Ole Nchoko zu antworten, damit er die Befragung fortsetzen konnte.
»Das ist der Titel, der dem *Laibon* verliehen wurde«, erwiderte er lahm.
»Ja, der *Laibon*. Er segnet das Vieh, er sagt den Regen voraus,

er liest die Omen. Er ist der *Laibon.* Niemand ist oberster Anführer der Massai. Viele Massai sind in Entorror geblieben. Bis die *Askaris* gekommen sind. Mit Stöcken und Gewehren, um die Frauen und Kinder zu vertreiben und die *Moran* abzuhalten, Schwierigkeiten zu machen.«

»Ich verstehe, was Sie sagen wollen, Mr. Ole Nchoko. Sie haben der Umsiedelung unter Zwang zugestimmt.« Morrison blickte zur Richterbank hinüber, wo der Richter unbeeindruckt dasaß. »Unter großem Zwang«, fügte er zugunsten der Gerichtsreporter hinzu.

Er warf einen Blick auf seine Notizen. »Um noch einmal auf die Frage der Verluste zu sprechen zu kommen. Wissen Sie, wie viele Menschen vom Volk der Massai während der Umsiedelung gestorben sind?«

Die alten Augen wurden feucht, und Ole Nchoko holte tief Luft, bevor er antwortete. »Ja«, sagte er. »Viele tot. Viele alte Leute. Sogar Kinder.«

»Und wie sind sie gestorben, Mr. Ole Nchoko?«

»Ich weiß nicht, Mr. Morrison. Ich vermag nur zu sagen, dass einige im Mara gestorben sind, als wir im südlichen Reservat ankamen. Aber auf dem Weg in den Süden, da weiß ich es nicht. Wie stirbt ein alter Mann, der einschläft und nicht wieder aufwacht? Woran stirbt ein Kind im Hochland? An der Kälte? Am Wind? Am Regen? Soll ich sagen, die Mutter hat ihr Kind getötet, weil sie es nicht füttern konnte, es nicht warm halten konnte? Oder sage ich, es war die Torheit der Männer, die die Menschen auf den Mau hinaufgetrieben haben? Menschen, die lange im warmen Gras der Savanne lebten? Ich weiß nicht, warum sie starben, aber viele starben, das ist wahr. Zu viele. Ich vermag sie nicht zu zählen.« Er ließ den Kopf hängen und schüttelte ihn langsam. »Selbst wenn die Regierung sagt, ich muss sagen, wie viele, vermag ich sie nicht zu zählen. Wenn ich ihre Namen nicht kenne, wie kann ich ihre Zahl wissen?« Er lächelte entschuldigend. »Ich vermag Ihnen zu sagen, dass neunundsiebzig an Milzbrand gestorben sind, seit wir in Ngatet leben. Ich kenne die Zahl, weil der District Commissioner einen Mann geschickt hat, um sie zu zählen. Aber auf dem Mau? Niemand ist gekommen, um die Toten dort zu zählen, Mr. Morrison. Niemand weiß, wie viele dort gestorben sind.«

In der beinahe greifbaren Hitze des Gerichtssaals herrschte vollkommene Stille.

Ole Saderas Handflächen waren verschwitzt, und seine Unterwäsche klebte an ihm und verfing sich in seinen Genitalien, als er sich in den Zeugenstand begab, um unter der Adlerschnabelnase des Richters Platz zu nehmen. Sein Herz pochte, als ob er sich im hohen Gras an einen Löwen heranpirschte. Seine Sinne schienen geschärft, denn er bemerkte zum ersten Mal den gebogenen Metallarm an der Brille des Gerichtsschreibers, erblickte das lose Haarbüschel, das von der Perücke des Richters herabhing, und nahm das Klicken des Bleistifts wahr, mit dem der Rechtsreferendar der Verteidigung auf seinen Tisch klopfte.

David Morrison hatte vergeblich versucht, die Fragen, die er zu stellen gedachte, und die Antworten, die er von Ole Sadera erhoffte, mit ihm einzustudieren. Der Massai hatte keine Schwierigkeiten zu antworten, doch als Morrison vorschlug, dass er sich die Zeilen einprägte und dabei Worte wie »Kultur« und »Erbe« und »Tradition« benutzte, da begann Ole Sadera über sie zu stolpern, kam aus dem Konzept und wurde noch nervöser.

Morrison erklärte ihm verzweifelt, alles zu vergessen, was er auswendig gelernt hatte, und einfach ehrlich zu antworten.

Nun hatte Ole Sadera Schwierigkeiten, sich daran zu erinnern, was von dem, das ihm im Kopf herumging, erfundene Antworten waren und was ihm von Anfang an auf dem Herzen gelegen hatte.
Morrison brachte rasch die Präliminarien hinter sich, und bevor Ole Sadera überhaupt die Zeit gefunden hatte, um sich zu beruhigen, stellte ihm der Anwalt auch schon Fragen über die Massai und ihre Lebensweise.
Wie bereits in den Proben war Morrison besonders daran interessiert, warum sich die Massai derart mit ihrem Land verbunden fühlten.
»Das ist nun einmal unsere Art«, stammelte Ole Sadera, war aber sogleich unzufrieden mit seiner Antwort. »Die Art der Massai«, fügte er kleinlaut hinzu.
Morrison nickte ermutigend. »Wenn Sie sagen, es ist die Art der Massai, meinen Sie damit Ihre traditionelle Lebensart, Ihre Lebensweise?«
»Ja.«
»Und bei dieser traditionellen Lebensweise beziehen Sie sich auf ein Stammeserbe, eine Tradition, die viele Generationen zurückreicht, bis zu der Zeit, als ihr Volk zum ersten Mal ins Great Rift Valley gelangte?«
Ole Sadera bestätigte dem Anwalt die Vermutung und stolperte mit einsilbigen Antworten durch die restlichen Fragen, die ihm Morrison stellte.
Der Verteidiger erhielt die Gelegenheit, ihn ebenfalls zu befragen.
Sir Henry Mortimer erhob sich von seinem Platz, zog seine schwarze Robe zurecht und stolzierte wie ein Marabustorch, der sich seinen Weg inmitten des Aasfleisches sucht, zur Vorderseite des Saals. Er näherte sich der Zeugenbank und befeuchtete seine Lippen wie in Erwartung des Festschmauses,

den er sich auf Kosten Ole Saderas zu Gemüte zu führen gedachte.

»Mr. Ole Sadera, ich habe Schwierigkeiten, den gewundenen Märchenpfad nachzuverfolgen, über den sie mein verehrter Kollege geführt hat. Zunächst einmal, was soll bitte schön dieses ganze Gerede von Tradition und Erbe? Die Massai besitzen keine Schriftsprache, daher frage ich mich, was diese Worte eigentlich bedeuten. Und was Sie angeht, so weiß ich zufällig, dass Sie ein sehr bedauernswertes Schicksal haben, nicht wahr, Mr. Ole Sadera? Sie haben nicht einmal einen Stamm. Sie gehören nicht zu den Purko, wie Mr. Morrison uns in seiner Eröffnung glauben machen wollte, sondern zu den Laikipiak – einem Stamm, der vor vielen Jahren von den Purko ausgerottet wurde.«

Ole Sadera hatte das Gefühl, als ob seine Seele vor aller Augen entblößt worden sei. Mortimers Verwendung dieser Kenntnis in der feindseligen Umgebung des Gerichtssaals erschütterte ihn bis ins Mark und verschlimmerte das Gefühl der Verletzbarkeit, das er empfand.

»Woher wollen Sie also wissen, was Tradition ist und was Geschwätz?«, fuhr Mortimer aggressiv fort.

Ole Sadera war vollkommen verunsichert. Er stammelte etwas und blickte zu Morrison hinüber, der blass geworden war und sein beruhigendes Lächeln verloren hatte.

»Kein Stamm, und selbst wenn Sie einen hätten, keine berichtenswerte Historie. Was hat es nun mit Ihrer traditionellen Kultur auf sich? Woher stammt Ihr Wissen von dieser absurden Behauptung, dass Sie seit Jahren irgendetwas …« – Mortimer vollführte eine theatralische Geste mit seinen Armen – »irgendetwas Geheimnisvolles mit diesem Land verbindet?«

»Ich … Ich kann …«

»Ich bitte um Genauigkeit, Mr. Ole Sadera«, unterbrach ihn Mortimer. »Es wäre mir sehr lieb, wenn Sie bei dieser sogenannten Bindung an das Land präzise wären. Und ich möchte es in Ihren eigenen Worten hören, nicht in denen von Mr. Morrison.«

»Was möchten Sie wissen?«, fragte Ole Sadera.

»Nun ja«, erwiderte Mortimer, verschränkte seine Hände im Rücken und stolzierte mit gesenktem Kopf durch den Raum, als sei er tief in Gedanken versunken. »Bei Völkern, die sich ihrem Heimatland auf tiefste Weise verbunden fühlen, wo sich mit der Zeit und mangels eindringender Kulturen, die eine solche Kontinuität zu unterbrechen vermögen, eine Kultur entwickelt, gibt es immer eine Abfolge von Monarchen, die Herrscher. Welchen Beweis für eine solche Verbundenheit vermögen Sie zu erbringen?«

»Wir haben Sprichwörter und Lieder, um Geschichten von einer Generation zur nächsten weiterzugeben. Und Rätsel, um die Kinder diese Dinge zu lehren.«

»Rätsel und Lieder«, spöttelte Mortimer. »Nun, guter Mann, das britische Empire vermag seinen Anspruch auf England durch eine Abfolge von Monarchen zurückzuverfolgen, die von unserem gegenwärtigen König, Seiner Majestät König George V., bis zu Alfred dem Großen zurückreicht, der unser Land gegen die Wikinger verteidigte. Das, mein Bester, ist ein Erbe. Ich wiederhole noch einmal meine Frage: Wie kann jemand wie Sie, ein ungebildeter Waise, etwas über Historie und Erbe wissen? Die Wahrheit ist, dass Sie kein solches Wissen besitzen. Ihre sogenannte Geschichte wurde von Mr. Morrison für Sie erfunden. Verhält es sich nicht so, Mr. Ole Sadera?«

»Nein. Mr. Morrison weiß nichts über die Geschichte der Massai.«

»Das ist sehr wahrscheinlich, aber das ändert nichts an der Tatsache, dass die Massai absolut keinen Anspruch auf das Land haben, das sie derzeit okkupieren. Die Massai sind Wilde, die dorthin ziehen, wohin es sie gerade verschlägt, und die jedem brutalen, selbsternannten Kriegsherrn folgen, der mächtig genug ist, um die Herrschaft zu übernehmen. Ich behaupte, dass Ihr Volk von den niedersten Instinkten geleitet wird und dass jegliche intellektuelle Verbundenheit mit dem Land grober Unfug ist. In Wahrheit haben Sie und Ihr Volk nicht den leisesten Begriff von Landbesitz und keine Vorstellung von Kontinuität, geschweige denn von den Raffinessen des Erstgeburtsrechts. Mit anderen Worten, Sie und Ihr Volk sind Nomaden ohne jeglichen Wissensbesitz von früheren Herrschern.«

Ole Sadera war empört. Er fühlte sich nicht mehr länger von der Förmlichkeit des Gerichtssaals eingeschüchtert. Nur mit Mühe gelang es ihm, den Drang zu unterdrücken, aus dem Zeugenstand zu springen und Mortimer zu würgen, um diesem das hochmütige Grinsen aus dem Gesicht zu wischen. Stattdessen holte er tief Luft.

»Es ist wahr, wir ziehen mit unseren Rindern auf neues Weideland, wenn das frische Gras wächst. Das tun wir auch, um die Überweidung zu verhindern, was viele Weiße versäumen. Aber wir wissen, wo unser Land beginnt und wo es endet. Wir kennen die Grenzen des Massai-Landes.

Es ist auch wahr, dass wir keine Herrscher haben wie Ihre englischen Könige. Wir brauchen sie nicht. Die Massai wählen Männer aus ihren Altersrängen. Ein jeder hat eine andere Aufgabe. Die *Moran* verteidigen Massai-Land. Auf dem Schlachtfeld hören sie auf die Anführer der Altersränge, die sie selbst ausgewählt haben. Die Krieger wählen den *Olaiguenani,* weil er der Beste ist. Es ist eine Ehre, und kein Mann wird es, nur weil sein Vater vor ihm der *Olaiguenani* gewesen ist. Er wird ausgewählt, weil er etwas Besonderes ist. Andere Anführer, die von den Ältesten gewählt werden, beschäftigen sich mit Dorfangelegenheiten. Sie schließen Frieden, weil die Menschen sie respektieren, weil sie weise sind. Sie entscheiden, wenn es um den Besitz von Rindern geht, sie arrangieren Hochzeiten, sie bestimmen den Zeitpunkt für die Namensgebung der Kinder.

Wir haben nicht nur einen Herrscher, das ist wahr. Wir haben keinen mächtigen König wie in England. Aber wir haben einen wichtigen Mann, der diesen Rang erlangt hat, weil sein Vater vor ihm ihn erlangt hat. Er übt keine Macht aus im Kampf oder im Dorf. Er entscheidet nicht, was irgendjemand tun sollte, aber wir glauben, dass er eine besondere Gabe besitzt, und darum hören wir auf seinen Rat. Er ist der *Laibon.* Er sorgt dafür, dass die Regeln im Leben gute Regeln sind. Er leitet Zeremonien, um wichtige Zeiten kenntlich zu machen, zum Beispiel wenn ein Junge zu einem Mann und einem Krieger wird. Manchmal vermag er Unglück vorherzusehen. Wegen all dieser Dinge blicken wir zum *Laibon.* Er ist der Mann, der uns von dem erzählt, was Sie Erbe nennen. Er ist die Verbindung mit unserem Land, dem Massai-Land. Wir kennen alle *Laibons,* die jemals gelebt haben. Wir kennen ihre Namen. Wir erfahren von ihnen als Kinder. Wir erfahren von ihnen in Rätseln und Reimen, über die Sie lachen, und wir kennen all ihre Namen bis zurück zum ersten *Laibon.*«

Er schloss die Augen und begann in dem Rhythmus und dem Tonfall eines Liedes seine Aufzählung. »Der *Laibon* aller Massai ist Seggi«, skandierte er, »der der Sohn des *Laibons* namens Lenana war, der der Sohn des *Großen Laibon,* Mbatiani, war. Mbatiani war der Sohn des *Laibons* namens Supeet, der der Sohn des *Laibons* namens Kipepete war, der der Sohn des *Laibons* namens Parinyombi war.«

Ole Saderas hallende Stimme erfüllte die stickige Luft des Gerichtssaals und setzte die Aufzählung durch die Generationen zurück fort bis zu Ole Mweiya, der vom Himmel herabgekommen und von Maasinta, dem ersten Massai, entdeckt worden war.

Für einen langen Moment herrschte Schweigen im Saal.

Sir Henry Mortimer räusperte sich und blätterte hektisch in seinen Unterlagen, ehe er darum bat, an den Richtertisch treten zu dürfen.

Es folgte eine geflüsterte Unterhaltung.

Der Richter verkündete, dass die Verteidigung eine wichtige Angelegenheit zu seiner Beachtung gebracht hatte und dass es eine kurze Unterbrechung geben würde.

Alle im Saal erhoben sich, als der Richter hinauseilte, alle außer Morrison, der mit offenem Mund dasaß und bewundernd seinen Mandanten anstarrte.

Kapitel 53

Sir Percy Edouard saß schlicht gekleidet, wie sich wohl ein Händler aus dem Hafenviertel, der in einer müßigen Stunde sein Interesse an den Vorgängen bei Gericht stillt, auf die Straße begeben würde, in der letzten Reihe des beinahe menschenleeren Bereiches, der der Öffentlichkeit vorbehalten war. Er öffnete die beiden oberen Knöpfe seines Hemdes und versicherte sich, dass niemand anwesend war, der ihn erkennen könnte.

Er war rechtzeitig eingetroffen, nachdem sich das Gericht nach einer von der Verteidigung erwirkten Unterbrechung erneut versammelte. Der Generalstaatsanwalt hatte ihn über die Taktik in Kenntnis gesetzt, die zu der Unterbrechung geführt hatte, und nun war Edouard erschienen, um das, was folgen würde, mitzuerleben.

Der Richter klopfte mit seinem Hammer auf den Sockel. »Das Gericht erteilt Sir Henry Mortimer von der Verteidigung das Wort.«

»Vielen Dank, Euer Ehren«, sagte der Perücke tragende Anwalt und erhob sich von seinem Stuhl. »Wir haben nun in den letzten vier Tagen die Aussagen sogenannter Sachverständiger gehört, und es möchte scheinen, als nähme dies kein Ende. Wir waren bereit, Nachsicht mit den Klägern zu üben, in der Erwartung, neue Erkenntnisse gewinnen zu dürfen, doch wie es scheint, wurden unsere Erwartungen enttäuscht. Das Argument, das wir für die Beklagten während der Voruntersuchungen zu diesem Fall ins Feld geführt haben, scheint beim Anwalt der Kläger auf taube Ohren gestoßen zu sein. Wie sich Euer Ehren zweifellos erinnern werden, bestand es darin, dass die Angelegenheit nicht in die Zuständigkeit dieses Gerichts fällt. Zum damaligen Zeitpunkt haben wir uns im Vertrauen darauf, dass es der Gegenseite gelingen würde, einen Nachweis des Gegenteils zu erbringen, überreden lassen, mit der Angelegenheit fortzufahren, doch dieser Nachweis ist leider nicht erfolgt.

Aus unserer Sicht ist es, nachdem wir die Rechtsauffassung des Kolonialministers und anderer mit einbezogen haben, unerheblich, ob die Massai Rechte an dem Land auf dem Laikipia-Plateau besitzen. Was entschieden werden muss, ist die Frage, ob es sich bei den in den Jahren 1904 und 1911 geschlossenen Vereinbarungen um Verträge oder, wie wir glauben, um Abkommen handelt. In diesem Fall kann dieses Gericht nicht über die Sache verhandeln, sondern die Klage muss stattdessen an den Kronrat in Großbritannien übergeben werden.«

Edouard lächelte zufrieden. Die Taktik des Generalstaatsanwalts funktionierte vorzüglich. Es bestand kein Zweifel daran, dass der Oberste Gerichtshof in diesem Fall seine Nichtzuständigkeit einräumen musste. Dies bedeutete für gewöhnlich, dass der Kronrat einberufen wurde, aber Edouard wusste, dass die Massai nicht in der Lage sein würden, einen Rechtsbehelf in London oder sonst wo einzulegen.

Katherine brachte den Wagen unter einem Baum auf der Limuru Road zum Stehen. »Es hat keinen Zweck«, sagte sie zu Kira. »Ich kann nicht warten, bis wir zu Hause sind. Ich muss es wissen.«

Sie schlug die Seite vier des *East African Standard* auf, breitete die Zeitung auf ihren Knien aus und überflog rasch den Artikel mit der Überschrift MASSAI ERRINGEN ERWEITERTES RESERVAT.

»Was steht denn da?«, wollte Kira wissen. »Haben wir gewonnen?«
Katherine überflog den Artikel bis zum Ende, sah Kira an und wandte sich dann wieder dem Anfang zu, ohne einen Ton von sich zu geben. Die Schlagzeile hatte einen anderen Eindruck erweckt als das, was sie dem Artikel entnommen hatte. Sie las ihn erneut.
Kira flehte sie an: »Bitte lesen Sie ihn mir vor, Katherine.«
»Ach, Kira, ich fürchte, es sind keine guten Neuigkeiten.« Doch sie holte tief Luft und begann laut zu lesen, wobei sie die Bemerkungen des Verfassers zu den verschiedenen Persönlichkeiten ebenso übersprang wie die rechtlichen Detailfragen, bis sie bei der Feststellung am Ende des Beitrags angelangt war.
»Richter R.W. Hamilton des Obersten Gerichtshofes entschied, dass die Klage der Massai, welche fraghafte Begründetheit sie auch haben möge, nicht vor dem Obersten Gerichtshof verhandelbar ist, da es sich bei den umstrittenen Vereinbarungen aus dem Jahre 1904 und 1911 nicht um Verträge, sondern um Abkommen im Sinne vertraglicher Verpflichtungen zwischen souveränen Parteien handelt.«
»Was hat das zu bedeuten?«, erkundigte sich Kira.
»Dass all die Zeit und die Aufwendungen offenbar umsonst gewesen sind. Der Richter sagt, er kann keine Entscheidung in der Landklage treffen, weil er lediglich Urteile über Verträge, nicht aber über Abkommen zu fällen vermag.«
»Aber oben auf der Seite heißt es doch, dass die Massai gewonnen haben.«
»Das ist nur ein Mittel des Reporters, um die Aufmerksamkeit der Siedler zu wecken, Kira. Er bezieht sich auf das größere Reservat, das den Massai im Süden gewährt wurde. Dabei schert sich niemand darum, wie viel Land die Massai dort

unten erhalten, denn es ist ohnehin wertlos. Sie interessieren sich lediglich für das Laikipia-Plateau.«

»Was wird nun geschehen?«

»Die Klage wird nach London weitergereicht, bevor irgendeine Entscheidung getroffen werden kann, ob die Massai das Reservat im Norden behalten dürfen oder nicht.«

»Bedeutet das, dass Parsaloi fortgehen muss?«

»Wenn er weiterkämpfen möchte, dann ja.«

Kira wandte rasch den Kopf ab, um ihre Gefühle zu verbergen.

»Du hast Parsaloi gern, nicht wahr, Kira?«

Kira schwieg für eine Weile, bevor sie antwortete. »Ich weiß nicht so recht, was ich empfinde, Katherine. Manchmal gibt er mir das Gefühl, ein albernes Mädchen zu sein, denn ich scheine immer die dümmsten Dinge zu tun, wenn er zusieht. Und dann wieder macht er mich so wütend, dass ich … dass ich ihn am liebsten mit einem Besen verdreschen würde.« Sie hielt inne, dachte erneut über die Frage nach. »Alles, was ich weiß, ist, dass ich unruhig werde, wenn ich ihn sehe, und jetzt jagt mir das Wissen Angst ein, dass er für sehr lange Zeit sehr weit weggehen könnte.«

»Oje«, sagte Katherine und legte einen Arm um die Schultern der jungen Frau. »Das ist ja noch schlimmer, als ich dachte.«

Governor Edouard lehnte sich in seinem Sessel zurück und bewunderte seine Umgebung. Die dunkle Holzvertäfelung und die hohen Stuckdecken des Mombasa-Clubs erinnerten ihn an einige der besseren Clubs in London. Es war auf jeden Fall etwas Besseres als das, was Nairobi zu bieten hatte, was für die größte Stadt und das geschäftliche Zentrum des Protektorats nur angemessen schien.

Gemeinsam mit ihm genossen der Anwalt der Regierung, Sir Henry Mortimer, und der Generalstaatsanwalt, Alan Warpole, einen Drink zur Feier des Tages.

»Meine Herren«, sagte Edouard und prostete ihnen mit seinem Glas zu. »Glückwunsch. Gut gemacht!«

Sie stießen an und ließen sich von den Kellnern ihre Zigarren anzünden, bevor Mortimer anhob: »Es war ein Sieg, aber wir sollten nicht vergessen, dass sie in die Berufung gehen könnten.«

»Und genau da habe ich Ihnen etwas voraus, Henry«, lautete Edouards rätselhafte Entgegnung. Er wollte sein Geheimnis nicht allzu früh preisgeben.

»Was meinen Sie damit, Percy? Ist Ihnen etwas zu Ohren gekommen?«

»Vergessen Sie nicht, dass die unterlegenen Kläger die Kosten des Verfahrens zu tragen haben. Ist das nicht wunderbar?« Er lächelte und nahm einen Zug von seiner Zigarre.

»Das Protektorat wird doch nicht so knapp bei Kasse sein, dass dies eine Rolle spielt, oder?«, erkundigte sich Mortimer.

»Durchaus nicht. Aber zufällig weiß ich, dass es bei den Massai eine Rolle spielt.«

»Ach wirklich?«

»Ja, durchaus. Deshalb war ich darauf bedacht, das Verfahren in die Länge zu ziehen. Sie haben kein Geld mehr, meine Herren. Wir müssen uns also keine Sorgen über eine Berufung machen. Wir werden nichts mehr von ihnen hören.«

»Da bin ich aber wirklich froh«, sagte Mortimer.

»Froh? Wieso denn das?«

»Offen gestanden, hätte ich es vorgezogen, die Klage nach Vertragsrecht gesondert zu behandeln. So wie die Dinge standen, hatten wir allerdings keine andere Wahl, als die Abkommensstrategie zu unserer Verteidigung zu benutzen. Die

Aussagen der beiden letzten Zeugen waren ausgesprochen wirkungsvoll. Ich dachte schon, wir wären erledigt.«

»Nun, ungeachtet dessen haben wir gewonnen«, stellte Edouard mit Nachdruck fest.

»Das wird sich noch zeigen«, entgegnete Mortimer.

»Was soll das denn heißen?«

»Wenn sie die Sache vor den Kronrat bringen, könnten wir in Schwierigkeiten geraten.«

Edouard beugte sich nach vorn. »Mein Gott, Henry, was wollen Sie damit sagen?«

»Dass der Kronrat eine völlig andere Angelegenheit sein wird, sollten sich die Massai tatsächlich entscheiden, die Sache weiter zu verfolgen. Sie werden sich Präzedenzfälle ansehen, und ich weiß zufällig von einem, der sie interessieren dürfte. Es ist ein ähnlicher Fall, bei dem es um die Besitzansprüche von Eingeborenen ging. Das Abkommen von Waitangi. Es wurde zwischen der britischen Krone und den Maori-Häuptlingen auf der Nordinsel Neuseelands geschlossen. Das Abkommen gestand den Maori die Rechte britischer Bürger zu und auch das Recht auf den Besitz ihres Landes und anderer Eigentümer.«

Edouard lehnte sich kreidebleich in seinem Sessel zurück.

»Mein Gott«, sagte er.

Der Generalstaatsanwalt machte eine wegwerfende Handbewegung. »Da fließt noch eine Menge Wasser den Bach hinunter, ehe wir in eine solche Lage geraten könnten.«

»Um ehrlich zu sein, sind die Massai nur einen Schritt weit vom Kronrat entfernt, wenn sie sich entscheiden sollten, die Angelegenheit weiter zu verfolgen, Alan«, entgegnete Mortimer. »Und dieser Schritt ist das Berufungsgericht hier in Mombasa, wo sie wahrscheinlich verlieren werden, was aber keine Auswirkungen auf ihre Rechte haben wird, den Kronrat anzurufen.«

Edouard drehte sich ruckartig zu seinem Generalstaatsanwalt um. »Sind Sie sich dessen bewusst, Alan?«
»Gewiss, Percy. Aber wie hoch ist die Wahrscheinlichkeit, dass dieses ungebildete Gesindel es so weit treiben wird?« Warpole strich sich mit dem Finger über die Narbe, die in einer schmalen weißen Linie von seinem Ohr bis zu seinem Kinn verlief. »Es würde sie ein Vermögen kosten. Oder, was viel schlimmer für sie ist, sie müssten eine große Zahl Rinder verkaufen. Keine Sorge, Percy. Ich habe einen Mann, der die Sache im Auge behält. Dieser Massai-Bursche ist wie eine Ente auf dem Trockenen. Er und sein Haufen haben nicht mehr den Mumm, zu kämpfen.«
»Wir reden hier immerhin von den Massai«, erinnerte ihn Mortimer. »Dem wildesten Stamm in diesem Teil der Welt.«
»Das tut nichts zur Sache«, fuhr Warpole ihn an. »Sie werden nicht so weit gehen, das garantiere ich.«
»Ich hoffe doch sehr, dass Sie recht behalten«, sagte Edouard mit einem kalten Lächeln. »Sollten die Massai diese Klage gewinnen, dann sind wir nämlich geliefert. Ich muss Sie wohl nicht erst daran erinnern, welche Konsequenzen Fehler dieser Art für unsere Vorgänger hatten, nicht wahr?«
»Vergessen Sie nicht, dass es andere Wege gibt, eine Auseinandersetzung zu gewinnen«, äußerte Warpole. »Es gibt Leute, die sich um solche Angelegenheiten kümmern. Wenn man ein paar Rupien in gewisse Hände drückt, vermag das Wunder zu bewirken.«
Edouard fixierte ihn mit einem eisigen, starren Blick. »Das will ich wirklich hoffen, Alan, denn wenn Sie mich enttäuschen, dann können Sie Ihre Pension vergessen. Das Einzige, was ich Ihnen dann zu garantieren vermag, ist ein neuer Posten, der so abscheulich ist, dass ihn niemand auch nur in Erwägung zieht.«

Ole Sadera stand wieder einmal am Rande des Ozeans und versuchte, dessen Geheimnisse zu ergründen. Der Himmel war grau. Es herrschte eine beklemmende Schwüle. Dies war kein Tag, der die Stimmung hob. Ein trister Nieselregen ging auf die flache Eintönigkeit des Wassers nieder, und ein Rinnsal perlte über Ole Saderas Wange bis zu seinem Kinn hinab, wo es für einen Augenblick hängenblieb, ehe es auf seine Brust herabtropfte. Wann immer er fast glaubte, die See zu verstehen, tauchte eine weitere Absonderlichkeit auf.
Es kam ihm vor wie seine Erfahrungen mit der britischen Justiz. Er hatte immer das Gefühl, kurz davor zu sein, sie zu verstehen, doch es wollte ihm einfach nie zur Gänze gelingen. Als Frederick Jackson vor vielen Jahren nach dem Vergeltungsangriff in Kedong zu seinen Gunsten entschieden hatte, war es ihm klar verständlich erschienen: Die Schuldigen wurden bloßgestellt, die Gerechten verteidigt. Nun war er verwirrt. Er war heute früh zu Morrisons Kanzlei zurückgekehrt, um noch einmal zu begreifen zu versuchen, warum die Männer, die sie aus Entorror vertrieben hatten, im Gerichtssaal gewinnen konnten. Morrison erklärte es ihm erneut ausführlich, aber Ole Sadera war ratlos. Ein Formfehler, hatte ihm der Anwalt gesagt. Belanglos.
Ole Sadera drehte sich um, um denselben Weg zurückzugehen und zu seinem Lager in der Stadt zurückzukehren. Er hielt wie immer Ausschau nach dem Swahili-Mann, der ihn aus der Ferne beobachtete. Er glaubte, ihn gesehen zu haben, als er Morrisons Kanzlei verließ, um zum Strand zu gehen. Er hatte einen großen, schwarzen Schirm, war aber verschwunden, als Ole Sadera auf ihn zuging.
Nun war da ein roter Schirm, und eine Gestalt kam von der Ufermauer auf ihn zu. Als sie sich näherte, erkannte er Katherine Wallace.

»Hallo, Parsaloi«, sagte sie und hielt ihm ihre Hand hin.
»Missus Katherine. Sie sind hier.«
»Ich habe über den Prozess in der Zeitung gelesen. Ich dachte, ich würde kommen, um Ihnen zu Ihrem Erfolg zu gratulieren. Es tut mir leid, dass es schlecht ausgegangen ist für Sie.«
»Sie haben es gehört?«
»Ja, ich komme gerade von Mr. Morrisons Kanzlei. Er hat mir gesagt, dass ich Sie hier finden würde.«
»Vielen Dank, dass Sie gekommen sind.«
»Kira hat mich begleitet.«
Sein Blick glitt über die Ladenreihe am Wasser.
»Sie ist im Gästehaus geblieben. Eigentlich sollte ich Ihnen gar nicht erzählen, dass sie mitgekommen ist.« Als er nicht reagierte, fuhr sie fort: »Ich glaube, sie hat Sie gern, Parsaloi. Aber sie hat Angst vor Ihnen.«
Ole Sadera wollte nicht an die junge Frau mit dem betörenden, seltsam vertrauten Lächeln denken. Er versuchte, seine Gedanken zu beherrschen, indem er sich dem Wasser zuwandte.
»Dies hier ist ein eigenartiger Ort, Missus Katherine. Fühlen Sie es auch? Die Bewegung des Wassers hat etwas an sich …«
»Ja, das Meer kann sehr beruhigend sein«, erwiderte sie.
Das war nicht die Beschreibung, die er im Sinn hatte, aber es diente dazu, die Unterhaltung in eine andere Richtung zu lenken. Er wollte nicht mit ihr über Kira reden – vor allem nicht jetzt, wo sein Kopf so voll war mit anderen Dingen.
»Was werden Sie jetzt tun?«, erkundigte sie sich.
»Wir haben verloren.«
»Ja, aber Mr. Morrison glaubt, dass Sie in der Berufung gewinnen werden.«
»Das hat er mir auch gesagt, aber ich weiß nicht, was ich tun soll. Ich habe eine Niederlage erlitten.«

»Aber nein, Parsaloi, dies ist lediglich ein Rückschlag. Sie haben einen guten Fall. Sie müssen kämpfen.«
»Kämpfen«, sagte er nickend, »wenn ich das nur könnte. Aber das hier ist so, als ob man sich gegen einen … einen Geist wehrt. Es ist nichts da. Ich kann nicht besiegen, was ich nicht sehe. Ich kenne mich mit dieser Art von Kampf nicht aus. Ich muss nach Massai-Land zurückkehren.«
»Und was ist mit Ihren Leuten daheim? Haben Sie mir nicht erzählt, dass Sie ursprünglich große Schwierigkeiten hatten, sie zu diesem Kampf zu überreden? Und nun haben Sie ihre Unterstützung. Da können Sie doch nicht einfach gehen.«
Ole Sadera lief aufgewühlt einige Schritte davon und drehte sich dann wieder zu ihr um. »Missus Katherine, ich weiß nicht, was ich tun soll. Was weiß ich von britischen Gerichten? Während ich hier bin, verhungert mein Volk in Ngatet. Ich habe Spiele gespielt, während meine Leute um ihr Überleben kämpften. Ich muss zurückgehen.«
»Die Berufung«, sagte sie. »Legen Sie Berufung ein. Zu viele Menschen verlassen sich auf Sie. Sie glauben an Sie. George hat an Sie geglaubt. Sie müssen Berufung einlegen. Wenn Sie dort unterliegen, dann stimme ich Ihnen zu, dass die Sache verloren ist.«
»Sie ist bereits verloren. Mr. Morrison hat um sein Geld gebeten, und ich habe keines mehr.«

Kapitel 54

Das aufleuchtende Rot erregte Ole Saderas Aufmerksamkeit, aber es war sogleich wieder im Meer der weißen *Dhotis* und gemusterten *Kangas* verschwunden. Einen Augenblick später tauchte es wieder auf. Die Menschenmenge teilte sich für den Mann in der roten *Shuka*, wie sie es wohl auch für einen Büffelochsen getan hätte, der sich mit wiegendem Gang durch die Straßen bewegt.

Ein breites Lächeln erschien auf Mantiras Gesicht, als er Ole Sadera erspähte, und der begriff zum ersten Mal, wie sehr ein Massai unter den Menschen der Küste hervorstach. Selbst ohne Speer und Schild war Mantira eine außergewöhnliche, beeindruckende Erscheinung. Mit einem Mal wurde Ole Sadera bewusst, wie einsam er sich ohne die Kameradschaft einer seiner Leute fühlte. Tränen der Dankbarkeit standen ihm in den Augen, als er seinen Freund umarmte.

»Du alter Elefantenscheißhaufen, habe ich dich endlich gefunden!«

»Sieh dich nur an. Hässlich wie ein Warzenschweinhintern. Ich wollte meinen Augen nicht trauen, als ich dich sah!«

»Hast du seit einem Monat nichts gegessen? Dein Bauch ist so dünn.«

»Als dich diese Swahili kommen sahen, sind sie dir aus dem Weg gesprungen, als hätten sie ein Krokodil erblickt!«

Sie brachen in wildes Gelächter aus, was dazu führte, dass die Einheimischen einen noch weiteren Bogen um sie machten.

Doch anstatt Ole Saderas Heimweh zu lindern, verschlimmerte Mantiras Anwesenheit in Mombasa es nur noch. Seine

Erscheinung – so wild und furchteinflößend sie für die Einheimischen auch sein mochte –, in ihm weckte sie Erinnerungen an die Savanne und Freunde und an sein Zuhause, und das machte es ihm nur noch schwerer, an diesem fremden Ort auszuharren.
Sie fanden einen Schatten spendenden Mangobaum hinter dem Markt mit Aussicht auf den Hafen, wo sie sich eine Stunde lang unterhielten.
Sie redeten über ihre Meinungsverschiedenheiten der jüngsten Vergangenheit, und auch wenn keiner einräumte, einen Fehler begangen zu haben, unterhielten sie sich so lange, bis sie ihre Streitigkeiten beigelegt hatten, worüber Ole Sadera sehr froh war. Er wollte nicht, dass alte Feindseligkeiten ihr Wiedersehen trübten.
Dann erzählte er Mantira von dem Gerichtsprozess, davon, wie sie ihre Beweise vorgetragen hatten und der Richter dennoch der Meinung der Regierung gewesen war, dass sie in einem anderen Gericht noch einmal neu beginnen müssten.
»Neu beginnen? Was wird denn nun geschehen?«, fragte Mantira.
»Morrison sagt, wir müssen weiterkämpfen.«
»Und du?«
Ole Sadera blickte über den Hafen hinweg zu dem weißen Nebel, der über dem Riff hing.
»Erzähl mir von zu Hause.«
Mantira beschrieb die chaotische Lage. Die Neuankömmlinge aus dem Norden hatten versucht, einen Platz für sich in dem Land im Süden zu finden, dessen Ressourcen bereits bis zum Äußersten strapaziert waren, was zu Aufruhr geführt hatte und manchmal auch zu Blutvergießen. Die Anführer der Altersränge hatten zunehmend Schwierigkeiten, mit den *Moran* fertig zu werden. Im Falle von Ole Saderas Il Tuati herrschte

völlige Verwirrtheit und Widerstand gegen alle Versuche, sie zu beschwichtigen.
»Das sind schlechte Neuigkeiten. Ohne mich, ihrem *Olaiguenani …*« Ole Saderas Stimme verstummte.
Mantira schüttelte den Kopf. »So schlimm ist es nicht. Wir werden mit ihnen reden. Es ist nicht leicht in Ngatet, aber wir werden überleben.«
»Habt ihr Essen? Wie geht es den Rindern … sind sie wohlgenährt?«
»Darüber hast du dir jetzt keine Gedanken zu machen. Du bist hier, wir sind dort«, erklärte Mantira entschieden.
»Morrison sagt, die Zeitungen in Nairobi sprechen schlecht von uns. Selbst hier lesen die Menschen darüber. Ich habe das Wort ›Massai‹ oft auf den Seiten gesehen.«
Mantiras Lächeln schwand. »Ehrlich gesagt behaupten viele, wir seien Unruhestifter und gierig nach Land, das uns nicht gehört. Es ist schwer, auf die Märkte zu gehen, ohne sich mit einem *Dukawaller* zu streiten oder böse Worte von den Weißen auf den Viehmärkten zu hören zu bekommen. Die Leute sind wütend. Einige unserer Dörfer wurden angegriffen.«
»Angegriffen? Von wem?«
»Kamba, Luo. Selbst die Kikuyu werden dreist.«
»Aber wir machen ihnen doch gar nicht ihr Land streitig.«
»Nein. Und wir geben auch nicht den Kamba oder den Luo die Schuld. Irgendjemand bringt sie dazu, uns Schwierigkeiten zu bereiten.«
»Aber warum?«
»Die Ältesten glauben, sie wollen, dass wir gegeneinander kämpfen, damit die *Askaris* kommen und die Anführer mitnehmen können.«
»Dann ist es ja gut, dass es vorbei ist«, sagte Ole Sadera. »Ich werde jetzt nach Hause kommen.«

»Was redest du denn da?«
»Wir haben es versucht, und es ist misslungen. Nicht jede Schlacht vermag gewonnen zu werden.«
»Bist du verrückt geworden? Willst du wie ein geprügelter Köter nach Hause kommen?«
»Nicht ich habe verloren, sondern unsere Sache.«
»Du musst tun, was Morrison dir rät. Das ist jetzt nicht der richtige Zeitpunkt für einen Rückzug. Diese Kamba und Kikuyu …«, sagte Mantira und spuckte neben sich auf die Erde, »sie werden glauben, sie hätten gewonnen.«
»Hast du denn keine Ohren, Mistkäfer? Ich sagte, wir sind am Ende.«
»Glaubst du etwa, ich hätte zwei Tage lang in diesem verfluchten Zug gesessen und mir Rauch ins Gesicht wehen lassen, um dir fröhliche Geschichten aus der Heimat zu erzählen? Nein. Zuerst bin ich mit meinen Brüdern nach Nairobi gegangen. Wir haben fünfhundert Schafe und dreihundert Ziegen verkauft.« Das breite Lächeln erschien wieder auf seinem Gesicht. »Du hättest die Gesichter in Nairobi sehen sollen, als wir die Tiere durch die Stadt getrieben haben.«
»Aber warum?«
»Um die Rupien zu bekommen, du Ziegeneuter.« Er schob eine Hand in die Falte seiner *Shuka* und zog ein dickes mit Kalbsleder umwickeltes Bündel hervor. Als er es auseinanderfaltete, lag ein Haufen Banknoten darin.

Als Ole Sadera Morrison mitteilte, dass er Berufung einlegen wolle, drängte ihn Morrison, in den Lagerraum unter seiner Kanzlei zu ziehen. »Wie gefällt es Ihnen?«, fragte er und zeigte stolz auf ein Möbelstück mit kunstvoll gedrechselten Säulen und fein geschnitzter Laubsägearbeit, die die polierten Holzpfosten verband.

Ole Sadera betrachtete es eine ganze Weile. »Was ist das?«, fragte er.
»Ein Bett, natürlich.«
Ole Sadera betrachtete es weiter. Dann hob er die Bettdecke, drückte auf die Rosshaarmatratze und strich mit den Fingerspitzen über das lackierte Kopfbrett. »Was für eine Art Bett ist das?«, fragte er, ganz und gar nicht sicher, ob Morrison sich nicht über ihn lustig machte.
»Es gehörte einmal dem Obereunuchen des Sultans von Sansibar. Der Obereunuch war ein wichtiger Mann im Palast des Sultans.«
Als Morrison ihm die Bedeutung des Wortes »Eunuch« erklärte, wusste Ole Sadera, dass ihn der Anwalt neckte. Aber Morrison beharrte weiter darauf, dass Ole Sadera sein Angebot annehmen solle.
»Sie können nicht dort draußen im Busch kampieren. Das gehört sich einfach nicht. Die Leute werden Sie für ein wenig … sonderbar halten.«
Nachdem er gerade von den merkwürdigen Überzeugungen der Küstenbewohner gehört hatte, akzeptierte Ole Sadera den Gebrauch des Wortes »sonderbar« in Verbindung mit ihnen, und er stimmte zu, in den Lagerraum zu ziehen.

Er kehrte zu seinem Lagerplatz zurück, um die wenigen Dinge zu holen, die er dort zurückgelassen hatte. Schon bald spürte er, dass ihm jemand folgte, und versteckte sich in dem hohen Gras am Rande der La Perouse Road. Als er feststellte, dass es sich um denselben Swahili-Mann handelte, der ihm seit Wochen folgte, stürzte er sich auf ihn und schlug ihn zu Boden.
»Wieso folgst du mir?«, herrschte er ihn mit gezogenem *Simi* an, dessen Spitze auf die Kehle des Mannes gerichtet war.

Der Mann schien nicht überrascht von dem Überfall. Er erklärte Ole Sadera mit ruhiger Stimme, dass er Neuigkeiten für ihn habe und alles erklären könne, wenn er von ihm ablassen würde. Er war klein und dunkelhäutig, und unter seinem Hemd schaute ein langer Krummdolch hervor, den Ole Sadera ihm abnahm. Er sagte, sein Name sei Achmed und dass ihn ein Freund geschickt habe, der sich um Ole Saderas Wohlergehen sorgte.

»Wer ist dieser Freund, von dem du sprichst?«
»Es ist mir nicht erlaubt, seinen Namen zu nennen«, erwiderte der Mann mit einer überraschend sanften Stimme. »Es sollte dir genügen, dass er in der Lage ist, dir zu helfen.«
Ole Sadera mochte den Mann nicht. Er verabscheute sein überhebliches Gehabe. Er hatte sich in all den Wochen, in denen der Mann ihn mit seiner ungebetenen Anwesenheit belästigt hatte, ein Bild von ihm gemacht. Er hasste seine Angewohnheit, ihm in sicherer Entfernung nachzuschleichen. Er war wie ein Schakal, der einem Löwen folgte – immer außer Reichweite, aber nahe genug, um zu reizen und abzulenken. Er hatte weder Zeit noch Respekt für einen Mann übrig, der den Anordnungen irgendeiner namenlosen Person Folge leistete. Dass es ihm nun gelungen war, ihn zu überwältigen, schien nicht von ungefähr geschehen zu sein, sondern von dem Mann so gewollt.
Dies war ein weiterer Grund, Abneigung gegen ihn zu hegen. Warum konnte er nicht einfach auf ihn zutreten und sagen, was er zu sagen hatte?
»Ich brauche keine Hilfe von dir oder von Leuten, die nicht benannt werden wollen.«
»Es besteht keine Notwendigkeit für dich, es zu erfahren. Ich muss darauf bestehen, dass du diese einfachen Bedingungen

akzeptierst.« Bei manchen Lauten lispelte er leicht, weshalb er Ole Sadera an das Zischen einer Schlange erinnerte.
»Ich muss gar nichts akzeptieren. Und jetzt scher dich fort. Wenn ich dich noch einmal dabei erwische, wie du mir hinterherschleichst, wirst du mein *Simi* zu spüren bekommen.«
Achmed schwieg einen Moment lang und strich sich über seinen dicken Bart.
»Kein Grund, unangenehm zu werden, mein Freund«, sagte er. »Ich habe eine einfache Aufgabe zu erfüllen, und wenn dies getan ist, werde ich dich nicht wieder behelligen. Mein Auftraggeber hat mich gebeten, dich davon in Kenntnis zu setzen, dass du gefährlich lebst. Er glaubt, dass du fest entschlossen bist, die Angelegenheit mit dieser Klage weiterzuführen, und lässt dir ausrichten, dass dies nicht klug ist. Du solltest besser nach Hause zurückkehren und vergessen, was dir der weiße Mann Morrison rät. Du hast keine Aussicht auf Erfolg.«
Die Erwähnung von Morrisons Namen und der Klage ließ die Botschaft in neuem Licht erscheinen. Hier war jemand, der Zugang zu Informationen hatte, von denen Ole Sadera glaubte, sie seien vertraulich. Wie konnte dieser Mann oder sein Auftraggeber so viel wissen? Wenn sie über jeden seiner Schritte Bescheid wussten, wie viele gab es dann wohl, die ihn beobachteten?
Als habe er seine Gedanken gelesen, sagte Achmed: »Sieh dich um, mein Freund. Wie viele Augen beobachten dich? Wie viele Massai sind hier, um dir zu helfen, dir mit Rat und Tat zur Seite zu stehen? Selbst dein Massai-Freund wird bald wieder fort sein. Wer wird dich unterstützen, wenn der Feind kommt? Du kannst dem *Mzungu,* dem weißen Mann, nicht trauen.«
»Scher dich fort«, knurrte Ole Sadera wütend. Er war unge-

halten, weil er dem Swahili erlaubt hatte, sich in seine Gedanken zu schleichen.
Als Achmed Ole Saderas Gesichtsausdruck sah, wich er zurück und hob seine Hände in einer Geste der Unterwerfung. Er warf ihm ein letztes höhnisches Lächeln zu, bevor er sich umdrehte und im saftigen Gras verschwand.

Kapitel 55

Als sich Ole Sadera endlich auf den Weg zu Morrisons Lagerraum und seinem neuen Bett machte, war es Nacht geworden in Mombasa. Die für gewöhnlich geschäftigen Straßen lagen verlassen da, und die feuchte, drückende Hitze umfing ihn wie eine warme, nasse Decke. Die arabischen Ladenbesitzer machten sich daran, für die Nacht zu schließen. Sie arbeiteten unter Paraffinlampen, die in den Gassen vor ihm unheimliche Schatten an den weißen Korallensteinmauern entlanghuschen ließen.

Er war tief in Gedanken versunken. Sein rätselhafter, aber beharrlicher Begleiter der letzten Wochen hatte ihn mehr verunsichert, als er zugeben wollte. An der Tür zum Lagerraum suchte er nach dem Schlüssel, den Morrison ihm gegeben hatte, aber als er die Tür öffnete, stellte er fest, dass sie unverschlossen war. Er trat ein und versuchte, sich daran zu erinnern, wo die Laterne stand. Während er im Dunkeln herumstolperte, hatte er das ungute Gefühl, dass außer ihm noch jemand im Raum war. Er tastete an seinem Gürtel nach seinem *Simi* und schalt sich sogleich dafür – er durfte nicht zulassen, dass ihm seine Fantasie wegen des Swahili einen Streich spielte.

Er fand die Laterne und entzündete sie mit Hilfe eines wachsüberzogenen Spans. Das Paraffin wurde langsam munter, und als sein schwaches Licht in alle Ecken des höhlenartigen Lagerraumes kroch, begannen unter seiner flackernden Flamme merkwürdige Gestalten zu tanzen. Die Augen irgendeines vergessenen Sultans starrten von einem Porträt an der gegenüberliegenden Wand auf ihn herab. Eine Ratte huschte über den Boden und verschwand zwischen einem verschnörkelten Schrank und einer großen porzellanbeschichteten Eisenbadewanne mit filigraner Schneckenverzierung an jedem Ende. Er folgte ihr, zog das *Simi* aus seiner Scheide und schlug damit gegen die Wanne. Ein klingendes Geräusch ertönte, und die Ratte trippelte hastig an ihm vorbei und verschwand durch ein Loch in der Fußleiste.

Er blickte sich ein letztes Mal in dem Raum um. Als er zu seiner Zufriedenheit feststellte, dass alles so war, wie es sein sollte, streifte er seine *Shuka* ab und warf sie auf das Bett, wobei er sich überlegte, ob er darin schlafen oder sein Glück mit dem Boden versuchen sollte, auf die Gefahr hin, mit weiteren Ratten Bekanntschaft zu machen. Er drückte mit der Hand auf die gepolsterte Matratze und entschied sich, sie zu benutzen.

Er nahm auf dem Bett Platz, hob das Glas der Laterne und löschte sie. Bevor sich seine Augen an die Dunkelheit gewöhnt hatten, bewegte sich eine Gestalt zwischen der Stelle, wo er auf dem Bett saß, und dem Dachfenster, das einen Blick auf den mit Sternen übersäten Himmel erlaubte. Er tastete hastig nach seinem *Simi* und stürzte sich auf die Gestalt, schlang seinen Arm um deren Oberkörper und hielt ihr gleichzeitig das *Simi* an die Kehle.

»Parsaloi! Ich bin es!«

Die Gestalt war weich, und als er seinen Griff lockerte, drehte sie sich zu ihm.

»Ich hätte dich töten können«, sagte er schwer atmend, während das Adrenalin langsam sank. Kira trat nicht von ihm weg, sondern blieb stehen, gegen seinen nackten Körper gepresst.

»Ich … ich bekam es mit der Angst zu tun, dass du wütend sein könntest, wenn du mich hier vorfindest.«

»Warum sollte ich wütend sein?«
»Weil ich dir missfalle.«
»Du weißt nicht, was du da sagst. Du missfällst mir nicht, du …« Er konnte ihren weichen Körper an dem seinen spüren, und es fiel ihm nichts mehr ein, was er hätte sagen können. Er wäre nur zu gern erbost gewesen über ihr Eindringen, doch das Einzige, woran er zu denken vermochte, war ihr nachgiebiges Fleisch an dem seinen. Es machte ihn verlegen, dass sein anschwellender Penis gegen sie drückte. Sie spürte es gewiss auch.
Doch dies hier war Nashilos Halbschwester, eine Blutsverwandte der Frau, die er geliebt hatte. Aber ungeachtet seiner Schuldgefühle, rang er mit seinem Verlangen. Anstatt sich von ihm zu entfernen, glitten Kiras Hände über seine Brust zu seinen Schultern, und sie schmiegte sich an ihn. Ole Sadera war erbärmlich zumute, und er versuchte behutsam, sich von ihrem verführerischen Körper zu lösen, doch er wusste schon bald, dass er den Kampf verloren hatte. Er presste sie an sich und drückte seine Lippen auf das weiche, feste Fleisch an ihrem Hals, um den Laut zu ersticken, der seinem Mund entfloh.
»Parsaloi«, flüsterte sie, und er hob sie auf seine Arme und trug sie zum Bett des Eunuchen.

Am frühen Morgen wanderte Ole Sadera für gewöhnlich ans Meer. In der stillen Luft, bevor die Sonne Zeit hatte, sie aufzuheizen, war die See am freundlichsten. Mit diesen Schritten hoffte er, seine Angst vor dem Wasser zu überwinden, doch an diesem Morgen musste er sich mit anderen Angelegenheiten auseinandersetzen.
Die Nacht mit Kira hatte ihn durcheinandergebracht. Er hatte schlecht geschlafen. Das eigenartige Gefühl, eine Frau neben

sich liegen zu haben, hatte ihn beunruhigt. Und dann war da noch das schlechte Gewissen, seiner Schwäche nachgegeben zu haben. Die Vorstellung, dass dort Nashilo neben ihm lag, peinigte ihn in seinen Träumen. Irgendwann in der Nacht griff er nach ihr, erwartend, ihre Haut kalt und feucht vorzufinden, wie sie oben auf dem Mau gewesen war, als er sie berührt hatte. Aber ihre Haut war warm. Kira bewegte sich unter seiner Hand und kuschelte sich in seine Arme. Für einen Augenblick war er verloren zwischen Wirklichkeit und Fantasie. Schließlich war er wieder eingeschlafen.

Als sich die Dämmerung durch die Fenster des Lagerraumes ankündigte, kroch er aus dem Bett und ging barfuß zum Wasser.

Abgesehen von den Fischern, waren um diese Zeit nur wenige Menschen unterwegs. Daher war er überrascht, eine ungewohnte Gestalt auf der Ufergasse zu erblicken, die sich in Richtung der Lagerhäuser bewegte. Sie war nur undeutlich zu erkennen, so dass er erst beim Näherkommen erkannte, dass es sich um seinen Freund handelte, von dem er sich erst am Tag zuvor verabschiedet hatte.

»Mantira?«, rief er, wollte seinen Augen nicht trauen.

Die Gestalt blieb stehen und kam dann auf ihn zu. »Gelobt sei Enkai«, sagte Mantira, als er Ole Sadera erreicht hatte. »Ich dachte, ich würde noch eine weitere Nacht auf der Suche nach dir in dieser verwanzten Stadt verbringen müssen. Hast du jemals solche Kakerlaken gesehen? Ich schwöre dir, ich …«

»Was ist geschehen? Du wolltest doch gestern abreisen.«

»Das bin ich auch, bin aber lediglich bis zu der Erhebung auf der anderen Seite der Brücke gelangt.« Er zeigte zu den Rabai-Bergen hinüber, die auf Mombasa herabblickten. »Dann hat sich dieser rauchende Haufen Zebrascheiße geweigert weiterzufahren.«

Ole Sadera freute sich, ihn zu sehen. Wenn er den Mut aufbringen würde, könnte er mit seinem Freund über diese Angelegenheit mit Kira reden.
»Und dann haben sie den Zug die ganze Strecke herab zurückrollen lassen«, fuhr sein Freund fort. »Das war vielleicht ein Quietschen! Du hättest die Geräusche der Räder hören sollen. Der Zug ist jetzt in der Werkstatt, um repariert zu werden. Sie sagen, dass er schon bald wieder fahren wird.«
»Warum bist dann hier?«
Mantira zögerte einen Moment, um seine Gedanken zu sammeln. »Gestern auf dem Hügel habe ich ein Teita-Dorf gesehen und nicht weit davon entfernt ein Massai-Lager.«
»Massai! Aber ich habe sie niemals hier in der Stadt gesehen.«
»Es sind nur wenige – einige Älteste und Frauen, die von Süden, von der deutschen Seite, mit ihren Schafen gekommen sind, um mit den Teita Handel zu treiben. Als wir anhielten und die Leute von der Eisenbahn dies und das abklopften, um diese dumme Maschine zu reparieren, habe ich sie gefunden. Wir haben uns unterhalten. Sie fragten mich, warum ich so weit von zu Hause entfernt sei, und ich habe ihnen von dir erzählt. Ein alter Mann sagte mir, er wisse von dir, weil jemand zu ihm gekommen sei, um seine Hilfe zu erbitten.«
»Wegen mir? Wer war diese Person?«
»Ich weiß es nicht. Der alte Mann sagte, es sei ein großer Araber gewesen mit einer rauhen Stimme, und er habe einen Swahili-Mann bei sich gehabt mit einer sanften Stimme. Vielleicht war es aber auch ein weiterer Araber. Er war sich nicht sicher.«
Achmeds dunkelhäutiges Gesicht und der Singsang seiner Stimme fielen ihm ein. »Was wollten sie?«
»Sie haben dem alten Mann fünfzig Rupien geboten, wenn er einem Massai in der Stadt eine Nachricht überbringen würde.

Doch als man ihm die Nachricht mitteilte, die er überbringen sollte, hat sich der alte Mann geweigert.«

»Wie lautete sie?«

»Er sollte dem Massai sagen, dass er sich in großer Gefahr befinde und nach Hause zurückkehren solle. Und keinesfalls an Bord eines Schiffes gehen.«

Eine kalte Hand legte sich um Ole Saderas Herz. Er nickte. »Ist das alles?«

»Nein. Es gab noch eine weitere Warnung. Wie leicht es passieren könnte, dass ein Mann auf einer langen Überfahrt nach England über Bord fällt.«

David Morrison stand wieder einmal im Gerichtssaal in Mombasa, dieses Mal, um seine abschließende Rede vor den drei Richtern des Berufungsgerichts von Ostafrika zu halten. Nachdem er die Feststellung der Vorinstanz wiederholt hatte, machte er sich daran, sie anzufechten.

»Hohes Gericht«, begann er, »die Behauptung meines geschätzten Kollegen, dass meine Mandanten ein Abkommen anstatt eines Vertrags abgeschlossen hätten, entspricht nicht der Wahrheit. Vor dreißig Jahren, als die Britische Ostafrikanische Gesellschaft Handelsstützpunkte in diesem Land errichtet hat, wurden Abkommen mit Eingeborenenstämmen geschlossen, doch seither hat sich Britisch-Ostafrika verändert. Es finden hier Gerichtsverhandlungen vor britischen Gerichten statt, in denen britisches Recht zur Anwendung kommt. Sollte ein Massai einen Mord begehen oder sich weigern, seine Steuern zu bezahlen, müsste er sich wie jeder andere Bürger auch vor Gericht verantworten. Sollte er sich gegen die Regierung auflehnen, würde man ihn des Verrats beschuldigen, nicht etwa der Kriegserklärung, wie sie zwischen unabhängigen Staaten möglich ist. Wenn die Massai

Bürger eines unabhängigen Staates wären, wäre der Anführer der Massai nicht der Gerichtsbarkeit des Protektorats unterworfen, wie es gegenwärtig der Fall ist.
Es gibt keinen Unterschied zwischen diesem Protektorat und einer Kronkolonie, in der die Bürger sowohl die Rechte als auch die Verpflichtungen britischer Untertanen haben. Das Massai-Reservat ist kein fremdes Land. Wenn es sich so verhielte, könnte ein illegaler weißer Siedler, der sich auf Massai-Land niederlässt, lediglich durch einen Staatsakt exmittiert werden, nicht durch ein Verwaltungsgesetz.«
Er fuhr fort, weitere fachliche Fragen zu behandeln, bevor er sein Fazit daraus zog.
»Hohes Gericht, abschließend möchte ich zu bedenken geben, wie es um die Fürsorgepflicht der britischen Regierung gegenüber denen bestellt ist, die sie in ihrem Protektorat beschützen soll. Ist es nicht ihre vorrangige Pflicht, die Menschen zu schützen, die aufzuklären ihr erklärtes Ziel ist? Sollte es zutreffen, dass die Massai wegen irgendeines angeblichen Abkommens nicht auf die Rückgabe ihres Landes klagen können, das ihnen unrechtmäßig genommen wurde, so stellt sich die Frage, wer hier wen beschützt. Handelt es sich hierbei nicht um einen Fall, in dem der Beschützer seinen Schutzbefohlenen beraubt?«
Morrison ließ seinen Blick über die Richter wandern. In seinen Jahren bei Gericht hatte er sich die Kunst angeeignet, in den Gesichtern zu lesen. Aber was er gegenwärtig darin sah, würde ihn nicht veranlassen, eine große Summe auf einen positiven Ausgang zu setzen.
Als er mit Ole Sadera zu seinem Platz zurückkehrte, warf ihm Katherine Wallace, die in der ersten Reihe saß, ein ermutigendes Lächeln zu.
Sir Henry Mortimer wurde aufgefordert, die Darstellung sei-

ner Sichtweise zu geben, und er machte sich daran, seine Argumente aus dem früheren Prozess zusammenzufassen.

»Ich stimme meinem geschätzten Kollegen zu, dass es kein Abkommen zwischen den Massai und der Regierung Seiner Majestät geben könnte, wenn die Massai britische Untertanen wären. Aber das sind sie nicht. Sie unterliegen den Gesetzen, die von ihren Anführern festgelegt werden. Die Tatsache, dass das Protektorat in einigen Fällen die gleichzeitige Jurisdiktion zwischen Eingeborenengesetzen und britischen Gesetzen anerkennt, bedeutet nicht, dass sie britische Untertanen sind. Dies ist vielmehr das unterscheidende Merkmal dieses Falles. Die Massai müssen aufgrund ihrer Treue gegenüber ihrem obersten Anführer anders behandelt werden als britische Untertanen.

Soweit es das Abkommen mit dem obersten Anführer der Massai anbelangt, ist es die Entscheidung der Krone, und der Krone allein, mit wem sie ein Abkommen schließt. Und ob der oberste Anführer seine Untertanen dazu nötigt, das Abkommen zu unterzeichnen, vermögen wir nicht zu beurteilen.«

Mortimer fuhr mit seiner langatmigen Rede bis zum Ende des Nachmittags fort, und danach zogen sich die Richter zur Beratung zurück.

Morrison fühlte sich ausgelaugt. Er hatte noch niemals einem so respekteinflößenden Gegner die Stirn geboten wie dieser vereinten Kraft von Regierung und ihrer Vielzahl von Anwälten unter der Führung des Generalstaatsanwalts des Protektorats und Sir Henry Mortimers.

Er warf einen Blick auf seinen Mandanten, der denselben unergründlichen Ausdruck zeigte, den er vom Tag der ersten Anhörung an gezeigt hatte.

Katherine Wallace war wesentlich leichter zu durchschauen.

Sie lächelte beruhigend, doch dieses Lächeln verlor schon bald an Überzeugungskraft und erlosch schließlich.
Die Richter kehrten bald zurück und zerstörten mit wenigen Worten die Hoffnung darauf, dass das Gerichtswesen von Britisch-Ostafrika weiter über die Sache verhandeln würde, um den Massai zu erlauben, in ihre Länder im Norden zurückzukehren.
Ihre letzte Hoffnung auf Gerechtigkeit bestand nun in der langen Reise nach London, um dort vor den Kronrat zu treten.

Kapitel 56

Der Zug pustete und spieh glühende Kohlestückchen und Asche aus seinem Schornstein und sandte eine graue Rauchwolke über die Passagiere hinweg, die darauf warteten, zum Einsteigen aufgefordert zu werden.

Ole Sadera bedauerte seine Entscheidung, Katherine und Kira zum Bahnhof zu begleiten. Nachdem sie alle verfügbaren Gesprächsthemen ausgeschöpft hatten, machte sich ein Schweigen zwischen ihnen breit, das für eine Weile anhielt. Es wäre leichter gewesen, am Lagerraum Abschied zu nehmen. Er hatte Kira bereits alles gesagt, was es zu sagen gab. Hatte ihr erklärt, dass seine unmittelbare Aufgabe nun darin bestand, nach England zu reisen, wo der Kronrat über die Klage der Massai, in der sie Anspruch auf das Land im Norden erhoben, befinden musste.

»Sie müssen gespannt sein auf Ihre Reise nach England«, sagte Katherine, in dem Versuch, die Stille zu füllen.

»Ja«, erwiderte er und mied dabei Kiras Blick. Ihre Augen würden ihm nur sagen, was sie immer wieder auf so erbarmungslose Weise wiederholte, seit er ihr in einem Moment der Schwäche von den Drohungen erzählt hatte, die gegen ihn erhoben worden waren. Sie hatte ihn angefleht, auf die Reise nach England zu verzichten.

Kira verstand nichts von Pflicht und Verantwortung. Er konnte nicht bei ihr bleiben und sie auch nicht nach Massai-Land bringen, wie sie es sich wünschte.

Aber viel schlimmer war, dass er wusste, dass Kira eine Andeutung über ihre gemeinsame Zukunft von ihm erwartete.

Doch auch in dieser Hinsicht vermochte er nichts weiter zu sagen. Wäre sie eine gewöhnliche junge Massai-Frau gewesen, dann wäre es nicht weiter schwierig. In Massai-Land könnte es erst eine Hochzeit nach der nächsten *Eunoto* und seinem Wechsel in den Rang eines Ältesten geben. Allerdings wäre es dort undenkbar, dass eine junge Frau ihres Alters nicht bereits verheiratet war. Aber Kiras Lage war einzigartig. Und da sie außerhalb der Gemeinschaft der Massai groß geworden war, gab es keine Regeln, um ihrer beider Verhalten zu bestimmen. Ole Sadera fühlte sich verloren. Er wollte sie, aber es gab keinen vergleichbaren Fall, um seine Entscheidung zu lenken. Die Frage einer Heirat hing in der Luft wie die Aschewolke, die aus dem Schornstein des Zuges hervorquoll. Doch er vermochte sich auf nichts anderes zu konzentrieren als auf die bevorstehende Tortur der Seereise. Danach könnten Kira und er dann über ihre Zukunft nachdenken.

Der schrille Ton der Dampfpfeife ertönte.

»Wir sollten besser einsteigen«, sagte Katherine, an Kira gewandt. An Ole Sadera gerichtet, fügte sie hinzu: »Ich bin mir ganz und gar nicht sicher, was Ihre Entscheidung anbelangt, die Klage in England vor Gericht zu bringen, Parsaloi.«

Ole Sadera war fassungslos. »Aber Sie sagten doch, ich solle den Kampf fortsetzen.«

»Den Kampf um die Revision, das schon. Aber dies hier ist etwas ganz anderes. Aus dem, was ich gehört und aus der Zeitung erfahren habe, schließe ich, dass die Massai dringend Menschen wie Sie benötigen. Leben stehen auf dem Spiel, und die Zeit drängt. Ich bin überzeugt, dass die Massai einen sehr guten Grund haben, gegen die Entscheidung der Regierung zu kämpfen, aber ich bin mir nicht sicher, ob es der richtige Zeitpunkt ist, um diese Klage vor den Kronrat zu bringen. Anwälte sind dafür berüchtigt, Rechtliches um seiner selbst willen zu verfolgen. Im Augenblick steht aber das Überleben der Massai auf dem Spiel.«

Er war überzeugt gewesen, Katherine würde es als eine Entehrung von George Colls Andenken ansehen, wenn er nicht bis zum Schluss kämpfte. Es war nicht gerade ermutigend, dass sie Bedenken dagegen hatte, in England für die Rechte der Massai zu klagen.

»Nichtsdestotrotz«, fuhr sie fort, »bewundere ich Ihren Mut. Wenn Sie die Reise also antreten werden, so wünsche ich Ihnen viel Glück.«

Ole Sadera ergriff ihre ausgestreckte Hand und bedankte sich für ihre Hilfe.

»Du bist ein eigensinniger, törichter Mann«, sagte Kira, als Katherine außer Hörweite war.

»Ich muss tun, was getan werden muss«, erwiderte er hochmütig.

»Wieso? Du hast doch selbst gesagt, dass sich die Massai mehr darum scheren, ihre Rinder zu behalten, als sie zu verkaufen, damit du vor Gericht ziehen kannst. Wenn es niemanden in Massai-Land gibt, dem etwas daran liegt, zu gewinnen, warum sollte es dich dann kümmern? Ich finde, du solltest unverzüglich in das Reservat im Süden zurückkehren, wie es Katherine vorgeschlagen hat.«

Nachdem er einmal seine Entscheidung getroffen hatte, wagte er es nicht, die Reise abzusagen. Stattdessen gab er sich reserviert und beschloss, ihre Argumente zu ignorieren, doch sie durchschaute seine List und sagte: »Du bist wirklich unmöglich!«

»Hmm … Eigensinnig, töricht und jetzt unmöglich. Ich frage mich, wer gestern Nacht das Lager mit mir geteilt hat.«

Sie erwiderte sogleich reuig: »Verzeih mir, Parsaloi. Ich habe noch niemals zuvor so empfunden, und daher weiß ich nicht, wie ich mich verhalten soll. Jetzt, wo ich dich kenne, möchte ich dich nicht mehr verlieren. Ich sage all diese strengen Worte, weil ich nicht weiß, wie ich dir sonst begreiflich machen soll, wie sehr ich mir wünsche, dass du bei mir bist.«

Der Pfiff zur Abfahrt ertönte, und der Zug setzte sich mit einem Ruck in Bewegung.

Sie ergriff seine Hand und legte sie an ihre Wange. »Komm so schnell wie möglich wieder zu mir zurück, Geliebter«, sagte sie und rannte zu dem Waggon, in dem Katherine bereits Platz genommen hatte.

Ole Sadera war sich bewusst, dass er solch alberne Sentimentalität eigentlich vermeiden sollte, aber er blieb auf dem Bahnsteig stehen, bis der Zug außer Sichtweite war. Er würde in den kommenden Wochen all seine Entschlossenheit benötigen, um an Bord eines Schiffes zu gehen, das ihn weit weg von zu Hause und von Kira bringen würde.

Ole Sadera erwachte durch eine knarrende Holzdiele aus tiefem Schlaf. Er lag in dieser Halbwelt zwischen Schlaf und Bewusstheit da und dachte zuerst, Kira sei zu ihm zurückgekehrt. Er spielte mit diesem Gedanken in den trägen Momenten, die er benötigte, um zu begreifen, dass zwei verschiedene Geräusche aus den dunklen Tiefen des Lagerraumes kamen. Während er versuchte, einen klaren Kopf zu bekommen und sich zu konzentrieren, erkannte er, dass die Geräusche nahe waren und sich von verschiedenen Seiten dem Bett näherten.

Er ließ seine Hand über die Matratze gleiten, um sein *Simi* zu finden, und zog es vorsichtig aus der Scheide. Dann blieb er still liegen und lauschte auf weitere Geräusche. Wenn er den einen Eindringling zu früh angriff, riskierte er damit einen Gegenangriff des anderen.

In der völligen Stille war er in der Lage, die sich nähernden Geräusche nackter Füße und das leise Rascheln von Baumwollgewändern zu verfolgen. Er erkannte, dass er möglicherweise einen Vorteil aus einem glücklichen Umstand ziehen konnte. Der Nähere der beiden würde die Linie zwischen der Stelle, wo er lag, und dem Dachfenster kreuzen müssen, bevor er das Bett erreichte.

Der Umriss einer Gestalt tauchte zum Angriff bereit über ihm auf. Ole Sadera rollte sich auf eine Seite, als das Messer auch schon in die Matratze gerammt wurde, wo er vor einem Augenblick noch gelegen hatte. Der Massai packte den Messerarm seines Angreifers, und der stieß ein überraschtes Grunzen aus, als Ole Sadera sein *Simi* in die ungeschützte Achselhöhle des Mannes rammte. Ein lauter Schmerzensschrei folgte, und sein Angreifer stürzte, den *Simi* in seinem Arm steckend, davon.

Sobald Ole Sadera von seinem ersten Angreifer abgelassen hatte, sprang er auf die Füße, und der zweite Mann, der größer war als der erste, ging auf ihn los. Der Größenunterschied bereitete ihm keine Sorge, denn schon als Kind hatte er sich immer gegen größere Jungen wehren müssen, aber der Mann war bewaffnet. Ole Sadera ahnte, dass er die Waffe in seiner rechten Hand trug, daher bewegte er sich auf diese Seite und erschwerte es so dem langschneidigen Messer, sein Ziel in der Dunkelheit zu finden. Nachdem er seinem Angreifer einige vergebliche Versuche erlaubt hatte, ihn zu treffen, bewegte er sich rasch auf ihn zu, packte das Handgelenk des Mannes und schlug seinen Arm auf sein Knie. Zufrieden nahm er das Knacken zur Kenntnis, als einer der Unterarmknochen brach. Der Mann heulte auf, ließ das Messer zu Boden fallen und stürzte zur Tür hinaus, durch die sein Partner bereits geflohen war.

Ole Sadera sank keuchend auf das Bett. Das Herz pochte ihm

in der Brust, und er spürte, wie Wut in ihm aufstieg. Wenn die Männer geschickt worden waren, um ihn zu vertreiben, so war er empört, dass sie glaubten, er würde sein Anliegen wegen solch kindischer Methoden aufgeben.
Aber in die Wut mischte sich auch eine gewisse Erleichterung. Wenn er nichts weiter zu fürchten hatte als einen Anschlag in der Nacht, so war er davon überzeugt, dass er überleben würde, bis er an Bord des Schiffes ging. Aber er wusste, dass diese Hoffnung vergebens war. Der Überfall diente nicht bloß dazu, ihm Angst einzujagen. Es handelte sich um einen ernsthaften Versuch, ihn zu töten. Die Verschwörer würden es erneut versuchen, daran bestand kein Zweifel. Er musste in diesen letzten Tagen in Mombasa vorsichtiger sein.
Die Warnung des alten Massai in den Rabai-Bergen kam ihm wieder in den Sinn. Ole Sadera sah in seiner Fantasie ein kleines Segelschiff vor sich, Meilen von jedem Land entfernt, das in einer mondlosen Nacht durch die mächtigen, schwarzen Gewässer schlingerte. Irgendwo an Bord versteckte sich ein Meuchelmörder, der auf eine günstige Gelegenheit wartete. Ein Körper, betäubt und gefesselt, wurde über Bord in die unergründlichen Tiefen des Ozeans geworfen. Er sank rasch, verschwand auf Nimmerwiedersehen.
Er zwang sich, an etwas anderes zu denken, doch nun war er vor Angst in kaltem Schweiß gebadet. Er wischte sich über die Stirn und spürte plötzlich etwas Warmes auf seiner Brust. Als er die Stelle mit seinen Fingerspitzen untersuchte, verspürte er einen stechenden Schmerz, und als er seine Hand wegzog, war sie feucht und klebrig vor Blut.

David Morrison zog das Jackett vorsichtig über Ole Saderas Schultern. »So«, sagte er. »Ich hoffe, dass Ihr Verband jetzt nicht verrutscht ist.«

»Nein, es ist alles gut«, erwiderte Ole Sadera. Er hatte seine Verletzung damit erklärt, dass er sich beim Schärfen eines Speeres mit dem *Simi* verletzt hatte. Morrison hatte viel Aufhebens darum gemacht und darauf bestanden, dass er einen Doktor aufsuchte, der die Wunde nähte und verband.

Morrison blieb hinter ihm stehen, als sich Ole Sadera im Spiegel betrachtete – der auch aus irgendeinem königlichen Palast stammte.

»Was halten Sie davon, Parsaloi?«, fragte er.

Das Abbild in dem golden eingerahmten Spiegel trug einen Ausdruck von Ungläubigkeit. Dahinter strahlte ein stolzer Morrison.

Der dunkelblaue Anzug aus zweiter Hand, den Morrisson ihm gegeben hatte, war an den Ärmelsäumen schon ein wenig ausgefranst und der Kragen des Hemdes eng und steif. Ole Sadera hatte Schwierigkeiten, den Kopf zu drehen, denn der rauhe, gestärkte Stoff kratzte an seinem Hals.

»Es ist alles sehr eng«, sagte er schließlich.

»Daran werden Sie sich gewöhnen. Das mussten wir alle. Und was ist mit den Schuhen?«

Ole Sadera versuchte seine breiten, flachen Füße in das einengende Leder zu zwängen, doch dies gelang ihm nur bis zur Hälfte.

»Nun ja …«, sagte Morrison und strich sich mit einem Finger über das Kinn. »Vielleicht finden wir in den verbleibenden zwei Tagen noch ein besseres Paar.«

Zwei Tage. Die vertraute Leere in Ole Saderas Bauch kehrte zurück. Dies geschah jedes Mal, wenn er an die Seereise dachte. *Zwei Tage.* Er war erleichert und beunruhigt zugleich – erleichert, weil das Warten endlich ein Ende hatte, und beunruhigt, weil ihn die Aussicht auf die Reise in Furcht versetzte.

Die letzten Tage waren wie im Flug vergangen. Morrison hat-

te ihm erklärt, wie er sich vor dem Kronrat zu verhalten hatte und was er von dem Anwalt erwarten durfte, der engagiert worden war, um sie zu vertreten.
Aber damit war der Nachhilfeunterricht noch nicht beendet. Da es ihre begrenzten Mittel Morrison nicht erlaubten, mit ihm zu reisen, gab es auch noch die vielen Kleinigkeiten zu erlernen, wie er sich in London und auch an Bord des Schiffes zu verhalten hatte. Morrison nannte es *Etikette,* ganz so, als wäre damit alles erklärt. Selbst für das Essen und Trinken gab es Benimmregeln. Am Ende eines jeden Tages war Ole Saderas Kopf voll mit Dingen, die er für nutzlos hielt.
»Ich weiß, dass es ein wenig eng ist an … nun ja, an manchen Stellen«, sagte Morrison, als Ole Sadera am Schritt seiner Hose zog. »Tragen Sie den Anzug doch einfach für eine Weile hier, während ich mich um einige geschäftliche Angelegenheiten kümmere.«
Als Morrison die Tür des Lagerraumes hinter sich schloss, starrte sich Ole Sadera im Spiegel an. Er zog einen seiner Zöpfe unter dem Jackettkragen hervor und versuchte ein weiteres Mal, den gestärkten Hemdkragen zu lockern, doch es wollte ihm nicht gelingen.
Er tat, was Morrison ihm geraten hatte, und wanderte im Raum umher, wobei er immer wieder einen Blick in die verschiedenen Spiegel warf. Er versuchte, sich vorzustellen, wie es sich in solch unbequemer Kleidung an Bord eines Schiffes anfühlen würde, während sich das Deck unter seinen Füßen hob und senkte und der Wind den Schaum von den Wellenkronen blies.
Erst als er seine *Shuka* auf dem Bett liegen sah, begriff er, was für ein Irrsinn dies alles war. Er betrachtete erneut sein europäisches Spiegelbild. Was war nur aus ihm geworden? Warum war er in dieser fremden Stadt, kümmerte sich um Ange-

legenheiten, von denen er keine Ahnung hatte, und wurde von einem unsichtbaren Feind bedroht? Zu Hause in Ngatet brauchten ihn seine Leute. In Nairobi gab es eine Frau, die sich nach ihm sehnte. Warum war er nicht bei ihr?
Er riss sich den beengenden Anzug und das würgende Hemd vom Leib und warf die Unterwäsche in eine Ecke.
Nachdem er seine rote *Shuka* übergezogen hatte, betrachtete er sich erneut in dem Spiegel mit dem goldenen Rahmen, bevor er den Lagerraum verließ.

Von den Rabai-Bergen aus betrachtet, war der Indische Ozean ein stiller blauer See – eine nichtssagende Fläche, die sich von der prächtigen tropischen Küste bis zum Himmel erstreckte. Ole Sadera hatte seine Schönheit niemals bestritten. Es war seine Nähe, die ihn dazu veranlasste, dem gewaltigen donnergrollenden Wasser zu misstrauen, das kein Mann zu besiegen vermochte, wenn er sich erst einmal in seinen Fängen befand.
In der Ferne konnte er die Bahnstrecke erkennen, die den Bergzügen folgte, bevor sie wie ein Pfeil in Richtung der Taru-Wüste schoss. Jenseits davon, weit weg, lag Nairobi. Er könnte in zwei Tagen dort bei Kira sein. Und in zwei weiteren Tagen gemeinsam mit ihr in Massai-Land, wo er gebraucht wurde.
Mit einem Mal überkam ihn eine große Erschöpfung, und er ließ sich auf die heiße, rote Erde sinken, stützte seine Ellbogen auf die Knie und sein Kinn in die Hände. Es war nicht der Aufstieg, der ihn so ermüdet hatte, sondern seine Unschlüssigkeit. Sollte er seinen Kampf gegen die Engländer in ihr Heimatland tragen oder in sein eigenes zurückkehren und sich um dringendere Angelegenheiten kümmern, die das Wohlergehen seines Volkes betrafen?

Seine Altersgenossen hatten ihn ausgewählt, um sie in wichtigen Angelegenheiten zu führen, aber gewiss war noch kein anderer *Olaiguenani* jemals vor eine solch schwierige Entscheidung gestellt geworden.

Sein Bedürfnis nach der Gesellschaft von Menschen seines Volkes hatte ihn hinauf in die Berge getrieben. Aber seine Hoffnung, die Massai zu finden, die Mantira auf seiner unterbrochenen Heimreise dort angetroffen hatte, wurden zunichtegemacht. In dem Teita-Dorf teilte man ihm mit, dass die Massai-Händler fort waren.

Als er aus Mombasa geflüchtet war, hatte er dies in der Hoffnung getan, auf Menschen zu treffen, die wie er Maa sprachen und mit denen er über Rinder und die Weidesituation in ihrem Heimatland reden konnte und darüber, ob die Deutschen ebenso schwer zu verstehen waren wie die Briten. Erst als er eingetroffen war und feststellen musste, dass die Massai fort waren, begriff er, dass er in Wahrheit aus Mombasa weggelaufen war. Er sehnte sich danach, frei zu sein von der erdrückenden Verantwortung, die dort auf ihn wartete. Warum konnte kein anderer diese Klage vor das britische Gericht bringen? Warum konnte er nicht in den Zug steigen und das sein, was er wollte? Tun, was er wollte?

Ein leises Pfeifen veranlasste ihn, seinen Blick von Mombasa dort in der Tiefe, umgeben vom unaufhörlich gegen das Riff schlagenden Ozean, auf die Bahntrasse zu richten, wo ein weißes Rauchband die Ankunft des Zuges aus Nairobi ankündigte.

Epilog

Mombasa schimmerte, als der goldene Feuerball aus dem Indischen Ozean hervorgekrochen kam, für einen weiteren Angriff auf die Stadt. Während die Sonne sich langsam aus dem Meer erhob, entledigte sie sich ihres dunstigen Umhangs. Die Feuchtigkeit auf den Bananenblättern und dem üppigen grünen Gebüsch, das zwischen den Häusern um Platz wetteiferte, verflüchtigte sich rasch.

Bald schon war die Sonne ein blutrotes Leuchtfeuer, das mit beängstigender Hast in den Himmel stieg. Eine leichte Brise versetzte die verbleibenden Dunstschwaden und die Lateinersegel der Fischer-Dhauen, die sich im Hafen versammelt hatten, in Bewegung.

Die Korallensteinhäuser färbten sich rosa, und die verhüllten Gestalten einiger Frühaufsteher bewegten sich langsam inmitten langer Schatten.

Der Kahnführer schickte sich an, mit dem wichtigen Gepäck der Passagiere, die sich über das Kap auf den Weg nach Southampton machen würden, zu dem Schiff abzustoßen, als er eine schmale Person zwischen den Häusern hervortreten sah. Es war ein Mann, der aber nicht in dem Weiß eines *Dhoti* gekleidet war, sondern in Rot – offenbar ein Fremder in diesem Land. Sein Schritt war zögerlich. Seine langen, sehnigen Beine trugen ihn mühelos, aber widerwillig über die Vasco-da-Gama-Straße in Richtung der Anlegestelle.

Es war nicht eindeutig, ob der Fremde an Bord des Schiffes gehen wollte. Eine Reise von mehreren Wochen stand bevor, aber der rotgekleidete Mann trug lediglich eine gewebte Ta-

sche über der einen Schulter und eine lange Kalebasse über der anderen.
Einige Schritte vor der Anlegestelle blieb der Mann stehen, um den Kahnführer, einen Swahili, und dessen Helfer zu betrachten. Dann richtete sich sein Blick auf die *SS Quartermaine,* die über den vertäuten Fischerbooten und den überladenen Leichtern aufragte, die sich wie futtersuchende Kaulquappen um sie herumbewegten.
Der Kahnführer rief zu dem Mann hinüber – nicht auf die rüde Art und Weise, wie er es womöglich bei einem Einheimischen getan hätte, aber in einem Ton, der besagte, dass er sich beeilen sollte, wenn er zu dem Schiff übersetzen wollte.
Der rotgekleidete Mann warf ihm einen Blick zu, zögerte aber immer noch.
Der Kahnführer erkannte, dass er ihn verstanden, sich aber vielleicht eines Besseren besonnen hatte oder noch einen Augenblick benötigte, um zu all seinen kleinen Göttern zu beten, die ihn vor den Gefahren der Tiefe beschützen sollten, wie es so viele Eingeborene taten.
Der Fremde machte einen entschlossenen Schritt nach vorn, um dann erneut zu zögern. Er drehte sich um und blickte suchend zu der Gasse über der Anlegestelle hinauf – vielleicht, um sich von einem Freund oder einem geliebten Menschen zu verabschieden –, doch dort war niemand.
Der Swahili rief ihn erneut.
Der Mann ging langsam auf den Prahm zu, schien sich mit seinen Füßen über den Sand und die Kiesel zu tasten. Als er das Boot endlich erreicht hatte, klemmte er sich seine Tasche unter den Arm und trat rasch an Bord, wo er einen Platz an der Reling einnahm wie ein verurteilter Mann auf der Anklagebank und zu den Fassaden der leeren Läden hinüberschaute, die dem Wasser zugewandt waren.

Der Kahnführer schrie einigen Männen an Land Befehle zu, damit sie das Boot abstießen.
Als es sich langsam der *Quartermaine* näherte, klammerte sich der rotgekleidete Mann mit einer Hand an die Reling und wandte sich dem Ozean zu. Die Wellen schlugen mit schäumender Wut gegen das Riff. Er schien in ihre Betrachtung versunken, öffnete dann aber seine Hand und starrte darauf, als sehe er dort etwas von großer Wichtigkeit.
Der Kahnführer beugte sich fasziniert vor, um einen Blick auf das zu werfen, was die Aufmerksamkeit des Fremden derartig fesselte.
Aber wie er bereits vermutet hatte, war es nichts von Bedeutung – lediglich zwei kleine Steine.

Anmerkung des Verfassers

In der Historie geht es darum, wer wem was antut. *Der letzte Massai* ist ein Roman, der auf historischen Ereignissen basiert, in dem aber die Figuren, die das *Wer* und das *Wem* repräsentieren, verschmelzen. Diese Entscheidung habe ich der Geschichte zuliebe getroffen, denn jeder Autor, der sich historischer Fakten annimmt, um sie zu einem Roman zu verarbeiten, steht vor dem Dilemma, diesen unterhaltsam zu gestalten. Das Dilemma für den Leser (insbesondere für den, der sich mit der Historie beschäftigt) besteht dagegen darin, zu wissen, wo Historie endet und Fiktion beginnt.
Ungeachtet des Unrechts, das von den Weißen und ihren Repräsentanten begangen wurde, als sie das Land der Massai, das später Kenia werden sollte, in Besitz nahmen, gab es doch viele, die das Verhalten ihrer Landsleute empörte. Leser, die sich mit der Historie dieser Zeit beschäftigen, werden in den Figuren von George Coll und Norman Lewis Menschen wie Arthur Collyer, William McGregor Ross und Norman Leys erkennen, die nur einige wenige der zahlreichen unvoreingenommenen Menschen dieser Zeit waren, die sich gegen diese Ungerechtigkeiten ausgesprochen haben. Selbst die Hauptakteure der an den Machenschaften um das Massai-Land Beteiligten könnte man mangels an Beweisen freisprechen. Elspeth Huxley schrieb in *White Man's Country:* »Männer wie Charles Eliot und Delamere machten sich für eine weiße Besiedlung und die Gründung einer neuen britischen Kolonie stark, weil sie darin ein Ideal sahen, von dem sie zutiefst überzeugt waren. Man tut ihnen womöglich Unrecht, wenn man

sie dafür verurteilt, dass sie Überzeugungen vertraten, die durch spätere Ereignisse in Europa ins Wanken gerieten und vielleicht zerstört würden.«

Die Figuren von Ole Sadera und Ole Mantira basieren auf dem wirklichen Leben der Massai-*Moran* Parsaloi Ole Gilisho und Nkapilil Ole Masikonde, zwei der vielen Massai, die energisch darum kämpften, ihr Land zu behalten.

Damit bleibt nur noch die Kategorie des *Was* übrig, das heißt, die Fakten des Sachverhalts. Diese sind im Wesentlichen historisch korrekt. Die Massai wurden im Jahre 1904 in Reservate umgesiedelt und im Jahre 1911 erneut umgesiedelt – dieses Mal aus dem nördlichen Reservat –, was erhebliches Leid verursachte. Ihre Klage blieb aus den gegebenen Rechtsgründen erfolglos, und es wurden keine Rechtsmittel vor dem Kronrat eingelegt.

Wie schon in meinem früheren Roman *Die Tränen der Massai* habe ich gewisse historische Persönlichkeiten der Massai verwendet und mir einige Freiheiten bei der Darstellung ihres Lebens erlaubt. Es lag nicht in meiner Absicht, lebenden oder toten Personen gegenüber in irgendeiner Weise respektlos zu erscheinen, noch beabsichtigt dieser Roman, der Reputation bedeutender Anführer der Massai zu schaden.

Man mag wohl zu der Ansicht gelangen, dass die Massai gescheitert sind, aber ihr Kampf ist nicht verloren. Der Zorn der Massai ist bei vielen auch heute noch nicht erloschen. Ihre Landansprüche werden vielleicht erneut auf den Prüfstand gelangen, sollte Kenia, wie es derzeit berichtet wird, zustimmen, die Frage der Landreform einer Untersuchung zu unterziehen.

Danksagung

Obgleich es sich bei diesem Buch um ein belletristisches Werk handelt, sind historische und kulturelle Fakten, die die Menschen und die Zeiten umgeben, in denen meine Geschichte spielt, wie immer mein Ausgangspunkt. In dieser Hinsicht fand ich keine bessere Literaturquelle als *Moving the Maasai: A Colonial Misadventure* von Dr. Lotte Hughes (Pelgrave Macmillan, 2006), noch hätte ich mir eine großzügigere Unterstützung wünschen können als von Lotte selbst. Ich bin ihr überaus dankbar für ihre Ratschläge und ihre Hilfe in der Zeit, die ich für die Recherche meines Romans im Jahre 2007 an der Universität von Oxford verbracht habe, und ebenso auch für ihre Anmerkungen während der Niederschrift meines Romans.

Des Weiteren möchte ich mich bedanken bei Dr. Deborah Nightingale, die mich hinsichtlich der Lage in Kenia auf den neuesten Stand gebracht hat und deren sachliche Kommentare von großem Wert für mich waren. Wenn sie nicht gerade ihre Paviane im Landesinneren studierte oder an einem von zahlreichen exotischen Orten mit ihren Projekten beschäftigt war, hat mir Debbie viel Zeit geopfert. Vielen Dank dafür, Debbie! Möge ich eines Tages eine Nische in Kenia finden, die so aufregend ist, wie es die deine zu sein scheint.

Sosehr ich auch Lotte und Deborah zu Dank verpflichtet bin, so übernehme ich doch die volle Verantwortung für *Den letzten Massai.*

Ich will hoffen, dass mir die beiden die Freiheiten vergeben werden, die ich mir mit dem »Zurechtbiegen« der Historie erlaubt habe, um meiner Geschichte die nötige Dramatik zu verleihen.

Je mehr ich mich für die Geschichte und die Kultur Ostafrikas begeistere, desto mehr stelle ich fest, dass ich mich stärker von den Fakten angezogen fühle als von irgendeiner Fiktion, die ich erschaffen könnte. Daher danke ich meinen Lektoren bei HarperCollins und Nicola O'Shea, die dafür sorgen, dass ich nicht vom Pfad der Populärliteratur abkomme, und die weiterhin einen soliden Beitrag zu meinen Büchern leisten.

Mein Dank geht ebenso an meine Agentin, Selwa Anthony, die einen unglaublich feinen Instinkt für Erzählliteratur hat.

Und wieder einmal muss ich mich bei Rosalinde Williams und James Hudson – meiner Testgruppe – für die aufmunternden Worte und das Feedback bedanken, die sie mir für meine frühen Entwürfe gaben. Unsere »Arbeitstreffen« in James' und Sallys Refugium in den Gebirgsausläufern hinter Byron Bay sind zu einem bewährten und unbezahlbaren Teil meines Schaffensprozesses geworden.

Frank Coates

Jenseits von Mombasa

Roman

Im Jahre 1897 wird der Brite Ronald Preston damit beauftragt, das schier Unmögliche zu wagen: Er soll eine Eisenbahnlinie bauen von Mombasa an der Ostküste Afrikas bis zum Viktoriasee mitten in der Wildnis. Seine junge Braut Florence besteht darauf, ihn zu begleiten – und gewöhnt sich zunächst nur schwer an das raue Leben. Doch allmählich kann auch sie sich dem Zauber des Schwarzen Kontinents nicht mehr entziehen – genauso wenig wie ihr Mann, der diesem Land bereits mit Haut und Haaren verfallen ist …

Knaur Taschenbuch Verlag

Katherine Scholes

Das Herz einer Löwin

Roman

Eigentlich hatte Emma nur vor, in Tansania an einer Safari teilzunehmen und der Missionsstation einen Besuch abzustatten, auf der ihre Mutter einst an einem tödlichen Fieber starb. Doch dort begegnet sie dem charismatischen Massai-Arzt Daniel, und plötzlich scheint ihr ganzes bisheriges Leben in Frage zu stehen. Als sie dann auch noch auf die kleine Waise Angel trifft, wird ihr klar, dass sie bereits dem Zauber des schwarzen Kontinents erlegen ist. Sie beginnt, um das Mädchen zu kämpfen – und erkennt, dass sie Afrika nicht mehr verlassen will – genauso wenig wie Daniel …

Knaur Taschenbuch Verlag